Menneske uden hund

Håkan Nesser

Kim Novak badede aldrig ved Genesaret
Piccadilly Circus ligger ikke i Kumla
Kære Agnes!
Skyggerne og regnen
Menneske uden hund
En helt anden historie
En fortælling om hr. Roos

I krimiserien om Van Veeteren:
Det grovmaskede net
Borkmanns punkt
Hjemkomsten
Kvinde med modermærke
Kommissæren og tavsheden
Münsters sag
Carambole
Ewa Morenos sag
Svalen, katten, rosen, døden
Sagen G

Håkan Nesser

Menneske uden hund

Oversat af Jan Mølgaard

Modtryk

Menneske uden hund
Oversat fra svensk efter: Människa utan hund

Published by agreement with Bonnier Group Agency, Stockholm
Omslag: Henrik Koitzsch
Tryk: Norhaven A/S
2. udgave, 5. oplag 2010

ISBN 978-87-7053-129-0

www.modtryk.dk

Indledende bemærkning

Byen Kymlinge eksisterer ikke i virkeligheden, og Albert Bonniers Förlag har aldrig udgivet nogen digtsamling med titlen *Frugthandlerens eksempel.* I øvrigt stemmer denne bogs indhold i alt væsentligt overens med kendte forhold.

I

December

1

Da Rosemarie Wunderlich Hermansson vågnede søndag den 18. december, var klokken nogle minutter i seks, og hun havde et meget tydeligt billede i hovedet.

Hun stod i en døråbning og kiggede ud på en fremmed have. Det var sommer eller tidligt på efteråret. Hun kiggede først og fremmest på to små, tykke, gulgrønne fugle; fuglene sad på en telefontråd ti–femten meter fra hende, og de havde hver sin taleboble i næbet.

Du må tage livet af dig, stod der i den ene.

Du må tage livet af Karl-Erik, stod der i den anden.

Budskaberne var til hende. Det var hende, Rosemarie Wunderlich Hermansson, som skulle tage livet af sig. Og slå Karl-Erik ihjel. På det punkt herskede der absolut ingen tvivl.

Karl-Erik var hendes mand, og først efter nogle sekunder forstod hun, at begge de to vanvittige henstillinger naturligvis stammede fra noget, hun havde drømt – men det var en drøm, der hurtigt trak sig væk fra hende og blot efterlod de to bizarre fugle på telefontråden. Ejendommeligt.

En kort stund lå hun helt stille på højre side og stirrede ud i det omgivende mørke mod et fiktivt daggry, der indtil videre antagelig kun var blevet til virkelighed omkring Ural, lyttede til Karl-Eriks uforanderligt rolige åndedræt og indså, at det var præcis sådan, det var. Fuglene spredte deres buttede vinger og fløj væk, men deres talebobler blev hængende og kunne ikke misforstås.

Hende selv eller Karl-Erik. Sådan var det. Der havde stået et *eller* imellem taleboblerne, ikke et *og*. Det ene udelukkede det andet, og det føltes også som en ... som en absolut nødvendighed, at hun valgte enten den ene eller den anden af de to muligheder. Herre Gud, tænkte hun, svingede benene ud over sengekanten og kom op at sidde. Hvordan var det endt på den måde? Som om den familie ikke allerede havde fået mere, end den kunne tilkomme.

Men da hun rettede ryggen og mærkede de velkendte morgensmerter omkring tredje og fjerde ryghvirvel, kom hverdagstankerne også krybende. Tryg, men også trist lindring for sjælen. Hun tog imod dem med en slags taknemmelighed, stak hænderne ind i armhulerne og trissede ud i badeværelset. Man er så sårbar om morgenen, tænkte hun. Så hudløs og ubeskyttet. En treogtresårig håndarbejdslærer myrder ikke sin mand, det er helt udelukket.

Hun underviste ganske vist også i tysk, men det forandrede ikke ræsonnementet væsentligt. Gjorde det ikke på nogen måde mere acceptabelt. Når det drejede sig om den slags, så gjorde det vel ikke den store forskel, om man underviste i håndarbejde eller i tysk.

Så det måtte vel ende med, at hun i stedet forkortede sig egen vandring i denne jammerdal, tænkte Rosemarie Wunderlich Hermansson. Hun tændte lyset, betragtede sit store, flade ansigt i spejlet og noterede sig, at en eller anden havde klistret et smil fast på det.

Hvorfor smiler jeg, tænkte hun. Der er da ingenting at smile over. Jeg har aldrig i mit liv haft det værre, og om en halv time vågner Karl-Erik. Hvad var det, rektoren havde sagt? *Den dybt klingende malm, som ...* som hvad ... *som har givet de opvoksende slægter deres moralske og vidensmæssige klangbund.* Hvor i alverden havde han fundet det? Den suppevisk. *År efter år, generation efter generation, i fyrretyve år. Et pædagogisk egetræ.*

Jo, Flæskebergson havde faktisk kaldt Karl-Erik for et pædagogisk egetræ. Kunne der måske være en smule ironi i det?

Formentlig ikke, tænkte Rosemarie Wunderlich Hermansson og maste den elektriske tandbørste dybt ind i højre kind. Vera Ragnebjörk, den eneste kollega hun havde i det uddøende tyske sprog på Kymlingevik Skole, plejede at sige, at Flæskebergson helt manglede den ironiske dimension. Der var derfor, man ikke kunne snakke med ham, som man snakkede med andre mennesker, og det var formodentlig i kraft af denne enestående mangel, at det var lykkedes ham at blive siddende som skoleleder i mere end tredive år.

Flæskebergson var blot et enkelt år yngre end Karl-Erik, men godt og vel fyrre kilo tungere, og lige frem til den sørgelige dag for snart otte år siden, da hans kone Berit omkom, efter at hun faldt af en skilift i Kitzbühl og brækkede halsen, havde de set en del til hinanden. Alle fire. Bridge og den slags. En teatertur til Stockholm. En katastrofal ferieuge på Kreta. Rosemarie tænkte, at hun savnede Berit en smule, men at hun ikke savnede Flæskebergson. Altså det at se ham.

Hvorfor står jeg her og sløser mine dyrebare morgenminutter væk ved at tænke på den dimensionsløse nullitet, spurgte hun derefter sig selv. Hvorfor sørger jeg ikke for i stedet at få mig et kvarter i fred og ro med morgenavisen? Jeg er simpelthen ved at miste grebet.

Men der indfandt sig heller ingen gode tanker hen over kaffen og avisen. Der var ingen lyspunkter. Da hun løftede hovedet og kiggede på køkkenuret – et impulskøb gjort i det lokale Ikea for 49,50 så langt tilbage som i efteråret 1979 og formodentlig uopslideligt – viste det tyve minutter over seks. Og det betød, at der var mindst sytten timer, til hun atter kunne opnå den nåde at krybe ned i sin seng og lægge endnu en dyster dag definitivt bag sig. Blot sove, sove.

I dag var det søndag. Det var hendes anden dag som lykkelig pensionist. Pensioneringen. Den sidste betydningsfulde livsforandring før døden, som en venlig sjæl havde påpeget. Havde hun været i besiddelse af et våben, så ville hun omgående have gjort brug af den tanke, hun var vågnet med. Ville have skudt sig en kugle for panden, før Karl-Erik nåede at komme ud i køkkenet i sin stribede pyjamas, puste sig op og sige, at han havde sovet som et spædbarn. Hvis de nær-døds-beskrivelser, hun havde læst, passede, så kunne det derefter have været interessant at sidde oppe under loftet og iagttage hans ansigtsudtryk, når han fandt hende lænet ind over bordet med hovedet anbragt i en stor, varm blodpøl.

Men den slags gør man jo heller ikke. Navnlig ikke når man ikke har et anvendeligt våben, og man også er nødt til at tænke en smule på børnene. Hun tog en slurk kaffe, brændte sig på tungespidsen og slog så hverdagshjernen til. Hvad stod der på programmet, denne anden hverdag efter et langt arbejdsliv?

Hele huset skulle gøres rent. Så simpelt var det. Børnene og børnebørnene ville begynde at dukke op i morgen, og på tirsdag kom den store dag.

Den dag, der egentlig skulle være stavet med stort D, men som på ejendommelig vis var krøbet til at være en slags antibegivenhed på grund af Robert. Kun Robert. Hele efteråret havde der været snak om mellem hundrede og hundrede og halvtreds personer; den eneste reelle begrænsning havde ligget i størrelsen af spisesalen på Svea, men Karl-Erik havde diskuteret sagen mindst en halv snes gange med overtjener Brundin, og omkring hundrede mennesker var ikke noget problem.

Eller rettere – ville ikke have udgjort noget problem. Roberts skandale var indtruffet lørdag den 12. november, og festsalen havde været bestilt i lang tid, men alligevel havde det ikke været for sent at afbestille. De havde nået at afsende omkring halvfjerds indbydelser og havde allerede fået omkring tyve svar, men folk havde været meget forstående, da man forklarede, at man på grund af omstændighederne havde besluttet sig for at satse på en mindre fest bare for familien.

Meget forstående. Der havde været omkring to millioner seere til programmet, og dem, der ikke havde set det, var blevet informeret via aviserne den efterfølgende dag.

ONANI-ROBERT. Ordet på spisesedlen havde brændt sig ind i Rosemaries moderhjerte som brændemærket på et skabet svin, og hun vidste, at hun i al fremtid, så længe hun levede, aldrig ville skænke Robert så meget som en enkelt tanke uden at huske på det rædsomme udtryk. Hun havde besluttet sig for aldrig mere – aldrig nogensinde – at læse hverken *Aftonbladet* eller *Expressen* – et løfte som hun indtil videre ikke havde svigtet og end ikke havde været i nærheden af at svigte.

Det blev altså ved en beskeden familiesammenkomst. På samme måde havde det været på skolen. Det samme diskrete fortæppe af barmhjertighed var blevet sænket der. Da ægteparret Hermansson efter sammenlagt seksogtres år i tjenesten nu på samme tid trak sig tilbage fra pædagogikkens blodbestænkte løbebane, som et eller andet lyst hoved – nok ikke Flæskebergson – havde formuleret det, havde afskedsreceptionen indskrænket sig til et forlænget lærermøde med kager, seksogtres røde roser samt et sæt gløggservice i hamret kobber – som Rosemarie, allerede da hun åbnede pakken og så det første glimt af, kom til at spekulere på, om ikke måske Elonssons håbløse ottende klasse var blevet sat til at banke ud i metalsløjd for at undgå at dumpe. Elonsson havde i modsætning til Flæskebergson en meget veludviklet sans for at se det ironiske i tilværelsen.

Femogtres plus fyrre. Det var det andet af december måneds store additionsstykker, og det gav hundrede og fem. Rosemarie vidste, at Karl-Erik græmmede sig temmelig meget over, at det ikke gav hundrede ligeud, men den slags kunne man ikke ændre på. Karl-Erik lavede i det hele taget ikke om på fakta. Hun strakte ryggen lidt halvhjertet uden at rejse sig fra stolen og tænkte tilbage på den nat for fyrre år siden, hvor hun havde haft held til at holde to veer tilbage, sådan at man kom over midnat. Karl-Eriks utilslørede glæde var ikke til at tage fejl af, heldigvis. Den førstefødte – datteren – var kommet kravlende ud af moders liv og ind i verden på hans femogtyve års fødselsdag. Der havde altid været et meget stærkt bånd mellem Ebba og Karl-Erik, og Rosemarie vidste godt, at dette bånd blev knyttet allerede dengang. Allerede dengang på hospitalet i Örebro klokken fire minutter over midnat den 20. december 1965. Jordemoderen havde heddet Geraldine Tulpin, det var også et navn, som det var svært at glemme.

Julen havde altid haft en vis skævhed i familien. Rosemarie havde aldrig talt om det, eller havde ikke formuleret det på den måde, men det var jo akkurat en skævhed, der var tale om. Almindelige mennesker – om de så var kristne eller ej – så den 24. december som centrum i vintermørket, men for familien Wunderlich Hermansson var den 20. af mindst lige så stor betydning.

Karl-Eriks og Ebbas fødselsdag; dagen efter var årets korteste dag, mørkets hjerte, og på en eller anden ejendommelig måde havde Karl-Erik – uden at pille ved fakta, selvom det var tæt ved – haft held til at skubbe helligdagen, sådan at der opstod en slags tretal. Hans egen fødselsdag. Ebbas fødselsdag. Lysets tilbagevenden til jorden.

Ebba havde altid været sin fars øjesten og kæledægge; til hende havde han lige fra begyndelsen og hele vejen fremad knyttet de største forhåbninger. Han havde ikke engang forsøgt at skjule det. Visse børn er mere værd end andre. Sådan er det i den biologiske verden, havde han sagt engang, da han helt imod sædvane havde fået en cognac for meget. Hvad enten man kan lide det eller ej. Og som tingene tog sig ud i dag, tænkte Rosemarie dystert og ligefremt – mens hun skænkede en ny kop kaffe op, endnu et bidrag til arbejdet med at vågne op – så virkede det unægtelig, som om han havde satset på den rette hest.

Ebba var en klippe. Robert havde altid været det sorte får, og nu var han nærmest blevet unævnelig. Men måske var det ikke sært, når alt kom til alt. Kristina? Ja, om Kristina kunne man stort set bare sige, at hun var, som hun nu engang var. Barnet havde fået hende til at falde en smule til ro, så de seneste år havde været en smule roligere end de foregående, men Karl-Erik havde stædigt hævdet, at det stadigvæk var alt for tidligt at råbe hurra for noget.

Hvornår råber du nogen sinde hurra, min tinsoldat, havde Rosemarie tænkt, hver gang han sagde det, og hun tænkte det også nu i sit morgenløse køkken.

Akkurat i samme øjeblik trådte han ind i det.

"Godmorgen," sagde han. "Det er sært. Til trods for det hele så har jeg sovet som et spædbarn."

"Jeg derimod er ved at gå i panik," sagde hun.

"Over hvad?" sagde Karl-Erik Hermansson og tændte for dyppekogeren. "Hvor har du anbragt min nye te?"

"På anden hylde," sagde Rosemarie. "Over det med at sælge huset og flytte ned til den urbanisation naturligvis. Det føles ... ja, panikagtigt. Nej, til venstre."

Han skramlede med kopper og dåser. "Ur-ba-ni-sa-ción," sagde han og understregede den spanske tone. "Jeg ved godt, at du er i tvivl nu, men du kommer til at takke mig en skønne dag."

"Det tvivler jeg på," sagde Rosemarie Wunderlich Hermansson. "Det tvivler jeg på helt ned i tæerne. Du skal have klippet hårene i næsen."

"Rosemarie," sagde Karl-Erik og pustede brystkassen op. "Jeg kan ikke se folk i øjnene herhjemme mere. En mand bør dog kunne gå omkring med rank ryg og holde hovedet højt."

"Man skal også kunne dukke nakken," svarede hun. "Det her går over. Folk glemmer, og så får tingene deres rigtige proportioner ..."

Han afbrød hende ved at sætte den nye tedåse ned på køkkenbordet med et smæld. "Efter min mening har vi diskuteret den sag færdig. Lundgren lovede, at vi kunne underskrive papirerne på onsdag. Jeg er færdig med den her by. Det er bare fejhed og dovenskab, der holder os fast her."

"Vi har boet her i otteogtredive år," sagde Rosemarie.

"Det må være længe nok," sagde Karl-Erik. "Har du allerede drukket to kopper kaffe? Husk nu, at jeg har advaret dig."

"Og nu skal vi så flytte til et sted, der ikke engang hedder noget. Jeg syntes dog i det mindste, at stedet kunne have fået et navn."

"Det kommer, lige så snart de spanske myndigheder har besluttet sig. Og hvad galt er der i øvrigt med Estepona?"

"Der er syv kilometer til Estepona. Og fire kilometer ud til havet."

Han svarede ikke. Hældte kogende vand over sine sunde, grønne teblade og fandt solsikkebrødet frem fra brødkassen. Hun sukkede. De havde diskuteret hendes morgenmadsvaner i femogtyve år. De havde diskuteret det med huset og flytningen til Spanien i femogtyve dage. Selvom det egentlig ikke var korrekt at kalde det for en diskussion, tænkte Rosemarie. Karl-Erik havde truffet sin beslutning, og derefter havde han brugt sin velsmurte, demokratiske maskine til at få hende over på sin side. Det var sådan, som det altid havde været. Han gav aldrig op. I alle vigtige spørgsmål var han parat til at tale og tale, lige indtil hun kastede håndklædet i ringen af ren og skær lede og udmattelse. Det var filibustertaktik. Brugt ved bilkøb, de hundedyre reoler i biblioteket – som han holdt af at betegne som deres fælles arbejdsværelse, hvor han tilbragte fyrre timer om ugen og hun kun fire. Den samme taktik var blevet brugt i forbindelse med ferieture til Island, til Hviderusland og til Ruhrområdet. Jo, hvis man var faglærer i samfundskundskab, så var det faglærer, man var.

Og så havde han betalt udbetalingen på det hus nede mellem Estepona og Fuengirola uden så meget som at spørge hende. Havde indledt forhandlinger med Lundgren i banken om at sælge villaen uden først at indlede den demokratiske proces i hjemmet. Det kunne han ikke nægte, og det gjorde han heller ikke.

Men måske burde hun trods alt være taknemmelig. Egentlig. Det kunne lige så gerne være endt med Lahti eller Wuppertal. Jeg har levet sammen med den mand hele mit voksne liv, tænkte hun pludselig. Jeg troede, at noget ville modne mellem os med tiden, men sådan blev det ikke. Det var besværligt fra begyndelsen, og det blev bare mere og mere besværligt.

Og hvorfor var hun i øvrigt så gennemført uselvstændig, at hun var nødt til at give ham skylden for sit spildte liv? Det var vel det ultimative svaghedstegn, var det ikke?

"Hvad sidder du og tænker på?" sagde han.

"Ikke på noget," sagde hun.

"Om et halvt år har vi glemt det her," sagde han.

"Glemt hvad? Vores liv? Vores børn?"

"Du vrøvler. Du ved godt, hvad jeg mener."

"Nej, det gør jeg ikke. Og for resten – ville det ikke være bedre, hvis Ebba og Leif tog et værelse på hotellet? De er trods alt fire voksne, så der bliver trangt her."

Han gloede på hende, som om hun havde været en elev, der nu for tredje time i træk havde glemt at aflevere en opgave, og hun vidste, at hun kun havde foreslået det for at drille ham. Hun havde ganske vist ret i, at Ebba og Leif og deres to teenagedrenge krævede mere plads, end de egentlig rådede over i huset, men Ebba var Ebba, og Karl-Erik ville hellere sælge sit sidste slips, end han ville forvise sin yndlingsdatter fra det hus, hun var vokset op i. Navnlig fordi det var sidste gang her, sidste gang i det hele taget.

Hun fik en klump i halsen og slugte den halvlunkne kaffe. Og hvad med Robert? Ja, stakkels Robert måtte naturligvis gemmes bort fra omverdenens øjne så godt, som man nu kunne. Man kunne ikke have ham til at traske rundt på hotellet, hvor hvem som helst kunne beglo ham og bespotte ham. Onani-Robert fra Fucking Island. Sidste gang hun talte med ham – i forgårs aftes – havde det næsten lydt, som om han var ved at begynde at græde.

Derfor blev det Kristina, Jakob og lille Kelvin, som måtte tage til takke med hotellet. Hvordan kunne nogen finde på at døbe et barn Kelvin? Det var det absolutte nulpunkt. Det havde Karl-Erik oplyst de unge forældre om, men lige meget havde det hjulpet. For øvrigt var hun ret sikker på, at de betragtede hotellet som en gevinst; den stemning, som Rosemarie plejede at fremkalde hos Kristina, efter at hun var blevet voksen og var flyttet hjemmefra, var en tredelt følelse af skyld, underlegenhed og fiasko. Og i et kort, men tydeligt øjeblik blev hun klar over, at det eneste af sine børn, som hun egentlig brød sig om og følte ømhed for, var Robert. Var det fordi han var en dreng? Var det virkelig så enkelt?

Men måske ville der også komme en åbning med Kristina før eller siden; altså for hende – næppe for Karl-Erik. Det havde altid været ham, der havde ageret hovedmål for hendes opsætsighed. Det var vist ordet. Opsætsighed. Sådan havde det været lige siden den første pubertetsdag, men det pædagogiske egetræ havde holdt sig rank og urokkelig under en uendelighed af skænderier og ballade og diskussioner – og havde vist prøver på akkurat de egenskaber, som normalt tilskrives disse stædige træer. Bliv stående der, hvor du står, og bøj dig aldrig så meget som en tomme.

Jeg er uretfærdig mod ham, tænkte hun. Men jeg er så træt af det hele, at jeg er ved at brække mig over det.

Netop nu fremførte Karl-Erik, mens tidspunktet nærmede sig for nyhedsudsendelsen i P1, en række tunge og uimodsigelige argumenter for det selvindlysende i, at Ebba og hendes familie skulle bo hos dem. Og Rosemarie fik en voldsom lyst til at træde frem til ham, hive tungen ud af munden på ham og klippe den af.

Hans karriere som pædagog var jo afsluttet, så tiden kunne vel være inde til det.

Derefter fik hun så automatisk den tanke igen, at hun var uretfærdig over for ham.

"All right, all right," sagde hun. "Det kan også være lige meget."

"Så siger vi det," sagde han. "Det er godt, at vi er enige om det. Og Robert må vi bare forsøge at behandle helt, som vi plejer. Jeg vil ikke have, at vi nævner den historie. Jeg tager en samtale under fire øjne med ham, det må være nok. Hvornår sagde han, at han ville komme?"

"Ud på aftenen. Han kører hertil i bil. Og han sagde ikke noget præcist tidspunkt."

Karl-Erik Hermansson nikkede eftertænksomt, åbnede munden på vid gab og skovlede derefter en topfyldt ske med yoghurt naturel blandet med grovmüesli ind – müeslien var uberørt af menneskehånd og tilsat 32 nyttige mineraler plus selen.

Hun støvsugede overetagen. Karl-Erik havde i solidarisk ånd overtaget indkøbslisten og bilen og var kørt af sted til det næsten nye indkøbscenter ude i industriområdet Billundsberg for der at indkøbe henved 500 kilo absolutte nødvendigheder til fødselsdagen og et juletræ. Mens Rosemarie slæbte rundt på den umoderne støvsuger – indkøbt ved Brødrene Erikssons Elektriske Maskiner til Hjem og Husholdning så tidligt som i senvinteren 1983 og formodentlig uopslidelig – tænkte hun på, hvor mange vigtige beslutninger hun egentlig havde truffet i løbet af sit treogtresårige liv.

Det at hun havde giftet sig med det pædagogiske egetræ? Næppe. De havde mødt hinanden allerede i gymnasiet på Karolinska (hun som forknyt 1. g'er, han som en rank 3. g'er i jakkesæt), og han havde nedbrudt hendes modstand på samme måde, som han havde nedbrudt den i resten af deres samliv. Da han friede, var hendes første *nej* blevet forvandlet til et *måske*, via et *vi kan da i det mindste vente til efter eksamen* og videre til *okay da, men så må vi først finde et sted at bo.* De havde giftet sig i juni 1965, og Ebba var kommet til verden et halvt år efter. Heller ikke det var et resultat af en beslutning, hun havde truffet.

Uddannelsen som håndarbejdslærerinde havde hun valgt, fordi hendes bedste (og eneste) gymnasieveninde, Bodil Rönn, allerede havde gjort det samme. De havde taget eksamen sammen, Bodil havde fået arbejde i Boden på en skole mindre end 500 meter fra kæresten Sunes barndomshjem, og så vidt Rosemarie vidste, boede de stadigvæk deroppe. De havde skrevet sammen og haft kontakt i en femten års tid, men det sidste julekort var efterhånden syv eller otte år gammelt.

Indtil nu havde hun ikke fundet nogen vigtige beslutninger, tænkte hun og slæbte støvsugeren tværs over afsatsen for at gå i gang med gæsteværelserne. Eller de gamle børneværelser. Eller hvad man nu ville kalde dem. Ebbas værelse, Roberts værelse og Kristinas snævre kammer, der egentlig ikke var stort andet end et pulterrum – men det havde nu heller aldrig været meningen, at de skulle have haft mere end to børn – navnlig ikke da man allerede havde fået en af hvert køn i to forsøg. Men sket var det altså alligevel. Livet fulgte sin egen logik og blev ikke altid efter planerne. Kristina blev født i 1974. Rosemarie var holdt op med p-pillerne ti måneder tidligere efter forslag fra sin gynækolog, og var der ikke kommet andet godt ud af den katastrofale Grækenlandstur sammen med familien Flæskebergson, så var der da i hvert fald kommet en uplanlagt datter. Karl-Erik havde glemt at købe kondomer og havde ikke trukket sig ud i tide. Sådan var det altså, og shit happens også i denne, den bedste af alle verdener. Hvad var det dog for et sprog, hendes tanker iførte sig på denne råkolde decembermorgen? God knows, holy cow – noget var i hvert fald anderledes, end det plejede at være. Man måtte nok hellere beskæftige tankerne med noget neutralt. Vejret. Hvad var det dog for et vejr, man oplevede? Hellere koncentrere sig om noget neutralt. Endnu havde man ikke fået så meget som en centimeter sne i denne vestlige del af Sverige, og når hun kiggede ud gennem vinduet, forekom det hende oven i købet, som om selv dagslyset var faldet til føje og havde kastet håndklædet i ringen. Luften lignede havregrød.

Det var ikke før, hun havde rullet den lange entréløber sammen og var begyndt at støvsuge listerne uden brug af mundstykke, at hun kom i tanker om en afgørende beslutning. Jo, for pokker.

Han havde heddet Göran, havde gået i sandaler uden strømper, og havde været vikar et efterår. Det var hendes tredje år på skolen, fem år efter Kristina, og hun kunne slet ikke få ind i hovedet, at det virkelig var en 36-årig mor til tre, som denne skæggede charmetrold havde brug for, og følgelig havde hun sagt nej. Og det var formodentlig i dette *nej*, hendes livs vigtigste beslutning gemte sig. At hun afviste nyskilt, bredskuldret, liderlig vikar; det var sket under en studietur med båden til Finland. Det pædagogiske egetræ havde været sygt for tredje gang i sit liv (hvis man så bort fra den medfødte navlebrok), og vikaren havde siddet og sværmet i hendes kahyt den halve nat. Han havde tigget og trygglet. Havde budt hende på toldfri vodka. Nej tak. Han havde budt hende på toldfri multebærlikør. Nej tak.

Hun tænkte på, hvad der mon var blevet af ham; han havde haft solbrændte tæer med små, interessante hårduske på, og han havde været en mulighed for at forandre hendes liv – men hun havde ladet muligheden glide ud af sine hænder. Sikkert godt det samme; der var kun en eneste mand, der havde fået adgang til hendes nu for altid udtørrede og tillukkede skød – men så vidt hun vidste, havde Karl-Eriks pik heller ikke forvildet sig andre steder hen de seneste toogfyrre år. Inden de giftede sig, indrømmede han, at han havde været sammen med en pige, der hed Katarina, i forbindelse med en julefest i 2. g, men hun havde ikke rigtigt været hans type – et faktum, der blev understreget et par år inde i 80'erne, da hun oplevede en kortvarig berømmelse som gidsel i forbindelse med et bankrøveri i Säffle. Hvorfor nogen nu ellers kunne finde på at røve banker der.

Under alle omstændigheder endte det vigtige tal med at blive stående på et. Rosemarie besluttede sig for, at nu måtte det række med navlebeskuelse og eftertænksomhed – nu måtte hun opgive at tænke mere på, om hun faktisk var beredt til at tage beslutning nummer to. Huset stod i både hendes og hans navn, det vidste hun. Uden hendes underskrift på papiret på onsdag ville handelen gå i vasken. Det par, der ville købe huset, hed Singlöv og boede nu ude i Rimminge; hun vidste intet andet om dem, end at han var elektriker, og at de havde to børn.

Men det stod til troende, at der var indbetalt hundrede tusind kroner i ikke refunderbar udbetaling på huset i Spanien, og det kunne hun intet stille op med. Senilkysten, var det ikke sådan, man kaldte den? Et smerteligt sekund flagrede en ny spiseseddel forbi hendes indre øje. ONANI-ROBERTS FORÆLDRE STIKKER AF TIL SENILKYSTEN!

Hvis bare jeg ikke var så slap, tænkte hun og satte frisk kaffe på. Hvis bare ikke alting føltes så frygteligt meningsløst. Hvorfra skal jeg dog hente kræfterne?

En håndarbejdslærerindes sidste dage og død, tænkte hun et minut senere, da hun sank ned ved bordet i køkkenet med dagens tredje kop kaffe. Det kunne godt bruges som titlen på en bog eller et teaterstykke, så vidt hun kunne vurdere det, men at sidde midt i indholdet af den titel var sandelig ikke noget at ønske sig.

Skam dig dog, lød det fra en endnu ikke helt udstrakt krølle i hendes hjerne. Så meget elendighed plejer jeg nu ikke at rode mig ind i. Fik jeg måske i virkeligheden et lille slagtilfælde her i morges? Hvis jeg da bare i det mindste var ryger stadigvæk, så kunne jeg måske have taget mig en smøg nu.

Nej, hvad er det, der sker med mine tanker i dag, tænkte Rosemarie Wunderlich Hermansson. Klokken er ikke mere end ti. Der er stadigvæk mere end et halvt døgn, til det er sengetid, og i morgen begynder børn og børnebørn at strømme til som ... ja, som hvad?

Tvangsmobiliserede soldater til en ikke erklæret krig?

Åh, liv hvor er din brod?

2

Kristoffer Grundt lå i sin seng og sloges med et ejendommeligt ønske.

Han ønskede at springe de næste fire dage af sit liv over.

Måske var det ikke noget ejendommeligt ønske for andre mennesker – det vidste han intet om – men for ham var det første gang. Han var fjorten år gammel, og det slog ham, at det måske var et tegn på, at han var ved at blive voksen.

At man havde svært ved at holde det ud.

Han plejede godt nok at frygte både det ene og det andet. Matematikprøver. Gymnastiktimer i svømmehallen. Pludselig at stå alene i et afsondret hjørne af skolegården sammen med Oscar Sommerlath og Kenny Lythén fra 9. c.

Men frem for alt det, der var allersværest at udholde: hans mors udtryk, når hun kiggede lige igennem ham og afslørede, hvilket elendigt stof han var gjort af.

Ikke det samme stof som Henrik. Overhovedet ikke. Et eller andet var gået galt, da Kristoffer var blevet lavet. De havde de samme gener og de samme forældre, de havde de samme fremragende forudsætninger – nej, det havde intet med hverken arv eller miljø at gøre. Det udsprang kun af den lille detalje, der gjorde ham til ham. Kristoffer Tobias Grundt og hans rygrad. Nej, forkert. Kristoffer Tobias Grundt og hans mangel på rygrad. Det hul, som han gik rundt med midt i sjælen, hvor andre mennesker havde deres karakter.

Akkurat sådan var det. Så slemt var det, hvis man så ordentligt efter.

Men at springe over fire døgn? Bevidst at forkorte sit liv med seksoghalvfems timer? Var det ikke en hån mod selve ... selve ideen?

Klokken var halv ti. Det var søndag. Hvis det havde været torsdag morgen i stedet, ville det være den 22. Og så ville der bare være to dage til juleaften. Hvis han nogensinde nåede frem til det tidspunkt, lovede han sig selv, at han ved den tid ville tage sig sammen og sende en taknemmelig tanke bagud. Tænke baglæns og minde sig selv om, at tiden – uanset hvad man tror – trods alt går.

Problemet var, at den ofte gik så rædselsfuldt langsomt, og at den aldrig hoppede over noget som helst.

Den ville ikke springe over den uudholdelige biltur til Kymlinge.

Den ville ikke hoppe over mormor og morfar og de andre håbløse familiemedlemmer.

Den ville ikke hoppe over et hundrede og femårsdagen og den lige så uudholdelige biltur hjem.

Og, tænkte Kristoffer og lukkede øjnene, den ville frem for alt ikke springe over samtalen med hans mor.

"Jeg forstår," havde hun sagt fra dybet og mørket i sofaen i dagligstuen i går aftes, da han ellers troede, at han var kommet ind uden at blive set eller hørt. "Jeg forstår, at det efter din opfattelse er det rette tidspunkt at komme hjem på nu. Klokken er to. Kom herover og ånd på mig."

Han var gået hen og havde blæst luft i en smal strøm ind i hendes ansigt. Han havde ikke kunnet skelne hendes øjne i mørket, men umiddelbart havde hun ingen kommentarer. Ikke desto mindre havde han ingen illusioner.

"I morgen formiddag," havde hun sagt. "Jeg forventer en forklaring. Jeg er træt nu, Kristoffer."

Han sukkede. Vendte sig i sengen og begyndte i stedet at tænke på Linda Granberg.

Det var på grund af Linda Granberg, at han havde drukket seks øl og et glas rødvin og røget ti cigaretter i går aftes. Det var for Lindas skyld, at han i det hele taget havde besluttet at gå med til den såkaldte fest hos Jens og Måns. Jens og Måns var tvillinger, gik i hans parallelklasse og havde forældre, der var uansvarlige. Forældre, der for eksempel gik til en fest for sig selv inde i byen og lovede, at de ikke ville være hjemme før klokken tre. Der ganske vist ikke ligefrem trakterede, men som trods alt havde et ganske omfattende og helt ukontrolleret lager nede i kælderen.

Han havde hørt, at de kun skulle være otte til festen, men Kristoffer havde talt mindst femten. Folk var kommet og gået. Han havde hældt fire øl i sig allerede den første time; Erik havde sagt, at det virkede bedre, hvis man gav den gas fra starten, og det havde egentlig virket overbevisende. Linda havde fulgt nogenlunde med, så vidt han kunne se; han havde vovet at sætte sig ved siden af hende i sofaen. Og han havde snakket med hende på en måde, som han aldrig havde vovet tidligere. Hun havde smilet til ham, og lige før klokken elleve havde hun taget ham i hånden og sagt, at hun godt kunne lide ham. En halv time og hver sin øl senere var de begyndt at kysse hinanden. Det var første gang for ham, og hun havde smagt vidunderligt af øl og chips og frisk tobaksrøg og noget blødt og varmt og godt, der bare var hende selv. Selve ... hvad hed det nu ... essensen ... af Linda Granberg. Da han lå i sin seng ti timer efter, kunne han stadigvæk lade tungen glide rundt i mundhulen og finde resterne af smagen hist og her.

Men det var et hastigt falmende og sørgeligt minde. Først og fremmest sørgeligt. Efter at de havde kysset, havde de spist pizza direkte fra æsken med de bare fingre, og en af tvillingerne havde serveret sur papvin i plastikkrus til dem alle sammen, og så var Linda blevet syg. Hun havde rejst sig, mens hun svajede lidt frem og tilbage og lovet, at hun hurtigt ville komme tilbage. Så var hun vaklet væk i den retning, hvor toiletterne lå, og en halv time senere havde han fundet hende i et helt andet rum, sovende i armene på Krille Lundin fra 9. b. Han havde tigget sig til en øl hos Erik, havde røget yderligere tre cigaretter og var så gået hjem. Da han tænkte nærmere over det hele, så var det ikke bare de næste fire dage, han gerne ville fjerne fra historien, gårsdagen kunne også godt forsvinde.

Linda Granberg, fuck you, tænkte han, men det var bare tomme ord, og helt bogstaveligt var det jo præcis det, han gerne ville. Hvis han skulle være ærlig. Og havde han bare spillet sine kort lidt bedre, så kunne det have været ham og ikke ishockeyspilleren Krille Lundin, der havde ligget der med armene omkring hende, det vidste han. Så forbandet tilfældigt kunne livet være, selvom det gav sig selv, at en 15-årig ishockeyspiller havde tusind gange bedre odds end en ... en hvad? En dejklump? En megataber? Et nul, en nørd, en nada? Vælg selv.

Det gav et spjæt i ham, da han fik øje på sin mor i døråbningen.

"Vi tager op og køber lidt ind nu. Du skulle måske se og stå op og spise morgenmad, så tager vi den snak, når vi kommer tilbage."

"Ja da," sagde han. Meningen var, at det skulle lyde kækt og imødekommende, men den lyd, der kom ud af hans strube, mindede mest om lyden fra et lille dyr, der kommer i vejen for en plæneklipper.

"Vi bør måske indlede med at slå fast, hvad denne samtale skal handle om?"

"Den handler om mig," sagde Kristoffer og forsøgte at gengælde sin mors stålblå blik med sit eget grønmelerede. Det føltes ikke, som om det helt lykkedes.

"Om dig Kristoffer, ja," sagde hun langsomt og foldede hænderne foran sig på spisebordet. Det var bare de to. Klokken var halv tolv. Hans far var ude for at besørge nye ærinder. Henrik var kommet hjem sent aftenen i forvejen efter sit første, anstrengende universitetssemester i Uppsala. Begge dørene var lukket, og opvaskemaskinen brummede.

"Værsgo," sagde hun.

"Vi havde en aftale," sagde Kristoffer. "Den brød jeg."

"Jahh?"

"Jeg skulle have været hjemme klokken tolv, men jeg kom ikke før klokken to."

"Ti minutter over."

"Ti minutter over to."

Hun lænede sig en anelse over imod ham. Tænk hvis hun

kunne finde på at give mig et kram, tænkte han. Allerede nu. Men han vidste godt, at det ikke ville komme, før alt var opklaret. Og alt var endnu ikke opklaret. Så langt fra.

"Jeg bryder mig ikke om at sidde her og stille spørgsmål, Kristoffer. Er der mere, du gerne vil fortælle?"

Han trak vejret dybt. "Jeg løj. Der var noget før det."

"Nu kan jeg ikke helt følge dig."

"Før det. Jeg havde aldrig tænkt mig at gå over til Jonas."

Hun markerede sin overraskelse ved at løfte det ene øjenbryn et par millimeter. Men hun sagde ikke noget.

"Jeg sagde jo, at Jonas og jeg skulle se en film sammen hjemme hos ham, men det var løgn."

"Ja så?"

"Jeg var hjemme hos tvillingerne."

"Hvilke tvillinger?"

Hvorfor afbryder du mig hele tiden med spørgsmål, hvis du ikke har lyst til at spørge, tænkte han.

"Måns og Jens Pettersson."

"Jeg forstår. Og hvorfor var det nødvendigt for dig at lyve om det?"

"Hvis jeg havde sagt sandheden, havde jeg aldrig fået lov til at gå."

"Hvorfor ville vi ikke have ladet dig få lov til at gå?"

"Fordi det ikke ... fordi det ikke er noget godt sted at være en lørdag aften."

"Hvad forkert skulle der vel være ved at besøge tvillingerne en lørdag aften?"

"De plejer at drikke ... vi drak. Vi var ti-femten stykker, og vi drak øl og røg. Jeg ved ikke, hvorfor jeg gik med. Det var helt værdiløst."

Hun nikkede, og han kunne se, at han havde påført hende stor sorg. "Jeg forstår ikke rigtigt. Hvorfor gik du så derhen? Du må vel have haft en hensigt med det."

"Det ved jeg ikke."

"Ved du ikke, hvorfor du gør ting, Kristoffer? Det lyder alvorligt." Nu så hun bekymret ud, reelt bekymret. Giv mig for helvede nu et knus, tænkte han. Jeg vil aldrig blive god nok for dig alligevel. Giv mig et knus, så skider vi på det her.

"Jeg ville vel bare prøve ... tror jeg."

"Prøve hvad?"

"Hvordan det var."

"Hvordan hvilket var?"

"At drikke og ryge for fanden! Hold nu op med det der, kan du ikke se, at jeg ikke orker ..."

Gråden og håbløsheden kom væltende voldsommere og tidligere, end han havde troet, og på en eller anden måde følte han sig taknemmelig for det. Det føltes vidunderligt at give op. Han krøb sammen over bordpladen med ansigtet boret ned i armhulen og hulkede færdig. Men hun rørte sig ikke og sagde ingenting. Efter et minut eller måske to var gået, rejste han sig så, gik over til vasken og tog en halv meter køkkenrulle. Pudsede næse og vendte tilbage til bordet.

De sad uden at sige noget en tid igen, og langsomt gik det så op for ham, at hun ikke havde tænkt sig at give ham et knus.

"Jeg vil have, at du også fortæller det her til Far, Kristoffer," sagde hun. "Og så vil jeg vide, om du har tænkt dig at fortsætte med at lyve for os, eller om vi kan stole på dig. Du har måske tænkt dig at være mere sammen med tvillingerne fremover? Det er jo os, der er din familie, far og jeg og Henrik, men hvis du hellere ..."

"Nej, jeg ..." afbrød han, men hun afbrød også ham.

"Ikke nu," sagde hun. "Om man slår ind på sandhedens eller på løgnens bane, er en vigtig beslutning. Det er bedst, at du overvejer den nogle dage."

Derefter rejste hun sig og forlod ham.

Nej, tænkte han, hun rørte aldrig ved mig. Ikke engang et strøg med hånden over ryggen.

Og en slags stumhed, der føltes lige så ny som lammende, bredte sig hurtigt i ham. Han ventede et minut, derefter forlod han hastigt køkkenet, løb op ad trappen og ind på sit værelse. Han hørte, at Henrik var vågnet på den anden side af den tynde væg, men kastede sig bare ned på sengen og bad en ordløs bøn om, at storebroderen ville vælge at tage et brusebad, før han kom ind for at sige goddag.

Hvis de kunne bytte mig, tænkte Kristoffer Grundt. Ja, så ville de have gjort det for lang tid siden.

Leif Grundt omfavnede lidt halvhjertet sin søn efter den korte samtale, han havde med ham, før de gik til bords om aftenen, og konstaterede endnu en gang, at han og hans kone var meget forskellige.

Mildt sagt. Ebba var en kæmpe og en gåde, akkurat sådan plejede han at beskrive hende, og desuden en gåde, som han for lang tid siden havde opgivet håbet om at løse. Aldrig nogensinde. Hvad angik Kristoffers første oplevelser med tobak og alkohol – hvis der nu faktisk var tale om de første – havde det vigtige for hans kone været løgnen. Knægtens svigt bestod i, at han ikke talte sandt – i at han bevidst havde svigtet aftalen.

Leif selv mente det stik modsatte. Hvis drengen ville drikke og ryge, så kunne han vel ikke først fortælle sine forældre om det? På sigt kunne det medføre både skrumpelever og lungekræft, men ingen var vel nogensinde død af at fortælle en hvid løgn?

Hellere en ædru løgner end en sandfærdig misbruger, tænkte Leif Grundt. Hvis man nu skulle vælge en fremtid for sine børn – hvilket han i øvrigt ikke et sekund indbildte sig, at han nogensinde skulle.

Men han havde på den anden side også et noget afslappet forhold til løgnen. Hvis man formulerede det lidt hårdt – hvilket det aldrig ville falde ham ind at gøre navnlig ikke over for sin kone – så kunne man faktisk godt sige, at hele familien Grundts eksistens hvilede på en løgn. Ja, et groft og gennemført bluff var selve det fundament, som drengene i realiteten kunne takke for overhovedet at blive født.

Havde Leif Grundt holdt sig til sandheden, var han aldrig kommet i trusserne på drengenes mor. Nemlig. At Ebba Hermansson skulle lade en pålægsslagter fra Brugsen tage sin omhyggeligt beskyttede dyd, var en tanke lige så utænkelig som at ... som at Leifs stammende halvbror Henry skulle have fået held til at blive gift med Pamela Anderson. Det vidste Leif, og det vidste Ebba, og Leif vidste lige så sikkert, at hun aldrig ville indrømme dette psykologiske faktum, om hun så blev stillet over for en eksekutionspeloton. Da han valgte at optræde som jurastuderende Leif von Grundt til den forårsfest i Uppsala i 1985 (hvor han havde sneget sig ind ved hjælp af et forfalsket studiekort), var det akkurat denne opgraderede identitet – og ikke hans meget prosaiske Brugspik – der ved totiden om natten i hendes lejede værelse havde skaffet ham adgang til hendes jomfruelige vådområder. Sådan var det bare.

"Du løj," konstaterede hun to måneder senere, da den resulterende graviditet ikke længere kunne skjules.

"Ja," svarede han. "Jeg ville have dig, og det var den eneste måde, jeg kunne få dig på."

"Du er fuld af fordomme," sagde hun. "Jeg ville have sat pris på din ærlighed."

"Det er muligt," sagde han. "Men det var ikke din respekt, jeg var ude efter."

"Jeg ville være gået i seng med dig alligevel."

"Det tvivler jeg på," sagde Leif Grundt. "Det tvivler jeg i allerhøjeste grad på. Men hvad har du tænkt dig at gøre nu?"

"Gøre?" sagde Ebba Hermansson. "Jeg har selvfølgelig tænkt mig at gifte mig med dig og at få barnet."

Og derved blev det.

Det havde kostet hende et års pause i medicinstudiet, men ikke mere. At bruge sin barselsorlov helt til grænsen var nærmest en pligt, hvis man var ansat i Brugsen i midten af firserne, og da Kristoffer kom til verden fem år senere, var det hele planlagt i detaljen, så det passede med Ebbas turnusperiode. Og ganske rigtigt – turnustilbuddet kom, som det skulle, fra Sundsvalls Sygehus sammen med en stilling som butiksbestyrer på Ymergatan i samme by. Med tiden lykkedes det også at få en specialistuddannelse – og at det faktisk kunne lade sig gøre at kombinere både det ene og det andet, var Ebba Hermansson et levende bevis for, da hun som 38-årig og mor til to børn tiltrådte stillingen som overlæge i karkirurgi på samme sygehus. Djævelen skøtter sine, og om to dage fyldte hun fyrre.

Det tænkte Leif Grundt, mens han smilede skævt indeni. Og at det der med løgn og sandhed var mere kompliceret, end folk normalt forestillede sig, det var i hvert fald en sandhed, han agtede at holde helt for sig selv. I et specielt område af sin livserfaring, som han selv med mellemrum betragtede, men som han sjældnere og sjældnere inviterede sin kone til at besøge. Det var der ligesom ingen anledning til.

Men knægten var altså begyndt at ryge og drikke, og selvfølgelig skulle han have en formaning. Han skulle skældes ud og føle sig rigtigt elendig, mere indviklet var det faktisk ikke.

Fornøjet med denne enkle konklusion satte Leif Grundt sig til bords sammen med sin kone og sine sønner. Det var søndag aften, verden var i det store hele god at være i. I morgen ventede så rejsen til Kymlinge og tre dages veritabelt helvede, det vidste han, men i morgen var i morgen, og hver dag har nok i sin egen elendighed.

3

Allerede ved deres første, let forvirrede møde en uge efter skandalen havde Robert Hermansson forklaret sin terapeut, at han følte sig suicidal.

Men det havde han sagt som svar på et direkte spørgsmål; han havde en fornemmelse af, at den affable, let rotteagtige mand med de røgfarvede briller ville have det svar. Han forventedes at være suicidal, og følgelig havde han svaret ja, jo da, også fordi han flere gange havde tænkt i de baner.

Ved sig selv kunne han da også udmærket indse, at det ville have været en ganske logisk udgang på historien – og at det ville være vidunderligt at slippe for at ligge og vende og dreje sig i sengen hver eneste nat og tænke på sit patetiske og spildte liv. At det ville være vidunderligt at slippe for at vågne langt hen på formiddagen, angst og koldsvedende til en ny meningsløs dag.

Tænk sig endelig at give selvforagten et spark i røven, tænkte han, tage skridtet ud over grænsen og forsvinde. Ingen – ikke en eneste – ville synes, at det ville være spor ejendommeligt, hvis Robert Hermansson tog livet af sig.

Alligevel anede han også, at det ikke var sådan, det skulle være. Som sædvanlig ville han mangle styrken og handlekraften. Hvad han skulle stille op med de resterende år af sit liv, havde han ingen anelse om. Formodentlig handlede det om at komme igennem de nærmeste måneder for derefter at flytte til udlandet. Han var sygemeldt frem til den 26. december, hans vikariat på avisen strakte sig frem til årsskiftet, og han havde ingen illusioner om, at de ville tage ham tilbage til januar.

Et mindre seriøst forlag havde kontaktet ham og givet ham et tilbud om at ville udgive "hans egen version" i bogform og havde garanteret ham 50.000 i forskud samt hjælp fra en erfaren ghostwriter. Han havde svaret, at han under ingen omstændigheder havde brug for en ghostwriter og havde bedt om betænkningstid. Måske skulle han sige ja til forlaget? Hvorfor ikke? Han kunne tage imod pengene, tage til de Kanariske Øer eller Thailand eller et eller andet sted hen. Nej, ikke Thailand en gang mere. Men lige meget hvor, så kunne han sidde i en liggestol i to måneder med sit gamle romanmanuskript og gå det igennem endnu en gang. *Menneske uden hund.* Måske ville de antage det. Måske var det slet ikke hans egen version af begivenhederne på øen, det lorteforlag var ude efter, måske var det bare hans navn. Onani-Robert Hermansson.

Og selvom de så bagefter sagde nej, var det så ikke akkurat en flugt, han havde brug for? Koncentreret arbejde. Isolation og godt vejr. Det var syv år siden, han sidst gennemlæste *Menneske uden hund*, måske var det netop den tidsafstand og sådan en situation, han havde brug for, for at han kunne gennemskrive det varsomt en sidste gang og få den udgivet. Endelig. Landets fire største forlag havde alle haft manuskriptet til gennemsyn. Bonniers to gange. Han havde læst udtalelser fra tre forskellige lektører og havde talt med to forlæggere. Navnlig manden fra Bonniers havde givet ham håb. Næsten insisterende havde han bedt ham om at gennemgå de seks hundrede og halvtreds sider en gang mere, om at forsøge at skære mindst hundrede og halvtreds sider væk, for derefter at levere manuskriptet ind igen. I princippet havde de været enige om, at bogen skulle udgives. Det var der slet ingen tvivl om.

Men dengang, i september 1999, da Seikka akkurat havde forklaret ham sine hensigter, havde han ikke orket det. Havde ikke formået at sætte sig ned og gennemrode metaforerne endnu en gang. Hvem ville have orket det? Han havde to digtsamlinger bag sig. *Stentræet* fra 1991 og *Frugthandlerens eksempel* fra 1993. Begge havde fået nydelige anmeldelser. Anmelderne mente bare, at han var på jagt efter sit eget udtryk. Og han havde deltaget i sammenlagt fire oplæsninger og en lyrikfestival.

Nej, hvorfor skulle Robert Hermansson dog gå ud og hænge sig? Der var håb endnu.

Eller i det mindste flugtmuligheder. Som sagt. Mere ønskede han sig ikke.

I det hele taget havde han aldrig ønsket sig meget af livet, når han tænkte efter. Livet krævede mere af ham, end han krævede af livet. Var det ikke sådan, det var? Klokken tolv søndag den 18. december var han endnu ikke stået op, men han havde løst halvdelen af krydsordsopgaven i fredagens udgave af *Svenska Dagbladet* og var faldet i søvn igen tre gange. Flugtmuligheden, tænkte han. Er det sindbilledet på mit liv?

Sådan kunne man måske nok se på det. Han havde aldrig holdt ud, og det som han måske kunne have lært at holde ud, havde ikke holdt ham ud. Han var femogtredive år gammel, og det eneste, han egentlig havde brugt sit liv til, var at lede efter noget andet. Og det tror da fanden, tænkte han og vendte hovedpuden. Når man er vokset op i skyggen af Ebba, så længes man ud i sollyset.

Det var en tanke, han havde tænkt mange gange, og den havde for længe siden mistet sin sødme. Man kunne undskylde visse ting ved sin familie og sin storesøster, men ikke alting og i evighed. Man kunne være et offer for ydre omstændigheder, men ikke hele sit liv. Ikke i den svenske middelklasse i slutningen af nittenhundredtallet. Det var svært at slå ned i historien og geografien og finde mennesker, der havde haft lige så gode muligheder for selv at styre deres liv og skæbne som Ebba, Robert og Kristina Hermansson. Det var – som hans far Karl-Erik ville have formuleret det – et indiskutabelt faktum.

Og egentlig – hvis man skulle være nøjeregnende – så var det først efter, at han var blevet sin egen lykkes smed, at det var begyndt at gå skævt. Robert havde taget sin studentereksamen som han skulle, matematisk-naturvidenskabelig på gymnasiet hjemme i Kymlinge. Det skete i 1988, og selvom han ikke var den bedste i klassen, så var hans karakterer helt sikkert acceptable. Ikke på niveau med dem, som Ebba havde fået et par år tidligere, men det var der heller ingen, som havde krævet. Samme efterår havde han aftjent sin værnepligt, var blevet hærdet og styrket og gjort til mand i de ti måneder som leder af en panserartillerigruppe i Strängnäs. Han havde hadet hver eneste dag af det. Hvert minut. Men så i 1989 var han flyttet til Lund og var begyndt at studere.

Humaniora. Faderen havde frarådet det, og storesøsteren havde frarådet det, men han havde holdt ved. Han mødte Madeleine, hun var smuk og modig, og hun stod ved hans side. De læste filosofi og bollede. De læste idehistorie og bollede. Drak rødvin, røg lidt hash, læste litteraturvidenskab og bollede. Prøvede at bruge amfetamin, men stoppede i tide, læste kunsthistorie, bollede, udgav to digtsamlinger (Robert) og fik en afvist (Madeleine). Læste filmvidenskab, fik et romanmanuskript på 650 sider afvist (Robert), bollede, blev gravide (Madeleine), holdt op med at ryge hash, men fik alligevel en abort i tredje måned, blev angrebet af panikangst (Madeleine) og fik nok af Robert (Madeleine) og flyttede over hals og hoved hjem til sine forældre i Växjö (Madeleine). Sad bare og iagttog, hvordan det hele faldt sammen omkring ham (Robert).

På en eller anden måde var det lykkedes for ham at opretholde illusionen om, at han stadigvæk studerede seriøst, både i forhold til studiestøtten og til sin familie. Men i og med Madeleines opbrud var det slut med det. Han var fireogtyve år gammel, befandt sig lysår fra nogen eksamen, havde en akkumuleret studiegæld på 350.000 kroner og dårlige drikkevaner. Hans smukke og modige kæreste havde forladt ham, og hans to kritikerroste digtsamlinger havde tilsammen solgt i et hundrede og tolv eksemplarer. Det var på høje tid for familien at intervenere.

Efteråret 1994 var det hele klaret (bortset fra studiegælden, som han formodentlig ville gå i graven med). Med hjælp fra storesøsters Brugs-ansatte mand oppe nordpå blev der fremtryllet et forholdsvis velbetalt job på et distriktskontor i Jönköping. Kontorarbejde og tre-fire rejser om måneden til forskellige butikker i den nordlige del af Småland og Västergötland. Robert bøjede sig og accepterede. Nu drejede det sig om at tage skeen i den anden hånd og sende kunstnersjælen i indre eksil, der var ingen andre muligheder. Han flyttede ind i en treværelses lejlighed med en smule udsigt over Vättern, den første uge i september, og den tredje lørdagsaften i den tredje (og sidste) pub i byen mødte han Seikka. Hun arbejdede i en børnehave og gik til aftenkurser i forskellige, kreative emner. Fra aromaterapi til feministisk croquistegning og transcendentalt selvforsvar. De flyttede sammen i december, og i november 1995 blev deres datter Lena-Sofie født. Nogenlunde samtidig begyndte Robert at løbe motionsløb. Det gjorde han for ikke at springe i luften på grund af sit indre tryk. Til at begynde med ti-tolv kilometer hver anden aften, derefter længere. I 1996 deltog han i tre maratonløb med tider under 2.50 (med undtagelse af det sidste, hvor han var nødt til at stoppe mindre end to kilometer før mål på grund af akutte maveproblemer, men på det tidspunkt lå han til en tid omkring 2.46 og en halv sådan cirka). Han meldte sig ind i atletikklubben Vindarnas IF og opdagede, at han havde et virkeligt talent for baneløb. Sin første 10.000 meter løb han til en ren klubkonkurrence og vandt med 300 meter ned til nummer to. Derefter tog han pr. brev kontakt til en kendt idrætsfysiolog, som forklarede, at en langdistanceløber ofte nåede toppen efter de tredive og med fordel kunne vente med at træne seriøst, til efter at han var fyldt femogtyve. Robert var 26, og han kunne huske Evy Palm.

Det var også de efterfølgende tre sæsoner, der blev hans storhedstid. I 1997 blev han distriktsmester på både fem- og ti tusind meter, men det var da han uden teknisk træning stillede op til et 3000 meters forhindringsløb på Malmø Stadion, at han fandt den rette disciplin. Nummer tre efter en løber fra landsholdet og en berømt polak i den fornemme tid 8.58.6.

Lena-Sofie voksede til og fik børnehaveplads, Seikka startede på nye kurser. Han forsømte de to og gik ned på halv tid for at få tid nok til at træne. De elskede en gang om måneden. De tog op til Lappenranta i julen og hilste på svigerforældrene. Robert kom i slagsmål med en svoger og fik et fire centimeter langt ar neden for venstre øre. I 1998 deltog han i sin første landskamp med Finland og blev den næstbedste svensker med 8.42.5. Forbedrede sin personlige rekord ved de Svenske Mesterskaber i Umeå til 8.33.2 og erobrede en sølvmedalje. Seikka og Robert elskede en gang i kvartalet. Svigerforældrene kom på besøg i Jönköping en uge i ferien. Uden slagsmål eller andre elendigheder. Under juleferien hos Rosemarie og Karl-Erik på Allvädersgatan i Kymlinge bed Lena-Sofie sin farfar i læben, så blodet flød i stride strømme. Året 1999 blev Roberts sidste som atletikudøver. Det lykkedes ikke for ham at forbedre sin personlige rekord, han havde en del problemer med en akillessene, men han gentog dog sin fjerdeplads i landskampen mod Finland, denne gang på udebane på Olympiastadion i Helsingfors. Svigerforældrene var med og så på. I hele den sidste kurve og på opløbet kæmpede Robert side om side med en finsk løber om tredjepladsen, men på de allersidste meter måtte han give sig. Finnerne blev nummer et, to og tre. Konkurrencen fandt sted i august; Seikka og han havde ikke elsket siden april, og da han vendte hjem til sin treværelsers med en vis udsigt over Vättern, havde hun tømt den for sig selv, datteren og alle deres kvindelige ejendele. På køkkenbordet lå en lap papir, hvor hun forklarede, at hun ikke elskede ham mere, at han ikke brød sig det mindste om hverken hende eller Lena-Sofie, samt at hun nu flyttede hjem til Finland og aldrig ville se ham mere.

Robert kunne godt indse, at hver eneste ord var sandt, og besluttede sig for at acceptere. Tre gange begyndte han alligevel at dreje nummeret til svigerforældrene, men tre gange lagde han også røret på, i samme øjeblik telefonen blev besvaret i den anden ende.

Dette skete sent søndag aften den 29. august 1999, og det var om mandagen den 30., at den venlige forlægger fra Bonnier ringede og opfordrede ham til at gå i gang med *Menneske uden hund* for alvor. Robert sad virkelig med det omfangsrige manuskript nogle timer både mandag og tirsdag aften, men så kunne han mærke, hvordan den indre tomhed lammede alle forsøg på at agere kunstnerisk. Han stoppede de 650 ark tilbage i den vinrøde mappe med metalbeslag, hvor de derefter ville blive liggende helt frem til december 2005.

Derefter arbejdede han yderligere et par uger på Brugsforeningens distriktskontor, og i slutningen af september opmagasinerede han så alle sine ejendele og alt, hvad der ikke kunne være i en rygsæk, og flyttede til Australien.

Telefonen ringede og afbrød Roberts livsanalyse. Det var hans mor, der sagde, at hans far gerne ville vide, hvornår han ankom.

"Jamen, vil du da ikke også gerne vide det?" spurgte han.

"Naturligvis Robert. Hæng dig nu ikke i ordene," sagde Rosemarie Wunderlich Hermansson.

"All right mor. I morgen aften. Jeg har lige en smule, jeg skal have ordnet først, men jeg tager hjemmefra ved to-tretiden."

"Robert?"

"Ja?"

"Hvordan har du det egentlig?"

"Jooo ... sådan."

"Jeg vil virkelig ikke ..."

Hun fuldendte ikke sætningen, og han udfyldte ikke stilheden.

"Det ved jeg, mor. Vi ses i morgen aften."

"Du skal være så hjerteligt velkommen, Robert. Kør nu forsigtigt. Du har vel vinterdæk på?"

"Ja, mor. Hej med dig."

"Hej, min dreng."

Han stod op af sengen. Klokken var kvart over tolv. Han stillede sig hen til vinduet og så ud over byen. Det var begyndt at sne for første gang denne vinter.

Tænkte på sin mor.

Tænkte på Jeanette. Nej, ikke tænkte. Forsøgte at forestille sig hende.

Hun havde ringet en uge før. Foregående lørdag.

"Du kan sikkert ikke huske mig," sagde hun.

"Ikke rigtigt," svarede Robert.

"Jeg er lidt yngre end dig. Men vi gik i samme skole. Både i folkeskolen og i gymnasiet. Selvom jeg altså var et par årgange under dig."

"Jeg forstår," sagde Robert.

"Du undrer dig sikkert over, at jeg ringer."

"Jooo," sagde Robert.

"Jeg så det der fjernsynsprogram."

"Det var der mange, som gjorde."

"Ja da. Men det forholder sig altså sådan ... øv, jeg ved ikke, hvordan jeg skal sige det her. Jeg kan godt lide dig, Robert."

"Tak."

Her havde han tænkt sig at lægge røret på, men der var noget i hendes stemme, som tiltalte ham. Noget alvorligt og indtrængende på en eller anden måde. Hun lød ikke som en idiot, selvom det, hun havde sagt indtil videre, godt kunne pege i den retning.

"Faktum er, at jeg altid godt har kunnet lide dig. Du tilhørte den der lille gruppe af drenge, som der virkelig var noget specielt ved. Hvis du bare vidste, hvor mange gange man gik og tænkte på dig, dengang i teenageårene. Og ..."

"Ja?"

"Og du ved ikke engang, hvem jeg er. Det er lidt uretfærdigt."

"Det er jeg ked af."

"Men det skal du ikke være. Man holder sig jo helst til sin egen årgang i den alder. Kigger ligesom ikke nedad, det ligger vel i sagens natur."

Ny pause, hvor han meget vel havde kunnet finde på at sige farvel og lægge røret på. Det føltes lidt, som om hun faktisk ville give ham muligheden for at gøre netop det.

"Jo, men hvorfor ringer du egentlig?"

"Det må du undskylde. Jo, jeg så altså det fjernsynsprogram, og jeg kan forstå, at du fik en masse lort ud af det bagefter."

"Det kan man vel sige."

"Og så tænkte jeg, at du måske havde brug for at vide, at der stadigvæk er nogle herude, som kan lide dig. For selvtillidens skyld og den slags."

"Tak, men ..."

"Og så hørte jeg, at du måske kommer til byen. Din far og din søster har jo fødselsdag. Jeg havde faktisk din far som klasselærer. Og så tænkte jeg også, at hvis du nu er her nogle dage, så ..."

"Hm," sagde Robert.

"Det var jo bare et forslag. Men jeg har ingen kæreste haft det sidste halve års tid. Jeg ville gerne dele en flaske vin med dig og snakke om livet. Jeg bor på Fabriksgatan, hvis du kan huske, hvor den ligger."

"Det tror jeg," sagde Robert.

"Ingen unger, ikke engang en kat. Kan jeg ikke bare give dig mit telefonnummer, så kan du ringe, hvis du har lyst. Måske ville det også være rart at slippe væk fra familien en tid."

"Vent, jeg skal lige finde noget at skrive med," sagde Robert Hermansson.

Hun hed også Andersson. Det havde hun afsløret, inden de afsluttede samtalen.

Jeanette Andersson?

Nej, han kunne ikke hente hende frem fra erindringen. Hvis han havde haft mulighed for at kigge på et skolebillede, ville han antagelig have genkendt hende, men han havde ingen gamle skolebilleder. Robert Hermansson var ikke af den slags, der gemte på sådan noget.

Men da hans mor et par aftener senere ringede og på ny snakkede om, at han skulle komme til 105-årsdagen, så var det Jeanette Andersson, der blev tungen på vægtskålen. Det var han nødt til at medgive.

Men han indrømmede det kun lige akkurat og kun over for sig selv. Han kunne ikke modstå fristelsen til at opsøge en ukendt kvinde, ringe på hendes dør og blive sluppet ind.

Naturligvis, lille mor. Vel kommer jeg.

Vinterdæk? Robert Hermansson?

Årene i Australien havde budt på både godt og ondt. Den første tid flakkede han op og ned langs østkysten og arbejdede i en uendelighed af turistbutikker. Som tjener, kok, receptionist, steward, dyrepasser (syge pandaer, der sov atten timer i døgnet og åd de resterende seks). Byron Bay. Noosa Head. Arlie Beach. Leder af en bowlingbane i Melbourne. Ingen af jobbene varede mere end nogle uger. Årtusindskiftet fejrede han på en irsk pub i Sydney, og det var også i Sydney, at han mødte Paula og indledte det tredje (og sidste?) langvarige forhold i sit liv.

Paula var englænder og på samme måde som Robert en slags flygtning. Hun var stukket af fra en alkoholiseret og voldelig mand i Birmingham og havde været i Sydney i to måneder, da Robert mødte hende, og boede for tiden hos sin søster og hendes mand, der begge var læger. Med sig fra England havde hun sin datter Judith, der var fire og et halvt år gammel. Paula, Judith og Robert flyttede sammen i maj 2000 efter at have kendt hinanden i mindre end et halvt år. Samtidig flyttede de også tværs over det store kontinent og slog teltpælene ned i Perth.

Han elskede hende. Det var uklart, hvordan det havde forholdt sig med Madeleine og Seikka, men bagefter kunne han alligevel sværge på, at han havde elsket Paula. Hun havde nøjagtig det milde og tilgivende sind, der krævedes af en kvinde, for at hun kunne leve sammen med en alkoholiker i seks år, og Robert varede sig for at misbruge denne mildhed. Det føltes, som om de voksede sammen. Desuden var hun smuk. Navnlig når man tog i betragtning, at hun var engelsk, jo, Paula havde han elsket.

Judith også. Sin egen datter Lena-Sofie, der var fem år, da han mødte Paula, havde han ikke set i flere år. Seikka plejede at sende ham en mail hver anden eller hver tredje måned, som han besvarede venligt, og han havde to fotografier i sin tegnebog. På et eller andet plan blev Judith meget naturligt et surrogat og en slags trøst.

Det burde have kunnet gå, tænkte Robert og tændte for espressomaskinen. Med Paula og Judith burde det have kunnet gå.

Hans tredje (og sidste?) alvorligere forsøg på at leve sammen med en kvinde var da heller ikke brudt sammen, fordi han ikke kunne klare det. Tværtimod, det var et tveægget sværd af ond, pludselig død og ond, pludselig religiøsitet, der havde fået Paula og Judith til at forlade ham. En frygtindgydende sammensværgelse af ulykkelige omstændigheder, hvis man skulle være helt ærlig. I april 2003 – efter tre lykkelige år altså (han plejede at tænke på dem præcis sådan og med store bogstaver: Mine Lykkelige År), kom der bud fra England, at Paulas far var blevet kørt ned af en lastbil og dræbt. Sammen med sin søster og Judith rejste Paula tilbage til Birmingham for at være med ved begravelsen og for at være en støtte for moderen i nogle uger. Robert forventede dem tilbage den 28. april. Derefter forventede han dem tilbage den 5. maj, så den 12. Men den 11. kom der i stedet en lang mail, hvor Paula forklarede det usandsynlige, som var sket. Den tidligere hustrumishandler og drukkenbolt havde fundet troen og havde forvandlet sig til et ansvarsfuldt og godt menneske. Geoffrey var jo trods alt Judiths rigtige far, og hun havde under sit ophold i hjemlandet genopdaget sine følelser for ham. Desuden var hendes mor nedbrudt efter faderens pludselige bortgang, så det føltes ikke rigtigt at lade hende alene tilbage.

Robert sagde op på den computervirksomhed, hvor han havde arbejdet de seneste atten måneder, rejste tværs over kontinentet og tilbragte godt og vel et halvt år på Manley Beach uden for Sydney. Da den lokale sommer begyndte at gå mod efterår, fløj han hjem til Sverige igen. Han landede i Arlanda den 15. marts 2004, ringede til sin lillesøster og spurgte, om han måtte komme og bo hos hende.

"Hvorfor ringer du ikke til Ebba?" spurgte Kristina.

"Nu skal du ikke være dum," sagde Robert.

"Hvor længe?"

"Bare til jeg finder mit eget. Et par uger højest."

"Du er klar over, at jeg snart skal føde, ikke?"

"Hvis det er for besværligt, finder jeg noget andet."

"All right, din store tumbe," sagde Kristina.

Han boede hos Kristina og Jakob (og Kelvin, der blev født den første uge i maj) i deres hus i Gamla Enskede frem til midten af juni, da han kunne flytte ind i en fremlejet toværelsers på Kungsholmen, som han stadigvæk boede i. Begyndte at arbejde som bartender på et værtshus i samme periode og tænkte, at hans liv var omtrent som et mælkebøttefrø, der blev blæst rundt af vinden.

Eller som et insekt foran en glødelampe. Kommer for tæt på

og stødes væk, kommer for tæt på og stødes væk.

For tæt på og brænder op? For tæt på hvad?

Omtrent sådan var situationen også – selvom værtshuset var skiftet ud og suppleret med et deltidsjob på gratisavisen *Metro* – i maj måned 2005, da han læste en annonce i *Aftonbladet* og meldte sig til tv-programmet *Fangerne på Koh Fuk* – den værste beslutning om fremtiden, han nogensinde havde truffet i sit liv.

Men jeg har da i det mindste fået en espressomaskine ud af det, tænkte han og fyldte pulver i til en ny kop. De fleste mennesker i verden ejer ikke en espressomaskine.

Han slap for at kaste sig ud i en ny analyse af oktober og november måneds traumatiske malstrøm, fordi telefonen ringede. Det var Kristina.

"Hvordan har du det egentlig?"

Det var præcis det samme spørgsmål, som moderen var kommet med, og han gav præcis det samme svar.

"Jooo ... sådan."

"Og du vil ikke køre med os? Du ved jo, at vi har pladsen til det."

"Nej tak. Jeg kører selv. Jeg har lige en smule, jeg skal have klaret, før jeg tager af sted."

"Det kan jeg tænke mig."

Hvad mente hun med det? Var der faktisk ting, han skulle have klaret? Som alle andre mente, at han skulle klare, men som han selv var blind for?

"Jamen så," afrundede han. "Så ses vi i morgen aften."

"Robert?"

"Ja?"

"Nej, det kan vi klare, når vi ses."

"Okay. Hej."

"Hej."

Det er dem, der forventer det, tænkte han pludselig, da han havde lagt røret på. At jeg skal tage livet af mig. Dem alle sammen. Max på bladet. Min terapeut. Det er derfor, han vil have penge efter hver konsultation. Oven i købet også min egen søster.

4

Jakob Willnius trak jalousidøren til side og fandt en flaske Laphroaigh frem.

"Vil du have?"

"Sover Kelvin?"

"Som et murmeldyr."

"Bare en centimeter. Hvad var det med Jefferson?"

Kristina lænede sig tilbage i den store, krumme Fogia-sofa og forsøgte at beslutte sig for, om hun var irriteret eller bare træt.

Eller om det måske handlede om en slags forvarsel for den store irritation. En mental opladning før den tavse konflikt, som uundgåeligt ville komme til at præge de kommende dage. Jeg er nødt til at ignorere det, tænkte hun. Det er tåbeligt og uværdigt, jeg lader bare min sjæl blive hjemme og danser med. Jeg er et voksent menneske, og det her er faktisk en engangsforeteelse.

Jakob stillede to glas på bordet og satte sig ved siden af hende.

"Han ringede fra Oslo."

"Jefferson?"

"Ja. Han kan godt nå til Stockholm alligevel. Det ville være meget værdifuldt, hvis jeg kunne mødes med ham et par timer før jul."

Irritationen blev virkelig på blot et par sekunder.

"Hvad er det, du forsøger at sige?"

Jakob betragtede hende, mens han roterede glasset i hånden. Uudgrundelig som en kat, der kigger på tekst-tv, tænkte hun. Som sædvanlig. Der var intet spor af ironi i hans smil, der havde akkurat den samme krumning som sofaen, der var ingen beregning i hans bleggrønne øjne, som hun engang i fortiden ønskede at gå barfodet rundt i, og der var naturligvis også den sædvanlige mangel på modstand, som gjorde ham så svær at besejre. Og som gjorde, at ... hun slap ham med øjnene og tænkte efter ... som gjorde, at scenen for den forestående konflikt befandt sig helt og aldeles inden i hende selv. Det var uretfærdigt, dybt uretfærdigt; hun var faldet for den der primitive elasticitet, eller hvad fanden man nu skulle kalde det, for fire år siden, og den paradoksale tanke, at det var akkurat de samme egenskaber, som engang ville få hende til at forlade ham, fór forbi inden i hovedet på hende. Det var ikke første gang. Du hører mere hjemme i en film, Jakob Willnius, tænkte hun. Meget mere.

"Skål, Kristina," sagde han. "Jo, jeg forsøger at sige, at hvis amerikanerne er parate til at investere ti millioner i Samson-projektet, så ville det nok være dumt at lade den mulighed glide fra sig, bare fordi man sidder midt i en afskyelig familiemiddag i Kymlinge. Ordet afskyelig stammer fra en meget ædruelig og intelligent anmelder, det har jeg måske ikke ..."

"Jeg forstår. Og hvornår skulle ham Jefferson så komme mere præcist?"

"Tirsdag aften. Bagefter flyver han til Paris. Ved frokosttid på onsdag. Men et morgenmøde onsdag er ikke umuligt."

"Ikke umuligt? Vi er jo ikke hjemme før onsdag aften."

"Sandt nok." Han var holdt op med at se på hende nu og studerede i stedet sine negle. Talte han dem eller hvad? "Kristina, du ved, at jeg stiller op til det skuespil, men så vidt jeg forstår, ville jeg kunne køre herop igen tirsdag aften. Eller tirsdag nat. Du og Kelvin kan enten tage toget tilbage eller køre med Robert. Han har jo tænkt sig at køre tilbage onsdag under alle omstændigheder ... i øvrigt fint, at han kommer trods alt."

Fint, tænkte hun. Hvad fanden er det, der er fint ved Robert? Hun tømte sit glas og angrede, at hun ikke havde bedt om to centimeter. Eller fire.

"Hvis jeg ellers har fattet det her korrekt," fortsatte Jakob, "så er det ikke meningen, at vi skal blive siddende hele natten. Vi bor jo på hotellet, så de behøver ikke engang at få at vide, at jeg tager tilbage lidt før tiden. Eller hvad mener du?"

Hun trak vejret dybt og tog tilløb. "Hvis det så vigtigt med Jefferson, og hvis du alligevel allerede har besluttet dig, så behøver du faktisk ikke sidde her og diskutere med mig, Jakob."

Hun gav ham et sekunds tid til at protestere, men han tog bare en slurk af sin whisky og nikkede interesseret.

"Og i øvrigt kan jeg jo ikke vide, hvad de har planlagt. Det er min søsters 40-års dag og min fars 65-års fødselsdag. Det er første gang, du træffer hele familien samlet og antagelig også sidste. De har jo tænkt sig at sælge huset og flytte ned til Senilkysten. Familien er skandaliseret. Far har i hele sit liv stræbt efter at fremstå som en slags småborgerlig samfundsstøtte og hædersmand, og så stiller hans eneste søn sig op og onanerer i fjernsynet ... nej, jeg ved ikke, hvad der venter os dernede, men hvis du er nødt til at æde morgenmad med en amerikansk millionær, så skal du endelig ikke lade det her stoppe dig."

Han valgte den enkleste udvej. Tog hende på ordet, og fik tilsyneladende slet ikke øje på den ironiske afgrund. "Godt," sagde han kort og neutralt. "Jeg foreslog klokken ni på onsdag, så nu ringer jeg og bekræfter aftalen."

"Og hvis festen ikke er færdig før midnat?"

"Jeg kører direkte tilbage under alle omstændigheder. Det tager ikke mere end tre timer om natten. Fire-fem timers søvn, mere har jeg ikke brug for."

"Du gør, som du vil," sagde Kristina. "Hvem ved, måske kører Kelvin og jeg hjem sammen med dig."

"Intet ville glæde mig mere," sagde Jakob og smilede igen mildt. "Vil du ikke have en smule mere? Den er god, den her æselmælk."

Om natten vågnede hun klokken halv tre og kunne ikke falde i søvn den næste time. Det plejede ikke at være noget godt tidspunkt at tænke dybt, og det var det heller ikke denne gang.

Det her vil aldrig komme til at fungere, tænkte hun. Forholdet mellem Jakob og mig vil ikke holde. Vi spiller ikke med i det samme stykke.

Vores instrumenter stemmer ikke ... langsomt, men modstandsløst strømmede argumenterne og metaforerne op til overfladen ... vi befinder os aldrig i det samme rum, vi taler ikke samme sprog, vi er som olie og vand, aldrig nogensinde får han en tanke, der ligner det, som jeg går rundt og funderer på. Om fem år ... om fem år kommer jeg til at sidde som enlig mor til mit første forældremøde på skolen. Og hvorfor i alverden skulle jeg i det hele taget forsøge at finde en ny mand? Jeg giver op.

Jeg har for høje krav, tænkte hun et minut efter.

Akkurat sådan ville Ebba formulere det. Præmiesøsteren Ebba. Vær nu ikke så forbandet besværlig, lillesøster. Vær i stedet glad for, hvad du har fået, det kunne være gået meget værre.

Ikke fordi Kristina nogensinde ville finde på at diskutere det her med Ebba.

Men hvis det alligevel skete. Du har for høje krav, og du kræver for meget, ville hun sige. Hvordan bilder du dig ind, at noget menneske – og oven i købet en mand – ville få noget som helst ud af at flakke rundt i din forvirrede feministsjæl? Kig bare på de manuskripter, du kæmper med. Alle de andre i dit team tager bare skeen i den anden hånd og arbejder i overensstemmelse med kontrakten. Det er kun dig, der gør det hele så besværligt for dig selv og bruger dobbelt så lang tid til bearbejdningen. Du skriver om og skriver om og skriver om igen. Du er sat til at producere skidt. Lær at gøre det, du skal, og lad det så blive ved det! Verden vil alligevel ikke forstå at værdsætte dit geni.

Sådan ville Ebba sige. Hvis hun ellers kendte til problemet.

Et minut efter dukkede den obligatoriske svaghed op. Da hun stillede sig op på Ebbas barrikade og førte hendes lanse imod sig selv. Der ligger intet geni skjult under dit pandeben, Kristina Hermansson! Du ejer ikke et gram originalitet. Ingen genuin skaberkraft. Du er bare en ung, misfornøjet møgkælling med storhedsvanvid. Det har du altid været. Og de eneste kvalitative forbedringer i dit liv kommer til at bestå i, at du først bliver en midaldrende møgkælling og derefter en gammel møgkælling.

Hun stod op og drak æblejuice. Spiste et stykke knækbrød med cheddar. Stillede sig foran spejlet i badeværelset og betragtede sin krop. Det var den samme, sædvanlige krop, den havde været yngre, men brysterne var stadigvæk pænt store, maven stadigvæk flad og hofterne tilstrækkeligt brede. Ingen appelsinhud. Hun lignede faktisk en kvinde. Havde hun været mand, havde hun nok været fornøjet med, hvad hun så.

Men nu havde hun jo forskrevet sig til den samme fyr resten af livet, var det ikke rigtigt? Og han syntes bedst om at elske i mørke. Antagelig fordi han ikke ville have, at hun kunne se hans lille topmave. Så det var kun hende selv, der en gang imellem fik lejlighed til at betragte denne 31-årige, indtil videre velholdte kvindekrop. Jakob var 43. Hun var 31. Hvis hun brugte de tolv år som kriterium, så betød det, at hun selv skulle tage sig en 19-årig. En hastig, pirrende kilden trak hen over indersiden af lårene, men mere blev det ikke til. Ikke endnu.

Sært, tænkte hun. For pokker, hvor er vi mennesker dog nogle sære væsener. Hvorfor bruger vi al den tid på at overveje os selv og vores fordringer til livet? Vores selvoptagne vandring frem mod graven.

Jeg burde begynde at tro, slog det hende så. Burde i det mindste begynde at interessere mig for noget. Hvaler eller afghanske kvinder eller andre undertrykte arter. Min mand og min søn? Det var vel det mindste, man kunne forlange.

Måske skulle hun også begynde at interessere sig for Robert. Hun vidste, at hun ville få svært ved at tilgive sig selv, hvis han nu virkelig tog livet af sig.

Men Jakob?

Hvordan skulle hun få sig selv til det?

Han havde smigret hende lige fra begyndelsen. Havde sagt, at hendes manus var langt bedre end de fireogtyve andre indsendte bidrag, og han havde poleret hendes kvindelige forfængelighed grundigt. Havde ansat hende på stedet. Hun var godt nok syvogtyve, men hun var faldet for ham som en bekræftelseshungrende teenager.

Det var i maj 2001. De elskede første gang i august, og omkring ti minutter før de begyndte på det, fortalte han, at han var gift og havde to femtenårige tvillingedøtre.

Hun faldt også for den slags principfasthed. Og da han faktisk blev skilt mindre end et halvt år efter, gjorde det hendes veninde Karens dystre profetier til skamme. (De bliver aldrig skilt! Hvordan fanden kan du være så dum, har du aldrig i dit liv læst en psykologibog? Amøber som dig burde steriliseres!). Det var ikke før, hun selv blev gravid, og deres eget giftermål stod for døren, at det gik op for hende, at Annica, tvillingernes mor, havde været et år forud for sin mand med det at skaffe sig en ny partner. Det var ikke Jakob, der afslørede det, det var Liza, den ene af de to umulige døtre. (Du skal altså ikke tro, at du slog vores mor af banen eller sådan noget. Hun gik bare og ventede på, at sådan en som dig skulle dukke op!)

Jakobs gamle familie var flyttet til London omtrent samtidig med, at Kelvin kom til verden – under ledelse af den nye alfahan – og mindet om dem syntes at blegne akkurat som gamle fotografier, der stod i for stærkt sollys. Egentlig var det forbandet mærkeligt. Et eller andet måtte have været helt galt der, men gammelt affald skal man ikke rode i.

Huset i Gamla Enskede var rasende dyrt. Jakob Willnius havde dog både penge, position og programansvar; han var en slags succesdreng i de nye tiders afpersonificerede, totalt digitale tv-hus og havde overlevet to berygtede, kvindelige chefer på en måde, som ingen mand avlet af en kvinde ellers havde været i stand til. (Jo, han havde noget meget specielt ved sig, det havde Karen indrømmet, men om det ville være for det gode i det lange løb, var ikke til at sige). Han havde fået en tolv år yngre kone, tænkte Kristina, når hun kom i det humør. Jeg er gevinsten i hans liv, og han vil aldrig forlade mig frivilligt, så længe jeg er med på at bolle med ham to gange om ugen. Hvis jeg dør af sult en skønne dag, så er det min egen skyld.

Men den ubevægelige, gnavende hverdagsutilfredshed var tiltaget i de seneste måneder, det måtte man medgive. Behovet for at ... ja, for hvad? Det tænkte hun og forlod badeværelset. For at straffe ham? Jamen, var det ikke tåbeligt? Hvad skulle hun dog vinde ved at *straffe* Jakob? Hvad var det for lumske ord, som sneg sig ind i hendes tanker?

Men tanker og følelse ville ikke enes. De bed hinanden i struben, og det var det, der var problemet, det vidste hun. Problemet. Akkurat det.

Jeg er primitiv, tænkte hun, da hun atter krøb ned i dobbeltsengen i betryggende afstand fra ham. Men det er da godt, at jeg forstår mine bevæggrunde. Og livet er faktisk ikke mere end det her. Bonjour tristesse.

Hvad fanden skal jeg så gøre nu, tænkte hun så. Eller rettere: Hvad har jeg *lyst* til at gøre.

Hvad er det med mit liv, der pludselig er blevet mere eller mindre uudholdeligt?

Men inden hun var nået videre med det spørgsmål, havde søvnen pludselig taget hende i besiddelse. På høje tid. Der var formodentlig mindre end tre timer tilbage, før Kelvin ville kræve hendes opmærksomhed. På sin egen stilfærdige måde.

Da skandalen endnu var daggammel, havde hendes mor ringet op og spurgt, om Jakob muligvis havde haft en finger med i spillet, da Robert blev udvalgt til *det der program.*

Kristina havde affærdiget tanken som absurd, men kunne alligevel ikke lade være med at spørge ham samme aften.

Da hun spurgte, havde han ganske usædvanligt vist tegn på noget, der lignede vrede. "Kristina, hvad er det for en insinuation? Du burde fandeme vide bedre. Desuden ved du udmærket, hvad jeg mener om Lindmanner og Krantze."

"Du må undskylde, men det var min mor, som spurgte. De virkede faktisk temmelig rystede derhjemme."

"Det forstår jeg godt," konstaterede Jakob. "Men ærligt talt synes jeg, det var godt, at det skete. De får meget svært ved at begrunde tilsvarende satsninger i fremtiden."

"Du mener altså, at Roberts indsats kan føre til noget godt med tiden?"

"Hvorfor ikke. Hvis folk vil have mere af samme slags, behøver de jo bare gå et par trin op ad skalaen og kigge på pornokanalerne, ikke?"

Det havde han naturligvis ret i. Men selve skalaen irriterede hende. Groft sagt kunne man – oven over pornofilmene – tale om tre kvalitetsniveauer i tv-industrien. Længst nede fandt man dokumentarporno med Fucking Island som en slags All Time Low. I midten lå serierne og de forskellige quizshows, sammen med sofasnakken, debatterne og den angivelige samfundsanalyse. Men øverst oppe tronede det gamle drama – som ganske vist ikke eksisterede mere eller i det mindste havde heddet noget andet i flere år, og som vel egentlig baserede sig temmelig meget på lagrene fra 70'erne og 80'erne. Det var der, Jakob huserede og bar på det fineste af alle ansvar. Det med seertal tog man ikke helt alvorligt der. Bare kvalitet og internationale priser.

Men selvom skalaen kunne diskuteres og blev modificeret fra tid til anden, så var der ingen tvivl om, at Robert Hermansson, hendes bror, befandt sig på bunden af bunden. Forhåbentlig med en kortvarig berømmelse. Men to millioner seere var trods alt mere, end hvad Jakob Willnius havde samlet sammen på sine seneste seks produktioner.

Når man ellers så bort fra en ny, sidste film fra ham den sære på Fårö. Nå, det var ikke noget at undre sig over, og desuden ... the show must go on.

Under sin barselsorlov havde hun været sikker på, at hun ikke ville vende tilbage til Fabrikken, men da det kom til sagen, havde hun ikke andet valg. Et år til, havde hun tænkt, jeg giver det et år til.

Det år var gået den 1. november. Nu var det snart jul, og hun fik stadigvæk ideer og skrev manuskripter til en mulig fortsættelse af en udskældt dramaserie om en statsminister og en nation i krise. Plus en del andet af samme kaliber. Fra den 20. januar og fremefter havde de reserveret to uger på Maldiverne. Okay, havde hun så tænkt og indgået kompromisset. Frem til den tid, men så må det være nok. I februar skal der ske noget nyt.

"Du kører for hurtigt," sagde Jakob. "Er der noget, der haster?"

Hun satte farten ned til 100. "Skal vi stoppe og få noget at spise?"

Han kastede et blik på Kelvin. "Ville det ikke være bedre at vente, indtil kronprinsen vågner?"

"All right. Hvad sidder du og tænker på?"

Det varede et par sekunder, før han svarede. "Din familie faktisk. Du kunne lave et manus om dem."

"Hold op ..."

"Nej. Jeg mener det faktisk alvorligt. Sådan en slags kritisk docusoap, dem er der lavet en del af i USA, men ikke herhjemme. Om hvad der sker i en familie, når ..."

"Stop Jakob. Hvis du nævner den historie en gang mere, så kører jeg ind i den første, den bedste bjergvæg."

Han lagde hånden på hendes arm et øjeblik og så tænksom ud. "Undskyld," sagde han så efter en pause. "Jeg mener bare, at det er en interessant flok mennesker ... og måske også typiske."

"Typiske for hvad?" sagde hun.

"For vores tid," sagde han. Hun ventede på en fortsættelse, men der kom ingen. I stedet bladede han videre i *Aftonbladet*. En interessant flok mennesker? Ja, det kunne han sagtens sidde der og sige. Eneste barn fra en overklassefamilie i Stocksund. Begge forældre var døde af kræft – forskellige slags og forskellige steder i kroppen – men med mindre end ti måneders mellemrum. Det var sket for syv år siden. Den levende del af Jakobs stamtavle gik kun opad og omfattede ham selv, de blegnende tvillinger i Hampstead. Samt Kelvin. En gammel farbror havde ligget døende i Gilleleje i Danmark de seneste ti år, men ville efterlade sig en betragtelig arv, når tiden endelig kom. Jo, man kunne med god grund spørge, hvad han mente med ordet *typisk*. Og med *vores tid*.

"Du har så evigt ret," sagde hun. "Vi har formodentlig en ganske stor underholdningsværdi, når man tænker efter."

Denne gang valgte han at opfatte underteksten meget direkte. "Du bryder dig jo ikke om nogen af dem," svarede han. "Jeg forstår ikke, hvorfor du er nødt til at forsvare dem så stædigt over for mig. Jeg synes nu, at det virker lidt barnligt."

"Det er bare ikke så simpelt at amputere de kropsdele, man ikke bryder sig om," forklarede hun tålmodigt. "Selvom Jesus fra Nazaret påstår, at det er det, man bør gøre. For øvrigt har jeg aldrig haft noget imod Robert ... ikke før det her i hvert fald."

Han holdt en ny tænkepause. Foldede avisen sammen og skævede til hende.

"Du har været sur på mig i flere dage nu. Kunne jeg ikke få lov til at få vide over hvad, så jeg får en ærlig chance for at forsvare mig?"

Men før hun nåede at svare, vågnede Kelvin med et hik og en snøften, og så blev der ikke sagt mere om den sag.

5

Tv-programmet *Fangerne på Koh Fuk* var blevet udtænkt af to projektansatte programmedarbejdere i deres bedste alder – Torsten *Bengalen* Lindmanner og Rickard Krantze – og det var et af landets docusoap-selskaber, der førte elendigheden ud i livet. Den bærende ide – i det omfang man overhovedet kunne anvende et sådant begreb i sammenhængen – var antagelig at løbe linen ud. Og meningen var, at man i løbet af en efterårssæson ville sende en række fornedrings-episoder, der var så gennemført dårlige, at man ikke engang behøvede at simulere nogen form for anstændighed. Målet var ganske enkelt at vise nogle mennesker frem fra deres mest beskidte, mest berusede og mest nøgne side.

Udgangspunktet var simpelt. En ø. To grupper – eller hold – det ene mandligt, det andet kvindeligt. En eller anden – eller måske et par stykker – skulle vinde en helvedes masse penge. Til at begynde med – under de første to-tre episoder, skulle holdene holdes adskilt, men kun i et sådant omfang, at den mondæne tv-seer havde en fornemmelse af, at adskillelsen ikke blev overholdt. Hvad det drejede sig om – hvad hele det skide menageri gik ud på at gøre, som Krantze udtrykte det ved den første og eneste pressekonference før afrejsen i september – var at gennemføre en meget speciel opgave. Men karakteren af denne opgave og dens indhold blev til at begynde med holdt hemmelig både for de indblandede og for seerne.

De fem kvinder var alle smukke og mellem 25 og 35 år gamle. Deres fællesnævner var, at de var enlige, heteroseksuelle, samt at de alle på et eller andet tidspunkt i livet havde vundet en eller anden form for skønhedskonkurrence. Mindst en Lucia-konkurrence på amts- eller storbyniveau. Øen hed Koh Fuk, og den lå en times vej med langbåd fra Thrang i det sydlige Thailand. Kvindernes første opgave på øen var i løbet af ti dage at skaffe sig så pæn og så dækkende en solbrændthed som muligt; filmbilleder af deres intensive solbade uden en trevl, eller med g-streng og silikonestropper blev dagligt transmitteret til mandeholdet, der også rummede fem enlige, heteroseksuelle deltagere mellem 26 og 38. De fem stemte hver aften om den bedste solbrændthed og gav points til en række andre, feminine værdier efter et system, der var blevet udarbejdet af Lindmanner og Krantze i samarbejde med eksperterne på et større såkaldt mandeblad. Om dagen dyrkede mændene forskellige sportsgrene. De klatrede i reb, sprang længdespring, stod på hænder eller lagde arm – alt sammen iført så lidt tøj som muligt – dvs. solbriller og kulørte penisfutteraler. Om aftenen fik pigerne så samtidig med solnedgangen og et par glas champagne til opgave at give points for og kommentere mændenes bedrifter ud fra et tilsvarende pointsystem.

Det mandlige hold bestod af – eller var i det mindste tænkt sådan at det skulle bestå af – en håndfuld kendte og garanteret heteroseksuelle idrætsstjerner. De deltagere, der til sidst blev udvalgt af produktionsledelsen, havde godt nok en lidt lavere stjerneværdi, end hvad man først havde håbet på, men what the heck? Det var i hvert fald, hvad Krantze sagde på den tidligere omtalte pressekonference. Life is a meatball.

De fem var: en ishockeyspiller med seksten landskampe bag sig og en halv sæson i NHL, en bryder med en bronzemedalje fra EM og to svenske mesterskaber, en skiløber med fire mesterskabsmedaljer i stafetten, en roer der havde deltaget i en OL-finale og havde vundet en bronzemedalje ved EM samt Robert Hermansson, forhindringsløber med to fjerdepladser erobret i to på hinanden følgende landskampe med Finland.

Sidstnævnte, Robert Hermansson, var helt sikkert den mindst meriterede i den ganske svagt meriterede gruppe og fik sin plads i sidste øjeblik som erstatning for en meget berømt fodboldspiller, der ulykkeligvis var gået hen og havde fundet en kæreste og havde fået kolde fødder blot nogle få uger før den fælles afrejse til Koh Fuk i slutningen af september.

Efter cirka en uges ophold på øen (og i program nummer tre) blev de letpåklædte og smukt solbrændte hanner og hunner så i overensstemmelse med planen ført sammen til en strandfest, hvor alkoholen fik lov til at flyde aldeles dionysisk, men hvor der også indgik en række nye konkurrencer: tovtrækning, konebæring, brydning og spring over buk. Et for både deltagerne og seerne ukendt krydderi i det hele (men ikke for journalisterne på sladderbladene) var også, at drikkevarerne var blevet tilsat en mild dosis amfetamin for at forøge effekten. Efter konkurrencer og fest fik deltagerne så tilladelse til i et par timer frit at omgås på stranden i ly af mørket. Ved hjælp af infrarød filmteknik kunne man her registrere ikke mindre end to reelle samlejer, som kom seerne til gode. Hvem der faktisk deltog i dem var det umuligt at se – men det betød bare, at banen var fri for en masse fornøjelige spekulationer. Allerede her – i det tredje program – var seertallet oppe over en million: 1.223.650, et ikke helt uvæsentligt tal, fordi det omsat til kroner udgjorde første del af hovedpræmien.

I program nummer fire skulle der så afsløres to ting: dels den endelige præmiesum (1.223.650 plus seertallet for udsendelsen denne aften, der nåede helt op på imponerende 1.880.112 – og altså var grundlaget for en præmie på over tre millioner kroner), dels selve målet for *Fangerne på Koh Fuk*. Og det var med denne afsløring, at Lindmanner og Krantzes virkelige storhed kom frem for dagens lys.

Det drejede sig om at befrugte hinanden. Helt enkelt.

Af en eller anden grund var skandalepressen lige fra starten begejstrede for Koh Fuk – eller Fucking Island, som serien næsten omgående blev omdøbt til – så de sendte faste medarbejdere derned med fotografer (med infrarød teknik) efter det første program. Måske skyldtes interessen en halvt bekræftet historie om, at to af de kvindelige skønheder begge to, men i forskellige perioder, havde været kærester med en landskendt bankrøver, hvilket man mente ville skabe en god synergieffekt. Måske skyldtes det, at efterårets øvrige tv-serier havde vist sig at være udsøgt dårlige produkter med falske konflikter og flade og kun halvnøgne forudsigeligheder – eller også var forklaringen en helt tredje. Under alle omstændigheder stod det hurtigt klart, at Fucking Island var efterårets store tv-succes.

Og at selve grundideen var genial, var de fleste enige om. Det at avle et barn.

Desuden kunne man altså tjene halvanden million på det. Tre hvis man valgte at blive sammen og danne familie. Fra kvindernes synsvinkel drejede det sig om at blive den første, som kunne få en graviditet bekræftet af det medfølgende lægehold. For mændene drejede det sig om at være den, der havde befrugtet kvindens æg og at kunne bevise det via en dna-analyse af en fostervandsprøve.

Ikke mere tovtrækning. Ikke mere ståen på hænder og ikke mere konebæring. Kun nogle få solbade fra nu af.

I stedet stod den på: afslapning, bade, spiritus og fri kopulering. Når og hvor lejlighed bød sig.

Og på en kameraovervågning af sjældent set omfang.

Og interviews. Og løgne. Og sammenbrud. Og psykologisk rådgivning og mudderkastning og så mere spiritus.

Det fremkaldte seerstorme. Moralsk oprustning. Hele tre ministre, der tog afstand fra det hele i tre forskellige morgenprogrammer.

Og henved to millioner seere til program 5, hvor det endnu var for tidligt at konstatere nogle graviditeter (naturligvis et genialt udslag af den intelligente forsinkelses kunst) – men hvor man nu kunne spille på alle fem mænd og alle fem kvinder på Oddset. Både enkeltvis og som ugens par. Af kvinderne gav en storbarmet pige fra Skåne med brune øjne og silikoneimplantater ikke mindre end fjorten steder, der var blevet filmet med to af mændene – måske tre – de laveste odds omkring 2,40 – mens den meget virile roer var favorit blandt mændene og gav pengene cirka tre gange tilbage. Robert Hermansson lå til odds mellem 15 og 25 og var egentlig aldrig i nærheden af den næstmest spillede mand, som var skiløberen, som for det meste lå til odds mellem 8 og 12.

Efter det sjette program, der blev sendt den 5. november, gav en dobbeltsatsning på Robert og en afgjort aggressiv, halvnøgen

Luciadronning fra Grums pengene hele 158 gange tilbage efter en rungende ørefigen og en kraftfuld bemærkning fra sidstnævnte, der gik på, at hvis Robert kom så meget som bare i nærheden af hende, så ville hun bide nosserne af ham.

Og det var altså i det følgende – det næstsidste – program (med 1.980.457 seere), at det kunne konstateres, at nogen havde haft held med at gøre Miss Hälsingland 1995 gravid til odds 4,82. Og det var i samme program, at den forhenværende forhindringsløber Robert Hermansson blev afsløret i sin berusede og frustrerede elendighed, mens han med kraftige tag og en hylen mod månen onanerede i skovbrynet. En tv-anmelder ved en avis i Norrland skrev, at det her var en billedmæssig milepæl.

Onani-Robert fik næsten lige så store overskrifter som Miss Hälsingland, men i det sidste program (2.011.775 seere) – hvor ishockeyspilleren noget overraskende (odds for ham 6,60 og for parret 21,33) blev afsløret som den lykkelige avlshingst og barnefader – deltog han slet ikke. Han havde forladt Fucking Island og var i kriseterapi på en privatklinik i det noget mere hjemlige Sverige.

Robert trak kasketten ned i panden og tog de gultonede solbriller på, før han gik ind på servicestationen og betalte. Han købte kaffe og cigaretter også; pludselig indså han, at det ikke ville være muligt at holde hverken faderen eller storesøsteren ud uden en konstant høj koncentration af nikotin i blodet.

Klokken var kvart over fire. Det var mandag den 19. december, og der var mindre end halvanden times kørsel tilbage, til han var fremme i Kymlinge. Han gik fire runder omkring servicestationen bare for at få tiden til at gå. Røg to cigaretter. Han havde lovet at være fremme senest klokken syv. Og der var ingen grund til at dukke op allerede klokken seks eller halv syv. Da han satte sig ind i bilen, føltes det stadigvæk, som om han var en smule for tidligt på den. Måske kunne han tillade sig at tage et stop mere? Hvorfor ikke? Så kunne han købe en citronvand og en pakke tyggegummi et sted og bruge yderligere ti minutter på det.

Han kørte ud på vejen og forsøgte at fremmane sit fantasibillede af Jeanette Andersson, der måske ville blive hans redning i nøden, men det var svært rigtigt at få facon på hende. Selvom tanken om, at hun havde gået og været lun på ham som teenager, føltes behagelig – og desto mere behagelig, jo længere tid der gik. Femtentyve års længsel og opdæmmet seksuelt begær, hvilke kærlighedens blomster kunne der ikke spire frem fra det grundlag?

Men det var også svært nu at holde hende fast i tankerne; han havde ikke kørt mere end ti-femten minutter, da han i stedet blev ramt af noget, som han ikke havde oplevet før. Et nagende og samtidig lammende ubehag, så stærkt og ubønhørligt, at han var nødt til at køre ind på den næste rasteplads, stige ud af bilen og tænde yderligere en cigaret.

Han så sig omkring. Det var en helt igennem almindelig rasteplads, og ingen andre biler var stoppet der i det grå og kolde, ugæstfrie eftermiddagsmørke, som herskede overalt. Asfalten var blank og snefri. Og temperaturen lå formodentlig et par grader over nulpunktet. Tæt granskov på begge sider af vejen, en bil i hver retning i minuttet sådan cirka; vinden svag og nordlig, hvis han ellers ikke tog helt fejl af verdenshjørnerne.

Men det var ikke den ydre verden, som trængte sig på. Den følelse, som langsomt kom krybende inden i ham, var på en gang velkendt og utroligt skræmmende. Den kom fra et punkt nede mellem maven og brystkassen, solar plexus måske, og den voksede langsomt – mest opad virkede det til, og den lagde alt på sin vej i aske. En indre skovbrand eller koldbrand, som ikke kunne bekæmpes, men bare afventes og accepteres.

Jeg er ved at dø, tænkte Robert. Lige her og nu på den halvmørke parkeringsplads vil jeg endelig dø. Det kan ikke afværges. Og jeg behøver ikke engang at træde ud på vejen foran en bil. Jeg har haft dødens kim i mig længe, det har ligget der og er vokset og vokset og har ventet på den rette tid, og nu er tiden kommet. Jeg kan ikke røre mig. Jeg kan virkelig ikke røre mig, alt er stivnet, og det her er vejs ende. Der kommer aldrig til at udkomme en roman fra min hånd. Intet menneske får nogensinde lov til at læse *Menneske uden hund*.

Han forsøgte at føre cigaretten op til munden, men hånden

adlød ikke. Han forsøgte at sprede fingrene for at lade cigaretten falde til jorden, men ikke en mindste sitren afslørede, at signalet fra hjernen var nået frem. Han forsøgte at dreje hovedet og se på bilen i stedet for på den mørke skov og den urolige himmel, men intet skete.

Absolut intet.

Ikke før cigaretten, næsten uden at han mærkede det, gled ud mellem fingrene og landede cirka ti centimeter foran hans højre fod. Der lå den og sydede svagt, før den slukkedes. Det kunne han se i udkanten af sit synsfelt, uden at han behøvede at sænke blikket.

Herregud, tænkte Robert Hermansson. Er jeg allerede død? Dør jeg lige nu? Forlader jeg ... forlader jeg i dette øjeblik min krop og forvandles til noget helt andet?

Men alting virkede helt og udeleligt. Smerten ulmede i brystet, hans vejrtrækning kom i små, korte stød, vinden var fortsat svag og nordlig og føltes dødeligt kold mod hans fugtige pande, lyset fra en bil ramte ham i øjnene, kom nærmere, passerede og forsvandt. Lys og lyd. Lys og lyd.

Et ukendt antal biler passerede forbi på samme måde i løbet af et ukendt antal minutter. Et ukendt antal hændelser skete eller skete ikke ude i verden, og så faldt han om.

Skråt fremad i nordøstlig retning med hænderne nede langs siden; lige før han landede, lykkedes det for ham at vride sig en smule, så han kunne tage imod med højre skulder. Han blev liggende på højre side med strakte arme og ben og følte ingen smerte. Det eneste, der skete, var at underkæben begyndte at dirre. Han forsøgte at knytte hænderne uden held, forsøgte også at få kæben til at holde op med at dirre, før han gav op og tabte bevidstheden.

En kort drøm gled ind mellem to tremmer i søvnens gitter. Han var kun et barn, fire eller fem år gammel, han stod foran sin far, og han havde tisset i bukserne.

"Du gjorde det med vilje," sagde faderen.

"Nej," svarede han. "Jeg gjorde det ikke med vilje, det kom bare af sig selv."

"Det er godt med dig," sagde faderen. "Jeg kender dig, du gjorde det med vilje. Du kunne være gået på toilettet, men du ville plage din mor ved at tvinge hende til at vaske dit gennemtissede tøj."

"Nej, nej," forsikrede han med gråden i halsen. "Sådan er det slet ikke. Det kom bare, og jeg kan vaske mit gennemtissede tøj selv."

Faderen knyttede hænderne i vrede.

"Og du lyver også," sagde han. "Du pisser i bukserne med vilje, du slider din egen mor op, og du lyver. Hvorfor tror du egentlig, at vi har sat dig i verden?"

"Det ved jeg ikke, det ved jeg ikke," råbte han fortvivlet. "Jeg kan ikke gøre for det, men det er altså ikke sådan, som du siger. Jeg elsker jer alle sammen, lad mig bare leve, så får du se."

Hans far trak en skuffe ud i det store skrivebord, som han sad bagved, og fandt noget frem. Det var hans søster Kristinas hoved. Det var afskyeligt og blodigt og skilt fra kroppen, faderen holdt det i håret i udstrakt arm, det dinglede fra højre mod venstre side og den modsatte vej hen over skrivebordet. Kristina så trist og opgivende ud, og til sidst kastede han hovedet lige imod Robert, som netop var ved at tisse i bukserne endnu en gang, og akkurat da han skulle gribe sin elskede lillesøsters hoved, i samme sekund hvor han strakte hænderne frem som en målmand i en håndboldkamp, der forsøger at redde et velrettet skud, men før han nåede at sætte fingerspidserne på hendes rødbrune hår, så vågnede han.

Han rejste sig hurtigt. Tog tre skridt hen mod skovbrynet og tissede.

Da han atter satte sig ind i bilen, frøs han, så han rystede, og det var kun lige akkurat, at det lykkedes for ham at dreje tændingsnøglen og starte motoren.

"Nej, nej," sagde Ebba Hermansson Grundt, "vi venter med lydbogen. Nu skal vi altså have en udførlig rapport fra Henrik. Det første universitetssemester er altid en milepæl i den personlige udvikling, hvad enten man vil det eller ej."

Leif Grundt sukkede og slukkede for cd-spilleren. Selv havde han afsluttet sin personlige udvikling efter to år på handelsgymnasiet. Naturligvis var han interesseret i, hvordan det gik for den ældste søn i Uppsala, han var jo en god far efter bedste evne og selv opvokset i universitetsbyen – i Salabacke på behørig afstand af lærdommens agre – men alligevel. Henrik var Ebbas sag. Det var et forhold, som antagelig allerede var blevet etableret i moders liv, og sådan var det altså bare. Navnlig nu selvfølgelig. Med jurastudier, kollegieværelse, deltagelse i det akademiske broderskabs liv, kalaser og herremiddage og eftermiddagspunch og latinske sange og hvad det nu hed alt sammen.

Ja, ja, tænkte Leif Grundt, måske bliver der en anstændig fyr ud af ham trods alt.

"Det er gået fint," sagde Henrik Grundt.

"Fint?" sagde hans mor. "Det må du virkelig forklare en smule. I skal til eksamen i hele semesterområdet til januar, ikke? Tænk at de får lov til at strække efterårssemesteret ind over jul og nytår. Det gjorde vi ikke i min tid. Måske nogle enkelte eksaminer, men ikke det hele. Nå, men det betyder så også, at du har tre uger til at repetere. Er det ikke rigtigt?"

"Det skal nok gå," sagde Henrik. "Vi er en gruppe på fire, som har læst sammen hele efteråret. Vi går i gang den 2. januar, og så læser vi som sindssyge i ti dage."

"Men du har vel taget bøgerne med hjem?" spurgte Ebba med en undertone af moderlig bekymring og omsorg.

"Et par stykker," sagde Henrik. "Der er ikke noget at være urolig for."

Leif Grundt begyndte at overhale en skidengul, tysk lastbil, og da Ebba Hermansson Grundt aldrig sagde noget under en overhaling, blev der stille i bilen i ti sekunder. Kristoffer kastede et hurtigt blik på broderen på bagsædet. *Ikke noget at være urolig for?* Var det blot noget, han indbildte sig, eller var der en skjult betydning i det, Henrik lige havde sagt.

Han nægtede at tro det. Super-Henrik havde aldrig nogensinde bekymret sine forældre. Han havde held med alt, hvad han foretog sig. Det passede på skolen, på hans idrætspræstationer og hans klaverspil, det passede på Trivial Pursuit og fluefiskeri, det passede på alting. Sådan havde det altid været. En gang, da Henrik havde været elleve år og blev distriktsmester i "Vi i femte", havde faderen sagt, at Henrik kun havde et problem i livet, og det var at han skulle beslutte sig for, om han ville gå efter Nobelprisen eller statsministeriet. Ebba havde omgående svaret, at Henrik uden problemer kunne gå efter begge dele – og Kristoffer, der kun var seks år gammel på det tidspunkt, var gået ind på sit værelse og havde sat sig til at surmule, fordi hans storebror som sædvanlig havde tilranet sig al æren og begge godbidderne. Statsminister og Nobelpristager. Skide møg-Henrik, havde han tænkt, men jeg bliver konge, og så kan du bare sidde der, kan du. Du skal få lov til at spise rå grøntsager hele dit liv, lige til du kvæles i dem.

Men nu var der måske – altså hvis han havde tolket den svage undertone i broderens stemme korrekt – grund til bekymring?

Et fromt håb, tænkte Kristoffer den Syndige og gloede dystert på den saltstrimede lastbil, som langsomt gled forbi sideruden. Nej, den slags sker ikke i vores familie.

"Og hvad var det med den pige?" spurgte Ebba og begyndte at file negle, en aktivitet hun kun havde tid til, når hun kørte i bil uden selv at sidde bag rattet og derfor heller aldrig undlod at kaste sig ud i, når muligheden bød sig. "Nu passer I vel godt på hinanden?"

Det betød, at de skulle bruge kondom, oversatte Kristoffer i stilhed for sig selv. "Ja," svarede Henrik. "Vi passer på hinanden."

"Jenny?" sagde Ebba.

"Ja, Jenny."

"En medicinstuderende fra Karlskoga?"

"Ja."

"Er hun også med i studentersangerne?"

"Ja. Men vi synger i hvert sit kor. Det har jeg jo allerede fortalt jer."

Der blev stille et par sekunder igen. For fanden, tænkte Kristoffer. Der er faktisk et eller andet.

"Du virker lidt træt," indskød Leif. "Men I læser og fester vel også hele tiden, kan jeg tænke mig."

"Leif," sagde Ebba.

"Sorry, sorry," sagde Leif Grundt og gjorde sig klar til den næste overhaling. "Men han virker lidt dorsk, synes I andre ikke også? Ikke lige så meget som Krille og mig selvfølgelig, men alligevel?"

Kristoffer smilede indeni og tænkte, at han elskede sin far, butiksbestyreren. "Hvor langt har vi endnu?" spurgte han.

"Om Gud og jeres mor vil, så er vi fremme til aftenmalkningen," sagde Leif Grundt og fik et udtryksløst øjekast fra sin kone.

"Gud ske tak og lov for, at vi skal bo på hotellet," sagde Kristina, da de svingede af fra den store vej og havde fået Gahns Fabrikker og kirken i sigte. "Så kan jeg bilde mig ind, at jeg ikke hører til her."

Det var en tanke, hun aldrig ville have formuleret, hvis hun ikke havde været så træt, det vidste hun. Når hun var træt, kunne desværre næsten alting finde på at springe ud af munden på hende, og selvom det afgjort var rigtigt, at hun afskyede enhver kontakt med barndomsbyen nu om dage, så var der ingen grund til at give Jakob vind i sejlene. Slet ikke.

"Jeg har i det hele taget aldrig fattet ideen med småbyer," erklærede han nu. "De er en slags missing links mellem landsbyen og storbyen, er det ikke rigtigt?" Han slog ud med hånden mod en række sammenbyggede beboelseshuse, som de netop passerede. En satsning på familierne fra engang i 70'erne i fugtskadede, hvide teglsten med adventslysestager i otte ud af ti vinduer og med sydøstasiatiske småbiler i syv ud af ti indkørsler. "Gud må have haft tømmermænd, da han skabte det her."

"Der findes dem, der mener, at heller ikke Stockholm er verdens midtpunkt," sagde Kristina. Hun stoppede sutten i munden på Kelvin, der omgående spyttede den ud igen. "Men under alle omstændigheder er det dejligt at være fremme. Vi checker ind på hotellet først og tager et brusebad, ikke?"

"Gerne for mig, hvis vi kan nå det."

"Klokken er kun kvart i seks. Det er helt fint, hvis vi er der klokken syv."

"Din vilje, min lov," sagde Jakob og standsede for rødt lys. "Det var li'godt fandens. Jeg vidste ikke, at de havde trafiklys her. De er ved at komme efter det."

Hold kæft, din småfede Östermalmsidiot, tænkte Kristina, men til trods for, at trætheden hang som et blylod i hende, kom der ikke et eneste ord over hendes læber.

"Pik," sagde Kelvin helt uventet.

6

Rosemarie Wunderlich Hermansson lagde sidste hånd på sine skaldyrspostejer, skubbede dem ind i ovnen og rettede forsigtigt ryggen. Klokken var seks mandag aften, endnu var hverken børn eller børnebørn dukket op, men i løbet af en time ville huset være fuldt. Ebba havde ringet lidt over fem og meddelt, at de ville blive en smule forsinkede, men selvfølgelig ville de være fremme før syv, lille mor, det er slet intet problem. Kristina havde ladet høre fra sig for fem minutter siden og sagt, at man var nået til Kymlinge og var checket ind på hotellet. Man skulle bare skylle rejsestøvet af sig og skifte ble på lille Kelvin.

Robert havde ikke ringet.

Lidt lunt, en øl og en dram stod der på programmet. Æblemost til ungerne. Måske var Henrik stor nok til også at få øl, han gik jo trods alt på universitetet. Men ingen dram til ham heller. På det punkt var Rosemarie og Karl-Erik af samme opfattelse.

Ellers var de uenige om det meste. De havde ganske vist næsten ikke talt sammen hele dagen, men den slags vidste man. Hun følte det helt ind i rygmarven. Efter fyrre års ægteskab havde man ikke brug for ordene mere, det var en god, gammel sandhed. Det lå ligesom i sagens natur – i det omfang hvor hun i det hele taget stadigvæk havde en vis magt over sin mand, så lod denne magt sig bedst udøve i form af stumme øjekast og talende tavshed. Hvis hun forsøgte at bruge sproget som våben, kom hun altid til kort, det havde hun lært sig meget tidligt. Karl-Erik var i besiddelse af et ordforråd, hvor ordene i tal oversteg antallet af molekyler i universet, selvom han heller ikke var ueffen, når det gjaldt tavshedens piruetter. Hvem der i det lange løb ville komme til at stå med flest sejre, var ikke let at sige.

Men måske var det, som Vera Ragnebjörk engang havde sagt: Der forekom også dueller med to tabere. Måske var de i virkeligheden de mest almindelige. Lange, udstrakte dueller, der var så triste og hverdagsagtige i deres karakter, at man næsten ikke lagde mærke til, at de foregik.

Hun havde undt sig en halv times lur midt på eftermiddagen, og under denne velfortjente hvilestund havde hun atter drømt, at en af dem var nødt til at dø. De havde befundet sig på en ø omgivet af smaragdgrønt vand – antagelig var det Roberts forbandede Koh Fuk, der spøgte – og det drejede sig om at overleve. Han eller hun. Karl-Erik eller Rosemarie. Man nærmede sig en slags endeligt opgør, et afgørende slag i en gammel krig med meget uklare forudsætninger og regler – og med helt andre våben end tavshed og blikke – men endnu var det hele bare under forberedelse, og hun var vågnet, længe før tiden var kommet til at sætte det første stød ind eller parere den andens udfald.

Men tanken blev altså holdt i live hos hende. Den svævede som en gopleagtig, diffus plasma i det halvt gennemsigtige grænseområde midt mellem det synlige og det usynlige i hendes bevidstheds hav.

Hvad var det, jeg lige tænkte, tænkte hun.

Hjemmelavede frikadeller. Røget laks. En kedsommelig, grøn salat med færdigkøbt fransk dressing. To postejer. En stor portion Janssons fristelse. Halve æg med rød og sort ishavskaviar.

Gud, hvor fantasiløst, konstaterede hun og tog et overblik over anretningen. Men det fyldte da i det mindste spisebordet i køkkenet, i hvert fald hvis hun satte brødet og den store Cheddarost frem også. Men her var det Karl-Eriks linje, der talte. Både mandag aften og om tirsdagen. Det var ham, der fyldte 65, ikke hende. Ikke noget med at dække op på spisebordet i aften, det skulle gemmes til morgendagen. Det lune kunne man med fordel hugge i sig rundt omkring i lænestole og sofaer i dagligstuen. Lidt uformelt og familiært. Hyggelig småsnak om stort og småt. Om årene der var gået. Om efterårets tildragelser. Men intet fjernsyn, Gud forbyde det. Livet betragtet som liv. Karl-Erik havde lov til at tale om sin nu afsluttede pædagogiske gerning – men helst i form af humoristiske og oplysende anekdoter. Ellinor Bengtssons speciale om rødbeder fra 1974. Branden i kirken under Lucia-festen i 1969, hvor en af Lucia-pigerne var blevet brændt så skaldet som en afhøstet rugmark. Adjunkt Nilssons bilkøb, herregud, hun håbede, at han i det mindste ville holde sig fra adjunkt Nilsson. Ligesom fra vicerektor Grunderins pinlige udtalelser i forbindelse med atomkraftafstemningen i 1980.

Og mens hun stod der og lod blikket vandre mellem den sørgelige salat og det dystre mørke uden for køkkenvinduet, dukkede Robert atter op i hendes hoved som en endnu mørkere sky, og pludselig ønskede hun, at alt det her, hele hendes liv, bare havde været en gammel, engelsk overklassefilm, hvor hun uden videre kunne gå op og lægge sig i sin seng under det påskud, at hun havde migræne eller en anden passende upasselighed, for derefter at blive deroppe, så længe hun havde lyst.

Eller at hun kunne stikke af til sin søster i Argentina og gemme sig der for tid og evighed. Men hende havde hun ikke snakket med i ti år. Rosemarie og Regina var kommet til Sverige sammen med deres forældre, da de var henholdsvis syv og tolv år gamle, fire år efter krigen. På lykke og fromme havde familien forladt et sønderbombet Hamburg og havde haft held til at slå rødder i Sverige. Først i Malmø og derefter op gennem landet. Växjö, Jönköping, Örebro. Men Regina havde aldrig fundet sig til rette; hun havde forladt både sit hjem og landet, før hun fyldte atten, og sådan var det blevet ved. Da moderen, Bärbel, døde i 1980, kunne man se på Heinrich, deres far, at han var tæt på også, og til den begravelse – to år senere – var hun ikke kommet.

Men hun havde boet i Buenos Aires en halv snes år, og der kom julekort hvert eneste år. Ingen fødselsdagskort, kun julekort.

Buenos Aires, tænkte Rosemarie Wunderlich Hermansson. Kunne man forestille sig noget fjernere? Kunne man forestille sig et bedre skjulested?

Hun kunne mærke, at hun nu faktisk var ved at trampe videre i samme spor som det, Karl-Erik havde pløjet op i Spaniens røde jord, og knurrede arrigt af sine egne tanker.

Hun mærkede også, at hun knurrede på tysk. Det var vel tankerne om familien, som spøgte. Hun var aldrig blevet uddannet som tysklærer; det var Karl-Erik, som havde foreslået, at hun skulle prøve, da der var en ledig stilling engang i midten af firserne, og da skolens ledelse ikke så ud til at kunne finde en kvalificeret ansøger. Når hun nu alligevel havde lært sproget fra barnsben. Så var det bare fortsat i den retning.

Men ikke nu mere. Vejens ende var nået tre dage tidligere. Hvad var det, hun havde tænkt på for bare et lille øjeblik siden? Noget vigtigt, eller måske var det bare ...

Karl-Erik kom ud i køkkenet og inspicerede anretningen.

"Det ser godt ud," tillod han sig at sige. "Hvor har du tænkt dig at stille pilsnerne?"

"På køkkenbordet," sagde hun. "Men de skal vel være kolde, går jeg ud fra. Så jeg har ikke sat dem frem endnu."

"Naturligvis. Jeg ville bare gerne vide, hvor de skulle stå."

"Nå," sagde hun. "Nå ja."

"Nemlig," sagde hendes 64 år og 364 dage gamle mand og gik ud på badeværelset for at binde sit slips.

Ebba var den første, som kom. Med sin brugsuddeler og sine teenagedrenge. Pludselig følte Rosemarie sig forlegen ved velkomstritualet, drengene virkede meget ældre, end hun havde troet. Men da hun gav Ebba et knus, gav hun også Kristoffer et – han virkede mere genert og tilbageholdende end nogensinde – og til sidst krammede hun også Henrik og Leif. Henrik var vokset sin far over hovedet, han måtte efterhånden være mere end en meter og firs. Og hun havde ikke set familien i ... ja hvor lang tid var det siden? Halvandet år? Et svimmelt sekund gik det op for Rosemarie, at han så ud næsten nøjagtig som Karl-Erik havde gjort det, den første gang hun mødte ham til skoleballet på Karro for snart et halvt århundrede siden. Var det en reprise på Karl-Erik Hermansson? Herregud. Det var en i mange henseender forfærdelig tanke, men til alt held blev der ikke mulighed for at fordybe sig i den. Karl-Erik den Første stod i dagligstuen og tog imod selv; ingen knus her, kun faste, direkte håndtryk, mens han undersøgende betragtede samtlige medlemmer af den Hermansson-Grundtske familie. På en halv meters afstand, fordi han var for forfængelig til at bruge briller, når det egentlig ikke var nødvendigt – og med sit sædvanlige, sammenbidte smil. Da han nåede til Kristoffer, kunne Rosemarie se, at han var tæt ved at sige *Så ret dog ryggen, knægt* – men han greb sig selv i det. Hver ting til sin tid, selv fraværet af den pædagogiske indsats.

"Jamen, det var vel så det," erklærede Leif Grundt lidt uudgrundeligt. "Er tiden ikke kommet til at bære pakkenelliker og gaver op på det øvre dæk? Rart at være nået frem. Syv hundrede kilometer er trods alt syv hundrede kilometer, som der står i Koranen."

"Var der køer?" spurgte Karl-Erik.

"Nej da," svarede Leif.

"Meget trafik?" spurgte Rosemarie.

"En smule," svarede Leif.

"Og travlt på kirurgisk, kan jeg tænke mig," sagde Karl-Erik.

"Man skal bare delegere ansvaret," sagde Ebba.

"Det er så sandt, som det er sagt," sagde Leif Grundt. "Jeg har for eksempel delegeret henved fire ton griserumper den seneste uge."

"Griserumper?" sagde Rosemarie, fordi hun troede, at han gerne ville have den replik.

"Juleskinker," sagde Leif Grundt og grinede fornøjet.

"Undskyld mig, jeg skal på toilettet," hviskede Kristoffer.

"Naturligvis," sagde Rosemarie. "Se I nu at komme op på værelset. Det er ligesom det plejer at være, jeg vil bare håbe, at Henrik ikke er vokset fra sengen."

"Det skal nok gå," sagde Henrik og smilede imødekommende til sin mormor. "Jeg kan bukkes sammen både på den ene og den anden måde."

Af dette lo i det mindste morfar Karl-Erik meget hjerteligt.

Kristina og følge ankom som nummer to, ti minutter senere. Lille Kelvin vendte omgående samtlige tilstedeværende ryggen og klamrede sig til sin mors ben. Kristina var iført en ny, gul – og meget storbyagtig – ulden frakke, men så træt ud; Rosemarie sagde til sig selv, at hun skulle huske at tage en samtale om blodmangel med hende, selvom hun udmærket vidste, at det ikke ville blive til noget, og at hun heller ikke havde lyst til det. Fortrolige samtaler med Kristina var ophørt, dengang pigen var i tolvårsalderen, og måske (sådan reviderede Rosemarie sit indtryk) var det slet ikke rigtig træthed, der var tale om. Kedsomhed snarere. Hun spekulerede på, om det udelukkende skyldtes besøget i barndomshjemmet, eller om der var dybere årsager til det.

Jakob Willnius var rutineret charmerende og iført en sweater, som heller ikke rigtigt hørte til i Kymlinge. Desuden havde han sin egen specielle gave med til den nyslåede pensionist – og han gjorde et stort nummer ud af at betone, at det ikke var den rigtige gave, og at den først ville dukke op dagen efter. Specialgaven var en flaske Otium – ha ha – nemlig en Single Malt Whisky ved navn Laphroaigh. Lagret på egefade siden Kristi fødsel. Hver eneste dråbe var det pure guld, men var man forsigtig med at drikke af den, burde den kunne række til et halvt år. Tog man derimod en centiliter for meget, så kunne man flyve – he he.

For tydeligt at vise, hvor lidt han satte pris på denne uvurderlige mærkværdighed, åbnede Karl-Erik omgående flasken og bød rundt; alle med undtagelse af børnebørnene (hvoraf begge familien Grundts drenge stadigvæk var ved at installere sig i hvert sit værelse, og Kelvin sad under bordet og betragtede sin højre tommelfinger) fik en tår og mumlede indforstået om den karakteristiske røgsmag – med undtagelse af Rosemarie, der kom med sin sædvanlige replik om, at hun aldrig havde forstået sig på det der med whisky.

"Kvinden er en gåde," sagde Jakob Willnius smilende.

"Er Robert ikke kommet?" spurgte Kristina.

"Nej," svarede hendes mor. "Men han ringede i går og lovede at være her ved syvtiden."

"Den er kvart over," sagde Kristina.

"Det ved jeg godt," sagde Rosemarie. "Men nu tror jeg altså, at jeg er nødt til at gå lidt i køkkenet."

"Vil du have hjælp?" spurgte Ebba.

"Nej da, men tusind tak," sagde Rosemarie og kunne godt selv høre, at hun lød mere afvisende, end hun havde haft til hensigt. Var hun allerede irriteret? Havde hun allerede svært ved at stå det igennem? Det ville ikke være godt, hvis hendes børn mærkede det. "Men hvis du vil hente drengene ned om et kvarters tid," tilføjede hun i et mere forsonligt tonefald. "Vi skal jo ikke sidde her og sulte på grund af Robert."

"Det ville aldrig falde mig ind," sagde Ebba.

"Hmm," sagde Jakob Willnius. "Og nu går vejen så til Spanien, har jeg hørt."

"Andalusien," præciserede Karl-Erik og gik fortroligt ti centimeter tættere til sin svigersøn. "Jeg ved ikke, om du kender til det, men der er en rig, historisk tradition i området. Granada. Cordoba. Sevilla ... for slet ikke at tale om Ronda. Indslag af både maurisk og jødisk kultur, faktisk havde jeg tænkt mig at forske lidt i det i al uforpligtethed. En beskrivelse af arven fra ..."

Det ringede på døren.

Onani-Robert var ankommet, og nu var skaren fuldtallig.

Brødrene lå på hver sin seng i det tolv kvadratmeter store værelse. Tapetet var mørkegrønt med tynde, vertikale striber i en noget lysere grøn nuance. Værelset var møbleret med en kommode med tre skuffer og to identiske lamper, hvor der med sirlige bogstaver var brændt ordet *Smögen* i foden. På døren ind til det indbyggede garderobeskab hang der en stor almanak fra 1988, der reklamerede for det lokale fodboldhold Reimer. Grønne trøjer og grønne bukser.

Kristoffer stirrede op i loftet, der var hvidt, og tænkte på Linda Granberg. Henrik var ved at skrive en sms på sin mobiltelefon. En stille, blid regn drev ind imod vinduet som en hvisken fra det ydre rum eller noget i den stil.

"Hvem skriver du til?" spurgte Kristoffer.

"En kammerat," svarede Henrik.

"Jeg forstår," sagde Kristoffer.

Han lukkede øjnene. Det var svært ikke at tænke på Linda. Det var svært at holde det ud. Det var svært ikke at vende tilbage til tanken om at springe over nogle dage.

To. Lige nu ville det være tilstrækkeligt med to. Hvis det var onsdag aften i stedet for mandag aften, regnede han ud, ville han være tilbage i Sundsvall. Han ville ligge i sin egen seng i sit eget værelse i stedet for at være det her tabersted. Han ville have Linda lidt tættere på. Hun boede faktisk blot nogle få hundrede meter fra deres eget hus på Stockrosvägen. Han ville kunne ringe til hende og aftale at mødes. Hvorfor ikke? Han kunne jo sige, at han havde en julegave til hende.

Ja, for fanden. Hvorfor havde han ikke tænkt på det noget før? Han kunne ringe til Linda og bede hende om at mødes med ham ved Birgers kiosk, og der kunne han så give hende en helt igennem uimodståelig julegave, hvorefter de kunne tage en burger og en gåtur og hver sin cigaret. De kunne snakke lidt om livet og begynde at kysse hinanden. Fanden heller, bare han kom hjem, så skulle han nok klare det med Linda. No doubt.

Han bandede indvendigt over, at han havde været så åndssvag at tabe sin mobil og spekulerede på, om han virkelig ville få en ny i julegave – men måske kunne han låne Henriks og sende hende en sms?

"Må jeg låne din telefon, når du er færdig?"

"Mmm. Hvad?"

"Må jeg låne din mobiltelefon?"

"Det ved du godt, at du ikke må."

"Hvorfor ikke?"

"Det ved du godt."

"Tak skal du have. Hvad skal man med fjender, når man har brødre?"

Intet svar.

"Jeg sagde, hvad skal man med brødre, når man har sine fjender."

"Jeg hørte det godt. Men du mener vel det modsatte?"

"Hvad mener du med det modsatte?"

"Du sagde, hvad skal man med brødre, når man har fjender?"

"Vel gjorde jeg ej."

"Vel gjorde du så."

"Nej."

Tavshed.

"Nej."

Tavshed.

"Nej."

"Kristoffer, nogle gange bliver jeg forbandet træt af dig. Kan du ikke holde kæft, så jeg kan få sendt det her?"

"Hvem skriver du til?"

Intet svar.

"Hvem skriver du til? Din kæreste? Hvad hedder hun ... er det hende Jenny?"

"Ja, tænk sig, det er det. Kunne du ikke tage og finde en kæreste selv, Kristoffer, så du har noget fornuftigt at gå op i?"

"Tak for rådet. Jeg skal tænke over det. Er hun pæn?"

"Hvad?"

"Er hun pæn, hende Jenny?"

"Det har jeg ikke lyst til at diskutere med dig."

"Tak. Det er vel nok hyggeligt, at ens eneste bror starter på universitetet og så bliver så hoven, at han ikke længere vil snakke med en."

"Hold op. Kristoffer. Lad mig få lov til at skrive færdig, og hold din mund, hvis du vil være så venlig."

"Kan du ikke sms'e og snakke på en gang? Det kan jeg."

"Det skyldes, at du aldrig skriver noget vigtigt. Og at du aldrig siger noget vigtigt."

"Tak igen. Med den slags fjender er der ingen, der har brug for brødre."

"Nu sagde du det igen."

"Sagde hvad?"

"Du vendte rundt på det."

"Vel gjorde jeg ej."

Tavshed.

Det her tapet er det grimmeste tapet, jeg nogensinde har set, tænkte Kristoffer Grundt. Hele værelset faktisk. Selv jeg ser smuk ud mellem disse fire vægge.

Kunne man måske løbe hovedet lige ind i en af dem og så være bevidstløs i to dage?

Karl-Erik Hermansson havde aldrig i livet brugt alkoholiske drikkevarer til overmål – men da han nu havde budt alle de andre på Jakob Willnius' pralewhisky, var han naturligvis tvunget til også at byde Robert, da han dukkede op tyve minutter over syv. Han havde ikke lyst til det, det havde han sandelig ikke, men når man ikke havde andet at støtte sig til, så måtte man støtte sig til skikke og sædvaner. Man måtte lade, som om det var begyndt at regne, hvad det faktisk var, en underafkølet regn, der ville forvandle sig til sne, hvis bare temperaturen faldt et par grader – lade som om det havde regnet hele efteråret faktisk, tænkte han stoisk, mens han mærkede, hvordan det gjorde ondt i hans tænder, da han tog sin enbårne søn i hånden og ønskede ham velkommen. Selvom man måske kunne narre alle andre, forstod han, kunne man aldrig narre sig selv.

Og da han bød Robert på et glas Lafroggen, eller hvad fanden den hed, så var han naturligvis også nødt til at byde de andre på endnu en omgang, fordi de alle sammen havde nået at tømme deres glas. Alle sagde ja tak med undtagelse af Rosemarie, der gentog sin litani om, at hun aldrig havde forstået sig på bemeldte drik og desuden ikke tålte den ret godt – og Kelvin, der nu lå på maven under bordet og undersøgte tæppets mønster.

Og måske var det på grund af den indledende servering af gudbenådet Single Malt Whisky, at aftenen blev, som den blev.

Eller måske skyldtes det noget andet. Psykologisk svært gennemskuelige og ikke desto mindre nærliggende og samvirkende faktorer for eksempel, over hvilke ingen af de tilstedeværende havde – og naturligvis heller ikke kunne forventes at have – noget ordentligt overblik.

Muligvis kunne det også skyldes en kombination af begge dele.

7

“Der er en ting, som faktisk har undret mig de seneste år,” sagde Jakob Willnius, “og det er, at flere og flere mennesker ikke ønsker at forlade dette land, når de får muligheden for det. Jeg mener, hvem har vel lyst til at vågne op i februar i Tranås, hvis man lige så godt kan gøre det i Sevilla? Jeg forstår ganske udmærket, hvorfor I drager af sted.”

“Det kræver, at ens horisont er vid nok,” forklarede Karl-Erik og så ud, som om han også havde brugt en del tid på at overveje dette psykologiske problem. “Det er ikke alle mennesker, som er sådan stillet, og det kan man heller ikke forlange.”

“Hvornår skal det være?” spurgte Leif Grundt.

“Vi kan overtage stedet den 1. marts – allersenest den femtende. Og det, vi ikke tager med os, opmagasinerer vi. Der bliver ikke tale om at fordele arven endnu.”

“Herregud,” sagde Kristina. “Vi ville da aldrig ...”

“Der er ikke noget galt med Spanien,” sagde Leif Grundt. “Fyrre millioner spaniere kan ikke tage fejl.”

“Toogfyrre,” sagde Karl-Erik. “Den 1. januar 2005. Men de har en demografisk alderspukkel næsten lige så stor som vores egen.”

“Det gør vel ikke det problem mindre, at I flytter derned?” sagde Kristina.

“Jeg forstår ikke helt, hvad du taler om,” sagde Karl-Erik og lugtede forsigtigt til sit tomme glas.

“Det var ikke venligt sagt,” sagde Ebba og rettede advarende en gaffel mod sin lillesøster. “Men du har da aldrig talt om at flytte før, Far. Jeg håber da virkelig ikke, at det har noget at gøre med ... efterårets tildragelser.”

"Naturligvis ikke," erklærede Rosemarie omgående. "Jeg forstår slet ikke, hvad du taler om. Er der virkelig ikke nogen, som vil have lidt mere postej? Den anden er der jo knap nok taget hul på endnu."

"Jeg er allerede på vej," sagde Leif Grundt.

"Jeg tror, jeg skal have en øl mere," sagde Robert og kæmpede sig op af lænestolen. "Men jeg kan ikke klare mere postej, det må du undskylde, Mor."

"Gør du, som du vil, Robert," sagde Rosemarie og fik et lidt uigennemskueligt og vemodigt udtryk i øjnene.

"Feste," sagde Kelvin lidt overraskende nede fra gulvet.

"Vi har naturligvis ikke tænkt os, at vi skal være en del af en imbecil, svensk koloni dernede," fortsatte Karl-Erik efter at have sat glasset fra sig og kastet et hurtigt blik på sin kone. "Men husk, at kradser man bare den mindste smule i den andalusiske overflade, så finder man en historie og en kulturskat, der faktisk mangler sidestykke i Europa. I hele verden. Her er der ingen mørke århundreder, overalt finder man spor efter en jødisk-maurisk-kristen sameksistens, der faktisk er unik både i tid og rum ... vil jeg påstå. At sidde oppe i Albaicín og stirre ud over Alhambra, mens en eller anden spiller klassisk guitar under et platantræ ... jo, jeg må nok give Jakob ret. Det er helt sikkert noget andet end en tirsdag i Tranås."

"Jo da," sagde Jakob Willnius.

"Jakob har lidt problemer med de svenske småbyer," sagde Kristina. "Det gælder ikke bare Tranås."

"Jeg håber da ikke, at postejen var for salt," sagde Rosemarie Wunderlich Hermansson.

"Postejen var fin, lille mor," sagde Ebba Hermansson Grundt.

"Har I fået huset solgt?" spurgte Leif Grundt, som kom tilbage med endnu en fyldt tallerken. "Det er fandeme ikke nemt nu om dage."

"Leif," sagde Ebba.

"Handelen er ikke helt på plads endnu," sagde Rosemarie. "Det er svært at finde den rigtige slags salt nu om dage. Der er så mange forskellige slags."

"Vi skriver papirerne under på onsdag," sagde hendes mand.

"Er der virkelig ikke nogen, der vil have lidt mere is og syltetøj? Der er tonsvis tilbage. Drenge, hvad med jer?"

Rosemarie Wunderlich Hermansson betragtede sine to dattersønner med et ulykkeligt ansigtsudtryk. Henrik og Kristoffer rystede begge to på hovedet.

"De er måske ved at blive mænd," foreslog Jakob Willnius. "Før eller siden kommer der et tidspunkt i enhver mands liv, hvor det er slut med vaniljeis og Bubblegum."

"Bubblegum?" kom Kristoffer ufrivilligt til at sige. "Hvad er det for noget?"

"En slags tyggegummi," forklarede Leif Grundt imødekommende. "Vi har det faktisk stadigvæk med i udvalget, men der er ingen, som køber det mere. Har I virkelig glemt den med fire stykker Bubblegum og en Coca Cola. Fantastisk melodi."

"Holy cow," mumlede Kristina.

"Coca Cola ved jeg i hvert fald hvad er," sagde Kristoffer.

Karl-Erik rømmede sig og tog tilløb. "Der er et paradigmeskifte på vej i relation til den sekundære kulturarv, har I også bemærket det?"

"Hvad?" sagde Kristoffer.

"Ungdommen nu om dage ved ikke, hvem Hasse og Tage var. De har aldrig hørt om Gösta Knutsson eller Lennart Hyland eller Monica Zetterlund. Jeg ser her bort fra de elever, jeg selv har undervist, men i den store sammenhæng udgør de jo en forsvindende minoritet. Ja, vær så god, tag for jer af Malaga-vinen, om nogle måneder har vi kælderen fuld af den."

"Tak som byder," sagde Leif Grundt. "Den er rigtig god. Men der er da visse ting, der lever i evighed, ikke? Emil fra Lønneberg og Brugsen og den slags. Skål til jer alle, skål min kære hustru. Tænk, at du bliver fyrre i morgen. I mine øjne ser du ikke ud til at være en dag over niogtredive et halvt."

"Tak," sagde Ebba uden at se på sin mand. "Som I sikkert har bemærket, har Leif været på et kooperativt charmekursus her i efteråret."

"Hæ, hæ, jamen dog," sagde Karl-Erik, viste tænderne et kort øjeblik og vendte så tilbage til sit paradigmeskifte. "Fucking Åmål er et andet lidt morsomt eksempel. Ved I, hvad mine elever sagde, netop da filmen havde premiere? Jo, fucking ved jeg godt, hvad betyder, men hvad fanden er Åmål?"

Han klukkede fornøjet, og en afdæmpet munterhed bredte sig et øjeblik blandt de forsamlede i dagligstuen. Som om en let beruset glædesengel var kommet ind ved en fejltagelse og stoppet op et øjeblik, før det gik op for ham, at han var gået forkert og vendte om. Det var kun Kristina, der opfattede Henriks lavmælte kommentar: "Den replik kunne man læse i hver anden avis."

Jeg kan godt lide Henrik, tænkte hun. Ja, ham kan jeg rigtigt godt lide.

"Så I har altså kælder til huset dernede?" spurgte Leif. "Jeg mener til at lægge vinen i."

"En slags viktualiekælder faktisk," forklarede Karl-Erik fornøjet. "Tolv-femten kubikmeter. Der skal nok blive plads til flaskerne også."

"Skal jeg sætte kaffen over nu?" spurgte Rosemarie.

"Jeg vil helst have te, lille mor," sagde Ebba. "Jeg går med ud og hjælper til."

Jakob Willnius kom ned fra overetagen.

"Endelig," udbrød Kristina. "Hvad i alverden har du lavet deroppe?"

"Jeg har fået vort barn til at sove, min elskede," sagde Jakob Willnius bare og tømte sit vinglas, som han havde stillet fra sig på egetræsskænken lige ved siden af en lille glasindfattet stump af Berlin-muren. Derefter sank han ned i sofaen mellem Kristina og Henrik.

"Det plejer da ikke at tage mere end tre minutter."

"Ja, men denne gang tog det tre kvarter. Hvad sidder I og snakker om? Er jeg gået glip af noget væsentligt?"

"Det vil jeg ikke mene," sagde Kristina.

"Nej, hvad skulle det vel være?" sagde Robert. "Hvornår har man lov til at gå i seng, uden at man sårer nogen ved det?"

Der blev stille i stuen. Usædvanligt stille, når man tog i betragtning, at der opholdt sig ni mere eller mindre voksne personer i rummet.

"Undskyld," sagde Robert. "Jeg tror, jeg har fået lidt for meget vin. Undskyld, mor."

"Jeg forstår ikke, hvad du snakker om," sagde Rosemarie muntert. "Og der er vel intet at bede om forladelse for. Nu laver vi te og kaffe."

Hun gik ud i køkkenet fulgt af sin ældste og mest velopdragne datter.

"For fanden, Robert," forsøgte Kristina at teaterhviske. "Hvad var meningen med den bemærkning?"

Robert Hermansson trak på skuldrene, så trist ud og tømte sit ølglas. Derefter virkede det et øjeblik, som om han var ved at sige noget, forklare et eller andet, men anledningen gled ham af hænde, så der gik endnu en time, før han fik chancen.

"Jeg går ud fra, at I sidder og venter på en eller anden form for forklaring."

Han stillede glasset fra sig efter at have drukket de sidste dråber af whiskyen, der skulle have rakt til et halvt år. Men den var trods alt blevet fordelt nogenlunde ligeligt imellem herrerne. Når man ellers så bort fra Henrik og Kristoffer. Kristina drak et glas rødvin, Ebba drak stadigvæk grøn te. Rosemarie vaskede op. Kelvin sov. Klokken var halv tolv. Nu er vi der, tænkte Kristina. Nu er forpostfægtningerne overstået.

"Eller en slags undskyldning," tilføjede Robert.

Et langt, tavst sekund fulgte.

"Vi sidder ikke og venter på noget, Robert," sagde Kristina. "Ja Henrik, du må gerne tage lidt af min vin."

"Nej, det gør vi overhovedet ikke, Robert," sagde Ebba bestemt, men lidt for sent til, at det virkede overbevisende. "Let bygones be bygones for Guds skyld. Det eneste, vi kan lære af det her, er kunsten og vigtigheden af at kunne glemme. Så må vi håbe, at andre også behersker den kunst. Har jeg ret?"

Hun så sig om efter støtte, men det eneste hun fik, var et skuldertræk fra Jakob Willnius. Hun skiftede emne. "Far, er du sikker på, at der ikke dukker gæster op i morgen tidlig? Og Henrik, så er det nok."

"Sikker og sikker," mumlede Karl-Erik. "Rosemarie har tre ekstra kager og fem kilo kaffe på lager for det tilfælde, at der gør. Men de, der dukker op, vil gøre det i morgen formiddag. I skal bare holde jer væk."

"Hvordan kan du vide, at de kommer om formiddagen?" spurgte Kristina.

"Fordi jeg formulerede det sådan i annoncen," forklarede Karl-Erik og gabte. "Al opmærksomhed frabedes. Bortrejst efter klokken et."

"Det var da genialt," sagde Jakob Willnius og hævede sit glas med de allersidste dråber luksuswhisky. "Hvis du for resten har fået smag for drikken her, vil jeg anbefale Gibraltar. Når I nu er i nærheden alligevel. Billigere spiritus findes ikke i hele Europa."

"Det siger du ikke?" sagde Karl-Erik Hermansson neutralt. "Jo, men vi har jo som sagt tolv-femten kubikmeter."

"Der er altså ingen her, som sidder og venter på en forklaring?" gentog Robert og så sig omkring. "Jeg følte ellers et vist tryk."

Kristina satte af med hånden mod Henriks knæ og rejste sig. "Robert, kom med mig udenfor et øjeblik, vil du ikke nok?"

De forsvandt ud af stuen, og nu gik en anden slags engel igennem rummet. Karl-Erik gabte igen, og Leif Grundt kløede sig i nakken. "Jeg tror, at det er ved at være ved den tid," konstaterede Jakob Willnius. "Jeg går op og gør Kelvin klar. Der er jo også en dag i morgen."

"Hvordan er standarden i øvrigt på hotellet nu om dage?" ville Ebba pludselig vide. "Jeg kan godt huske, hvordan der var før."

"Du har da aldrig boet på hotellet i Kymlinge," sagde Rosemarie, der netop var kommet ind i stuen. "Er der nogen, der vil have et stykke smørrebrød eller lidt frugt?"

"Nej til begge dele, lille mor," sagde Ebba. "Men hotellet havde jo ikke det bedste rygte på min tid."

"Det så i hvert fald respektabelt ud, da vi checkede ind," forsikrede Jakob Willnius. "Ingen ludere og ingen kakerlakker, så vidt jeg kunne se. Men hvordan det bliver ud på natten, kan man jo aldrig vide."

"Frugt?" sagde Rosemarie igen og lød helt opgivende. "Et stykke smørrebrød? Er der ingen, der vil have?"

"Kan du ikke høre, at de er stopmætte, min pige," sagde hendes mand. "Nej, hvis ikke nogen har noget imod det, så er tiden nok inde til, at den fortabte generation trækker sig tilbage. Men bliv I bare siddende, så længe I vil."

"Hvor er Robert og Kristina gået hen?" spurgte Rosemarie.

"De er gået udenfor for at ryge og snakke om moral," sagde Leif Grundt. "Men hvad siger du Ebbabebba, skulle vi ikke også tage og krybe til køjs? Jeg skal tidligt op i morgen for at synge for et dejligt fruentimmer, jeg kender."

"Ryger Kristina?" sagde Rosemarie. "Det har jeg aldrig ..."

"Nej, det er hende, der står for moralen," sagde Leif Grundt. "Men så godnat da, alle sammen."

"Nej, Jakob. Jeg vil faktisk godt blive lidt endnu. Jeg vil gerne snakke lidt med min familie, er der noget sært i det?"

Hun havde håbet, at han ville vise i det mindste et tegn på, at han ville stritte imod, men det gjorde han ikke. Hun forstod, at han benyttede sig af lejligheden til at købe sig god samvittighed i forhold til onsdagens morgenmøde med ham den amerikanske rigmand, og at hun faktisk spillede alle trumferne lige i hænderne på ham. Det irriterede hende. Det ville være bedre, hvis han selv skulle smede sine våben, tænkte hun.

"Okay," sagde han bare. "Jeg tager en taxa med Kelvin. Du kommer bare, når du kommer."

"Der går måske en time," sagde hun. "Jeg kan gå derned, det tager ikke mere end ti minutter."

"Du skal ikke undervurdere lillebyens farer," sagde han.

Jeg undervurderer aldrig noget som helst, tænkte Kristina Hermansson. Det er det, der er problemet.

Klokken kvart over tolv var forældreparret – den fortabte generation – kommet til ro. I hvert fald befandt de sig forskanset bag en lukket soveværelsesdør. Ebba Hermansson og brugsuddeler Leif Grundt havde også trukket sig tilbage. Til førstnævntes gamle pigeværelse bag endnu en lukket dør.

Jakob og Kelvin Willnius var taget af sted til Kymlinge Hotel på Drottninggatan i en taxa.

Men i dagligstuen på nederste etage i den Hermanssonske villa på Allvädersgatan 4 befandt de to søskende Robert og Kristina sig sammen med de to brødre Henrik og Kristoffer. Kristina så på uret.

"En halv time mere," sagde hun. "Ellers får jeg bare en masse ballade med min storesøster."

"Æv," sagde Henrik.

"Det gør du," sagde Kristoffer. "Men den slags er man bare nødt til at lære at leve med."

"Vinanretningen ude i køkkenet så lidt overbelastet ud," sagde Robert. "Jeg tror, vi åbner en ny flaske."

Han forsvandt ud af stuen uden at vente på svar og vendte tilbage ti sekunder senere med en flaske Valpolicella i hånden.

"Fortæl om Uppsala," sagde Kristina og lænede sig tilbage, så hun sad lidt tættere på Henrik.

Det var et helt igennem harmløst forslag, men til sin store forundring så hun, hvordan knægten bed sig i underlæben og et kort sekund så ud, som om han fik tårer i øjnene. Antagelig nåede hverken Robert eller hans bror at se det, men selv var hun ikke i tvivl.

Der boede en stor sorg i hendes søstersøn.

8

Kristoffer havde fundet sin brors mobiltelefon, hvor han havde gemt den. Under hovedpuden. *Ha*, tænkte han.

Hvorfor i helvede tænker jeg det, tænkte han så.

Det susede lidt i tindingerne. Klokken var godt halv et, han havde drukket to glas vin – han troede ikke, de andre havde bemærket det – men det gik op for ham, at han var en smule fuld. Det var sikkert også derfor, han havde tænkt noget så nørdet som *Ha*, da han fandt Henriks telefon.

De andre sad stadigvæk dernede. Kristina og Henrik og Robert. Kristina var fin nok. Hun var hans gudmor; hvis hans egen mor døde – kom af dage som det hed – på en eller anden måde, så skulle det være Kristina, som rykkede ind og erstattede hende. *Wow* tænkte han (temmelig nørdet igen), tænk at få Kristina som sin mor!

Derefter flammede en glorød tanke op i hovedet på ham. Man må ikke tænke på, at ens forældre skulle dø. Hvis der var en Gud, var det en tanke, der ville figurere på minuskontoen for tid og evighed.

Men Kristoffer troede ikke, at Gud var til. Og de var jo trods alt søstre, Kristina og hans mor; de havde en masse gener og aminosyrer og den slags, der var helt identiske, så man kunne egentlig godt have forventet, at de også mindede lidt mere om hinanden udenpå.

Robert havde naturligvis de samme gener. Han mindede en smule om Kristina, hvis man tænkte efter, men vel var han en sørgelig stakkel. En rigtig supertaber. Tænk at stille sig op og rive den af i fjernsynet!

Men det var der ikke blevet snakket meget om i løbet af aftenen. Det var der ligesom lagt låg på. En stor, saftig skandale, man gik omkring som katten om den varme grød. Kristoffer havde naturligvis ikke selv set fjernsynsprogrammet, man kiggede ikke på den slags programmer hjemme hos familien Grundt på Stockrosvägen i Sundsvall. Men han havde læst om det i *Aftonbladet*, man havde snakket om det på skolen – og heldigvis, ja heldigvis, havde han lige fra starten lyttet til sin mors ordre om at tie stille med, at han havde en morbror, der var med på Fucking Island. Nogle gange havde hun trods alt ret, det måtte man give hende.

Mobilen var tændt. Og der var ingen kode på den. Udmærket, tænkte Kristoffer. Jeg er godt nok lidt fuldemandsmodig, men hvem ville vel have troet, at tingene ville udvikle sig sådan her på det her elendige loftsværelse? Nu sender jeg en fræk og uimodståelig sms til Linda. Fandeme ja, det er det, jeg gør.

Han formulerede det i hovedet først. Det tog næsten ingen tid. Let og elegant flød det fra ham som vand fra en hane. *Hej Linda. Er lidt lysten efter dig. Vil du bytte julegaver? Birgers Kiosk klokken 21.00 torsdag aften.*

Det lød godt. Uimodståeligt godt. Og så lige: *Du må fandeme ikke svare på det her, jeg sender det fra min brors mobil. Bare kom. Kristoffer.*

Han smilede ved sig selv. Var det for frækt at skrive, at han havde lyst til hende? Nej fandeme. Det var den slags, chicks som Linda faldt for. Det drejede sig om ikke at være fej. Han havde været alt for fej hele livet, det var det, der var fejlen. Hvis han fortsatte på den måde, ville han aldrig få at vide, hvordan ... hvordan det føltes at stryge med hånden over en kvindes skød.

Han trykkede på en knap, og displayet lyste op. *Ny besked* stod der.

En ny sms til Henrik med andre ord. Hm, tænkte Kristoffer. Tør man? Why not? *Vis besked*? Man skulle bare trykke på yesknappen. Og han ville aldrig finde ud af, at Kristoffer havde sendt den sms til Linda, fordi han omgående ville slette det. Det ville bare tage et par sekunder at læse Henriks besked. Måske var den fra Jenny? Måske noget frækt. Han spekulerede på, om Henrik havde bollet med hende. Selvfølgelig havde han det, det var vel det eneste, man gjorde på kollegierne i Uppsala. Gik til fester og møder og bollede med hinanden. Læste et par timer søndag eftermiddag, så man lige kunne følge med. Kristoffer håbede, at han selv snart ville være lige netop der. Hvis man kunne springe over fire-fem år, så ... nej, nu dukkede de overspringstanker op igen. Han besluttede sig for, at de skulle forsvinde. Nu drejede det sig om Linda Granberg. Her og nu. Eller rettere sagt Birgers Kiosk på torsdag. Han kiggede på skærmen. 00.46 stod der. *Vis besked*? Han trykkede på ja-knappen.

Henrik, min prins. Længes og længes. Armene om din krop. Trænger ind i dig i mine drømme. J

Han læste den korte tekst tre gange. Hvad fanden var det? *Trænger ind i dig*? Hvad betød det? Var det ... var det bare noget om, at hun trængte ind i hans drømme? Nej for fanden, det var ikke det, der stod. Det J måtte stå for Jenny. Men hvad pokker mente hun med, at hun ...? Var det en helt ny og ukendt variant af et samleje, som han aldrig havde hørt om? En kvinde kan for fanden ikke trænge ind i en mand. Kristoffer havde ikke set ret mange pornofilm i sit fjortenårige liv, men helt uskyldig på det område var han trods alt ikke. Han var nogenlunde bekendt med, hvordan det kvindelige kønsorgan så ud i alle dets aspekter og faser, men uanset hvad man ellers kunne bruge det til, så kunne man ikke bruge det til at trænge ind i noget. Tværtimod.

Og hvor skulle man i det hele taget trænge ind i Hen ...?

Du almægtige, tænkte han. Det ser ud som om ... det her minder faktisk om ...

Et sekund var hans hoved tomt som en nyfrossen vandpyt. Men så gik det op for ham, hvordan han skulle få klarhed. Lynhurtigt, næsten inden han fik stillet spørgsmålet. Han kiggede på afsenderens nummer, lærte det udenad og klikkede sig så frem til adressebogen. Begyndte at blade igennem den fra A. Det var tilsyneladende det samme, Henrik plejede at gøre. Han var også ligeglad med efternavnene. Han sprang direkte til J, og der – der fandt han det. Han stirrede på den lille, oplyste skærm og nægtede at tro sine egne øjne.

Jens, stod der.

Jens. Nummeret passede.

Det var li'godt satans, tænkte Kristoffer Grundt.

Der var ingen Jenny.

Der var bare en Jens. Henrik kom slet ikke sammen med en sød, medicinstuderende pige fra Karlskoga. Han kom sammen med en fyr. En der hed Jens, og som ... som længtes efter at stikke pikken op i Henriks røvhul!

En masse modstridende impulser og tanker begyndte pludselig at bombardere Kristoffers en smule omtågede hjerne, men da uvejret var draget forbi, kunne han næsten ikke lade være med at grine højt.

Hans storebror var bøsse.

Super-Henrik bollede med fyre.

I det mindste med en fyr, der hed Jens.

Hvilket ... hvilket satans overtag! Ja, præcis sådan føltes det faktisk. Det var den første, spontane kommentar, som indfandt sig i hovedet på ham. *Et overtag*! Det var ingen smuk tanke, det kunne han godt se, men endelig – for første gang nogensinde – sådan føltes det i hvert fald, havde han fået et – ja – overtag på dette overmenneske, som var hans bror. Tak, åh tak du mobiltelefonens opfinder, tænkte Kristoffer Grundt. Det her ændrer på balancen. For alvor. For fanden i helvede!

Han skrev sin meddelelse til Linda, klikkede på send-tasten og slettede den så. Derefter satte han telefonen tilbage i neutral og lagde den ind under Henriks hovedpude.

Jens!

Han slukkede lampen på sin egen side af kommoden, men lod Henriks brænde. Vendte sig ind mod væggen, betragtede en af de lysegrønne, vertikale striber på meget nært hold og tænkte, at det her ville gøre både Ebba og Leif ti år ældre.

Og for en gangs skyld – for en enkelt gangs skyld – var det ikke ham, der var problemet.

Rosemarie Wunderlich Hermansson lå på siden med knæene trukket op under sig og betragtede vækkeurets røde tal. 01:12. Karl-Erik lå på ryggen bag ved hende og trak vejret på den samme rolige, hvæsende måde, som hun havde lyttet til i fyrre år. Hvis jeg lagde en pude over hans mund, tænkte hun, ville lyden så holde op? Var det virkelig så enkelt?

Antagelig ikke. På den måde kunne man myrde børn og spæde jomfruer, men ikke rigtige mænd. Han ville vågne og begynde at forsvare sig. Desuden var det hans fødselsdag. Han ville aldrig tilgive hende, hvis hun forsøgte at slå ham ihjel på hans 65-års fødselsdag.

Hun skød tanken fra sig. 01:13. Det var altså bedre selv at dø. Selvom han sikkert heller ikke ville tilgive hende det. Hvis hun tog livet af sig på den store dag. Men sådan var det altså. Et døgn mere måtte hun klare sig igennem. Ebbas og Karl-Eriks store dag. Det skulle have været kronen på et eller andet, men det føltes nu mere som ... hvad var det nu det hed ... et sumphul. Ja, faktisk. Men hvor kom al denne dysterhed fra? Hvorfor blev hun pludselig angrebet af disse morbide fantasier? Dag efter dag og nat efter nat. Var det bare på grund af Roberts ulyksalige fjernsynsprogram, eller fungerede Robert som katalysator for noget andet? Før i tiden havde hun ikke tænkt på den måde.

Eller Spanien? Var det Spanien, der trak hende ned i depressionens hængedynd? 01:14. Eller var det fordi hun var gået på pension? Var meningen med og målet i hendes liv gået tabt, bare fordi hun ikke længere havde et arbejde at tage af sted til? De der forbandede møgunger på skolen?

Hele aftenen havde været en vandring i dødsskyggernes dal. Og en balancegang; hun havde været meget tæt på helt enkelt at smide tallerkener og bestik ad helvede til og begynde at skrige. Og alligevel havde ingen bemærket noget. Lille mor mig her og lille mor mig der, og den her varme saftsovs er den bedste i hele verden, mor. Som om det krævede specielle egenskaber at varme nogle dybfrosne bær op. Hun havde serveret og taget ud og vasket op og var kommet med madrelaterede replikker som fra et manuskript, der var så gammelt og slidt, at ingen overhovedet bemærkede, at der blev spillet teater. Hun havde draget vod i dybet af sin sjæl for at finde noget fornuftigt at sige – efter varme følelser for sine børn, deres ægtefæller eller for sine børnebørn for den sags skyld – men intet var kommet med op. 01:15. Kelvin var et sært, indadvendt barn, hun spekulerede på, om der var noget galt med ham. Autisme måske eller Asperger, selvom det var vist bare var en variant af det samme. De eneste ord, han kom med – og det var med lange mellemrum – lød som uartigheder også. Hvis jeg var tyve år og nødt til at vælge en af de andre at bo på en øde ø med – ja, han skulle naturligvis også være tyve – så må pokker vide, om jeg ikke ville vælge Leif.

Det var en lidt underlig konklusion, men Leif var i det mindste ikke en ulv i fåreklæder. Muligvis et svin i svinelæder, men et rart svin, og med ham behøvede man aldrig anstrenge sig. Ebba havde været heldig, tænkte hun. Hun vil hele resten af sit liv bilde sig ind, at hun har giftet sig nedad, mens hun rent faktisk har vundet i lotteriet. Opblæste idiot, tænkte hun pludselig med en hurtigt opflammende vrede, du burde være døbt Karl-Ebba! Det var en tanke, hun næsten kunne le ad i mørket, og faktisk var hun i tvivl om, hvorvidt der overhovedet var andet end et kvart århundrede og nogle lidt forskellige kønsorganer, som gjorde, at man kunne skelne dem fra hinanden. Far og datter. Ler og langhalm, fy for pokker! 01:16. Og drengene virkede underkuede begge to. Navnlig lille Kristoffer naturligvis, men han var jo også vokset op i skyggen af sin præmiebror. Ja, Henrik var sandelig tredje generation i lige linje. Karl-Erik, Karl-Ebba og Karl-Henrik. Det eneste, der manglede, var, at han også havde fødselsdag i morgen. Men trods alt var, han da et uplanlagt menneske, hun håbede på, at dette simple faktum ville være den detalje, som reddede ham.

Og hvad Kristina så – eller engang havde set – i Jakob Willnius, var det ikke svært at fatte. Styrke, succes, modenhed. Charme og sikkerhed. Men falsk hele vejen igennem. Nej, det passede nu ikke, men der var noget vandagtigt ved ham. Gennemskuelighed og tilpasningsevne måske? Nå, skide være med det, tænkte Rosemarie. Hvorfor ligger jeg her og analyserer den ene efter den anden? Jeg bryder mig jo ikke det mindste om nogen af dem.

Selvom både Robert og Kristina er andet og mere end Karl-Erik. Sådan fortsatte hendes tanker, som om hun efterhånden var ude af stand til at styre dem ... det bliver tydeligere for hvert år, der går. Og måske havde der også været en slags varme i Kristinas knus? En antydning og et tavst budskab, der handlede om forståelse og forsoning trods alt – endnu ikke parat til at blive omsat i ord og handlinger. 01:17. Men måske ville det vokse sig stærkt og brugbart. Hvis hun bare klarede sig igennem og ikke gik i stykker undervejs, Kristina.

Som Robert. Hun stak hænderne ind i den bløde hulning oven for knæene, knyttede hænderne og bad til den Gud, hun indimellem troede på – men for det meste ikke – om, at Robert ikke ville ende som misbruger. Han havde været meget beruset i fjernsynsprogrammet, og han havde drukket for meget i aften også. Gode Gud, mumlede hun stille, beskyt mine børn ... i det mindste de yngste, den ældste skal nok klare sig ... beskyt dem imod alt ondt, der møder dem på deres livsvej, og beskyt mig mod mig selv. Lad mig i det mindste få lov til at sove lidt nu og derefter holde det ud i halvandet døgn endnu. Hvis jeg ender på sygehuset onsdag eftermiddag, spiller det ingen rolle – uanset om det er kroppen eller sjælen, der giver op. Faktisk ville det være dejligt. 01:18. Jeg er nødt til at stå op og tage et par sovepiller, pokkers også. Det kunne jeg have sagt mig selv. Et par piller, før hjernen koger over. Inden jeg ryger i sumphullet. Inden ... jeg afskyr disse nætter, det gør jeg virkelig. I den seneste tid er de næsten blevet værre end dagene.

"Jeg går et smut udenfor," sagde Robert. "Skal have lidt frisk luft og et par cigaretter. Det er da fandens, så svært det er at klare det her."

"Klare hvad?" spurgte Kristina og fyldte sit eget og Henriks vinglas fra den anden flaske, som Robert havde været ude i køkkenet for at hente. Spildte et par dråber på bordet. Herregud, hvor er jeg fuld, tænkte hun. Det her skal være det sidste glas.

Men det føltes ret dejligt. Da hun tænkte efter, gik det op for hende, at hun nok ikke havde været beruset, efter at hun blev gravid med Kelvin. To, nej to et halvt år. Så tror da pokker, at det føltes helt nyt.

Og så ejendommeligt, at det skulle ske netop i aften.

"Hjemkomsten," sagde Robert. "Det er fænomenet hjemkomsten, jeg taler om. Alt det her forbandede familievrøvl ... ja, det handler ikke om dig, Henrik. Men du ved, hvad jeg mener, Kristina."

"Selvfølgelig gør jeg det," sagde Kristina. "Kan du huske *Min familie?*"

Robert lo. Det var en klassiker. Året var 1983. Ebba var 18 og gik i 3. g. Robert var 13. Kristina var 9, gik i tredje klasse og havde fået den opgave i skolen at skulle skrive en stil med overskriften *Min familie.*

Min familie er som et fængsel. Far er fængselsdirektør. Mor er kogekone. Min søster Ebba, der er blevet enormt tyk på det sidste og ikke længere kan passe sine cowboybukser, er fangevogter, og det er min bror Robert og mig, der er fangerne. Vi er uskyldige, men vi sidder inde på livstid.

Hver dag får vi orlov for at gå til et andet fængsel i nærheden, der hedder Kymlingviksskolen, og her er der masser af andre fanger og fangevogtere. Det andet fængsel er lidt sjovere og ikke så strengt.

Far fængselsdirektør er en ond mand og har altid slips på undtagen om søndagen, hvor han går rundt med skjorten knappet op i halsen. Min mor, kogekonen, er bange for ham og gør altid, hvad han siger. Det gør vi andre også, ellers slår han os med en stor kæp med søm i.

Min søster fangevogteren smisker for ham og er også en ondskabsfuld en. Nogle gange er hun dog venlig mod os fanger, men så skyldes det altid, at en af os har fødselsdag.

Så snart Robert og jeg bliver store nok, stikker vi af og klager over vores familie til Børnenes Beskyttelse. Og til kongen og dronning Sylvia, der er alle børns beskyttere. Så vil kongen komme ridende på sit hvide æsel, skyde mor, far og Ebba og befri Robert og mig fra fangenskabet. Og så vil vi leve lykkeligt til vores dages ende.

Det er sandt, sandt, sandt.

Stilen havde skabt en vis opstandelse. Det var i midten af firserne, hvor studievejledere og skolepsykologer tog på kurser for at lære alt om de skjulte overgreb. Der var mindst to incestsager i hver klasse – det var det ligefremme budskab. Og der var mindst tre grove overgreb derudover. Man skulle bare se sig for. Hele familien Hermansson blev indkaldt til et møde; det fandt sted inde på studievejlederens pastelfarvede kontor og blev indledt med, at Kristinas klasselærerinde, en hærdebred 25-årig fra omegnen af Landskrona – der siden hen sprang fra lærerjobbet og blev Sveriges første, kvindelige røgdykker – læste hendes stil højt for alle.

Rosemarie besvimede. Superpædagogen Karl-Erik blev skeløjet og begyndte at stamme, men det var Ebba, der reddede situationen ved at grine højt og give sin lillesøster et knus og sige, at det godt nok var det mest fjollede, hun havde hørt i hele sit liv.

Kristina indrømmede, at hun – da hun sad og skrev på stilen – havde været sur over, at hun ikke måtte få lov til et se et fjernsynsprogram om massemordere og voldtægtsforbrydere i New York, og at hun nok havde overdrevet en smule af samme årsag.

Robert fik slet ikke lejlighed til at ytre sig, men da Rosemarie vågnede op fra sin besvimelse, var alt stort set endt i fred og fordragelighed. Studievejlederen var fornøjet, skolepsykologen var fornøjet, og den senere røgdykker var i det mindste så fornøjet, som hun nu var i stand til at blive. Hun havde faktisk en svaghed på det område. Karl-Erik holdt også op med at stamme, men skeløjetheden holdt sig i et par dage. Man overvejede, om han faktisk var blevet ramt af en lettere hjerneblødning.

"Der havde du faktisk fat i noget," sagde Robert. "Men jeg går lige en tur. Vi ses i morgen. Du skal ikke sidde oppe og vente på mig."

"Jeg går snart i seng," sagde Kristina.

"Også jeg," sagde Henrik.

Klokken var fem minutter over et, da han nåede ned til torvet. Pragtfuldt, tænkte han. I det her hul er der ikke et eneste menneske ude på denne tid af døgnet. Ingen grund til at slå øjnene ned for dem, der vandrer om natten ... og så videre.

Alligevel kom en velkendt følelse snigende ind over ham, da han stoppede op foran Royalbiografens mørklagte hovedindgang og så sig omkring. Han følte sig klemt og knuget. Selvom dette hjørne af evigheden havde været centrum i hans liv de første tyve år. Gad vide hvor det var gået galt. Men galt var det gået. Intet under, at det siden hen var gået ad helvede til.

Han kunne godt høre, at det lød som selvmedlidenhed. Naturligvis. Det der med at skyde skylden for sit voksenlivs tomhed på børnelivets ydre omstændigheder var, hvad sjælelige havarister altid havde gjort, det var ingen nyhed. Alle var jo nødt til at være født et eller andet sted. Og det at rejse sig op var noget, som alle skulle lære. Han regnede ud, at han ikke havde været hjemme i halvandet år og spekulerede over, hvorfor han stadigvæk kaldte det for *hjemme.* Et sort hul, der aldrig så ud til at miste sin tiltrækningskraft, men sådan var det måske for alle mennesker? Det handlede bare om ikke at lade sig suge ind i det. Det drejede sig om at holde afstanden. Han tændte en cigaret og begyndte at gå ned ad Badhusgatan. Hvad var det, der var sket med ham på den parkeringsplads? *Hvad*? Man kunne vel ikke dø af angst slet og ret? Kun af de handlinger, som man foretog sig under indflydelse af angsten. Eller var det her simpelthen symptomer på et mentalt sammenbrud? Var det sådan, det føltes? Han var faktisk svimmel. Kunne man få det så elendigt, at man ganske enkelt døde af det? I øvrigt nok ikke nogen dårlig forsvarsmekanisme. At sove – at sove som de sagde og glemme både verden og sin egen elendighed.

Han havde ikke set Rosemarie i øjnene hele aftenen. Heller ikke mange af de andre. Måske havde han i virkeligheden kun haft øjenkontakt med Kristina. Hun havde fundet de rigtige ord, da de var gået udenfor for at snakke, ingen tvivl om den sag: Du er et svin, Robert, og jeg elsker dig. Alle de andre havde forsøgt at lægge til ved en bekvem flydebøje et sted midtvejs mellem svinet og kærligheden, men det var kun Kristina, der havde været stor nok til at favne begge yderlighederne. Og til at skide på afstanden imellem dem. Det slog ham, at det var sådan en kvinde, Paula havde været. En kvinde, der var fortrolig både med lortet og skønheden. Med tilværelsens beskidte guldglans, skøgen og madonnaen ... ordene rumsterede frit i hovedet på ham nu, på grund af whiskyen og vinen selvfølgelig. Han nåede op på Norra Kungsvägen, stoppede op et øjeblik og betragtede det gamle, smukke vandtårn. Rødbrune teglsten, helt igennem rundt. Tænk hvis man kunne rive alle de grimme vandtårne i landet ned og så bygge sådan nogen i stedet. Med rigtige, små vinduer hist og her og et irret, grønt kobbertag. Hvorfor dog ikke? Det ville være en verden, som var værd at leve i, tænkte Robert. En verden med runde, rødbrune vandtårne af teglsten. Der ville jeg føle, at jeg hørte hjemme.

Sammen med en ny Paula også. Det var det, der var brug for, det ville være hans redning. Det burde vel ikke være helt umuligt at finde en ny kvinde. Hvad nu hvis han tog ned til de Kanariske Øer og blev der i tre måneder? Der flød det jo med ledige kvinder. Der kunne han så sidde og gøre den gamle, fantastiske roman færdig, samtidig med at han fandt sin endegyldige ludermadonna – jo, tiden var ved at være inde til det. Til begge dele. Han tændte en ny cigaret og begyndte at gå i retning af kirken. I morgen skal jeg se min mor i øjnene, besluttede han. Sige til hende, at hun ikke skal græde over spildt sæd (*mælk* for helvede – det er mælk, jeg mener), og at jeg har en plan.

Hele aftenen havde han knap skænket Jeanette Andersson en tanke, men da han svingede ind på Fabriksgatan, gik det pludselig op for ham, at det var der, hun boede. Nummer 26, var det ikke?

Hvorfor ikke, tænkte Robert Hermansson.

Klokken var ganske vist tyve minutter over et, men det var jo ikke givet, at hun skulle op og på arbejde i morgen tidlig. Han fandt sin tegnebog frem og fandt også papirlappen med hendes telefonnummer.

9

Han er en køn fyr, tænkte Kristina. Jeg vil bare håbe for ham, at han er i stand til at stå imod sin mor. Men hvor stammer den sørgmodighed fra?

"Er du lykkelig, Henrik?" spurgte hun.

Det var et spørgsmål af den slags, som hun kunne stille i kraft af det, hun var. Hans frihedsmoster. Det var ham selv, der havde fundet på det ord; det skete for flere år siden, da de tilbragte et par sommeruger sammen på Skagen. Ebba og Leif havde lejet et kæmpemæssigt sommerhus i en hel måned, men Ebba havde haft konferencer og kirurgiske opgaver mindst halvdelen af tiden, så Kristina var rykket ind som en slags reservemor for drengene. Henrik havde været 12, Kristoffer 7. Kristina, ved du, hvad du er, havde han sagt en dag, da de var nede på stranden og byggede sandslotte og drak Coca Cola. Du er min herlige, gode frihedsmoster!

Og han havde omfavnet hende med sin knoklede drengekrop, så hun næsten tabte vejret, og derefter havde de tumlet rundt alle tre, så sandet blev kastet rundt og sandslottet lagt i ruiner. Med forenede kræfter havde Henrik og Kristoffer fået frihedsmosteren ned på ryggen, havde kysset hende på navlen og lidt efter lidt begravet hende i tusind tons sand, så det til sidst kun var hovedet, der stak op.

Det måtte have været en god sommer, tænkte hun forundret. Eller også var det bare erindringen, der retoucherede det hele som sædvanlig.

"Det ved jeg ikke," sagde han. "Nej, jeg tror ikke, jeg er specielt lykkelig."

"Jeg har kunnet se det på dig. Men du ved jo, at jeg gerne lytter, hvis der er noget, du har lyst til at tale om."

Han sad og drejede sit vinglas i hånden. Antagelig var han en smule beruset, også han, men det kunne da umuligt være noget uvant for ham. Ikke efter et helt semester i Uppsala. Nitten år, tænkte hun. Tolv år yngre end hende selv og ikke nogen specielt efterstræbelsesværdig alder, hvis hun kiggede i sit eget bakspejl. Men hvad var det, der var galt? Havde han ingen venner? Gik studierne ad helvede til? Brugte han stoffer? Eller var der bare noget galt med hende kæresten? Ebba havde fortalt, at Henrik havde en kæreste, som læste medicin.

"Er du sprunget over en masse prøver?" sagde hun, for at forsøge at hjælpe ham på vej.

Han rystede på hovedet. "Der har ikke været nogen. Vi skal op til den store prøve i januar."

"Så skal du vel læse en masse i ferien, ikke?"

"Det ligner mere en repetitionspause end en ferie."

"Ja så. Men du mener altså, at det går? At du har fulgt med i efteråret altså?"

Han nikkede. Det slog hende, at han måske mente, hun var lidt indskrænket. At det var indskrænket at sidde her og spørge Super-Henrik, om han kunne følge med i studierne.

"Og du har valgt det rigtige fag?"

"Det tror jeg."

Nej, det var ikke der, skoen trykkede. Drik lidt mere vin, kære søstersøn, tænkte hun, så du vover at fortælle, hvad der bekymrer dig. Hun løftede lidt skæmtsomt sit eget glas. Blinkede med det ene øje til ham.

Han tog en slurk. Og sendte hende pludselig et blik med en ny energi i. Han vurderede hende og syntes i nogle sekunder at vakle på sin beslutnings tynde æg. Lige pludselig var det svært at forstå, at han kun var nitten år gammel.

"Det er noget, som jeg ikke tror, jeg kan tale om," sagde han til sidst. "Du må undskylde, men sådan er det altså."

"Ikke engang med mig?" spurgte hun. "Og ikke engang midt om natten?"

Han svarede ikke.

"Nå. Men hvis det er noget alvorligt, så håber jeg i hvert fald, at der en anden, du stoler på. Bare så du ikke kapsler det hele inde."

Godtkøbspsykologi, tænkte hun. Jeg lyder som en studievejleder. Hun betragtede ham. Han havde slået øjnene ned. Havde foldet hænderne med de lange, stærke pianistfingre foran sig og sad igen uden at sige noget. Den tykke, mørkebrune pandelok faldt ned og skjulte hans ansigt. Hun kunne næsten føle intensiteten i hans tanker nu. Beslutningen lå og boblede et sted mellem hjertet og strubehovedet på ham, ordene var allerede færdige, og det ville ikke tage mere end et øjeblik at sætte lyd til dem. Hun tænkte også på, om hun faktisk kunne fornemme alt det, eller om hun bare sad og bildte sig det ind, fordi hun så gerne ville have det sådan. Uanset hvad, så var det nu, det skete; hvis han ikke fortalte nu, hvad der trykkede ham, så ville han heller ikke gøre det senere. I morgen eller i næste uge eller på et andet tidspunkt. Jeg vil vide det, tænkte hun. Jeg holder virkelig af den knægt, og jeg ønsker, at han skal åbne sit hjerte for mig. Jeg vil kunne hjælpe dig, Henrik, forstår du ikke det? Jeg er ikke din mor, jeg er din frihedsmoster. Hun overvejede at lægge en hånd på hans arm, men lod være. Balancen var hårfin, for meget tryk kunne skubbe beslutningen i den forkerte retning.

Hun greb den halvfulde vinflaske og skænkede op i deres glas igen. Der gik et halvt minut, eller måske et helt; hun havde netop besluttet sig for, at det hele bare var en akavet situation, hvor hun sad og var fjollet overfølsom og ømskindet af for meget rødvin, da han rettede ryggen, tog en stor slurk og igen så på hende på den der energiske måde.

"Jeg er homoseksuel, Kristina," sagde han. "Det er det, der er problemet."

Robert stod allerede med mobiltelefonen i hånden, men blev så i tvivl.

At ringe til en vildtfremmed kvinde klokken halv to om natten, var det nu også klogt? Tænk hvis hun var enbenet og vejede et hundrede og fyrre kilo? Tænk hvis hun var en tandløs heroinmisbruger?

Jeanette Andersson?

På den anden side – tænk hvis hun var hans redning? Tænk hvis hun lå og ventede på ham? Hans nye Paula. Da hun øjensynlig havde hørt om den Hermanssonske 105-årsdag, så vidste hun sikkert også, at han var i byen lige nu. At han var kommet tilbage.

Men alligevel. Hvis det så bare havde været en fredag aften eller en lørdag aften.

Han besluttede sig for et kompromis. En vandring igennem Pampas over mod Idrætsparken og jernbanen nærmere bestemt, så han fik hende lidt på afstand. Hvis han ikke havde fortrudt i løbet af de ti minutter, som det burde tage at nå derover, så kunne han ringe til hende – og hvis hun virkelig svarede og bad ham komme, så havde han alligevel ti minutter til at fortryde igen, mens han gik tilbage mod Fabriksgatan.

En enkel plan, tænkte Robert, tændte endnu en cigaret og skuttede sig. Det var råkoldt i luften, han var taknemmelig over, at han havde tilstrækkeligt med alkohol i blodet til, at han ikke kom til at fryse. Det var da altid noget.

Derefter skød han skuldrene op om ørerne og begyndte at gå igen.

En strøm af automatiske og temmelig forskellige tanker fór igennem hovedet på hende. Hun drak lidt vin og forsøgte at anstrenge sig for ikke at vise nogen reaktion. Noget sagde hende, at det var vigtigt ikke at reagere på den forkerte måde, og det samme noget lod hende samtidig vide, at der var mindst hundrede forkerte reaktioner at vælge imellem. Det undrede hende, at hun ikke spontant kunne finde på noget at sige. At der ikke dukkede en følelse op, som hun kunne omsætte i aldeles rene og sandfærdige ord. Det var jo åbenbart, at Henrik havde det dårligt med det. Både med retningen af sin seksualitet og med, at han havde afsløret det; hun var ude af stand til at afgøre, hvad der talte mest i hans anspændte tavshed. Han havde lænet sig tilbage i sofaen, havde foldet hænderne bag nakken og stirrede nu op i loftet. Han ville øjensynlig ikke se på hende. Hun gennemborede – og forkastede – hurtigt hele arsenalet af snusfornuftige korrektheder. *Det er vel ikke noget at være ulykkelig over. Alle har jo en snert af det. Din seksualitet er ikke færdigudviklet endnu. Ja, og hvad så?* Forsøgte i stedet at finde ud af, hvad hun faktisk følte og mente og tænkte; det burde vel ikke være så forbandet svært, bare hun anstrengte sig en smule.

Til sidst kom det.

"Det er du aldeles ikke," sagde hun.

"Hvad?" sagde han.

"Jeg sagde, at det er du overhovedet ikke."

Han fjernede hænderne fra nakken. Lænede sig frem med albuerne på knæene.

"Jeg hørte det godt. Hvad er det for noget sludder at lukke ud? Tror du ikke, jeg selv ved, om jeg ..."

"Nej," sagde Kristina. "Jeg tror faktisk ikke, at du selv ved det."

"Og hvordan kan du sidde der og påstå sådan noget? Jeg må indrømme, at jeg faktisk havde ventet en anden reaktion."

Han var skarp i tonefaldet lige pludselig. Hun stirrede ham stift ind i øjnene et sekund, før hun svarede.

"Hvilken?"

"Hvad?"

"Hvilken reaktion havde du da forventet?"

"Det ved jeg ikke. Men i hvert fald ikke den her."

"Er min reaktion så vigtig?"

Han trak på skuldrene og slappede en smule af. "Det ved jeg ikke. Ja ... nej, det er den selvfølgelig ikke. Det kan også være skide lige meget, men nu ved du i hvert fald, at jeg er bøsse."

Hun rystede på hovedet og smilede til ham. Flyttede sig lidt nærmere i sofaen og strøg ham over armen.

"Henrik, nu skal du høre efter, hvad jeg siger. Jeg har mindst en halv snes homoseksuelle i min omgangskreds. Jeg ved, at der findes alle mulige slags bøsser, og at man bliver det af alle mulige årsager. Men jeg er meget sikker på, at du ikke passer ind i den gruppe. Du har helt sikkert haft nogle homoerotiske oplevelser, men det betyder ikke automatisk, at du er bøsse. Jeg har ..." Her tøvede hun et øjeblik, men mærkede så, at der ikke var plads til at være i tvivl. "... jeg har selv været sammen med kvinder et par gange i mit liv, det var dejligt, men jeg forstod ret hurtigt, at jeg hørte hjemme i den anden lejr."

"Har *du* været lesbisk?"

Hans forundrede øjne var store og forundringen et hundrede procent autentisk.

"Jeg sagde, at jeg har oplevet lesbisk kærlighed er par gange. På samme måde som du sikkert har en erfaring med at være sammen med en mand."

"Det var fandens," sagde Henrik og tog en slurk af sin vin. "Det havde jeg ikke troet."

"Du havde da en kæreste, da du gik i gymnasiet, ikke? Hanna eller hvad det nu var, hun hed."

"Jeg havde faktisk to," indrømmede Henrik. "Men det fungerede bare aldrig specielt godt."

"Gik du i seng med dem?"

"Ja. Eller hvad man nu skal kalde det."

Han lo selvironisk. Men der var en godmodighed i latteren også; hun lænede sig tættere ind mod ham.

"Og fordi det fungerede bedre med den fyr, som du formodentlig har mødt i Uppsala, så har du draget den konklusion, at du er homoseksuel?"

"Jooo, men ..."

"Ganske mange er faktisk biseksuelle, som du ved. Med tiden vælger man det ene eller det andet fra, sværere er det faktisk ikke. Det er omtrent som at vælge arbejde ... eller bil. Man har faktisk ikke brug for både en Bugatti og en Rolls Royce."

"En Bugatti og en Rolls ...?"

Han lo igen, men holdt så op; det sørgmodige greb fat i ham endnu en gang. Han så på hende med et let flakkende blik og meget tæt på.

"Kristina, jeg er faktisk bøsse. Jeg er taknemmelig for, at du forsøger at gøre det mindre smerteligt, men det ændrer ikke ved udgangspunktet."

Hun holdt hans blik fast. Der gik fem sekunder. Fem svirrende sekunder, hvor et eller andet begyndte at ske; det føltes mærkeligt at sidde her og stirre ind i sin søstersøns blå øjne på den måde og på denne her alt for korte afstand. Der gik yderligere nogle sekunder, og nu virkede det, som om det omgivende rum begyndte at tabe både sin form og sit indhold. Langsomt dannede der sig en glaskuppel, en kuvøse over dem, og pludselig virkede det, som om alle forudsætninger var blevet ophævet.

Nej, tænkte hun, det er bare et forsøg på at lægge en guldramme omkring beruselsen. Men så sagde hun.

"Læg din hånd på mit bryst, Henrik."

Han tøvede, men rørte sig ikke.

"Se her, jeg har ingen bh på, det kan du se. Du må godt."

Han gjorde, som hun havde sagt. Først uden på hendes bluse, derefter indenunder. Hans hånd var varm og varsom. Hendes brystvorte stivnede omgående.

"Hvad føler du?"

Han svarede ikke. Hans hånd rystede lidt. Eller også var det hende selv. Hvorfor skulle jeg dog bremse op nu, tænkte hun. Hvorfor lade det her halvgjort? Hun trykkede hånden mod hans skridt. Holdt den fast der, mens hun følte, hvordan han voksede. Hvad er det, jeg gør, skreg en stemme inden i hende. Hvad i helvede har jeg gang i?

Men hun ignorerede den. "Jeg har to bryster," hviskede hun. "Du må godt."

Han adlød igen. Hun knappede hans cowboybukser op og stak hånden indenfor. Greb fat i ham.

"Hvad føler du?"

Han sank og sank. Slap hende stadigvæk ikke med øjnene. Som om deres øjenkontakt var den illusoriske tråd, som alting hang i. Han kærtegnede hendes bryster nu. Hun fik hans underbukser ned under pungen og tog bedre fat. Forsigtigt trak hun hånden op og ned et par gange. Han åbnede munden og trak vejret tungere.

"Herregud," sagde han og lukkede øjnene.

"Ja," hviskede Kristina. "Lige netop. Herregud."

Robert besluttede sig for at gå hele vejen rundt om den natsorte idrætspark, før han fandt telefonen frem. En sidste fortrydelsesrunde. En tynd, diffus nedbør var begyndt at falde, en ny slags frossen regn, der lagde sig som en kold hinde over hans ansigt og hår, men stadigvæk følte han sig ikke rigtigt kold. Han havde ikke set et eneste menneske det sidste kvarter, bare to biler der kørte forbi, og en omstrejfende kat, der sprang ud lige foran hans fødder på Johannes Kyrkogata.

"Mere ensomt end det her bliver det nok ikke," mumlede han ved sig selv, da han atter nåede op til hovedindgangen – og på en eller anden måde føltes det som en trøst. Som om han endelig havde nået bunden. På en ensom spadseretur rundt om idrætsparken i Kymlinge en nat i december. Han fandt mobiltelefonen frem. Da han åbnede den, så han, at klokken var nået at blive 01:51.

Han stoppede op, trak vejret dybt og tændte en cigaret. Bemærkede, at der kun var to cigaretter tilbage i pakken, og trykkede så nummeret.

Hun svarede, da telefonen havde ringet tre gange.

"Ja, det er mig."

"Jeanette?"

"Ja."

Det lød ikke, som om han havde vækket hende, men han vidste, at den slags var svært at afgøre. Visse mennesker kunne tale næsten i søvne og alligevel lyde kvikke og vågne. Hendes stemme var en smule stakåndet og lidt hvæsende. Men varm. Han kunne godt lide den – og i et idiotisk sekund fór en replik forbi i hans hjerne.

I'm your long lost lover and there's snow on my hair.

Det lykkedes for ham at bremse den, og han nåede ikke at tænke over, hvor i alverden den kom fra. "Du må undskylde," sagde han i stedet. "Det er Robert, Robert Hermansson. Jeg ved godt, at det er midt om natten, men jeg havde lidt problemer med at sove, og hvis du stadigvæk ..."

"Kom," sagde hun helt enkelt. "Jeg venter på dig ..."

"Det var ikke min mening, at ..."

"Kom nu bare," sagde hun. "Jeg har jo selv indbudt dig, og jeg var faktisk ikke faldet i søvn. Du ved godt, hvor jeg bor, ikke?"

"Jo," sagde Robert. "Det fortalte du. Fabriksgatan 26 ... er der en kode på låsen?"

"Nitten otteoghalvtreds," sagde hun. "Hvor er du henne nu?"

"Ved idrætsparken."

"Ved idrætsparken? Hvad laver du ved idrætsparken midt om natten?"

"Jeg gik en tur. Og så kom jeg til at tænke på dig."

"Godt," sagde hun. "Så er du her om ti minutter. Jeg sætter vand over til te. Eller vil du hellere have et glas vin?"

"Te lyder godt ... tror jeg."

"All right. Vi kan tage begge dele. Jeg ser frem til at møde dig, Robert. Nitten otteoghalvtreds."

Derefter lagde hun på. Hendes stemme blev ved med at være i ham, men pludselig syntes han, at der havde været noget vagt bekendt ved den. Han stoppede telefonen i jakkelommen, smed den halvrøgne cigaret fra sig og styrede skridtene tilbage i retning af Fabriksgatan.

Hun havde bare sin kjole og trusser på og var meget let at komme til, men da han havde bevæget sig frem til hendes mest følsomme sted, afbrød hun det hele.

"Vi må tænke os om, Henrik," hviskede hun i hans øre. "Vi må ikke gøre andre mennesker ondt."

"Hmm?" sagde Henrik.

"Men hvis du ønsker det, vil jeg gerne det hele. Jeg håber, at du har bemærket, at jeg er kvinde."

"Du er kvinde," indrømmede han hæst. "Og jeg vil gerne fortsætte."

Hun afbrød kropskontakten med ham og skubbede ham væk. Rettede på trusserne og kjolen. Penduluret slog to. De sprøde klokkeslag blev hængende i rummet som en utvetydig påmindelse om omverdenens eksistens. Der var ikke blot denne sofa og disse to mennesker i verden. I det hele taget var der en uendelighed af lammende relationer og omstændigheder, tænkte Kristina, omstændigheder man skulle tage hensyn til. Hvis man ville de relationer.

"I morgen nat, Henrik," sagde hun. "Jakob tager tilbage til Stockholm sent på aftenen. Hvis du stadigvæk vil, så venter jeg dig på hotellet."

"Men," sagde Henrik. "Kan vi virkelig ..."

"Kelvin sover altid som et murmeldyr," forsikrede Kristina. "Så ja, vi kan. Du behøver ikke være bekymret ... og jeg vil gerne lære dig lidt om kærlighed, før jeg er færdig med dig. Om det allerbedste."

"Herregud," sagde han igen og stirrede på hende. "Jeg fatter ikke ..."

"Ja?"

"Jeg fatter ikke, at det er dig og mig, som sidder her, Kristina. Hvad mener du med det bedste?"

"Udsættelsens kunst," sagde hun. "Udskydelsens vidunderlige lidelse. Men nu skilles vi, jeg må hjem til mand og barn."

"Kristina, jeg ..."

Hun lagde en pegefinger over læberne, og han tav. Hun kyssede ham let i begge håndflader og rejste sig. Vaklede et øjeblik, da blodet løb bort fra hovedet, men genvandt så balancen.

"Nej, du må ikke følge efter mig. Vi ses i morgen."

Regnen føltes tæt og ejendommelig, som en slags flydende, blødt mos, tænkte hun, og den fornemmelse fulgte hende hele vejen ad den menneketomme Järnvägsgata. Det var hun taknemmelig for. For dens kulde og dens stædighed. Blandt de tusind tanker og følelser, som rev i hende, var der to, der råbte højere end alle de andre.

Vi løber virkelig linen ud i morgen nat.

Det her vil ikke ende godt.

Og da hun gik gennem korridoren på vej til værelset på første sal af Kymlinge Hotel, hørte hun så en tredje stemme, som ikke var hendes egen: Jeg har så meget lyst til min søstersøn, at jeg er nødt til at vække min mand og elske med ham.

Klokken var tyve minutter over to, men det spillede ingen rolle.

10

Karl-Erik Hermansson vågnede klokken tyve minutter i fire ved et distinkt klik inden i sit hoved.

Det var aldrig sket før. Hverken det ene eller det andet. Det plejede ikke at klikke inden i hans hoved, og han plejede altid at sove som en sten frem til klokken kvart i syv. Både arbejdsdage og fridage.

Men nu var der naturligvis ingen arbejdsdage mere. Blot fridage. Det var et såkaldt indiskutabelt faktum. Et livsvilkår, som man måtte lære sig at acceptere.

Aldrig mere skulle han trække sin Crescent med de tre gear ud af garagen og trampe de ettusind trehundrede og halvtreds meter ned til skolen. Aldrig mere skulle han i en enkelt, elegant bevægelse fiske nøgleknippet op af jakkelommen, stikke nøglen i låsen og give de sløve horder besked om at gå ind i lokale 112. Aldrig mere citere Marcus Antonius' tale til folket den 15. marts år 44 før Kristi fødsel efter erindringen.

Bare fridage. En uendelighed af morgener, hvor han kunne blive liggende i sengen, så længe han ville, og derefter bruge dagens timer efter sit forgodtbefindende. Belønningen. Hvedebrødsdagene efter et helt liv med slid og slæb og nye læseplaner. Så hvorfor var han vågnet op klokken tyve minutter i fire? Hvorfor havde det sagt klik inden i hans hoved? Han kunne også høre en svag susen, som han ikke mente at kunne genkende. Men den kom nok snarere fra radiatoren under vinduet på Rosemaries side. Hun havde vel skruet op for den i smug som sædvanlig.

Men alligevel var der sket et eller andet. Sådan føltes det faktisk. Der svævede en uro inden i brystet på ham, noget prikkede og virkede lidt anstrengt, var det ikke rigtigt? Han lå stille og forsøgte at mærke efter. Og var det ikke sådan ... var det ikke sådan, at i præcis denne time – mellem klokken tre og fire om morgenen – døde der flest mennesker? I denne time, hvor livslyset brændte svagest. Det var han næsten sikker på, at han havde læst et sted. Det kunne vel aldrig være sådan, at ...?

Karl-Erik Hermansson satte sig ret op og ned i sengen. Han blev svimmel et par sekunder, før blodet nåede at ilte hans hjerne, men da denne proces var på plads, kunne han Gud være lovet konstatere, at han følte sig helt igennem rask og frisk. Eller i det mindste nogenlunde rask og frisk.

Og ikke før nu, ikke før han smidigt og spændstigt svingede benene ud over sengekanten og anbragte fødderne på det bløde, langhårede gulvtæppe, kom han i tanker om, hvad det var for en dag.

Hundrede og femårsdagen.

Femogtres for ham selv. Fyrre for Ebba.

Og derefter vågnede ti tusind andre omstændigheder i hastigt tempo. Estepona. Rosemarie. Revnerne på hans venstre fod. Men skide være med det, i Andalusien var der ingen revner. Muy bien. *Whisky*? Ja, den. Den der røgede pralewhisky, som Kristinas fyr var kommet slæbende med, og som han stadigvæk kunne smage oppe i gummen. Lundgren nede fra banken dukkede også op, og han hørte i det mindste til. Hørte til de ting, han var nødt til at tænke over. Papirerne, der skulle skrives under onsdag eftermiddag – det var faktisk i morgen – og den der opblæste familie, som skulle flytte ind her. Han ville sværge på, at hverken manden eller konen kunne navngive så meget som tre ministre eller to svenske opfindere, der havde haft betydning for den industrielle udvikling i atten- eller nittenhundredetallet. Intellektuelle undermålere. Det ville blive dejligt at forlade dette historieløse land. Rigtigt dejligt. Men lige nu kunne han altså ikke huske, hvad familien Opblæst egentlig hed. Skide være med det, hvad mere?

Robert.

Robert. Nej, ud med ham.

Rosemarie i stedet. Ingen kommentarer. Nej, tilbage til den

nytilkomne revne på hans venstre fod, der ville forsvinde i samme øjeblik, hvor han satte den ned på Spaniens røde jord ... revnen selvfølgelig, ikke foden. Karl-Erik Hermansson havde altid været omhyggelig med relationerne, selv i sine tanker ... og så tilbage til Robert.

Væk med ham. Der er en anden form for struktur på mine tanker på denne tid af døgnet, tænkte Karl-Erik Hermansson lidt forundret og kunne ikke finde på andet at foretage sig end at blive siddende på sengekanten og betragte billedet af Örebro Slot, som han havde vundet i en krydsordskonkurrence i 1977. Rosemarie havde ikke haft lyst til at hænge det op, men så havde han forklaret hende, hvilken ekstremt vigtig rolle slottet havde spillet i den svenske historie, og så havde hun naturligvis måttet give sig.

Robert igen. All right da. Den fortabte søn; han havde besluttet sig for at tage sin store samtale med ham allerede aftenen før – for at få den ud af verden – men det var ikke blevet til noget. For mange mennesker og for mange omstændigheder ganske enkelt. Og whisky. Altså måtte man sørge for at få det overstået i dag. Helst så tidligt som muligt. Under alle omstændigheder før man satte sig til bords til fødselsdagsmiddagen. Der var ting, som man ikke kunne vente med at få gjort.

Samtalen mellem Fader og søn. Med stort F og lille s. Akkurat sådan så han det faktisk for sig. Tekstet. Inden i hovedet. Mærkeligt, men der var jo en pointe i det. Selvom ordet samtale var forkert. Det var lige netop en samtale, det ikke skulle ende med. Faktisk drejede det sig nærmest om at gøre et standpunkt klart. At man ... tankerne kørte i tomgang en tid og fik så fat ... at man her havde nået det absolutte nulpunkt.

Det kunne ikke blive værre. Nøjagtig sådan ville han formulere det. Det med nulpunktet var godt. Faktisk havde han slet ikke lyst til at tale om sagen. Den vanære, som Robert havde påført familien, ville blive hængende resten af livet ... nej, han ville ikke høre på hverken undskyldninger eller forklaringer. Det, som Robert havde gjort, lod sig ikke relativere, og nej igen, mor og jeg havde så absolut ingen planer om at forlade landet, men efter det her har vi ingen andre udveje. Vi ser ingen anden mulighed.

Skam dig, Robert, ville han sige. Du har skubbet os alle ned i skammens hængedynd, og det må vi leve med, men derudover ønsker jeg ikke at sige et ord mere om denne sag.

Denne sag? Dette anliggende? Nej, det var bedre med sagen. Anliggende lød så ... nej, han vidste ikke rigtigt hvad.

Han rejste sig og gik ud på badeværelset. Satte sig på toilettet og tissede. I de seneste ti år havde han altid tisset siddende om morgenen, det var ikke noget at tage sig af. Men kun om morgenen. Det løb endnu langsommere end det plejede i dag. Måske skyldtes det det uvante tidspunkt. Urinen var ikke flydt ordentligt til endnu. Så han nåede at gennemgå hele talen til Robert en gang mere, mens han sad der.

Han havde haft den i hovedet i over en måned. Ordene, formuleringerne, de nøje doserede pauser. Det ville blive et ... et pædagogisk mesterværk. I begrænsningen ser man mesteren. Robert skulle sidde stille. Hans faders ord skulle bore sig ind i ham uden nåde. *Som utøj i en skabet hund*, havde han læst et sted. Robert skulle forstå, hvad han havde gjort. Han ville fortryde bitterligt, men intet ville det hjælpe. Han skulle se på sin far, og så skulle han forstå, at for sådan noget som dette her kunne man ikke bede om tilgivelse. Blot tavsheden og glemslen ville med tiden lægge en tåge over det, der var sket. En tåge. En balsam. Jeg havde blot en enkelt søn, Robert, ville han sige ... kunstpause ... og jeg har stadig blot en enkelt søn. Sådan er min lod. Og din mor har ikke haft godt af det her, Robert. Jeg har flere gange frygtet for hendes liv. Nej, *forstand* var bedre. Frygtet for hendes forstand. Skammen burde have været din og din alene, Robert, men den falder også over din familie. Nej, du behøver ikke at sige noget. Ord er bare luft efter den slags handlinger. Du skal vide, at rektor Askbergson ville have givet både din mor og mig orlov resten af skoleåret – af hensyn til os – men at vi blev på vores post. Med ret ryg gik vi til vort arbejde, med ret ryg så vi vores kolleger – nej, arbejdskammerater var bedre – med ret ryg så vi vore arbejdskammerater i øjnene. Det ønsker jeg, at du skal vide, Robert. Vi vil forlade dette land til foråret, men vi gør det med højt rejste hoveder. Det ønsker jeg, at du skal vide.

Han blev siddende og smagte på ordene, til trods for at han var dryppet færdig for lang tid siden. Derefter rejste han sig, trak pyjamasbukserne op og skyllede ud. Vaskede hænderne og så på sig selv i spejlet. Der var sket et eller andet med hans højre øje, var det ikke rigtigt? Det var uklart, hvad det var, men det lignede ikke rigtigt sig selv. Øjenlåget hang en millimeter længere ned, end det plejede at gøre. Eller var det bare indbildning?

Han sjaskede koldt vand i begge øjne og kontrollerede så igen. Nu så det normalt ud.

Jo da, det havde bare været indbildning.

Klokken var fem minutter i fire. Han gik tilbage til soveværelset og krøb ned i sengen ved siden af sin kone. Den svage susen fra radiatoren kunne stadigvæk høres. Örebro Slot havde ikke bevæget sig.

Jeg må prøve at falde i søvn igen, tænkte han. Jeg har en lang dag foran mig.

Allerførst ankom en lille deputation fra familien ved nitiden. Det var Karl-Eriks to fætre fra Göteborg med ægtefæller. De var kommet forbi ved en tilfældighed og havde besluttet sig for at kigge ind en times tid på den store dag.

En halv tærte og tolv kopper kaffe blev fortæret. Hverken Robert, Leif eller drengene var stået op endnu. Eller også var de så fornuftige, at de holdt sig væk fra stueetagen. Man sad i køkkenet. De fire forbipasserende, de to fødselsdagsbørn, Rosemarie samt en medfølgende bokserhvalp, der hed Silly, og som tissede tre gange under bordet.

Samtalen gik lidt trægt og kredsede hovedsagelig om en til Amerika udrejst, fælles slægtning (Gunvald, 1947), det aktuelle renteniveau og om alle de søde mennesker, man lærte at kende ved ganske enkelt at være ude for at købe en hund.

Fjernsynsprogrammet *Fangerne på Koh Fuk* blev nævnt i forbigående og ved en fejl, men emnet blev ikke berørt yderligere.

Slægtsdeputationen rejste videre efter forrettet ærinde i to næsten identiske småbiler, begge i metalfarve, den ene hvid og den anden grålig, klokken et kvarter over ti. De efterlod sig to gaver: et større, indrammet kunstværk (100 x 70 cm) med et havmotiv udført i vævet uld samt et mindre, indrammet strandmotiv (70 x 40 cm) i vævet uld. Kunstneren hed Ingelund Sägebrandt, Rosemarie var ikke sikker på, om det var en mand eller en kvinde. I samråd med Ebba besluttede hun sig for indtil videre at opbevare begge billederne i garagen.

Da denne operation var overstået, gik hun ud og løftede på låget til den tomme brevkasse; det var begyndt at sne, og hun kunne allerede nu mærke de karakteristiske tegn på, at en halsbrand var under opsejling. Den her dag vil aldrig få en ende, tænkte hun.

Klokken elleve ankom otte kolleger fra skolen. Leif var kommet ned fra overetagen, men ikke Robert og drengene. Heller ikke Kristina, Jakob og Kelvin havde man hørt fra; Rosemarie gik ud fra, at de benyttede sig af lejligheden til at sove længe på hotellet, og da hun tænkte efter, blev hun enig med sig selv om, at det sikkert også var lige så godt.

Blandt kollegerne var også den drabelige spøgefugl og matematiklærerinde Rigmor Petrén, som var jævnaldrende med Rosemarie, og som havde fået fjernet begge bryster, men som var still going strong. For femogtyve år siden eller deromkring havde hun undervist Ebba i matematik (og i et halvt skoleår også i fysik), og nu havde hun så komponeret en ny, drabelig vise, der rettede sig både til Karl-Erik og hans prægtige datter.

Den indeholdt fireogtyve vers, og mens den blev fremført ottestemmigt, sad Rosemarie og tænkte på to ting: For det første forestillede hun sig et maratonløb under vand i mørke – et nyt på sæt og vis ganske interessant billede på livet – for det andet tænkte hun på, at der var et eller andet forkert med Karl-Eriks ansigt. Han lignede ikke sig selv, som han sad der ret op og ned på en køkkenstol og lo, så man kunne se hans drøbel.

Men måske var det akkurat sådan, man skulle se på alting, tænkte hun. Som et spørgsmål om udholdenhed. Rigmor Petrén hørte til den slags lærere, der altid nåede det hele i alle fag. År efter år. End ikke kræften bed på hende. Hendes voldsomhed lagde alt det i aske, som kom i vejen for hende. Leif Grundt smuttede ud på toilettet under syvende vers og vendte først tilbage under det nittende.

Da sangen var ovre, gik man ind i stuen og drak niogtyve kopper kaffe og spiste resten af den halve tærte, der var til overs efter fætterbesøget og to tredjedele af den næste. Brugsuddeler Grundt underholdt med en fornøjelig sammenlignende betragtning over skinkepriserne op til julen. Og Rosemaries halsbrand slog ud i lys lue.

Derefter holdt adjunkt Arne Barkman en følelsesladet tale til Karl-Erik. Omtrent midt i den var han nødt til at holde en pause og pudse næsen af den rørelse, som han ikke kunne undgå at blive ramt af i sådan et øjeblik. Han og Karl-Erik havde delt arbejdsrum på skolen i næsten tredive år, og Arne spurgte nu, om det overhovedet ville være muligt for ham at vente tilbage til sit skrivebord på skolen til januar. Det tomrum, som Karl-Erik efterlod sig, kunne ikke beskrives i ord, påstod han. Derfor havde han heller ikke tænkt sig at forsøge. Tak, Karl-Erik, det var alt, hvad han ville sige. Tak for alt. Tak, tak, tak.

"Tak selv, Arne," sagde Karl-Erik venligt og gav sin gamle kammerat et dunk i ryggen, så lommetørklædet måtte frem igen.

To blomsterbuketter – en stor i gule farver og en mindre, rødlig – var blevet overbragt allerede ved ankomsten, men nu var tiden kommet til gaverne. Først en bog af Richard Fuchs til Ebba, hun var jo trods alt læge og kunne sikkert godt bruge en god latter. Derefter syv gaver til Karl-Erik – antallet symboliserede muserne eller gratierne eller dyderne eller hvilket andet syvtal, man nu holdt mest af – ha ha – og alle havde de en klar forbindelse til det iberiske.

Et tyrehoved i bronze på godt og vel et kilo. En Rioja Gran Reserva fra 1972. Et billedværk på seks hundrede sider om Alhambra. En spansk rejsebeskrivelse af Cees Nooteboom. Et par kastagnetter i ædeltræ. En cd med guitaristen José Muñoz Coca.

"Jeg er rørt," indrømmede Karl-Erik Hermansson.

"Det er da alt for meget," sagde Rosemarie.

"Det er jo også til dig en smule, kære Rosemarie," forklarede

Ruth Immerström, samfundskundskab, religion og historie. "Ja, I efterlader jer godt nok et tomrum, akkurat som Arne siger det."

Kollegerne gik igen i samlet trop lige over klokken et. Rosemarie placerede alle gaverne på egetræsskænken under det billede, der forestillede slaget ved Gestilren, og Ebba skyndte sig op på overetagen for at sætte gang i både sine sønner og sin bror.

"Robert er her ikke," konstaterede hun, da hun kom ned i køkkenet ti minutter senere for at hjælpe sin mor med opvasken.

"Er han ikke?" sagde Rosemarie. "Hvad mener du med, at han ikke er her?"

"Jeg mener naturligvis, at han er væk," sagde Ebba. "Han har redt sengen, men han er ikke deroppe. Og heller ikke hernede."

"Hvem er det, der ikke er her?" spurgte Kristina, der ankom i samme øjeblik sammen med sin mand i Armani-jakkesæt og sin søn i matrostøj.

"Hvor er den kjole da smuk," sagde Rosemarie. "Du er altid klædt i rødt. Tænk at Ebba er så blå, og at du er så rød. Man skulle næsten tro, at ..."

"Tak, kære mor," sagde Kristina. "Hvem er det, som ikke er her?"

"Robert naturligvis," sagde Ebba. "Men han er vel stukket af for at gå en tur og ryge igen. Han har jo også en del at tænke over. Har I sovet godt på hotellet?"

"Tak, udmærket," forsikrede Jakob med Kelvin hængende som en trædukke i favnen. Der er altså noget alvorligt galt med den unge, tænkte Rosemarie automatisk.

"Du ser faktisk lidt træt ud, Kristina," sagde hun med samme slags automatik. Der var noget med døtres udseende, som man ikke kunne tie om. "Jeg troede ellers, at I havde fået sovet længe."

"Jeg har sovet for længe," sagde Kristina. "Tillykke, Far, Tillykke, Ebba. Hvor har du gjort af pakken, Jakob?"

"Fandens også," sagde Jakob. "Pakkerne ligger stadigvæk i bilen."

"Jeg henter dem senere," sagde Kristina. "Det er vel heller ikke endnu. Går du op og putter Kelvin ovenpå?"

Jakob og Kelvin forlod køkkenet. Er det hende, der styrer der, tænkte Rosemarie. Det bemærkede jeg da ikke i går.

"Er der sket noget med dit ansigt, Far?" spurgte Kristina. "Jeg synes ikke helt, du ligner dig selv."

"Det er nok alderen," indskød Leif Grundt.

"Ja, jeg ved ikke rigtigt," sagde Karl-Erik og strøg med begge hænder over kinderne. "Jeg vågnede klokken halv fire i nat og kunne ikke sove igen. Jeg forstår ikke hvorfor. Men jeg føler mig faktisk en smule træt."

"Du skal have trimmet dine næsehår," sagde Rosemarie.

"Jeg synes, at far skal tage en lille lur," erklærede Ebba. "Der har været en del ståhej fra morgenstunden. Det kan vi fortælle de af jer, som ikke har været her."

Det er ikke mig, der ikke kan finde mine følelser for dem, tænkte Rosemarie. De kan heller ikke lide hinanden. Hvis jeg ikke får et glas Samarin snart, så brænder jeg op.

Brødrene Grundt dukkede op i døren, velfriserede og med slips.

"Godmorgen med jer, I syvsovere," hilste deres far dem gemytligt. "Men hvad i alverden er det dog for nogle hundesnore, I har fået om halsen?"

"Nu tror jeg, vi skal have en kop kaffe og et stykke smørrebrød, nu hvor alle er her," sagde Rosemarie Wunderlich Hermansson.

11

I løbet af eftermiddagen sank temperaturen fem grader, og snefaldet tiltog. Den sydvestlige vind skiftede desuden til nordvest og tog til fra tre til otte meter i sekundet. Intet af dette lagde dog på mindste måde hindringer i vejen for næste punkt på programmet: byvandringen.

I mindst femogtyve år havde Karl-Erik Hermansson gennemført denne knap to timer lange gåtur med de ottendeklasser, han underviste i et af de samfundsorienterede fag – for at bibringe de opvoksende slægter en i det mindste rudimentær viden om dens egen by og dens seværdigheder – og så stor forskel var der trods alt ikke på maj og september.

Rådhuset. Skomagermuseet. Det gamle vandtårn. Hemmelbergs Gård. Den Gahnske park og den velbevarede Rademachersmedje ved Kymlingeåens fald. For nu blot at nævne nogle af stoppestederne.

For nogle af dagens deltagere var det meste naturligvis kendt stof, men det nye bibliotek var blevet indviet blot otte måneder tidligere, og den færdigrestaurerede altertavle i kirken havde ingen af dem haft lejlighed til at beundre tidligere.

Desuden var det dejligt at komme ud. Forsamlingen var fuldtallig, hvis man ellers så bort fra Rosemarie, der i samråd med veninden og hjælpekogekonen Ester Brälldin blev hjemme for at organisere den forestående middag, og Robert, der stadigvæk ikke havde vist sig.

"Hvor er det typisk, at han ikke engang kan tilpasse sig det her," sagde Ebba til sin søster, da deres far var færdig med at fortælle om Skomagermuseets historie og de mange ture rundt om det og gav tegn til skaren om at fortsætte gennem snevejret op mod Linnégatan.

"Hvordan typisk?" spurgte Kristina. "Han har vel sin frihed som alle andre."

"Frihed?" sagde Ebba og slog ud med armene, som om hun ikke rigtigt kunne huske, hvad det var for et sært begreb. "Hvad i alverden taler du om?"

"Jeg mener bare, at vi ikke skal dømme ham, før vi ved, hvad årsagen er til, at han er blevet væk," sagde Kristina.

"Jeg ville da aldrig finde på at dømme nogen," sagde Ebba. "Nu sårer du mig, Kristina."

"Det må du undskylde," sagde Kristina og tørrede snottet under sin søns næse væk med et papirlommetørklæde. "Men det er bare så nemt at kritisere Robert."

"Hmf," sagde Ebba og pressede sin arm ind under sin mands.

"Nå, knægte," sagde Karl-Erik Egetræspædagog til brødrene Grundt, "Kan I så sige mig, hvorfor det årstal står indgraveret oven over denne port?"

"Attenhundrede og otteogfyrre?" sagde Henrik tankefuldt og stoppede op. "Det kommunistiske manifest. Men jeg vidste godt nok ikke, at det var i Kymlinge, de sad og skrev det."

"Ha, ha," klukkede Karl-Erik, som havde fået en lur på omtrent et kvarter til trods for alle dagens arrangementer og nu igen virkede i lidt bedre form. "Meget fint, min dreng. Men nej, Marx og Engels satte så vidt man ved ikke deres ben i Kymlinge. Men måske kan din mor gøre os en smule klogere?"

"Kymlinges store brand," svarede Ebba prompte. "Hele Kymlinge brændte ned det år. Der var næsten kun træhuse på den tid, og det her var det eneste hus, som klarede sig. Det Lehrbergske hus. Det siges også, at der kun var en enkelt pige hjemme i huset den nat, og at det var hendes fromhed og bønner, som reddede både hende selv og huset."

"Præcis," sagde Karl-Erik. "Og følgelig blev den moderne by bygget op i 1850'erne. Det Kymlinge vi kender. Et nyt gadenet i stedet for det gamle fra middelalderen. To nye torve, Søndertorv og Nordre Torv. Rådhuset som sagt og markedshallen og ..."

"Sikke det da sner nu," sagde Leif Grundt. "Et held at man er blevet fedet op til vinteren. Drak vi virkelig al whiskyen i går aftes?"

"Leif, nu må du altså undskylde," sagde Ebba og slap hans arm.

"Ja, tilsyneladende," bemærkede Karl-Erik med en let bekymret mine. "Og man kunne da godt blive lidt bekymret for, hvor Robert er blevet af."

Som om det pludselig slog ham, at disse to omstændigheder kunne have en form for sammenhæng, tænkte Kristina, og for første gang følte hun en svag uro for sin bror. Klokken var over halv fem, han havde ikke vist sig hele dagen, og det var da en smule mærkeligt. Selv for Robert.

Men måske sad han hjemme i det varme køkken på Allvädersgatan og sludrede med sin mor og Ester Brälldin.

"Nu går vi et rask vend op til kirken, derefter er det nok ved at være på tide til at komme hjem og få smurt halsen en smule," erklærede Karl-Erik, trak øreklapperne ned på sin skindhue fra tresserne og tog befalingen over den kulderystende skare.

"Føj for et vejr," udbrød Rosemarie Wunderlich Hermansson tre kvarter senere, da alle stod og stampede i entreen. "Er alle kommet velbeholdne hjem? Nej, hvor er ...?"

"Kristina og Henrik gik ind i Brugsen for at købe et eller andet," forklarede Ebba. "Er Robert dukket op?"

"Nej," sagde Rosemarie, mens hun hjalp den sovende Kelvin ud af bæreselen på sin fars mave. "Jeg ved virkelig ikke, hvad der er blevet af ham. Men I må da være gennemfrosne alle sammen. Var det virkelig nødvendigt at slæbe dem rundt på den måde i sådan et vejr, Karl-Erik?"

"Sludder," sagde Karl-Erik. "Jeg er faktisk den ældste i forsamlingen. Og hvis jeg ikke har taget skade, så forstår jeg ikke, hvorfor andre skulle det. Nu tager vi en gløgg foran kaminen i dagligstuen."

"Naturligvis gør vi det," sagde hans kone. "Det passer fint, for vi kan sætte os til bords om godt en time. Else-Marie har for resten ringet og gratuleret. Til jer begge to naturligvis."

"Tak," sagde Ebba.

"Tak," sagde Karl-Erik.

Da det ikke blev betragtet som passende, at den unge Kristoffer drak gløgg, blev det heller ikke betragtet som passende, at Henrik gjorde det. Af søskendesolidariske årsager. Brødrene benyttede muligheden for at trække sig tilbage til deres grønstribede værelse en halv times tid.

"Jo, for resten, der var lige noget," sagde Henrik efter at have skrevet og afsendt endnu en sms.

"Mmm?" mumlede Kristoffer uinteresseret henne fra sin seng.

"Jeg ... jeg har brug for din hjælp."

Kristoffer studsede. For min hjælp? Nu tror jeg fandeme, at verden er ved at falde fra hinanden. Armageddon eller hvad det nu hedder.

"Øh ... selvfølgelig," sagde han.

"Hjælp er måske ikke det rigtige ord," sagde Henrik. "Men jeg har brug for din tavshed."

"Ja så?"

Han mærkede, hvordan hjertet pludselig galoperede i brystet på ham, og han håbede ved Gud, at broderen ikke ville mærke det.

"Vi skal bare lave en aftale om, at du tier stille."

"Om hvad da?" sagde Kristoffer og lod, som om han gabte.

Henrik lå uden at sige noget på sin seng nogle sekunder og virkede, som om han overvejede et eller andet ved sig selv. Kristoffer begyndte at fløjte dæmpet.

"Jeg har tænkt mig at smutte ud et par timer i nat."

"Hvad?"

"Jeg sagde, at jeg har tænkt mig at være væk et par timer i nat."

"Hvorfor det?"

"Og jeg vil gerne have, at du holder tæt med det."

"Jeg forstår ... men hvorfor har du tænkt dig at smutte ud?"

Henrik tøvede igen.

"Jeg synes ikke, du behøver at vide det. Jeg vil bare ikke have, at du siger noget til mor ... eller til nogen anden."

Kristoffer fløjtede endnu et par toner. Det lød faktisk som Stairway to Heaven. "Hvis jeg skal holde mund, synes jeg, at jeg har ret til at få at vide, hvad du skal."

"Det synes jeg ikke."

Kristoffer tænkte efter.

"Måske ikke, men i den her sammenhæng, så ..."

Henrik satte sig op på sengekanten.

"All right," sagde han. "Jeg skal mødes med en gammel ven."

"En ven? Her i Kymlinge?"

"Ja. Er der noget sært ved det? De flyttede hertil for nogle år siden."

For fanden hvor du lyver, brormand, tænkte Kristoffer. Og du lyver dårligt. Men hvad pokker skal jeg sige?

"Er det en pige?" spurgte han. Det kom næsten automatisk, uden at han nåede at tænke sig om først, men i samme øjeblik ordene sprang ud af munden på ham, gik det op for ham, at det var det helt rigtige spørgsmål at stille. Når man tænkte på omstændighederne. *Alle* omstændighederne. Der gik tre sekunder.

"Ja," sagde Henrik. "Det er en pige."

Kristoffer kunne mærke, hvordan ophidselsen tikkede i ham, og han blev nødt til at simulere endnu et gab for at kamuflere den. Kammerat, tænkte han, du lyver lige så hurtigt, som en hest kan rende. Det skulle vel aldrig forholde sig sådan, at den pige hedder Jens?

Men hvordan fanden kunne det gå til, at Jens befandt sig i Kymlinge? Boede Jens ikke i ...?

Nej, selvfølgelig ikke, tænkte Kristoffer. Det var jo Jenny, som boede i Karlskoga, og det specielle ved Jenny var, at hun antagelig ikke eksisterede.

"Nå?" sagde Henrik.

"Øhh ... jo selvfølgelig," sagde Kristoffer. "Jeg skal nok holde mund. Der kommer ikke et ord over mine læber."

"Godt," sagde Henrik. "Det er slet ikke sikkert, at jeg går, men hvis jeg nu gør det."

"Hvis," sagde Kristoffer. "Jeg forstår."

Ingenting, tilføjede han i sit eget hoved. Ikke rigtigt.

Men da han tænkte efter, så var der jo intet, som talte for, at Jens ikke skulle have sine forældre boende i nærheden af Kymlinge. Eller i selve byen. Faktisk ikke. Selvom det virkede usandsynligt.

Nå ja, tænkte Kristoffer, en interessant rejse var det blevet. Unægtelig. Bedre end han havde forventet.

"Jeg forstår ikke, hvad du mener," sagde Karl-Erik irriteret. "Hvad er du egentlig ude på?"

"Det er vel ikke så svært at forstå," sagde Rosemarie. De stod ude i vaskerummet, hvortil Rosemarie havde trukket sin mand med mild vold. "Robert er ikke kommet tilbage."

"Det har jeg bemærket," sagde Karl-Erik. "Men nu forholder det sig faktisk sådan, at bordet er dækket, og forretten er parat, efter hvad Ester siger, og alle sammen sidder og venter. Mener du, at vi skal lade den forbandede slyngel ødelægge hele ...?"

"Det er din søn, vi taler om," afbrød Rosemarie. "Tænk over hvad du siger, Karl-Erik."

"Bah," sagde Karl-Erik. "Jeg har tænkt over hvert eneste ord, jeg har sagt i halvtreds år. Nu må det snart være nok. Kan du ikke få det ind i din tykke skal?"

Hvad i alverden er der i vejen med ham, nåede Rosemarie at tænke, før Robert-skyen igen tog over og formørkede hendes sind.

"Fald nu lidt til ro," sagde hun. "Desuden har jeg opdaget noget."

"Nå det har du? Og hvad er det så, du har opdaget? Klokken er snart halv syv, og vi kan virkelig ikke vente længere. Det er ikke bare mig, der er ved at tabe tålmodigheden."

"Det, jeg har opdaget," sagde Rosemarie med tilkæmpet langsomhed, "er, at han ikke har sovet i sin seng hele natten."

"Sludder og vrøvl. Selvfølgelig har han det. Hvor skulle han ellers have sovet? Og bilen står der jo stadigvæk udenfor."

"Jeg ved godt, at hans bil står der," sagde Rosemarie og tog et skridt nærmere til sin mand, så hun kunne tale til ham med blot tyve centimeters afstand imellem dem. Det føltes unormalt, men der var ingen andre måder at finde ud af, hvor mange glas gløgg han havde tyllet i sig. "Nu skal du høre på, hvad jeg siger, Karl-Erik," sagde hun. "Robert har ikke sovet i sengen. Jeg lagde en af hans gamle pyjamasser og et håndklæde ind under puden, og de ligger der sammenfoldet, præcis som jeg anbragte dem. Robert må være gået herfra allerede i nat. Han er aldrig gået op for at gå i seng."

Der kom et strejf af nervøsitet i Karl-Eriks øjne, men hun kunne kun mærke en behersket gløggduft fra hans mund. "Har du snakket med ... Kristina og de andre?" spurgte han. "Jeg tror, at han sad oppe sammen med dem ... hvem det nu var ... der blev siddende, efter at du og jeg var gået i seng."

"Jeg har ikke nævnt det for nogen," sagde Rosemarie og tog et skridt tilbage igen. "Jeg opdagede det først for fem minutter siden."

Karl-Erik pustede brystkassen op og så bister ud.

"Vi må naturligvis spørge de andre. Han har måske sagt noget ... og du mener altså, at han er gået ud sent i går aftes allerede?"

"Hvad mener du selv?" svarede Rosemarie. "Det føles i hvert fald ikke spor rart at sætte sig til bords nu."

"Hans mobil," sagde Karl-Erik. "Vi ringer selvfølgelig til hans mobiltelefon."

"Det har jeg allerede prøvet," sagde Rosemarie opgivende. "Seks eller syv gange i løbet af dagen. Men det virker, som om den er slukket. Jeg får bare fat i telefonsvareren."

Karl-Erik sukkede. "Hvad så med hans taske? Han havde vel en taske med sig i går, ikke?"

"Den står stadigvæk på værelset," sagde Rosemarie. "Karl-Erik ...?"

"Ja?"

"Karl-Erik, det er vel ikke sådan, at der er sket noget med ham?"

Karl-Erik Hermansson rømmede sig overdrevent højlydt, samtidig med at han forsøgte at le og ryste på hovedet. Det så ud som og lød som en syg hund. "Sludder. Hvad skulle der vel ske med Robert her i Kymlinge? Nu går vi til bords. Han dukker vel op, og hvis han ikke gør det, så snakker vi med de andre efter maden. Der er faktisk vigtigere ting at tage hensyn til lige nu. Det må du vel medgive mig, ikke lille Rosemarie?"

"All right," sagde Rosemarie dystert og nikkede. "Det må vi vel så gøre."

I døren på vej ind til det ventende middagsbord stoppede Karl-Erik op et øjeblik, som om han lige pludselig erindrede, hvordan det forholdt sig med både det ene og det andet og ville have understreget det. "Du skal vide en ting, Rosemarie," sagde han. "Lige for tiden er jeg forbandet træt af Robert. Hvis det skulle vise sig, at han er stukket af til Australien igen, ville ingen være mere taknemmelig end jeg."

"Det har jeg forstået, Karl-Erik," svarede Rosemarie og gik ud i køkkenet for at meddele Ester Brälldin, at man nu var klar til at servere blinier med rødløg, dampede asparges og to slags stenbiderrogn.

Der blev holdt taler.

Til blinierne og Rieslingvinen hilste den ældste jubilar hele fodboldholdet velkommen (heri indregnede han helt klart både sig selv, den fraværende Robert og Ester Brälldin ude i køkkenet, ellers ville det knibe med at nå op på elleve). Det var en stor dag, sagde han. For ham selv og for Ebba. At fylde fyrre betød, at man stadigvæk var på vej frem, at man havde ti år tilbage, til man nåede livets middagshøjde, der var halvtreds. At fylde femogtres betød ikke blot, at man var nået frem, men også at man havde nået målet. Billedligt talt altså, og hvis man ellers holdt sig til idrætsmetaforikken.

Det sidste ord var svært at sige, og Karl-Erik snublede lidt i det, noget der fik hans kone til endnu en gang at spørge sig selv, hvordan det egentlig stod til med ham. Han lignede ikke rigtigt sig selv, det stovte, pædagogiske egetræ.

Under alle omstændigheder kastede han sig derefter ud i en tyve minutter lang eksposé over den svenske grundskoles historie siden starten i 1968, udbragte derefter en skål for *den gode Kundskab med stort K, der er sig selv nok og som ikke giver sig hen til tilfældige markedsstrømninger og skiftende mødre* (det skulle vel have været moder, tænkte Rosemarie), og sagde så velkommen en sidste gang som afslutning.

Derefter stod menuen på dyreryg med Bordeaux Primeur, syltede løg, sort solbærgelé og pommes duchesse, og inden der blev serveret anden gang, var det Leif Grundts tur. Hans indlæg faldt i tre dele. Først fortalte han en svært forståelig historie om en ekspeditrice i delikatesseafdelingen i Brugsen i Gällivare – derefter priste han sin kone for hendes dyder i tyve sekunder – og endelig sagde han, at han aldrig ville have troet, at hans svigerfar var en dag over fireogtres et halvt.

Under osten begyndte Rosemarie pludselig at græde. Hun var nødt til at forlade bordet, og da hun vendte tilbage, forklarede hun, at følelsesudbruddet var forårsaget af en pludselig rørelse, som hun uden varsel var blevet ramt af. Nu da alle (næsten) var samlet og så videre.

Til alles forundring (måske med undtagelse af Ebbas) stillede Henrik sig så op i det samme og sang a cappella – sandsynligvis en italiensk serenade – et initiativ, der blev mødt med stormende bifald, og som helt klart forhøjede stemningen.

Derefter stod den på toscapærer i flødecreme med cognac og en sofistikeret, men også en anelse upersonlig (hvilket muligvis skyldtes, at han havde sagt det samme omkring tyve gange tidligere i forskellige sammenhænge, som hans kone formulerede det) tak-for-maden-tale af Jakob. I den forbindelse blev også Ester Brälldin trukket ind fra køkkenet og beskænket med et glas af den højt elskede Malagavin.

Til sidst var tiden kommet til kaffe, kage og gaver. Tyngdepunktet lå her for Ebbas vedkommende på en hel serie af nyt hverdagsporcelæn af et kendt, engelsk mærke: tallerkener, flade og dybe, asietter, kaffe- og tekopper, serveringsfade og skåle og en suppeterrin – men hun fik også et par såkaldte oplevelsesgaver: Hasseluddens Yasuragi inklusive middag og tredive minutters stenmassage samt Selma Lagerlöf Spa i Sunne med body-splash (hvor hun allerede havde været to gange, men hvem kan holde rede på den slags?).

For Karl-Eriks vedkommende var resultatet lidt mere blandet: diverse bøger af forskellige typer, en badekåbe, en stok med sølvhåndtag, fem silkeslips (efter alt at dømme indkøbt af Robert i lufthavnen i Bangkok), et digitalt kamera samt et gammelt litografi, der forestillede efterårsslaget ved Baldkirchenerheim i 1622.

Det var ikke før dette punkt på dagsordenen var overstået, at man tog spørgsmålet om Roberts fravær op til diskussion. Klokken var nu næsten elleve, og selve fødselsdagsfesten kunne egentlig betragtes som afsluttet. Tiden var inde til at trække skeletterne lidt ud af skabene, som Leif Grundt lidt klodset formulerede det – en bemærkning, som han modtog en mild tilrettevisning for af sin nu godt og vel fyrreårige kone.

"Han gik ud for at trække lidt frisk luft og for at få en cigaret," sagde Kristina. "Jeg kiggede ikke på uret, men klokken var vel omkring halv et."

"Hvordan virkede han?" spurgte Rosemarie.

"Det ved jeg ikke," sagde Kristina. "Som han plejer, vil jeg mene."

"Hvorfor spørger du om, hvordan han virkede, mor?" sagde Ebba.

"Det er vel et naturligt spørgsmål, omstændighederne taget i betragtning," sagde Rosemarie.

"Helt givet," sagde Leif Grundt. "Men han har vel ganske enkelt fundet en dame. Det virker jo på mig, som om det er det, han har brug for."

"Leif," sagde Ebba skarpt. "Så er det nok."

"Ja, ja," sagde Leif. "Det er jo bare en teori. Hvilke teorier har I andre da?"

"Jeg tror nu, at klokken var lidt mere end halv et," bemærkede Kristoffer forsigtigt. "Jeg gik i seng klokken tyve minutter i et, og på det tidspunkt var han her stadigvæk. Jeg sagde godnat til ham."

"All right," sagde Karl-Erik. "Ti minutter til den ene eller den anden side spiller nok ingen rolle. Har vi virkelig ikke andet at tale om?"

"Det har vi helt sikkert, Karl-Erik," bemærkede hans kone. "Men det forholder sig faktisk sådan, at vi er nogle stykker her, som er bekymrede for Robert. Selvom det ikke ser ud, som om det gælder dig."

Karl-Erik tømte sin kaffekop og rejste sig.

"Jeg skal på toilettet," forklarede han.

"Shit happens," sagde Leif Grundt.

"Men ærligt talt, Kristina, hvordan syntes du, han virkede? I var jo ude for at snakke fortroligt. Var han beruset, da han gik?"

Kristina betragtede sin mors urolige ansigt og forsøgte at veje sine ord. Hvad skulle hun svare? Havde Robert opført sig ejendommeligt på en eller anden måde? Beruset? Jo da, det gav sig selv, at han ikke havde været ædru.

Det havde hun heller ikke været selv. Helt sikkert. Men sandheden var, at hun havde været fokuseret på andre ting. Herregud ja, det havde hun navnlig været, *efter* at Robert var gået.

Og i dag havde Henrik sagt, at han helt sikkert havde tænkt sig at komme ned på hotellet for at mødes med hende. Hvis hun havde troet, at eftertanken skulle få ham til at fortryde, så havde hun taget grundigt fejl.

"Jeg kommer til dig i nat, Kristina," havde han erklæret, da de nærmest som efter en aftale var smuttet ind i Brugsen efter byvandringen. "Du har vel ikke fortrudt?"

Hun havde rystet på hovedet. Nej, hun havde ikke fortrudt. Når han ikke havde.

Derefter havde de stort set ikke snakket med hinanden hele aftenen. Og havde undgået at se på hinanden, hvilket måske ikke var så sært. Under hele det lange middagsselskab havde hun følt en mærkelig ophidselse, der mindede om ... ja, der havde mindet om dengang, hvor hun var et femtenårigt pigebarn med kroppen fuld af hormoner og interesseret først i den ene og så i den anden bumsede teenagefyr. Mens Henrik fremførte sin sang, havde hendes hjerte hamret.

Og samtidig: hvis Ebba havde haft en anelse om, hvad der foregik mellem hendes søn og hendes søster, så ville hun ikke tøve med at slå søsteren ihjel. Det vidste Kristina lige så sikkert som ... lige så sikkert som et lille dyr, der pludselig bliver konfronteret med en løvinde, der har tænkt sig at forsvare sit afkom. Jo, det var nok intet dårligt billede på situationen.

Men Robert? Nej, hun havde faktisk ingen anelse om, hvad Robert måske gik rundt og foretog sig.

"Sig dog noget, Kristina," sagde hendes mor. "Stå ikke bare der og fald i staver." De sad i arbejdsværelset med hvert sit lille glas Baileys i hånden. Rosemarie havde manøvreret dem herind, og Kristina forstod, at moderen indbildte sig, at hun sad inde med en eller anden slags hemmelig information om Robert.

"Jeg beklager, Mor," sagde hun. "Men jeg ved faktisk ingenting. Det er klart, at Robert ikke har haft det godt, men hvis du tror, at han er gået sin vej for at tage sit eget liv, så er jeg ret sikker på, at du tager fejl."

"Jeg har da aldrig sagt, at ..." begyndte Rosemarie, men afbrød så sig selv ved at stampe i gulvet. Derefter stirrede hun forundret på sin fod og så ud, som om hun var meget tæt ved at komme til at græde igen.

Kristina stod tavs yderligere en tid og iagttog sin mor. Havde pludselig uendeligt ondt af hende og fik en uventet lyst til at omfavne hende. Men hun nåede ikke engang at lægge hånden på hendes arm, før Jakob stod i døråbningen.

"Kristina?"

"Ja?"

Han behøvede ikke sige mere. Hun vidste det. Han havde siddet og drukket Ramlösa hele aftenen og var tæt ved at briste. Det kunne mærkes tydeligt for den, der forstod at tolke tegnene. Han havde lyst til at slippe væk. Havde lyst til at sætte sin kone og sin søn af på hotellet og til at sidde i bilen i ensom majestæt. Til at køre tilbage til Stockholm ad de nattomme veje og lytte til Dexter Gordon på cd-spilleren. Det her var slet ikke ham, og det var tæt ved, at hun kunne forstå ham.

Det hastigt opdukkende øjeblik af ømhed for moderen falmede og døde.

"All right, Jakob," sagde hun. "Det er vel ved at være ved den tid."

"I skal da ikke af sted allerede?" udbrød Rosemarie. "Vi har jo ikke engang ..."

Men hun kunne ikke finde ord til at beskrive de fiktive nødvendigheder, som stadigvæk stod tilbage. "Jeg er bare så urolig for Robert," sagde hun i stedet.

"Det hele har sikkert en naturlig forklaring," sagde Jakob. "Han kan jo dukke op, hvad øjeblik det skal være."

"Tror du virkelig?" sagde Rosemarie og kiggede troskyldigt på sin svigersøn. Som om Jakob Willnius i kraft af at bo i hovedstaden og desuden være ansat i en chefstilling ved Sveriges TV også skulle besidde den clairvoyante evne til at kunne se, hvad der var sket med fortabte sønner, der var forsvundet bort i vinternatten herude på landet.

"Helt sikkert," sagde han igen. "Han følte måske, at presset blev for stort. Det ville vel heller ikke være så sært, vel?"

"Må ... måske," stammede Rosemarie Wunderlich Hermansson. "Nej, jeg vil håbe, at det er, som du siger. At der intet er sket ham. Jeg er bare så ..." Hun lod øjnene vandre mellem sin datter og hendes mildt smilende mand et par gange, men fandt ikke mere, hun kunne sige.

Et kort sekund, tænkte hun, et kort sekund fik jeg en fornemmelse af, at Kristina ville omfavne mig. Men det var tilsyneladende bare indbildning.

"Jeg går op og gør Kelvin parat," sagde Jakob. "Ikke?"

"Jo, gør du det," sagde Kristina og nikkede. "Tak mor, det var hyggeligt."

"Men skal I virkelig ...?" forsøgte Rosemarie, men det lød så forkert i hendes egne ører, at hun for tredje eller fjerde gang på meget kort tid igen bed hovedet af ordene og tav.

Hvad er det med mig, tænkte hun. Jeg kan ikke engang snakke ordentligt som andre mennesker mere.

12

Der var i alt atten billeder af huset i Spanien, og efter at Kristina, Jakob og Kelvin havde begivet sig på vej til hotellet i deres Mercedes, blev disse billeder fremvist.

"Hvem har taget dem?" spurgte Ebba.

"Jeg naturligvis," sagde Karl-Erik.

"Så I har altså været dernede?"

"Kun jeg," forklarede Karl-Erik. "Jeg tog derned en weekend. Den første søndag i advent faktisk. Der var treogtyve grader i skyggen, selvom der næsten ingen skygge var, ha ha. Blå himmel som på en rigtig, svensk sommerdag."

Fotografierne gik rundt. Atten lidt uskarpe billeder af et hvidkalket hus med fladt tag, som lå midt i en klynge af andre hvidkalkede huse med flade tage. Lave bjerge i baggrunden. En bougainvilla eller to. En cypres eller to. En lille swimmingpool med hvide plastikstole og lyseblåt vand.

På et par af billederne kunne man også se havet på afstand. Det virkede, som om det lå omkring fem kilometer væk, og et netværk af nybyggede veje førte ned til det.

"Ingen billeder af interiøret?" spurgte Leif Grundt.

"Dem, der bor der nu, var hjemme," forklarede Karl-Erik. "De flytter ud til februar. Og jeg ville naturligvis ikke mase mig på."

"Jeg forstår," sagde Ebba.

"Jeg havde bare mit gamle kamera," tilføjede han lidt undskyldende. "Det virker ikke, som det skal, måler lyset forkert. Det er derfor, jeg ønskede mig det digitale i stedet. Vi kan sende billeder til jer hver eneste uge. Over nettet."

"Det ser vi frem til," sagde Leif Grundt.

"Hvor mange pixels?" spurgte Kristoffer.

"Mange," sagde Karl-Erik.

Der blev stille en kort stund, og i pausen slog vægũret tolv.

"Jeg håber virkelig, at I er enige om det her, og at I ved, hvad I kaster jer ud i," sagde Ebba.

"Har du været i Granada, min pige?" sagde Karl-Erik og fik noget mildt irettesættende i tonefaldet. "Har du stået på den nye bro i Ronda og kigget ned i kløften? Har du ...?"

"Far, jeg siger ikke, at det er forkert at flytte derned, jeg håber bare, at beslutningen ikke er forhastet."

Karl-Erik samlede billederne sammen og stoppede dem i den kuvert, han opbevarede dem i. "Ebba, vi skal ikke diskutere det her nu," sagde han sammenbidt. "Jeg behøver vel ikke minde jer om, hvad der er sket i løbet af efteråret. Der findes tidspunkter i ens liv, hvor man er nødt til at træffe en beslutning."

"Man har vel lov til at spørge?" sagde Ebba.

"Er der nogen, der vil have et stykke smørrebrød, før vi går i seng?" spurgte Rosemarie, som netop kom ind fra køkkenet. "Eller lidt frugt?"

"Men er du da blevet tosset, Mor?" sagde Ebba. "Vi har lige siddet og spist i fem timer i træk."

"Jeg ..."

Men stemmen brækkede over, hun trak vejret dybt og gjorde et nyt forsøg.

"Jeg tænker på, om vi ikke ... om vi ikke burde ringe til politiet."

"Det kan der ikke være tale om," erklærede Karl-Erik over for sin kone, da de var blevet alene i soveværelset et kvarter senere. "Hvad du end gør, så kontakter du ikke politiet. Det forbyder jeg."

"Forbyder?"

"Ja, forbyder."

Hans ansigt havde en farve, som Rosemarie ikke kunne huske, at hun havde set før. Jo, måske på blommer og andre overmodne frugter, men aldrig på sin mand.

"Men kære Karl-Erik," forsøgte hun sig. "Jeg tænkte jo bare at ..."

"Du tænkte overhovedet ikke," afbrød han hende vredt. "Fatter du ikke, hvad der ville komme ud af det? Som om det ikke var nok, det han allerede har gjort. At han har den frækhed at komme hertil for så at forsvinde, oven i alt det anden. Fy for pokker, jeg kan ikke holde ud at tænke på det ... Onani-Robert går op i røg i Kymlinge! Kan du se avisernes spisesedler, Rosemarie? Det er din søn, vi taler om!"

Rosemarie trak vejret dybt og sank ned på sengekanten. Hun havde aldrig set ham så vred før. Ikke i femogfyrre år. Hvis jeg siger ham imod nu, tænkte hun, så får han en blodprop og dør.

"Du må ikke sige det ord, vil du ikke nok lade være med det," sagde hun spagt, hvorefter han mumlende og småbandende gik ud på badeværelset.

På sæt og vis havde han naturligvis ret, det kunne hun godt se. Hun vovede ikke at tænke på, hvad aviserne ville skrive, og på hvad folk ville sige, hvis det kom ud, at Robert var forsvundet. Her i Kymlinge. I forbindelse med en fødselsdagsfest hjemme hos forældrene!

Og hvis hun ringede til politiet, ville man nok være sikker på, at det kom ud. Halvdelen af hvad der stod i aviserne og halvdelen af nyhederne i radioen og fjernsynet havde jo noget med politiet at gøre. På den ene eller den anden måde.

Gode Gud, hvad skal jeg dog gøre, tænkte Rosemarie Wunderlich Hermansson og foldede hænderne i skødet – men det eneste svar, hun fik, var et billede, der blev projiceret op på hendes indre nethinde: det forestillede Robert, ensom, forladt og død af kulde i en snedrive. Gode Gud, hjælp mig, forsøgte hun sig igen, jeg orker det snart ikke mere.

Og hun erindrede også den drøm, hun havde haft. Om fuglene med de mærkelige talebobler i næbbene. Om at det var hendes eller Karl-Eriks liv, det handlede om. Lad ham leve, tænkte hun nu. Tag mig i stedet. Hvis jeg ikke behøver at vågne op igen i morgen tidlig, så vil jeg føle stor taknemmelighed for det.

"Vil du ikke køre med?" spurgte Jakob Willnius, da han havde stoppet bilen foran Kymlinge Hotels indgangsdør med det svage, røde lys.

"Det tror jeg ikke," sagde Kristina.

"Det ville bare tage et kvarter at løbe op og pakke bagagen sammen, ved du," sagde han.

Kristina nikkede lidt vagt. Hans egen rejsetaske lå allerede i bagagerummet, den detalje havde han klaret, før de tog af sted om morgenen. Med typisk effektivitet. Han tænkte altid på alting; små, små detaljer, der kunne ligge flere timer – eller dage – ude i fremtiden, men som man lige så godt kunne klare i forvejen.

Vil han virkelig have mig med, tænkte hun. Eller lader han bare som om? For at være høflig. Eller for at være familiepolitisk korrekt?

Hun kunne ikke afgøre, hvad der passede bedst.

"Nej," sagde hun. "Jeg tror faktisk, jeg bliver til i morgen."

"Er det det med Robert, der holder dig tilbage?"

"Blandt andet. Det føles lidt forkert bare at tage af sted. Hvis han ikke dukker op, har mor nok ... ja, brug for en anden end Ebba at snakke med."

Hvilken utroligt bekvem undskyldning, tænkte hun. Der kunne man da virkelig tale om at forskønne sine dårlige motiver. Men han købte den naturligvis.

"All right," sagde han. "Jeg forstår. Men hvordan vil I håndtere hjemrejsen, hvis den gode Robert ikke kommer tilbage?"

"Der findes jo tog," sagde Kristina. "Men faktisk føles det, som om jeg ikke bare kan rejse hjem, hvis det viser sig, at han er forsvundet for alvor. Jeg mener, der må jo være sket et eller andet. Han kan umuligt have *planlagt* det her."

Hun spændte Kelvin løs fra barnestolen. Jakob steg ud af bilen og gik om til passagersiden. "Nej, du behøver ikke følge os op," sagde Kristina. "Jeg tager Kelvin på armen og tasken i den anden hånd. Det går helt fint."

"Hvad med barnestolen?" sagde Jakob. "Hvis du skal køre sammen med Robert, har du måske ..."

"Vi kan bare sidde på bagsædet. Og jeg har virkelig ikke lyst til også at slæbe den med op."

Hun steg ud og trak Kelvin op på armen. Drengen vågnede og betragtede sine forældre med sit sædvanlige, sørgmodige ansigtsudtryk. Derefter lagde han hovedet ind mod Kristinas skulder og faldt i søvn igen. Jakob strøg ham som sædvanlig med bagsiden af hånden over kinden, mens han kiggede skiftevis på barnet og sin kone.

"Kristina," sagde han. "Jeg elsker dig. Det skal du ikke glemme. Jeg synes, det var så skønt, da du kom hjem i går."

Hun smilede hastigt og skyldbevidst. "Det syntes jeg også. Og jeg elsker også dig, Jakob. Undskyld hvis jeg ikke viser det tilstrækkeligt ofte."

Hun stillede sig på tå og kyssede ham. "Så, se så at komme af sted. Vi ringes ved i morgen. Held og lykke med ham amerikaneren, men kør nu forsigtigt først og fremmest."

"Det lover jeg," sagde Jakob Willnius, kærtegnede hurtigt hendes kind på samme måde, som han lige havde gjort det ved sin søn. "Et held at det er holdt op med at sne, de har nok fået ryddet det meste allerede."

Derefter satte han sig ind i bilen og kørte væk.

Da hun kom op på værelset, var klokken tyve minutter over tolv. Hun lagde Kelvin ned i ekstrasengen i alkoven, uden at han vågnede, klædte sig af og gik så ind og stillede sig ud under bruseren.

Hvad er det, jeg har gang i, tænkte hun. Hvad er det, der driver mig til det? Skulle ... skulle Jakobs kærlighed ikke være nok? Og her står jeg så og skyller hans sidste berøring væk og forbereder mig til at modtage en anden.

Det er skammeligt. Der er ingen andre ord for det.

Det var helt sikkert berettigede tanker, men samtidig vidste hun, at uanset hvilke anklager hun rettede mod sig selv, uanset hvilke fordømmelser hun slyngede ud, så ville der alligevel bare være tale om ren retorik.

Det er stunder som disse, hvor folk træffer den slags valg, at de ødelægger deres liv. Det konstaterede hun.

Og det mærkelige er, at det er så dybt menneskeligt.

Alligevel så handlede det bare – på et vist plan – om at hjælpe Henrik med at finde sin seksualitet. Det var det, der havde sat gang i det hele. I hvert fald var det sådan, hun helst ville se på det, og hvis ... hvis alting endte godt, og det kunne det faktisk godt, faktisk burde det ende godt ... så ville de – hun og han – søstersøn og moster – måske engang i fremtiden kunne le ad det hele sammen og tænke tilbage på det som et godt minde. En varm hemmelighed, som de delte og kunne bære med sig indkapslet i hjertet resten af deres liv. Som de kunne tage frem og kigge på i udvalgte, korte stunder.

Det der har jeg læst i tre romaner og fem ugeblade det seneste år, tænkte hun, trådte ud af brusebadet og begyndte at tørre sig med hotellets knaldrøde badehåndklæde.

Derefter betragtede hun sin nøgne krop i spejlet på den samme neutrale, mildt accepterende måde, som hun havde gjort forleden aften i sit eget badeværelse i Gamla Enskede.

Forsøgte at forestille sig, hvordan det ville føles, når den kun nittenårige Henrik trykkede sin senede krop imod hende. Trængte ind i hende.

Om en time måske. Eller om halvanden.

Hun tog mobiltelefonen med sig og krøb nøgen ned mellem de behageligt svale hotellagener. Selvom de altså ikke var blevet skiftet siden i går, noterede hun sig. Jakob og hun havde elsket heftigt, næsten brutalt i netop den her seng og netop det her sengetøj for mindre end fireogtyve timer siden. Og nu ...

Hun pillede ved telefonens bittesmå knapper, men et eller andet holdt hende tilbage. Stemmer råbte i hende om, at hun skulle besinde sig. Hun besluttede sig for at vente i ti minutter og tænke efter; eller i det mindste for at forsøge at simulere en form for eftertanke.

To ting dukkede frem fra virvaret af modstridende følelser. Det første var det billede af Ebba, der som en hunløve forsvarer sit afkom til sidste åndedrag. Med blodet silende ud mellem tænderne.

Det andet var noget andet, noget hun med sikkerhed kunne

sige, at hun ikke havde tænkt på i flere år. Det var noget, som Jakobs datter havde sagt dengang, hun ringede fra London.

Om at Jakob kunne finde på at blive voldsom. *Han er ikke bare sådan et sofistikeret flødeskæg, som du tror, han er, det kan du lige så godt få at vide, så du er forberedt på det.*

Jakob voldsom? Hun havde ikke troet på det dengang, og der havde aldrig været tegn på det. Desuden foragtede tvillingedøtrene både deres far og hende, det havde der aldrig hersket tvivl om. De ville ikke holde sig tilbage fra at plante falske historier.

Så hvorfor dukkede det så op lige nu?

Hunløven og den voldsomme kludedukke.

Kristina kom til at le. Hun havde ingen hensigter om at udsætte sig selv for hverken det ene eller det andet. Men hendes latter døde ud og døde hen. Hun vejede mobiltelefonen i hånden. De var ikke blevet enige om noget, men hun havde hans mobilnummer. Måske ventede han på et signal om klar bane.

Jeg tør ikke, tænkte hun pludselig.

Men hendes fingre på de bittesmå taster syntes at styre hende. Da hun havde trykket hans nummer ind, behøvede hun bare at supplere med tre tryk mere.

Kom.

Og derefter *Send* og *Ja.*

Hun fjernede sine indtastninger. Det måtte blive ham, som tog beslutningen.

13

Kristoffer Grundt havde næsten ikke tænkt på Linda Granberg hele dagen, men da han kiggede ned på sin pik, mens han stod og tissede, lige før han skulle i seng i VGV (Verdens Grimmeste Værelse, som brødrene var blevet enige om at kalde det), så gjorde han det.

Han spekulerede på, hvordan det hang sammen. Det med at han kom til at tænke på Linda, mens han stod med pikken i hånden.

Men inden han trampede videre af dette freudianske spor (jo da, Kristoffer Grundt vidste godt, hvem Sigmund Freud var, til trods for at han ikke var mere end fjorten år), stoppede han den lille mand (som hans mor havde kaldt hans statelige organ, da han var mindre) ned i underbukserne og tænkte, at han var en taber. En taber, en nørd og et fjollehoved og en indbildsk klovn, you name it. Linda Granberg ville aldrig nogensinde komme i vejen for den lille mand, og det var sikkert også godt det samme. Og hvis hun alligevel kom det, ville hun sikkert grine sig selv fordærvet.

Men da han var kommet i seng fem minutter senere, var hun igen der i hans hoved, og det var først nu, det gik op for ham, at hun sikkert havde reageret på hans frække sms fra dagen i forvejen på en eller anden måde.

Han ønskede, at han vidste hvordan. Han ønskede også, at han ikke bare havde skrevet, at hun skulle møde ham ved Birgers Kiosk, men også havde bedt hende om at svare på en eller anden måde. Men hvordan? Og så en gang mere *hvordan*?

Måske kunne han sende en ny sms? Han kunne jo helt enkelt

spørge Henrik, om han måtte låne hans mobil. Hans position i forhold til broderen var trods alt blevet ændret en smule siden i går. Måske ville han sige ja? Også selvom Henrik endnu ikke helt vidste, hvor meget positionen havde forandret sig.

Han sukkede. Satans også, at han var kommet til at smide sin egen telefon væk. At leve uden en mobil i disse tider, tænkte Kristoffer Grundt, var som at være en dinosaurus i stenalderen. Man var dømt til undergang.

På den anden side var han ikke sikker på, at han virkelig havde lyst til at få det at vide. Tænk hvis Linda var blevet skide sur og bare ville bede ham om at gå ad helvede til. I så fald kunne han udmærket vente et par dage på at få beskeden.

Og da han tænkte nærmere efter, virkede det dumt at presse Henrik. Dumt at spille op og lade, som om man sad med en skjult trumf på hånden. Det ville nok være noget, han kunne få bedre brug for engang i fremtiden. For hvis Linda skulle nå at svare på en ny sms, ville han faktisk være nødt til at beholde broderens mobil. Og det var nok lidt vel meget at forlange. Klokken var halv et om natten; hvis hun fik en meddelelse nu, så ville hun alligevel ikke svare på den før i morgen tidlig. Og selvom svaret kom midt om natten, så kunne han ikke tillade sig at bede Henrik om at efterlade telefonen, når han nu snart listede sig ud for at mødes med Jens.

Jens? For det var vel ham, der var tale om?

Hvem skulle det ellers være? Kristoffer betragtede stjålent sin bror, der netop nu kom ind i VGV og spekulerede over, om han bar på flere hemmeligheder. Måske var det trods alt bare en gammel ven, han skulle møde, og så havde han sagt, at det var en pige, for at drille sin lillebror. Det var langt fra umuligt.

Jeg skider på det, besluttede Kristoffer. Og jeg skider også på hans telefon.

Men han fortrød, at han ikke havde bedt om at få lov til at låne den engang i løbet af dagen. Eller en af de andres. Kristinas eller morfars til eksempel. Hverken hans far eller mor havde taget deres med på turen; Leif fordi han afskyede mobiltelefoner (selvom han mente, at han var nødt til at have en af hensyn til sit arbejde),

Ebba for at slippe for de sædvanlige ti opkald fra kolleger, der ikke vidste, hvordan de skulle bære sig ad, når de skulle operere.

For det ville være dejligt at ligge her og vide, at Linda længtes efter ham, tænkte Kristoffer. Aldeles og helt igennem dejligt.

Henrik krøb ned i sengen i T-shirt og underbukser og strømper.

"Hvornår går du?" spurgte Kristoffer.

"Det rager ikke dig," sagde Henrik. "Bare du holder mund. Og måske bliver det slet ikke til noget."

"Hvordan kan du få at vide, om det bliver til noget?"

"Søde Kristoffer. Fald nu i søvn, og tænk på noget andet. Hvis jeg går ud, så varer det mindst en halv time endnu."

Kristoffer slukkede sin lampe og lå og tænkte en stund.

"Okay brormand," sagde han. "Men ha' det nu godt, uanset hvad du gør. Du kan stole på mig."

"Tak, det skal jeg nok huske," sagde Henrik og slukkede også sin lampe.

Det føltes rart, syntes Kristoffer. At Henrik takkede ham. Det plejede han ikke at gøre ret tit – hvis man skulle være helt ærlig, fordi der ikke var nogen grund til det, men nu var der altså en grund. Jeg skal i hvert fald sørge for at holde mig vågen i hemmelighed, så jeg kan se, om han går eller ej, tænkte Kristoffer og baksede rundt med den alt for store og hårde pude.

Men da Henrik Grundt forsigtigt listede ud gennem døren tyve minutter senere, var Kristoffer Grundt allerede faldet i søvn og drømte, at han kørte på tandemcykel med Linda Granberg. Hun sad foran, og han sad bagved; hendes nøgne bagdel vrikkede og dansede foran hans øjne, og det var vidunderligt at leve.

"Der er et eller andet galt med Henrik," sagde Ebba. "Jeg kan mærke det."

"Henrik?" mumlede Leif fra sin snævre del af sengen. "Mener du ikke Kristoffer?"

"Nej," sagde Ebba. "Når jeg siger Henrik, så mener jeg Henrik."

"Det gør du ret i," sagde Leif. "Og hvad skulle der så være galt med ham da?"

"Det ved jeg ikke. Men der er noget, der ikke stemmer. Han ligner ikke rigtigt sig selv. Jeg spekulerer på, om der er sket noget i Uppsala, som han holder for sig selv. Har du ikke lagt mærke til, at ... altså at der er et eller andet?"

"Nej," svarede Leif i overensstemmelse med sandheden. "Det er nok gået hen over mit hoved. Men jeg har fattet, at det tilsyneladende er rablet totalt for Robert."

Den bemærkning blev mødt med tavshed, og Leif overvejede hurtigt, om det kunne betale sig at anbringe en hånd på hendes hofte. Det troede han ikke. Hun var næsten helt ædru og desuden irriteret. Selv var han en smule fuld og lidt træt.

Og desuden havde de allerede elsket en gang i december.

"Skal vi tænde lyset?" spurgte han, uden at forstå, hvorfor han spurgte om lige netop det. For at kaste lys over Henrik måske? Eller over Robert eller over det hele?

"Hvorfor skulle vi dog tænde lyset? Klokken er snart et."

"Det ved jeg," sagde Leif Grundt. "Jeg trækker forslaget tilbage. Men hvor tror du, at Robert er henne?"

Der gik nogle sekunder, før Ebba svarede.

"På det område vil jeg nok give dig ret," sagde hun.

"Hvad?" sagde Leif med oprigtig forundring. "Nu fatter jeg slet ikke, hvad du mener."

"En kvinde," sukkede Ebba. "Du havde jo en teori om, at han havde mødt en kvinde. Jeg er enig i, at det lyder temmelig sandsynligt. Han har naturligvis en gammel flamme også her i byen."

"Hm," sagde Leif Grundt og anbragte forsigtigt sin højre hånd på hendes hofte.

Men det var præcis så effektløst, som han havde forventet.

Altså to korrekte teorier på en dag, tænkte han fornøjet og kom til at fnise i mørket.

"Hvad ligger du der og griner ad?" spurgte Ebba. "Hvis der er noget at grine ad i den her situation, så må du godt dele det med mig."

"Delt glæde er halv sorg," sagde Leif og vendte ryggen til

hende. "Nej, der var ikke noget. Bare noget som kildede i næsen. Nu sover vi på sagen."

Jeg er gift med en idiot, tænkte Ebba Hermansson Grundt. Men jeg har jo selv valgt ham.

Eller har jeg?

Vejene viste sig ikke at være helt så farbare og fremkommelige, som Jakob Willnius havde formodet, og det tog ham over en time at tilbagelægge de første halvfjerds kilometer. Han mødte to sneplove og overhalede en.

Men det gjorde egentlig ikke så meget. Han kunne godt lide at køre bil helt alene, navnlig om natten. Hans Mercedes spandt som en kat, og i cd-afspilleren snurrede en plade med Thelonius Monk. Han tænkte på Kristina. Det gik op for ham, at han havde gået og bekymret sig en smule over deres forhold den seneste tid, men nu føltes det godt. Der var gået et par uger, siden de elskede sidst; men hun havde haft sin menstruation, og han vidste, at det ikke var noget at bekymre sig om. Og i nat havde de haft et herligt favntag. Hvorfor bruger jeg sådan et gammeldags udtryk som *favntag*, tænkte han. Nå, men kært barn har jo mange navne. Hun havde taget for sig på en måde, som hun næsten aldrig havde gjort efter Kelvins fødsel. Og lige før, da de skiltes uden for hotellet, havde han kunnet se på hende, at hun gerne ville have taget imod ham i nat også.

Og hun havde sagt, at hun elskede ham – på den der måde, som viste, at hun virkelig gjorde det.

Du er en heldig mand, Jakob Willnius, tænkte han. Forbandet heldig. Husk på det.

Han vidste, at det var sådan. Ingen tvivl om, at han havde været heldig. Havde fået mere, end han fortjente. Det kunne være endt med en katastrofe i forholdet til Annica, det kunne det virkelig, men han havde klaret sig helskindet ud af det. Hvis det var gået rigtigt galt, kunne det være endt med retssag og skandale, men heldigvis havde han haft penge. Annica og hendes advokat havde accepteret en økonomisk løsning under den forudsætning, at hun fik forældremyndigheden over begge døtrene og slap for at se ham igen.

Men Annica var en anden historie, tænkte han, der havde udspillet sig i et andet kapitel af hans liv. Han var blevet klogere.

Men det skete da, at han drømte om hende, både mareridt og det modsatte; varme, ophidsende drømme, der en gang imellem var så virkelige, at han syntes at kunne mærke hendes duft, når han vågnede bagefter.

Lige nu var det Kristinas duft, han stadigvæk havde hængende i næseborene. Fandens også, tænkte han, hvor jeg dog længes efter hende. Han ville ønske, at hun var fulgt med ham. Hvis ikke den tåbelige Robert var forsvundet, så kunne hun have siddet ved siden af ham i bilen nu; de ville have kørt sammen gennem natten, og han ville bare have behøvet at strække hånden ud for at ...

Telefonen afbrød hans fantasier.

Det er hende, tænkte han. Det er Kristina.

Men det var det ikke. Det var Jefferson.

"Jakob, I'm terribly, terribly sorry," startede han med at sige.

Derefter bad han om undskyld, fordi han ringede midt om natten, men det var nu ikke det, han var ked af. Nej, ting og sager var gået i kludder noget så forbandet her i Oslo. *Infernally complicated.* Var de altid så umulige at have med at gøre, nordmændene? Ikke vant til at sidde ved et forhandlingsbord måske? Statslige regler alle vegne? Men lige meget med det, det kunne Jakob sikkert fortælle mere om ved en senere lejlighed. Men nu forholdt det sig altså sådan, at han var nødt til at blive i Oslo en dag mere for derefter at tage den direkte forbindelse til Paris om torsdagen. Det her møde, de havde aftalt, kunne simpelthen ikke presses ind. Om de kunne mødes engang i begyndelsen af januar i stedet? In Stockholm, of course, han skulle bare lige tilbage over Atlanten og fejre jul i Vermont først – men bagefter – omkring den 5. eller 6. – hvad mente Jakob om det?

Din opblæste, amerikanske Harvard-bøsse, tænkte Jakob.

"Ja da," sagde han. "Det kan vi sagtens finde ud af."

Jefferson sagde tak, sagde endnu en gang, at han var terribly, terribly sorry, ønskede Jakob god jul og lagde røret på.

Jakob bandede og så på uret. Klokken var kvart i to. Han stoppede mobiltelefonen tilbage i jakkens brystlomme. Kastede et blik på benzinmåleren og konstaterede, at han havde omkring en kvart tankfuld tilbage.

Der var mindst tre timers kørsel tilbage, til han var i Stockholm. Formodentlig tre og en halv time, når man tog føret i betragtning. Pludselig følte han sig træt.

Hvis han vendte om, ville han kunne krybe ned i sengen til sin kone om godt en time.

I samme øjeblik han tænkte dette – og før han havde nået at træffe en beslutning – dukkede en døgnåben servicestation op. Han svingede fra. Under alle omstændigheder havde han brug for at tanke op og få sig en kop kaffe.

Jeg ringer til hende og spørger, hvad hun synes, tænkte han. Hvis hun har det ligesom i går, siger hun ikke nej.

Men da han atter skulle fiske mobiltelefonen op fra brystlommen, stødte hans fingre ind i nøglen til hotelværelset, som han havde glemt at aflevere i receptionen på Kymlinge Hotel. Og i det øjeblik slog det ham også, at han jo kunne vælge at overraske hende.

Han steg ud af bilen og begyndte at fylde 98 oktan, højpotent benzin i tanken.

Ja, hvorfor ikke? Han kunne snige sig ind på værelset som en tyv om natten, tage tøjet af og krybe om bag hendes varme ryg.

"Fuck you, mister Bigmouth Shit-talking Jefferson," mumlede Jakob Willnius, da benzinpumpen var holdt op med at tikke. Han gik ind i butikken, betalte for benzinen og købte en dobbelt espresso i automaten. Derefter satte han sig ind i bilen igen og satte kursen tilbage mod Kymlinge.

14

Da Rosemarie Wunderlich Hermansson vågnede onsdag den 21. december, var klokken nogle minutter i seks, og hun havde to meget distinkte tanker i hovedet.

Robert er død.

I eftermiddag mister vi huset.

Men ingen fugle. Og ingen talebobler. Hun blev liggende en tid i sengen og stirrede ud i det omgivende mørke, mens hun lyttede til Karl-Eriks jævne vejrtrækning og forsøgte at overveje disse tanker. Bedømme sandhedsværdien af dem. Den første vovede hun ikke engang at holde fast i bevidstheden mere end nogle korte, svimlende øjeblikke. Robert død? Tanken kom, og hun skubbede den væk. Den kom tilbage, hun skød den væk igen. Måske lå han deroppe i sengen? Måske var han kommet tilbage i løbet af natten? Hun besluttede sig for at gå op og se efter. For hvis han ikke lå der, hvis han faktisk havde været forsvundet i to nætter og en dag, så kunne det blot betyde ... nej, det var for meget.

Den anden tanke i stedet. Huset. I eftermiddag klokken fire skulle de sidde på Lundgrens kontor i banken. Sidde der i hans birkelaminerede kontormøbler og sælge deres liv. Hun og Karl-Erik. I otteogtredive år havde de boet i det her hus. Ebba havde været to år, da de flyttede ind, Robert og Kristina var født her. Og de havde boet næsten fyrre år i Kymlinge. Her har jeg haft mit liv, tænkte hun. Her har jeg hørt hjemme. Hvad skal der nu blive af mig? Skal jeg aldrig mere sidde ude i lysthuset og spise årets første, nye kartofler? Skal jeg aldrig se det blommetræ, som vi plantede for seks år siden, bære frugt? Skal jeg ... skal jeg sidde i en hvid plastikstol på et koldt bjerg og møde døden? Under Spaniens glødende sol. Er det dette, som har været meningen med det hele? Var det den skæbne, som Gud udmålte for mig?

Og hvad har han så forestillet sig, at jeg skal tage med mig? Mine treogtres bortkastede, opbrugte år? Mit brevkursus i flamsk broderi? Min adressebog, så jeg kan skrive postkort hver uge til mine tre ... nå ja, fire da ... veninder og fortælle om det blå vand i svømmebassinet og det blå vand i havet og de hvide plastikstole?

Nej, tænkte Rosemarie Wunderlich Hermansson. Jeg vil ikke.

Men det klang så svagt inden i hende, dette nej. Så frygteligt svagt og kraftesløst. Hvordan skulle hun finde styrke til at gå imod Karl-Erik i det her? Og hvor? *Hvor* skulle hun opslå kvarteret for sin modstand?

Kvarteret for sin modstand? Hvad i alverden tænkte hun på? Sådan noget fandtes vel slet ikke ... men hvis Robert var død, tænkte hun pludselig. Hvis Robert virkelig var død, så kunne de da ikke bare gå ned i banken og skrive under på at opgive deres liv ...

Hun stod op. Pludselig var hun vred på sig selv. Hvorfor skulle Robert være død? Hvad var det for tåbelige, sortsynede forudsigelser, hun havde kastet sig ud i? Desuden var det så utroligt typisk også, var det ikke? Da børnene var små, havde hun altid frygtet, at de ville omkomme. Blive kørt over af busser, falde i våger på isen eller blive bidt til døde af hunde med hundegalskab. Robert var femogtredive år gammel, han kunne nok tage vare på sig selv. Og havde han for resten ikke været væk størsteparten af sit liv i øvrigt? Det var hans speciale, hvis man skulle sige sandheden. Nu holdt han sig så væk et par dage igen, hvad sært var der egentlig ved det?

Og hvorfor skulle hun bare gå med ned og tage plads hos den nålestribede Lundgreen og skrive under på at ville opgive hele sit liv som en dum gås? Hvorfor ikke ... hvorfor ikke sige til sit tyranniske, pædagogiske egetræ, at han kunne pakke sine sager og drage til Andalusien alene? Eller et hvilket som helst andet sted hen for den sags skyld. Helt enkelt.

Men hun havde tænkt sig at blive hjemme, hvor hun hørte til.

På Allvädersgatan i Kymlinge, Sverige. Tag du til Senilkysten, og bild dig ind, at du adskiller dig fra alle de andre solskoldede idioter. Forsk du bare i den mauriske eller jødiske arv. Skide være med dig, tænkte Rosemarie Wunderlich Hermansson. Skide være med dig, Karl-Erik Telefonstolpe!

Hun gik ud i køkkenet og satte kaffen over. Og mens hun sad der med albuerne hvilende mod spisebordet og ventede på, at kaffemaskinen skulle boble færdig, sank modet og handlekraften sammen i hende som punkterede balloner.

Som sædvanlig. Nøjagtig som sædvanlig.

Jamen, jeg er jo bare en fej gås, tænkte hun. Et treogtres år gammelt fjols uden mening i livet.

Andet end at bekymre mig. Tænke dystre hverdagsprofetier og vente på den næste skuffelse.

Små ulykker og store ulykker. Ulykken med stort U en dag måske. Robert? Var det ham, der var den tunge profeti, som nu ville gå i opfyldelse?

Døden? Ja, det føltes, som om det faktisk var den mørke skygge, der lurede mellem sivene denne gang. Hverken mere eller mindre.

Men ikke hendes egen død. Den bekymrede hende ikke det mindste. Jeg er alt for ubetydelig til, at Døden bryder sig om mig, tænkte hun opgivende. Jeg kommer til at leve som en indskrumpende nullermand indtil tidernes ende.

Nu var kaffen færdig.

Huset sov endnu. Endnu var de små ulykker ikke vågnet.

Og heller ikke de store.

"Nej, lille Mor," sagde Ebba Hermansson Grundt, "vi skal virkelig ikke have frokost også, inden vi tager af sted. Vi har mere end 650 kilometer, vi skal køre, så vi tager naturligvis lidt mad undervejs. En helt igennem almindelig morgenmad er helt fint."

"Jamen, jeg tror ..." forsøgte Rosemarie at indvende.

"Jeg vækker drengene og Leif om en halv time. Det er da utroligt, som de mænd kan sove, er du ikke enig i det, Mor?"

"Det der hørte jeg godt," sagde Karl-Erik, som stod ved køkkenbordet og blandede sin morgenmüsli. "Det der er fordomsfulde tanker, min pige. Husk at vækkeuret blev opfundet af en mand. Oscar William Willingstone den ældre."

"Ja, farmand, fordi han ikke kunne finde ud af at vågne af sig selv," sagde Ebba. "Hvordan står det til med Robert? Er han kommet tilbage?"

"Det ved jeg ikke," sagde Rosemarie.

"Ved ikke? Hvad mener du med det?"

"At jeg ikke ved det selvfølgelig," sagde Rosemarie. "Jeg har ikke været oppe for at se efter."

Ebba betragtede sin mor med en bekymret rynke mellem øjenbrynene. Virkede, som om hun også havde overvejet at irettesætte hende en smule – en enkelt irettesættelse fra en datter til sin mor – men hvad hun end havde tænkt sig, så lod hun være med det.

"Operationer før jul?" spurgte Karl-Erik og satte sig ved bordet med sin skål.

"Otte," sagde Ebba neutralt. "Men ikke specielt komplicerede. Fem i morgen, tre på fredag. Men bagefter er der jo ferie i et par dage. All right Mor, jeg går op og ser efter."

Hun rejste sig og forlod køkkenet. Rosemarie så på uret. Klokken var nogle minutter over halv otte. Hun overvejede at tage sin tredje kop kaffe, men besluttede sig for et glas Samarin i stedet. Man kunne lige så godt forebygge. Karl-Erik var begyndt at blade i avisen. Er han lige så ubekymret, som han virker, tænkte hun. Eller forsøger han bare at lade som om. Forundret ville han dog nok blive, hvis hun pludselig jog den store forskærerkniv ind mellem skulderbladene på ham. Ville han nå at sige noget, eller ville han bare segne om på køkkengulvet som en sæk kartofler?

Måske ville han ikke engang have tid til at blive overrasket.

Det får jeg aldrig at vide, tænkte hun træt. Hun blandede Samarinpulveret med vand. Tømte glasset i tre store slurke og begyndte at tage ud af opvaskemaskinen. Karl-Erik sad uden at sige noget. Hun kom til at tænke på, hvor mange gange hun havde gjort det her. Taget det rene bestik ud af opvaskemaskinen. Det her var deres tredje. Den havde fungeret uden vrøvl i ... hvad var det nu ... fire år? Nej mere, mindst fem ... hun forsøgte at regne det ud, mens hun tørrede gryderne af med et viskestykke. Det var det eneste, hun var lidt misfornøjet med, det med at skulle tørre af ... jo, næsten seks år blev det. En gang og nogle gange to gange om dagen i seks år, hvad blev det? Temmelig meget, selvom Karl-Erik overtog det en gang imellem, det var hun faktisk nødt til at give ham ...

"Kommer de forbi og spiser morgenmad?"

"Hvad?"

"Kristina og dem. De kommer vel forbi og får et stykke mad, før de tager af sted, ikke?"

"Det ved jeg ikke," svarede Rosemarie i overensstemmelse med sandheden. "Jo, jeg tror, vi blev enige om det."

"Tror?" sagde Karl-Erik.

"Jeg kan ikke huske det," sagde Rosemarie. "Det er alt det med Robert, der gør det svært rigtigt at holde styr på ... det andet."

Karl-Erik svarede ikke. Læste videre i avisen.

Om tre dage er det meningen, at det skal være juleaften, tænkte Rosemarie træt. Og om tre måneder er det meningen, at jeg skal bevæge mig ind til et Supermercado, når jeg skal købe ind. Hvad slags opvaskemaskiner har de i Spanien? Men hvis Ebba kommer ned igen og siger, at Robert ligger i sengen deroppe, kom hun pludselig til at tænke, så lover jeg, at jeg skal følge med Karl-Erik uden den mindste protest. Både ned til banken og til Spanien.

Hvad var det dog for en sær deal, tænkte hun så. Var det ikke sådan, det hed? *Deal*? En kreaturhandel betød det før i tiden, det var et ord, hun følte sig mere fortrolig med. *Kuhhandel* hed det på tysk. Men hvorfor skulle hun forsøge at bytte Robert mod Spanien? Hvad var det for idiotiske stemmer inden i hende, som påstod, at hun var nødt til at vælge det ene eller det andet. At der var tale om en slags håbets ligevægt: Roberts liv eller huset i Kymlinge. At det var indbildsk at tro, at man kunne løse problemerne på begge områder. At hun var nødt til ...

Ebba vendte tilbage.

"Nix," sagde hun. "Lillebror er heller ikke hjemme i dag."

Rosemarie følte, hvordan det sortnede for øjnene, og et kort sekund var hun sikker på, at hun ville besvime.

Men hun holdt fast i køkkenbordet og kom sig. Lukkede lågen til opvaskemaskinen, til trods for at hun ikke var færdig med at tømme den. Rettede ryggen og betragtede sin datter og sin mand, der begge to sad ved spisebordet; trygt hvilende så det ud til i deres hundrede og fem år og i deres medfødte og nedarvede samstemmighed – uden tilsyneladende at være det mindste bekymrede. Hun trak vejret dybt.

"Politiet," sagde hun. "Nu skal du være så venlig og gå ind og ringe til politiet, Karl-Erik Hermansson."

"Aldrig i livet," svarede Karl-Erik uden at løfte øjnene fra avisen. "Og jeg forbyder også dig at gøre det. Som bemærket."

"Far, jeg tror faktisk, at du er nødt til at høre en smule efter Mor i den her sag," sagde Ebba.

Kristoffer vågnede og stirrede ind i en mørk væg.

Hvor er jeg, var hans første tanke.

Det varede et par sekunder, før han forstod det. En ejendommelig drøm om hyæner drog hurtigt forbi og forsvandt ned i det underbevidste. Hyæner der løb omkring og hånlo i noget, der lignede et gammelt stenbrud. Hvorfor drømte han om hyæner. Han havde vel i det hele taget aldrig set en hyæne? Ikke en levende hyæne i hvert fald.

Heller ikke ret mange stenbrud.

Han kiggede på sit selvlysende armbåndsur. Klokken var kvart i otte. Han vendte sig og tændte for lyset. De grønstribede tapeter vendte tilbage. Henrik var allerede stået op. Fandens også, tænkte Kristoffer. Jeg må have sovet som et murmeldyr i går aftes. Jeg lagde aldrig mærke til, om han gik eller ej.

Nå ja, tænkte han så bagefter og slukkede for lampen. Jeg må vel spørge ham, hvordan det gik. Jeg bliver liggende og hygger mig en stund, måske er han på toilettet og kommer tilbage snart.

Eller havde hans mor allerede været oppe for at vække dem? Han forsøgte at huske, hvordan det forholdt sig med det, men det føltes håbløst. Hun havde vækket ham så mange gange, så mange morgener i forskellige tonearter, at det var umuligt at skelne den ene fra den anden. Måske havde hun været herinde, måske ikke.

I dag var det i hvert fald onsdag, erindrede han. I aften ville han være hjemme i Sundsvall igen. Og i morgen skulle ...

Linda Granberg. Birgers Kiosk. Kristoffer vendte sig og tændte lampen for anden gang. Det var meningsløst at blive liggende, han var jo lysvågen. Lidt sulten også – sært, det plejede han ikke at være om morgenen. Han besluttede, at han lige så godt kunne stå op. Tage et brusebad og gå ned og spise morgenmad.

Mens han stod i den snævre, gammeldags brusekabine og lod vandet flyde, tænkte han på Henrik. Hvilken forandring! Hvilken total forandring bare i løbet af nogle få dage. Fra den perfekte, ufejlbarlige Super-Henrik til den ... hvad var det, det hed? Promiskuøse ... til den promiskuøse Henrik, der havde noget kørende med en fyr, der hed Jens, og som strejfede rundt om natten for at gå til hemmelige, lyssky møder!

Hvis han virkelig var kommet af sted i nat. Det var naturligvis ikke sikkert. Men på en eller anden måde føltes det alligevel, som om han var kommet tættere på sin bror. Selvom Henrik endnu ikke vidste, hvad han vidste. For Henrik var ikke pletfri, det var det, der var det nye. Han havde sine mørke sider akkurat som alle andre. Som Kristoffer selv. Han var ... ja, menneskelig ganske simpelt.

Det var glædeligt, tænkte Kristoffer. Overordentlig glædeligt.

Derefter satte han vandtemperaturen en grad op og begyndte at gruble over sin morbror Robert. Der var promiskuiteten (et svært ord, tænkte Kristoffer, men godt) veldokumenteret og havde været det længe. Han havde været familiens sorte får, længe inden han slog alle rekorder i Fucking Island. Havde altid hørt til de fænomener, man ikke gerne snakkede om rundt om middagsbordet hjemme på Stockrosvägen i Sundsvall.

Og nu var han forsvundet. Eller var han måske vendt tilbage i løbet af natten? Det gik op for Kristoffer, at han håbede, Robert ikke var det. Det var så cool bare at gå op i røg på den måde. Flere af de andre, navnlig mormor, virkede bekymrede for ham, men ikke Kristoffer. Antagelig forholdt det sig præcis, som hans far havde sagt. Robert havde fundet en kvinde, og hellere end at sidde og lide sig igennem en fantastisk kedelig fødselsdagsmiddag havde han valgt at tilbringe tiden med hende. Han sked fuldstændigt på, hvad folk mente og tænkte. Kristoffer ønskede, at han selv en dag ville nå frem til den position. Hvor man bestemte over sin egen skæbne og sine egne handlinger og ikke behøvede at være afhængig af ... af mor kort sagt.

For det var sådan, det var. Det var ikke på grund af faderen, at Henrik havde bedt ham om at holde mund med sine natlige eskapader, den sag var klar. Leif havde reageret på Kristoffers udskejelser i lørdags præcis sådan, som en god far skal reagere. Han var blevet gal og havde sagt til ham, at han fandeme skulle tage sig sammen og tænke over, hvad han gik og lavede – men havde ikke forsøgt at give ham en masse skyldfølelser. Sådan skulle det være mellem forældre og børn. Ligefremt og enkelt, ikke en masse omsvøb. En ordentlig skideballe og derefter fred og fordragelighed igen.

Selvom det ikke var til at vide, hvordan han ville reagere, hvis han fik at vide, at Henrik var homoseksuel. Ja, det var nok en helt anden boldgade, som han plejede at sige. En helt anden boldgade.

Tænkte Kristoffer og slukkede for vandet. Han hørte, at det bankede på døren.

"Henrik?"

Det var mor.

"Nej, det er mig, Kristoffer."

"Godt at I er oppe. Kom ned og få morgenmad, når I er færdige."

"Ja," svarede Kristoffer og begyndte at undersøge sit ansigt i spejlet.

Ikke mere end fire-fem bumser; når man tænkte på, hvor meget chokolade han havde proppet i sig de seneste dage, havde han grund til føle sig tilfreds. Hvis han holdt igen i dag og i morgen, burde han være rigtigt præsentabel, når han mødte op ved Birgers Kiosk om ... om syvogtredive timer sådan nogenlunde.

"Rosemarie, vi må forsøge at være en smule realistiske," sagde Karl-Erik med den emfatiske, skolemesteragtige langsommelighed, som betød, at han ikke havde til hensigt at gentage den følgende meddelelse. "Der er intet, som taler for, at noget skulle være sket med Robert. Både du og jeg ... og Ebba ... kender hans karakter. Jeg behøver ikke nævne eksempler. Han mente antagelig, at det var for stort et pres for ham at være her ... måske skammede han sig for nu at sige det ligeud ... og med rette i så tilfælde. Og så har han ringet til en eller anden gammel skolekammerat her i byen. Rud ... hvad var det, den skolekammerat hed? Rudström?"

"Rundström," sagde Rosemarie. "Han flyttede til Gotland for flere år siden. Men hvorfor har han så ikke sagt det til os? Det er det, der gør mig urolig, Karl-Erik. Robert ville da ikke bare ..."

"Fordi han skammer sig," fastslog hendes mand bestemt. "Som sagt. Og han har jo ikke nogen rigtigt legitim grund til at holde sig væk. Hvad skulle han sige?"

"Hvorfor kom han så i det hele taget? Og bilen står jo her ... helt dækket af sne."

"Han har ikke brug for bilen," forklarede Karl-Erik tålmodigt. "Jeg vil gætte på, at han kommer og henter den i eftermiddag, når han ved, at alle er taget hjem. Jeg forstår virkelig ikke, hvorfor du vil sætte himmel og jord i bevægelse på grund af denne bagatel. Virkelig ikke, Rosemarie. Robert er ikke din opmærksomhed værd."

Kristoffer kom ind i køkkenet og sagde velopdragent godmorgen. Karl-Erik afbrød sig selv og så ud til at være i tvivl om, hvorvidt det var passende for en fjortenårigs ører at høre den fortsatte diskussion om den vanartede. Tilsyneladende mente han, at det var tilfældet, for han fortsatte.

"Med andre ord, Rosemarie, fortæl mig, hvad du bilder dig ind, der er sket med vores fortabte søn."

Kristoffer satte sig ved bordet. Rosemarie kiggede på Ebba for at få en form for fortsat støtte, men kunne ikke rigtigt finde ud af, om hun fik det eller ej. Og Ebba var jo trods alt Karl-Eriks datter, mindede hun sig selv om. Det måtte man endelig ikke glemme i farten.

"Det eneste jeg ønsker," sagde hun til sidst, "er, at du ringer til politiet ... og til sygehuset ... og spørger."

"Så du tror altså ikke, at de selv ville meddele os, hvis han var havnet enten det ene eller det andet sted?"

"Ikke hvis han ..."

"Selv Robert må vel være i besiddelse af en form for identifikation," fortsatte Karl-Erik. "Og hvis han ikke var det, ja så er det vel temmelig sandsynligt, at han bliver genkendt alligevel. Har jeg ikke ret?"

Rosemarie svarede ikke. Ebba rømmede sig og begyndte at mægle.

"Jeg vil foreslå, at vi venter lidt. Du ønsker vel ikke, at politiet faktisk rykker ud og begynder at lede efter ham, vel lille Mor? I så fald står det i avisen i morgen. Eller at de kommer her og forhører os, det ville heller ikke være nogen specielt munter oplevelse. Har jeg ret?"

Telefonen ringede. Rosemarie benyttede sig af anledningen og gik ind i soveværelset og tog den.

"Hvor er Henrik?" spurgte Ebba.

Kristoffer trak på skuldrene og hældte frugtyoghurt op i en dyb tallerken. "Det ved jeg ikke."

Ebba så på uret. "Vi bør se at komme af sted om en time. Ved du, om Far var i brusebad?"

"Det tror jeg," sagde Kristoffer.

Karl-Erik foldede sin avis sammen og betragtede sin dattersøn et øjeblik. Så ud, som om han overvejede at komme med et eller andet godt råd – et stykke livsvisdom – som han kunne tage med sig tilbage til Sundsvall, men var tilsyneladende ikke i stand til at finde det rigtige imellem de mange tusinde alternativer og rejste sig fra bordet i stedet. Gik hen til vinduet, skød gardinerne til side og kikkede ud.

"Tolv graders frost," konstaterede han. "Man må da håbe, at I har husket at komme frostvæske på bilen."

"Selvfølgelig har vi det, far," sagde Ebba. "Men hvordan det forholder sig med Roberts snedrive ved jeg ikke."

"Et tykt snedække fungerer faktisk som beskyttelse mod

kulden," sagde Karl-Erik Hermansson. "Det troede jeg, du vidste."

"Det vidste jeg også, kære Far," sagde Ebba.

Rosemarie vendte tilbage, samtidig med at Leif Grundt dukkede op, nyvasket og kvik. "God morgen, alle I kristelige mennesker," sagde han. "Jeg ved ikke, om I har lagt mærke til det, men en ny dag er begyndt."

"Jo, det er gået op for os," sagde Ebba. "Hvem var det, der ringede, Mor? Du ser lidt bekymret ud."

"Nej da," sagde Rosemarie og smilede hurtigt. "Det var bare Jakob. De kommer ikke forbi og får frokost. Det var noget med nogle møder oppe i Stockholm, som hastede. Kaffen står her. Leif, skal jeg skænke en kop op til dig?"

"Tak, du skønne svigermor," sagde Leif Grundt. "Ja, det er nok bedst, at man stopper noget i halsen, så man kan klare sig igennem. For nu går turen snart mod nord igen. Er den kendte tv-personlighed ikke dukket op endnu?"

"Leif," sagde Ebba.

Rosemarie sukkede dybt og forlod køkkenet. Kristoffer stoppede to stykker brød i risteren og tænkte, at hans far havde et ganske udviklet talent for at sige det forkerte. Spørgsmålet var, om han gjorde det med vilje eller ej; under alle omstændigheder var det en smule beundringsværdigt.

"Tak for en dejlig morgenmad, kære Far," sagde Ebba. "Jeg går op og begynder at pakke. Og siger til Henrik, at han skal skynde sig lidt. Vil du have hjælp med noget, før vi tager af sted, Far?"

Det var sandelig en opfordring til at fortælle en lægeuddannet datter om alle mulige elendigheder – nye såvel som gamle – det forstod selv Karl-Erik Hermansson, men han rystede bare på hovedet og lagde armene over kors hen over brystet.

Det eneste symptom, han kunne mærke, var den der svage susen inde i hovedet, som var begyndt efter klikket i går morges, hvis det altså ikke kom fra radiatoren, og det havde han ikke til hensigt at diskutere med nogen. Navnlig ikke med folk, der muligvis kunne tænkes at sidde inde med en eller anden ikke ønskværdig forklaring.

"Jeg har aldrig haft det bedre i mit liv, min pige," sagde han og skød brystkassen frem. "Og jeg har sovet som et spædbarn."

15

Kristoffer lå igen på sengen i VGV.

Klokken var halv tolv, og de var over en time forsinkede.

"Gå op og vent på dit værelse, Kristoffer," havde hans mor sagt til ham. "Jeg kommer op til dig lige om lidt, men først må vi voksne snakke det her igennem."

Udtrykket *det her* henviste til Henrik. Efter diverse uklarheder, spørgsmål og vidneudsagn – fra alle tilstedeværende i den Hermanssonske villa på Allvädersgatan i Kymlinge: Ebba selv, Leif, mormor Rosemarie, morfar Karl-Erik og Kristoffer selv – var det efterhånden kommet til at stå klart, at Henrik faktisk ikke var i huset. Ingen så ud til at være stødt på ham i løbet af morgenen; alle havde de en fornemmelse af, at en af de andre havde spist morgenmad sammen med ham, eller at nogen havde sagt, at de havde mødt ham på trappen, hørt ham i badeværelset, snakket med ham – men da alle oplysninger metodisk var blevet gennemgået under Ebbas kompetente ledelse, viste det sig, at samtlige formodninger var fejlagtige.

Ingen havde set Henrik hele morgenen, sådan forholdt det sig med den sag.

En spirende fornemmelse var blevet vakt i Kristoffers hoved temmelig hurtigt, og han havde haft god tid til at vælge, hvilken linje han ville følge. Det var ikke specielt svært.

"Nej, mor, jeg har faktisk heller ikke set ham. Han var allerede stået op, da jeg vågnede."

Faktisk havde han ikke engang været nødt til at lyve. Henrik *var* stået op, da han vågnede. Og Kristoffer havde *ikke* set ham hele formiddagen.

At han så også holdt en smule information tilbage, som ingen udtrykkeligt spurgte efter – nej, det kunne man faktisk ikke laste ham for. I hvert fald ikke endnu.

Men om ti-femten minutter ville tingene nok ændre sig en del. Så ville situationen blive mere kritisk. Ebba ville komme op til ham og gennemføre et lidt mere indgående forhør. Det var denne prøvelse, han lå og forberedte sig på.

Ved du noget, som kan forklare, hvor Henrik er henne, ville hun for eksempel sige, og her var han nødt til at komme med en regulær løgn. Til at overskride en grænse. Nøjagtig den samme grænse, som havde været på tapetet i søndags, da det var ham selv, som havde siddet på anklagebænken.

Men det bekymrede ham egentlig ikke. I hvert fald ikke specielt meget, gik det op for ham, da han forsøgte at betragte situationen lidt mere indgående. At beskytte Henrik, den nye promiskuøse Henrik – det gjorde han selvfølgelig. Det var den deal, de havde lavet. Det var Henrik, som var røget i fedtefadet denne gang, ikke Kristoffer, og det var svært ikke at føle en vis tilfredsstillelse ved dette simple, men også usædvanlige faktum.

Og Henrik ville selvfølgelig tage skraldet selv, når han engang dukkede op. Det ville aldrig blive offentligt kendt, at hans lillebror havde siddet inde med oplysninger og havde holdt dem for sig selv. Kristoffer ville gå fri; han risikerede ikke det mindste ved at lyve for sin mor. Tværtimod, det var hans pligt at overholde den aftale, som han og Henrik havde indgået.

Brothers in Arms.

Men ikke desto mindre var det utroligt klodset, det kunne han ikke lade være med at bemærke. Og forundres over. Henrik var åbenbart taget af sted til sit hemmelige møde på et tidspunkt i løbet af natten og bagefter ... ja, helt præcis hvad han havde haft til hensigt at gøre, havde Kristoffer ikke lyst til at overveje nærmere ... og bagefter, da alt dette unævnelige var forbi og overstået, så havde han og den anden, hvem det så end var, formodentlig lagt sig til at sove – og havde sovet over sig! Hvilken frygtelig dumhed, tænkte Kristoffer. Og for fanden, hvor ville han komme til at bøde for det, når han kom tilbage.

Sin mobiltelefon havde han øjensynlig slukket for: Man havde ringet til ham både fem og ti gange, men var blot nået frem til telefonsvareren. Det lignede ikke Henrik at have sin mobiltelefon slukket, overhovedet ikke. Kristoffer havde ikke helt fundet ud af, hvad de voksne egentlig troede; Leif havde først formuleret det forslag, at Henrik var ude på en skitur, en teori der først blev ændret til en joggingtur, fordi der ikke var noget ordentligt skiudstyr i huset – for derefter at blive skrottet helt med henvisning til snesituationen.

Ingen havde dog virket specielt bekymret endnu, men måske lå det bare og boblede lige under overfladen. Kristoffer følte, at han ikke rigtigt var i stand til at bedømme situationen endnu. Selvom det, at de havde sendt ham op på VGV for at kunne diskutere i fred, talte for, at man så alvorligt på det hele. Desuden virkede det en smule mærkeligt, at der nu var to personer, som savnedes og ikke bare en. Kristoffer havde dog ikke hørt nogen af de voksne sætte ord på, at der skulle være en sammenhæng. Men det kunne måske komme, de vidste jo ikke det, som han vidste.

Din satans tumbe, mumlede Kristoffer ved sig selv og indså samtidig, at det måtte være det mest nedsættende, han nogensinde havde tænkt om Henrik. Men det var nu træls, at han skulle være nødt til at sidde her og lyve sin mor lige op i ansigtet for sin storebrors skyld! Det havde han ikke troet for et par dage siden.

Han skulle dog nok gøre det uden at ryste på hænderne. Hele vejen igennem. Ingen skulle kunne sige andet. Som sagt. Men alligevel kunne han ikke lade være med at spekulere over, hvad fanden Henrik havde gang i – og efter at han havde ligget og gjort det en tid i det grønne værelse, begyndte han at få en ganske ubehagelig fornemmelse i mellemgulvet.

Lidt skræmmende og en smule – jo, sørgmodig faktisk. Hvad er det, der er ved at ske med dig, Henrik, min bror? Sådan tænkte Kristoffer.

Han stirrede ind i tapetet, men der kunne han som ventet ikke læse noget svar.

"Kristoffer, vi må forsøge at rede det her ud, det er vi vel enige om?"

"Ja," sagde Kristoffer.

"Henrik er ikke her i huset, og vi ved ikke, hvor han er."

Kristoffer forsøgte at nikke og at ryste på hovedet samtidigt, altsammen for at virke så imødekommende som muligt.

"Det virker jo, som om han er gået sin vej meget tidligt i morges, eller ...?"

Kristoffer supplerede ikke med de manglende ord.

"... en gang i løbet af i nat," sagde Ebba.

"Ja, men det ved jeg ingenting om," sagde Kristoffer. "Jeg lagde ikke mærke til noget hverken i nat eller her til morgen. Jeg har vist sovet enormt tungt, er jeg bange for."

Ebba forsøgte at fiksere ham med sine stålblå øjne, men han syntes selv, at han bar hendes blik ganske godt. Han sad ikke på anklagebænken denne gang, og det gjorde en del ting nemmere. Betydeligt nemmere.

"Han sagde ikke noget til dig?"

"Om hvad dog?"

"Det ved jeg ikke, Kristoffer. Om at han havde planer om at være væk et par timer for eksempel?"

"Nej," sagde Kristoffer. "Han sagde ingenting om sådan noget."

"Det er du sikker på?"

"Ja da."

"Men jeg må nu sige, at du ..."

"Ja?"

"Du virker ikke forundret over, at han ikke er her."

"Hvad?"

"Du virker ikke forundret, og det er lidt mærkeligt, synes jeg ... jeg forsøger at begribe, hvad det betyder."

Det var et overdrevet insinuerende angreb, og han parerede det på den eneste mulige måde. "Ikke forundret? Nu fatter jeg virkelig ikke, hvad du snakker om. Jeg har ingen anelse om, hvor Henrik er henne, og jeg er lige så forundret som alle andre."

Hun tøvede et øjeblik, men så trak hun sig tilbage. "All right.

Kristoffer. Jeg tror dig. Men hvis du tænker efter, er der så virkelig slet ingenting, som han sagde ... eller bare antydede ... der ville kunne forklare, hvor han er? I må jo have snakket en masse med hinanden."

Kristoffer bed sig i underlæben og lod, som om han tænkte sig grundigt om en tid. "Nej," sagde han så. "Nej, Mor, jeg kan i hvert fald ikke komme på noget."

"Synes du, at Henrik har været sig selv de her dage? Jeg mener, I har jo næsten ikke set hinanden hele efteråret. Men føles det ikke ... ja, som om han er forandret på en eller anden måde?"

Bingo, lille Mor, tænkte Kristoffer. Hvis du bare vidste, hvor forandret dit lille drengebarn er, så ville du skide knækpølser og få en blodstyrtning. Og en skønne dag, tænkte han videre, en skønne dag vil jeg ønske, at jeg får en mulighed for at sige den slags i stedet for bare at tænke det.

"Næææ," sagde han. "Det synes jeg ikke. Men han kommer nok snart tilbage og forklarer det hele. Han troede måske, at vi skulle af sted omkring frokosttid eller også ... eller også er han bare ude for at købe julegaver."

Det virkede, som om Ebba seriøst overvejede dette forslag, før hun atter en tid betragtede ham indgående med de stålblå øjne. Han veg ikke en millimeter.

"Hvad talte I om i går aftes?"

Det rager ikke Dem, fru anklager, tænkte han inde i hovedet. "Ikke noget specielt," kom der ud af munden på ham. "Han fortalte lidt om Uppsala og den slags."

"Ja så? Og hvad sagde han så om Uppsala?"

"At der var fedt at studere der. Men også ret besværligt."

"Fortalte han om Jenny?"

Kristoffer tænkte efter.

"Han har nok nævnt hende. Men bare i foregående."

"Forbigående."

"Hvad?"

"Forbigående. Du sagde foregående."

"Undskyld."

"Ja ja, det spiller ingen rolle. Ellers noget?"

"Som vi snakkede om?"

"Ja."

"Vi snakkede også lidt om morbror Robert."

"Virkelig? Og hvad nåede I frem til angående ham?"

"Ikke meget," sagde Kristoffer. "Ikke andet end at han virker en smule ejendommelig."

"Ja så ... det må jeg nok sige," mumlede Ebba. "Ja. Men lige nu er jeg faktisk ikke specielt interesseret i jeres opfattelse af min bror. Men hvis du kommer i tanker om noget om Henrik, så ønsker hverken jeg – eller din far ... og din mormor og din morfar – at du skal holde det for dig selv."

"Hvorfor skulle jeg holde det for mig selv?" sagde Kristoffer med en oprørthed, der føltes næsten ægte. "Jeg vil også gerne hjem herfra. Hvis jeg vidste noget, ville jeg naturligvis have sagt det med det samme."

Hun holdt en sidste, kort pause.

"Godt, Kristoffer," sagde hun så. "Jeg stoler på dig."

Derefter forlod hun rummet.

Fjolle-Henrik, tænkte Kristoffer, da hun havde lukket døren. Hvor fanden er du henne?

Han kiggede på uret. Klokken var et minut i tolv.

Klokken to var sneen atter begyndt at falde, og i den Hermanssonske villa havde man afsluttet frokosten. Medisterpølse med stuvede kartofler; under normale omstændigheder en af Karl-Eriks absolutte favoritretter, men i dag havde den føltes aldeles malplaceret. Ingen havde spist med større appetit, og den anspændte tavshed, som hang over frokostbordet, fulgte med ind til kaffen og småkagerne inde i dagligstuen. Kristoffer drak ikke kaffe, men dog en æblemost, og mens han gjorde det, forsøgte han i smug at studere de stumme ansigtsudtryk hos de voksne; sin mor og far, sin mormor og morfar. Han spekulerede på, hvad der foregik bag deres pander. En hel del formodentlig. Irritation, uro. Bekymring, frustration, you name it. Alle de spørgsmål, som kunne stilles, var allerede stillet, og ingen virkede til at være indstillet på at gentage dem endnu en gang. Alle tænkelige gætterier var lavet og alle spekulationer tænkt. Bilen stod pakket og rejseklar ude i indkørslen, der var bare det lille problem, at en af passagererne manglede.

Det, som ingen endnu rigtigt havde sat ord på, tænkte Kristoffer, var nok angsten. De virkeligt sorte bekymringer virkede til endnu at være under låg, og her begyndte han at føle, at hans forspring i forhold til de andre hurtigt svandt ind. Han vidste godt nok, hvad han vidste; Henrik var gået ud til et hemmeligt møde på et tidspunkt i løbet af natten – muligvis for at mødes med en ukendt elsker ved navn Jens (på det punkt følte Kristoffer dog en voksende usikkerhed) – men hvorfor i alverden han ikke var vendt tilbage i løbet af morgenen eller formiddagen, ja det var et spørgsmål, som blev stadigt større og stadigt mindre begribeligt for hvert minut, der gik.

Henrik var forsvundet. Robert var forsvundet. Det her er fandeme det mærkeligste, jeg har været med til, tænkte Kristoffer Grundt.

"Klokken er fem minutter over to," sagde Rosemarie Wunderlich Hermansson, som om denne oplysning kunne tænkes at kaste lys over et eller andet. Men det eneste, den resulterede i, var, at en blodåre i Karl-Eriks ene tinding begyndte at vride sig som en orm. Det havde den gjort nogle gange i løbet af dagen. Kristoffer havde holdt øje med den og forstod, at det betød, at morfaren var irriteret og oprørt over et eller andet. Der var også noget ejendommeligt med hans ene øjenlåg, det hang ned over øjet og fik ham til at se en smule beruset ud, syntes Kristoffer. Han var ret sikker på, at det ikke var tilfældet.

Hos hans far hang begge øjenlåg ned, og Kristoffer gættede på, at han var ved at falde i søvn. Han havde været usædvanligt stilfærdig den sidste halve time; man kunne se på ham, at han ikke var så meget som i nærheden af at udvikle en teori om, hvor hans prægtige – indtil nu nærmest ufejlbarlige – søn var forsvundet hen.

Hans mor så sammenbidt ud, som om hun koncentrerede sig inden en operation, der så ud til at blive mere end almindeligt kompliceret. Eller som om hun sad og arbejdede med den nye og paradoksale ligning Henrik inden i hovedet og ikke kunne få sigtet indrettet på løsningen, selvom hun under normale omstændigheder burde have kunnet klare det for lang tid siden.

Kristoffer sukkede og tog en ny småkage, til trods for at han var propmæt. De stuvede kartofler lå som en klump tungt fordøjeligt melklister inden i ham, og han spekulerede på, om han ikke ganske enkelt burde slæbe sig op ad trapperne og tage en lur på VGV, mens man ventede på den fortabte brors hjemvenden. Men måske ville det trods alt være bedre at blive på stedet og holde sig ... hvad var det nu det hed ... *a jour* med, hvad der skete. Eller ikke skete.

Det som faktisk skete lige akkurat nu var, at morfar Karl-Erik besværet rejste sig fra lænestolen og gik hen til vinduet. Stak hænderne i bukselommerne og vuggede frem og tilbage et par gange på fodballerne. Rømmede sig højlydt, stadigvæk med ryggen vendt imod de øvrige. "Hrmmm!" sagde han. "Nu forholder det sig altså sådan, at klokken fire skal Rosemarie og jeg være i banken. Så får vi vel se, om I er kommet af sted til den tid eller ej."

"Selvfølgelig er de da ..." begyndte Rosemarie, men tanken ændrede retning halvvejs og fik et nyt indhold. "Hvad er det, du siger, Karl-Erik? Vi kan vel ikke gå til et møde i banken, nu hvor ..."

"Nu hvor hvad?" ville Karl-Erik vide og vendte sig om. "Vi har aftalt en tid. Lundgren venter os, og familien Singlöv er kørt hertil hele vejen fra Rimminge."

"Det er jo ikke mere end tredive kilometer," sagde Rosemarie. "De kan bare køre hjem igen. Du begriber vel, at vi ikke kan lade Ebba og Leif i stikken, nu hvor ... og Kristoffer ... nej, vi bliver her. Du er nødt til at ringe og aflyse mødet."

"Nej fandeme ..." begyndte Karl-Erik, hvorefter en ny og hidtil uset blodåre bulede ud i hans tinding. Men inden han havde nået at udvikle sin tankegang, blev han stoppet af Ebba.

"Søde Far, ikke nu," sagde hun. "Og Mor, I behøver absolut ikke aflyse noget for vores skyld. Det ville jo være fjollet. Hvilken ide er der i, at fem personer sidder og venter, når det er rigeligt med tre ... desuden, nej, jeg ved ikke ... jeg ved ikke, hvad jeg havde tænkt mig at sige ..."

Og så begyndte Ebba at græde.

Først forstod Kristoffer ikke, at det var gråd, der var tale om. Måske skyldtes det, at han aldrig før havde set sin mor græde. I det mindste kunne han ikke huske, at han havde. Men det var også en ejendommelig gråd; det mindede mere om en slags maskine, der ikke ville starte – ja, det lød som en lille motor; hendes skuldre bevægede sig op og ned, og hun pustede ud og trak luft ind i små, stakåndede bevægelser. Hovedet vrikkede frem og tilbage i takt med åndedraget, men ikke i takt med skuldrene, i det hele taget var der meget, der ikke stemte, syntes Kristoffer, en motor der hakkede i det og spyttede og hakkede igen, men hvor cylindrene – hvor mange det så ellers var – ikke havde held til at arbejde sammen, således at der kom rigtig fart i tingene.

Som om hun aldrig før i sit liv havde grædt og ikke rigtigt vidste, hvordan man gjorde.

De andre fattede antagelig heller ikke, hvad det handlede om, for der gik en tid, før mormor Rosemarie lidt tøvende begyndte at stryge sin datter over ryggen og armene for at trøste hende. Leif rykkede til undsætning et øjeblik senere, mens Karl-Erik blev stående midt på gulvet og lignede en boxerhund, der havde fået en pote i klemme i en elevatordør.

Det syntes i hvert fald Kristoffer, som heller ikke overvejede at komme den grædende til hjælp. Hun var i og for sig hans mor, men han var overbevist om, at der krævedes betydeligt større evner, end han var i stand til at bidrage med. Men det føltes ubehageligt at se hende så uventet hjælpeløs, og da han kastede et blik på sin morfar, så han i hans øjne den samme forvirrede frustration, som tumlede rundt inden i ham.

Satans, satans, satans, tænkte Kristoffer, mens han bed tænderne sammen for ikke også at begynde at hulke. Mor Ebba græder, nu er det alvor. Kom så tilbage, Henrik, din skiderik. Det her er ikke morsomt mere.

En kort stund efter var gråden stilnet, var man nået frem til en aftale. Rosemarie og Karl-Erik skulle tage af sted for at mødes med den nålestribede Lundgren i banken som aftalt. Man regnede med, at underskrivningen højst ville tage en time, og hvis situationen var uforandret, når de kom tilbage til Allvädersgatan, skulle man omgående tage kontakt til politiet.

Sådan måtte det være. Der var ingen grund til at handle overilet.

Kristoffer fik aldrig mulighed for at formulere sine synspunkter på denne handlingsplan, men da han atter var vendt tilbage til sin seng i Verdens Grimmeste Værelse, kunne han lidt dystert konstatere, at selvom han havde fået det, så ville han alligevel ikke have haft noget at indvende.

Sneen fortsatte med at falde, og timerne gik. Rosemarie og Karl-Erik kørte ind til banken og vendte tilbage efter forrettet ærinde. På det tidspunkt havde Kristoffer sovet i omkring tre kvarter og ligget oppe på værelset uden at foretage sig noget i cirka dobbelt så lang tid; han kom ned fra overetagen i samme øjeblik, morfar og mormor kom ind ad yderdøren. Hvordan Ebba og Leif havde tilbragt eftermiddagstimerne, vidste han ikke, men de sad også ude i køkkenet et minut senere.

Mormor så på Ebba, Ebba rystede på hovedet. Hendes øjne var rødrandede, Kristoffer forstod, at hun havde grædt igen, og han følte en hjælpeløshed over for dette her, som han aldrig mente at have oplevet tilsvarende før. En slags fastfrossen panik, ja, sådan nogenlunde var det faktisk.

Efter en meget kort diskussion blev det så Karl-Eriks opgave at udføre det, man var blevet enige om.

Mens han stod med røret i hånden og ventede på svar, slog penduluret i spisestuen to slag for at markere, at klokken var halv syv. Det var onsdag den 21. december, og Robert Hermansson og Henrik Grundt var mere forsvundet end nogensinde før.

16

Vicekriminalkommissær Gunnar Barbarotti skulle egentlig have heddet Giuseppe Larsson.

Da han kom til verden den 21. februar 1960, var hans far Giuseppe Barbarotti og hans mor Maria Larsson helt enige om en eneste ting. De ville aldrig mere have noget med hinanden at gøre.

Alt andet var de uenige om. Til eksempel den nyfødte drengs (3.880 gram og 54 centimeter) navn. Giuseppe mente, at det burde klinge italiensk, svensk var bønders og tølperes sprog, og ville man give drengen en god start i livet var det vigtigt, at han fik et navn, der kunne bruges.

Moderen Maria ville overhovedet ikke høre på den slags følelsespræget, sydeuropæisk sludder. Sønnen burde hedde noget sundt og helt igennem nordisk; at komme i skole med et makaroni- eller tangospillernavn som det dér ville placere ham i underklassen og gøre ham til offer fra begyndelsen. Giuseppe kunne vokse sit overskæg og drage ad varmen til, drengens navn ville han ikke få nogen indflydelse på.

Giuseppe forklarede, at det her var så vigtig en sag, at hvis Maria fortsatte med at obstruere den, så måtte han alvorligt overveje at gifte sig med hende for på den måde at opnå sin retmæssige indflydelse på, hvad hans førstefødte skulle hedde. Og over en del andet også.

Til slut endte det med et kompromis, formidlet klogt af Marias ældre søster Inger, der ejede og passede en pølsevogn i Katrineholm helt alene. Det italienske sprog var ikke helt at foragte, mente hun, og hvis man kunne kombinere tingene, blev resultatet ofte bedre, end hvis man stirrede sig blind på det ene eller det andet. En pølse med brød var da helt klart at foretrække frem for en pølse med pølse. Eller et brød med brød.

Så det endte med *Gunnar* efter søstrenes bortgåede og meget savnede storebror og *Barbarotti* efter barnefaderen – som, mens moderen stadigvæk lå på barselsgangen, var i fuld gang med at pakke sine ejendele for at flytte hjem til Bologna. Begge parter udtalte, at de i det mindste var halvvejs tilfredse med forslaget, og ingen af dem mente på den anden side, at Giuseppe Larsson lød specielt godt.

Hvilket faktisk – hvis man skulle være helt sandfærdig – betød, at der var to ting, de var enige om.

Det var da Gunnar Barbarotti blev forladt af sin kone – for fire år siden og i en alder af enogfyrre – at han havde lavet sin aftale med Gud.

Aftalen angik spørgsmålet om sidstnævntes eksistens. Sin egen eksistens var Gunnar Barbarotti blot alt for smerteligt bevidst om. Han og Helena havde været gift i femten år, de havde tre børn, og det ganske pludseligt – fra den ene dag til den anden praktisk taget – at opdage, at man nu befandt sig i ligaen af KÆ, Kasserede Ægtemænd, havde fået ham til at tvivle på alt. Guds nærvær eller fravær stod ganske vist ikke højest på dagsordenen – det gjorde snarere spørgsmål om meningen med overhovedet at leve videre, om hvad han havde gjort forkert, og om hvorfor hun aldrig havde sagt noget tidligere – om hvad fanden han skulle bruge aftenerne til, når han ikke skulle arbejde over, og om hvorvidt det ikke ville være det bedste i det hele taget at skifte job. Men en måned efter det dræbende slag, da han allerede var flyttet ind i sin triste treværelses på Baldersgatan i Kymlinge, dukkede Gud også op en af de mange søvnløse nætter.

Muligvis var det Gunnar selv, der kaldte ham frem. Projicerede ham op fra sin martrede sjæl for at stille ham til ansvar – men hvordan det nu end hang sammen, så fik de en lang og givende samtale, som altså mundede ud i den omtalte aftale.

Der findes uendeligt mange dårlige gudsbeviser, det var Gunnar

Barbarotti og Vor Herre enige om. Først den ene og så den anden flygtige omstændighed eller teologiske spidsfindighed blev taget til indtægt for at kunne løse grundproblemet. Anselm. Descartes. Thomas Aquinas. Hvad Gunnar efterlyste – og hvad Gud udtalte, at han havde den størst tænkelige forståelse for – var noget mere håndfast. En simpel og rationel metode, der en gang for alle kunne afgøre sagen. Det måtte gerne tage lidt tid, mente Gud; ja da, men ikke alt for lang tid, mente Gunnar, der havde sit begrænsede livsperspektiv at tage hensyn til; han ville gerne vide, hvordan det virkelig hang sammen, mens han stadigvæk vandrede her på jorden – og Gud havde lyttet og var gået med på også denne betingelse uden unødige diskussioner.

Til sidst – klokken var efterhånden blevet tæt på fem om morgenen, og en af Djævelen fremmanet sneplov var begyndt at rydde asfalten uden for Gunnar Barbarottis soveværelsesvindue, så det slog gnister – var man enedes om følgende bevismodel:

Hvis nu Gud faktisk eksisterede, så burde en af hans fornemste arbejdsopgaver være at lytte til de stakkels menneskers bønner – og at efterkomme dem i den grad, han mente det berettiget. De uacceptable og egennyttige ønsker havde han naturligvis ret til at sige fra overfor med det samme. Gunnar Barbarotti kunne dog ikke erindre, at han selv var blevet bønhørt en eneste gang i sit liv. Virkelig, havde Gud sagt. Og hvor mange bønner har du sendt op til mig med rent og alvorligt hjerte, din agnostiske kanalje? Det havde Barbarotti med skam at melde ikke rigtigt styr på, men så frygteligt mange kunne der naturligvis ikke være tale om – men lad det nu være. Fra nu af var han indstillet på at give det en ærlig chance.

All right, sagde Gud. We have a deal, sagde Gunnar – som om det inferiøre svenske sprog ikke rigtigt formåede at udtrykke eller dække en aftale af den kaliber.

Tidsrammen blev fastlagt til ti år. I løbet af denne periode skulle Gunnar Barbarotti teste Vor Herres mulige eksistens ved at opsende bønner til ham, så ofte det føltes passende og berettiget for derefter – i en til formålet anskaffet notesbog – at notere, hvorvidt de blev indfriet eller ej.

Der måtte naturligvis ikke være tale om idiotbønner: store pengegevinster på trav eller i lotteriet, skønne nymfer der dukkede op ud af den blå luft og heller ikke begærede noget til gengæld for at krybe i seng med kommissæren, eller lignende egoistiske påfund – men om uegennyttige og helt igennem rimelige bønner. Om den slags der kunne ske, hvis man bare havde en lille smule held, og som ikke gik ud over andre. En god nats søvn. Godt vejr under en fisketur. At datteren Sara ville være i stand til at klare en konflikt med sin bedste veninde Louise på en tilfredsstillende måde.

Bagefter havde Gunnar Barbarotti (i samråd med Gud naturligvis) også udviklet et pointsystem, hvormed man kunne bedømme mulighederne for et positivt udfald af bønnerne. Hvis Gunnar ikke blev bønhørt, fik Gud altid et minuspoint – men hvis han blev det, kunne Vor Herre få et, to eller måske oven i købet tre pluspoints.

Et år efter skilsmissen eksisterede Gud ikke. Han havde sammenlagt skrabet 18 pluspoints sammen mod hele 39 minuspoints. Hvilket gav et samlet minus på 21.

Andet år gik det en smule bedre, men balancen blev dog kun justeret op til 15 minuspoints. Tredje år røg han tilbage til 18 minuspoints, men det var i løbet af det fjerde år – indeværende – at omsvinget kom. Allerede i maj var underskuddet hentet hjem, og midt i juli måned eksisterede Gud faktisk med en rimelig margin på 6 points, et tal der dog blev ødelagt i nogen grad af en temmelig regnfuld og dyster ferieuge i Skotland, en betændelse i øret og et efterår spækket med tungt og meget lidt succesfyldt politiarbejde.

Akkurat i dag, den 22. december, lå Gud to points under eksistensstregen – ni dage før årets afslutning. Der resterede godt nok seks år af maratonløbet, men det kunne da være fornøjeligt at fejre nytår i den fromme forhåbning, at det var en velvillig, højere magt, som man kunne ty til i nødens stund.

Det mente Gunnar Barbarotti. Muligvis var det også derfor, han havde sendt en desperat trepointsbøn op sent den foregående aften – hvis Gud nu bare havde så meget omløb, at han fik den ekspederet, ville han rykke i plus i balancen. Ganske vist blot med et enkelt sølle point, men i en efterskrift til bønnen – afsendt et par minutter efter at han var vågnet denne morgen – altså for mindre end en time siden – havde Gunnar lovet den eventuelt eksisterende Almægtige, at hvis han bare blev bønhørt denne gang, så ville han ikke fremsætte flere ønsker på denne side af nytår. Gud ville således kunne se frem til at få lov til at eksistere i fred og ro i det mindste i ti dage. Hen over selve årsskiftet altså, ville det ikke være en fjer i hatten?

Gud havde svaret, at han normalt ikke brugte hovedbeklædninger, men at han ikke desto mindre ville tage sig af sagen med sædvanlig velvilje og upartiskhed.

Det hastede en smule, havde Gunnar påpeget. Toget skulle gå klokken 13:25, og var der ikke sket noget inden da, så var løbet nok kørt. For nu at sige det ligeud.

I see, sagde Gud.

Good, sagde Gunnar.

Det drejede sig om julen.

Lige siden det pludselige brud med Helena – i perioden mellem jul og nytår fire år tidligere – havde Gunnar Barbarotti haft svært ved at mobilisere en rigtigt ægte juleglæde. De forhenværende ægtefæller var heller aldrig faldet for den ide med at fejre julen sammen for børnenes skyld, en løsning som ellers mere var reglen end undtagelsen i bekendtskabskredsen. I stedet havde de brugt et skifteprincip – alle tre børn hos Helena den første jul, alle tre hos Gunnar den anden og så videre. I år havde det været Gunnars tur til at modtage Lars og Martin i sin treværelsers; det ældste barn, datteren Sara, der var atten og gik i gymnasiet på andet år, boede allerede sammen med sin far – en beslutning hun havde taget i forbindelse med skilsmissen, og som havde forundret ham lige så meget, som den havde gjort ham lykkelig.

Men Lars og Martin – ni respektive elleve år i dag – boede sammen med deres mor i Södertälje.

Sammen med deres mor og deres papfar Fredrik nærmere bestemt. Indtil for et stykke tid siden altså. Fredrik Fyrehage var dukket op mistænkeligt hurtigt efter separationen, men Barbarotti havde haft held til at afholde sig fra at udforske sagen nærmere. Nogle gange er det vigtigere med værdighed end med viden. Det havde kostet ham nogle søvnløse nætter, men han havde klaret det.

Under alle omstændigheder havde denne Fredrik fra begyndelsen vist sig at være et regulært underværk af et menneske, og han besad stort set uden undtagelser alle de vigtige egenskaber og dyder, som Barbarotti selv manglede – lige frem til i september indeværende år, hvor han uden forklaringer havde forladt både Helena, Lars og Martin til fordel for en farvet mavedanserinde fra Elfenbenskysten.

Ja, ja, havde Barbarotti forsøgt at trøste sin forhenværende kone, da han havde hørt historien. I det mindste virker han da ikke til at være racist.

Alligevel havde Helena fået et nervøst sammenbrud. Og for at gøre ondt værre havde hendes far oppe i Malmberget i samme uge fået sin første hjerneblødning. Udgangen blev forholdsvis lykkelig; han overlevede – dog med en temmelig kraftig svækkelse af funktionerne i venstre side. En passende og ironisk konsekvens, mente Gunnar Barbarotti, for en gammel minearbejder, der havde været kommunist hele sit liv. De to ting sammenlagt – den sorte mavedanserinde og minearbejderen med slagtilfældet – havde imidlertid fået Barbarotti til at bøje sig. Efter et par tårefyldte telefonsamtaler havde han accepteret at tage Sara med sig op til det nordlige minehul og fejre en rigtig familiejul under Nordstjernen. Mormor og morfar. Gunnar og Helena. De tre børn.

Løftet var blevet afgivet i midten af oktober, og han havde fortrudt det hver eneste dag lige siden. Hvis der var nogen mennesker i verden, som Gunnar Barbarotti havde svært ved at udholde, så var det de tidligere svigerforældre.

Heraf udsprang hans bøn.

Oh Herre, du som lige i øjeblikket ikke rigtigt eksisterer, men som måske er der, vil du ikke godt forhindre den forbandede rejse. Lad mig slippe, lad Sara slippe, forund mig og min datter en stilfærdig jul her i vort hjem i Kymlinge med pasta og hummer og Trivial

Pursuit og nogle gode bøger – og en tidlig juleprædiken, hvis vi orker at stå op – i stedet for denne miserable familiebegravelse med syv mennesker i en snæver, frostskadet, fireværelsers eternitvilla med åndeligt mørke og bundfrosne relationer, en vrissen gammelkommunist med svækket venstreside og hans forgræmmede kone. Gør hvad som helst, O Herre, men lad ingen komme til skade eller få skam. Bare som en ide, så kunne jeg godt tænke mig at glide på en frossen vandpyt og brække et mindre ben i min krop eller få en ikke alt for tung istap i hovedet, så langt er jeg parat til strække mig, men du ved bedst, Oh Herre. Toget går klokken 13:25, så det haster. På forhånd tak, og der er som sagt tre points på spil, amen.

Gunnar Barbarotti så på uret. Klokken var tyve minutter over ni. Han havde spist halvdelen af sin morgenmad i sengen og læst en hel avis; tiden var inde til at stå op og lave kaffe. Til at stille sig ind under bruseren og vente på et mirakel.

På vej til badeværelset passerede han Saras værelse, overvejede et øjeblik at kalde på hende første gang, men lod så være. Hun kunne sagtens sove en time længere; hvis han kendte hende ret, havde hun pakket sin taske allerede den foregående aften, og hun plejede at være et under af effektivitet om morgenen.

For resten var hun et under i det hele taget, tænkte han, da han stod under bruseren. Ikke bare om morgenen. Han havde læst et sted (hos Klimke sandsynligvis), at af alle de glæder, som kan vederfares en mand her på jorden, så var der intet, der kunne måle sig med den glæde, som en klog og god datter kunne skænke.

Helt igennem rigtigt, konstaterede Gunnar Barbarotti og hældte shampoo i sit udtyndede hår, og hvad kunne vel slå en stille juleferie – fem dage i alt – sammen med sådan en datter?

Intet, overhovedet intet, Herre, så hør min bøn.

Det mirakel, der endegyldigt beviste Guds eksistens i hvert fald hele juleferien, var delt i to og indtraf mellem klokken kvart i ti og fem minutter over.

Først var det kriminalkommissær Asunander, som ringede.

Asunander var chef for kriminalafdelingen ved Kymlinge Politi og Barbarottis nærmeste foresående. Han bad Barbarotti så helvedes meget om undskyld, men hvis han ikke selv ville tage sig af det, så måtte han give bolden videre til Backman.

Barbarotti afstod fra at komme med synspunkter på den indledende fodboldmetafor. Eva Backman var hans kollega og gode ven og havde også fået fri i juleferien. Havde også brug for friheden, det vidste Gunnar, fordi hendes ægteskab formodentlig var nået til et punkt, hvor det meget vel kunne bryde endegyldigt sammen – men hvor der trods alt var en smule håb tilbage. Eva var gift med en vis Wilhelm. Ville, som han normalt blev kaldt, var grundlægger, formand og træner for KIK, Kymlinge Ishockeyklub. Parret havde tre sønner på 14, 12 og 10 år, som alle spillede ishockey, og som alle blev betragtet som meget talentfulde. Det seneste år var Eva Backman langsomt, men sikkert begyndt at afsky alt, hvad der havde med den pågældende sportsgren at gøre, efter at have forholdt sig neutralt i en lang række år. Hun havde betroet Barbarotti, at hun til og med fik allergisk udslæt omkring albuerne og på halsen, når hun blev tvunget til at overvære en kamp, hvilket normalt skete i det mindste to gange om ugen. Hun havde betroet sin mand det samme, og så vidt Barbarotti havde forstået, havde han ikke taget det på den rigtige måde.

Men Eva elskede sin mand, og hun elskede sine børn. Hun ville ikke have, at det hele skulle gå i vasken bare på grund af en tåbelig sportsgren. Eller fordi hun var hysterisk; Barbarotti og Backman havde drøftet sagen så sent som to dage tidligere, så han vidste, hvordan situationen var. En arbejdsweekend i stedet for en juleweekend med familien (ikke så meget som en enkelt træningstime var der planlagt i ferie) ville være meget tæt på skæbnesvangert for Eva Backman.

Men Barbarotti eller Backman var nødt til at tage sig af sagen, forklarede kommissæren, der var ikke andre muligheder. Egentlig var Backman den nærmeste til det, men der var jo det med hendes familiesituation ... ikke noget, man normalt tog hensyn til, men som det var, kunne hun vist godt bruge et par dage i familiens skød, ikke? Eller hvad mente Barbarotti?

Barbarotti var enig. Helt principielt. Når selv Asunander kendte til Backmans familiesituation, så var det formodentlig alvor. Hvad drejede det sig om?

Kommissær Asunander rømmede sig med den omstændelighed, som kun tredive års piberygning kan lægge grunden for, og forklarede så, at det drejede sig om en forsvindingssag.

Nej, om to sager.

Derefter holdt han en pause og justerede sit gebis. Det kom altid til at sidde skævt, når han talte for meget. At han i det hele taget havde gebis, skyldtes arbejdet. For knap ti år siden var han i forbindelse med en udrykning blevet konfronteret med en manisk bodybuilder bevæbnet med et baseballbat; slaget havde ramt Asunander hen over munden, og han havde mistet seksogtyve tænder på et halvt sekund, hvilket muligvis var verdensrekord, og hvilket også forårsagede et års omfattende kæbeoperationer uden et helt vellykket resultat. De ville ikke holde op med at sætte sig skævt, og den konstante justeringsproces gjorde, at han ofte formulerede sig så kortfattet som muligt. Navnlig hvis hans hænder var optaget, og hvis han var nødt til at holde piben fast i mundvigen. Nogle gange kom han til at lyde som et gammeldags telegram, navnlig hvis han allerede havde været ude for et havari. Visse småord sprang han normalt over, hvis de ikke var nødvendige for sammenhængen.

"Sær historie," sagde han nu. "Kun telefonkontakt indtil videre – går aftes og morges."

"Jeg forstår," sagde Gunnar Barbarotti.

"Definitivt tiden at sende folk over. Undersøge sagen nøjere. Omgående. Tager du den?"

"Giv mig lige et kvarter," bad Gunnar Barbarotti. "Jeg har en togbillet nordpå klokken halv to. Så der er en del planlagte ting, der ryger på gulvet, hvis jeg gør."

"Opfattet," sagde kommissæren. "Ring til mig om ti minutter. Glædelig jul."

Han havde kun lige akkurat afsluttet samtalen, da Sara vaklede ind i køkkenet.

Han stirrede på hende. Noget var helt galt. Hendes smukke, rødbrune hår så ud, som om nogen havde tisset i det. Øjnene var skinnende og røde, hun trak vejret tungt med åben mund, og den lange natskjorte var forvandlet til en smudsig bandage. En svededug. Hun stoppede op og holdt fast i køleskabet.

"Far," sagde hun med mat stemme.

Gunnar Barbarotti modstod en impuls til at fare frem til sin datter og løfte hende op i sine arme. "Lille Sara," sagde han i stedet. "Hvad er der dog med dig?"

"Jeg ... tror ... jeg ... er ... syg."

Ordene kom ud et efter et mellem hendes sprukne læber og nåede kun lige akkurat frem til hans trommehinder.

"Sæt dig, Sara."

Han trak en stol ud til hende, og hun satte sig. Han lagde en hånd på hendes pande. Den var varm som et strygejern. Hun kiggede på ham med tomme øjne og halvt sænkede øjenlåg.

"Jeg tror ... ikke ... jeg orker det ..."

"Har du taget din temperatur?"

"Nej."

"Sara, gå ind i seng igen. Jeg kommer ind til dig med noget at drikke og et termometer. Du ser rigtigt dårlig ud."

"Men mor ... Malmberget ...?"

"Det er aflyst," sagde Gunnar Barbarotti. "Jeg er desuden nødt til at gå lidt på arbejde. Vi bliver hjemme og fejrer jul her i Kymlinge, du og jeg."

"Men ..."

"Intet men. Skal jeg hjælpe dig tilbage i sengen?"

Hun rejste sig og begyndte at svaje, han støttede hende ved at lægge den ene arm rundt om hende talje.

"Tak, Far, men jeg kan godt gå selv. Skal også ud og tisse ... men hvis du kommer ... kommer ind med noget at drikke, så ... vil jeg være taknemmelig ..."

"Naturligvis, min pige," sagde Gunnar Barbarotti.

Han fandt to friske puder frem med rene betræk. Luftede ud hos sin datter, puttede hende, placerede to glas på natbordet – det ene med vand, det andet med tranebærsaft – sørgede for at hun tog sin temperatur – 39,2 – og da han kunne mærke, at hun var faldet i søvn igen, listede han sig forsigtigt ud af hendes værelse.

Førte to samtaler i telefonen.

Første samtale var til kommissær Asunander for at fortælle ham, at han nok skulle tage sig af begge forsvindingssager.

Anden samtale var til hans forhenværende kone for at beklage, at der desværre var kommet noget i vejen. Sara lå i sengen med 39 graders feber og var ikke engang i stand til at stå op.

Da dette var klaret, gik han hen til vinduet i dagligstuen og kastede et blik op mod den gråviolette decemberhimmel.

"Takker allerydmygst," mumlede han. "Og beder om tilladelse til at vende tilbage igen til januar."

Derefter fandt han sin sorte notesbog frem og noterede.

17

Inden han begav sig over til Allvädersgatan 4, det sted i Kymlinge, hvor de to forsvindingssager efter alt at dømme var startet, kørte han forbi stationen og fik en briefing af Sorgsen.

Sorgsen hed egentlig Borgsen, og Gerald til fornavn, født i Norge. Han havde arbejdet i distriktet i fem år på det her tidspunkt og havde – som Backman plejede at formulere det – en ejendommeligt stærk integritet. Han var omkring femogtredive år gammel og boede et stykke uden for byen i Vinge sammen med sin kone og to børn. Han deltog aldrig i frivillige aktiviteter sammen med kollegerne, gik aldrig med ud og tog en øl; det virkede ikke, som om han havde nogle rigtige interesser, og han virkede næsten altid – deraf øgenavnet – en smule sørgmodig.

Men en renfærdig og kompetent politimand – det var han helt sikkert.

Briefingen tog ti minutter. Sorgsen havde skrevet en sammenfatning ud, der fyldte to A4-sider, men han gennemgik det hele mundtligt også.

To personer var meldt savnede af den samme anmelder, en vis Karl-Erik Hermansson, 65 år gammel, forhenværende folkeskolelærer på den lokale skole og nyligt pensioneret. De to savnede var dels hans søn, Robert Hermansson, 35 år gammel, der var forsvundet i forbindelse med et besøg hos forældrene natten mellem mandag den 19. og tirsdag den 20. december – dels anmelderens dattersøn, Henrik Grundt, 19 år gammel, som var forsvundet på et eller andet tidspunkt den følgende nat, det vil sige natten mellem den 20. og den 21. december. Både Robert og Henrik havde været på besøg i Kymlinge i anledning af en dobbelt mærkedag den 20.

Karl-Erik Hermansson selv fyldte 65, og hans datter Ebba (Henriks mor) fyldte 40.

Til hverdag var Robert Hermansson hjemmehørende i Stockholm. Henrik Grundt var tilmeldt folkeregisteret hos sine forældre i Sundsvall, men havde også et kollegieværelse i Uppsala, hvor han netop var blevet færdig med første semester af sit jurastudium. Eller i det mindste havde planer om at afslutte det i januar, fordi hans semesterprøver var placeret et stykke ind i det nye år.

Anmelderen Karl-Erik Hermansson havde ingen som helst ideer om, hvad der kunne tænkes at være sket med nogen af de savnede personer. Han kunne heller ikke sige, om den ene forsvindingssag havde noget at gøre med den anden.

En efterlysning var blevet udsendt ved titiden i går aftes, men ingen havde endnu reageret på den.

En detalje, som anmelderen ikke selv havde omtalt, men som ikke desto mindre var dukket op lidt senere, var, at den forsvundne Robert Hermansson var identisk med den en kort tid ret berømte deltager af samme navn i tv-serien *Fangerne på Koh Fuk*.

"Onani-Robert?" havde Barbarotti spurgt.

Sorgsen havde ikke taget dette øgenavn i sin mund, men havde blot nikket bekræftende.

Da han forlod stationen, kom han til at tænke på, hvordan Asunander havde beskrevet sagen: *En sær historie*.

Kommissæren var ikke kendt for at overdrive, og det havde han heller ikke gjort denne gang, tænkte Gunnar Barbarotti, da han satte sig ind i bilen og begyndte at køre i retning af Allvädersgatan ovre på Vester.

En dobbelt forsvindingssag på årets korteste og mørkeste dag? Sært var vist et mildt ord.

Karl-Erik Hermansson så bleg, men fattet ud, hans kone, Rosemarie, var bleg og ved at gå i opløsning. Barbarotti havde et øjeblik overvejet, hvorvidt han skulle følge grundreglen om altid at snakke med anmelderne en ad gangen, men havde besluttet sig for at fravige reglen denne gang.

I det mindste til at begynde med. Hvis det skulle vise sig nødvendigt med et mere dybtgående forhør, kunne han vel tage dem en ad gangen, når den tid kom. Man sad i dagligstuen – en noget overmøbleret stue efter hans mening – med den mangel på sammenhæng i stilarter og farver, som vidnede om et langt liv sammen mellem de to beboere, der ikke i noget nævneværdigt omfang var blevet styret af den kostelige ledestjerne, som kaldes god smag. Sofagruppen var i mørkebrunt læder fra midten af halvfjerdserne, den flødefarvede vitrine med dæmpet, indirekte belysning fra et noget senere tidspunkt, på væggene hang en Guds velsignelse af brogede billeder med rammer, som sugede kraften ud af motiverne, og tapetet var i bleggult og blåt med en bordeauxrød blomsterguirlande. På det massive fyrretræsbord havde Rosemarie Hermansson dækket op med kaffe, en blød kage, der smagte som pebernødder, og fire forskellige hårde. Porcelænet var med blå blomster, servietterne juleagtigt røde og grønne, men hvad fanden, tænkte Gunnar Barbarotti, han var jo heller ikke taget hertil for at skrive en reportage til Bo Bedre.

"Mit navn er altså kommissær Barbarotti," sagde han indledningsvis. "Det er mig, der skal tage mig af sagen og forsøge at opklare den til alles tilfredshed."

"Sagen?" sagde Rosemarie Hermansson og tabte en halv, blød kage ned i skødet.

"Det må vi sandelig håbe," sagde hendes mand.

"Lad os begynde med at gennemgå fakta," foreslog Gunnar Barbarotti og åbnede sin notesbog. "De havde altså samlet familien til en lille middag i anledning af..."

"I anledning af at min datter Ebba og jeg tilfældigvis er født den samme dag," forklarede Karl-Erik Hermansson prompte og rettede på sit blanke, grønmelerede slips. "I år var det desuden rundt. Jeg fyldte 65, Ebba 40."

"Hvilken dag?" spurgte Barbarotti.

"Tirsdag den tyvende. I forgårs altså. Og der var blot tale om lille familiefest i al sin enkelhed. Vi har aldrig brudt os om det storslåede og overdådige, min hustru og jeg. Har jeg ikke ret, Rosemarie?"

"Nej, jo," sagde Rosemarie Hermansson.

"Vores tre børn og deres familie altså. Sammenlagt var vi ti personer ... hvoraf den ene var halvandet år gammel, vores yngste barnebarn. Alle ankom om mandagen, selve festen fandt altså sted dagen efter ... i tirsdags som sagt."

"Men på det tidspunkt var der allerede forsvundet en person?" sagde Barbarotti og nippede forsigtigt til kaffen. Til hans forundring var den både stærk og god. Jeg er fordomsfuld, tænkte han. På alle mulige planer.

"Det er rigtigt, ja," sagde Karl-Erik Hermansson og nikkede eftertænksomt. "Men vi så nok ikke rigtigt alvoren i det på det tidspunkt, er jeg bange for."

"Hvorfor ikke?"

"Hvad?"

"Hvorfor indså I ikke alvoren? Havde jeres søn ... det var altså jeres søn Robert, som forsvandt natten mellem mandag og tirsdag, ikke?"

"Jo, det var Robert," bekræftede Rosemarie Hermansson.

Gunnar Barbarotti sendte hende et opmuntrende smil, men vendte sig så igen mod hendes mand.

"Du siger, at I ikke så alvoren i det. Betyder det, at Robert skulle have en eller anden grund til at holde sig borte ... at I måske troede, at I vidste, hvor han var?"

"Overhovedet ikke," erklærede Karl-Erik Hermansson bestemt. "Det her ... ja, det her kræver måske en lille forklaring. Min søn ... jeg mener naturligvis vores ... har ikke været sig selv den seneste tid."

Interessant måde at udtrykke det på, tænkte Gunnar Barbarotti. Nej, hvis man stillede sig op og onanerede i fjernsynet, var man nok ikke helt sig selv. Han noterede sig, at Rosemarie Hermansson sad og smuldrede den rødgrønne serviet i skødet, og han fornemmede, at hun nok ikke havde ret langt til sammenbruddet.

"Jeg har hørt om det fjernsynsprogram," sagde han. "Men jeg så det ikke selv. Faktisk ser jeg meget lidt fjernsyn i det hele taget. Nå, men I satte altså det, at han forsvandt, i sammenhæng med ... ja, hvordan han havde det?"

Det så ud, som om Karl-Erik Hermansson tøvede. Han kastede

et hurtigt blik på sin kone og pillede ved slipset igen. Noget silke af en slags, hvis ellers ikke Gunnar Barbarotti tog fejl. Thaisilke, hvis han skulle komme med et kvalificeret gæt. Måske havde han fået det på den store dag.

"Jeg ved ikke rigtigt," sagde Karl-Erik Hermansson til sidst. "Jeg nåede ikke at tale ordentligt med ham. Jeg havde tænkt mig at gøre det, men der var aldrig lejlighed til det. Tingene går ikke altid, som man har tænkt sig ..."

Da han havde sagt det, sank han en smule sammen. Som om han havde tilstået noget, han egentlig ikke havde haft til hensigt at tilstå, tænkte Barbarotti – og så blev der plads for hans kone til at sige noget.

"Robert ankom ved syvtiden mandag aften," forklarede hun. "Det gjorde de andre også. Vi fik en bid mad, ikke noget særligt, og nogle af gæsterne blev siddende oppe og snakkede, efter at Karl-Erik og jeg var gået i seng ... nej, det er, som Karl-Erik siger, der var ikke tid til at snakke med hver enkelt den aften."

"Men Robert var blandt dem, der blev oppe lidt længere?"

"Ja. Jeg tror, det var ham og Kristina, vores datter. De har ... ja, de har altid stået hinanden nær. Ebbas og Leifs sønner var vist også med."

"Og derefter forsvandt Robert?"

Rosemarie så på sin mand som for at få en bekræftelse på, at hun kunne gå videre. "Ja," sagde hun og trak lidt opgivende på skuldrene. "Han gik tilsyneladende ud for at få lidt frisk luft og en cigaret. Det er i hvert fald, hvad Kristina siger ..."

"Hvad var klokken?"

"Omkring halv et ... måske lidt mere."

"Og hvem var stadigvæk oppe på det tidspunkt ... altså da Robert forlod huset?"

"Det var vel bare Kristina og Henrik. Kristoffer siger ..."

"Et øjeblik. Hvem er Kristoffer?"

"Ebbas og Leifs yngste søn. Og de får naturligvis lejlighed til at tale med dem alle tre senere ..."

"Jeg forstår. Hvad siger Kristoffer så?"

"Han siger, at han gik op i seng lige efter klokken halv et. Og på det tidspunkt sad Robert, Kristina og Henrik der stadigvæk ... altså her i dagligstuen."

Gunnar Barbarotti nikkede og noterede.

"Og Kristina?"

"De kørte tilbage til Stockholm i går."

"Hvornår i går?"

"Tidligt om morgenen."

"Men I talte med hende om Roberts forsvinden i løbet af tirsdagen?"

"Ja da. Selvom der gik nogen tid, før vi opdagede, at han var væk. Desuden var der jo også selve fødselsdagsfesten. En masse servering og den slags ..."

"Hvornår bemærkede I, at han var væk? Altså Robert?"

Ægteparret Hermansson kiggede på hinanden. Karl-Erik rynkede panden og glattede den så ud igen.

"Ved frokosttid måske ..."

"Vi troede først, at han var gået en tur om formiddagen," tilføjede hans kone. "Det var først ud på eftermiddagen, at jeg opdagede, at han ikke havde sovet i sin seng i det hele taget."

Gunnar Barbarotti noterede lidt mere. Og tog endnu en slurk af kaffen. "All right," sagde han. "Vi kan se lidt mere detaljeret på det lidt senere måske. Jeg må først forsøge at få et overblik over, hvad der er sket."

"Det er ubegribeligt," konstaterede Karl-Erik Hermansson med et tungt suk. "Helt igennem ubegribeligt."

Gunnar Barbarotti kom ikke med kommentarer til den bemærkning, men inden i sig selv begyndte han at føle, at det nok var en fortolkning af sagen, som han kunne skrive under på. I det mindste indtil videre.

Helt igennem ubegribeligt.

"Jeg skal naturligvis tale med familien Grundt senere," sagde han. "Men først vil jer gerne høre, hvad I har at sige om Henrik."

Det tog femogtyve minutter for ægteparret Hermansson at fortælle om Henrik Grundt og hans forsvinden. I Gunnar Barbarottis notesbog blev det dog ikke til mere end seks linjer.

Den nittenårige dreng havde – af ukendte årsager – forladt sin seng og sit værelse på et tidspunkt i løbet af natten mellem tirsdag den 20. og onsdag den 21. december. Formodentlig ikke før klokken 01:00, hvor hans bror Kristoffer, der sov i samme værelse, faldt i søvn – og absolut ikke efter klokken 06:15, hvor Rosemarie Hermansson stod op og ville have bemærket, hvis nogen bevægede sig på overetagen.

Hvorfor? Ja, det havde hverken morfar eller mormor nogen anelse om. Det var nok bedst at spørge drengens mor og far og bror om den sag. Selv følte de bare stor forvirring og stor fortvivlelse.

Vicekriminalkommissær Barbarotti sagde, at han havde fuld forståelse for disse følelser, men at man alligevel ikke burde opgive håbet om en lykkelig udgang på historien. Inden han afsluttede samtalen med hr. og fru Hermansson, spurgte han så, om nogen af dem kunne få øje på en form for sammenhæng imellem de to ejendommelige forsvindingssager.

Ingen som helst, derom var ægtefællerne rørende enige.

"Mine forældre har taget det her frygteligt hårdt, det håber jeg, at du kan forstå."

Ebba Hermansson Grundt havde selv anmodet om at tale med ham under fire øjne. Han vidste, at hun var kirurgisk overlæge, men hun var også søster til den ene af de to savnede og mor til den anden. Det var en smule ejendommeligt, at hun startede med at tale om forældrene.

"Det har jeg forstået," sagde Gunnar Barbarotti. "Jeg har lige snakket med dem."

"Navnlig min mor, det bemærkede du sikkert. Hun har ikke sovet hele natten. Jeg forsøgte at få hende til at tage en sovetablet i går aftes, men hun nægtede ... hun er meget tæt på at bryde sammen. Men det kunne du måske se på hende?"

"Det er en ganske normal reaktion i sådan en situation, er det ikke?" sagde Gunnar Barbarotti. "Hvordan har du det selv?"

Ebba Hermansson Grundt sad med rank ryg på stolen og trak

vejret langsomt gennem sine udvidede næsebor et par gange, før hun svarede. Som om hun var nødt til at føle efter først, før hun kunne levere et korrekt svar. "Jeg har det på samme måde," konstaterede hun. "Men det ville blive meget værre, hvis jeg tabte selvbeherskelsen."

"Den er du vant til at bevare?"

Hun betragtede ham; det virkede, som om hun søgte efter spor af kritik eller ironi: Tilsyneladende fandt hun ingen af delene, for hun svarede: "Jeg er ikke ufølsom, hvis det er det, du mener. Men både for mors og fars skyld ... og for Kristoffers ... forsøger jeg at være lidt optimistisk."

"Hvad med din mand?"

Hun tøvede et øjeblik. "Også for hans skyld."

Gunnar Barbarotti nikkede. Det var egentlig ikke det, han havde spurgt efter. Han kunne mærke, at han havde ondt af den meget afbalancerede og veltrænede kvinde, som sad lige over for ham. Hun var 40 år gammel, havde to børn og var overlæge. Et meget ansvarsfuldt job; det måtte have kostet hende en del at nå dertil, og alligevel ville han bare have tippet på 35.

"Jeg forstår," sagde han igen. "Ikke desto mindre er jeg nødt til at stille dig en del spørgsmål, det forstår du sikkert godt."

"Vær så god, kriminalkommissær."

"Vice. Jeg er kun vicekriminalkommissær."

"Undskyld."

"Det er helt i orden. Nå, men først ville jeg gerne vide, om du ser nogen form for sammenhæng imellem de to forsvindingssager. Er der noget, der tyder på, at de hænger sammen på en eller anden måde?"

Hun rystede på hovedet. "Jeg har tænkt på det et helt døgn," sagde hun. "Men jeg kan ikke finde noget. Det er jo tilstrækkeligt sært, at én person forsvinder, men at ... ja, at to personer går op i røg ... nej, det er totalt ubegribeligt."

"Også for mig," tilføjede hun efter en lille pause. Som om foreteelser, der var ubegribelige for hendes mor eller hendes far, ikke nødvendigvis behøvede at være ubegribelige også for Ebba Hermansson Grundt.

Men i dette tilfælde var det altså sådan.

"Hvis du er overbevist om det her, så vil jeg foreslå, at vi diskuterer dem hver for sig," sagde Gunnar Barbarotti og vendte et blad i sin notesbog. "Skal vi tage Robert først? Hvad har du at sige om ham?"

"Hvad jeg har at sige om Robert?"

"Ja, tak."

"Helt generelt eller i relation til, at han er forsvundet?"

"Begge dele måske," foreslog Gunnar Barbarotti forsigtigt. "Kan du få øje på noget motiv for ham til at forsvinde for eksempel? Hvis vi altså helt og aldeles ser bort fra din søn."

Ebba Hermansson Grundt sad tavs nogle sekunder, men så ikke ud til at lede efter et svar på spørgsmålet. Hun sad nok snarere og overvejede, hvad hun ville og ikke ville sige, gættede kommissær Barbarotti på.

"All right," sagde hun til sidst. "Hvis jeg skal være fuldkommen oprigtig, så troede jeg nok til at begynde med, at han var stukket af og havde gemt sig."

"Var stukket af og havde gemt sig?"

"Eller hvad man nu skal kalde det. Robert er et ganske karaktersvagt menneske. Hvis en situation bliver ubehagelig, kan det meget vel ske, at han vælger at flygte. Du har sikkert hørt om, hvad han har haft for sig i løbet af efteråret."

"Du tænker på det fjernsynsprogram?"

"Ja. Det siger vel det meste, ikke? Han har antagelig haft det skidt den seneste tid, og det ville ikke være så sært, hvis denne familiesammenkomst blev for meget for ham. At han pludselig skulle stå ansigt til ansigt med alle sine nærmeste slægtninge og ... ja."

"Du tror altså, at han opholder sig her i Kymlinge?"

Hun trak på skuldrene. "Det ved jeg ikke. Men hans bil står jo stadigvæk her udenfor. Han er opvokset i byen. Har sikkert en del gamle bekendte tilbage her, som han kunne søge tilflugt hos."

"Kvinder?"

"Hvorfor ikke? Men det er jo bare gætterier. Og måske tager jeg fejl. Han må jo være klar over, at han gør mor fantastisk bekymret, og at han ville gøre det, troede jeg faktisk ikke om ham."

"Snakkede du meget med ham mandag aften?"

"Næsten slet ikke. Det var bare nogle timer, og huset var fuldt så at sige. Desuden gik jeg og min mand temmelig tidligt i seng."

"Hvordan virkede han?"

"Robert?"

"Ja."

Hun holdt en kort pause, før hun svarede. "Som man kunne have forventet, antager jeg. En blanding af arrogance og usikkerhed. Det er klart, at han på en eller anden måde måtte prøve at holde masken, men inderst inde har han nok ikke haft det specielt godt. Far havde bedt os om ikke at nævne det sørgelige program, og det gjorde vi heller ikke."

"Men du talte ikke med ham under fire øjne?"

"Nej."

"Var der nogen anden, som gjorde det?"

"Jeg tror, at Kristina, min søster, gjorde det. De har altid ..."

"Ja?"

"De har altid stået hinanden en smule nærmere, end Robert og jeg har gjort."

Gunnar Barbarotti skrev *Kristina* i sin notesblok og understregede navnet to gange.

"Der er gået lidt for lang tid," sagde han.

"Undskyld mig?"

"Du antyder, at Robert muligvis kan have valgt at holde sig væk af egen fri vilje. Men det var i mandags, at han forsvandt. I dag er det torsdag. Synes du ikke ...?"

"Jeg ved det," afbrød hun ham. "Jo, jeg er enig. Nogle timer eller en dag måske, men ikke så længe. Der må være ... der må være sket ham noget."

Hendes stemme dirrede en anelse, og han forstod, at den sidste konklusion også gjaldt hendes egen søn. Han vendte et blad i blokken og besluttede sig for at gå videre med forsvinden nummer to.

"Henrik," sagde han. "Måske skulle vi tale en smule om din søn i stedet?"

"Undskyld mig," sagde Ebba Hermansson Grundt. "Giv mig lige to minutter."

Stemmen var heller ikke stabil nu. Hun rejste sig og skyndte sig ud af stuen. Gunnar Barbarotti lænede sig tilbage og så ud gennem vinduet. Spredte snefnug var begyndt at falde, og skumringen var gået over i mørke. Fra et andet sted i huset kunne han høre nyhederne i radioen. Men dørene ind til dagligstuen var omhyggeligt lukkede; han havde ingen anelse om, hvad de øvrige medlemmer af den hårdt ramte familie foretog sig for at få minutterne til at gå. Stakkels mennesker, tænkte han ufrivilligt. Det her kan ikke være let.

Derefter skænkede han mere kaffe op og forsøgte at mærke efter, om han havde en fornemmelse for, hvordan den her sag ville ende.

Han fornemmede ingenting.

18

"Nej, jeg har ingen anelse om, hvor Henrik befinder sig. Jeg kan ikke engang komme med et gæt. Det trodser al fornuft."

Hun havde genvundet selvbeherskelsen, og han gik ud fra, at hun havde grædt. De to minutter var blevet til fem, og hendes ansigt så nyvasket ud.

"Har Henrik nogen bekendte her i Kymlinge, udover sine bedsteforældre?"

"Nej." Hun rystede på hovedet, men ikke mere end et par centimeter i hver retning. "Overhovedet ingen. Henrik har højst været her syv-otte gange i sit liv. Aldrig mere end nogle dage af gangen. Han kender ikke et menneske i den her by."

"Og det er du sikker på?"

"Så sikker som man kan være."

"Henrik er altså nitten år gammel. Han har læst jura et enkelt semester i Uppsala. Er det korrekt?"

"Ja."

"Vil du fortælle lidt om ham?"

"Hvad er det, du vil vide?"

"Jeg forsøger bare at få et generelt billede. Passer han sine ting? Er han urolig eller rolig? Hans interesser. Har I en god kontakt?"

Hun lavede en synkebevægelse og nikkede. Tørrede noget væk fra øjenkrogen med knoen på sin lillefinger. "Vi har altid haft en meget god kontakt, Henrik og jeg. Og han passer sine ting og er dygtig. Han har let ved ... alt, der betyder noget. Studier, idræt, musik ..."

"Venner?"

"Om han har venner?"

"Ja."

"Han har mange gode venner, og han har altid været oprigtig over for mig. Jeg er ... jeg er stolt af min søn, det vil jeg gerne have, at du skal forstå."

Gunnar Barbarotti lyttede blot. Derefter lukkede han atter notesblokken og anbragte den ved siden af sig i sofaen. Stoppede kuglepennen i brystlommen og foldede hænderne over højre knæ. Det var en bevidst holdning, der skulle signalere fortrolighed, og som sædvanlig skammede han sig en smule, da han indtog den.

"Der er en enkelt ting, jeg ikke rigtigt forstår," sagde han.

"Hvilken?"

"Han må jo have forladt huset om natten."

"Ja, det går jeg ud fra."

Noget i øjet irriterede hende igen, og han gav hende tid til at tørre det væk.

"Kan du finde en rimelig ... eller bare tænkelig ... grund til, at din søn skulle være stået op af sin seng og have forladt sit værelse ... og huset ... midt om natten?"

"Nej, jeg ..." sagde hun tøvende.

"Er han søvngænger?"

"Nej. Henrik har aldrig gået i søvne."

"Har han en mobiltelefon?"

"Ja ... selvfølgelig har han en mobil. Vi har prøvet at ringe til ham siden ... ja, lige siden han forsvandt."

"Uden svar?"

"Ja, uden svar. Hvorfor spørger du om det her? Det ved du vel allerede?"

Gunnar Barbarotti holdt en kort pause og vejede sine ord. "Jeg spørger, fordi der kun er to tænkelige alternativer, så vidt jeg kan se," sagde han.

"To?"

"Ja, to. Enten forlod din søn sit værelse, fordi en eller anden ringede til ham. Eller også havde han besluttet sig for at gøre det, allerede inden han gik i seng."

"Jeg ..."
"Hvad er efter din mening det mest sandsynlige?"
Hun tænkte efter i nogle sekunder.
"Jeg betragter dem begge to som utroværdige."
"Kan du forestille dig et andet ... eller rettere tredje ... alternativ da?"
Hun rynkede panden og rystede langsomt på hovedet. Med større bevægelser denne gang, men stadigvæk kontrolleret, som om hun var meget bevidst om, hvad hun foretog sig også på dette plan.
"Selv kan jeg kun forestille mig én anden løsning," sagde Gunnar Barbarotti og foldede hænderne over venstre knæ til en afveksling. "Men den lyder ikke specielt troværdig."
"Hvilken løsning ... er det?"
"At nogen kom hertil og bortførte ham."
"Det var da det mest idiotiske, jeg har hørt," sagde Ebba Hermansson Grundt og fnøs. "Hvordan skulle nogen kunne bære sig ad med at bortføre en voksen ...?"
"All right," afbrød Barbarotti hende. "Jeg ønskede blot at udelukke det alternativ. Jeg er enig i, at det antagelig ikke gik til på den måde. Hvordan havde han det i Uppsala?"
Spørgsmålet virkede, som om det overrumplede hende.
"I Uppsala? Godt ... han havde det godt. Naturligvis er det første semester på universitetet temmelig hårdt, men sådan er det jo for alle."
"Hvad mener du med det?"
"Med hvad?"
"Jeg fik en fornemmelse af, at du ville antyde, at ikke alt var helt, som man kunne ønske det."
Hun betragtede ham et øjeblik med munden knebet sammen til en irriteret streg. "Nej. Det gjorde jeg overhovedet ikke," sagde hun så. "Men jeg kender naturligvis ikke til alt, hvad han har gjort eller ikke gjort i Uppsala. Studenterlivet indebærer jo både det ene og det andet, det er bare det, jeg mener. Men du ved måske ikke ..."
"Jeg har læst otte semestre i Lund," sagde Gunnar Barbarotti

og fik et hurtigt, lidt forundret øjekast tilbage. "Har han en kæreste, Henrik?"

Hun tøvede igen. "Ja, han har vist mødt en pige i løbet af semesteret ... Jenny hedder hun. Men hun har aldrig besøgt os i Sundsvall, så jeg ved ikke, hvor alvorligt det er."

"Har du talt med hende i telefonen?"

"Hvorfor skulle jeg dog have gjort det? Henrik har kun været hjemme to gange i løbet af semesteret. Jurastudierne er ganske krævende, så ..."

"Det ved jeg," sagde Gunnar Barbarotti. "Jeg har taget første del i Lund."

"Har du? Og så blev du ... politimand?"

"Præcis," sagde han. "Og så blev jeg politimand."

Det havde hun ikke yderligere kommentarer til, men han kunne se, at hun havde svært ved at få ligningen til at gå op. Og hvis der var noget, han havde fået ud af samtalen, så var det, at Ebba Hermansson Grundt bedst kunne lide ligninger, der gik op.

"Ved du, om Henrik har modtaget nogen telefonsamtaler, mens I har været her i Kymlinge?" spurgte han så.

Hun tænkte efter og trak så på skuldrene.

"Det kan jeg ikke svare på. Jeg kan ikke huske, at jeg så ham tale i telefon på noget tidspunkt. Men jeg holdt jo ikke specielt øje med ham. Måske kan Kristoffer sige noget om det. De delte jo værelse, så han har vel bemærket, hvis Henrik ringede til nogen eller modtog nogen samtaler."

"Jeg skal snakke med både Kristoffer og din mand om det her," forsikrede Gunnar Barbarotti, mens han betragtede en lille flue, der kom flyvende og landede på den rødgrønne dug, åbenbart uvidende om, at det var december, og at den var vågnet alt for tidligt. Eller for sent.

Derefter lænede han sig tilbage i sofaen og greb notesblokken igen.

"Hvad tog han med sig?"

"Hvad?"

"Har I set efter, hvad han tog med sig, da han gik? Overtøj? Tandbørste? Telefon ...?"

"Nå, undskyld, men jeg forstod ikke, hvad du mente. Jo, det er rigtigt. Jakke, halstørklæde, handsker og hans hue er væk. Telefonen og tegnebogen også ..."

"Men tandbørsten er her stadigvæk?"

"Ja."

"Var sengen redt?"

"Nej."

"Hvad synes du, at det tyder på?"

"Det ... det betyder vel, at han havde tænkt sig at komme tilbage naturligvis. Herregud da, nu lyder det, som om du ... som om du sidder og forhører mig. Jeg havde faktisk forventet, at ..."

"Det må du undskylde," sagde Gunnar Barbarotti. "Men jeg er en smule interesseret i, hvilke konklusioner du selv drager. Du er jo hans mor, du kender måske Henrik bedre end nogen anden. Det ville være indbildsk af mig at tro, at jeg kunne finde ud af, hvordan tingene hænger sammen, før du selv gør det. Har jeg ikke ret?"

"Jeg tror ikke ..."

"Hvis jeg provokerer dig en smule, så kommer du måske i tanker om noget vigtigt, og intet er vundet ved, at jeg sidder og har ondt af dig."

"Nå sådan," sagde hun kort, men han kunne se, at hun var enig med ham. Naturligvis, tænkte han. At appellere både til hendes moderfølelse og hendes intellekt kunne aldrig slå fejl.

"Så hvad tyder det så på?" sagde han igen.

Hun tænkte sig om længe nu. Lagde hovedet lidt på siden, så han pludselig kom til at tænke på en bestemt finsk skiløber, som han havde glemt navnet på. Han plejede at gøre det samme i slutfasen af løbene.

"Jeg kan godt se, hvad du siger," sagde hun så. "Han gik, fordi han havde en grund til at gøre det, naturligvis må det være sådan. Muligvis skulle han møde en eller anden ... en eller anden, der måske ringede til ham?"

"Det skulle vel ikke forholde sig sådan, at den pige ..." han var nødt til at blade i sin notesbog ... "Jenny ... at hun bor et eller andet sted i nærheden?"

Han kunne se, at hun aldrig havde tænkt den tanke. "Jenny?" udbrød hun. "Nej, jeg mener ... jeg tror, at hun stammer fra Karlskoga. Og hvorfor skulle hun ...?"

"Jeg er enig i, at det er langt ude," indrømmede Gunnar Barbarotti. "Men det behøver heller ikke have været hende. Det kunne for eksempel også have været en studiekammerat. Da jeg læste i Lund, kom vi virkelig fra hele Sverige."

"Hm," sagde Ebba Hermansson Grundt og så med ét ganske kritisk ud. "Nej, jeg er nødt til at sige, at det her tror jeg ikke på."

Heller ikke jeg, tænkte Gunnar Barbarotti dystert. Heller ikke jeg. Men spørgsmålet var jo, hvad man så skulle tro på.

Han gennemførte samtalen med Leif og Kristoffer Grundt umiddelbart efter, at deres hustru og mor havde forladt stuen, og bagefter spurgte han sig selv, om han ikke burde have undt sig selv en pause og en mundfuld frisk luft først. Ingen af dem havde meget at tilføje til det, han allerede havde fået at vide fra de tre tidligere oplysere, men efter mere end to timer i sofaen i den Hermanssonske villa var det efterhånden også blevet så som så med hans skarphed. Hvis der havde været noget at gå efter imellem og uden for de ord, som faktisk blev sagt, var det langt fra sikkert, at han havde været i stand til at opfange det.

Han var dog trods alt ikke mere slidt, end at han forstod, at han var slidt, og med denne ringe trøst i tankerne besluttede han sig for at slå sig til tåls.

Men at Leif Grundt skulle sidde inde med viden, der kunne kaste lys over sagen, betragtede han dog som usandsynligt. Manden var stor og kraftig, gav et helt andet indtryk end sin kone og udstrålede næsten en form for naivitet – eller i det mindste godmodighed. Men måske var det et bevidst valg fra hans side; en strategi og en modus vivendi. Det havde sandsynligvis ingen relevans for sagen, men Barbarotti kunne ikke lade være med at spekulere over rollerne og styrkeforholdet i familien Grundt. At det var moderen Ebba, som styrede og bestemte, så ud til at være hinsides enhver tvivl.

Hvordan ville jeg selv håndtere en kvinde som hende, tænkte

kommissæren, rystede på hovedet og indså, at han nu havde bevæget sig uden for det relevantes grænser.

Kristoffer viste sig at være en temmelig tilbageholdende dreng. Han var fjorten år gammel, og Barbarotti fornemmede, at han for en stor del var vokset op i skyggen af sin fem år ældre storebror. Henrik var tilsyneladende et af disse rigt begavede unge mennesker, der havde held med alt, hvad de foretog sig, det var fremgået med al ønskelig tydelighed – mens Kristoffer virkede som ... ja som hvad? På ingen måde som et vidunderbarn, men blot som en helt igennem normal fjortenårig.

Han havde delt værelse med Henrik under besøget hos bedsteforældrene; Gunnar Barbarotti havde været oppe og kigget på værelset, et trangt lille krybily med to senge, et skrivebord og tapet, der var så gennemført rædselsfuldt, at han overvejede, om folk, der satte den slags op på deres vægge, virkelig var ved deres sansers fulde brug.

Hvad angik broderens forsvinden, havde Kristoffer ikke meget at bidrage med. Han var faldet i søvn lige efter klokken halv et den aktuelle nat, og på det tidspunkt havde Henrik stadigvæk ligget i sin seng. Han havde ikke bemærket, da broderen stod op og forlod værelset, han havde ikke hørt telefonen ringe; da han stod op om morgenen, var han gået ud fra, at storebroderen var vågnet op før ham og nu befandt sig i badeværelset eller køkkenet.

Nej, han kunne ikke huske, om Henrik havde talt i mobiltelefon under besøget i Kymlinge. Muligvis havde han sendt et par sms'er, men heller ikke det var han sikker på.

De havde snakket en del naturligvis, men ikke meget. En smule om hvordan det var at bo i Uppsala, en smule om morbror Robert, men intet var blevet sagt, der på nogen måde kunne give et vink om årsagen til Henriks forsvinden. Hverken på den ene eller den anden måde.

Gunnar Barbarotti syntes ellers, at far og søn i familien Grundt virkede, som om de havde et godt og afslappet forhold til hinanden; drengen virkede anspændt, men så vidt han kunne bedømme, havde det intet at gøre med faderens tilstedeværelse under samtalen. Alligevel besluttede han, allerede mens de sad og talte sammen, at han måtte sætte sig i enrum med Kristoffer en af de nærmeste dage – for at gennemføre et nyt og lidt mere stringent forhør.

Dels på grund af den konstaterede træthed altså, dels fordi det næppe kunne skade.

Altså hvis ikke historien fik en hurtig og lykkelig afslutning. Leif Grundt bekendtgjorde, at man under ingen omstændigheder agtede at vende tilbage til Sundsvall, så længe Henrik ikke var dukket op.

Hvis nogen ellers skulle have troet det.

Da Gunnar Barbarotti stod ude i entreen og kunne se alle fem familiemedlemmer, var klokken efterhånden blevet halv seks, og han søgte forgæves efter et eller andet optimistisk – eller i det mindste trøstende – som han kunne sige som afslutning, men også her virkede det, som om hans egen træthed, akkompagneret af en begyndende hovedpine, satte en kæp i hjulet for ham. Det eneste, han kunne komme på, var:

"Vi arbejder videre med det her, og så må vi se."

Nå ja, tænkte han, da han igen sad i bilen på vej hjem, jeg lovede i hvert fald ikke for meget.

Det så ikke ud til, at Sara havde fået det bedre. Hun lå i sin seng og sov, da Gunnar Barbarotti forsigtigt kiggede ind på hendes værelse; vejret trak hun i tunge, raslende åndedrag med åben mund, og et sekund satte skrækken sine tænder i ham.

Tænk hvis det her er prisen? Gud havde hørt hans bøn, men krævede et offer. Hans datters liv. Tænk hvis det hele var en ond, gammeltestamentlig historie.

Han blev stående og holdt fast i dørkarmen, mens han betragtede hende og følte hovedpinen vokse til en pulserende sky oppe under issen. Jeg er skør, tænkte han. Jeg må holde op med at lege med de højere magter. Man må ikke handle med dem på den her måde. Det ender med hybris.

Men frem for alt ... frem for alt må jeg sørge for at få fat i to hovedpinetabletter, før hovedet sprækker.

Besøget hos familien Hermansson havde gjort ham trist, ingen tvivl om den sag. Lejligheden føltes rodet og indelukket. Der lugtede af sygdom i Saras værelse, og der stod beskidt opvask ude i køkkenet. Han havde ikke købt ind og havde ikke tænkt på at konsultere en læge. I Gunnar Barbarottis verden gik man i seng, hvis man blev syg. Man sov og drak sig rask, det var det hele. Men tænk nu hvis det var mere alvorligt, tænk hvis man havde brug for medicin af en eller anden slags? Hvad var han dog for en far?

Han gik hen og satte sig på sengekanten. Skubbede datterens filtrede hår til side, der klæbede til hendes ansigt, og lagde hånden på panden.

Svedigt. Men ikke helt så varm som i morges, så vidt han kunne mærke. Hun åbnede øjnene. Så på ham en tid og lukkede dem så igen.

"Hvordan har du det?" spurgte han.

"Jeg er træt," hviskede hun.

"Sov du bare, min skat," sagde han. "Har du fået drukket noget?"

Han havde stillet to friske glas ved siden af hende, da han tog af sted ved totiden – vand og druesaft – hun havde drukket halvdelen af dem begge to. Hun bevægede hovedet en smule, måske nikkede hun.

"Jeg går i Brugsen for at købe ind. Er tilbage om en halv time. Er det i orden?"

En ny hovedbevægelse. Han strøg hende ømt over kinden og forlod hende.

Enkle opgaver i hjemmet – med pasning af en syg datter som det selvfølgelig vigtigste – optog ham derefter resten af aftenen. Han fandt lysestager frem og tændte lys hist og her; spillede Mercedes Sosa om og om igen på cd-spilleren. Der var ikke meget musik i huset, som både Sara og han kunne lide, men Mercedes Sosa var en af dem. Han lavede en omelet med dampede grøntsager, Sara tog to bidder og sagde, at det smagte dejligt. Hun tog sin temperatur, den var gået ned til 38,5. Han spurgte til hendes symptomer, og hun forklarede, at hun havde ondt i halsen. At hun følte sig kraftesløs og havde ondt i hele kroppen på en eller anden måde.

Havde brug for at sove.

Han lod hende gøre det efter først at have lagt rent sengetøj på og luftet ud. Derefter lod han døren ind til hendes værelse stå på klem, det skabte i det mindste en illusion af samvær – men den varme kokon af skumringshygge og stille forventning op til jul, med lidt knas og lidt nødder og den slags kom han ikke i nærheden af. Ikke engang i nærheden af udkanten af nærheden. Til dels skyldtes det naturligvis, at ingredienserne manglede: både nødder og knas og pynt. Men man manglede også entusiastiske pyntere. Visse ting var bedst på afstand og i ens fantasi.

Men Mercedes Sosa og stearinlysene gjorde altså, hvad de kunne. Og pillerne havde virket, hovedpinen var væk. Ved nitiden ringede Helena oppe fra Malmberget og rapporterede lidt syrligt (men slet ikke så syrligt, som han havde forventet), at man savnede dem, men at alting til trods herfor gik godt; der lå to meter sne, det var femogtyve graders frost, og hendes far virkede, som om han tog situationen med fatning. Gunnar Barbarotti snakkede med begge sine sønner, fem minutter med hver, fik at vide, at mormor havde lavet et peberkagehus, der var skævt som bare pokker, og at de skulle stå på ski ned af Dundret dagen efter. Han sagde, at han var ked af, at han ikke kunne være hos dem, og at de ville få deres julegaver til nytår i stedet for juleaften.

Da han havde afsluttet samtalen, kontrollerede han situationen inde hos Sara. Hun sov som et murmeldyr. Han tog en øl i køleskabet og satte sig ved spisebordet i køkkenet. Begyndte at læse noterne igennem fra samtalen med familien Hermansson og forsøgte at forestille sig, hvad det egentlig var, der var sket.

Det var ikke det nemmeste i verden. To mennesker var forsvundet sporløst fra den samme adresse med omtrent et døgns mellemrum. Ingen af dem, han havde talt med, havde haft den mindste anelse om, hvor de var forsvundet hen.

Midt om natten havde de begivet sig et eller andet sted hen. Til det samme sted? Gunnar Barbarotti tænkte på, om det virkelig kunne være tilfældet.

Han havde svært ved at tro det. Alle de oplysninger, han havde fået, tydede på, at Robert Hermansson og Henrik Grundt havde haft meget lidt med hinanden at gøre. De var i familie med hinanden, det var det hele; morbror og søstersøn. Men ingen af de øvrige familiemedlemmer havde kunnet erindre sig, at de overhovedet havde talt sammen mandag aften, mens de stadigvæk befandt sig villaen på Allvädersgatan.

Men han mindede dog sig selv om, at de begge var blevet siddende oppe. Hvis han ellers havde forstået det rigtigt, så var det en kvartet, der var blevet længe oppe, efter at de andre var gået i seng den aften. Søskendeparret Robert og Kristina Hermansson og søskendeparret Kristoffer og Henrik Grundt.

Og så var Robert Hermansson gået ud for at få en cigaret og var forsvundet.

Og natten efter var Henrik Grundt stået op af sin seng og var forsvundet.

Sådan så det ud.

Hvorfor? Gunnar Barbarotti rystede irriteret på hovedet og tog en slurk af sin øl. Det her var helt sikkert en ejendommelig sag. Det føltes ikke engang, som om man kunne stille fornuftige spørgsmål til den.

Men forhåbentlig, tænkte han, forhåbentlig var det i hvert fald muligt at skitsere en handlingsplan. Hvordan skulle han bære sig ad med at komme videre med historien?

Efterlysningen af de to forsvundne var naturligvis den første mulighed. Det var der allerede gjort noget ved; i morgen ville deres billeder være i avisen, og måske havde en eller anden vågen borger set noget. Et glimt af den ene eller den anden på vej til et eller andet indtil videre ukendt sted i Kymlinge.

Det var i hvert fald ikke en umulighed. Man kunne altid håbe. Men hvad skulle han selv, efterforskningsleder Barbarotti – den indtil videre eneste politimand, der var koblet på sagen (hvis man altså så bort fra Sorgsen) – gå i gang med?

Med sin notesblok som hjælp og i overensstemmelse med sine rutiner begyndte Gunnar Barbarotti at skrive en liste.

Efter ti minutter var han kommet på fire punkter, som han alle kunne tage fat på allerede næste dag.

1) *Tag telefonisk kontakt med dem, der havde været til stede på Allvädersgatan, men som endnu ikke var blevet udspurgt: Jakob Willnius og Kristina Hermansson. Navnlig sidstnævnte. Aftal eventuelt et tidspunkt for en personlig samtale ved en senere lejlighed.*
2) *Robert Hermanssons bekendte i Kymlinge? Hvilke gamle venner kunne han stadigvæk tænkes at have kontakt med? Tale med dem.*
3) *Ny samtale med Kristoffer Grundt. Er der nogen, som ligger inde med oplysninger (bevidst eller ubevidst), så bør det være ham. Brødrene sov i samme værelse og må have snakket en del med hinanden.*
4) *Undersøg mobiltelefontrafikken.*

Det var det hele. Og punkt nummer fire havde Sorgsen nok allerede taget fat i. Mobiltelefontrafik var Sorgsens bord. Sådan var det blevet af en eller anden årsag, men han måtte selvfølgelig kontrollere, at hans kollega også påtog sig opgaven i denne sammenhæng.

For både Robert Hermansson og Henrik Grundt var forsynet med mobiler. Naturligvis. Gunnar Barbarotti havde læst et eller andet sted, at der var flere mobiltelefoner, end der var mennesker i landet. For femten år siden havde der været flere ulve end mennesker. Sådan var det altså. Alt har sin tid.

Han tømte sin øl og kiggede på uret. Tyve minutter over ti. Han fandt et rent viskestykke frem fra køkkenskabet, vred det op i koldt vand og gik ind til Sara og vaskede hende i ansigtet. Hun vågnede med et spjæt.

"Far da, hvad i alverden har du gang i?"

"Jeg hjælper min elskede datter med hendes aftentoilette," forklarede han venligt.

"Herregud," stønnede hun. "Giv mig lidt vand at drikke i stedet for at hælde det i hovedet på mig."

"Hvordan har du det?"

"Jeg er træt," sagde Sara. "Jeg drømte om dig."

"Hvad?" sagde Gunnar Barbarotti. "Har du virkelig ikke noget bedre at drømme om?"

"Ikke lige for øjeblikket," sagde Sara. "Men det var lidt ulækkert. Du gik ud for at købe et eller andet, og så bagefter forsvandt du. Jeg kan ikke lide, at du sådan kan finde på at forsvinde."

"Jeg sidder jo her," sagde Gunnar Barbarotti.

"Det kan jeg se," sagde Sara med et blegt smil. "Det er jeg taknemmelig for. Og jeg ville være endnu mere taknemmelig, hvis du hentede det vand og bagefter lod mig sove."

"Lige på en studs, min pige," svarede Gunnar Barbarotti. "Lige på en studs."

19

Dagen før dagen begyndte med kraftigt snefald over Kymlinge og omegn.

Gunnar Barbarotti vågnede tidligt og stirrede ud gennem soveværelsesvinduet mod et landskab, der lige så godt kunne have ligget ved Malmberget. Eller Murmansk. Et tykt, hvidt snedække under en gråsort himmel. Og hvirvlende fog midt imellem dem. Alligevel var der dødsens stille.

Han stod op og hentede avisen ude i entreen. Kiggede ind til Sara i forbifarten, hun sov og havde tømt hele vandglasset og halvdelen af druesaften. Han tog en tallerken yoghurt og et glas juice med fra køkkenet og krøb ned i sengen igen. Begyndte at blade i avisen.

Artiklen om Robert Hermansson og Henrik Grundt stod på side seks. En tospalter med fotografier af begge de forsvundne. Overskriften lød kort og godt *Savnede.*

Der stod blot en enkelt linje om, at den ene af de to havde medvirket i det ikke ganske ukendte fjernsynsprogram *Fangerne på Koh Fuk*, og det blev meddelt, at politiet indtil videre ikke havde mistanke om, at der lå en forbrydelse bag de ejendommelige forsvindinger.

Gunnar Barbarotti havde ikke selv talt med nogen journalist, og han spekulerede på, hvem der havde. Sorgsen eller Asunander selv formodentlig. Og han spekulerede over, hvor længe det ville vare, før eftermiddagsaviserne fik fat i historien. Ikke specielt længe, hvis de arbejdede, som de plejede at gøre. Og så ville overskriften *Savnede* ikke slå til længere, det følte han sig forvisset om. Frem for alt fru Hermansson havde bedt ham om hjælp på dette område, men han kunne naturligvis ikke give hende nogen garantier. Selve ideen med at efterlyse personer var, at offentligheden skulle aktiveres, og hvis offentligheden blev aktiveret, var det naturligvis umuligt at lukke sensationspressen ude.

Umuligt og måske heller ikke ønskværdigt, havde han forsøgt at forklare. Under normale omstændigheder altså. Uanset hvordan man vendte og drejede sagen, så var det svært ikke at medgive massemedierne som sådan en vis eksistensberettigelse. Og man måtte tage det onde med det gode.

Det havde Gunnar Barbarotti konstateret. Fru Hermansson var faldet til føje, det var hendes mand også, og han håbede i hvert fald, at de barnlige serieskribenter i rigets hovedstad ikke ville anvende det samme øgenavn om Robert, som de havde gjort, sidste gang han var på tapetet. Han håbede også, at de ville betragte sig selv som for fine til at drage ud på landet dagen før juleaften. Når man nu havde både Arne Weise og hele juleferiens tv-program at analysere på.

Men som sagt, mere end et fromt håb var det ikke. Og var hr. Weise i øvrigt ikke stoppet for et par år siden? Eller var han død? Visse ting følte Gunnar Barbarotti sig ubehageligt dårligt informeret om. Det var med det, lidt ligesom det var med ulvene og mobiltelefonerne.

Han læste avisen færdig og gik så over til at planlægge dagen. Hvad skulle der gøres? Han kiggede den liste igennem, som han havde skrevet den foregående aften, og besluttede sig for at udskyde det fornyede besøg på Allvädersgatan til om eftermiddagen. Det var nok bedre at give dem lidt tid og at forsøge at etablere kontakten med søsteren i Stockholm i stedet, hende som han ikke havde snakket med. Der skulle også ringes til stationen, så han kunne sikre sig, at de ikke glemte at underrette ham, hvis der kom henvendelser fra offentligheden. Det burde de vel egentlig gøre af sig selv, men man vidste aldrig. Var det Jonsson, som sad ved telefonen, kunne det trække ud i både timer og dage, det vidste han af erfaring. Navnlig når der stod juleferie og den slags på dagsordenen.

Han fik fat i Sorgsen. Nej, der var endnu ingen henvendelser kommet, forklarede han. Ikke engang fra gamle Hörtnagel, der ellers var notorisk informant, uanset hvad sagen drejede sig om. Under ubådsaffæren i Hårsfjärden havde han flere gange rapporteret om periskoper i Kymlinge Å, og så snart en fange var stukket af et eller andet sted i Sverige, plejede Hörtnagel at få øje på ham. Han var østriger og mente, at han havde betydeligt bedre overblik over alt muligt, end man kunne forvente af de simple svenskere med gammelt, trægtflydende bondeblod i årene.

"Han er måske død engang i efteråret?" foreslog Gunnar Barbarotti. Han var også lige på nippet til at spørge, om Sorgsen muligvis skulle vide, om Arne Weise stadigvæk var i live, men lod være med det.

"Det tror jeg ikke," svarede Sorgsen tonløst. "Han fyldte syvogfirs i sidste uge, og jeg så ham stå på ski i parken for en time siden."

Barbarotti kiggede ud gennem vinduet igen. Måske skulle man selv tage sig en tur, tænkte han. Masser af ilt i luften og både det ene og det andet. "Det ville være fint, hvis jeg fik det at vide med det samme, hvis der kommer noget," sagde han.

Det lovede Sorgsen at sørge for. Han lovede også at kigge på mobiltelefontrafikken, han havde som ventet allerede noteret begge de to aktuelle numre ned, og så afsluttede de samtalen. Gunnar Barbarotti blev liggende i sengen og forsøgte at huske, om han i det hele taget havde nogen ski mere, men nåede ikke frem til noget svar. Antagelig var de forsvundet i forbindelse med separationen fra Helena. Som så meget andet.

Han stod op og stillede sig ind under bruseren. Det var på høje tid at komme i gang med arbejdsdagen.

"Kristina Hermansson?"

"Ja."

"Mit navn er Gunnar Barbarotti. Og jeg er ansat som vicekriminalkommissær i Kymlinge."

"Jeg forstår."

"Det drejer sig altså om din bror og din søstersøn, som er forsvundet. Har du tid til at tale lidt med mig nu?"

"Ja ... ja, selvfølgelig."

Hun lød afdæmpet og trist. Han kunne kun høre hende meget svagt og gik ud fra, at hun talte i en kabelfri telefon på lang afstand af basestationen. Eller også var det bare hans egne ører, der var ved at få nok. Hans italienske far havde ifølge troværdige oplysninger været stokdøv de sidste fem år, så han var arveligt disponeret.

"Jeg er sikkert også nødt til at møde dig personligt, så vi kan få en mere udførlig samtale. Både dig og din mand. Kunne det passe en af de nærmeste dage?"

"Naturligvis. Vi fejrer jul her i Stockholm. Hvordan vil du ...?"

"Det kan vi vende tilbage til. Men lige nu har jeg en del spørgsmål, som du måske kan hjælpe mig med?"

Han kunne høre, at hun drak et eller andet. Eller også var det bare noget, som foregik i hans egne ører.

"Ja da. Jeg vil naturligvis gøre alt for, at der ... for at der skal kunne skabes klarhed i det her. Det er forfærdeligt, jeg forstår overhovedet ikke, hvad der kan være sket. Har I den mindste anelse om, hvor de kan være henne?"

"Ikke aktuelt, " sagde Gunnar Barbarotti.

"Nej, jeg talte med min mor sent i går aftes. Hun fortalte, at du havde været besøg og talt med hende ... ja, med alle de andre."

Han syntes, han kunne høre, at hun ikke havde langt til gråden.

"Hvis vi begynder med mandag aften," sagde han. "Du sad altså oppe og snakkede med begge de to forsvundne, efter at de andre var gået i seng. Er det ikke korrekt?"

"Jo, det er korrekt. Det var mig, Robert og Henrik ... og Kristoffer. De andre gik i seng lidt tidligere."

"Din mand?"

"Jakob tog Kelvin ... det er vores søn ... med tilbage til hotellet."

"I boede på Kymlinge Hotel?"

"Ja. Der var ikke plads til os alle sammen hjemme hos mor og far. Vi valgte at bo på hotellet for at gøre det lidt nemmere."

"Det har jeg hørt," sagde Gunnar Barbarotti. "Men du bestemte dig altså for at blive tilbage og snakke med din bror og dine søstersønner i stedet for at tage med ned på hotellet."

"Ja."

Han overvejede hurtigt, om det kunne betale sig at grave mere i den omstændighed. Var der en kurre på tråden mellem Kristina og hendes mand? Muligvis, men han besluttede sig for at udskyde det spørgsmål, til han sad ansigt til ansigt med hende.

"Jeg forstår," sagde han. "Og hvorfor blev du så tilbage?"

"Fordi jeg ville snakke lidt med dem naturligvis. Jeg havde ikke været sammen med hverken Robert eller Henrik ... eller Kristoffer ... i temmelig lang tid."

"Og hvad snakkede I så om?"

"Alt muligt. Den slags som familiemedlemmer snakker om, når de mødes efter lang tid, går jeg ud fra."

"Til eksempel?"

"Hvad?"

"Kan du give mig nogen eksempler på den slags samtaleemner?"

Jeg presser hende for hårdt, tænkte han. Hvorfor ender det altid med et krydsforhør, når jeg har været i gang et par minutter? Hun er jo ikke mistænkt for noget, jeg vil bare gerne have nogle informationer fra hende.

"Ja ..." Hun tøvede. "Vi talte om både det ene og det andet. Du kender vel Roberts situation, går jeg ud fra ... det der fjernsynsprogram han var med i?"

"Det er jeg klar over," bekræftede Gunnar Barbarotti.

"Han havde det faktisk temmelig skidt. Vi snakkede en del om det, bare os to. Vi har altid stået hinanden ganske nær, Robert og jeg. Han skammede sig naturligvis, men han drak en smule for meget, vel for at dæmpe sin uro ... du ved, hvordan det er."

"Var Robert beruset den aften?"

"Nej, ikke beruset. Jo, han var måske en smule fuld."

"Hvad var klokken, da han gik?"

"Han sagde, at han ville ryge en cigaret og gå en tur. Jeg tror, at klokken var godt halv et."

"Og det var det sidste, du så til ham?"

"Ja."

"Og han var en smule beruset?"

"Ja. Okay ... han var en smule beruset."

"Hvad havde I drukket?"

"Øl og vin til maden. En smule whisky ..."

"Var du også beruset?"

"Nej, ikke specielt."

"Men en smule?"

"Måske. Er det nu forbudt?"

"Overhovedet ikke. Men du var altså den, der talte mest af alle med Robert. I var også udenfor en tid, bare du og han, det har din mor fortalt. Hvad snakkede I om på det tidspunkt?"

Hun holdt en kort pause, før hun svarede.

"Han var ... han var i ganske dårligt humør. Havde også været en smule uforskammet over for mor."

"Uforskammet? På hvilken måde?"

"En bagatel. Han var helt enkelt klodset. Der var en slags enighed om, at ingen skulle nævne hans udskejelser i det fjernsynsprogram, og han mente, at det var akavet, at alle bare gik rundt og lod, som om der ingenting var sket. Han var en smule grov."

"Og det snakkede I så om, da I var udenfor alene?"

"Ja."

"Om at han skulle falde ned?"

"Nej, det var ikke sådan noget alvorligt noget. Men jeg havde ondt af ham. Følte, at han havde brug for en lille snak under fire øjne."

Gunnar Barbarotti tænkte efter. Han tænkte, at telefonen var en praktisk indretning på mange måder, men at den også skjulte en hel del. Af den person, man talte med. Han ønskede, at han havde siddet sammen med Kristina Hermansson ved et cafebord i stedet for.

"Nå ja," sagde han. "Er der noget i alt det, som du og Robert snakkede om, der kunne give et fingerpeg om, hvor han er forsvundet hen?"

Hun trak vejret dybt og sukkede tungt, det kunne telefonen i det mindste videregive.

"Nej," sagde hun. "Jeg har gennemgået hvert eneste ord, vi sagde, de sidste tre-fire dage, og tro mig, der er ingenting, ikke det mindste ... ja, som kaster lys over det, der er sket. Jeg er fortvivlet over det, det må du ... det må du forstå ... over begge to, både Robert og Henrik ... det ... det er ..."

Hun begyndte at græde.

"Undskyld." Hun forsvandt et kort øjeblik. Gunnar Barbarotti stirrede ud på snefaldet og tænkte på ingenting. Eller måske på ulve. Der var noget med ulve og sne, som hang sammen på en eller anden måde.

Hun vendte tilbage. "Det må du undskylde. Jeg har ... jeg har svært ved at klare det her. Men I har altså intet nyt?"

"Desværre ikke. Men vi blev jo også koblet på lidt sent. Robert forsvandt mandag nat, og I kontaktede ikke politiet før onsdag aften, da endnu en person var forsvundet. Hvordan kan det være, at I ventede så længe?"

"Det ved jeg ikke. Alle troede vel, at Robert ... ja, at han holdt sig væk på en eller anden måde. At han var gået hjem til en gammel ven i Kymlinge og havde besluttet sig for, at han ikke orkede vores familiefest. Det ville da i det mindste have været ... forståeligt."

"Og du troede også, at det forholdt sig sådan?"

"Det går jeg ud fra."

"Ved du noget om, hvilke gamle venner Robert har i Kymlinge?"

"Nej, det gør jeg ikke. Mor og jeg har snakket om det, men ingen af os er kommet på en sandsynlig kandidat ... og nu er der jo snart gået fire dage."

"Vi vil undersøge det aspekt noget nøjere," lovede Gunnar Barbarotti. "Men det forholder sig, som du siger. Hvorfor skulle han holde sig væk så længe?"

"Det ved jeg ikke," svarede Kristina Hermansson med en snøften. "Det ved jeg virkelig ikke."

"Hvis vi så går videre til Henrik, din søstersøn," skyndte han sig at sige for at forhindre det næste følelsesudbrud. "Hvad snakkede du med ham om?"

"Alt muligt."

Fantastisk svar, tænkte han.

"For eksempel?"

"Ja, om hvordan det var at flytte hjemmefra blandt andet. Henrik er jo begyndt at læse i Uppsala ... om studenterlivet og den slags."

"Har du en god kontakt med dine søstersønner?"

"Ja, det har jeg vel. Vi har altid godt kunne lide hinanden."

"Inkluderer det også Kristoffer?"

"Naturligvis."

"Men det var mest Henrik, du snakkede med?"

"Ja, Kristoffer gik i seng ... omkring klokken kvart i et."

"Og så var der bare dig og Henrik tilbage?"

"Ja, vi blev vel ikke siddende mere end et kvarter yderligere, vil jeg tro. Derefter gik jeg ned til hotellet."

"Men du sad alene med Henrik og snakkede i et kvarter?"

"Deromkring. Jeg så ikke på uret, men det var ikke specielt længe."

"Jeg forstår. Og talte I så om noget specielt i det kvarter?"

"Nej ... studier ... en del gamle minder. Om hvordan det havde været, dengang han og Kristoffer var små ... sådan noget."

"Tak. Det her skete altså i mandags. Hvordan var det om tirsdagen? Snakkede du meget med Henrik ved den lejlighed?"

"Næsten slet ikke. Det var jo selve fødselsdagen ... fars og Ebbas store dag ... nej, jeg vekslede faktisk ikke mange ord med Henrik."

"Hvordan havde han det?"

"Hvad?"

"Hvordan havde Henrik det? Var han glad? Ked af det?"

"Han havde det ret godt, tror jeg. Syntes det var skønt at flytte hjemmefra ... så ud til at trives godt i Uppsala."

"Fortalte han om nogen kærester?"

"Nej ... det mener jeg faktisk ikke. Ebba, min søster, nævnte noget om en pige, som hed Jenny, men han tog det aldrig op selv. Det var måske ikke noget alvorligt."

"Men han var ikke deprimeret?"

"Deprimeret? Nej, det tror jeg ikke. Alvorlig ... han var alvorlig, men det har han altid været. Hvorfor spørger du om ...?"

"Og han sagde ingenting, der kan forklare, hvorfor han er forsvundet?"

"Nej."

"Eller om at han havde specielle planer?"

Hun sukkede igen.

"Kæreste, jeg har tænkt på det her dag og nat. Hvis jeg var kommet i tanker om noget, så ville jeg naturligvis have fortalt det med det samme. Men det er lige så ubegribeligt for mig som for alle andre. Jeg har næsten ikke sovet i to nætter nu, og ..."

"Hvornår tog I tilbage til Stockholm, du og din mand?"

"Hvad? Hvornår vi ... jo, vi tog tilbage i onsdags. Om morgenen. Min mand var nødt til at komme tilbage til et møde, så vi tog af sted ved ottetiden."

"Og på det tidspunkt vidste I ikke, at Henrik var forsvundet?"

"Nej, det gjorde vi ikke. Det var mor, som ringede lige efter frokost og fortalte det. Jeg kunne ikke tro, at det var sandt."

Nej, tænkte Gunnar Barbarotti, det var en vurdering, han var parat til at skrive under på. Det var faktisk lidt svært at tro, at den her historie var rigtigt sand.

"Jeg takker mange gange for de her oplysninger," sagde han. "Men alligevel vil jeg også gerne have et møde med dig. Og snakke lidt med din mand også. Hvornår tror du, at det kunne være muligt?"

Efter at have spillet lidt bold med datoer og tidspunkter, blev de enige om tredje juledag. Tirsdag.

Hvis altså ikke et eller andet vigtigt var sket inden da selvfølgelig, det understregede han omhyggeligt.

Han havde bedt om en liste over Robert Hermanssons eventuelle kontakter i Kymlinge, og da han atter var fremme på Allvädersgatan lige efter klokken to, havde Rosemarie Hermansson fabrikeret en.

Den omfattede fire navne.

Inga Jörgensen
Rolf-Gunnar Edelvik
Hans Pettersson
Kerstin Wallander

Begge kvinderne var tidligere kærester, begge mændene var skolekammerater, forklarede fru Hermansson. Men de boede stadigvæk i byen alle fire, så hvis politiet mente, at der var nogen pointe i det, så ...?

Det mente politiet ikke, men han sagde ikke noget, og naturligvis skulle sagen undersøges. Som en yderligere hjælp fik han en klasseliste fra en skoleårbog fra gymnasietiden, og så kunne man ellers bare vælge og vrage.

Han tog imod begge lister og stoppede dem i mappen. Og han indså, at han allerede havde arbejdsopgaver, der kunne holde to-tre kolleger beskæftiget i to-tre uger, hvis han ville, men besluttede sig for at give spørgsmålet om relevansen videre til Asunander. Det var ikke Gunnar Barbarottis sag at afgøre, hvor mange ressourcer man skulle bruge. Han takkede fru Hermansson og bad om at få lov til at tale med Kristoffer Grundt. Der var dukket nogle spørgsmål op efter gårsdagens samtale, og det var vigtigt at få det hele med.

Det var det, sagde Rosemarie Hermansson. Om det kunne foregå på overetagen? Hun havde netop fået besøg af en veninde, familien Grundt var her jo stadigvæk, og det var vel vigtigt at kunne være nogenlunde uforstyrrede?

Naturligvis, forsikrede Gunnar Barbarotti. Overetagen var helt fin.

Kristoffer Grundt lignede en normal fjortenårig også i dag. Gunnar Barbarotti havde i og for sig ikke nogen konkrete forestillinger om, hvordan normaliteten teede sig i den aldersgruppe. I det mindste ikke aktuelt; det var nogle år siden, han havde arbejdet med aldersgruppen, og hans datter var fyldt atten. Men alligevel. Han havde læst et sted, at fjortenårsalderen er den mest moralske af alle aldre, den tid i livet, hvor man mest tydeligt kunne se, hvad der var rigtigt og forkert – ikke at man altid handlede efter det, men klarsynet havde man. Derefter – jo ældre man blev – blev det hele mere uklart. Mere grumset og sværere at skelne imellem.

Det tror fanden, tænkte Gunnar Barbarotti og betragtede den ranglede, unge mand, som sad over for ham.

"Hvordan har du det?" spurgte han.

"Jeg har sovet lidt skidt," sagde Kristoffer Grundt.

"Det kan jeg forestille mig," sagde Gunnar Barbarotti. "Du trives nok ikke videre godt her i Kymlinge?"

"Ikke videre," tilstod Kristoffer Grundt. "Men hvis bare Henrik dukkede op, så ..."

"Vi skal gøre, hvad vi kan," lovede Gunnar Barbarotti. "Det er derfor, jeg er nødt til at spørge dig om lidt flere ting. Om Henrik altså. Din morbror glemmer vi alt om lige nu."

"Vær så god," sagde Kristoffer Grundt.

Han er ikke dum, tænkte Gunnar Barbarotti. Det må jeg huske på. "Jo, jeg har tænkt sådan her," sagde han. "Trods alt må din bror jo have begivet sig på vej frivilligt tirsdag nat. Vi tror ikke, at nogen kom farende og bortførte ham. Eller hvordan bedømmer du sagen? Fik han pludselig en ide og stak så bare af?"

Kristoffer tænkte sig om et øjeblik.

"Nej," sagde han så. "Det tror jeg naturligvis ikke."

"Altså må han have planlagt at forsvinde," fortsatte Gunnar Barbarotti. "Eller have fået en telefonsamtale fra en eller anden, som bad ham om at dukke op et eller andet sted."

"Det her snakkede vi jo om i går."

"Det ved jeg. Men det sker nogle gange, at man kommer i tanker om ting bagefter. Er du sikker på, at du ikke hørte telefonen ringe, efter at du havde lagt dig til at sove tirsdag aften?"

"Jeg hørte ingenting."

"Selvom man sover, kan sådan en telefon godt ... trænge igennem så at sige."

"Ja så? Ja, men jeg kan ikke huske, at jeg hørte noget."

"Kender du ringelyden på Henriks telefon?"

Kristoffer Grundt tænkte sig om.

"Nej, det tror jeg faktisk ikke. Jeg ved, hvordan den lød hjemme i Sundsvall, men han har sikkert lavet den om ... og en ny telefon har han også fået."

"Og du har aldrig hørt hans telefon ringe?"

"Jo, vent, den ringede en gang, da vi kørte herned ... hverken Far eller Mor har deres mobiltelefoner med, men Mormor ... eller Morfar ... ringede en enkelt gang. Men jeg kan ikke huske ringetonen. Det var nok en helt almindelig en."

"En helt almindelig ringetone?"

"Ja."

"Ikke en af den slags med hestevrinsken eller kirkeorgel eller den slags?"

"Nej, for så ville jeg kunne huske den."

"All right. Lad det ligge for nu. Vi forestiller os i stedet, at Henrik ved, at han har tænkt sig at gå ud på et tidspunkt i løbet af natten. Måske ligger han bare og venter på, at du skal falde i søvn. Er du med?"

"Ja da."

"Det, jeg har spekuleret på, er, hvorfor du ikke kendte til det?"

"Hvad? Hvorfor skulle han sige noget til mig?"

"Jeg sagde ikke, at han havde sagt noget. Men du burde vel have lagt mærke til noget."

"Hvorfor det?"

"Fordi I delte værelse. I må have været sammen næsten hele tiden. Må have snakket en masse ... ja, jeg synes faktisk, at du burde have et eller andet at komme med."

"Men jeg har ingenting at komme med."

"Jeg mener ikke, at du vidste det i forvejen. Men hvis du tænker tilbage, var der så virkelig ikke noget, som Henrik sagde eller gjorde, som gav et vink om, hvilke planer han havde?"

"Nej."

"Ikke den mindste lille detalje?"

"Nej."

"Har du tænkt over det her?"

"Jeg har tænkt temmelig meget over det."

"Nævnte han nogen personer her i Kymlinge?"

"Nej."

"Ved du, om han kendte nogen ud over jeres morfar og mormor?"

"Jeg tror ikke, han kendte nogen som helst. Hvorfor skulle han det? Vi har næsten aldrig været her. Jeg kender heller ingen."

Gunnar Barbarotti holdt en kort pause. Han følte et strejf af afmagt drage forbi og efterlade sig et aftryk i sjælen. "Alligevel må der være noget," sagde han med langsomt eftertryk. "Det er du sikkert enig i, ikke? Henrik må have haft en slags plan, og jeg synes, det er sært, at du ikke har lagt mærke til det mindste ... du forstår vel, at jeg bare er ude efter en anelse?"

Han ventede atter et par sekunder for at give drengen en mulighed for at bekræfte hans antagelse. Men Kristoffer Grundt nøjedes med at slå blikket ned og bide sig i læben.

"Noget, der kan virke helt ubetydeligt, når man hører det, men som bagefter viser sig at indeholde et afgørende spor. Du forstår godt, hvad jeg snakker om, ikke?"

Kristoffer Grundt nikkede. Derefter sank han bare sammen hen over bordet og stirrede tomt frem for sig. Gunnar Barbarotti lænede sig tilbage og betragtede ham. Den mest moralske af alle aldre, tænkte han igen. Enten kommer der noget, eller også kommer der ingenting.

"Jeg forstår godt, hvad du snakker om," sagde Kristoffer Grundt så til sidst. "Men alligevel kan jeg ikke komme i tanke om en skid."

Ja, det var så det, tænkte kommissær Barbarotti med et træt suk.

20

Juledagene kom og gik.

Sara fik det langsomt bedre. Juleaften tilbragte far og datter stort set foran fjernsynet. Weise havde skiftet køn og hudfarve og hed nu Blossom. Sara lå under sin dyne i sofaen, selv holdt han til i lænestolen eller løb frem og tilbage mellem køkken og dagligstue og forsynede dem med små gode sager, som kunne stoppes i maven. Små bidder sushi. Sorte oliven. Blinier med fløde og kaviar. Han havde købt det hele på en halv times tid i Markedshallen, og med mellemrum sendte han en taknemmelig tanke til den eksisterende Gud og forsøgte at forestille sig, hvad der blev sat til livs ved julebordet oppe i Malmberget. Han havde været med en enkelt gang og mindedes med væmmelse, at han havde siddet og gnasket på en grisefod en halv times tid. Efter Disneys Julesjov ringede han op og ønskede god jul, fik at vide, at Martin havde skadet sit håndled, da de stod på ski om formiddagen i toogtyve graders frost på Dundret, men at alle derudover havde det fint.

I øvrigt læste de julegavebøger. For Saras vedkommende handlede det om Moa Martinsson og Kafka sammen med noget, hun formodentlig skulle læse til skolen, og som lå i bunden, men han spurgte aldrig. Selv havde han fået den bog, han ønskede sig – *Train* af Pete Dexter.

Forsvindingssagen stod stille. I det mindste udadtil. Begge eftermiddagsaviser havde fået fat i nyheden, men på en eller anden barmhjertig måde virkede det, som om den druknede i det generelle julehalløj. Eller også havde serieberømtheder så eventyrligt kort halveringstid, at de var glemt efter to måneder. Det var vel en nåde, man kunne bede om, tænkte Gunnar Barbarotti. Han havde været i kontakt med Allvädersgatan og fået at vide, at et par journalister havde ringet, og at en fotograf havde stået og taget billeder af huset, men det var også det hele.

Noget brugbart derudover havde han ikke fået at vide. Familien Grundt var der stadigvæk og fejrede jul i forældrehjemmet; det ville på alle tænkelige måder have virket forkert at begive sig hjem til Sundsvall uden Henrik, forklarede hans mor. Men før eller siden, hvis der altså blev ved med at ske ingenting, så ville man naturligvis være tvunget til også at tage det skridt.

Gunnar Barbarotti sagde, at det efter hans mening var en klog beslutning at blive her indtil videre, og forsikrede, at politiet havde indsat alle tilgængelige ressourcer for at finde ud af, hvad der var sket.

Det var naturligvis en sandhed med modifikationer. Det, der i realiteten foregik, var, at man ventede på oplysninger fra offentligheden og på telefoninformationer fra mobiloperatørerne – tilsyneladende havde julen også bremset tingene her, det plejede at gå hurtigere – samt på, at Sorgsen sammen med assistenterne Lindström og Hegel blev færdige med at gennemgå listerne over Robert Hermanssons mulige bekendte. Sent på eftermiddagen, 1. juledag, fik Gunnar Barbarotti en første rapport om listearbejdet, og beskeden var lige så tydelig, som den var negativ. Ingen af de hidtil interviewede tretten personer (de fire nærtstående plus ni mere fra klasselisten – alle stadigvæk bosat i nabolaget og nemme at få fat på) havde haft den mindste anelse om, at Robert havde været på besøg i Kymlinge. Det var i hvert fald, hvad de påstod, og Sorgsen sagde, at han heller ikke havde det mindste grundlag for at betvivle deres vidneudsagn.

Sådan var det altså. Gunnar Barbarotti spurgte også Rosemarie Hermansson, om man overhovedet havde nævnt noget om, at Robert og Henrik skulle komme på besøg i dagene før jul – nævnt det for nogen udenforstående altså. Hun diskuterede sagen en tid med sin mand, kom derefter tilbage til telefonen og forklarede, at hverken hun eller Karl-Erik havde snakket om sagen til højre og venstre. Virkelig ikke. Men alligevel var der naturligvis nogen, der havde fået det at vide på en eller anden måde.

På skolen for eksempel. Gik hun ud fra. Der dukkede alle nyheder op til overfladen før eller siden. I det mindste de dårlige.

Gunnar Barbarotti spurgte, om man i det mindste ikke havde holdt det for sig selv, at Robert kom. Jo, tilstod fru Hermansson, når der drejede sig om Robert, havde man holdt det for sig selv.

Han takkede og lagde på. Følte sig ikke meget klogere, men det var han vant til. Tog den sidste bid sushi og vendte tilbage til Pete Dexter.

Anden juledag havde Sara det så godt, at hun klædte sig på, ryddede op på sit værelse og gik en tur med en veninde, og Gunnar Barbarotti besluttede sig for at ringe til Eva Backman. Hans kollega havde nu tilbragt fire døgn i familiens skød og havde måske behov for en smule afveksling. Også selvom menuen ikke havde lydt på ishockey hver eneste dag og hele dagen.

En time og en kop kaffe på Storken for eksempel? Der var en sag, som han gerne ville have Backmans synspunkter på.

Eva Backman accepterede med det samme. Ville og ungerne skulle alligevel i biografen, forklarede hun, så hun behøvede ikke engang at have dårlig samvittighed. Gunnar Barbarotti kunne ikke afgøre, om hun løj eller ej, men behovet for at snakke med et fornuftigt menneske om tildragelserne på Allvädersgatan var så stærkt, at han skubbede alle forbehold i baggrunden.

De sad en time og femogfyrre minutter på Café Storken. Han fremlagde fakta i sagen, og kommissær Backman lyttede med foldede hænder og karakteristisk, halvt sænkede øjenlåg; de havde efterhånden arbejdet sammen i otte år nu, og han vidste, at dette ikke betød, at hans kollega var ved at falde i søvn. Tværtimod. De svømmende øjne betød, at hun lyttede koncentreret.

"Det var satans," sagde hun, da han var færdig.

"Det siger du ikke?" sagde Gunnar Barbarotti.

"Ja. Det er nok noget af det særeste, jeg har hørt. Hvilke ideer har du?"

Gunnar Barbarotti rystede på hovedet. "Det er det, der er problemet. Jeg har ingen ideer."

"Slet ingen?"

"Slet ingen."

Eva Backman duppede nogle smuler op fra kagefadet med en fugtig pegefinger. "Hvordan virker de?"

"Hvem?"

"Familien. Hele banden. Man får jo en fornemmelse af, at ..."

Hun afbrød sig selv.

"Hvad er det, du får en fornemmelse af, Eva?"

Eva Backman sad uden at sige noget og fandt en pakke cigaretter frem.

"Er du begyndt at ryge igen?"

"Nej, det har du misforstået. Jeg plejer bare at betragte pakken en tid. For resten må man jo ikke ryge indendørs mere, og jeg har ikke tænkt mig at gå ud i blæsten på den der altan."

"Det må du undskylde. Men hvad var det, du fik en fornemmelse af?"

"Sådan her plejer det at være," sagde Eva Backman, sænkede stemmen og lænede sig frem over bordet. "Hvis vi finder en kvinde myrdet, kontrollerer vi, om hun er gift. Hvis det viser sig, at hun er det, så tager vi manden med. I otte ud af ti tilfælde er det ham, som har gjort det. Man skal ikke grave igennem naboens græsplæne, når hunden er begravet under ens egen. It's all in the family. Det er bare det, jeg siger."

"Tror du, at jeg er idiot?" sagde Gunnar Barbarotti. "Tror du, at jeg ikke har tænkt på det der?"

"Godt ord igen, jeg blev bare bekymret." Hun lænede sig tilbage, tog en cigaret frem fra pakken og lugtede til den.

"Hm," sagde Barbarotti.

"Betragter og lugter til," sagde Eva Backman. "Det er ikke skadeligt. Hvad var det, du sagde?"

"Det kan jeg ikke rigtigt huske," sagde Barbarotti en smule irriteret. "Men jeg tror, jeg forsøgte at forklare, at det er lidt svært at få det her til at hænge sammen som en familiehistorie."

"Hvorfor det?"

"Skulle Rosemarie Hermansson have slået sin egen søn og sit barnebarn ihjel og have begravet dem ude i garagen, eller hvad er det, du prøver at sige? Hun er gammel håndarbejdslærerinde for pokker. Håndarbejdslærerinder går ikke rundt og myrder deres familiemedlemmer."

"Hun underviste også i tysk. Jeg havde hende i to år."

"Det spiller vel for fanden ingen rolle. Nu skal du altså tage dig sammen. Ellers får du lov til selv at betale for kaffen."

"All right," sagde Eva Backman og gemte cigaretterne væk. "Men jeg har ikke sagt, at det er fru Hermansson, som står bag det her. Jeg påpegede bare, at det måske kunne betale sig at rode lidt rundt i familierelationerne. Det er vel ikke noget at skælde ud over."

Barbarotti fnøs.

"Mener du for alvor, at en af de andre skulle have bortført Robert og Henrik? Hvorfor så? Og hvordan?"

Eva Backman trak på skuldrene. "Det ved jeg ikke," indrømmede hun. "Jeg forsøger bare at være lidt konstruktiv. Hvad mener du selv da?"

Gunnar Barbarotti sukkede og slog ud med hænderne i en opgivende gestus. "Det sagde jeg jo. Jeg mener ingenting."

"Aha?" sagde Eva Backman og fik et øjeblik noget mildt trøsterigt i blikket. Det gik hurtigt over. "Men du har vel i det mindste en plan, ikke? Selvom man ikke ved, hvad man skal stille op, så er man nødt til at finde på noget alligevel. Ellers ender man bare i sofahjørnet."

"Det er opløftende at tale med dig," sagde Gunnar Barbarotti. "Det er det helt sikkert. Men jo, jeg har en plan."

"Mm?"

"Betyder det, at du vil høre den?"

"Jeg sidder her jo. Nå?"

"Søsteren. Kristina."

"Jeg er med."

"Jeg tager til Stockholm i morgen. Besøger Roberts lejlighed også, havde jeg tænkt mig."

"Godt."

"Ja, det kan i hvert fald ikke skade at kigge på den. Og bagefter fortsætter jeg til Uppsala og forsøger at mase mig ind i studenterlivet."

"Ja, der er nok tryk på det liv her midt i juleferien," sagde Eva Backman og smilede venligt.

"Sikkert. Jeg ser meget frem til det."

"Tak for kaffe," sagde Eva Backman. "Ja, men så må jeg vel ønske dig held og lykke med udflugten."

"Har ikke været i Stockholm i et år," sagde Gunnar Barbarotti.

Den villa, som Kristina Hermansson boede i sammen med sin mand og søn, lå på Musseronvägen i Gamla Enskede. Det var en stor, gammel trækasse fra 20'erne eller 30'erne, så vidt Gunnar Barbarotti kunne se, og den var nok snarere over fem millioner værd end under. Et hurtigt overslag pegede på, at hans egen treværelses i Kymlinge antagelig kunne rummes fire-fem gange under det slidte, rustrøde tegltag.

Manden, Jakob Willnius, var endnu ikke hjemme, men ville være det i løbet af en times tid, lod Kristina Hermansson forstå. Han havde bedt om også at komme til at snakke med ham, og det var naturligvis helt i orden. Sønnen Kelvin befandt sig tre huse længere nede ad gaden hos en dagplejemor, men da han endnu ikke var fyldt to år, besluttede Gunnar Barbarotti sig for indtil videre at springe over udspørgningen af ham.

De satte sig i en stor vinterhave med strålevarme, som vendte ud mod haven. Kristina Hermansson var i 30'erne, hun havde mørkebrunt pagehår, og han syntes, at hun var smuk. Sådan en kone og sådan et hus ville han aldrig selv få, konstaterede han nøgternt. Faktisk havde han aldrig været i nærheden af det, og han undrede sig over, hvorfor sådan et underklasseperspektiv dukkede op lige netop nu; han plejede ikke at dumpe ned i de følelsesmæssige skyttegrave, men der var noget ved den blå skumring, som hurtigt var ved at sænke sig over de gamle frugttræer derude i haven, ved de knirkende lyde fra kurvestolene, ved de sarte, smukke kopper, som hun serverede teen i – Meissnerporcelæn hvis han ikke tog fejl – der fik ham til at føle sig som en fattig fætter fra landet.

"Værsgo," sagde hun. "Jeg skulle måske også have smurt lidt brød til dig, men ..."

“Han rystede på hovedet. “Jeg spiste i toget, det er helt fint.”

“... men jeg er så ødelagt af det, der er sket. Det føles uvirkeligt.”

Hun fjernede en lille plet på bordet med tommelfingeren; det var en helt igennem ubevidst gestus, men han forstod pludselig, at Kristina Hermansson egentlig var lige så fremmed i dette miljø som han selv. Forskellen var, at hun havde haft nogle år til at vænne sig til det.

“Du har et smukt hjem,” sagde han. “Hvor længe har I boet her?”

Hun regnede efter. “I fire år ... ja, det bliver faktisk fire år nu til april.”

“Kan du fortælle mig om Henrik og Robert?”

“Ja ... hvad vil du gerne vide?”

Han foldede hænderne og betragtede hende alvorligt. “Hvad som helst, som du tror kan være vigtigt,” sagde han.

Hun drak lidt te, men sagde ingenting.

“Der må jo være en årsag til, at de er forsvundet,” tilføjede han. “Måske er der to årsager, men det er for tidligt at have nogen meninger om det nu. Jeg er ikke specielt begejstret for tilfældigheder og den slags. Der er en forklaring ... eller måske to forklaringer ... og hvis jeg vidste, hvad de tænkte og mente, og hvordan de havde det, i timerne før de forsvandt, ja så ville jeg formodentlig også kunne begribe, hvor de er forsvundet hen. Eller i det mindste få en fornemmelse af det. Er du med?”

Hun nikkede.

“Af de mennesker, som var til stede hjemme hos dine forældre, er du nok den, der stod Robert nærmest. Den opfattelse har jeg i hvert fald fået. Er du enig i det?”

“Jeg ... ja, det skal nok passe,” sagde hun og rettede sig en smule op. “Vi har altid godt kunnet lide hinanden, Robert og jeg. Jeg ved, at de fleste regner ham for en idiot, men det er jeg ligeglad med. Han er, som han er, men sammen har vi altid fungeret på en eller anden måde. Han boede faktisk her i huset hos os i en periode.”

“Ja så?”

“Ja. Han kom hjem efter nogle år i Australien og havde brug for et sted at nødlande ... han boede her kun et par måneder."

"Og Henrik?"

"Hvad?"

"Hvilket forhold havde du til Henrik?"

"Ham har jeg også altid godt kunnet lide. Både ham og Kristoffer. Jeg plejede at rykke ind som en slags reservemor for dem med mellemrum i nogle år, min søster har jo en evne til at gå lidt for meget op i sit arbejde. Men i den senere tid har vi ikke set hinanden ret meget."

"Hvordan er relationen mellem Robert og Henrik?"

Hun tænkte sig om, men kun et kort øjeblik. "Der er ingen. Nej, jeg tror aldrig, at de har stået hinanden nær. Spørger du om det, fordi du bilder dig ind, at der kan være en sammenhæng imellem deres ... ja, deres forsvinden?"

"Hvad mener du selv?"

"Nej," svarede hun uden tøven. "Jeg tror ikke på nogen sammenhæng. Selvom det jo så betyder, at vi står med to gåder i stedet for en, så jeg ved ikke rigtigt ..."

"Hvis vi prøver at koncentrere os om dine iagttagelser i stedet for at spekulere," foreslog han. "Og lad os begynde med mandag aften ... du sad jo oppe og snakkede med både Robert og Henrik, er det ikke korrekt?"

"Jo."

"Og du var udenfor og snakkede alvorligt med Robert, efter at han havde fornærmet jeres mor?"

"Jeg ved ikke, om vi ... jo, det gjorde vi selvfølgelig."

"Hvad sagde I mere konkret?"

"Ikke så meget. Han fortalte, at han havde det skidt, og at han næsten ikke kunne holde ud at være i huset. At han skammede sig. Jeg sagde til ham, at han skulle tage sig sammen og forsøge at spille med. Det har jo virket før. Jeg spurgte, om han havde nogen planer, og han sagde, at han havde tænkt sig at rejse væk en tid og forsøge at skrive sin roman færdig."

"Sin roman?"

"Robert har arbejdet med et romanprojekt i ... ja, jeg ved egentlig ikke, hvornår det begyndte ... i ti år måske. Han mente vel, at tiden var inde til at sætte sig alene i et hjørne af verden og få bogen gjort færdig."

"Jeg forstår. Han snakkede slet ikke om at tage livet af sig?"

Hun rystede på hovedet. "Nej, det gjorde han ikke. Jeg har selvfølgelig tænkt over det, men jeg bilder mig ind, at han ikke var suicidal ... eller er det. Han er ikke den type, selvom man jo aldrig kan vide den slags. Men han har gennemgået temmelig meget, Robert, og jeg kan ikke huske, at han nogensinde har snakket om den slags. Eller at jeg har været bange for, at han skulle gøre det. Han ved sikkert, at ..."

"Ja?"

Hun kom til at le. "Jeg tror, at han ved, at jeg ville blive sindssygt vred på ham, hvis han valgte den feje vej ud. Jeg ville komme efter ham og hjemsøge ham i dødsriget og stille ham til ansvar og så videre."

"Din mor sagde, at han, efter hvad hun vidste, havde gået i terapi efter den fjernsynshistorie. Ved du, om det er korrekt?"

"Jeg tror, at han gik et par gange til en psykolog."

"Du skulle vel ikke kende navnet på ham eller hende?"

"Beklager."

Gunnar Barbarotti nikkede. "Og hvad med Henrik?"

"Mener du om Henrik ... om Henrik skulle være motiveret til selvmord?"

"Ja."

"Nej, hvorfor skulle han være det? Det er klart, at jeg også har tænkt på det, men det virker helt urimeligt. Hvis Robert eller Henrik ... eller dem begge to ... havde taget deres eget liv, hvorfor har man så ikke fundet dem? Kroppe kan vel ikke bare gå op i røg?"

"Man kan springe i åen," foreslog Gunnar Barbarotti forsigtigt. "Men vi er ikke begyndt at trække vod endnu. Først havde vi tænkt os, at vi skulle have en grund til det. Men hvad jeg gerne vil vide nu er altså, hvad du og Henrik talte om mandag aften. Og hvordan han virkede. Har du tænkt over det, siden vi talte sammen i telefonen?"

"Jeg har næsten ikke gjort andet," sagde Kristina Hermansson.

"Og jeg kommer ingen vegne. Det er, som jeg sagde, vi snakkede mest om gamle minder fra dengang, hvor han og Kristoffer var mindre. Jeg var temmelig meget sammen med dem dengang. Lidt om hvordan han har det i Uppsala også, men ikke meget ... og ja, han nævnte en pige, som jeg tror hed Jenny, men jeg fik ikke indtryk af, at det var noget alvorligt. Jeg er ... jeg er ked af det, men jeg kan jo ikke sidde og finde på noget, som ikke skete."

"Og om tirsdagen?"

"Vi snakkede bare en smule om tirsdagen. Og aldrig under fire øjne. Det var jo fars og Ebbas store dag, og der var fuld fart på og en masse mennesker hele tiden. Jeg tænkte nok ikke så meget på Henrik ... selvom han sang, mens vi sad og spiste. Han har en dejlig stemme, Henrik."

"Hvornår cirka tog du og din mand tilbage til hotellet? I tog vel af sted sammen den aften?"

"Ja da. Det var nok lige efter halv tolv."

"Sagde du farvel til Henrik?"

"Ja ... ja, naturligvis gjorde jeg det."

"Og du lagde ikke mærke til noget specielt?"

"Med Henrik?"

"Ja."

"Nej, hvorfor skulle jeg have gjort det? Der var ikke noget specielt med ham. Det, vi alle sammen snakkede om, var naturligvis, hvor Robert var blevet af. Vi havde ligesom ikke berørt det under middagen ... for ikke at ødelægge det hele for far og Ebba. Men da vi havde rejst os fra bordet, begyndte vi at diskutere, hvor han kunne være henne. Mor var nok den, der var mest urolig, så vidt jeg husker det."

"Og du selv?"

"Det er klart, at man undrede sig. Men som jeg sagde, så troede jeg vel ganske enkelt, at han ikke kunne klare det. At han havde fundet en gammel ven og så ville dukke op dagen efter."

"Jeg forstår. Og så tog I tilbage til hotellet, og næste morgen kørte I op til Stockholm?"

"Ja. Vi havde halvt om halvt tænkt os at spise morgenmad hjemme hos mor og far også, men det viste sig, at Jakob var nødt til at være med til et møde ved tolvtiden, så vi var nødt til at tage af sted tidligt."

"Og hvornår fik I så at vide, at Henrik var forsvundet?"

"Ikke før vi var kommet hjem. Mor ringede og fortalte det ... eller rettere sagt, at de ikke vidste, hvor han var. Det lød ligesom ikke helt så alvorligt til at begynde med ..."

"Men Robert var jo stadigvæk forsvundet. I må vel have ...?"

"Ja. Ja, selvfølgelig. Mor var ganske bekymret, hun forsøgte at optræde mere roligt, end hun egentlig var, går jeg ud fra."

"Men det var ikke før onsdag aften, at din far kontaktede politiet. Har du nogen forklaring på, at han ventede så længe?"

"Ja," sagde Kristina Hermansson og sukkede. "Det er der desværre en meget simpel forklaring på. Far blev meget oprørt over det fjernsynsprogram, som Robert var med i. Han ønskede ganske enkelt ikke at få ham på tapetet en gang mere. Jeg tror i det hele taget, at det var de andre, som måtte overtale ham til at ringe."

"Nå, på den måde," sagde Gunnar Barbarotti. "Ja, det lyder måske ikke så sært, når alt kommer til alt."

Han skiftede stilling i kurvestolen. Drak lidt te. Men alt det andet, tænkte han, alt det andet er så meget mere ejendommeligt. Jeg kommer ingen vegne med den her historie.

Ikke en centimeter.

Samtalen med Jakob Willnius tog en halv time. Han blev siddende i den samme kurvestol og kiggede ud gennem det samme sprossede vindue. Jakob Willnius tog sig et glas vin, selv holdt han fast i teen.

Resultatet var magert. Meget magert. Tv-producent Willnius bekræftede på alle punkter sin kones version af, hvad der var sket under deres besøg nede i Kymlinge, og han havde som forventet intet indblik i nogen af de to forsvundnes karakter. Henrik havde han slet ikke truffet før – og havde højest henvendt ti ord til denne gang. Hvad Robert angik, så havde han jo været indkvarteret i huset i et par måneder for et par år siden, men egentlig havde de aldrig haft nogen dybere samtaler, forklarede Jakob Willnius med et let undskyldende skuldertræk. Robert var Kristinas raison d'être, ikke hans.

Gunnar Barbarotti undrede sig et øjeblik over, hvorfor han anvendte akkurat dette franske udtryk – og så vidt han kunne forstå det også anvendte det forkert – men opgav at forfølge problemet. Det var vel også en slags klassemarkering. Jakob Willnius gav ham i det hele taget et roligt, verdensmandsagtigt og harmonisk indtryk; han var gift ind i familien Hermansson, og selvom det ikke beredte ham den store glæde, så havde han i det mindste sindsro nok til at tage det med fatning.

Og hvorfor skulle han ikke også gøre det, tænkte Gunnar Barbarotti, da han havde sagt farvel til parret Hermansson-Willnius og var på vej hen til tunnelbanestationen. Når han nu har fået en kone som Kristina.

Selv havde Gunnar Barbarotti holdt sig væk fra kvinder helt og aldeles efter skilsmissen fra Helena. Lige til for en måned siden altså. Hun hed Charlotte og var også ansat ved politiet; han havde mødt hende ved en konference i Göteborg. De var blevet en smule berusede og havde derefter haft stor fornøjelse af hinanden på hendes hotelværelse størstedelen af natten.

Problemet var, at hun var gift. Med endnu en politimand. De boede i Falkenberg og havde to små børn, ti og syv år gamle. Det havde hun fortalt om morgenen, da de spiste morgenmad; selvom han selvfølgelig havde haft mulighed for at spørge hende aftenen før, hvilket han altså ikke havde gjort.

Efter denne ene gang havde de ikke mødtes mere, men de havde talt sammen i telefonen to gange. Hun havde lydt lige så ubehageligt berørt, som han havde følt sig, og de var blevet enige om indtil videre ikke at have mere med hinanden at gøre. Men måske skulle de snakkes ved, når man nærmede sig sommeren. Gunnar Barbarotti vidste ikke rigtigt, hvad han skulle mene om situationen – og ikke hvordan det stod til med Charlottes ægteskab – men under begge telefonsamtaler havde han haft hjertebanken, og natten i Göteborg havde helt sikkert været hans mest mindeværdige i flere år.

Men at lægge an på en kollegas – godt nok en ubekendt kollegas – kone var helt givet ikke noget at være stolt af, så han var taknemmelig for, at de indtil videre havde lagt låg på historien. Desuden var savnets og den uudtalte forhåbnings blege sødme heller ikke noget, man skulle foragte.

Robert Hermanssons lejlighed lå i en ejendom fra trediverne på Inedalsgatan på Kungsholmen. Fjerde sal; der stod Renstierna på et messingskilt på døren og Hermansson på en håndskrevet lap oven over brevsprækken. Gunnar Barbarotti tilbragte en time med at vandre rundt i de to små rum og et endnu mindre køkken og lede efter informationer om, hvad der var sket med den fraværende lejer. En betjent ved navn Rasmusson fra Stockholms Politi holdt ham med selskab, mestendels ved at stå ude på den diminutive altan ind mod gården og ryge.

Da de forlod lejligheden og låste døren – med hjælp fra den langtfra begejstrede vicevært – medbragte Gunnar Barbarotti to ting i sin mappe. Dels en adressebog, som han havde fundet mellem en pakke spaghetti og en tekande på en hylde i køkkenet, dels en slags notesblok, der havde ligget ved siden af telefonen på natbordet i soveværelset. Begge to indeholdt et virvar af hastigt nedkradsede navne og telefonnumre, og han så ikke frem til at skulle i gang med at gennemgå dem. Det omtalte romanmanuskript – *Menneske uden hund* var tilsyneladende arbejdstitlen – var blevet fundet i to bunker på et vakkelvornt skrivebord. Barbarotti havde kastet et blik på det, men havde så besluttet sig for at lade det ligge i fred indtil videre. Seks hundrede og halvtreds sider var jo trods alt seks hundrede og halvtreds sider ...

Klokken var kvart i syv, da han kom tilbage til sit værelse på Hotel Terminus, og efter at han havde ringet hjem for at kontrollere, at Sara ikke ligefrem led nogen nød, besluttede han sig for at arbejde i præcis to timer mere og ikke et minut derudover. Derefter ville han krydse Vasagatan, ville drikke to mørke øl på Centralens Pub og fordøje dagens indtryk.

Akkurat sådan blev det også.

21

Mens han spiste morgenmad, lod Sorgsen høre fra sig.

"Han ringede en enkelt gang i løbet af natten."

"Hvem?"

"Vi har fået listen over mobiltrafikken. Robert Hermansson ringede en enkelt gang klokken 01:48 mandag aften."

"Til hvem?"

"Det ved vi ikke."

"Selvfølgelig ved vi det. Nummeret må jo stå i ..."

"Han ringede til en anden mobiltelefon med samtalekort. Vi har nummeret, men ved ikke, hvem der er indehaver af det. Du ved jo, hvordan det er."

"Satans også."

"Det kan du have ret i."

"Og hvad med Henrik? Havde Henrik ikke også en mobiltelefon?"

"De oplysninger har vi ikke fået endnu. Det er en anden udbyder. De kommer nok i løbet af dagen."

"Nå," sagde Gunnar Barbarotti. "Robert Hermansson ringer en enkelt gang midt om natten, før han forsvinder. Så ved vi da det. Var der ellers noget?"

"Ikke aktuelt," sagde Gerald Borgsen.

Ja så, tænkte han, da han havde stukket sin egen mobiltelefon tilbage i jakkelommen. Og hvad kan vi så konkludere på den baggrund?

Ingenting, så enkelt var det. Hvad med hypoteser? Jo, måske. Man kunne i hvert fald gætte sig frem til noget meget rimeligt:

Robert Hermansson havde besluttet sig for at besøge en eller anden i Kymlinge. Han havde ringet vedkommende op – midt om natten – og spurgt, om det var i orden, at han kom. Og så bagefter ...?

Ja, så var han enten gået derhen, eller også var han gået et andet sted hen. Man kunne selv vælge.

Men på den anden side, fortsatte Gunnar Barbarotti sit knivskarpe deduktionsarbejde, samtidig med at han dekapiterede sit fireminuttersæg med et velrettet slag, på den anden side kunne han jo lige godt have ringet til en gammel kæreste i Hallonbergen. Naturligvis. Bare for at snakke en tid og ønske god jul, når man nu gik rundt her og var en smule beruset. Hvordan var det nu? Kunne man ikke lokalisere også modtageren af samtalen nu om dage? Sådan cirka i hvert fald. Eller gjaldt det kun samtaler, som var i gang?

Jeg ringer tilbage til Sorgsen i eftermiddag, besluttede han. Det må han finde ud af.

Klokken var ikke mere end kvart i ni om morgenen, men allerede nu følte han trætheden komme krybende ind over ham. Ikke den fysiske træthed – han ville hellere end gerne løbe en tur på otte eller ti kilometer – tolv, hvis det var langs stranden – nej, den psykiske træthed. En slags sej og trøstesløs stress, eller hvordan man nu skulle beskrive tilstanden. Følelsen af ... af utilstrækkelighed. Af afmagt. Skurken i historien var informationsstrømmen, det var han helt klar over – det vil sige det moderne samfunds vilkår, at man pludselig stod med uanede mængder af oplysninger, tonsvis af potentielt brugbar og reel information. Sådan var det med moderne politiarbejde. Det drejede sig ikke om at jagte information – det var let at få fat i i store mængder – det drejede sig om at sortere den.

Man kunne for eksempel tale med alle de syvoghalvfjerds eller et hundrede og elleve personer, som Henrik Grundt havde ringet op eller taget imod samtaler fra i de seneste to måneder, når man først havde listen over hans mobiltrafik i hånden. Man kunne forhøre alle hans studiekammerater og alle hans lærere ved det juridiske fakultet, man kunne fortsætte med korkammeraterne og hans gamle gymnasievenner oppe i Sundsvall og derefter sende det hele ind til Guinness Rekordbog, tænkte kommissær Barbarotti dystert. Verdens største og mest mislykkede politiefterforskning – selvom der sikkert var en del konkurrenter til den titel. Hvad angik Henriks morbror Robert, havde han siddet i tre timer i går aftes (han havde taget en time også efter sit pubbesøg) med hans rodede adressebog og den endnu mere rodede notesblok og forsøgt at sortere det fra, som formodentlig var uvæsentligt; problemet var, at der ikke var nogen fornuftige vurderingskriterier, i hvert fald ikke nogen, der virkede særlig godt, af den enkle årsag, at han ikke vidste, hvad han ledte efter.

Og hvis han overlod arbejdet til andre, så ville heller ikke de vide, hvad de skulle lede efter ... han kunne huske, at han et sted havde læst om den slags informationsproblemer i det gamle Østtyskland. Da hver fjerde borger havde været angivet til Stasi, og da en angivers fornemste opgave var at angive, så endte de helt enkelt med sådanne mængder af rapporter, at de knap nok orkede at læse dem og langt mindre orkede at sætte sig ind i dem og vurdere dem.

For slet ikke at tale om at agere på dem.

Og hvordan skulle han vide, hvilke telefonnumre eller hurtigt nedkradsede navne der var vigtige i den her sammenhæng? Eller hvilken af et hundrede og tooghalvfjerds blækskidende ungjurister oppe i Uppsala der faktisk sad inde med et eller andet? Det var, som om høstakkene med den nye teknologi bare voksede og voksede, mens nålen ikke blev så meget som en millimeter større. Hvorfor ikke også kontrollere deltagerne i Roberts tv-serie – det hele kunne jo vise sig at handle om en hævnhistorie med sin oprindelse på Koh Fuk. Det ville helt sikkert kunne trække nogle overskrifter i så fald.

En anden variant var, at Robert Hermansson helt enkelt var blevet træt af al opmærksomheden og alt lortet og var gået under jorden sammen med en gammel flamme. At han lå og gemte sig et eller andet sted. Når man tog situationen i betragtning – og tænkte det ind, at hans søstersøn også var forsvundet og tilsyneladende ikke havde den store grund til også at gemme sig – så virkede den løsning ikke specielt sandsynlig. Men alligevel, tyngden af høstakken kunne mærkes. Eller af høstakkene, hvis det nu var to nåle, han ledte efter.

Men Backman havde en god model, kom han til at tænke på. Først beslutter man sig for, hvad man skal gøre. Derefter gør man det. Hvis sagen ikke er opklaret dermed, så må man beslutte sig for at tage en tur til.

Backman er så klog som en spækhugger, tænkte Gunnar Barbarotti. Nu går jeg hen og henter en kop kaffe mere, så jeg i det mindste kan holde mig vågen.

En enkelt ting fik han dog på plads i løbet af formiddagen. Han fandt den psykolog, som Robert Hermansson efter alt at dømme havde konsulteret efter sit sammenbrud på Fucking Island. Psykologen hed Eugen Sventander, havde konsultation på Skånegatan på Söder og lod via sin telefonsvarer meddele, at han var bortrejst hen over jul og nytår og ventedes tilbage den 9. januar. Sventander indgik i en gruppe med otte psykologer og terapeuter med forskellige adresser i Stockholm, som havde præcis dette som specialitet: at modtage udbrændte deltagere fra fjernsynsserier og bygge dem op igen til livsduelige mennesker. Normalt klarede man det på fra seks til otte måneder med to besøg om ugen – og i den sidste del af behandlingen bare med et. Og i de fleste tilfælde var det den pågældende tv-kanal, som betalte for behandlingen.

Tilfreds med denne klare og entydige besked fra en af Sventanders kolleger i gruppen satte Gunnar Barbarotti sig på toget og fortsatte nordpå mod Uppsala.

Kollegiet lå i studenterområdet Triangeln ved Rackarberget. Der var fem værelser på gangen, hvert med eget bad og toilet. Køkkenet var fælles og udsmykket med en plakat med et billede af Che Guevara, en halvnøgen negerkvinde og en dartskive. Gunnar Barbarotti spurgte sig selv, om der overhovedet var sket det mindste fremskridt, siden han selv sad og drak lunkent dåseøl på et kollegium i Lund femogtyve år tidligere.

Den pige, som tog imod ham, hed Linda Markovic og boede på et af værelserne. Hun var lille og spinkel. Læste matematik, havde sine forældre boende i Uppsala, men foretrak at holde til på sit eget lille værelse i dagene mellem jul og nytår. Hun havde brug for at kunne læse, og til det krævedes fred og ro. I de øvrige fire værelser var der ingen hjemme, sagde hun, og de ventedes ikke tilbage før engang ind i januar.

Hun spurgte, om han ville have kaffe. Han sagde ja tak, og derefter satte de sig ved spisebordet, der var belagt med en grå, uopslidelig kunststofplade, der formodentlig stammede tilbage fra samme epoke som hr. Guevara.

"Henrik," sagde han til at begynde med. "Som jeg sagde, så drejer det sig om Henrik Grundt. Årsagen til, at jeg sidder her, er at han er forsvundet."

"Forsvundet? Jeg har kun pulverkaffe. Er det i orden?"

"Det er i orden. I bor jo væg om væg så at sige?"

"Ja. Jeg har boet her i tre semestre. Henrik fremlejer, fordi det næsten er umuligt at få en regulær lejekontrakt, når man stadigvæk er rus. Og han flyttede altså ind i september."

"Kender du ham godt?"

Hun rystede på hovedet. Hun havde en ejendommelig, umoderne frisure, syntes han. Korte, mørkebrune proptrækkerkrøller klippet langt op i nakken. Eller også var det ham selv, der var umoderne, det var naturligvis også en mulighed. Hun hældte varmt vand op i et blåt og et rødt krus, skubbede kaffepulveret over til ham og åbnede en rulle cremekiks.

"Jeg har desværre ikke meget at byde på," forklarede hun. "Men du er vel næppe kommet hertil for at spise dig mæt."

"Det stemmer," sagde han. "Men du kender altså ikke Henrik specielt godt?"

"Nej," sagde hun og tog en kiks. "Det vil jeg ikke påstå. Vi omgås ikke ret meget her på gangen, den slags kan jo være lidt forskelligt. Vi ses, når vi spiser morgenmad og drikker aftente, det er stort set det hele. Mere er der ikke."

"Men du har trods alt snakket en del med ham?"

Hun trak på skuldrene. "Ja, det har jeg selvfølgelig."

"Hvad mener du om ham?"

"En rar fyr tror jeg. Ikke indbildsk som visse fyre ... nej, han virker pålidelig efter min mening. Hvad er det, der er sket med ham?"

"Det ved vi ikke endnu. Vi ved ikke andet, end at han er forsvundet."

"Hvordan kan ... jeg mener ... er han bare forsvundet?"

"Ja."

"Det lyder ikke rart."

"Nej. Men en del mennesker vælger jo selv at forsvinde. Eller at gemme sig af en eller anden årsag. Det er præcis det, jeg forsøger at få rede på."

"Om Henrik ...?"

Hun bremsede op og så lidt forvirret på ham. Han mødte hendes blik og havde ingen problemer med at tolke det.

"Jeg kan se, hvad du tænker. Ja, der er også dem, der tager deres eget liv. Intet taler for, at Henrik har gjort det, men man ved aldrig."

"Jeg kan ikke forestille mig, at han ..."

Hun afsluttede ikke sætningen. Gunnar Barbarotti nippede til kaffen og brændte sig på overlæben.

"Er der andre her på gangen, som Henrik havde lidt mere at gøre med?"

Ny hovedrysten. Krøllerne dansede. "Nej, han og Per gik vist til samme fest engang i begyndelsen af semesteret, men det var vist kun den ene gang. Per er ... Per er en ballademager. Når han er fuld altså, og det er han engang imellem."

"Har Henrik en kæreste?"

"Her i byen?"

"Ja. Eller et andet sted."

"Det vil jeg ikke tro."

"Hvad betyder det?"

"At jeg ikke tror, han har nogen kæreste naturligvis."

Gunnar Barbarotti tænkte sig hurtigt om. Besluttede sig for at stole på sin intuition.

"Jeg fik en fornemmelse af, at det betød noget mere."

"Nu er jeg ikke med. Hvad mener du?"

Men han så, at hun rødmede. Hun forsøgte at skjule det ved at bide i en ny kiks, pludselig var hun nervøs. Hun havde antydet et eller andet, og nu ville hun ikke stå ved det. Hvad i helvede sker der, tænkte Gunnar Barbarotti.

"Linda, jeg har temmelig stor erfaring med at aflæse, hvad mennesker siger og ikke siger," sagde han langsomt, mens han forsøgte at nagle hende fast med blikket. "Og hvad de siger, selvom de ikke rigtigt er klar over det. Da du sagde *det vil jeg ikke tro*, så sagde du egentlig noget andet også, har jeg ikke ret?"

Lidt for opblæst mente han selv, men hun faldt for det. Tøvede i to sekunder, bed sig i læben og trak i en af krøllerne.

"Jeg mente bare, at jeg ikke ville blive forundret, hvis det viste sig, at Henrik er bøsse."

"Ja så?"

"Men det er min egen helt private opfattelse, husk det. Jeg har aldrig spurgt nogen af de andre, og jeg er i øvrigt også skide ligeglad. Men nogle gange får man bare det der indtryk ... ja, du ved det jo."

Han nikkede.

"Ikke nogen fjollebøsse naturligvis, og måske tager jeg helt fejl. Det er heller ikke noget, jeg har gået og tænkt over."

"Jeg forstår," sagde Gunnar Barbarotti. "Har han tit kammerater på besøg ... eller studiekammerater ... mandlige og kvindelige?"

Hun tænkte efter. "Jeg tror, der har været nogen her for at læse et par gange. Fire–fem stykker, de læser jura, jo, to piger og to fyre, så vidt jeg husker."

"Går han meget til fest?"

"Nej. Han er nok i Studenterforeningen med mellemrum. Jeg tror også, at han synger i koret. Og så i Jontes, hvor alle de jurastuderende holder til. Men jeg har aldrig set ham rigtigt beruset. Faktisk passer han temmelig meget på."

"Hvilket man vel ikke kan sige om alle?"

"Nej, hvilket man ikke kan sige om alle."

Barbarotti lænede sig tilbage. Homoseksuel, tænkte han. Det

havde han ikke hørt tidligere.

"Jenny?" spurgte han. "Har du mødt en bekendt af Henrik, som hedder Jenny?"

"Aldrig."

"Og det er du sikker på?"

"Jeg er i hvert fald aldrig blevet præsenteret for hende. Selvom henved hver tredje pige heroppe hedder Jenny."

"All right," sagde Gunnar Barbarotti. "Det er nok tilstrækkeligt for nu. I har en reservenøgle til hinandens værelser, sagde du. Du kunne måske hjælpe mig med at åbne?"

Hun tøvede. "Har du lov til den slags?" sagde hun. "Og burde du ikke vise mig et dokument eller sådan noget først?"

Han nikkede og fandt papiret frem. Hun kastede et blik på det, rejste sig og trak så en af skufferne ved siden af komfuret ud. Og pludselig, mens hun et sekund bøjede sig frem, så han hendes ene bryst og brystvorte. Hendes vinrøde undertøj var udringet under armen, og der indenfor hang, helt frit, hendes højre bryst.

"Vi har lagt dem her frivilligt," sagde hun. "Alle med undtagelse af Ersan, han stoler ikke på nogen, men det ville jeg heller ikke gøre, hvis jeg havde hans baggrund."

Gunnar Barbarotti gjorde en synkebevægelse og tog imod en nøgle. Besluttede sig for ikke at spørge til, hvor Ersan kom fra. "Tak for kaffe," sagde han i stedet. "Nu skal jeg ikke forstyrre dig længere. Jeg siger til, når jeg er færdig."

"Det er helt i orden," sagde Linda Markovic. "Der er tretten dage tilbage til min eksamen, jeg har oceaner af tid."

"Jeg kan godt huske, hvordan det var," sagde Gunnar Barbarotti og følte, at han ikke misundte hende det mindste.

Men det bryst ville ikke slippe hans nethinde helt frivilligt.

I løbet af eftermiddagen og aftenen mødtes han først med en korleder, så med en kusine til Leif Grundt og endelig med en studievejleder ved det juridiske fakultet.

Korlederen hed Kenneth og kunne bidrage med en bedømmelse af Henriks baryton. Den var meget smuk, påstod han. I koret var han naturligvis bare en i mængden, men hvis han havde de rigtige ambitioner, kunne han godt udvikle sig til at synge solo.

Nogen Jenny? Nej, det havde han ikke hørt om.

Kusinen hed Berit og havde haft Henrik boende ude hos sig i Bergsbrunna de første to uger af semesteret, før han fik fat i værelset på Karlsrogatan. De havde kun mødtes en enkelt gang, efter at Henrik var flyttet, men hun havde det indtryk, at han passede sine studier og var en nydelig ung mand.

Jenny? Nej, piger vidste hun intet om.

Studievejlederen hed Gertzén og var informeret om, at Henrik var indskrevet ved universitetet og aktiv studerende. Mere vidste han ikke, men der var mange studenter at holde rede på, og navnlig i begyndelsen kunne det være svært at have en holdning til dem alle sammen.

Jenny? Kommissær Barbarotti stillede ikke engang spørgsmålet.

Klokken var halv ni, da han drog tilbage til Hotel Hörnan, smukt beliggende ved Fyrisåen, der stadigvæk havde et åbent vandhul, hvor ænderne flokkedes. Han kunne se dem fra sit vindue. Lidt længere mod nord kunne han også skimte Filmstaden og Norrlands Nation, det studenterhus, hvor Henrik altså havde taget sine første usikre trin i studenterlivet. Hvor han havde sunget i koret, og hvor han eventuelt også ... nej, Barbarotti var træt af at spekulere. Han vendte blikket tilbage mod ænderne nede i det sorte vand og overvejede, om han følte sig mere eller mindre fortabt, end han havde gjort i morges, da han sad i toget på vej op til denne lærdommens højborg.

Det var svært at afgøre. Henriks værelse havde under alle omstændigheder ikke givet meget. End ikke en adressebog; han tilhørte vel den unge, rationelle generation, som havde alle vigtige data lagret i mobiltelefonen eller på sin computer. Computeren, en pc, der så imponerende ny og smart ud efter Barbarottis mening, havde han ikke været i stand til at komme ind i, og mobiltelefonen befandt sig nok på samme sted som sin ejer.

Det ville sige på *et ukendt sted.* Der havde ikke været noget kompromitterende overhovedet i værelset. Ingen erotisk litteratur på hylderne (ikke engang et mandeblad), der havde kunnet afsløre noget om lejerens seksuelle præferencer. Der havde været ryddeligt og nydeligt, præcis som han havde forventet det. Han syntes, han begyndte at kende Henrik Grundt en smule efterhånden. Altid det samme velopdragne, ordentlige, stilfærdige indtryk. Hans eventuelle homoseksualitet var indtil videre kun underbygget af en ung studines meget private og meget vage observationer; at Gunnar Barbarotti ikke rigtigt var i stand til at slippe denne omstændighed, beroede formodentlig først og fremmest på, at der ikke var meget andet at fæstne sine tanker ved.

Han trak de tunge gardiner for og tændte for mobilen, som han havde haft slukket under dagens sidste samtale med studievejleder Gertzén. Mens han endnu holdt den i hånden, kom der et pip som forkyndte, at der lå meddelelser til ham.

Eller i det mindste en. Den kom fra Sorgsen. Han fortalte, at de om eftermiddagen også havde fået Henriks telefonliste, og at der var et par interessante ting der. Hvis Barbarotti hørte det her før klokken ni, kunne han ringe hjem til Sorgsen.

Han så på uret. Klokken var fem minutter i.

"Sig ingenting, jeg ved det. Henrik ringede til det samme nummer som Robert præcis fireogtyve timer senere?"

"Ikke helt," sagde Sorgsen. "Nej, Henrik ringede overhovedet ingen steder hen mandag eller tirsdag. Og han modtog bare én samtale – fra bedsteforældrene, da familien Grundt var på vej ned fra Sundsvall. Men der var en del sms-trafik, som kan være interessant."

"Jeg er lutter øre," sagde Gunnar Barbarotti.

"Ingenting direkte i forbindelse med at han forsvandt, dog. Den sidste meddelelse, han tog imod, kom klokken 22:35 tirsdag aften, den sidste, han sendte, gik af sted ti minutter senere. Samme nummer. Derefter har han modtaget sammenlagt syv sms'er i løbet af fire dage – også juleaften – men har ikke besvaret en eneste. Teksterne er desværre slettet, de gemmes jo maksimalt tooghalvfjerds timer hos leverandøren, men alligevel ..."

"Jeg forstår," sagde Gunnar Barbarotti og følte pludselig, hvordan noget koldt og foruroligende dukkede op inden i ham. Det var ikke svært at tegne det billede, som lå bag den information, som Sorgsen lige havde leveret. Et temmelig mørkt billede.

"Fra samme nummer?"

"Fem af dem."

"Og det er det samme nummer, som ...?"

"Ja. Hvis vi bare kigger på den sidste uge, altså fra og med den 17. december til og med den 24. så har det samme nummer sendt toogtyve sms'er, og Henrik har svaret fjorten gange."

"Og?"

"Hvad tror du selv?"

Det var så usædvanligt, at Sorgsen trak tingene ud for at opnå en dramatisk effekt på den her måde, at han ikke vidste, hvad han skulle tro.

"Taletidskort der ikke kan spores?" sagde han automatisk.

"Nix," sagde Sorgsen. "Vi har abonnentens navn."

"Udmærket," sagde Gunnar Barbarotti. "Kom så med det. Medmindre du vil have et smækkys først. For så må du vente til i overmorgen."

Det var dumt sagt, men Sorgsen tog imod det, som var det en dårlig andenserv.

"Navnet er Jens Lindewall. Adressen er Prästgårdsgatan 5 i Uppsala, hvis du ellers kommer på de kanter."

"Det var som ... vent lige ... kan du sige det en gang mere, så jeg kan nå at notere?"

"Jeg sms'er det til dig," sagde Sorgsen. "Så kan du få nummeret også. Vi ses."

Det var som satan, fuldendte Gunnar Barbarotti sin ufærdige replik inden i sit eget hoved. Nogle gange falder tingene også på plads, det skal man ikke glemme.

Den sms, der rummede Jens Lindewalls data, dukkede op et minut efter, og det tog ham yderligere fem at beslutte sig for, hvordan han ville agere. I den korte tid spekulerede han mest på, om han skulle ringe til Eva Backman for at drøfte sagen med hende først, men det gik hurtigt op for ham, at han meget vel vidste, hvilket råd hans kollega ville hjælpe ham med.

Og næsten samtidig nåede han frem til, at han burde følge det råd.

Han trak gardinerne fra igen, før han trykkede nummeret. Himlen var violet af sne, og ænderne nede ved åen så ud, som om de var frosset fast.

Han ventede, mens telefonen ringede seks gange. Derefter fulgte endnu en ringetone med den umiskendelige tonesænkning. Derefter kom telefonsvareren.

Hej, du har ringet til Jens. Jeg er taget til Borneo og har ladet mobilterroristen blive liggende i en skrivebordsskuffe. Kommer tilbage den 12. januar. Jeg ønsker jer alle et rigtigt godt nytår. Hvis du har lyst til at ønske mig det samme, kan du gøre det efter bippet. Hej.

Nej, min gode ven, tænkte Gunnar Barbarotti vredt og slukkede for telefonen. Du skal fandeme se og få dig bevæget hjem igen snarest, ellers sender vi de borneanske strømere efter dig, og dem skal man ikke spøge med!

Og hvem var det, som havde forsøgt at bilde sig selv ind, at tingene ville falde på plads for kort tid siden?

Han trak gardinerne for for anden gang og fortrød, at han havde lovet ikke at opsende flere bønner i tre dage mere.

Og da han slukkede lyset, dukkede billedet af Linda Markovics bryst op igen. Det er bedrøveligt, tænkte Gunnar Barbarotti. Så sølle er mit kærlighedsliv, at jeg er nødt til at drømme om brystvortekig på et halvt sekund på fremmede studiner.

Og så påstår Gud, at han eksisterer?

II

Januar

22

Gunnar Barbarotti [illegible]

[illegible]

22

Gunnar Barbarotti brød sig ikke om at flyve.

Allermindst brød han sig om at flyve med charterfly og næstmindst om at flyve indenrigs. Men når indenrigsflyene ikke kunne holde flyveplanen, var de næsten værre end charterflyene. Hvis man købte en rejse til Fuerteventura, var det næsten sikkert, at man også landede på Fuerteventura før eller siden. Tog man et indenrigsfly, kunne man ende hvor som helst. Afhængigt af omstændighederne. Øjensynligt.

Som nu. Han var startet hjemmefra midt om natten, var steget om bord på en maskine fra Landvetter og var landet i Arlanda halvtreds minutter forsinket ved nitiden. Der var han så blevet overført til en senere afgang til Sundsvall, fordi hans ordinære fly havde nået at flyve sin vej – og endelig havde han så rørt jorden på Östersunds flyveplads ved Frösøen omkring klokken kvart over et, fordi der havde været tåge over Midlanda mellem Sundsvall og Härnösand. Han havde selv set det gennem kabinevinduet; der var strålende vintervejr over hele Sverige – lige med undtagelse af over denne malplacerede landingsbane, hvor vejrguderne havde anbragt en tågebanke så tyk som havregrød.

Han havde dog ikke bedt Vor Herre om en vellykket landing, så eksistenspoints var der ikke på spil hverken til den ene eller den anden side.

Fra Östersund fortsatte han to og en halv time med bus til Sundsvall, og da han steg af på rutebilstationen i Medelpadsmetropolen – centrum i Sverige ifølge den lokale overtro – var klokken præcis fire om eftermiddagen. Den samlede forsinkelse løb op i fem timer og femogfyrre minutter.

Men trods det – hvis der ikke skete mere uforudset – havde han stadigvæk en times tid til samtalen med Kristoffer Grundt, før han var tvunget til at tage en taxa for at nå det sidste fly tilbage til Arlanda.

Endnu var tiden med andre ord altså ikke kommet til at ofre til guderne eller at skrive læserbreve, og på den anden side af gaden uden for Seven-Eleven-butikken – præcis som de havde aftalt til sidst, da alle forsinkelser var indregnet og afregnet – stod den unge hr. Grundt og trampede nervøst i snesjappet. For første gang i lang tid fik Gunnar Barbarotti en følelse af, at noget ville begynde at ske i denne Sisyfos-historie, som Eva Backman var begyndt at kalde elendigheden. Ikke noget gennembrud. Intet håb om en hurtig og effektiv løsning, det ville være for meget at begære – men muligvis et lille skridt i noget, der måske så småt og uden de store prætentioner kunne opfattes som den rigtige retning.

Den berømte lille åbning.

Han vidste ikke, hvor mange arbejdstimer man havde investeret, men han vidste, at de hidtil havde været uden resultater – lige til den sidste sveddråbe. Intet var dukket op, som kunne kaste lys over, hvad der var sket med Robert Hermansson og Henrik Grundt, som havde haft den dårlige smag at forsvinde fra Allvädersgatan 4 i Kymlinge midt i juletravlheden. Der var gået tre uger efterhånden, og både Gunnar Barbarotti og hans kolleger følte kun alt for godt den gode, gamle politisandhed, der sagde, at de forbrydelser, som man opklarer, opklarer man de nærmeste dage efter, at de er sket.

Eller også gør man det ikke.

Og at der lå en eller anden form for forbrydelse bag hændelserne på Allvädersgatan, ja, det var der ingen, som nærede nogen tvivl om længere. Hverken Barbarotti eller Backman eller Sorgsen. Det var denne trojka, som tog sig af efterforskningen, som tog beslutninger sammen, som sammen gav ordrer, og som derefter sammen stirrede på alle de tomme kroge, de havde kastet i vandet – og som med jævne mellemrum – oftest dog hver for sig – blev kaldt ind til kommissær Asunander på anden sal for at stå til ansvar.

Asunanders rindende øjne var begyndt at gulne og blinke mere og mere, efter at de var nået forbi årsskiftet og ind i januar. Enkelt formuleret – hvis man ønskede at forfalde til grovere fortolkninger – betød det, at han i et mindre civiliseret og mindre regelstyret samfund ville have foretrukket at smide dem alle tre for ulvene og erstatte dem med andre politifolk med lidt mere rygrad og hjerne. Så kom da selv med en ide, din gabhals, plejede Backman at foreslå. Kom for en enkelt gangs skyld med noget konstruktivt, din forbandede, impotente skrivebordsklovn!

Disse beåndede kommentarer leverede hun dog ikke oppe på anden sal, men gemte dem i stedet, så de kunne nydes sammen med de øller, som de to tredjedele af trojkaen efter sædvane med mellemrum, men aldrig mere end cirka en gang om ugen, plejede at hælde i sig på restaurant Älgen på Norre Torg efter afslutningen på en lang og hård arbejdsdag. Man kan dog ikke bede en hyæne om at pisse cognac, plejede Barbarotti at svare. Eller lægge guldæg. Fyren er jo forsynet med en tajga mellem ørene, og hans indre landskab er sterilt som ... ja, som en tajga.

Det plejede Backman at le ad.

Og aldeles resultatløst havde det trods alt ikke været. Ikke helt så ufrugtbart som kommissærens indre landskaber. Der var visse blindgyder, der strakte sig længere end de fleste andre.

Mobiljunglen for eksempel. Her havde man jo allerede fundet frem til Jens Lindewall, som man ganske vist ikke havde haft held til at komme i kontakt med endnu, fordi han havde valgt at fejre jul og nytår i en anden jungle – i Sabahprovinsen på Borneo – men i morgen tidlig vil han dumpe ud af en flyvemaskine på Arlanda, og hvis der ikke stod andre og ventede på ham med blomster og chokolade, så ville Gunnar Barbarotti gøre det. Men uden grøntsager, blot med et eller flere velgennemtænkte spørgsmål.

Hvis altså ikke flyet fra Midlanda i aften fløj i den forkerte retning altså. Man skulle ikke fejre noget på forhånd.

Også hvad angik den anden forsvinden, var man nået et stykke videre ind i det ukendte, før man var nødt til at stoppe. At Robert Hermansson havde brugt sin mobiltelefon til at ringe op til en eller anden klokken 01:48 den nat, hvor han forsvandt, havde man jo fået at vide næsten omgående via trafiklisten, og det var naturligvis ad helvede til, at han havde ringet til en, der brugte taletidskort. Alt var dog ikke tabt hermed. Modtageren af samtalen kunne spores til Kymlinge, der var altså ikke tale om en gammel kæreste et eller andet tilfældigt sted i landet, sådan som Barbarotti havde frygtet. Robert havde faktisk ringet op til en person, der i det mindste den nat havde befundet sig i Kymlinge, og naturligvis havde man også taget fat i nummeret på kortet og undersøgt det lidt nærmere. Desværre var resultaterne tynde. Foruden i forbindelse med samtalen med Robert var nummeret kun blevet brugt fire gange i december - alle sammen mellem den 5. og den 15. december - og alle gangene til udgående opkald.

En gang til Robert Hermansson i Stockholm, to gange til et pizzeria i Kymlinge, en gang til en damefrisør i Kymlinge. Trojkaen havde talt både med pizzeriaet og med frisøren; det første sted gættede man på, at det havde drejet sig om at bestille en pizza, på det sidste gættede man på, at nogen havde ønsket at bestille tid til at få håret klippet. Sammenlagt udgjorde de to servicevirksomheders kundekreds mellem 1.200 og 1.800 personer. Hvad fællesmængden af denne kundekreds rent matematisk og sandsynlighedsmæssigt kunne tænkes at være, havde Eva Backman brugt en del tid på at beregne, og over en torsdagsøl havde hun noget overraskende (i det mindste for Gunnar Barbarotti, der ikke havde fået de store karakterer i den slags i sin tid) præsenteret det temmelig præcise tal 433.

"Hvordan fanden er du nået frem til det?" havde den overkritiske Barbarotti spurgt, temmelig brutalt.

"Det kan du skide på," havde Eva Backman svaret. "Robert Hermansson ringede til en ud af 433 kvinder i Kymlinge. Eventuelt kunne man måske finde hendes navn hos den skide damefrisør."

Einstein-Backman havde derefter brugt to dage på at få lavet lister over alle, som var blevet klippet på salon *Store Klippet* mellem den 5. december og dagen før juleaften (uden at man fik navnene på alle, men trods alt med temmelig mange muligheder). Totalt set gav det den relativt lave sum af 362 - og akkurat da hun var færdig med dette interessante stykke arbejde, havde ejerinden af den fashionable salon ringet og sagt, at man havde været nødt til at sige nej til mindst lige så mange. Idiot-Backman havde bandet indvendigt, havde arbejdet sig frem til at foretage en meget velovervejet afrunding og var endt med akkurat tallet 433 en gang mere.

"Forstår du?"

"Oh, store mester, jeg forstår," havde Gunnar Barbarotti sagt, men havde samtidig følt, hvordan den mentale udmattelse var kommet snigende ind over ham igen som en lungesyg tåge.

Alligevel – det måtte han vedgå – så havde det været en usædvanligt lang og håbefuld blindgyde.

Men at Kristoffer Grundt havde ringet op den foregående aften og havde villet snakke om noget vigtigt – som han, efter hvad han selv sagde, havde tiet om indtil nu – måtte alligevel betegnes som efterforskningens hidtil mest interessante indslag.

Eller hvad mente Backman?

Jo da, det mente Backman også. Fandeme gjorde hun så.

"Jeg har kun en time. Kunne vi ikke gå ind på det sted der, så optager jeg vores samtale på bånd."

Kristoffer Grundt nikkede.

Knægten bestilte en cola, selv valgte han en dobbelt espresso. Det var lige så godt at være ordentlig vågen, hvis der nu var noget af det her, der ikke kom med på båndet. Det virkede som sådan en dag. De fandt et hjørne bag ved en stendød jukeboks og en ficus af plastik og satte sig.

"Nå?" indledte Gunnar Barbarotti og satte båndoptageren i gang. "Hvad var det så, du havde at sige?"

"Jeg vil helst ikke have, at du fortæller det videre til min mor og far," sagde Kristoffer.

"Jeg kan ikke garantere noget," sagde Barbarotti. "Men jeg lover at holde det for mig selv, hvis det er muligt."

"I ved ... der er ikke sket noget nyt?"

"Hvad mener du?"

"I ved ikke mere om, hvor Henrik er henne?"

Kristoffer Grundt havde det skidt, ingen tvivl om det. Det havde han antagelig haft en tid, mente Barbarotti, han havde svært ved at fokusere, hænderne bevægede sig uroligt mellem colaglasset, flasken og bordkanten – jo, han bar på et eller andet, og det havde han allerede båret på længe. Han havde mørke skygger under øjnene også, til trods for at han kun var fjorten år, og hans hud havde samme farve som et beskidt lagen.

Selvom de fleste vel egentlig så sådan ud i det her land på denne gudsforladte årstid, tænkte Barbarotti ved sig selv.

"Nej," sagde han. "Vi ved stadigvæk ingenting om, hvad der er sket med din bror. Fortæl mig nu, hvad du har holdt inde med."

Drengen tilkastede ham et hurtigt, sky øjenkast.

"Jo, der var altså ..." sagde han tøvende. "Jeg undskylder, at jeg ikke har sagt det her tidligere, men jeg lovede ham ..."

"Henrik?"

"Ja."

"Du lovede ham altså noget? Okay, gå videre. Hvad lovede du ham?"

"Jeg lovede Henrik ikke at sige noget. Men nu ... nu forstår jeg, at jeg måske ..."

Han gik i stå. Gunnar Barbarotti besluttede sig for at hjælpe ham lidt på vej. "Du er ikke bundet af det løfte mere, Kristoffer," sagde han så venligt, han formåede. "Hvis Henrik kunne, ville han løse dig fra det. Vi må gøre alt for at få ham tilbage, det synes du vel også?"

"Tror du ... tror du, at han stadigvæk er i live?"

Der var en svag stribe af håb i stemmen, men ikke meget. Han bedømmer det her på samme måde som jeg, tænkte Gunnar Barbarotti. Han er ikke dum.

"Det ved jeg ikke," sagde han. "Hverken du eller jeg kan vide det. Men vi må håbe, og vi kan under alle omstændigheder gøre vores bedste for at finde ud af, hvad der er sket. Er vi enige?"

Kristoffer Grundt nikkede. "Jo, det er altså sådan, at han ... at han stak af den nat. Jeg mener, han havde planlagt at gøre det."

"Nå sådan," sagde Barbarotti. "Fortsæt."

"Det var egentlig bare det. Han fortalte mig, at han ville gå ud om natten for at møde en eller anden, og han bad mig om at tie stille med det."

"Og så gik han altså?"

"Ja, det må han have gjort. Men jeg ved ikke hvornår, fordi jeg faldt i søvn."

"Du faldt i søvn, før han havde forladt huset?"

"Ja."

"Hvem skulle han mødes med?"

"Det ved jeg ikke."

"Ved ikke?"

"Ja. Han sagde, at han skulle møde en gammel kammerat, og så spurgte jeg, om det var en pige."

"Ja?"

"Og så sagde han, at det var det."

"En pige?"

"Ja."

"Hm," sagde Gunnar Barbarotti og forvandlede sin dobbelte espresso til en enkelt. Kristoffer Grundt drak lidt cola. Der gik nogle sekunder; drengen sad og stirrede ned i bordpladen, og Gunnar Barbarotti fik lige pludselig en fornemmelse af, at det var sådan det måtte føles at være katolsk præst og modtage et skriftemål

"Der er noget mere, er der ikke?" sagde han. "Du har vist ikke fortalt alt, hvad du ved?"

Kristoffer Grundt nikkede.

"Der er lidt mere," mumlede han.

"Du tror, at din bror løj for dig?"

Det gav et spjæt i Kristoffer Grundt. "Hvordan ... hvordan kan du vide det?"

Gunnar Barbarotti lænede sig tilbage. "Jeg har været med til det her i nogle år. Man lærer jo både det ene og det andet. Og hvad har du så mere at fortælle?"

"Jeg tror ikke, at han skulle møde en pige."

"Ja så. Hvorfor ikke?"

"Fordi jeg ... fordi Henrik er bøsse."

"Bøsse? Hvorfor tror du det?"

"Fordi jeg lånte hans mobil, og så så jeg det."

"Kan man se på en mobiltelefon, om en eller anden er bøsse? Det er da din spøg?"

"Nej, det kan man naturligvis ikke." Kristoffer Grundt kom til at le imod sin vilje. "Jeg lånte Henriks mobil for at sende en sms. Og så kom jeg til at læse en besked, han havde fået. Og det, der stod i den besked, var ganske ..."

"Entydigt?"

"Ja, entydigt. Det var fra en fyr, som ... det her fandt jeg ud af ved at kigge i adressebogen ... fra en fyr, der hed Jens. Så jeg tror altså ikke, at Henrik skulle ud for at mødes med en pige."

"Og hvem tror du så, han i virkeligheden skulle møde?"

"Det ved jeg ikke."

Gunnar Barbarotti havde ikke forventet sig noget svar, men han følte alligevel et stik af skuffelse over, at Kristoffer ikke kunne levere en lille overraskelse på det her punkt.

"Hvis du nu skulle gætte?"

Drengen tænkte sig om et øjeblik. "Aner det faktisk ikke. Måske var det ham Jens, som tilfældigvis også var i Kymlinge ... men det virkede jo ... nej, jeg vidste ikke, hvad jeg skulle tro. Det var ..."

"Ja?"

"Det var ligesom for meget på en gang. Jeg havde lige fundet ud af, at Henrik var bøsse, og nu smuttede han ud af huset midt om natten. Ham, der altid har været så forsigtig. Det var svært rigtigt at fatte."

"Det kan jeg forestille mig," sagde Gunnar Barbarotti. "Og det her med Henriks homoseksualitet, det var der ingen, der vidste noget om?"

"Nej."

"Og du fortalte ham ikke, at du vidste det?"

"Det nåede jeg aldrig. Desuden havde jeg lånt hans mobiltelefon uden at spørge om lov, så jeg ville ikke sige noget."

"Jeg forstår. Men han havde altså en plan, Henrik. Hvornår fortalte han dig om den?"

"Om aftenen. En times tid før vi gik i seng."

"Kan du gengive for mig, præcis hvad han sagde?"

"Jeg kan ikke rigtigt huske det. Men det var nok ikke andet end det der med, at han ville være væk et par timer i løbet af natten, og at jeg ikke skulle lade mig mærke med det. Jeg spurgte hvorfor, og så sagde han bare, at han skulle mødes med en eller anden. Og bagefter ... ja, så spurgte jeg om det med pigen. Mere var der ikke."

"Hvorfor spurgte du, om han skulle mødes med en pige, når du vidste, at han ikke var interesseret i piger?"

"Aner det ikke. Det fløj bare ud af mig. Han havde jo opfundet hende Jenny oppe i Uppsala, så han ønskede vel ikke, at vi skulle vide noget ... jeg går i hvert fald ud fra, at hun ikke eksisterer i virkeligheden."

"All right. Har du fortalt om det her til nogen anden. Din mor og far for eksempel?"

"Selvfølgelig har jeg ikke det. Jeg vil jo ikke have, at de skal få at vide, at ..."

"At din bror er homoseksuel?"

"Ja. Ikke fordi det er så farligt – jeg mener, jeg er ligeglad, men de ville sikkert blive temmelig oprørte – eller kede af det – nu da han er forsvundet også. Nej, jeg ønsker ikke, at de skal få noget at vide om det her. Det er jo derfor, jeg har holdt mund med det og ikke bare på grund af løftet."

"Jeg forstår. Og du har ikke fundet ud af mere om ham Jens?"

"Nej, hvordan skulle jeg kunne ..."

"Det er fint. Men så kan jeg fortælle dig, at du har ret i, at det ikke var ham, Henrik gik ud for at mødes med den nat."

"Men hvordan ... hvordan kan du vide det?"

"Fordi vi har kontrolleret Jens. Han har et alibi. Befandt sig næsten tusind kilometer fra Kymlinge natten mellem den 20. og den 21. december."

Kristoffer Grundts mund stod åben. Helt bogstaveligt. Og han blev siddende med åben mund og stirrede på politimanden.

"Så I vidste altså ...? Du vidste ...?"

Gunnar Barbarotti fandt sin mobiltelefon frem fra brystlommen i sin jakke. "Må jeg give dig et godt råd, unge mand," sagde han. "Hvis du på noget tidspunkt af dit liv har tænkt dig at begå en strafbar handling, og du vil være sikker på at blive taget for det, du har gjort, så sørg for at bruge sådan en."

"Hvad?" sagde Kristoffer Grundt.

"Vi aflytter ganske vist ikke helt almindelige lovlydige borgere," fortsatte Barbarotti. "Men vi ved, hvem der ringer til hvem. Hvornår de gør det, hvor ofte de gør det, og hvor de befinder sig, hver gang de ringer. Hvis der for eksempel er to unge mænd i Uppsala, som over en periode på to uger ringer og sms'er til hinanden mere end halvfems gange ... ja, så gør vi os vore tanker."

"Jeg forstår," sagde Kristoffer Grundt.

"Godt," sagde kommissær Barbarotti.

Og fanden tage mig, om det bragte os videre, tænkte han, da han en time senere sank ned på en vinduesplads i det behageligt halvtomme fly til Arlanda, som desuden – efter alle tegn at dømme – havde til hensigt at lette i overensstemmelse med tidsplanen. Vi står og stamper på det samme sted. Vi er ... vi er dårligere til at bevæge os end indenrigsflyene.

Det, der føltes næsten mest ironisk på baggrund af, hvad han havde forklaret for den unge hr. Grundt mod slutningen af samtalen på Café Charm, var naturligvis, at Henrik *ikke* havde brugt sin mobiltelefon. Han havde *ikke* ringet op til den person, han havde haft til hensigt at mødes med, han havde *ikke* sendt en sms og fortalt, at *jeg kommer om en halv time*; og nu hvor Gunnar Barbarotti sad og gloede ud gennem det minimale kabinevindue og lyttede til afisningsdyserne, virkede netop denne omstændighed – denne fraværende omstændighed – som det mest mærkværdige i hele denne mærkværdige sag.

For hvad betød det? Hvis Henrik virkelig havde aftalt at mødes med en eller anden i løbet af natten, så måtte han vel have haft en metode til at indgå denne aftale. Hvordan havde han gjort det? Politiet havde fået åbnet hans pc på Karlsrogatan i Uppsala og havde gennemlæst hans mails – hvoraf det med en vis tydelighed fremgik, at han havde haft nogle homoerotiske oplevelser i slutningen af november og begyndelsen af december – men havde ikke fundet noget om et aftalt, natligt møde nede i Kymlinge.

Henrik Grundt havde ikke telefoneret, i hvert fald ikke fra sin egen eller bedsteforældrenes telefon; den eneste mulighed, som var tilbage, sådan som Gunnar Barbarotti kunne tolke omstændighederne, var, at han havde mødt vedkommende og at de havde aftalt mødet ansigt til ansigt.

Men *hvornår*? Hvornår var denne aftale i så fald lavet?

Og – naturligvis og til syvende og sidst – med *hvem*? Hvem fanden var det meningen, at Henrik Grundt skulle møde i Kymlinge? Det var, som hans lillebror havde påpeget: han kendte jo ikke et øje. Kunne det forholde sig sådan, at det var en bekendt fra Uppsala, han havde aftalt mødet med? En bekendt, der var nede i dette hjørne af landet for at fejre julen?

En anden homoseksuel partner end Jens Lindewall?

Fanden måtte vide det, som sagt. Og hang alt dette virkelig ikke sammen med Roberts forsvinden natten før? Hvis to personer forsvandt fra den samme adresse i en by med knap 70.000 indbyggere og med fireogtyve timers mellemrum, kunne så ikke selv en retarderet klumpfisk regne ud, at der måtte være en sammenhæng?

Jeg bliver så træt af det her, konstaterede Gunnar Barbarotti, da han tog mod juicekartonen og det plastikindpakkede smørrebrød fra stewardessen. Tilsyneladende kan man lave alle de kombinationer, man vil i den her historie. Men ingen der virker det mindste troværdige, og ingen der har med virkeligheden at gøre. Som ... ja, som fantasikort over et ukendt kontinent. Sådan føltes det.

Hvad, tænkte han forvirret. *Fantasikort over et ukendt kontinent*? Det var faktisk et ganske godt billede for alt muligt. Han skulle huske at bruge det til at skyde Eva Backman i sænk ved en velegnet lejlighed. Nu tegner du igen fantasikort over ukendte kontinenter, min pige!

Ikke så tosset.

Men noget, i det mindste en smule, burde vel *that damned elusive* Lindewall kunne bidrage med, når han nu engang i morgen dukkede op inde fra Borneos jungle?

Det burde man faktisk kunne kræve.

Tilfreds med disse intelligente opsummeringer åbnede kommissær Barbarotti kartonen og spildte juice ned over sine bukser.

23

Det er typisk, tænkte Gunnar Barbarotti, da han checkede ind på Radisson på Arlanda Sky City. Når man for en gangs skyld skal bo på et hæderligt hotel, så ankommer man klokken ti om aftenen og er nødt til at stå op før klokken seks. Jeg kunne lige så gerne have sovet på en sofa.

Da han var krøbet ned mellem de svale, nyrullede lagener og havde slukket lyset, bad han en eksistensbøn.

Oh store Gud, hvis du virkelig er til, hvilket du i skrivende stund faktisk er, men ikke med den store margen, det ønsker jeg, at du skal huske, sørg så for, at maskinen fra Bangkok i morgen tidlig bliver fire-fem timer forsinket, sådan at en stakkels hårdtarbejdende kriminalstrømer når at få sig en ordentlig hotelmorgenmad bare for denne ene gangs skyld i sit fattige liv! Mere end et enkelt point kan jeg naturligvis ikke tilbyde for denne bagatel, men jeg ville trods alt være mere taknemmelig end selv du, oh store Gud, kan ane. God nat, god nat, jeg har bestilt vækning til klokken kvart i seks, og jeg har i sinde at ringe og tjekke med trafikoplysningen, i samme øjeblik jeg slår øjnene op.

Maskinen fra Bangkok landede fem minutter før planlagt.

Vicekriminalkommissær Barbarotti havde lige nået et brusebad og en kop kaffe, det var alt. Han sad med kop nummer to foran sig på bordet i et af lufthavnspolitiets forhørsrum og ventede. Han havde en klar fornemmelse af, at hvis Jens Lindewall ikke var i stand til at opføre sig ordentligt, så kunne han godt finde på at skære ørene af ham og derefter smide ham i spjældet på ubestemt tid.

Ved siden af Barbarotti sad en blond, kvindelig politiassistent og filede sine negle. Hvis ikke Lindewall dukkede op inden for to minutter, kunne Barbarotti mærke på sig selv, at han ville ende med at hive neglefilen ud af hænderne på hende og smide den ad helvede til for derefter forklare, at det var forbudt at klare sin manicure i politiets forhørsrum i overensstemmelse med Svea Rikes Lag, afsnittet om strafferet, fjerde kapitel, paragraf syv, stykke tre, fjerde tillæg.

Han kunne også godt mærke, at han måske var en smule overfølsom.

Jens Lindewall var solbrun og så ud til at have det fint. Omend han var en smule foruroliget. Han var høj, blond og veltrænet og iført kakifarvet tøj, grove støvler og en rygsæk. Omtrent som en lillebror til Bruce Chatwin kunne forventes at tage sig ud efter en måned omkring ækvator. To dages skægstubbe. Et blåt, sammenrullet tørklæde om halsen. Gunnar Barbarotti forstod – og følte sig temmelig utilpas ved det – at denne unge mand sandsynligvis kunne skaffe sig sengekammerater af et hvilket som helst køn uden at behøve at gøre sig specielt meget umage for det.

"Sæt dig," sagde han. "Mit navn er Gunnar Barbarotti, vicekriminalkommissær. Velkommen hjem."

Den unge mand stirrede på ham, og det rykkede et par gange i hans ene kindmuskel. Men ingen ord kom ud af munden på ham. Han stillede rygsækken fra sig, trak en stol ud og satte sig. Barbarotti betragtede ham roligt. Den kvindelige politiassistent gemte neglefilen væk.

"Hvad er meningen med det her?" sagde Jens Lindewall til sidst.

"Er det korrekt, at du har haft et seksuelt forhold til en ung mand ved navn Henrik Grundt?" sagde Gunnar Barbarotti.

"Henrik ...?" sagde Jens Lindewall.

"Henrik Grundt, ja. I havde et forhold i december, vi har forsøgt at få fat i dig siden jul. Henrik Grundt er forsvundet."

"Forsvundet?"

"Præcis. Hvorfor har du holdt dig skjult?"

"Jeg har ikke ..." Han løsnede på tørklædet og lagde armene over kors hen over brystet. Så ud til at tage sig en smule sammen. "Jeg har ikke holdt mig skjult. Eller ... jo, det har jeg måske. Men jeg plejer at tage væk et par uger hver vinter og sørge for, at ingen kan få fat i mig, jeg vidste ikke, at det var forbudt. Det indgår ganske enkelt i min livscyklus. Man oplever alting stærkere på den måde, hvis De ... hvis du forstår, hvad jeg mener."

"Det kan jeg tænke mig," sagde Gunnar Barbarotti. "Og hvis dine forældre så bliver kørt over af en damptromle, mens du er væk, så må de sørge for at begrave sig selv, som de kan bedst? Du har fat i det helt rigtige, min ven. Skrupler er for borgerdyr og andre idioter."

I samme øjeblik han fyrede denne fyndige replik af, følte han også tydeligt, at hans sadistiske side havde fået, hvad der kunne tilkomme den på denne dødfødte morgen. "Men må jeg herefter bede dig om at besvare mine spørgsmål og om at holde op med at obstruere," tilføjede han alligevel.

"Ja ... ja da. Men hvad er det, der ...?"

"Du havde et forhold til Henrik Grundt i november og december. Indrømmer du det?"

"Ja."

"I Uppsala?"

"Ja. Jeg bor i Uppsala."

"Det er vi klar over. Og du fløj til Sydøstasien om aftenen den 22. december?"

"Øh ... ja, det stemmer. Men Henrik er altså forsvundet? Er det årsagen til, at ..."

"Han har været forsvundet i tre uger nu, ja. Dagene inden du rejste, tilbragte du hos dine forældre i Hammerdal?"

"Det er korrekt, men hvordan ...?"

"Du rejste ud via Bangkok, Kuala Lumpur og Kota Kinabalu til Sandakan på Borneos sydøstside. Og samme vej tilbage. Er det korrekt?"

"Hvordan kan I vide alt det ...?"

"Jeg ved det. Du kan være ligeglad med, hvordan jeg har fundet ud af det. Nå?"

Jens Lindewall sukkede. "Okay, det forholder sig, som du siger. Jeg startede tilbageturen fra Sandakan for ... jeg vil tro, at det er 48 timer siden. Jeg er faktisk lidt træt efterhånden ..."

"Jeg har selv været en del i luften de seneste dage," replicerede Gunnar Barbarotti. "Kan du fortælle lidt om jeres forhold?"

"Mit og Henriks?"

"Nemlig. Lad os glemme alt om de andre indtil videre."

"Hvad er det, du vil vide?"

"Jeg vil vide alt," sagde Gunnar Barbarotti.

Det ville han naturligvis ikke – og Gud ske tak og lov slap han også for det – men da han lukkede den unge mand ud fra forhørslokalet femogfyrre minutter senere, syntes han nu alligevel, at han havde fået rede på tilstrækkeligt.

Jens Lindewall var 26 år gammel. Han arbejdede på et reklamebureau i Uppsala og havde været homoseksuel lige så længe, som han i det hele taget havde været seksuel. Havde haft et langvarigt forhold (11 måneder), der var holdt op i september det foregående efterår, og det var i kølvandet på dette sammenbrud, at Henrik Grundt var dukket op. De havde mødt hinanden på musikstedet Katalin bag hovedbanegården en fredag i november, var endt ved samme bord og var begyndt at snakke. Henrik Grundt havde ikke rigtigt været klar over sine seksuelle præferencer, men det blev han den aften – for nu at gøre en relativt kort historie endnu kortere. Siden da havde de været sammen omkring en måned, og de havde altid mødtes i Jens' toværelses lejlighed på Prästgårdsgatan, aldrig på Henriks kollegieværelse. Jens indrømmede blankt, at han med det samme var blevet heftigt forelsket i den unge jurastuderende, og han havde den opfattelse, at hans kærlighed blev gengældt. Han tilstod dog, at Henrik havde haft en del problemer, når det drejede sig om at acceptere sin egen homoseksualitet; han havde haft et par temmelig mislykkede relationer til det modsatte køn, efter hvad han havde fortalt, og hvis Jens skulle vove at give en vurdering, så lå Henrik nok på omkring 65-35 på en skala mellem homoseksualitet og heteroseksualitet – noget der, hvis ellers Barbarotti forstod sagen ret, betød, at han i den bedste af alle verdener burde gennemføre hvert tredje samleje med en kvinde og de øvrige med mænd. Barbarotti var aldrig tidligere stødt ind i denne skala, men noterede den omhyggeligt ned i sin notesblok. Man lærer da også noget nyt hver eneste dag, tænkte han.

Sidste gang, Jens og Henrik havde været sammen, var den 17. december, dagen før de begge to rejste hjem til deres forældre i henholdsvis Hammerdal og Sundsvall. De havde snakket i telefon et par gange efter den dato og havde sendt en del sms'er. De fire sidste meddelelser fra Jens Lindewall blev afsendt den 21. og 22. december, men dem havde han ikke fået svar på. Gunnar Barbarotti kunne ikke lade være med at spørge ham, hvordan det var gået med kærligheden på rejsen, og Jens Lindewall forklarede åbenhjertigt, at det var gået udmærket.

"I var altså ikke et par, du og Henrik?"

"Vi gav hinanden frihed," svarede Jens Lindewall. "Det er den største af alle gaver."

Da Barbarotti spurgte, om det ikke foruroligede ham, at Henrik var forsvundet, fik han det svar, at det gjorde det naturligvis, men at han sikkert ville dukke op igen. Mennesker har brug for at være alene en gang imellem, navnlig unge mennesker, det fortalte Jens Lindewalls erfaring ham.

Efter samtalen med den stilige globetrotter, skyndte Gunnar Barbarotti sig tilbage til morgenmadsbuffeten på Radisson, der var stadigvæk halvanden time til hans flyafgang til Landvetter, og han var sulten som en ulv.

Maskinen var kun en halv time forsinket, men han havde alligevel rigeligt med tid til at opsummere sagen i hovedet. Eller *sagerne*. Han kunne stadigvæk ikke beslutte sig for, om der var tale om en eller to, men da efterforskningen ikke – uanset hvordan man så på det – var kommet specielt langt i noget af sporene, så kunne det være lige meget.

Under alle omstændigheder føltes det ikke, som om samtalerne med Kristoffer Grundt og Jens Lindewall havde haft held til at kaste specielt meget lys over tingene. Hvad der var sket i de der døgn på Allvädersgatan i Kymlinge, var stadigvæk en gåde. Da Henrik gik ud i natten den 20. december, så det ud til at være en meget bevidst og planlagt handling; han havde bedt sin bror om at holde mund med det, men hvorfor han forlod sine bedsteforældres hus – og hvem han skulle mødes med – ja, om det vidste man stadigvæk ikke en snus.

Og Jens Lindewall havde bare bekræftet, hvad man allerede var kommet frem til. Hverken mere eller mindre. Henrik Grundt og han havde haft et forhold i nogle uger i november og december. Henrik var forsvundet, Jens var taget til Sydøstasien, og disse to ting havde intet med hinanden at gøre.

Hvad angik Robert var situationen lige så låst. Gunnar Barbarotti vidste ikke, hvor mange mennesker i Kymlinge, man havde talt med i løbet af de uger, hvor efterforskningen havde været i gang, sikkert i nærheden af to hundrede – men han vidste, hvordan resultatet så ud.

Nul og nix. Da Robert Hermansson forlod sit barndomshjem for femten-seksten år siden, virkede det også, som om han havde afskåret alle bånd. Ikke en eneste af alle dem, man havde udspurgt indtil videre, havde været i kontakt med den savnede seriberømthed en eneste gang i løbet af de sidste ti år. Påstod de i hvert fald.

Vi sidder fast, tænkte kommissær Barbarotti. Vi sidder fast ad helvede til.

Og som en slags ironisk understregning af denne konstatering dukkede der i det samme en stewardesse op og påpegede, at han havde glemt at spænde sit sikkerhedsbælte.

Rosemarie Wunderlich Hermansson stred sig op ad Hagendalsvägen. Vinden stod hende lige i ansigtet, den kom fra nordvest, det var tolv graders frost, og hun følte, at hvis hun ikke snart kom indendørs, så ville hun dø.

Måske ikke nogen dårlig afslutning trods alt? At segne om på det isede fortov mellem HSB's lokalafdeling og blomsterbutikken Bellis og drage sit sidste suk en mørk, hundekold januareftermiddag. Det var svært at sige, hvad der egentlig havde holdt hende i live den seneste måned, virkelig svært. Lige siden den forfærdelige juleuge havde det føltes, som om hun ikke rigtigt eksisterede, som om sjælen var blevet suget ud af kroppen på hende og blot havde efterladt en skal – dette sårbare, skindtørre, udlevede spøgelse af skind og ben, som lige nu stavrede de sidste skridt frem til damefrisørsalonen Maggies oppe ved hjørnet til Kungsgatan – uden at forstå, hvorfor i alverden hun dog ikke havde ringet og afbestilt den aftale, som hun – ligesom hun plejede – havde lavet, sidste gang hun havde været der.

Men på den anden side – hun forstod heller ikke ret meget af alt det andet, som foregik; forstod ikke hvorfor hun var stået op om morgenen, hvorfor hun gik ud og købte ind til frokost og middagsmad, hvorfor hun sad og læste på et spanskkursus hver aften mellem klokken ni og ti sammen med Karl-Erik – gloserne flagrede som vildfarne, fremmede fugle gennem hovedet på hende, ind gennem det ene øre og ud gennem det andet – og verberne ville hun slet ikke tale om. Før hun gik i seng, tog hun en sovetablet, der fik hende til at sove i præcis fem timer; hun vågnede mellem klokken fire og halv fem og forsøgte at forlænge de der helt igennem blanke sekunder efter sin opvågnen, hvor hendes bevidsthed var ren. Hvor hun ikke huskede på, hvad der var sket, knap vidste hvem hun selv var, men de sekunder blev aldrig til andet end sekunder og nogle gange mindre end det.

Og bagefter lå hun så der på siden med hænderne stukket ind mellem knæene bortvendt fra sin mand og fra hele sit liv – mens hun stirrede over mod vinduet og den susende radiator og de triste gardiner og ventede på et daggry, der føltes lige så fjernt som svaret på, hvad der var sket med hendes søn og hendes dattersøn de der frygtelige dage i december, dengang da sjælen blev suget ud af kroppen på hende og bare efterlod det her udlevede spøgelse af ... og på den måde flagrede tankerne omkring i hovedet på hende som en anden slags udslidte fugle, de vendte tilbage og forsvandt, forsvandt og vendte tilbage, og hvordan det egentlig var muligt at skelne den ene morgen fra den anden, den ene opvågnen fra den fjerde eller den ottende, var også et spørgsmål, der ikke gjorde det mindste for at finde et svar på sig selv.

Hun åbnede døren og trådte ind. Så at alle fire stole var optaget. Men Maggie Fahlén nikkede til hende og gav tegn til, at hun bare skulle sætte sig og vente, fordi det kun ville tage nogle få minutter. Hun hængte hatten og frakken på stativet, satte sig i den lille stålrørsstol og greb et halvt år gammelt dameblad med et sommerbillede af prinsesse Victoria på forsiden. Prinsessen smilede bredt, viste et mylder af blanke tænder og så ikke specielt begavet ud, konstaterede Rosemarie Wunderlich Hermansson, men det var hun måske heller ikke, den stakkels pige?

"Hvordan går det egentlig med dig, kære Rosemarie?" indledte Maggie med at sige, da hun havde taget plads i stolen og sad og gloede på sit store, flade ansigt i det ubarmhjertige spejl. "Det var da en forfærdelig historie, den der. Har I slet ikke hørt noget?"

Det var to spørgsmål og en kommentar i samme åndedrag, og Rosemarie kvalte en pludselig impuls til at bede om forladelse og begive sig ud i kulden igen. Undskylde at familien Hermansson på Allvädersgatan altid lavede så meget larm – først det ene og så det andet og fjernsyn og aviser og alting – men Maggie kom hende i forkøbet; hun havde været i gang med at snakke lige fra om morgenen, en uudtømmelig og utrættelig kommenteren på stort og småt. I Kymlinge og i verden. I nutid og fortid og fremtid. Også i det hinsidige for den sags skyld, hvis kunden havde den slags præferencer.

"Hvem i alverden var det dog, som klippede dig sidste gang?" sagde hun nu og vendte øjnene mod himlen til Rosemarie inde i spejlet.

"Ja, det var nok ... ja, en ny pige tror jeg," sagde Rosemarie Hermansson og forsøgte at huske. "Måske var hun bare afløser for en eller anden, som var syg, jeg kan ikke rigtigt huske ..."

"Almgren," indskød Maggie. "Jane Almgren. Herregud, som hun dog skamferede folks hår. Et held at hun ikke var her længere. Men jeg havde nu afskediget hende alligevel, selvom Kathrine ikke var kommet tilbage så hurtigt."

"Ja så? Nå virkelig," sagde Rosemarie Hermansson. "Ja, jeg ved ikke rigtig ... jeg tror, hun var mørkeblond."

"Så var det hende," fastslog Maggie og klippede arrigt med

saksen et par gange i luften. "Hun påstod, at hun var uddannet og det hele ... ja, det var hun måske også, de slipper sandelig hvem som helst igennem i vore dage. Og Kathrine havde ringet samme morgen og havde fået taget sin blindtarm, så hvad skal en stakkels pige fra Hudiksvall gøre, når der bare er to uger til juleaften?"

Hudiksvall, tænkte Rosemarie forvirret. Var Maggie ikke lige så indfødt som ... var hun ikke datter af den gamle tjener Underström ovre på ...?

"Det er bare sådan noget, man siger," kom forklaringen, før hun havde nået at spørge. "Jeg ved ikke, hvor det stammer fra ... jo, det kommer vel fra Hudiksvall, går jeg ud fra, når man tænker efter. Nå, men hun blev her kun i tre dage, hende Jane, og så vendte Kathrine tilbage, tænk at man kun får lov til at blive liggende i to dage efter at have fået taget blindtarmen nu om dage, men jeg var naturligvis taknemmelig. Men nu skal jeg altså fortælle dig, Rosemarie, at jeg slår hundrede kroner af denne gang. Ingen skal komme og sige, at Maggie ikke passer på sine kunder. Hvordan vil du have det?"

"Gør som du vil," sagde Rosemarie og lukkede øjnene. "Sådan noget i den retning, tror jeg."

"Men hun bor tilsyneladende her i byen," fortsatte Maggie og trak kammen gennem Rosemaries grånende lokker. "Jeg havde aldrig set hende før, men her forleden var hun inde hos Gunder for at købe strømming, måske har hun kat. Men herregud, hvad rager det også mig, om folk har kat eller ej, bare hun ikke sætter sin fod her mere og bruger saksen på mine kunders hår."

"Jeg kan huske, at jeg snakkede med hende ..." sagde Rosemarie for ikke at virke uopdragen. "Og hun var da i det mindste ikke direkte ubehagelig. Herregud, hvor er jeg træt, gør det noget, hvis jeg lukker øjnene, mens du tager dig af mig?"

"Sov du bare, min skat," svarede Maggie. "Og luk du dine ører, hvis du synes, jeg sludrer for meget. Min Arne siger, at jeg vil snakke mig ihjel en skønne dag. Vil du for resten have håret vasket først?"

"Ja, tak," sukkede Rosemarie søvnigt. "Jeg tror faktisk, det ville være dejligt."

24

Tænk sig at to menneskekroppe kunne være i en enkelt fryser.

Det havde hun aldrig troet. Og derudover havde hun stadigvæk plads til nogle pakker is og nogle poser med bær på den øverste hylde.

En enkelt krop, ja. Men to? Det var en lille smule sært. Hun kom pludselig i tanke om et af de utallige jobs, hun havde forsøgt sig med. I et par uger havde hun været vikar i matematik på et gymnasium. Hun havde løjet og sagt, at hun havde en masse universitetskurser, og som sædvanlig havde ingen kontrolleret det. For otte-ti år siden. I en forstad vest for Stockholm. Hun kunne ikke huske hvilken, og specielt succesfuldt havde det heller ikke været. En eftermiddag havde lærergruppen holdt møde for at sammensætte en fælles regneprøve. Hun havde siddet og følt sig ubehageligt til mode og dum, fordi hun ikke kunne bidrage med noget; nu vidste hun helt præcist, hvilken opgave hun skulle have bedt eleverne om at løse.

Du har to lig. De vejer henholdsvis x og y kilo. Du har en fryser på to hundrede og halvtreds liter. Hvor mange dele er du nødt til at skære ligene i, for at få plads til dem?

Hun sad ved spisebordet i køkkenet og så ud over gaden. Det var aften, en gråkold, blæsende januaraften, folk gik omkring derude og var ved at falde hele tiden med deres plastikposer og deres hunde. Men kun nogle få. De fleste havde nok valgt at blive inden døre. Hun havde ryddet op og gjort rent i hele lejligheden. Der var ikke et eneste støvkorn tilbage. Selv fejelisterne havde hun tørret af med en klud vredet op i Ajax. Hun havde taget et brusebad og vasket hår. Hun havde talt med sin mor i telefonen og havde fortalt om alle de positive ting i sit liv, som moderen godt kunne lide at høre om.

Alt var i den mest skinnende balance.

Moderen var indlagt igen, selv var hun fri. Sygemeldt en måned ad gangen, ligesom det havde været siden i sommers. De skiftede læger hele tiden oppe på sygehuset, og hver af de nye læger gav hende en måned, al den gammelkendte medicin og en samtale med den ene eller den anden terapeut, som var tilknyttet distriktspsykiatrien. Også terapeuterne kom og gik.

Det var en god ordning. Ingen holdt rigtigt kontrol, hun fik lov til at leve i marginalerne og klarede sig på det, hun fik fra sygeforsikringen. Arbejdsløsheden gav hende tid til at tænke og planlægge.

Til at overveje, om der var brug for en mere. Om hun også var nødt til at gøre det med Germund.

Eller om Mahmot mente, at hun allerede havde nået nok til en forsoning. Det var ikke let at vide, han var ikke altid helt så klar, som man kunne ønske, ham Mahmot.

Den første havde givet sig selv. Han var et svin. Det havde hun ikke tøvet så meget som et sekund over. Balance i livet var utænkelig, så længe han var i live.

Den anden var kommet til hende lige pludselig og på en mærkelig måde. Hun havde ikke haft den mindste anelse om, hvilken ond kraft han bar på, ikke før han pludselig sad der som en pæl i hendes kød. Mahmot havde blot behøvet at hviske ordet i hendes øre: *dræb*, og i det samme havde hun forstået, at det var præcis sådan, knuden kunne løses op.

Jeg vil have mine børn tilbage, havde hun dristet sig til at kræve. *Alt til rette tid*, havde Mahmot hvisket. *Når tiden er til det, vil du få alt tilbage. Jeg har store planer med dig, Jane, og har jeg nogensinde svigtet dig?*

Nej, store Mahmot, mumlede hun, samtidig med at hun fik øje på en lille plet og begyndte at gnubbe den egefinerede bordplade ekstra blank med håndfladerne i runde, bløde bevægelser, men jeg har ikke plads til en mere i fryseren. Jeg er også nødt til at være en smule praktisk. Jeg kan ikke koncentrere mig om det lidelsesfulde og vidunderlige hele tiden. Jeg skal finde Germund og mine børn, de har taget mine børn fra mig, Mahmot. De gemmer sig for mig, jeg ved ikke, hvor de er.

Det er godt, min pige, hviskede Mahmot. *Tænk ikke på det nu. Luk øjnene, så skal jeg træde frem og kysse din pande, og derefter tager jeg sæde i dine fingre. Du ved jo godt, hvad jeg kan gøre, når jeg dvæler der, ikke?*

Tak, store Mahmot, hviskede hun ophidset. Tak, oh tak! Jeg ønsker, at alle mænd var døde, og at du var den eneste, som var til. Ønsker du at jeg ...?

Han svarede ikke, men alligevel vidste hun godt, at hun skulle fortsætte.

III

August

25

Ebba Hermansson Grundt drømmer.

Hun drømmer, at hun bærer på sin søn Henrik. Hun har drømt den samme drøm flere nætter den sommer, og den gør så ondt i hende.

Han er tung, hendes søn. Han hænger i hendes nøgleben, dingler frit inden i hendes krop; mellem hjertet og mavesækken i et stort tomrum, som hun ikke vidste, at hun havde inden i sig.

I to bæreposer fra Brugsen af plastik hænger han, og han er skåret i småstykker, hendes søn Henrik.

Det er ikke let at bære sit voksne, parterede barn i denne høstmåned, og da Ebba vågner koldsvedende ved daggry, folder hun sine hænder og beder til Gud. Hun har aldrig i sit liv troet på nogen Gud, men alligevel beder hun til ham om hjælp efter disse drømme. Der er ligesom ikke andet at gøre.

Hun arbejder ikke længere. De første måneder uden Henrik passede hun sit sædvanlige skema. Hele januar og februar og et stykke ind i marts. Kollegerne på sygehuset undrede sig. Hvordan kan en kvinde, som har mistet sin søn – eller hvis søn i det mindste er forsvundet – bare fortsætte som vanligt? Operation efter operation, stuegang efter stuegang, møde efter møde og med ti-femten timers overarbejde hver uge. Som om intet var hændt. Hvordan var det muligt? Hvordan var sådan et menneske sat sammen?

Men så møder hun sin gamle studiekammerat Benita Ormson, hende der havde det samme talent og de samme fremragende muligheder som Ebba, da de læste i Uppsala; egentlig hendes eneste reelle konkurrent. De skiftedes til at være den bedste og den næstbedste til hver eneste eksamen: anatomi, cellebiologi, intern medicin, kirurgi, infektionslære, gynækologi – men til alles overraskelse valgte Benita psykiatri som sit speciale efter turnus – en ubegribelig satsning på et område med lav status – men måske havde der været dybder og dimensioner i denne mørke, tavse, unge kvinde fra Tornedalen, som ingen rigtigt havde forstået. End ikke Ebba; da de mødes ved en weekendkonference i Dalarna i midten af marts, er det første gang, de ser hinanden i seks ... nej, syv år.

Og i Benitas arme brister Ebba Hermansson Grundt endelig. Treogfirs dage efter at hendes søn er forsvundet, kommer sammenbruddet, og det føles som et faldskærmsudspring uden faldskærm.

Nu er der gået fem måneder. Siden den 12. marts har hun ikke arbejdet så meget som en dag. Ikke en time. Hver morgen går Leif ned til Brugsen og Kristoffer i skole nøjagtig som sædvanlig, men Ebba befinder sig i et indre eksil. To gange om ugen mødes hun med en terapeut, to gange om måneden med en psykiater: Denne psykiater er ikke Benita Ormson, hvilket er en skam; i Benita Ormsons verden ville hun kunne blive rask og komme videre med, hvad der nu er at komme videre med – under Erik Segerbjörks dorske ledelse kommer hun højst ingen steder. Du er en lemur, Erik, har hun sagt til ham ved et par af deres møder; men han har bare taget imod det, som var det vand, hun hældte på en gås, har smilet venligt under skægget og har blinket på en lidt sær måde med øjenlågene.

Men ærligt talt ønsker hun ikke at komme videre. I hvert fald ikke i den retning, som den psykiatriske videnskab har tænkt sig.

Med terapeuten, en skarptskåren kvinde omkring de tres, trives hun bedre. Hun er intelligent, lytter godt og har humor. Desuden har hun ikke børn selv, hvilket – opdager Ebba næsten omgående – er en fordel. Det følelsesmæssige får lidt fastere jord under fødderne på den måde; hun er ikke klar over, hvorfor det er sådan – men hun vil ikke, ikke under nogen omstændigheder, sidde og snakke med en anden kvinde med en søn eller en datter, der i principppet kunne forsvinde når som helst. Det ville være utilstedeligt.

Benita Ormson har heller ingen børn. De snakker i telefon mindst en gang om ugen. Ebba Hermansson Grundt kan ikke klage over opbakningen. Hun får den støtte fra sine omgivelser og fra sygehusapparatet, som man med rimelighed kan begære. Hun har et netværk, et ord hun i hemmelighed afskyer.

Men intet fører hende så meget som en millimeter nærmere helbredelse, for det er ikke det, det hele handler om. Ebba vil ikke helbredes.

Hun vil have sin søn tilbage. Hvis han er død, vil hun have hans lig og begrave ham på kirkegården.

Hvis nogen har slået ham ihjel, vil hun også have fat i denne nogen.

Så enkelt er det. Og resten rager hende en høstblomst.

Ikke Leif og ikke Kristoffer.

I skal ikke gøre krav på mig, tænker hun. Hun siger det ikke, men hun tænker det. Hold jer for jer selv, så holder Henrik og jeg os for os selv. Vær så venlige at respektere de spilleregler. Det er ikke Ebba selv, som har lavet de regler, de er et fundament, hun ikke vil og ikke kan distancere sig fra af egen kraft og med egen vilje. Hun og Henrik hører sammen, har altid hørt sammen; der er ikke tale om en prioritering, ikke tale om at elske det ene barn mere end det andet, overhovedet ikke. Leif og Kristoffer hører sammen på samme indlysende måde. Sådan har det altid været. Når de har spillet firemandswhist eller Matador i par, når de har lavet mad eller vasket op. Når de er taget på skiture. Ebba og Henrik, Leif og Kristoffer, og derfor ... derfor har den forsvundne søn efterladt et større hul i sjælen på sin mor end på sin bror og far. Det giver sig selv. Leif og Kristoffer ved det lige så godt som hun. De taler ikke om det, det er ikke nødvendigt.

Men det gør ondt at drømme om de bæreposer, der hænger og dingler fra hendes nøgleben i dette fraværets tomrum inden i hende, som blot synes at blive større og mere tomt for hver time, der går. Hver dag og uge og måned. Denne mandag i høstmåneden er det 244 dage, siden hun fyldte fyrre, og hver eneste dag, hvert eneste af disse uudholdelige døgn, der er gået, har været akkurat som det foregående.

Jeg ved, at jeg er sindssyg, tænker hun nogle gange, men det er en fuldstændigt uinteressant etiket. Leif og Kristoffer betragter hende efterhånden med en anden slags opmærksomhed, end de plejede at gøre. Hun ser det, registrerer det, men det spiller ingen rolle. Kun en ting spiller en rolle, en eneste. Hun skal have sin søn tilbage. Hun skal ... om ikke andet skal hun have at vide, hvad der er sket med ham. Uvisheden er værre end alt andet.

Uvisheden og ørkesløsheden.

Skulle man tage sagen i egen hånd, tænker Ebba Hermansson Grundt, og det er da i det mindste en næsten ny tanke – en tanke, som ikke før har været hos hende i alle disse dage, i alt dette mørke.

At hun selv må gøre en indsats. At den løsning er det eneste, der kan få tomrummet til at holde op med at vokse.

Thi Gud hjælper kun den, der hjælper sig selv. Denne sandhed har nok pulseret i hende i nogle dage, og den her morgen, da hun står op til en bleg og letskyet augustdag, ved hun, at tiden er kommet til at gå i gang. En mor søger efter sin fortabte søn, det er det, sagen handler om. En mor og en søn. Intet andet.

I løbet af formiddagen taler hun i telefon med den der politimand. Hun kan huske ham ganske godt fra Kymlinge. En midaldrende mand, måske lidt yngre, med et lidt sørgmodigt udtryk i ansigtet. Høj og mager, han gjorde et godt indtryk på hende; måske var han ligefrem intelligent, men den slags er svært at afgøre med mennesker, der er tavse af sig.

Under alle omstændigheder har han ikke meget at fortælle. Efterforskningen er ikke lukket, men han gør ingen hemmelighed af, at der ikke bliver brugt ret meget energi på den. Der er alligevel noget i hans stemme, der får en til at føle tillid til ham. Man har undersøgt alt, hvad man med rimelighed kan begære, siger han, men man er ikke kommet nogen vegne. Han har personligt talt med over hundrede mennesker med en eller anden tilknytning til

Henrik eller Robert, men gåden om, hvad der skete de decemberdage, er stadigvæk lige så uløst, som den har været fra begyndelsen. Det er naturligvis beklageligt, det er *meget* beklageligt, men det er altså sådan, det ser ud. Nogle gange ender man i den slags situationer, men det betyder ikke, at man er nødt til at opgive håbet. Maskineriet bliver ved med at køre, og han har oplevet sager, hvor de afgørende informationer først dukkede op to eller fem eller ti år efter, at man egentlig havde opgivet sagerne.

Betyder det, at I ikke arbejder med Henriks sag mere, vil Ebba vide. At I bare sidder og venter? Overhovedet ikke, siger kommissær Barbarotti. Overhovedet ikke.

Ebba takker og lægger røret på. Sidder helt stille en stund og ser ud gennem vinduet. Græsplænen trænger til at blive klippet. Kristoffer havde lovet at gøre det i weekenden, men noget kom i vejen. Der er altid noget, som kommer i vejen, når Kristoffer er indblandet. Men også det er hun ligeglad med. Grunden vender ud imod en smal stribe skov, hun kan huske, at Henrik var bange for træerne, da han var meget lille: to eller tre år gammel, træerne og mørket; det er et hurtigt opdukkende minde og ikke specielt repræsentativt. Henrik var en modig dreng, var i virkeligheden hverken bange for fanden eller for trolde. Der var Kristoffer meget mere ængstelig. Bæreposerne gynger i hende, det gør så fortvivlet ondt, men hun må ikke blive siddende her længere, en god mor sidder ikke og venter på sin fortabte søn, en god mor begiver sig af sted og søger med lys og lygte efter ham. Sådan er det.

Men hvor? Hvor skal Ebba Hermansson Grundt gå hen, og hvor skal hun begynde sin søgen?

I Kymlinge? Ja, det ville naturligvis være det mest naturlige, hvis bare barndomshjemmet stadigvæk var der. Men det er det altså ikke. Karl-Erik og Rosemarie forlod Allvädersgatan den 1. marts og begyndte deres nye liv i Spanien, sådan endte det faktisk. De begyndte på et nyt kapitel i deres livs efterår. Ebba får postkort og telefonopringninger en gang om ugen, postkort fra sin mor og telefonsamtaler fra sin far. Solen skinner altid, de sidder altid på terrassen og kigger ud mod bjergene og en stribe af havet, de drikker sød vin fra Malaga med isterninger i, jo, det er i sandhed et nyt liv, de har kastet sig ud i. Hvis det ikke var for det med Robert og Henrik, så ville de sandelig være i paradiset. Om Rosemarie virkelig mener det samme, kan Ebba ikke rigtigt finde ud af, men heller ikke det bekymrer hun sig særlig meget om. Hendes mor og hendes far sidder dernede i solen, de drikker vin og forsøger at glemme deres børn og deres Kymlinge og deres gamle liv, sådan er det bare. Selvom det er sært. Hvem ville have kunnet ane, at familien Hermansson skulle tage sig sådan ud for et år siden? I august forrige år var alting stadigvæk normalt, og nu ... tænker Ebba. Så sårbart er livet, så lidt ved vi om, hvad der vil komme fra den ene dag til den anden. Fra det ene år til det andet.

Som et æg, der falder ud af køleskabet og smadres mod køkkengulvet, så skøre er vores børn.

Nej, hun kan ikke tage tilbage og begynde at rode rundt i Kymlinge, det siger sig selv. Det ville være meningsløst. Alligevel er det dét, hun gerne ville genskabe, det der samvær, som de havde lige før fødselsdagen, dengang hvor alle stadigvæk var der – for hvis det virkelig er sådan, tænker Ebba, hvis det virkelig forholder sig sådan, at der er en kæde af årsager og virkninger i livet, så må frøet til det, der siden hen skete – hvad det så end var – have været der allerede den første aften. Også den anden måske, hvor Robert ganske vist allerede var væk, men hvor Henrik stadigvæk var der. Der må have ligget noget i luften, det må have kunnet lade sig gøre at få øje på det, hvis bare man havde haft en anelse om, hvilke bevægelser og hvilke tanker og hvilke bevæggrunde som var der i de rum i de dage af december. For en opmærksom iagttager måtte det have været muligt at forstå.

Eller? Hvordan var det faktisk? Vidste Henrik, allerede da de sad i bilen på vej ned til Kymlinge, at han ville gå ud den nat? Vidste Robert det? Var der en plan? Var der en sammenhæng? Hvem var den mystiske Jenny, som politiet øjensynlig aldrig havde haft held til at få fat i? Var hun bare noget, han havde fundet på? I givet fald hvorfor? Hvad var det, som Henrik skjulte for sin mor – der måtte jo have været omstændigheder i hans liv, som hun ikke kendte til? Hvad var det, der var sket i løbet af hans første semester nede i Uppsala? Der må jo have været ...

De samme spørgsmål, den samme sterile famlen, det er sært, så hurtigt og nemt synapserne i hendes hjerne bliver smadret af dette virus; det er sådan her, det må føles, når enden nærmer sig, tænker Ebba Hermansson Grundt. Netop sådan her. Tåbelige, forvirrede spørgsmål og ingen svar. Så sårbare er vi, når vores bevidsthed endegyldigt brænder sammen, når vores egen, tynde æggeskal smadres – men det er jo ikke hende eller hendes bevidsthed, det her drejer sig om. Så væk med det, væk med disse morbide tanker, sagen drejer sig om Henrik, ham der skriger i hendes indre, parteret eller ikke parteret, hængende i ... nej, nu løber tankerne løbsk igen. Hvor var det, hun startede? Hvad var det, hun lige tog en beslutning om? Hun kigger igen ud over den langhårede græsplæne, over haven med det ødelagte solur, som husets forrige ejer, den gamle hr. Stefansson, var meget stolt af, de mørke træer, det tilstundende efterår ... og forsøger at gribe den der optimistiske tanketråd, hun var i besiddelse af for bare et lille øjeblik siden. Hvad var det?

Man skulle tage sagen i egne hænder. Sådan var det. Genskabe den aften, før det skete. Handle, agere, handle. Nemlig. Hun rejser sig og går ud i køkkenet. Telefonen ringer, men hun lader den ringe. Kristina, tænker hun. Det er min søster, jeg skal tale med. Kristina og Robert og Henrik sad oppe og snakkede den aften. Kristina har måske fanget et eller andet ... nej, for så havde hun selvfølgelig allerede fortalt det til politiet. Og til os andre. Men der må have været noget ... nej ikke noget, *tegn* ... tegn, som hun ikke lagde mærke til, tegn som den der begavede eller bare stilfærdige politimand ikke faldt over ... tegn, som kun en mor kan forstå og tolke, et ord, noget han sagde, noget med hans opførsel ... måske ligefrem noget mellem Robert og Henrik, som måske her bagefter kunne vise sig igen – i en samtale mellem to søstre, to hårdt ramte søstre. Hvorfor ikke?

Hun må tale med sin søster, sværere behøver det ikke at være. Et eller andet sted må man starte, og man skal starte med det enkle og naturlige. Sådan er det.

Enkelt og naturligt har det nu aldrig været mellem Ebba og Kristina, men det er man nødt til at ignorere denne gang.

Inden der var gået tyve minutter har hun bestilt togbillet og hotelværelse for tre nætter i Stockholm. Toget går allerede samme eftermiddag, og det giver sig selv, at hun sagtens kunne få lov til at sove hos Kristina og Jakob, hvis hun bad om det, men sådan vil hun ikke have det. Hun vil nærme sig Kristina forsigtigt. De har været alt for langt væk fra hinanden. Og det har de været, siden de var små. Måske er det også en anledning til forsoning – men forsigtigt skal det gå. Forsigtighed er en dyd. Hun ringer heller ikke i forvejen og advarer dem. Det må være nok at ringe fra hotellet i morgen tidlig. Hun ønsker ikke, at Kristina skal gå omkring og tænke og lægge planer og formulere sig i forvejen. Hvis erindringen udsættes for et alt for stort tryk, så kan de overfladiske minder låses fast.

Endelig, tænker Ebba Hermansson Grundt og går ud og stiller sig ind under bruseren. Endelig sker der noget.

Inden i hende råber en stemme, at der intet godt vil komme ud af denne rejse. Hun og Kristina har aldrig kunnet tale sammen, de har altid været ligesom olie og vand, men Ebba vender det døve øre til. Hun gider ikke høre på alle mulige stemmer, nu er det rejsen og det at handle, der gør det hele værd at gøre. Naturligvis bør to søstre kunne vende sig til hinanden i nødens stund. Bæreposerne hænger stille i hendes indre mørke; hun pakker en rejsetaske og skriver en besked til Leif og Kristoffer.

Ikke noget om hvad hun vil og den slags, det ville de alligevel ikke forstå, bare at hun er rejst til Stockholm for at mødes med sin søster.

En velsignet høstregn kommer drivende, akkurat da hun skal til at begive sig ned til stationen. Hun bestiller en taxa. Det føles, som om hun aldrig vil vende tilbage.

26

Cirka en time efter samtalen med Ebba Hermansson Grundt går vicekriminalkommissær Gunnar Barbarotti ned i politigårdens cafeteria for at drikke to kopper sort kaffe og tænke over livet.

Det er den tredje arbejdsdag efter fire ugers ferie, og han kan ikke huske, at han nogensinde før har haft så svært ved at komme i gang igen efter en ferie. Han har allerede fået tildelt flere sager, blandt andet en sørgelig historie, hvor en tyrkisk pizzeriaejer er blevet træt af chikaneriet fra en gruppe fremmedfjendtlige unge og har slået en 19-årig fyr ihjel med en golfkølle. To velrettede slag, et i hver tinding; et firejern; så vidt Gunnar Barbarotti har forstået, agter manden at henvise til, at han gjorde det i selvforsvar.

Dumt med to slag, når det havde været tilstrækkeligt med et, mener Eva Backman. Det vil ende med at give ham seks år mere. Men det er da godt, at indvandrerne er begyndt at spille golf. Det er den nemmeste vej ind i det bedre svenske borgerskab.

Gunnar Barbarotti selv har aldrig så meget som rørt ved en golfkølle, men han har set femten fotografier af den unge mands smadrede kranium, og han ved ikke helt, hvad han skal mene.

Desuden er det varmt. Højsommeren emmer af varme som et glemt strygejern, selvom man snart har passeret midten af august. Det føles ... det føles ganske enkelt ikke naturligt at gå på arbejde. Barbarotti har tilbragt de første uger af sin ferie med sine tre børn i en lånt hytte i Fiskebäckskil, de to sidste i Grækenland. I Kavalla og på øen Thasos nærmere bestemt, hvor det helt givet havde været varmere, men hvor der også havde været et strålende blåt hav og en kvinde ved navn Marianne. Sidstnævnte mødte han på en taverna allerede den anden aften; hun var stukket af fra et smadret forhold til en maniodepressiv fysiklærer, det var i hvert fald, hvad hun påstod, og for en gangs skyld havde Gunnar Barbarotti tænkt, hvad fanden og hvorfor ikke? De skiltes i lufthavnen i Thessaloniki for bare seks dage siden med en aftale om ikke at kontakte hinanden den næste måned. Og derefter måtte man vel se.

I Kymlinge er der intet hav og ingen Marianne.

Derimod er der en kommissær Asunander, som er i et udpræget dårligt humør. Muligvis fordi hans tænder har svært ved at sidde fast i varmen. Han er mere kortfattet og mere bøs end nogensinde i disse infamt hede høstdage. Desuden er der dem, der påstår, at hans hund har fået fire dødfødte hvalpe i løbet af ferien, men ingen har vovet at spørge, om det passer.

"Hermanssons!" hvæser han for eksempel og ruller med øjnene, da Gunnar Barbarotti meget forsigtigt bringer emnet op. "Ikke et minut mere til dem, før vi finder et lig. Eller to! Prioriter, eller skift job. Brug for folk i hittegodsafdelingen."

"Jeg ville bare vide, om der var sket noget i min ferie," siger Gunnar Barbarotti.

"Der er sket tilstrækkeligt til, at du ikke skal rode rundt i sager, som er halvt foræl...!" brøler Asunander. "... dede. To skoler brændt, fire uopklarede voldtægter, otte mis... handlinger og et røveri mod en plante... satans ... skole. Og tyrkerne slår folk ihjel med golfkøller!"

"Tak," siger Gunnar Barbarotti. "Jeg forstår."

Hvorfor begår man røveri mod en planteskole, tænker han, da han står i elevatoren på vej ned. Er der ikke flere penge i bankerne? Og otte måneder er vel trods alt lidt for lidt til, at en dobbelt forsvindingssag bliver forældet, ikke?

Men sagen Hermansson-Grundt er der altså intet nyt i. Da han skal vælge mellem en kanelsnegl og en mazarinkage, vælger han sneglen og fortryder i samme øjeblik. Når han tænker på den – sagen altså, ikke sneglen for satan – tilsyneladende er der en fejl i airconditionanlægget nede i cafeteriet, for lokalet er varmt og fugtigt som en sauna – og han har tænkt en del på den i løbet af foråret og sommeren, så synes han, at det hele minder om en skide gåde, som ingen kan løse. Gunnar Barbarotti havde en lærer i gymnasiet, som elskede at servere den slags gåder for sine elever – helst fredag eftermiddag – så man kunne bruge hele weekenden til at gruble over dem. Barbarotti kan ikke huske, at nogen nogensinde havde held til at løse et af disse finurlige problemer, det endte altid med at læreren selv – hed han ikke Klevefjell? – præsenterede den udpræget elegante løsning om mandagen. Det var heller ikke altid, at man fattede den.

En gåde altså: Vi har to personer, en morbror og en søstersøn. Sammen med en del øvrige familiemedlemmer samles de nogle dage før jul for at fejre en mærkedag. Den første nat går morbroderen op i røg. Den anden nat går søstersønnen op i røg. Forklaring udbedes!

Fandens også, tænker Gunnar Barbarotti, tørrer sveden af panden og tager en bid af kanelsneglen. Asunander har ret, det tjener intet formål at bruge mere tid på det her. Jeg har aldrig været med på en sag, hvor så mange arbejdstimer er blevet brugt med så dårlige resultater. Men er det ikke ... jo, det skulle faktisk ikke forundre mig, om der er isoleringsmateriale i den snegl. Dejen knirker mellem tænderne.

Af en eller anden årsag bygger denne mistanke en bro over til hans ekskone, Helena. På det område er der derimod sket en del. I forbindelse med at han hentede børnene før rejsen ud til vestkysten, havde hun ladet ham forstå to ting. For det første har hun fundet en ny mand. For det andet står hun umiddelbart over for at flytte til København med ham. Han arbejder som yogalærer der. Tiden har endnu ikke været inde til at informere drengene, Lars og Martin, om den nye retning, deres liv vil tage – af forskellige årsager – og hun anmoder Gunnar om at love, at han heller ikke tager sagen op med dem under deres ophold i Fiskebäckskil.

Det har han da heller ikke gjort, og han har ikke hørt et ord om sagen siden. Måske er flyttelæsset allerede på vej. Lars og Martin, tænker Gunnar Barbarotti. Hvordan skal det gå med jer? Taler I dansk med mig om fem år?

Han tager en ny bid af sin isolationssnegl. Når sønner ikke længere taler samme sprog som deres far, hvor er vi så på vej hen?

Det er en tanke, han har svært ved at tage stilling til. Måske er det bare en fordom, og måske er det hverdag for en masse mennesker. Under alle omstændigheder er det ikke noget, man skal tænke over sådan en dag. Der må være over tredive graders varme i kantinen. Han er netop på vej op for at hente kop nummer to, da kommissær Backman kommer stormende.

"Nå, er det her, du gemmer dig?" konstaterer hun og sætter hænderne i siden. "Vi har netop modtaget en rapport om to lig i en fryser. Vil du være med?"

Gunnar Barbarotti funderer et halvt sekund. Derefter siger han ja tak til tilbuddet. Det der med at tænke over livet må vente til en anden gang, og skal man være helt ærlig, så er en fryser vel lige akkurat det, man har brug for på en dag som i dag.

Ebba modstod impulsen til at stige af toget i Uppsala og fortsatte mod Stockholm. En ung mand og en ung kvinde var steget på og havde sat sig på pladserne over for hende; begge to var kortklippede og mørkhårede, begge bar briller; øjensynligt var de studerende, de gik begge to straks i gang med at studere hvert sit kompendium, mens de mumlede og understregede. Hun betragtede dem stjålent og kunne ikke lade være med at lege med tanken om, at de skulle være studiekammerater til Henrik. Universiteterne begyndte godt nok ikke undervisning før om en uge, men alligevel. Hun lukkede øjnene for at forsøge at mane Henrik frem. Eksponere ham for sit modersyn, men det gik ikke helt, som hun ville. Han dukkede godt nok op et kort øjeblik, men så forsvandt han; da hun anstrengte sig igen, vendte han tilbage, men kun i brøkdelen af et sekund. Det var irriterende, men sådan havde det været den seneste tid. Henrik var blevet flygtig. Mere og mere svær at holde fast i. Er jeg ved at glemme min søn, tænkte hun forfærdet. Hvorfor kan du ikke blive hos mig længere, Henrik? Hvorfor er det kun i den parterede tilstand i bæreposerne, at du forekommer virkelig? En kuldegysning løb igennem hendes krop, og hun forstod, at det var i sidste øjeblik, hun var taget af sted på denne rejse. Helt sikkert.

Hun havde ringet til Leif over sin mobiltelefon, men havde kun nået at tale med ham et halvt minut, fordi samtalen var blevet afbrudt. Han havde ikke lydt specielt forundret, men det plejede han på den anden side heller aldrig at gøre. Han nøjedes med at sige, at han og Kristoffer sagtens kunne klare sig, og spurgte så, hvor længe hun havde tænkt sig at være væk.

Nogle dage, havde hun svaret, men det var usikkert, om han havde nået at opfatte det. Nå ja, tænkte hun. Han kan vel ringe mig op, hvis han er interesseret,

Toget holdt i Knivsta. Pludselig kom hun i tanker om, at hun havde arbejdet som vikar nogle uger på en skole her. Det var i januar under hendes andet – eller måske fjerde – semester på medicinstudiet, hun var blevet færdig med et fag før tiden og brugte pausen til at tjene lidt penge; matematik og biologi. Det hun kunne huske bedst var den truende mængde af fjendtligt indstillede unge mennesker og følelsen af at være underkastet magter, som hun ikke kunne kontrollere. Det havde krævet enorme kræfter at komme gennem timerne, og da det hele var ovre – sammenlagt var det vel ikke mere end otte-ti dage – og hun kunne genoptage medicinstudierne, havde hun følt sig overvældet af en bølge af taknemmelighed over, at hun ikke var fulgt i sin faders fodspor og havde valgt at blive lærer.

Hun havde kun været tyve eller enogtyve dengang, herregud, hun havde haft elever, der kun var fem år yngre end hende selv.

Men det slog hende alligevel som noget ejendommeligt, at den skole måtte ligge der uden for togvinduet et sted. De klasseværelser, hun havde stået og undervist i, det der fyrretræsfarvede lærerværelse med de tavse læderbrikse og de halvdøde, støvede potteplanter – og de lærere, i hvert fald de yngre af dem ... og alt dette eksisterede stadigvæk og havde eksisteret hele tiden siden, i alle disse dage og alle disse timer i nu snart tyve år, hvor hun selv havde været helt og fuldt optaget af sit liv, sin familie og sit arbejde ... af en eller anden grund fandt hun denne tanke, denne indsigt, aldeles rædselsfuld, næsten obskøn, og hun sagde til sig selv, at hvis hun nu skyndte sig at stå af toget og fandt den skole og gik ind i den – hvis hun havde held til at finde frem til det klasseværelse med den store vandskade i loftet for eksempel og de ubegribeligt grimme mørklægningsgardiner, så ville hele hendes liv skifte spor, og så ville hun få en ny mulighed for at begynde forfra. Fra midten af firserne, fra for tyve år siden, ja. I 1985 måtte det have været, samme år Leif Grundt lidt senere dukkede op i hendes liv, og før hun havde født sine børn, inden det hele var slået ind på den faste bane, der førte frem til de frygtelige tildragelser på hendes fyrreårs fødselsdag ... men hvis hun nu bare kastede sig af toget i denne stund og løb ud i byen, så ville tiden dreje sig omkring sin akse som en spiral, og så ville hun få mulighed for at begynde sit liv forfra og styre det i en helt anden retning, hvor hun ikke var nødt til at miste sin elskede søn og have ham hængende i det mørke tomrum i to hvide ...

Der er noget galt med mine tanker, afbrød hun sig selv, i samme øjeblik som det gav et ryk i toget, og det begyndte at køre igen. Der er noget helt galt. Hvad som helst ser ud til at kunne begære adgang til mit hoved. Og at få det. Jeg må se at finde mine afspærringer. Jeg må se at få stoppet det her. Jeg må ... jeg genkender ikke min egen bevidsthed, og hvad ... og hvad er det så for et jeg, der er tilbage? *Hvem* er det, der ikke genkender *hvad*?

Hun greb et efterladt eksemplar af *Metro* som modgift; begyndte at blade i det, men læste ikke en eneste linje. Blev i stedet hængende i sit eget skrækslagne indre og bad igen til den gud, hun ikke troede på.

Hjælp mig, du kære, bad hun. Lad mig ikke blive sindssyg. Lad i det mindste samtalen med min søster blive et lille skridt i den rigtige retning. Straf mig ikke for mit hovmod.

Det sidste var en tanke, der var kommet til hende i de seneste dage. At tabet af Henrik – eller hans fravær – var en slags gengældelse for, at hun havde valgt de forkerte værdier i sit liv. At hun havde været egoistisk, at hun havde ladet karrieren gå ud over familien, at hun burde have prioriteret anderledes. Rent klinisk og rent intellektuelt kunne hun naturligvis affærdige dette som en automatisk tvangstanke, det var sådan, man tænkte i situationer som denne – men i hjertets mørke føltes det som en ligning, der blev des mere gyldig, jo længere tid der gik. Sådan her så status ud. Det her var straffen for hendes svigt.

Klokken var nogle minutter over halv otte, da hun checkede ind på Hotel Terminus lige over for hovedbanegården. Værelset lå på fjerde sal, hun havde udsigt over hele rangerterrænet, over Stadshuset og Kungsholmen – over vand og broer og bygninger, som hun ikke kendte navnene på. Jeg kunne godt flytte til Stockholm, slog det hende. Hvis jeg ikke finder min søn, kan jeg lige så godt forlade alt det andet også; søge arbejde på Danderyd eller Karolinska og gå ind i den absolutte anonymitet.

Hun trak gardinerne for, vendte sig ind mod værelset og bed tænderne sammen for ikke at begynde at græde. Hvad i helvede tjente det til at gøre sig den slags illusoriske vaneforestillinger, tænkte hun. Hvorfor bilde sig selv ind, at det kunne lade sig gøre at fortsætte med at leve? Hvorfor indbilde sig, at Kristina skulle være i stand til at kaste den mindste smule lys over det hele?

Hvorfor i det hele taget håbe på noget?

I minibaren fandt hun to små flasker med whisky. Bedre end ingenting, tænkte hun og skruede kapslen af den ene.

Styrket af den beskedne mængde alkohol ringede hun tyve minutter senere op til sin søster. Fortalte kort og godt, at hun var sygemeldt og havde været det et stykke tid og ikke havde det specielt godt; dette var ganske vist en nyhed for Kristina, men hun kommenterede den kun meget kort. Sagde, at det vel var forståeligt, når man tog omstændighederne i betragtning. Eller noget tilsvarende trivielt. Ebba forklarede, at hun var i Stockholm i andet ærinde i et par dage og spurgte, om Kristina havde noget imod at mødes med hende for en samtale.

"Om hvad?" spurgte Kristina.

"Om Robert og Henrik," sagde Ebba.

"Hvad skulle det tjene til?" spurgte Kristina.

Pludselig følte Ebba sig stakåndet. Som om ilten i det lille hotelværelse var sluppet op på et øjeblik. "Fordi ... fordi du havde god kontakt med Henrik dengang," fik hun frem. "Du har altid haft god kontakt med ham. Jeg fik den ide, at han måske ... at han måske sagde noget til dig den aften, hvor han forsvandt."

Der blev stille nogle sekunder i røret, før Kristina svarede. Nej, sagde hun så, det havde Henrik ikke gjort. Naturligvis ikke. Hvis han havde gjort det, ville hun selvfølgelig allerede have fortalt det. Til Ebba og til politiet og til alle andre, som havde spurgt. Hvad var det nu, Ebba bildte sig ind? Men hvis hun kiggede i kalenderen for eftermiddagen den følgende dag, så kunne de sikkert drikke en kop te sammen og snakke. Mellem et og tre passede bedst, så ville hverken mand eller barn forstyrre.

Men nogen hjælp skulle hun ikke forvente sig.

Ebba takkede – som om hun var blevet tilstået en stor nåde – og lagde røret på. Blev siddende ubeslutsomt i nogle minutter. Tændte for fjernsynet og så på nyheder en tid. Følte, hvordan hun krympede. Slukkede for apparatet, tog et brusebad og gik i seng. Klokken var ikke mere end halv ti. Hun slukkede lyset og trak vejret dybt fem gange, som hun plejede at gøre for at slippe af med dagens uro og problemer.

Men søvnen kom hende ikke i møde som tænkt. I stedet kom der et minde. Det udkrystalliseredes af hendes eget og hotelværelsets kompakte mørke, og det virkede ikke, som om det var egnet til at læge hendes sår.

En sommer for flere år siden. Drengene var vel tolv og syv. De havde lejet et hus i Jylland hele sommeren. Det var hende, der havde ordnet det. En kollega på hospitalet var i USA på en forskningsopgave og ville ikke have, at sommerhuset stod tomt. Leif og drengene tog af sted med det samme efter skoleafslutningen, selv arbejdede hun en uge ind i juli. Men det var bestemt, at hun også skulle tage derover fire-fem dage efter Sankthans.

Leif havde Kristina med til at hjælpe sig. Ikke fordi det var nødvendigt, snarere var det Kristina, som havde brug for at slappe af nogle uger; hun stod uden bolig, efter at endnu et forhold var gået itu, det var længe inden Jakob Willnius dukkede op.

For at komme derover kørte Ebba i bil hele vejen til Sundsvall. Tog natfærgen over Skagerrak mellem Varberg og Grenå. Ankom til huset helt ude ved Vesterhavet tidligt om morgenen. Alle sov, klokken var ikke mere end seks. Det var et stort hus, der lå puttet ned mellem klitterne, hun havde bare fået en beskrivelse af det fra den læge, som ejede det, og af Leif i telefonen, så det tog hende lidt tid at orientere sig. Hun trissede rundt fra rum til rum, op og ned ad trapper, og til sidst fandt hun hele sin familie sovende i en gigantisk dobbeltseng under et stort tagvindue helt oppe på loftet. Alle fire: hendes mand Leif, hendes søster Kristina, hendes sønner Henrik og Kristoffer. Drengene lå i midten, Kristina og Leif på hver sin side af dem, og der var noget ved dette billede, denne gruppering, der fik hendes hjerte til at slå ujævnt. Alle fire lå vendt i samme retning, som teskeer i en køkkenskuffe. Leif længst inde med tæpperne sammenkrøllet ved sine fødder. Hun kunne iagttage deres sovende kroppe, drengene i korte bukser, hendes brugsuddeler i pyjamas, Kristina i trusser og T-shirt, og alle berørte de den, der lå foran dem let, men bare let, i søvnen – det hele lyste i den grad af harmoni og tryghed, at et eller andet begyndte at vokse nede i halsen på hende. Som et maleri var det, akkurat som et maleri af den idylliske familie.

Hun blev stående og forsøgte at få klumpen i halsen til at forsvinde, men de spørgsmål, som hun forsøgte at fortrænge, boblede alligevel frem. *Hvorfor ligger jeg ikke også der? Hvordan kan det være, at jeg og Leif aldrig – aldrig nogensinde – har sovet sådan sammen med drengene? Hvorfor står jeg her?*

Eller: *Hvorfor er det mig, der står her?*

Hun vækkede dem ikke. Sneg sig ned ad trappen, fandt en seng i et andet værelse og krøb ned under et tæppe. Hun blev vækket fire timer senere af Leif, der kom ind med en kop kaffe og dansk wienerbrød. Han kiggede lidt forundret på hende og spurgte, om hun havde fået allergi; hun tilstod, at der måtte være en eller anden slags pollen i luften, for hun havde brugt en hel pakke papirlommetørklæder under turen.

Nej, det minde egnede sig ikke til at læge sår.

27

Kvinden var lille og rødhåret.

Gunnar Barbarotti fik en hurtig association til en kvindelig maratonløber: Tynd som en pind og ikke med et gram for meget på kroppen; hun sad med rank ryg på en stol med hænderne foldet foran sig på bordet. Udtrykket i de grønne øjne var åbent og vagtsomt.

Femogtredive, bedømte han. Viljestærk. Har nok prøvet en del.

Han nikkede til hende. Hun rejste sig og gav hånd. Først til ham, derefter til Eva Backman. Assistent Tilgren lukkede døren bag deres rygge.

"Hvis du vil begynde med at præsentere dig en smule," foreslog han. "Jeg hedder altså Gunnar Barbarotti, og det her er min kollega Eva Backman."

De satte sig. Eva Backman tændte for båndoptageren og klarede det formelle. Gav tegn til kvinden om, at hun kunne begynde.

"Jeg hedder Linda Eriksson. Jeg bor i Göteborg."

Eva Backman signalerede med en opadvendt tommelfinger, at lyden gik fint ind på båndet.

"Jeg arbejder som fysioterapeut på Sahlgrenska. Og jeg er fireogtredive år gammel, gift og har to børn ... er det nok?"

"Det er det," bekræftede Gunnar Barbarotti. "Vil du fortælle, hvorfor du sidder her?"

Hun rømmede sig og begyndte.

"Jeg sidder her, fordi jeg har en søster," begyndte hun. "Eller rettere sagt, jeg havde en søster. Jane. Hun hedder Jane ... vi hed Andersson som børn, men hun skiftede til Almgren, da hun blev gift. Jeg ved ikke rigtigt, hvordan jeg skal ... hrm. Undskyld mig."

"Tag en slurk vand," sagde Eva Backman.

"Tak."

Hun hældte Ramlösa op i glasset og tog en slurk. Sukkede og foldede så hænderne igen. "Ja, min søster Jane omkom altså for nogle uger siden. Blev kørt over af en bus i Oslo, jeg ved ... jeg ved ikke, hvad hun lavede der. Hun har boet her i Kymlinge et par år. Min søster var ... min søster var ikke rigtigt rask."

"Ikke rigtigt rask?" sagde Barbarotti.

"Nej, Hun led af en personlighedsforstyrrelse, som det hedder, og sådan har det været ganske længe."

"Hvor gammel var din søster?" spurgte Eva Backman.

"Seksogtredive. To år ældre end mig. Jeg ved ikke rigtigt, hvor jeg skal begynde, det er sådan en lang historie."

"Vi har tid nok," forsikrede Gunnar Barbarotti. "Så hvorfor ikke tage den fra begyndelsen?"

Linda Eriksson nikkede og drak lidt mere vand.

"All right," sagde hun. "Man kan vel sige, at jeg stammer fra en problemfamilie."

Hun forsøgte sig med et undskyldende smil, som om hun ville bede om tilgivelse for, at de overhovedet eksisterede. Barbarotti kunne mærke, hvordan en bølge af sympati for denne spinkle, men stærke kvinde skyllede igennem ham. Han besluttede sig for, uden egentlig at være bevidst om det, ikke at stille spørgsmålstegn ved noget af det, hun sagde.

"Men det her er naturligvis det værste," fortsatte hun. "Vi er tre søskende, jeg er den yngste. Min mor er indlagt på et psykiatrisk hospital og har været det flere år, min bror Henry, han er den ældste, mangler at afsone mindst to år af sin seneste fængselsstraf ... og så er der altså Jane. Min far har jeg aldrig set, Henry og Jane har en anden, men han er død. Vi er halvsøskende med andre ord. Min far skulle efter sigende være englænder ... jeg ved ikke, om det passer, men det plejede min mor at påstå."

"Men I voksede altså op sammen?" indskød Eva Backman. "Du og dine halvsøskende."

"Noget af tiden."

"Hvor?" spurgte Gunnar Barbarotti.

"Over det hele. Jeg tror, at jeg boede ti forskellige steder i mine første femten år," sagde Linda Eriksson med et hastigt smil. "Blandt andet to år i Kymlinge. Henry er otte år ældre end mig, han stak af hjemmefra temmelig tidligt. Men Jane og jeg ... jo, vi voksede op som søskende. Vi havde kun hinanden at ty til."

"Hvis vi nu koncentrerer os om Jane," foreslog Barbarotti. "Fortsatte I med at have god kontakt med hinanden også som voksne?"

Linda Eriksson rystede på hovedet. "Nej, desværre. Det fungerede ikke. At opretholde kontakten med Jane ville have været som at ... ja, som at klamre sig til en, der er ved at drukne."

"Hvorfor?" sagde Eva Backman.

"Fordi hun er, som hun er. Det begyndte allerede i gymnasiet, hun kom tidligt i gang med stofferne ... alle mulige slags. Konstant optaget af sig selv og sine egne problemer, det ser ud til at indgå i sygdomsbilledet. Hun blev indlagt på forskellige behandlingshjem, fra hun fyldte atten, og det var der, vi begyndte at tabe kontakten. Men til sidst var der så alligevel en behandling, der så ud til at fungere. Hun slap i hvert fald ud af afhængigheden og fandt en mand ... det hører med til historien, at vores mor også var temmelig afhængig. Jeg flyttede hjemmefra, da jeg gik i 1. g. Det var socialforvaltningen og en skolepsykolog, der sørgede for, at jeg fik mit eget sted at bo."

"Og Jane?" sagde Gunnar Barbarotti.

"Jo, hun blev boende sammen med ham Germund. De giftede sig og fik to børn. Flyttede til Kalmar. Jeg troede, at de havde det godt, men da jeg kom på besøg efter et par år, så forstod jeg, at jeg havde taget fejl. Ingen af dem havde ordentligt arbejde, han var selvfølgelig også forhenværende misbruger, de var medlemmer af en eller anden sekt og bildte sig alle mulige sære ting ind. Jeg besøgte dem kun den ene gang, og et halvt år efter fik jeg så at vide, at forholdet var gået i stykker. Jane havde forsøgt at slå både manden og børnene ihjel, vistnok på grund af en eller anden jalousihistorie, og det hele endte med, at hun blev tvangsindlagt og mistede samværsretten med børnene."

"Og manden fik forældremyndigheden?"

"Ja. De syntes vel, at han kunne klare det. Men jeg ved ikke, der var en masse ballade bagefter også ... men måske det mest var fremkaldt af Jane."

"Har du haft kontakt med hende ... eller dem ... i den periode?" spurgte Eva Backman.

"Næsten ingen. Det var min mor, der stod for informationen. Og den var naturligvis ikke altid lige pålidelig. Under alle omstændigheder flyttede Germund til udlandet med børnene for ... ja, det er vel to år siden nu ... og jeg tror aldrig, at Jane fandt ud af, hvor de bor. Hun røg ind på forskellige institutioner og ud igen, men for cirka et år siden kom hun ud og har haft held til at klare sig på en eller anden måde. Hun er sygemeldt naturligvis, men så vidt jeg ved ... eller så vidt jeg vidste, skulle jeg måske sige, så har hun klaret sig selv. Jeg havde naturligvis ingen anelse om ... om det her."

Hun slog ud med armene og så igen beklagende ud. Som om det var hende, der havde svigtet sit ansvar, og det var dette svigt, som havde ført frem til katastrofen.

"Hvor længe siden er det, at du havde kontakt med din søster?" spurgte Barbarotti.

"Jeg har ikke set hende i over et år. Men jeg har talt med hende i telefonen ... sidste gang var i marts."

"Hvad talte I om?"

"Hun ville låne penge. Jeg sagde nej, og så smed hun røret på."

"Hvornår fandt du ud af, at hun var død?"

"Samme dag hun døde. De ringede fra sygehuset i Oslo. Hun havde tilsyneladende mit telefonnummer på en lap papir i sin pung."

"Den 25. juli?"

"Ja. Vi var netop kommet tilbage fra to ugers ferie i Tyskland. Min mand stammer dernede fra."

"Fortæl så, hvad der derefter skete," sagde Eva Backman.

"Ja, det blev mig, der måtte tage mig af det praktiske. Jeg tog til Oslo og identificerede hende. Jeg tog kontakt med en bedemand for at ordne bisættelsen og med en advokat for at ordne boopgørelsen og den slags. Jeg forsøgte ikke at få hjælp fra min bror og min mor ... men de kom da i det mindste til begravelsen. Tre sørgende plus to fangevogtere og en plejer, det var ikke muntert."

"Hvornår fandt begravelsen sted?"

"Den 4. august."

"Her i Kymlinge?"

"Ja. Hun boede jo her de sidste år."

"Og så bagefter?"

"Så var der jo lejligheden, som skulle klares. Jeg fik overtalt værten til at nøjes med en halv måneds leje, hvis jeg kunne få alting ud til den 15. Og så i mandags tog jeg herop og begyndte at rydde op ..."

Eva Backman kiggede i sin notesblok. "Fabriksgatan 26, stemmer det?"

"Det stemmer. Jeg havde afsat tre dage. Hun havde naturligvis ikke mange ejendele, men det tager jo tid alligevel. Jeg bestemte mig for at skille mig af med det hele. Aftalte med en vognmand, at han skulle hente det og køre det ud til forskellige indsamlinger eller direkte på lossepladsen ... hun var ganske vist min søster, men jeg orkede ganske enkelt ikke at sætte mig ned og rode igennem hende sørgelige liv. Desuden havde hun ikke bevaret noget mindeværdigt. Ingen fotoalbums og den slags."

"Hendes børn og forhenværende mand?"

"Jeg snakkede med politiet og nogle mennesker fra socialforvaltningen, og vi var temmelig enige om, at vi skulle lade dem være i fred. Der var ligesom ikke noget at vinde ved at drage Jane ind i deres liv en gang mere. Det lyder måske en smule kynisk, men det besluttede vi."

"Hvor gamle er børnene, sagde du?" spurgte Eva Backman.

"Ti og otte."

"Det lyder som en fornuftig beslutning," konstaterede Gunnar Barbarotti. "Men du ryddede altså op i hendes lejlighed, og det var i den forbindelse, at du ...?"

Linda Eriksson lukkede øjnene et øjeblik. Trak vejret dybt for at genvinde selvbeherskelsen. De spinkle skuldre i den grønne bomuldskjole løftedes og sænkedes. Gunnar Barbarotti tænkte igen, at det her var en kvinde, han følte beundring for. Hendes liv var startet på de dårligst tænkelige betingelser, men hun havde klaret sig. Han så hurtigt på Eva Backman og mente at kunne se på hende, at hun mente det samme.

"Ja. Jeg tog stuen og soveværelset først og ventede med køkkenet til sidst. Det var nu i morges, og så ... ja, da jeg begyndte at tømme fryseren, så fik jeg øje på de her ... fingre. Undskyld ..."

Hendes magre krop blev gennemløbet af en kuldegysning, og et øjeblik troede Barbarotti, at hun ville kaste op hen over bordet. Men hun kom sig. Rystede på hovedet og drak lidt vand. Eva Backman lagde en hånd på hendes arm.

"Tak. I må undskylde, men jeg er stadigvæk lidt chokeret. Det var jo rædselsfuldt, da det gik op for mig, hvad der lå i den plastikpose ..."

Gunnar Barbarotti ventede og gav tegn til sin kollega om, at hun også skulle tie.

"Det var en arm. Skåret af ved albuen. En pose fra Brugsen, en af de sædvanlige med røde bogstaver. Jeg sad nok og stirrede på den i ti minutter, før jeg var i stand til at foretage mig noget. Jeg var jo begyndt at smide alt fryserens indhold i en plastiksæk, som jeg kunne sætte ned i skralderummet, og hvis ikke de fingre havde stukket ud, havde jeg måske ikke opdaget noget ... men nu åbnede jeg så en pose mere. Først forstod jeg ikke, hvad det var, men så begreb jeg, at det var en del af et bækken."

Hun tav. Der gik nogle sekunder.

"En mand?" sagde Eva Backman.

"Ja, en mand."

En bevægelse uden for vinduet fangede et øjeblik Gunnar Barbarottis opmærksomhed. Han drejede hovedet og fik øje på en skade, der i det samme kom flyvende og slog sig ned på sålbænken. Hvorfor lander du dog der, tænkte han forvirret. Er du et sendebud fra djævelen, eller hvad sker der?

Nogen tvivl om, at djævelen eksisterede, havde Gunnar Barbarotti aldrig haft. Det var kun Guds eventuelle eksistens, som var problemet.

"Hm, ja," sagde Eva Backman og rømmede sig. "Hvad gjorde du så? Jeg forstår godt, at du var meget chokeret."

"Jeg var meget chokeret ja," sagde Linda Eriksson. "Først løb jeg ud på toilettet og kastede op, derefter samlede jeg mig sammen og ringede til politiet. Ja, og så mens jeg ventede på dem, åbnede jeg endnu en pose ... jeg ved ikke, hvorfor jeg gjorde det, men måske havde jeg en mistanke om, hvad det var, og ville have det bekræftet ... men det var altså et hoved. Jeg løb ud på toilettet igen og kastede op en gang mere, og så blev jeg der, til politiet kom."

Gunnar Barbarotti rettede sig op på stolen. "Og så blev du i lejligheden, mens de pakkede resten op?"

"Jeg ventede inde i stuen, mens de gjorde det. Sammen med en kvindelig politibetjent."

"Og der fik du så at vide, at det drejede sig om to lig?"

"Ja."

"Som din søster af en eller anden grund havde opbevaret i sin fryser?"

"Ja."

"Har du nogen som helst anelse om, hvorfor hun gjorde det?"

"Nej."

"Har du nogen anelse om, hvem de to var?"

"Nej."

"Kiggede du på dem?"

"Ja. Politifolkene spurgte, og jeg var indstillet på at gøre det, og jeg sagde, at jeg ville forsøge ... jeg kiggede altså på hovederne."

"Og?"

"Nej, jeg kunne ikke genkende nogen af dem. De var temmelig ilde tilredt, men man kunne se, at det var to mænd."

"Jeg forstår." Gunnar Barbarotti kiggede igen ud på skaden, som tilsyneladende havde hørt og set tilstrækkeligt, for den flaksede med vingerne og forsvandt. Han kunne mærke, at han havde det stort set på samme måde. Han havde hørt nok. Ønskede et øjeblik, at han også havde haft vinger. Eva Backman havde atter lænet sig frem og lagt en hånd på Linda Erikssons arm.

"Var din søster voldelig på noget tidspunkt af sit liv?"
Linda Eriksson tøvede. De lod hende tøve.
"Jeg ved ikke rigtigt, hvad jeg skal svare," sagde hun til sidst. "Som jeg fortalte, så forsøgte hun jo faktisk at slå sin familie ihjel, jeg tror ... jeg tror, at man ..."
"Ja?"
"... at man skal være klar over, at Jane var meget syg. Hun skulle ikke have haft lov til at gå frit omkring ... både for sin egen og for andres skyld. Men I ved jo, hvordan det står til med den psykiatriske pleje her i landet, går jeg ud fra? Ud med de gale på gaderne. De skaber lidt skade og en smule lidelse, men de lever ikke længe. Det er billigere for samfundet i længden."
Gunnar Barbarotti var enig i den kritik et godt stykke ad vejen, og han vidste, at Eva Backman havde det ligesådan, men han valgte ikke at kommentere Linda Erikssons analyse.
"Sådan er det jo," sagde han i stedet. "Og meget burde vel være indrettet på en anden måde, end det er ... jeg mener med hospitalsvæsenet her i landet. Men hvad os angår, så må vi koncentrere os om at skabe klarhed over, hvad der faktisk er sket. Vi får nok brug for at snakke med dig nogle flere gange. Hvor kan vi få fat i dig?"
Linda Eriksson begyndte at græde for første gang. Eva Backman rakte hende en stak papirservietter, hun pudsede næse og tørrede øjnene.
"Jeg vil gerne hjem til min familie i Göteborg," sagde hun med svag stemme. "Hvis det kan lade sig gøre."
Barbarotti kiggede atter på Backman og fik en bekræftende tommelfinger som svar. "Det er helt i orden," sagde han. "Vi har jo din adresse og dit telefonnummer. Vi tager sikkert kontakt med dig i morgen igen. Hvordan kommer du hjem til Göteborg?"
"Min mand kommer og henter mig, hvis jeg ringer til ham. Det tager jo ikke mere end en time ... ja, to, når han skal køre både frem og tilbage."
Gunnar Barbarotti nikkede. Eva Backman nikkede.
"Der er et hvilerum lige ved siden af her. Er det i orden, hvis du bare ligger der og venter så længe?"

"Tak," sagde Linda Eriksson og fulgte med Eva Backman ud ad døren.

Stakkels pige, tænkte Gunnar Barbarotti. Og ... og hvis hun bare var begyndt med køkkenet, så var hun i det mindste sluppet for at rydde op i resten af lejligheden.

"Hvad siger du til det her?" spurgte Eva Backman en halv time senere, da hun var sunket ned i besøgsstolen på hans kontor.

"Hvad siger du selv?" sagde Gunnar Barbarotti.

"Grotesk," sagde Eva Backman. "Helt igennem grotesk."

"Tror du, at hun parterede dem i køkkenet?"

"I badeværelset siger Wilhelmsson. Der var tydelige spor efter det."

"I badekarret?"

"Snarere på fliserne. Søsteren havde skuret det hele ganske grundigt. Jane måske også. Men blod er blod."

"Hvor længe siden?"

"Det kunne han ikke sige. Men tilsyneladende er der gået en tid."

"Og vi er ret sikre på den ene af dem?"

"Du så det jo selv, ikke?"

Gunnar Barbarotti nikkede. Selvom ansigtet havde været i temmelig dårlig stand, så var der ingen tvivl. Et af hovederne tilhørte Robert Hermansson, som havde været forsvundet siden den 20. december foregående år. Otte måneder på nær nogle dage.

"Og du mener ikke, at vi skulle have spurgt hende, om hun kendte noget til nogen forbindelse?"

"En forbindelse mellem hendes søster og familien Hermansson?"

"Ja."

"Nej, det mener jeg ikke. Ikke før vi ved det med hundrede procents sikkerhed. Men hvis vi får definitiv besked, før hun tager herfra, så går jeg ind og stiller et par spørgsmål mere. Hvad mener du om den anden?"

Eva Backman trak på skuldrene. "Vi får også besked om ham om et par timer. Jeg mener ikke noget. Det kan godt være Henrik

Grundt, men det kan også være en anden. Wilhelmsson siger, at det andet lig er i dårligere stand, også hovedet. Det ser ud, som om det har fået lov til at ligge og rådne nogle dage, før hun parterede det og stoppede det i fryseren."

Barbarotti lænede sig tilbage og foldede hænderne bag nakken. Følte hvordan en lammende træthed ramte ham. Og en magtesløshed. Han trak vejret dybt for at få bedret ilttilførslen.

"Og hvis det ikke er Henrik Grundt, vi har fået fat på," sagde han med en slags lavmælt, pervers grundighed, "så er det en anden stakkel, som har haft fornøjelsen af at blive dræbt og parteret af vores lille veninde, Jane Almgren. Er det ikke det, du siger?"

"Nej, det er dig, der siger det," konstaterede Eva Backman i omtrent samme toneleje. "Men fakta giver jeg dig ret i. Enten er det Henrik Grundt, eller også er det ikke Henrik Grundt. Er det sidste tilfældet, så har vi endnu et problem på halsen."

Gunnar Barbarotti så på uret og tænkte efter.

"Bergman er begyndt at lave en liste," sagde han. "Over folk, vi skal snakke med. Naboer og socialarbejdere og terapeuter og alt muligt."

"Hvad med manden?"

"Også ham. Hvis vi altså kan finde ham. Og moderen og broderen. Bergman var oppe på tooghalvtreds navne for en time siden. Lige nok til et spil kort. Jeg spekulerer på ..."

"Ja?"

"Jeg spekulerer på, om du ikke har lyst til at smutte over på Älgen for at få en øl og en bid brød, før vi går i gang. Den står jo nok på aftenarbejde i dag."

Eva Backman sukkede. "En kold øl før krigen bryder ud," sagde hun. "Jo, det var nok ingen dårlig ide. Jeg skal bare lige ringe hjem og informere familien."

"Godt," sagde Gunnar Barbarotti. "Jeg skal også lige snakke med Sara."

Eva Backman rejste sig, men i stedet for at forlade kontoret blev hun stående nogle øjeblikke midt på gulvet og så ud ad vinduet med et fraværende ansigtsudtryk. Derefter rettede hun sine kornblomstblå øjne mod sin kollega.

"Ved du, hvad jeg mener, Gunnar?"

Gunnar Barbarotti slog ud med begge hænder.

"Jeg mener, at det her er helt igennem sygt. Herregud, hvor aviserne vil elske det, når de får fat i sådan en historie. Tv-berømthed fundet død i fryser! Parteret og pakket ned i plastikposer. Fy for fanden, Gunnar, jeg skulle have gjort nøjagtigt sådan, som de sagde til mig. Have overtaget fars skobutik og giftet mig med Rojne Walltin."

"Hvem fanden er Rojne Walltin?"

"Har jeg ikke fortalt dig om Rojne?"

"Aldrig."

"Han har en kæde af skobutikker i Borås og Vänersborg. Hvis vi havde slået os sammen, havde vi næsten fået monopol. Og han friede faktisk."

"Har du og Ville problemer eller hvad?"

"Overhovedet ikke. I hvert fald ikke mere end vi plejer."

"Godt. Så gå du ind og ring til ham og sig, at du er på aftenholdet i aften. Så slipper du i det mindste også for den ishockeykamp."

Eva Backman nikkede og forlod kontoret. Gunnar Barbarotti blev siddende lidt med fødderne på skrivebordet og overvejede, om han burde formulere en eksistensbøn til Vorherre. Men hverken de rigtige ord eller de rigtige odds ville indfinde sig, så han lod være. Akkurat nu lå Gud klart over stregen, meget på grund af Marianne og Grækenland, hvor han virkelig havde taget førerpositionen – og langt inde i sig selv var Gunnar Barbarotti også begyndt at høre en stemme, der med jævne mellemrum formulerede den fristende sandhed, at det var lettere at trives i en verden, hvor der faktisk var en velvilligt indstillet, højere magt.

Og at den omtalte magt måske ikke – i det lange løb – var videre fornøjet med hele tiden at få sat spørgsmålstegn ved sin eksistens.

Fornøjet med denne femogtyveøres analyse trykkede han nummeret hjem for at veksle et par ord med sin datter. Hun svarede ikke, men han indtalte en besked om, at han var nødt til at arbejde over og ville komme sent hjem.

At overarbejdet handlede om et lægge puslespil med dybfrosne kropsdele fra to mennesker, lod han være med at nævne, som den gode og omsorgsfulde fader han trods alt var.

28

Ebba Hermansson Grundt steg af tunnelbanen ved Skogskyrkogårdens Station. Derefter fortsatte hun ad Nynäsvägen i overensstemmelse med de anvisninger, hun havde fået, og kom ind i Gamla Enskede. Hun havde aldrig været på besøg hos sin lillesøster og blev umiddelbart forundret over områdets klasse. Leif og drengene havde været der en gang for nogle år siden, men hun var selv blevet forhindret. Formodentlig på grund af en kollega, der var blevet syg, men hun kunne ikke huske det.

De gamle træhuse var større og mere charmerende, end hun havde forestillet sig; beliggende på store grunde og omgivet af bugnende frugttræer. Da hun ufrivilligt sammenlignede med sin egen standard hjemme i Sundsvall, gik det op for hende, at Kristina tilsyneladende befandt sig et par trin højere oppe ad den sociale successtige.

Men det var bare en rent automatisk observation, ikke noget der bekymrede hende eller bed på hende. Der var ikke plads til mere af den slags efter Henriks forsvinden. Skulle hun selv bestemme, så ville hun være parat til at bo resten af sine dage i en toværelses lejlighed i en forstad, hvis bare hendes søn vendte tilbage. Eller til at forkorte sit eget liv – hvorfor ikke – mod at Henrik fik lov at leve i stedet.

Men det var naturligvis med den slags byttehandler som med så meget andet. De havde ikke rod i virkeligheden.

Hun svingede ind på Musseronvägen og tænkte, at hun burde have købt en blomst. Det kunne ikke skade, og havde hun ikke passeret en blomsterbutik for bare fem minutter siden? Ved det lille torv. Hun standsede op og så på uret, opdagede, at hun var tidligt på den, og vendte rundt.

Et meget kort og meget skræmmende øjeblik gik det for hende, at hun havde glemt, hvad hun var kommet for.

"Tak," sagde Kristina og havde på en eller anden måde held til at lyde oprigtigt forundret. "Det skulle du ikke have gjort. Desuden er jeg elendig til at passe potteplanter."

"Det er en orkidé. Den skal bare have vand en gang om måneden."

"Godt," sagde Kristina. "Så kan den i det mindste klare sig en måned."

"Jeg har hørt, at der findes mere end tre tusind arter," sagde Ebba.

"Så mange?" sagde Kristina.

Godt, at jeg købte den, tænkte Ebba. Så fik vi da noget at snakke om her til at begynde med.

Kristina gik i forvejen ud til en terrasse med vinduer foran, der vendte ud mod haven. Kaffe og en eller anden slags blød kage var allerede anrettet; hun gav tegn til Ebba om at sætte sig i den ene af de to kurvestole. Ingen rundvisning, ingen ceremonier. Det havde hun heller ikke forventet sig. Men det var ikke før, kaffen var hældt op og smagt på, at det gik op for Ebba, at hendes søster var gravid. Man kunne ikke se det på hende endnu, men der var noget med hendes måde at sidde på; med lidt skrævende ben og rank ryg.

"Venter du barn?"

Kristina nikkede.

"Tillykke. Hvor langt er du henne?"

"Tolv uger."

Der er også noget andet, tænkte Ebba pludselig. Hendes øjne ser ikke ud, som de plejer at gøre. Hun er urolig for et eller andet. Og hendes kæbemuskler er så spændte, at det ser ud, som om hun synes, at det her er ubehageligt.

Det forundrede hende, at hun var i stand til at gøre disse iagttagelser, når man nu tog i betragtning, hvor opfyldt hun var af sit eget. Men måske er det sådan med søskende, tænkte hun. Vi aflæser hinanden med et enkelt blik. Hvad enten vi ønsker det eller ej. Det er bare sådan.

Men på den anden side var det måske ikke så sært, hvis Kristina ikke havde set frem til besøget. Ebba forstod det. I hele sit liv havde hun været sin storesøster underlegen, det måtte have været sådan det føltes, navnlig i teenageårene – men hun havde i det mindste haft et godt forhold til børnene. Til Ebbas børn altså. Henriks forsvinden havde naturligvis også ramt hende hårdt. Og Roberts. Kristina og Robert havde altid stået hinanden nær. Det kom Ebba pludselig i tanker om. Det var hende, der havde fjernet sig fra dem. Det var hende, der havde skabt en afstand og sørget for at vedligeholde den. Mens hun sad her og ventede på, at de skulle finde ind i en form for samtale, løb disse uimodsigelige sandheder gennem hovedet på hende, og hun følte, hvordan et eller andet voksede i hendes hals. Tag dig sammen, tænkte hun med en blanding af irritation og angst. Lige meget hvad, så må du ikke begynde at tude nu!

Måske opfattede Kristina sin søsters sårbarhed – aflæste hende med den samme søskendeagtige automatik – for pludselig gjorde hun noget usædvanligt. Ebba kunne ikke huske, at noget lignende var sket før. Kristina lænede sig frem i stolen og strøg hende over armen.

Helt enkelt.

Det var en gestus, som det ikke tog mere end et sekund at udføre, men den vidnede om ... om noget, som det lige nu ikke kunne lade sig gøre at sætte ord på, tænkte Ebba. Hun følte sig svimmel et øjeblik. Blinkede svimmelheden væk og stirrede ind i Kristinas øjne. Så igen den der uro, det anspændte udtryk, som ikke passede med strøget over armen. Må begynde nu, tænkte hun. Må begynde at tale, tavsheden har sine begrænsninger.

"Jeg ved ikke, hvorfor jeg sidder her," sagde hun. "I virkeligheden."

"Det gør jeg heller ikke," sagde Kristina.

"Måske skyldes det bare, at jeg ikke kan udholde uvirksomheden."

"Du har aldrig været god til uvirksomhed," sagde Kristina.

Ebba rømmede sig. Det der i halsen ville ikke helt forsvinde.

"Jeg har så svært ved at udholde det, Kristina. Jeg troede, at jeg måske ville vænne mig til det med tiden, men det gør jeg ikke. Det bliver bare værre og værre."

Kristina svarede ikke. Sad og bed sig i underlæben med blikket fæstnet på et punkt oven for og bag ved Ebbas hoved.

"For hver dag bliver det værre. Jeg er nødt til at forsøge at finde ud af, hvad der skete med Henrik."

Kristina løftede øjenbrynene en millimeter. "Jeg forstår ikke helt."

"Hvad er det, du ikke forstår?"

"Hvad det skal tjene til."

"Jeg ved heller ikke, hvad det skal tjene til, men det bare at gå her og vente gør mig sindssyg."

"Sindssyg?"

"Ja, faktisk. Uvirksomheden gør mig sindssyg. Der må jo have været ..."

"Ja?"

"Der må jo have været et eller andet i de dage ved Henrik. Noget der ... ja, som jeg ikke lagde mærke til."

"Hvad mener du?"

"Jeg mener, at han jo faktisk besluttede sig for at forlade huset den nat."

"Ja, det ser sådan ud."

"Måske havde han besluttet det lang tid før. Og ... og da du snakkede temmelig meget med ham, så lagde du måske mærke til noget? Det er bare sådan, jeg tænker."

"Jeg lagde ikke mærke til noget specielt, Ebba," sagde Kristina, hvis blik stadigvæk var fæstnet på det der fjerne punkt. "Og det har jeg forklaret hundrede gange før."

"Jeg ved godt, at du har sagt det. Men hvis du nu ser på det hele på afstand, er der så virkelig ingenting, som dukker op?"

"Nej."

"Men det burde da ..."

"Kære Ebba, tror du ikke, at jeg har tænkt over det her? Jeg har næsten ikke gjort andet, siden det skete. Jeg har spurgt mig selv om det både dag og nat."

"Det forstår jeg. Men hvad talte I om?"

"Hvad?"

"Hvad talte du og Henrik om?"

"Vi talte om alt muligt."

"Alt muligt?"

"Ja."

"For eksempel?"

"For eksempel om Uppsala. Jeg bryder mig ikke om, at du forhører mig, Ebba."

Klumpen i halsen truede pludselig med at briste. "Jamen, hvad vil du have, at jeg skal gøre, Kristina? Fortæl mig det. Du hjælper mig jo ikke."

Kristina tøvede et sekund. Sænkede blikket og så sin søster i øjnene. "Jeg hjælper dig ikke, fordi jeg ikke kan hjælpe dig," sagde hun langsomt, som om hun talte til et barn. "Der er intet af det, som Henrik sagde eller gjorde, som kan forklare det, der er sket. Hvorfor skulle jeg skjule noget for dig, Ebba, vil du ikke godt være så sød at fortælle mig det?"

"Det ved jeg ikke," sagde Ebba. "Nej, selvfølgelig har du ikke holdt noget hemmeligt. Talte I ... om mig?"

"Om dig?"

"Ja. Eller om familierelationer i det hele taget? I snakkede måske om ting, som det ville være ubehageligt for mig at høre om? Hvis det er tilfældet, Kristina, så skal du lade hånt om den slags hensyn. Det er fuldstændig uvæsentligt, hvis ..."

"Vi talte ikke om dig, Ebba. Heller ikke om familien."

Ebba holdt en pause og fumlede med kaffekoppen. Stillede den tilbage på sin underkop uden at drikke noget.

"Uppsala? Hvad sagde I så om Uppsala?"

"Henrik fortalte mig lidt om studierne. Om hvor han boede og så videre."

"Og om Jenny?"

"Ja, han nævnte hende."

"Og?"

"Det lød ikke som noget specielt alvorligt."

"Er du klar over, at politiet ikke har kunnet finde hende?"

"Ja ... nej ... hvad mener du?"

"De har ikke kunnet finde hende Jenny."

"Ja så?"

"Er det ikke lidt mærkeligt?"

"Hvorfor skulle det være mærkeligt?"

"Han havde ikke engang noteret hendes telefonnummer."

"Hvad mener du, Ebba?"

"Jeg mener ingenting. Jeg siger bare, at jeg synes, at det er mærkeligt."

"Tror du, at Jenny har noget med Henriks forsvinden at gøre?"

Ebba trak opgivende på skuldrene. "Det ved jeg ikke. Det er jo så forfærdelig mærkeligt det hele. Og hvor kommer Robert ind i billedet?"

Kristina sukkede. "Søde Ebba, det her fører ingen steder hen. Det er, som du siger. Der er sket noget ubegribeligt. Det var ubegribeligt dengang, og det er lige så ubegribeligt nu. Det tjener intet formål at rode i det, kan du ikke forstå det? Vi må gå videre med det, der er tilbage, koncentrere os om noget andet ... hvis vi nogensinde får at vide, hvad der skete med Robert og Henrik, så skyldes det ikke noget, vi selv gør eller har gjort. Du må bruge din energi på at bevæge dig fremad, Ebba, ikke bagud."

"Det, du siger, er, at du ikke vil hjælpe mig."

"Jeg *kan* ikke hjælpe dig, det er det, jeg siger."

"Men hvad tror du så, Kristina? Så meget kan du vel dele med mig. Hvad tror du, der skete med Robert og Henrik?"

Kristina lænede sig tilbage i kurvestolen og betragtede sin søster med et udtryk af ... ja, af hvad, tænkte Ebba. Medlidenhed? Afstandtagen? Lede?

"Jeg tror ikke noget, kære Ebba. Jeg tror absolut ingenting."

"Lever de ... du kan vel i det mindste fortælle mig, om du tror, at nogen af dem lever?"

Stemmen var ikke helt stabil, det endte med noget, der mest lød som en hvisken. Kristina havde fået det der udtryk i øjnene igen, som ikke rigtigt var til at tolke. Nu sad hun også og krammede med hænderne om stolens armlæn; i nogle sekunder så det ud, som om hun ikke kunne bestemme sig.

Om hun skulle rejse sig eller ej. Om hun skulle svare eller ej. Til sidst trak hun vejret dybt, slappede af og sænkede skuldrene.

"Jeg tror, de er døde, Ebba. Det ville simpelthen være for dumt at gå omkring og bilde sig andet ind."

Der blev stille i ti sekunder.

"Tak," sagde Ebba så. "Tak for, at du i det mindste ville tale med mig."

Hun blev stående i vinduet og så sin søster gå ud gennem havelågen. Da Ebba var forsvundet op ad Musseronvägen, følte hun, at hun ikke kunne røre sig. En iskold lammelse havde forplantet sig igennem hende fra fodsålerne og op til issen, og meget hurtigt begyndte også synsfeltet at skrumpe ind; hun bevægede sig baglæns igennem en hastigt skrumpende tunnel, og i sekundet før hun besvimede, lykkedes det hende at afværge faldet en smule ved at bøje knæene og læne sig fremad.

Hun vågnede på gulvet i entreen et stykke tid senere, kravlede på alle fire ud til toilettet og kastede op, som om det ikke blot var mavens indhold, hun måtte af med, men også alt det andet. Tarme, indvolde og selve livet.

Hendes ufødte barn.

Men hun gav ikke efter for det. Hentede uanede kræfter et eller andet sted fra, pjaskede koldt vand i ansigtet, trak en børste gennem håret, rettede ryggen og så sig i spejlet. Jeg klarede det, tænkte hun forundret. Det gik.

Derefter vendte hun tilbage til terrassen. Tog kanden, kopperne og kagen af bordet.

Den pjevsede orkidé smed hun i affaldsspanden, hvorefter hun bar posen ud til affaldstønden. Alle spor var fjernet.

29

Sensationspressen frydede sig.

**KENDT TV-PERSONLIGHED
MYRDET OG PARTERET**

stod der på forsiden af den ene.

**ONANI-ROBERT PARTERET
OG FROSSET NED**

påstod den anden. Tilsammen brugte de seksten sider på historien, og i det omfang, hvor tv-serien Fucking Island var blevet glemt i folkedybet, så blev den nu hentet frem til fornyet beskuelse. Til glæde for nogen, til græmmelse for andre, må man vel formode. Blandt andet omtaltes – i begge aviserne – den sørgelige nyhed, at Miss Hälsingland 1996, der sammen med ishockeyhingsten Gurkan Johansson for helt præcis ni måneder siden havde scoret førstepræmien på 3,1 millioner kroner, og som akkurat i disse dage burde være nedkommet med frugten af parrets vellykkede kærlighedshistorie, havde været udsat for en abort i februar – og desuden i samme forbindelse havde forladt Gurkan til fordel for en tyveårig, voldsomt tatoveret sanger fra et gotisk metal-rock band fra Skene.

Mens han indtog en femtenminutters, forsinket frokost – bestående af en bolle med ost og skinke, en banan og to deciliter æblejuice – kiggede Gunnar Barbarotti hurtigt begge aviserne igennem og smed dem derefter med en irriteret bevægelse i papirkurven.

"Ja, vi er i den grad på tapetet," konstaterede Eva Backman, der i samme øjeblik kom ind gennem døren. "Hvornår er der pressekonference?"

"Om et kvarter. Har du nået at kigge på forhørsudskrifterne?"

Eva Backman trak på skuldrene. "Kun lige i forbifarten. Det virker ikke, som om der er noget der."

"Ingenting?"

"Ikke ved første øjekast i hvert fald."

"Hvad siger lægerne?"

Eva Backman satte sig. "Vi har snakket med tre stykker, men der er to til, som måske har noget at sige. De bliver tilsyneladende skiftet ud ret ofte. De tre mener under alle omstændigheder, at det ville have været ønskeligt, hvis Jane Almgren var blevet indlagt noget før på en lukket afdeling.

"Gør de virkelig?" sagde Gunnar Barbarotti. "Ja, det ville jeg nok også have ment."

"Men da politikerne har fjernet alle de psykiatriske afdelinger, så måtte det ende på den måde. På den anden side findes der intet i Jane Almgrens sygdomsbillede, der pegede i retning af ... ja, at hun var så sindssyg."

"Ikke noget uventet synspunkt, vel?"

"Næ, det kan man ikke sige. Historien med, at hun forsøgte at dræbe sin familie, havde desuden ikke den store relevans, mente en af dem. Det har en omhyggeligt gennemført medicinering sørget for."

"Ja så? Og hvis hun så ikke tager sin medicin?"

"Så er det i hvert fald ikke noget, der kan bebrejdes andre. Jeg tror under alle omstændigheder ikke, at vi får noget ud af det, hvis vi forsøger at lede efter syndebukke eller at angribe plejesystemet. Egentlig ..."

"Ja?"

"Egentlig ved jeg ikke rigtigt, hvad vi skal sigte på. Vi har jo trods alt fundet morderen. Eller hvad mener du? Sagen er jo opklaret."

Gunnar Barbarotti skubbede en dynge papirer ned fra skrivebordet, så der blev plads til albuerne. Hvilede hovedet i hænderne.

"Måske ikke ligefrem opklaret," påpegede han. "Du glemmer, at vi står med et uidentificeret offer."

"Tak, fordi du mindede mig om det," sagde Eva Backman, stoppede et par stykker tyggegummi i munden og begyndte at tygge eftertænksomt. "Hvem tror du, han er? Eller var?"

"Et godt spørgsmål," sagde Gunnar Barbarotti og greb et af de papirer, som stadigvæk lå på skrivebordet. Kiggede det hurtigt igennem. "Ifølge Wilhelmsson drejer det sig om en mand på mellem femogtredive og fyrre. Formodentlig en noget forhutlet eksistens. Dårlige tænder og spor efter injektionssprøjter ..."

"Det har jeg hørt. En misbruger med andre ord. Hvor længe havde han ligget i fryseren?"

"Længe. Måske endda længere end vores ven Robert. Der går nogle dage, før vi også får svar på den lille detalje."

"Tror du, at der er en forbindelse?"

"Hvilken forbindelse?"

"Mellem ham og Robert?"

Gunnar Barbarotti kløede sig i nakken. "Hvor fanden skulle jeg vide det fra? De kendte vel Jane Almgren begge to, må man gå ud fra. Der har du i det mindste en forbindelse."

Eva Backman antydede et smil. "Så, så, min gode mand, vær nu ikke så pirrelig. Lad os i det mindste glæde os over, at vi i hvert fald har en morder. Også selvom hun er død. Det føles en smule bagvendt på en eller anden måde, synes du ikke også? Puslespillet er ligesom færdigt, men der mangler en enkelt brik."

"Færdigt?" fnøs Gunnar Barbarotti. "Hvad fanden sludrer du om? Vi kan ... hør nu efter her ... vi kan med god grund antage, at Jane Almgren har slået Robert Hermansson ihjel. Med lige så god grund kan vi antage, at hun har parteret ham og stoppet ham i fryseren. Sammen med en anden fyr, som allerede lå der i forvejen. Så vidt jeg har forstået, er det alt, hvad vi ved med nogenlunde sikkerhed. Vi har tusind spørgsmål og kun et enkelt svar, nemlig at morderen hedder Jane Almgren. Ikke engang det er vi for resten sikre på, så hvis du mener, at ..."

"Tag det nu roligt," afbrød Eva Backman ham. "Jeg mener bare, at det er usædvanligt, at vi kender navnet på gerningsmanden, før vi ved, hvem ofret er. Det plejer at være omvendt. Men jeg er udmærket klar over, at Henrik Grundt stadigvæk må betragtes som forsvundet."

"Godt," sagde Gunnar Barbarotti. "Så er vi enige."

"Og vi skal nok finde ud af, hvem Robert delte opholdssted med, det er jeg overbevist om. Der ligger et par hundrede forsvindingssager, som skal tjekkes ... men du må da give mig ret i, at vi er kommet en smule videre, takket være Jane Almgren?"

"Ja, ja," sukkede Gunnar Barbarotti. "Men videre imod hvad? The road to hell eller hvad?"

Eva Backman smed sit tyggegummi i papirkurven og rejste sig.

"Jeg forsøger bare at muntre dig op," sagde hun. "Men det hjælper vist ikke. Held og lykke med pressekonferencen. Jeg tror, du skal se at komme derned nu. Husk nu at lade være med at skære tænder, det gør så dårligt et indtryk."

Gunnar Barbarotti tog sin jakke på og gjorde hende selskab på vej ud ad døren.

"Hvis den jubelidiot fra *Expressen* er der, så kvæler jeg ham," sagde han sammenbidt.

"Det er fint, superstrømer," sagde Eva Backman. "Jeg skal nok partere ham og fryse ham ned for dig, hvis det kniber med tiden."

Sådan skal en kvinde ikke tale, tænkte Gunnar Barbarotti, men han sagde det ikke.

Da han kom hjem om aftenen, var klokken halv elleve, og Sara sad i køkkenet med en franskmand. Han hed Yann og var stoppet op i Kymlinge på vej fra Nordkap til Paris. De rejste i en gammel, ombygget Folkevognsbus, fortalte Sara, fire unge mænd fra Paris – de havde mødtes på udeserveringen ved Stadshotellet, hvor Sara havde siddet sammen med nogle veninder her i de sidste dage af sommerferien, og hun havde inviteret Yann hjem på en kop te, fordi hun syntes, at han var så sød.

Gunnar Barbarotti, der havde cirka tyve franske gloser samt en trettentimers arbejdsdag i bagagen, mumlede et begavet *Bon soir* og forsøgte at smile til den unge adonis. Han så, at Sara opfattede hans forlegenhed, men hun forsøgte ikke rigtigt at komme til hjælp.

"Der var en kvinde, som ringede," sagde hun i stedet.

"En kvinde?"

"Ja. Hun hed Marianne og var en bekendt af dig, påstod hun. Fra Helsingborg. Hun lød sympatisk, og hende er jeg helt sikker på, at du har glemt at fortælle mig om, Far."

"Nej, nææææ ..." sagde Gunnar Barbarotti.

"Jeg forklarede, at du var på arbejde stadigvæk, og hun sagde, at hun ville ringe senere."

Franskmanden sagde noget, som han ikke opfattede, og Sara lo. Gunnar Barbarotti indskød et forsigtigt *Salut* og forlod køkkenet.

Hvis jeg kan høre, at han er her endnu om en halv time, smider jeg ham ud, besluttede han, da han havde stillet sig under bruseren. At komme her og spille franskmand.

Hun ringede virkelig. Han var netop kravlet i seng, og hun sagde undskyld, fordi det var så sent.

"Det gør ingenting," forsikrede Gunnar Barbarotti. "Jeg var ikke gået i seng endnu."

"Det kan jeg forstå. Jeg så dig i fjernsynet. Du så så stilig ud, at jeg begyndte at længes efter dig. Og du virker, som om du er begavet, ved du det? Hvordan har du det?"

Gunnar Barbarotti trak vejret dybt. En varm middelhavsnat under en skyfri himmel fuld af stjerner kom pludselig vældende ind over ham. En terrasse med madrasser på gulvet – og ouzoglas og oliven og en nøgen kvinde med gyngende bryster, der sad overskrævs på ham ... herregud!

"Godt," fik han sagt. "Hvordan har du det selv?"

"Fint. Men jeg længes en smule efter dig ... som sagt."

Vi havde en aftale om, at vi ikke skulle kontakte hinanden en måned, tænkte han. Der var ikke gået to uger endnu.

Men det virkede lidt småligt at påpege det. Eva Backman havde beskyldt ham for at være det.

"Jeg ville heller ikke have noget imod at mødes med dig," hørte han sig selv sige. "Men jeg har temmelig travlt på arbejde lige i øjeblikket."

"Det kan jeg forstå," sagde hun. "Jeg ville bare ringe og sige godnat. Og minde dig om, at jeg eksisterer."

"Jeg kan godt huske, at du eksisterer," forsikrede han poetisk.

"Så hvis jeg nu ringer på lørdag og foreslår en date, så siger du ikke nej?"

"Kunne aldrig falde mig ind," sagde Gunnar Barbarotti. "Sov godt, Marianne."

Halvanden time senere var han stadigvæk ikke faldet i søvn. Efter alt at dømme var franskmanden gået. Det, der bekymrede Gunnar Barbarotti nu, var muligheden for, at Sara også var. Men han ville ikke gå ind for at kontrollere; han havde ikke hørt en lyd hverken fra køkkenet eller fra hendes værelse de sidste tyve minutter – men han havde på den anden side heller ikke noteret sig, at yderdøren var blevet åbnet og lukket. Satans også, tænkte han. Tænk om hans egen datter lige akkurat nu lå i sin seng og blev forført af en fransk flødebolle!

Det var mere, end han kunne klare. Han vidste godt, at Sara faktisk var atten år gammel, og selv havde han debuteret seksuelt, da han var seksten. Men det var irrelevant, og den debut var bestemt ikke en oplevelse, han ønskede for sin elskede datter.

På den anden side ønskede han heller ikke, at hun skulle opleve, at han stak hovedet ind på hendes værelse, mens hun lå nøgen i armene på sådan en type ... for helvede da, tænkte han. Jeg holder det ikke ud. Jeg er så primitiv som en gorillahan og fordomsfuld som bare pokker. Jeg har ingen ret til at blande mig i hendes liv. For et lille øjeblik siden så jeg i min erindrings biograf, hvordan en nøgen kvinde sad overskrævs på mig. Det er vel blot normalt, hvis ...

Hestehale! Han havde hestehale, ham Yann. Hvis der var noget, Gunnar Barbarotti havde svært ved at klare, så var det lige netop mænd med hestehaler. Det var lige som om ...

Sludder, protesterede hans overjeg. Du er en overbeskyttende, jaloux far. Du skal ikke blande dig i din myndige datters liv!

Og så videre. Tankerne rumsterede halvfærdige og let hysteriske rundt i hovedet på ham, men midt under denne trøstesløse kamp kom pludselig det der klik fra hoveddøren. Han satte sig op i sengen og lyttede skarpt ... det var ... det var Sara, som kom hjem. Var der kun en? Han lyttede igen, anspændte sig og forsøgte at vurdere lydene ude fra entreen.

Ja, der var kun en.

Godt. Han drog et lettelsens suk. Sara var gået med franskmanden ud på en lille aftentur. De havde sagt farvel til hinanden uden for hans Folkevognsbus, og han havde fået lov til at give hende et kys på kinden. De havde lovet at holde kontakten, havde givet hinanden e-mail-adresser, og i morgen ville han allerede befinde sig på motorvejen gennem Danmark og Tyskland. Udmærket.

Gunnar Barbarotti kiggede på uret. Tyve minutter i et. Nu lægger jeg mig på ryggen med foldede hænder og tænker over sagen Jane Almgren, til jeg falder i søvn, bestemte han.

Det tog yderligere tre kvarter, og han havde lige så mange spørgsmål tilbage, da han faldt i søvn, som han havde haft, da han begyndte. Men i det mindste havde han listet dem op nu inde i hovedet. Det var da altid noget.

Han havde også talt dem. Fire i alt. Hundredvis af små naturligvis, men faktisk kun fire store.

Det første handlede om sammenhængen mellem Jane Almgren og Robert Hermansson. Til trods for at der var gået halvandet døgn, siden Linda Eriksson havde gjort sit makabre fund i sin søsters lejlighed på Fabriksgatan, havde de endnu ikke fundet nogen forbindelse.

Hvis der da overhovedet var en. Måske var de bare stødt ind i hinanden ude i byen den nat, hvorefter Jane havde slæbt Robert med sig hjem. Havde slået ham ihjel og parteret ham. Der var en del, der talte for den løsning, mente Gunnar Barbarotti, og han mente også at vide, at Eva Backman var inde på den samme linje. Ganske vist havde Jane boet i Kymlinge på et tidligere tidspunkt af sit liv. For flere år siden – mens Robert Hermansson stadigvæk boede på Allvädersgatan hjemme hos sine forældre. Men de havde aldrig gået i samme skole. Desuden var Robert to år ældre – og ingen af de mennesker, man hidtil havde talt med, havde kendt til nogen sammenhæng imellem dem.

Måske – det indså Gunnar Barbarotti, mens han lå og stirrede op i mørket og lyttede til en regnbyge, som netop trak forbi og hamrede på sålbænken – måske forholdt det sig så enkelt, at hun kendte ham fra fjernsynet. Kunne det være så infamt? At det var den historie, der havde skaffet ham problemer?

Hvis hun da overhovedet havde udvalgt ham. Hvis det altså ikke bare var en ren tilfældighed, at det akkurat blev ham. Man skulle hele tiden huske på, at hun ikke havde været helt normal.

Nok med det. Spørgsmål nummer to. *Den anden?* Hvem var han? Var der nogen forbindelse mellem ham og Robert Hermansson? Mellem ham og Jane? Og hvornår var han død? Man måtte vel rimeligvis kunne gå ud fra, at Robert var taget af dage omkring den 20. december – men hvad med hans skæbnefælle fra fryseren? Hvor længe havde han ligget der? Det ville som sagt tage nogle dage at få det undersøgt, men derefter ville man kunne fastslå det med en margin på en uge.

En stofmisbruger? Havde Robert Hermansson været så langt ude, at han også hørte til i den kategori? Barbarotti troede det ikke. Der var intet, der tydede på, at han havde brugt narkotika i noget større omfang, og det ville være meget kritisabelt, hvis de havde overset noget sådant efter at have rodet rundt i hans liv i et halvt år.

Hvis det da overhovedet gav mening at søge efter sammenhænge mellem de to i fryseren altså.

Nummer tre ... Gunnar Barbarotti havde altid været glad for at lave lister. Da han var yngre, havde han haft kladdehæfter fulde af fortegnelser over alt muligt: svenske fodboldspillere, italienske bynavne, verdens højeste bygninger, statsoverhoveder der var blevet myrdet ... altså, nummer tre: *Hvorfor?*

Det var et overordentligt vigtigt spørgsmål – men han tvivlede på, at de nogensinde ville få et begribeligt svar på det. Svaret på, hvorfor man dræbte to mænd, parterede dem, og gemte dem i en fryser ... ja, motivet for det lå nok for evigt gemt i gerningsmandens indre mørke. Som sædvanlig. Den slags var ikke noget, som en helt almindelig politimand havde forudsætninger for at forstå og for at begribe. Når den skyldige desuden var død som i dette tilfælde, så indebar det jo, at man ikke kunne udspørge hende – og formodentlig, tænkte Gunnar Barbarotti, formodentlig var det lige så godt ikke at vide det.

Der var naturligvis en lille mulighed for, at det ikke var Jane Almgren, som var gerningsmanden. Præcis som han havde påpeget over for Backman. At hun bare havde stillet sin fryser til rådighed – men lige netop nu havde han ikke for alvor lyst til at forestille sig den løsning. Det ville bare komplicere billedet yderligere, og det var tilstrækkeligt slemt, som det var. Mere end tilstrækkeligt.

Og så for det fjerde? Når det kom til stykket, var dette spørgsmål naturligvis det vigtigste. Det var det, der ikke ville lade ham få nogen ro. Ingen tvivl om den sag.

Henrik Grundt. Da beskeden var kommet samme morgen om, at det andet lig i fryseren ikke var Robert Hermanssons søstersøn, havde Gunnar Barbarotti følt en mærkelig blanding af frustration og lettelse.

Frustration over, at man stadigvæk havde den gåde tilbage at løse. Lettelse over, at der stadigvæk var en spinkel mulighed for, at drengen var i live.

Men stor var den ikke, den mulighed, det var han den første til at indrømme. Han havde diskuteret sandsynligheden for, at Henrik Grundt levede, ret indgående med Eva Backman, og de var enedes om, at den formodentlig lå på omkring en procent. Højst. Mennesker forsvandt for at begynde på et nyt liv; de skaffede sig en ny identitet på et nyt sted af den ene eller den anden årsag – men at Henrik Grundt, nitten år gammel, skulle have haft sådan en grund og have truffet sådan et valg ... nej, det virkede ikke specielt troværdigt. Han havde ganske vist båret på en hemmelighed vedrørende sine seksuelle præferencer – en hemmelighed de endnu ikke havde afsløret for hans mor og far – uanset hvordan det nu var blevet besluttet, men sandsynligvis havde det blot skyldtes, at de ikke ville gøre byrden tungere.

Men at denne hemmelighed kunne have fået Henrik til at tage et så drastisk skridt at stikke af fra alting – forlade sine forældre og sin bror i det fortvivlelsens ingenmandsland, hvor de helt sikkert befandt sig nu – det virkede af gode grunde helt urimeligt. Sådan havde de bedømt sagen for otte måneder siden, og den samme vurdering havde de i dag, hvor de lige havde fundet ud af, hvilken frygtelig skæbne der havde ramt Henriks morbror.

Og så alligevel. Til syvende og sidst – eller videre til spørgsmål 4 b rettere sagt: Var der virkelig ingen sammenhæng? Kunne det faktisk være de rene tilfældigheder, der gjorde, at to mennesker forsvandt fra den samme familie og den samme adresse med mindre end fireogtyve timers mellemrum? Uden at den ene historie havde noget med den anden at gøre? Hvad var odds for, at sådan noget skulle ske?

Også her var der et sandsynlighedsproblem, som han havde siddet og diskuteret i flere måneder med Eva Backman. Ikke hele tiden naturligvis, men af og til og med jævne mellemrum – og lige før han faldt i søvn på denne langtrukne torsdag, besluttede Gunnar Barbarotti sig for, at hvis der var noget videnskabeligt påfund, som *ikke* havde noget med tildragelserne på Allvädersgatan i Kymlinge at gøre, så var det akkurat dette: sandsynlighedsregning. I morgen ville han forklare det for kommissær Backman.

Tilfreds med disse konstateringer og sin beslutning vendte han hovedpuden og begyndte at drømme om en nattevarm tagterrasse i den græske by Helsingborg.

30

Karl-Erik havde bestilt en udlejningsbil fra lufthavnen, og da de var kommet ud på motorvejen, begyndte Rosemarie Wunderlich Hermansson at håbe på, at de ville støde ind i en elg.

Hun havde ikke været hjemme, siden de flyttede den 1. marts. Næsten seks måneder, men det føltes som seks år. Eller måske bare seks sekunder. Sverige virkede på samme tid fremmed og påtrængende velkendt; som ... mens Karl-Erik rodede med ventilationssystemet og bandede over bilmærket, hvad det nu end var for et, forsøgte hun at finde en brugbar sammenligning ... som en byld, man har fået fjernet og derefter fået igen, tænkte hun. Eller som en kræftsygdom.

Mit gamle liv som en kræftsygdom, tænkte hun. Var det faktisk sådan, det var? Hvorfor dukkede disse sære tanker op i hovedet på hende? Elge og kræftsvulster? På vej til sin søns begravelse. Men måske var det trods alt ikke så ejendommeligt. En kvælende varme syntes at ligge som en dyne over det landskab, de kørte igennem. En årstid der tilhørte de canadiske gæs og de blomstrende alger i lergravenes søer. Og måske var det den slags, som folk tænkte på, når de ikke orkede at se sandheden i øjnene. Ikke orkede at søge efter rosinerne i kagen.

Kiste eller urne, var der blevet spurgt. Hvordan ønsker I det?

Kunne man lægge en parteret krop i en kiste? Satte man så stykkerne sammen, eller hvad gjorde man? Havde man allerede sat Robert sammen igen? Klædt ham på på en eller anden måde? Sat hans hoved fast på halsen og hans ... hver gang, hun nærmede sig disse tanker og disse spørgsmål, føltes det, som om hendes egne indvolde ville briste.

Distraktioner havde den solbrændte terapeut i Nerja sagt. Hvad fru Hermansson har brug for, er distraktioner. Noget at tage sig til, den slags er vi faktisk ret vant til at se hernede. Ørkesløsheden. Det er nemt for de sorte tanker at trænge sig på, når man ikke har noget meningsfuldt at tage sig til.

Meningsfulde distraktioner, havde hun tænkt. Nej, tak. Det var i maj, hun var taget derind. Hun var holdt op med at komme efter sit andet besøg. Sød Malagavin fungerede på alle måder bedre, og for det, som en enkelt konsultation kostede, kunne man købe otte flasker. Og det var ikke engang af den billigste slags.

Hun havde vænnet sig til det og lært sig en vis regelbundethed. Altid to stykker is. Et glas om morgenen. Nummer to på terrassen om formiddagen, mens Karl-Erik var ude i en af sine forretninger. På væggen i soveværelset havde de et kort over hele *Andulacía*, og ved hjælp af knappenåle med blå eller gule hoveder markerede han hver eneste by, han havde besøgt. Frigiliana. Medosa Pinto. Servaga. Også de rigtige byer naturligvis. Ronda. Granada. Córdoba. Når han var hjemme, sad han som oftest og skrev, hun vidste ikke på hvad. De talte mindre og mindre med hinanden og søgte aldrig kropskontakt, men hun havde intet at indvende imod denne sagernes tilstand. Overhovedet intet.

Det tredje som efterret til frokosten.

Derefter var tiden kommet til døgnets bedste tid, den tre timer lange siesta. Og så tre glas om aftenen, det sidste lige før man gik i seng. Hvis nogen for et år siden – i den der tidligere aborterede cancersvulst – havde fortalt hende, at hun ville komme til at drikke godt en flaske vin om dagen, ville hun ikke have taget vedkommende alvorligt.

Men sådan var det altså blevet. Nogle gange når nabokonen, en vis Deirdre Henderson fra Hull, var til stede – på den ene eller den anden terrasse – kunne det endda blive til endnu mere. Navnlig når mister Henderson og Karl-Erik var ude på en syvogtyvehuls golfrunde. Det gik meget nemmere at snakke engelsk med et par glas i kroppen. Og det var oven i købet sket, at Deirdre begyndte at tale tysk.

Jeg er en fuld gammel håndgerningslærerinde, plejede hun at

tænke, når hun tumlede i seng efter sådan en aften.

Og der er ingen, som tager sig af det. Jeg har også taget fem kilo på på mindre end et halvt år.

Men nu sad hun her i bilen uden så meget som en dråbe Malaga i årerne. Bare et par beroligende tabletter, der skulle have gjort hende søvnig, men ikke gjorde det. Det var derfor, hun ønskede sig den elg. Klokken var kun kvart over elleve om formiddagen, og hvordan hun skulle komme igennem resten af dagen, vovede hun ikke at tænke på. Begravelsen var berammet til klokken tre. Derefter var der kaffe og kage i forsamlingshuset. Siden hen en lille middag i al enkelhed med familien på hotellet – og et eller andet sted, et eller andet sted i denne uendelige række af sekunder og minutter og mennesker og timer og uudholdelige tanker, ville sammenbruddet komme, det vidste hun. Det virkede lige så uundgåeligt som ... som et tordenvejr efter en varm julidag ved søen Tisaren i Närke, hvor hun havde tilbragt et par af sin barndoms bedste somre – hvor det minde så end kom fra.

Tisaren? Hvor var det ejendommeligt, tænkte hun, at mit liv var på sin højde så tidligt. Elleve-tolv år. Siden da havde alt været ned ad bakke. Gad vide, om det var sådan for alle mennesker. Var det tabet af barndommen, som indebar den egentlige død?

Disse mærkelige tanker igen. *Den egentlige død?* Måske var det dette, tabletterne fremkaldte i stedet for træthed. Åbnede alle mulige døre og vinduer i sjælen, der egentlig burde forblive lukket.

Hun skulle tage to mere midt på dagen, det var hun blevet ordineret af ham den gamle, svenske læge, hun havde konsulteret, ham der havde boet i Torremolinos de seneste fyrre år af sit liv, og som mindede hende om en aldrende Gregory Peck ... eller også var det Gary Grant, hun havde altid haft svært ved at skelne de to fra hinanden ... men de havde ikke hjulpet indtil videre, tabletterne. Og hun havde ikke det store håb om, at de ville gøre det fremover.

Så mens Karl-Erik sad let foroverbøjet over rattet, mumlede ved sig selv og forsøgte at finde P1 på radioen, besluttede hun sig for at fordoble dosen. Så måtte der ske, hvad der ville. Han ville i hvert fald ikke blive glad for hende, hvis hun brød sammen.

Men det bedste ville være en elg. Som sagt. Med et brag direkte ind i vindspejlet. Og så et rullegardin, der gik ned for tid og evighed. At få lov til at dø på vej til sin parterede søns begravelse, det var vel noget at bede den Gud om, som man ikke troede på.

Den unge mand i receptionen havde slips og hår i samme farve. Bleget gulerod. Hun syntes, at hun kunne genkende ham. Formodentlig drejede det sig om en gammel elev. De dukkede altid op. Hun spekulerede på, om han havde købt slipset efter håret eller det modsatte: havde farvet håret bagefter. Syv unge mænd ud af ti havde på et eller andet tidspunkt farvet deres hår. Det havde hun læst i det magasin, hun havde fundet i lommen foran sædet i flyveren. Hun spekulerede på, om det passede.

"Må man kondolere," sagde han under alle omstændigheder, og det lød som en replik hentet ud af en gammel film. Hun tænkte, at det ville passe hende fint; at det her bare var en gammel film, som man når som helst kunne beslutte sig for at holde op med at se på. Man kunne rejse sig fra den ubekvemme stol og forlade biografen.

Hun svarede et eller andet. Karl-Erik slæbte en taske frem eller tilbage bag ryggen på hende. Forsøgte tilsyneladende at forhindre, at den unge mand fik øje på ham; måske var det faktisk en af *hans* gamle elever, og måske – det indså hun pludselig – følte Karl-Erik sig lige så dårligt tilpas som hun. Det lignede ikke ham at lade hende klare ... hvad hed det nu ... indcheckningen.

Ikke fordi de havde brugt nogen specielt stor del af deres liv på at checke ind.

"Kun for en enkelt nat?"

"Ja."

"De får faktisk det samme værelse."

"Hvad?"

"Det samme værelse som Kristina og hendes familie havde i december," forklarede receptionisten og smilede usikkert.

"Ja så?" svarede Rosemarie og tænkte over, om det måske var

sådan, det hang sammen. At han var en af Kristinas gamle skolekammerater. Men så han ikke en anelse ung ud, Kristina var jo faktisk toogtredive?

"Ja, jeg var jo på arbejde den der uge før jul, det er ... det er jo en frygtelig historie. At De skal være nødt til at ..."

Han søgte en tid efter ord, men fandt tilsyneladende ikke nogen, der passede, for han rømmede sig og gav hende i stedet en blanket, hun skulle udfylde.

"Livet er ingen dans på roser," sagde hun. "Du kender altså Kristina og Jakob?"

"Ikke hendes mand," forsikrede han. "Ham så jeg bare i forbifarten, da han kom tilbage om natten."

"Da han kom tilbage om natten?"

"Ja, det var lidt uventet. Klokken tre. Og så tog de af sted før otte."

Hvad taler han om, tænkte hun forvirret og forsøgte at begribe, hvad hun skulle skrive på blanketten. Han så hendes usikkerhed og pegede på to felter. Blot navn og underskrift.

"Vi gik i samme klasse," sagde han. "Og de er ikke kommet endnu."

Nå, det var sådan, det hang sammen. Og Kristina og Jakob skulle naturligvis også bo på hotellet. Ligesom Ebba og hendes familie, det der var tilbage af den. Hun kom til at tænke på, at Allvädersgatan ikke eksisterede mere. Det havde hun gjort hundrede gange siden i morges. Den tid og den sorg og den kræftsvulst var forbi; i dag, når man samledes for at begrave resterne af Robert, var det Kymlinge Hotel, det handlede om. Det føltes akkurat lige så provisorisk og tilfældigt som livet selv.

Som døden selv. Hvis jeg er nødt til at blive stående her ved skranken i ti sekunder mere, så kommer jeg til at græde, indså hun og strakte appellerende hånden frem efter nøglen. Eller også skriger jeg. Eller segner om på gulvet, som om jeg er blevet skudt.

"Sådan. Nummer et hundrede og tolv. På første sal. Jeg beklager virkelig omstændighederne."

"Tak."

"Hvis I har brug for noget, så tøv ikke med at sige til."

Han skubbede et to gange sammenfoldet stykke papir over mod hende sammen med to plastikkort. Nå ja, tænkte hun, der findes ikke hotelnøgler mere. Ikke engang det. Hun nikkede til ham, Karl-Erik stod allerede ved elevatoren med taskerne. Fire tabletter, huskede hun, jeg skal have fire tabletter. Det er det første, jeg vil gøre, når vi er kommet ind på værelset. Derefter siger jeg til Karl-Erik, at jeg har brug for at sove en times tid.

Olle Rimborg, var det ikke sådan han hed, ham den gulerodsfarvede receptionist?

Ved Hornborgasøen stoppede hun på en tom parkeringsplads og kastede op. Det var næsten blevet en vane. At kaste op. En tynd dis svævede over det flade, menneskétomme landskab, solen kunne lige akkurat trænge igennem den, og varmen føltes klistret. Høstmåneden, tænkte hun, jeg har et barn i min mave, det er ikke så sært, at jeg har det skidt. Hvis der kommer nogen, kan det godt bruges som en forklaring.

Der var tre timer til begravelsen, men kun halvanden times kørsel. Hun vidste, at hun var nødt til at være ved kirken til tiden – ti-femten minutter før, ikke mere. Kom hun for tidligt, kunne alt for meget gå galt. Hun havde forberedt et begrænset antal replikker i hovedet, men noget ud over det troede hun ikke, at hun var i stand til at sige.

Nej, jeg er ked af det, men Jakob blev pludselig forhindret. Det var noget med et amerikansk firma. Millioner af kroner.

Nej, jeg ville ikke tage Kelvin med i bilen hele den lange vej.

Ja, jeg er nødt til at tage tilbage, lige så snart det er overstået.

Elskede Robert, jeg har ikke lukket øjnene i flere nætter. Elskede Robert, hvorfor?

Nej, kære mor, jeg kan simpelthen ikke klare at blive. Det er rædselsfuldt.

Som nødtørftige replikker fra de serier, hun skrev før i tiden. Og ikke ansigt til ansigt med Ebba. Det skulle hun huske. Helst ikke ansigt til ansigt med nogen andre heller. Brug sorgen, havde Jakob sagt til hende. Hvis du virkelig er nødt til at tage med. Men don't fuck it up, uanset hvad i helvede du gør, så don't fuck it up.

Hun vidste godt, hvad det betød, når han begyndte at snakke engelsk.

Det er min bror, havde hun svaret. Robert var min bror.

Han fik det der falsk hensynsfulde i øjnene. Sagde, at det vidste han godt, på samme måde som han godt vidste, at Henrik havde været hendes søstersøn. Jo, han kendte godt til alle de der stærke slægtsfølelser i familien Hermansson. Men han behøvede vel ikke minde hende om situationen.

Nej, det behøvede han ikke. Hvis der var noget, som Kristina ikke behøvede at blive mindet om, så var det situationen.

Hvis jeg dør, havde hun spurgt ham, da de første ugers chokbølger var begyndt at lægge sig omtrent i midten af januar, vil du så også fortælle dem det?

Han havde ikke haft brug for mere end et par sekunders betænkningstid.

Vi skal leve, til vi hver især dør en naturlig død, du og jeg, Kristina, havde han sagt. Næsten venligt. Hvis det ender på en anden måde, så vil jeg sørge for, at de får det at vide.

Hun kastede op igen. Bare galde denne gang. Det gjorde ondt. Hun hvilede sin koldsvedende pande mod affaldstøndens rustplettede låg og tænkte, at hun troede ham. Nøjagtigt sådan var han, Jakob Alexander Willnius, og på intet sted i denne verden var der nåde at hente.

Hun så på uret. Klokken var ti minutter over et. Hun satte sig ind i bilen igen, rykkede ryglænet tilbage og lukkede øjnene.

Kristoffer Grundt havde været til begravelse en gang før i sit femtenårige liv. For helt præcis et år siden havde en dreng i parallelklassen hængt sig dagen før skolestart, og halvdelen af skolen havde siddet i kirken og hulket. Alle vidste, at Benny Bjurling havde været et offer for mobning siden underskolen, men nu var han pludselig en perverteret form for helt.

Dem, som guderne elsker, dør unge, havde rektor Hovelius deklareret, og Kristoffer havde tænkt, at hvis der faktisk var en gud, så var dette antagelig hans vigtigste opgave.

At elske dem, som ingen andre elsker. Mens han havde siddet

der på den stenhårde kirkebænk, havde han følt, at dette var en stor og rigtig tanke, noget som man faktisk kunne presse en smule trøst ud af – og nu, på Kymlinge Kirkes lige så hårde bænk og foran den lukkede kiste, som stod deroppe på den lille ophøjning, og som efter alt at dømme rummede morbror Roberts parterede krop, forsøgte han at finde tilbage til den samme følelse.

Det virkede dog ikke. Han var ganske vist temmelig sikker på, at Robert faktisk havde været temmelig uelsket i alle sine femogtredive år på jorden, men Kristoffer havde svært ved at forestille sig, at der ventede ham nogen speciel nåde på den anden side. Benny Bjurling havde været et offer, og det var naturligvis et plus, men morbror Robert havde været ... ja, hvad egentlig, tænkte Kristoffer. En skide taber? Man skulle ikke tale ondt om de døde, og han havde personligt aldrig haft noget imod ham, men hvis man stillede sig skidefuld op og rev den af på fjernsynet og derefter gik hen og blev myrdet og parteret, så havde der vel ikke været så meget sjov ved livet og den slags. Han kunne huske, at han havde syntes, at morbror Robert var en smule cool, dengang i julen hvor han forsvandt, men det syntes han ikke længere.

Præsten, der var høj og mager, nok henved to meter, samlede det dog op på en måde. *Det tilkommer ikke os at dømme. Hvad ved vi om, hvad der rører sig i et menneskes inderste og i Guds øjne? Robert Hermansson brændte måske nok sit lys i begge ender, men mange er vi nu, der for første gang ser det tomrum, han efterlod sig.*

Kristoffer kunne ikke lade være med at mene, at det var ret godt klaret. Han kunne høre, hvordan hans mor snøftede på hans højre side, og fra mormor på hans venstre kom noget, der lød som en mellemting mellem et hik og en bøvs. Han spekulerede på, om mormor nu egentlig var helt klar i hovedet. Hun havde set mærkelig ud, da de steg ud af bilen uden for kirken. Med munden halvt åben og helt skeløjet. Morfar havde været nødt til at hanke op i hende, havde det set ud til, sådan at hun ikke væltede – og samtidig skubbe til hende, så hun ikke blev stående. "Hvordan har du det så, lille Mor?" havde moster Kristina spurgt, og mormor havde svaret noget i stil med: "Han plejede at lave de fleste gækkebreve af alle. Og han havde så tynde knæ." Hvis Kristoffer ikke havde hørt forkert.

Nej, mormor havde vist fået lidt for meget beroligende medicin, og det kunne man vel godt forstå. Tynde knæ?

Han forsøgte at fastholde tankerne ved mormor og præsten og Benny Bjurling, så meget han orkede – og ved morbror Robert selvfølgelig – men til sidst gik det ikke længere. Henrik sneg sig ind i hans hoved gennem højre øre, og da han først var kommet ind, så fyldte han hurtigt alting op. Det var lige nøjagtigt som det plejede at være.

Hej, sagde Henrik. Nu sidder jeg inde i hovedet på dig igen.

Jo tak, det kan jeg godt mærke, svarede Kristoffer.

Jeg håber da ikke, at du har noget imod det.

Nej, nej, hvorfor skulle jeg have det?

Jeg er jo din bror.

Ja, du er jo min bror.

Brødre skal holde sammen.

Præcis, Henrik.

I livet og i døden.

Det ved jeg godt, men sig mig lige en ting, Henrik.

Javist, brormand.

Er du død eller lever du?

Det var et godt spørgsmål.

Jamen, så svar da på det.

Et godt spørgsmål, men også et svært spørgsmål. Det er ikke let at finde et svar på.

Du må vel vide, om du er levende eller død, ikke?

Sådan kan det godt virke. Men hvordan har du det selv, Kristoffer?

Jeg skider på, hvordan jeg har det. Men når du maser dig ind i mit hoved, og jeg giver dig lov til at blive der, så vil jeg også vide, hvordan det forholder sig.

Hvordan det forholder sig?

Om du lever, eller om du er død.

Jeg har forstået dit spørgsmål. Men jeg er desværre ude af stand til at svare på det.

Hvorfor det? Mor er ved at blive sindssyg, og far kan nok heller ikke holde til det ret meget længere. Hvis de i det mindste fik at vide, hvordan det forholder sig, så måske ...

Jeg forstår, hvad du siger, Kristoffer, afbrød Henrik, og det smerter mig, at det er sådan her. Men som jeg har forsøgt at forklare, så råder jeg ikke over de vilkår, som gælder under de aktuelle omstændigheder ...

De aktuelle omstændigheder? Kristoffers milde irritation gik over til vrede. Hvad er det for noget snak? Omstændighederne har jo været de samme i evigheder nu! Hvis du vil vide det, så er jeg faktisk gået i skred lige nu. Rigtigt for alvor. Mine karakterer synker som en sten i en brønd, jeg drikker alkohol hver eneste uge, og jeg er faktisk ved at være led og ked af, at du besætter mig hele tiden. Jeg klarer det snart ikke læng...

Undskyld mig, min kære bror, men jeg har faktisk ingen andre steder at opholde mig akkurat nu.

Hvad?

Jeg har ingen andre steder at gå hen end dit hoved, forklarer Henrik tålmodigt og en smule trist.

Hvorfor ikke?

Henrik sukkede.

Fordi mor er optaget af Robert. Mormor er helt igennem konfus, så der er der ikke engang plads til et frimærke. Far svømmer rundt i en malstrøm, og ham burde du virkelig tage dig af, Kristoffer, og hos Kristina er der lukket som sædvanlig. Morfar, ja, om morfar skal vi slet ikke tale, han sidder og rabler et eller andet på spansk ...

Hvorfor er der lukket hos Kristina?

Hvor skulle jeg vide det fra?

Jeg troede, at du vidste alt?

...

Vent, forsvind ikke ... nej, det har du virkelig ret i, far ser ikke ud, som han plejer at gøre, hvad var det, du sagde, at han var ved at gøre?

Leif Grundt mærkede slet ikke, da han begyndte at græde, men han blev bevidst om, at han gjorde det, da tårerne havde dryppet ned på hans foldede hænder en tid. Omtrent på samme tid mærkede han også, hvordan han langsomt, men sikkert blev trukket ned i en bundløs fortvivlelse. Ja, netop sådan var det faktisk – en sugende, bundløs malstrøm af fortvivlelse var det – og for første gang i otte måneder gav han efter og indså, at hans søn var død. Det var ganske vist familiens sorte får, hans svoger Robert, som lå deroppe i den egefinerede kiste af næstbilligste slags, men det kunne lige så godt have været Henrik. Hans søn var død. Ebbas og hans førstefødte, Kristoffers bror. Død, død, død – og det tilkom ikke længere ham, brugsuddeler Leif Grundt, at tro andet. At hævde det modsatte. Hverken over for sin stadigt mere sindssyge kone, over for Gud eller over for nogen anden.

Det tilkom ikke Leif Grundt at være optimistisk og stærk længere – ikke at fortsætte dette forbandede, trøstesløse liv dag efter dag, time efter time i en slags absurd normalitet – som om der stadigvæk var en tråd, man kunne knytte en form for håb eller mening fast i. Tage på arbejde hver dag, opmuntre de ansatte, skæmte med Kristoffer morgen og aften, spørge, hvordan det gik med skolen, lade som om han ikke vidste, at drengen både røg i smug og drak øl ... sørge for, at der var mad på bordet, at der blev vasket tøj, at regninger blev betalt; alle disse små, praktiske detaljer og uudholdeligt minutiøse gøremål, der krævedes for at holde en familie, der havde mistet en søn, i gang – holde den flydende på sin stadigt mindre og tyndere isflage, før det hele til sidst gik til bunds og i stykker. Han havde ikke elsket med sin kone i ni måneder, tænkte ikke engang på det mere. Livet var forbi, så enkelt var det. Det var ovre. De kunne lige så godt lægge sig deroppe ved siden af Robert alle sammen.

Døden. Hvorfor udskyde den? Hvad var pointen i det?

Men så vendte det. På en eller anden sær måde vendte det faktisk. Ubønhørligt som en korkprop flød Leif Grundt op af malstrømmen, fandt lommetørklædet i brystlommen frem og pudsede næsen med et resolut trompetskrald, der fik præsten oppe foran til at klappe hænderne sammen ganske uplanlagt. Thi den, der først har krævet galskaben som sit domæne – og dette havde Ebba indiskutabelt gjort – ejer også retten til den i al fremtid. Eneretten.

Når den ene bliver svag, må den anden blive stærk.

Det var en uimodsigelig sandhed, og det var forbandet uretfærdigt, syntes Leif Grundt, men så bagefter kom han til at tænke på det der, som han havde hørt ærkebiskop Tutu sige i fjernsynet engang.

Eller måske var det selveste Mandela.

De der orker det, har pligt til at fortsætte med at orke det.

Akkurat sådan var det nemlig. *Fortsætte med at orke det.*

Men han havde hvirvlet rundt i malstrømmen, og det var første gang.

Han pudsede næse en gang mere, lidt mere diskret denne gang, og denne gang var præsten forberedt.

"Ham der Olle Rimborg," sagde Rosemarie Wunderlich Hermansson.

"Ja?" sagde Kristoffer Grundt. "Hvem?"

"Olle Rimborg, jeg havde ham i tysk, det kan jeg huske nu."

"Sæt farten lidt op," sagde Karl-Erik. "Vi må se at nå frem til forsamlingshuset nu."

"Vent lidt," sagde Rosemarie. "Jeg står her og snakker med Henrik ... jeg mener Kristoffer ... jo, det var det, han hed, og han var faktisk rødhåret allerede den gang, når jeg tænker efter. Rimborg. En kvik fyr i det hele taget."

"Ja så?" sagde Kristoffer.

"Han arbejder på hotellet nu."

"Ja?"

"Der er så meget med alt muligt nu for tiden, men han sagde, at han vendte tilbage om natten."

"Hvad?"

"Kom nu, lad os komme i gang," sagde Karl-Erik.

"Han vendte tilbage om natten. Jakob altså. Hører du det, Kristoffer? Den der forfærdelige nat, da din bror forsvandt ... det er ikke ham, der bliver begravet nu, det er Robert, men Henrik er forsvundet. Han sagde det, da vi stod og ... hvad hedder det nu ... checkede ind. Olle Rimborg altså. Kristinas mand kom tilbage klokken tre, sagde han. De gik i samme klasse, han og Kristina, men jeg havde naturligvis ikke Kristina i skolen, hun havde ikke tysk, og man skal ikke være lærer for sine egne børn ..."

"Nej, nu begynder det også at regne," sagde Karl-Erik utålmodigt. "Hvad i alverden er det dog, du snakker om? Du må undskylde mormor, Kristoffer, hun er lidt forvirret."

"Det gør ingenting," sagde Kristoffer.

"Jeg burde spørge Kristina om det, det burde jeg," fortsatte Rosemarie. "Jeg ved ikke, hvorfor han sagde det. Og afbryd mig ikke hele tiden, Karl-Erik. Desuden burde du klippe dine næsehår, kunne du ikke have husket på det nu, hvor vi er til begravelse og alting. Og jeg synes virkelig, at præsten var alt for høj. Han må jo have været ... ja, hvor høj var han vel? Hvad mener du, Kristoffer?"

"Et hundrede og otteoghalvfems centimeter," sagde Kristoffer.

"Nu kommer Ebba og skynder på os," sagde Rosemarie Wunderlich Hermansson. "Bomber og granater, nu må vi tage benene på nakken. Hvor skal vi egentlig hen?"

"Vi skal op til forsamlingshuset og drikke kaffe, lille Mor," sagde Ebba Hermansson Grundt. "Hvad det så ellers skal tjene til."

"Jeg ved da godt, at vi skal op til forsamlingshuset, det har Karl-Erik jo snakket løs om hele dagen," forklarede hendes mor hurtigt. "De der piller, jeg fik, er virkelig ikke så dårlige. Jeg føler mig helt klar i knoppen. Ja så, nå du siger et hundrede og otteoghalvfems, Henrik, jo, der har du nok ramt sømmet på hovedet ... jeg mener Kristoffer. Olle Rimborg, sådan var det, det kan jeg også huske. Glem det ikke, Kristoffer! Men hvor er Kristina forsvundet hen?"

31

"All right," sagde Gunnar Barbarotti. "Hvad har du fået frem? Og gerne lidt langsomt, hvis du vil være så venlig, så slipper du for at skulle igennem det to gange. Jeg har lige været til begravelse og er endnu langsommere i hovedet end sædvanlig."

Gerald Borgsen trak højre mundvig en centimeter i vejret som tegn på, at han havde fattet selvironien. Blinkede et par gange bag de svagt tonede briller og begyndte.

"En hel del faktisk," sagde han. "Men måske skal vi tage det vigtigste først?"

Gunnar Barbarotti nikkede.

"Hm. Det var faktisk til Jane Almgrens telefon, at Robert Hermansson ringede den nat, han forsvandt. Og han har ringet til hende en gang mere, blot et par dage før. Vi havde jo nummeret allerede i december, men ..."

"Samtalekort," supplerede Gunnar Barbarotti.

"Præcis. Og vi kunne ikke komme videre med det. Eller også brugte vi ikke tilstrækkeligt med ressourcer på det, som jeg måske ville formulere det ..."

Det var et velkendt faktum, at Sorgsen betragtede sig som underbemandet. Gunnar Barbarotti lagde hovedet på skrå som den der finske skiløber, han stadigvæk ikke kunne huske navnet på, og forsøgte at se deltagende ud.

"Der bliver gennemført mere end tredive millioner telefonopkald om dagen i det her land," fortsatte Sorgsen. "Fra Robert Hermanssons telefon for eksempel havde vi altså, hvis vi nøjes med at se på december, seksogfyrre forskellige numre, vi skulle undersøge. Opkaldet til Jane Almgren var bare et af dem. Hvert nummer trækker derefter hundrede til hundrede og halvtreds andre med sig, men hvis vi virkelig sørgede for at ..."

"For fanden Gerald, jeg ved det godt ," afbrød Gunnar Barbarotti. "Det er naturligvis fuldstændig urimeligt, at du skal klare det hele selv, men hvordan forholder det sig konkret med den telefon? Jane Almgrens altså. Der var ikke så mange samtaler på den i december, hvis jeg ellers husker ret."

"Kun seks," sagde Sorgsen. "To til et pizzeria, et til en damefrisørsalon, et mere og to fra Robert Hermansson."

"Det kan jeg godt huske," sagde Barbarotti. "Men hvordan var det tidligere? I november for eksempel?"

"Godt femogtyve forskellige numre," forklarede Sorgsen tålmodigt. "De fleste til andre samtalekort og hemmelige numre, men ikke alle. Desuden virker det jo, som om hun har arbejdet som vikar hos den damefrisør også et par dage i december. Altså vores Jane. Men efter Roberts forsvinden er der ikke en eneste samtale ... det er jo det, der gør, at vi ikke kunne komme videre."

"Selv ikke med yderligere bemanding?"

"Det der hørte jeg ikke. Men der er også nogle samtaler til almindelige telefoner."

"I november?"

"Ja."

"Hvor mange?"

"Fire. Jeg har undersøgt alle fire. Tre af dem går til privatpersoner, en til et biludlejningsfirma. To af privatpersonerne bor i Stockholm. De er begge to mænd. Jeg har deres navne og deres adresser selvfølgelig, men begge to påstår, at de ikke aner, hvem Jane Almgren er. Den tredje privatperson kender ikke til nogen mennesker med det navn, men det er alligevel min opfattelse, at hun er af interesse i efterforskningen."

"Ja så?"

"Hendes navn er Sylvia Karlsson. Hun er halvfjerds år gammel og bor i Kristinehamn. Den 22. november sidste år modtog hun en samtale fra sin søn ... fra det her nummer altså ... og siden da har hun ikke hørt fra ham."

Aha, tænkte Gunnar Barbarotti og mærkede, hvordan koncentrationen var ved at slippe taget i ham. Han vendte øjnene fra Sorgsen og kiggede ud gennem vinduet i stedet for. Konstaterede, at det regnede. Lod et par sekunder gå, mens han fulgte et par regndråbers kringlede vej ned ad glasruden.

"Glem nu ikke, at jeg er lidt langsom," sagde han. "Det du siger, er altså at ...?"

"Korrekt," konstaterede Sorgsen. "Jeg kan se, at du følger med. Det skal påpeges, at vi var i kontakt med den kvinde allerede i december ... eller muligvis et par dage inde i januar ... men på det tidspunkt vidste hun naturligvis ikke, at hun havde en forsvunden søn. De omgås tilsyneladende ikke ret meget. Men hun fyldte halvfjerds i juni, og han plejede faktisk at lade høre fra sig."

"Hm," sagde Gunnar Barbarotti. "En strejfer altså?"

"Sådan kan man godt formulere det, hvis man vil være lidt gammeldags."

"Der er intet galt i at være gammeldags," forklarede Gunnar Barbarotti. "Hvad hedder han? Og har vi ham i registeret?"

"Sören Karlsson. Jeg lavede en søgning på ham, og han har nogle få sager."

"Such as?"

"Lidt af hvert. Narkosager. Mishandling. Medhjælp til bankrøveri. Han har siddet inde sammenlagt toogtyve måneder. Sidste gang for tre år siden."

"Forbindelse til Jane Almgren?"

"Der har vi ikke fundet noget endnu. Men han var tilmeldt folkeregisteret i Kalmar på det tidspunkt, hvor hun boede der. Så det er muligt, at der er en forbindelse. For ikke at sige sandsynligt."

Gunnar Barbarotti foldede hænderne og tænkte efter.

"Godt," sagde han. "Og da vi har ham i registeret, går jeg ud fra, at vi er i fuld gang med at sammenligne vores oplysninger med ..."

"Det kan du regne med," sagde Gerald Borgsen med usædvanligt eftertryk. "Hvis det er ham, der har delt værelse med Robert Hermansson i fryseren, så vil du få det at vide inden for fire timer. Jeg ville ..."

"Vent lidt," afbrød Gunnar Barbarotti. "Jeg skal være helt sikker på det her. Det kunne altså vise sig, at Jane Almgren slog ham Sören Karlsson ihjel på et eller andet tidspunkt, før hun kastede sig over Robert Hermansson? Hvorefter hun beholdt hans mobiltelefon og brugte den en uges tid ... hvorefter hun så pludselig holdt op med at bruge den?"

Sorgsen nikkede. "Nogenlunde sådan, ja. Måske var batteriet løbet ud. Eller også var der ikke mere taletid på kortet. Det sidste opkald er faktisk det, som Robert lavede samme nat, han forsvandt."

"Og alt det takket være ..."

"... takket være lidt mobilanalyse," supplerede Sorgsen. "Helt korrekt."

Burde du ikke have været i stand til at regne det ud allerede i december, tænkte Gunnar Barbarotti, men han stillede aldrig spørgsmålet. "Tak skal du have, Gerald," sagde han i stedet og rejste sig. "Bliver du siddende i aften, til du får et svar?"

Sorgsen rømmede sig og slog ud med hænderne mod sit fyldte skrivebord. "Jeg har en del, jeg skal have gjort, som du ser. Ja, jeg bliver siddende. Jeg ringer til dig, når jeg ved noget."

"Gør det," sagde Gunnar Barbarotti og forlod kollegaens kontor. Han kiggede på uret. Klokken var ti minutter over seks. Der var dem, der påstod, at Gerald Borgsen havde i gennemsnit tyve timers overtid om ugen, men Barbarotti havde aldrig haft lyst til at kontrollere, hvordan det faktisk forholdt sig. Måske var det i underkanten.

Selv havde han ikke tænkt sig at arbejde over. Ikke mere end han allerede havde gjort i dag. Han havde tænkt sig at gå ud og svømme tusind meter og derefter sidde i saunaen en times tid. Det var fredag aften, og Sara havde lovet at lave pasta til klokken halv ni. Hvis han ikke snublede over et lig på vej til svømmehallen, så burde han være i stand til at nå det godt og vel.

Måske ville han også ringe til Helsingborg på et tidspunkt.

Det nåede at blive lørdag formiddag, før identifikationen var på plads. Hvorfor det havde taget så lang tid, vidste Gunnar Barbarotti ikke, og han gad heller ikke finde ud af det.

"Jeg har lagt et papir på dit skrivebord," sagde Sorgsen med træt stemme i telefonen. "Der kan du læse om vores ven Sören Karlsson. Han blev godt og vel niogtredive år gammel. Vi ved ikke med sikkerhed, om han nåede at fejre sin sidste fødselsdag i november, eftersom vi ikke ved, præcis hvornår han døde. Og jeg har ikke ringet og informeret hans mor, jeg tænkte mig, at det skulle du gøre. Jeg er lidt træt af telefoner. Hej med dig."

Til trods for den sidste kommentar, ringede han op igen to minutter senere.

"Det bør tilføjes," sagde han med et tungt suk, "det bør tilføjes, at årsagen til, at Jane Almgren begyndte at anvende ofrets mobiltelefon antagelig var, at hendes fastnetkonto blev lukket af Telia den femogtyvende november. Det var bare det."

"Tak, Gerald," sagde Gunnar Barbarotti og lagde røret på.

En time efter sad han på sit kontor med Sören Karlssons levnedsbeskrivelse i hånden. I Sorgsens minimale håndskrift – han var et af de sidste levende mennesker, der stadigvæk syntes bedst om at skrive i hånden – fyldte det godt et halvt ark papir og oplyste, at SK var født i Karlstad i 1965, at han havde forladt hjemmet og var flyttet til Stockholm efter at være gået ud af et toårigt gymnasieforløb i 1984. At han havde boet en halv snes steder rundt omkring i landet, havde haft mere end tyve forskellige jobs, samt at hans første dokumenterede kriminelle handling drejede sig om mishandling af en 76-årig kvinde i forbindelse med et tasketyveri på Västerlånggatan i Gamla Stan. Det var i sommeren 1988. Han havde aldrig været gift og havde, så vidt det var bekendt, ingen børn. I en periode på atten måneder i slutningen af halvfemserne havde han boet på en adresse i Kalmar, mens han arbejdede for et mindre rengøringsfirma, og der var et sikkert vidneudsagn om, at han i denne periode i kortere tid havde været sammen med en vis Jane Almgren – som dengang stadigvæk var gift, havde to børn og arbejdede for det samme rengøringsfirma.

Ja så, tænkte Gunnar Barbarotti og sukkede dybt. Det var det hele.

Længst nede på arket havde Sorgsen skrevet et telefonnummer og et navn. Barbarotti lukkede øjnene og trak vejret dybt et par gange gennem næsen. Tiden var uden tvivl kommet til at ringe til fru Sylvia Karlsson i Kristinehamn. Til at ringe op og forklare hende, at det aldeles ikke skyldtes glemsomhed, at hendes eneste søn havde undladt at ringe til hende på hendes halvfjerdsårsdag.

Jeg håber, hun ikke er hjemme, tænkte han og begyndte at trykke nummeret.

Men han indlod sig ikke på nogen aftaler med Gud, og Sylvia Karlsson svarede klart, allerede efter at telefonen havde ringet to gange.

"Hvordan var begravelsen?" spurgte Eva Backman.

Det var mandag morgen. Det regnede. Gunnar Barbarotti havde tilbragt en stor del af søndagen i Helsingborg og Helsingør (og Louisiana) og var ikke kommet hjem før ved tolvtiden om natten. Næsten ti timer i bilen sammenlagt, men hvad gør man ikke?

"Mægtigt hyggelig," sagde han. "Synd at du glip af den. Og Sören Karlsson skal begraves i Karlstad, efter hvad jeg hører, så den kan du måske heller ikke komme med til?"

"Det vil jeg overveje," sagde Eva Backman. "Men du ser da ud til at have det fint under alle omstændigheder ... en regnfuld mandag og med elleve måneder til næste ferie, er du på valium eller helium eller sådan noget?"

Gunnar Barbarotti rystede på hovedet.

"Hm," sagde Eva Backman. "Nå, men det rager jo heller ikke mig. Skal vi så enes om, at den anden sag er færdig nu?"

"Når man ser bort fra den lille detalje Henrik Grundt, så er sagen klar som glas," svarede Gunnar Barbarotti. "Men du må gerne gøre the Jane Almgren Story færdig, hvis du har lyst. Hvordan var det med det der nye vidne? Vi fik lidt supplerende oplysninger der, eller hvad?"

"En del," sagde Eva Backman og tømte sit kaffekrus. "Der dukkede altså en kvinde op i går, som fortalte, at Jane muligvis havde haft en lille affære med Robert Hermansson, dengang de var teenagere ... eller affære og affære. De havde bare været sammen en enkelt gang øjensynlig, og Robert havde skiftet til ... ja, til det her vidne ... midt om natten."

"Jamen dog."

"Det må man sige. Og så midt i soveposen."

"Hvad?"

"Ja, sådan formulerede hun det. De lå i telt et eller andet sted ude ved Kymmen. Jeg ved ikke, om det betyder noget, men vidnet, der altså var veninde med Jane, påstod, at Jane blev nærmest sindssyg og snakkede om at ville slå Robert ihjel. Havde vist også forsøgt at gøre det."

"Allerede dengang?"

"Allerede dengang. Hun var seksten år gammel, det skal man lige huske ... men under alle omstændigheder findes der altså en gammel forbindelse til Robert. Måske forholder det sig, som du sagde, at hun kom til at huske på hans svigt, da hun så ham i fjernsynet tyve år efter. Sören Karlsson var jo den direkte årsag til, at hendes ægteskab gik i stykker i Kalmar, så vi kan nok gå ud fra, at der er hævnmotiver inde i billedet. I forbindelse med begge ofre."

"En gammel historie i et telt?"

"Tingene ligger jo og bobler, ved du. Og kan flamme op efter tyve eller tredive år, navnlig hos iturevne sjæle."

"Jo tak, det ved jeg. Men hvad så med hendes mand ... altså eksmanden?"

"Godt spørgsmål. Han må jo også have været et muligt offer. Men han og børnene havde faktisk en slags beskyttet identitet. Bor i Drammen i Norge, og hvad tror du, Jane Almgren foretog sig i Oslo? Hvis hun ikke var blevet kørt over, havde hun måske fået fat på ham også."

Gunnar Barbarotti tyggede på sin underlæbe og overvejede dette en tid.

"Fy for fanden," sagde han.

"Ja," sagde Eva Backman. "Der sammenfatter du nok sagen ganske godt. Men du og jeg kan måske lægge sagsakterne i arkivet nu? Hvad siger du?"

Barbarotti nikkede. "Det antager jeg. Berggren og Toivonen

kan fylde det på, som mangler. Det drejer sig bare om at få lavet den psykologiske profil, og Toivonen er en knag til den slags."

Eva Backman smilede hurtigt.

"Hvad er du en knag til?" spurgte hun. "Egentlig?"

Gunnar Barbarotti rettede ryggen og undveg hendes blik. Han skar en grimasse og tænkte sig om. "Jeg er glad for, at du tager det emne op," sagde han. "Det har jeg faktisk tænkt en del over selv."

"Og hvad kommer du så frem til?"

"Jeg tror ... jeg tror, jeg er fandens god til at være stædig."

"Virkelig?"

"Ja. Engang da jeg gik i skole, brugte jeg to uger på at løse problemet med de syv broer i Königsberg. Vi havde en lærer, der godt kunne lide at give os den slags opgaver. Du kender godt det matematiske problem, ikke?"

"Jeg troede, det problem var uløseligt?"

"Det er det også. Og det fortalte han. Men det var jeg ligeglad med, jeg forsøgte at løse det under alle omstændigheder."

Eva Backman nikkede og bed i en pegefingernegl. "Jeg forstår," sagde hun. "Og hvad så med Henrik Grundt? For det er vel det, du tænker på, ikke?"

"Langt fra uløseligt," sagde Gunnar Barbarotti. "Giv mig bare lidt tid."

Eva Backman sad tavs en tid.

"Hvor meget tid?"

Han trak på skuldrene. "Det spiller ikke den store rolle. Et par måneder eller et par år. Men jeg er faktisk nødt til det. De så ud til at have det rigtigt skidt."

"Rigtigt skidt? Hvem?"

"Familien. Alle dem ved begravelsen. Jeg ved ikke, hvem af dem der har det værst. Men en ting er sikker – det var ikke Robert, de sad og sørgede over i kirken. Den stakkels fyr, end ikke til sin egen begravelse var han hovedpersonen. Du må da indrømme, at det er bunden."

"En eksistentiel nitte," sagde Eva Backman. "Men det forholder sig vel ikke sådan, at du tror, at Henrik Grundt er i live?"

"Det har jeg svært ved at forestille mig," sagde Gunnar Barbarotti. "Meget svært."

"Lige så svært som du har ved at forestille dig, at han døde en naturlig død?"

"Næsten lige så svært," sagde Barbarotti og sukkede. "Men hvis jeg kan overbevise Asunander om det, så ville jeg gerne sætte mig ned i tre dage og gennemgå hele sagen en gang mere. Alt hvad vi har. Alle forhør og samtaler, det hele. Vende op og ned på hvert eneste ord og stille spørgsmålstegn ved alle."

"Er det ikke bedre at gøre det stik modsatte?"

"Hvad?"

"Stille spørgsmålstegn ved hvert eneste ord og vende op og ned på alle?"

"Den gode fru Backman er en rigtig lille pedant, vidste du det?"

"Det plejer min mand at sige," sagde Eva Backman. "Men tag du nu den samtale med chefen. Jeg så ham her til morgen."

"Asunander? Hvordan virkede han?"

"Dyster. Overordentlig dyster."

"Så venter jeg til i morgen," besluttede Gunnar Barbarotti. "Herren var ikke den, der skabte hastværket."

"Kender du ham?" spurgte Eva Backman. "Det havde jeg ikke troet."

"Kun overfladisk," indrømmede kommissær Barbarotti. "Kun overfladisk."

IV

November

32

Kristina steg af ved Gullmarsplan, fordi toget fortsatte mod Farsta Strand. Lænede sig op mod vindstødene, skråede over det mennesketomme torv og gik gennem den overpissede gangtunnel op mod Globen-området. Regnen kom drivende i frostkolde kaskader, og hun spurgte sig selv, hvorfor hun ikke havde lyttet til Jakobs råd, havde købt ind i Östermalmshallen og taget en taxa hjem til Enskede.

Men måske var det sådan, det fungerede – at hun netop igennem denne diminutive ulydighed fandt sine modstandslommer. Hist og her. Hvorfor ikke? Et eller andet sted måtte man vel finde ilt til sin overlevelse.

De skulle have gæster. To danske filmproducenter med fruer nærmere bestemt, en svensk tv-chef uden selskab og en lesbisk, finsk instruktør. Der skulle laves mad og drikkes dyre sager. Det handlede om et fællesnordisk projekt. Blinier og kaviar og snaps. Rådyr og Barolo. Karamelliserede figner og chèvre og kaffe og calvados og fanden og hans oldemor.

Hun var træt ind i sjælen. Men nu havde hun altså besluttet sig for at købe ind i arkaden ved Globen. Når hun nu under alle omstændigheder var tvunget til at spille den unge, perfekte – og klædeligt gravide – hustru, så kunne hun vel i det mindste få lov til at bestemme, hvor råvarerne skulle indkøbes, ikke? Alle de råvarer som i løbet af eftermiddagen skulle tilberedes og forædles, således at de ud på aftenen kunne stoppes i kæften på de hundesultne mediemoguler og deres hårdtpumpede koner. Tv-bossen og hende den finske lebbe.

Simuleret modstand altså. Klokken var ikke mere end elleve

om formiddagen. Der var masser af tid. Og der var sat fem-seks timer af til de gourmetrelaterede forberedelser. Jakob havde til og med lovet at hente Kelvin hos dagplejemoderen, ingen skulle komme og sige, at han ikke viste sin højgravide kone den tilbørlige påskønnelse og omtanke.

Hun gik ind i arkaden via McDonald's. Der var propfuldt; hun var nødt til at albue sig frem, men hun havde ikke lyst til at tilbringe et sekund mere end nødvendigt ude i slagregnen. Hun følte, at hun havde brug for at sidde ned og hvile en stund, før hun gik i gang med provianteringen. Fandt en kaffebar, tog regnfrakken af og bestilte en cappuccino. Satte sig på en høj stol ved et diminutivt bord midt i vrimlen. Hun havde fået sin smag for kaffe tilbage i forrige uge. Midt i syvende måned, akkurat ligesom sidste gang.

Sidste gang, tænkte hun, og mens hun adspredt rørte rundt i skummet med den triste træpind, forsøgte hun at huske, hvordan hun havde haft det, da hun ventede sit første barn. Den tavse og indadvendte Kelvin. Forsøgte at genkalde den der følelse af diffus forventning og naiv optimisme; finde tonearten i det mindste, men det var håbløst. Alt var så frygteligt forandret. Livsvilkårene var så meget anderledes, at hun indimellem spurgte sig selv, om det gav mening at tro, at hun var det samme menneske. Var det den samme hjerne, som tænkte disse tanker, og som lige nu gav hånden ordre om at løfte koppen og munden ordre om at smage på den alt for varme, skummende mælk? Et godt spørgsmål, som man sagde. Hun havde levet i et permanent mareridt i snart et år nu, og der var ingen tegn på, at det ville høre op. Overhovedet ingen.

"Du ser ikke glad ud," havde Marika på jordemodercenteret sagt. Det var der, hun havde tilbragt formiddagen. En halv time af den i det mindste. Naturligvis burde hun have valgt en jordemoder i Gamla Enskede, men hun havde knyttet sig til Marika, da hun ventede Kelvin, og Marika arbejdede inde på Artillerigatan. Jakob havde foreslået Enskede, men hun havde valgt Marika. Modstand.

"Nej," havde hun svaret. "Jeg er ikke glad. Jeg vil ikke have det barn."

Hun forstod ikke, hvad der var sket med hende. Hun havde aldrig tilstået den slags tidligere. Men det var vel akkurat det, der var Marikas styrke. En af hendes styrker. Det at hun trak sandheden ud af folk.

Hun havde lagt sin grove hånd på Kristinas arm og havde set hende dybt ind i øjnene med bare tyve centimeter imellem dem.

"Der kommer råd," havde hun sagt med sin svage finske accent. "Tro mig, kommer tid, kommer råd. Du skal ikke være urolig, lille ven."

Derefter havde hun spurgt, om der var noget galt med selve faderskabet. På en eller anden måde. Kristina havde rystet på hovedet og tænkt, at det ikke var faderskabet, der var noget galt med, men faderen selv. Det var der, al galskaben holdt til. Hun var gift med en morder, og det var morderens barn, hun nu bar under sit hjerte. Men hun var i denne morders og mands vold, det var der ganske enkelt intet at stille op med; det var gudernes straf for, at hun havde leget en forbudt leg, og i resten af sit liv ville hun aldrig slippe fri for de betingelser.

Men intet af dette havde hun betroet til Marika. Tavsheden var også en del af vilkåret.

Hun smagte på kaffen igen og rystede på hovedet igen. Slugte både den varme drik og sin klump i halsen, som hun plejede at gøre det. Betragtede nogle øjeblikke to unge kvinder, der sad i en ivrig og fornøjet samtale ved nabobordet og tænkte, at hvis hun var blevet født ti år senere, så kunne hun have været en af dem. Den mørkhårede, hvis hun selv måtte vælge, hun havde sådan et tiltalende ansigt. Sorgløst på en eller anden måde, med masser af fremtid og uden en tung bagage.

Derefter gik der et tomt sekund, og så dukkede planen op i hovedet på hende igen.

Eller *Planen.* De seneste dage var den begyndt at præsentere sig i kursiv og med stort begyndelsesbogstav, hvad det så ellers kunne betyde. Som et skilt, der pludselig blev oplyst af et lyn i hovedet på hende, med akkurat disse seks, blodrøde bogstaver.

Sådan havde det ikke været til at begynde med. Tværtimod, da den første gang viste sig, var den kommet som en tyv om natten, snigende og svær at få øje på, slet ikke som noget, man skulle lægge mærke til eller tage notits af. Men så havde den rettet sig op på en eller anden ejendommelig måde, lod sig ikke længere afvise så nemt, holdt sig i nærheden og krævede opmærksomhed, det var i sandhed sært, ja som ... som en kavaler, der bød én op, og som hun ikke kunne beslutte sig for, om hun skulle sige ja til eller ej.

Jeg er dit eneste alternativ, plejede den at sige. Din eneste vej ud af det her, Kristina. Det ved du. Og det kan du vælge at erkende – nu eller om ti år. Men før eller siden vil du omfavne mig. Din fejhed bestemmer tidspunktet og intet andet. Du afgør selv, hvor mange dage yderligere du vil leve med hans undertrykkelse.

Mord, tænkte hun. Slå ham ihjel. Det er det, han siger, ham kavaleren.

Men ingen af disse præciseringer blev nogensinde kursiveret eller oplyst for hendes indre øje. Snarere det modsatte. Så snart hun tænkte dem, falmede de og faldt ind i deres egen urimelighed.

Eller dækkedes af hendes fejheds tåge, eller hvad det nu var.

Og alligevel var det nøjagtig det, som *Planen* indeholdt. Det og intet andet.

Drømmen falmede dog aldrig. Den blev genudsendt tre eller fire nætter hver måned, og hver gang var alle detaljer ubestikkeligt på plads. Intet forandredes, alt var der ... da Jakob kom ind på værelset, Henriks forfærdede vejrtrækning, de udstrakte sekunder med absolut tavshed og ubevægelighed ... Jakobs hænder, der trækker drengen ud af sengen, den brutale bevægelse, der sender ham ned på gulvet, knæet mod hans brystkasse, hendes egne halvkvalte skrig.

Jakobs tre eller fire hårde slag med knyttet hånd, hans hænder rundt om Henriks hals, øjnene, der så ud, som om de var ved at trille ud af deres huler, hendes egen manglende evne til overhovedet at stille noget op, hendes afmægtigt sammenbidte tænder og Jakobs sidste ord: Så, nu er han død.

Den rungende ørefigen og spytklatten i hendes ansigt.

En dokumentar. Det var ingen drøm, ikke noget fiktivt. Det var en autentisk – fuldstændigt autentisk og virkelighedstro – erindringssekvens af den nat. Henriks krop, der blev viklet ind i lagener. Blev smidt ud fra den lille altan og ned i buskadset. Blev slæbt ind i bilen. Ingen havde set dem. Ingen havde hørt dem. Klokken var halv fem, da de var færdige. Så slog han hende i ansigtet en gang mere og voldtog hende. Klokken syv sad de allerede i restauranten og spiste morgenmad. Kelvin også, sat ned i den rødlakerede barnestol. Han havde sovet trygt hele natten. Klokken kvart i otte forlod de Kymlinge.

Begravelsen af liget klarede han selv. Hun vidste stadigvæk ikke, hvor Henrik var begravet. Han havde været væk hele den følgende nat, og hun forstod, at han havde været omhyggelig. Måske var det havet, måske en skov i omegnen af Nynäshamn, han kendte det område godt. Hun spurgte aldrig, og han havde ikke lyst til at fortælle noget.

Og da han forklarede rammerne for fortsættelsen af deres liv, havde hun allerede været indforstået med dem.

Hvis du afslører mig, så afslører jeg dig.

Nogle uger efter havde han så lavet den der tilføjelse.

Hvis du slår mig ihjel, står det hele i mit testamente.

Hvis du slår mig ihjel, står det hele i mit testamente.

Længe havde hun troet på det. Længe havde hun også drømt om dette dokument. Troet på dets autenticitet.

At han virkelig havde skrevet sådan. Var gået til en advokat og havde overrakt ham en lukket kuvert. *Åbnes efter min død.* Eller: *Åbnes i tilfælde af, at jeg dør under uklare omstændigheder.*

Nu tvivlede hun. I et stykke tid havde hun efterhånden anet, at der slet ikke fandtes sådan et dokument. Hvilken interesse ville Jakob have i at blive afsløret som morder efter sin egen død? Var der virkelig nogen grund til at skaffe sig selv sådan et eftermæle?

Det var et frygteligt svært spørgsmål. I dage og uger havde hun gået rundt og vendt og drejet det. Og der var desuden følgespørgsmål.

Hadede han hende virkelig så meget, for eksempel. Så meget, at han ville straffe hende, også når han selv ikke længere var i live?

Hvorfor valgte han så i det hele taget at binde hende fast til sig? At anbringe hende i denne rævesaks? For at have en kone, som aldrig ville nægte ham noget som helst? Som han havde fået moralsk ret til at voldtage nat efter nat, så ofte som han havde lyst.

Måske. Måske var det sådan. Måske var Jakob Willnius så sær og så syg, at han kunne – og ville – leve på den måde. Der var en del, som tydede på det. Visse mænd havde sådan en kerne.

Men der var et mere interessant følgespørgsmål. Efterhånden som hun havde vendt det nogle gange, havde overvejet det i nogle uger, vovede hun næsten at betragte det som en konstatering.

Det vigtige, det virkeligt vigtige – set ud fra Jakob Willnius' synspunkt – var naturligvis ikke virkelig at skrive et dokument af den omtalte karakter, men at overbevise sin kone om, at et sådant dokument eksisterede. Det var derigennem, at han bandt hendes hænder på ryggen og skaffede sig en livsforsikring, ikke gennem dokumentet. Sådan var det.

Eller var det ikke, spurgte Kristina sig selv. Eller hvad? Eller hvad? Eller hvad?

Og det var via det forsigtigt udtalte og kun lige akkurat hørlige svar på dette halvt retoriske, halvt desperate spørgsmål, at planen åbnedes. *Planen.*

Hun drak en slurk kaffe og så på uret. Klokken var tyve minutter i tolv. De sludrende veninder ved nabobordet var blevet erstattet af en træt mand med et bjerg af bæreposer ved sine fødder. Arkaden vrimlede med mennesker. Unge og gamle. Tørre og regnvåde. Mænd og kvinder. Jeg ville, tænkte Kristina Hermansson og strøg adspredt hen over sin spændte mave, jeg ville uden at tøve et sekund være villig til at bytte identitet med hvem som helst af disse mennesker.

Så rejste hun sig, efterlod sit halvtomme papkrus på bordet og begav sig over mod Brugsen for at tage sig af sine hustruelige pligter.

Men hvordan, tænkte hun. *Hvordan?*

Leif Grundt kørte Volvoen op i indkørslen og slukkede for motoren. Blev siddende med hænderne på rattet uden at kunne tage sig sammen til at stige ud. Klokken var halv ti om aftenen. Det var en torsdag i november. Det regnede.

Villaen lå hen i mørke bortset fra Kristoffers værelse, hvor et blåligt skær afslørede, at fjernsynet var tændt. Leif Grundt var træt, træt ind til marven. Han var taget hjemmefra før klokken syv den morgen, havde forladt butikken elleve timer senere, og havde derefter siddet to timer på Vassrogga hos Ebba.

Hun tilbragte hverdagene der og weekenderne med familien. Et privat plejehjem; en eller anden form for intensiv terapi, han var ikke sikker på, hvad de egentlig lavede. Men stedet lå tolv-femten kilometer inde i landet ved Indalsälven, og det havde foregået i tre uger nu og skulle fortsætte i tre mere. Hver torsdag aften var der familiesamtale. Han kørte dertil og forsøgte at være venlig og forstående. Det med venligheden kunne han godt klare, det var straks værre med forståelsen. Han syntes ikke, at hans kone så ud til at have gjort nogen nævneværdige fremskridt.

Da han forsigtigt fremførte dette for terapeuten, svarede denne, en meget mild og meget skægget mand omkring de tres, at fru Grundt havde mistet en søn, og at det ville komme til at tage tid.

Leif Grundt havde haft lyst til at svare, at i det omfang den søn faktisk var mistet, så var det også hans mistede søn. Men han kunne godt se, at det ikke var den slags, man sagde.

I morgen aften ville Ebba komme hjem, og han kunne mærke, at han følte sig ubehageligt splittet ved den udsigt. Som om han og Kristoffer pludselig blev konfronteret med en række krav. Kravet om at holde Ebba glad. Eller kravet om at tage hende under armen og støtte hende, eller hvordan man nu ville se på det. I et stykke tid havde den haft en replik til at ringe inden i hovedet: *Nogle gange kan jeg blive så forbandet træt af dig, Ebba, fatter du ikke det?* – og han vidste, at hvis de ord nogensinde skulle komme ud af munden på ham, så ville intet derefter kunne repareres. Det ville være det sidste søm i deres ægteskabelige kiste. Afslutningen på familien Grundt.

Men måske, tænkte han og greb lidt desperat fat med fingrene i det stumme rat, måske var den allerede hinsides redning.

Visse familier kan klare en katastrofe, havde han læst et sted, andre ikke.

Og efter alt at dømme hørte familien Hermansson Grundt til den sidste kategori. Elleve måneder havde det taget. For et år siden havde alt strålet af medgang og harmoni, i det mindste efter alle normale målestokke og hans egen ringe fatteevne. En overlægekone, en brugsuddeler, en studerende i Uppsala og en nogenlunde velopdragen gymnasieelev. I dag var den studerende forsvundet og sandsynligvis død, overlægen var på vej ind i sit eget, private mørke, og selv sad han her og orkede ikke stige ud af bilen.

Sådan var det. Sådan var det blevet.

Hvad så med Kristoffer da?

Han vovede ikke rigtigt at tænke på Kristoffer. Det stod klart, at knægten var begyndt at ryge, at han omgikkes de forkerte, og at hans skolearbejde lod en del tilbage at ønske. Han drak sikkert også øl og den slags med mellemrum; Leif vidste det, og Kristoffer vidste, at han vidste det, men begge foretrak at lade som ingenting. Eller i hvert fald ikke at kommentere det. Det var slemt nok, som det var, ikke flere problemer på dagsordenen, tak. Han var stadigvæk i stand til at give knægten et knus og et opmuntrende ord en gang imellem, og han håbede, at det ville være tilstrækkeligt i længden. De havde en slags gentlemens agreement, der vel i det store og hele gik ud på ikke at tale om det, der var ubehageligt, og at lade som om det var nok.

Men regne gjorde det. Leif Grundt kunne se, hvordan regndråberne slog mod motorhjelmen og opløstes i en tynd tåge, som derefter forsvandt i ingenting. Motoren var endnu ikke blevet kold. Hvorfor sidder jeg her, tænkte han. I mit treogfyrretyvende år sidder jeg her i min egen bil i min egen indkørsel og glor ud i regnen. Mismodig som en hummer i en tejne. Hvorfor? Hvorfor sidder jeg her? Og hvad ... hvad havde hummere med sagen at gøre? Selvfølgelig, det indså han, det var naturligvis de der dybfrosne hummere fra Argentina, som de havde været nødt til at smide i nakken på de der tanter, efter at de havde klaget ... nej, nu tabte han tråden igen. Hvad var det, han sad her og tænkte på?

Nå ja. Kristoffer. Han så fjernsyn igen, knægten, det blålige skær i hans vindue var ikke til at tage fejl af. Når man så bort fra, at han stoppede lidt mad i munden eller gik ud og smugrøg, så var det vel det eneste, han tog sig til, når han var hjemme.

Hvad han lavede, når han ikke var hjemme, for eksempel størsteparten af weekenden, foretrak Leif Grundt ikke at tænke nærmere over. Som sagt.

Og desuden var det, som om deres blikke ikke rigtigt ville mødes. Ikke som før i tiden. Men også det lå vel i sagens natur, gik han ud fra. Det med ikke at se hinanden i øjnene. Alting har sin pris.

Jeg orker snart ikke orke mere, tænkte Leif Grundt, åbnede bildøren og steg ud i regnen. Fy for pokker.

Han løb de få skridt op til hoveddøren og lukkede sig ind i den mørke entre. Hængte jakken op uden at tænde lyset og fortsatte ud i køkkenet. Tændte over køkkenbordet og konstaterede, at Kristoffer havde ladet smør, ost og kaviar stå fremme, samt at opvaskemaskinen sikkert var fuld, da der stod en klistret pastakasserolle og et dørslag i køkkenvasken.

Det tog et kvarter at få orden i sagerne, derefter gik han ind til sin søn. Som ventet lå han og så en film, men den var i det mindste svensk. En af skuespillerne sagde: "Gå ad helvede til, din luder," netop som Leif Grundt åbnede døren. Det var da altid noget, tænkte han, samtidig med at han spekulerede over, hvorfor det skulle være betryggende, at filmen var svensk.

"Jeg skal hilse fra Mor," sagde han.

"Okay," sagde Kristoffer.

"Hun kommer hjem i morgen aften."

"Jeg ved ikke, om jeg er hjemme til den tid," sagde Kristoffer.

"Jeg forstår," sagde Leif Grundt. "Nej, jeg tror, jeg går i seng nu. Hvornår starter du i morgen?"

"Vi har et par fritimer. Jeg skal først møde klokken ti."

"Skal jeg vække dig, når jeg går?"

"Det behøves ikke. Jeg skal nok selv komme op."

"All right. Så ses vi i morgen aften da?"

"Det går jeg ud fra," sagde Kristoffer Grundt.

Jeg ønsker dig en god nats søvn, min elskede søn, tænkte Leif Grundt. Må intet ondt også ramme dig.

Men han sagde det ikke. Gabte blot og gik ud af værelset.

Han måtte være faldet i søvn under den sidste tredjedel af filmen, for han vågnede ved den musik, der blev spillet under de sidste billeder af et brændende hus og rulleteksterne. Det virkede lidt åndssvagt at lægge de tekster op mod akkurat den baggrund, tænkte Kristoffer, fordi en del af navnene slet ikke kunne læses. Men på den anden side havde det også været en temmelig åndssvag film. Typisk svensk B-film.

Men måske var det netop derfor – fordi man ikke rigtigt kunne tyde navnene på alle disse skuespillere og kameramænd og assistenter og medhjælpere og lydteknikere – at han faktisk blev liggende i sengen og forsøgte på det. Den slags plejede han ellers ikke at bruge energi på. Navn efter navn efter navn ... at det virkelig var nødvendigt med så mange mennesker for at lave så dårlig en film, tænkte Kristoffer. Det havde han aldrig forestillet sig. At det var nødvendigt med så mange. Klippere og castere og scriptassistenter og kostumeansvarlige ... og mens han lå og gloede på alle disse ukendte mennesker, disse anonyme filmarbejdere, så dukkede der pludselig et navn op, som han genkendte.

Rimborg. Olle Rimborg.

Hvad fanden, tænkte Kristoffer. Hvor har jeg set det før? Eller hørt det?

Inden han havde nået at se efter, hvilken opgave denne Olle Rimborg havde haft i filmens forunderlige verden, var navnet forsvundet fra skærmen. *Rimborg?*

Han gravede fjernbetjeningen frem under puden og slukkede for fjernsynet. Ønskede, at han havde haft en frisk film at kigge på, men han havde ingen på lager. Bare gammelt skrammel, som han havde set sig træt på. Klokken var ikke mere end kvart i elleve, det ville have været rart med en ordentlig strimmel at falde i søvn på.

Rimborg?

Han rejste sig fra sengen. Besluttede sig for at tage en sidste smøg i det åbne vindue og derefter forsøge at falde i søvn. I morgen var det fredag. Dobbelttime i gymnastik til at begynde med, men den havdc han tænkt sig at skippe. Han havde ganske vist fået en advarsel omkring efterårsferien, men to timer i en slidt svømmehal var ikke en passende start på en fredag. I hvert fald ikke sådan, som Kristoffer Grundt så på verden og dens vilkår.

Sådan som han så på verden og dens vilkår nu, kunne man tilføje. Han var udmærket klar over, at han ikke rigtigt levede sådan, som han ønskede at leve lige nu. At han *gennemgik en fase*, som studievejlederen havde forsøgt at forklare klasselæreren Stahke i forbindelse med det statusmøde. Hvordan fanden kunne man komme til at hedde Stahke?

Han lænede sig ud i novemberregnen og fik ild på cigaretten. Heldigvis var altanen på første sal anbragt lige over hans vindue, så cigaretten i det mindste slap for at blive våd.

Olle Rimborg?

Det var ... efter to sug på cigaretten kom den første ledetråd. Der kunne man bare se – nikotinets gode indvirkning på tankernes effektivitet ... det var noget med mormor. Noget hun havde sagt ... hvornår? Til begravelsen? Ja da, sådan var det. De havde stået uden for kirken – det var i øvrigt den eneste gang, han havde mødt hende hele året, så det var ikke så svært at regne ud – og hun havde sludret om en eller anden, som hed Rimborg.

Og så havde hun sagt, at han vendte tilbage.

Han vendte tilbage. Hvem fanden var *han*? Mormor havde ganske vist været lidt gak til begravelsen af Robert, men hun havde snakket temmelig sammenhængende om ham Olle Rimborg, og om at en eller anden var kommet tilbage i løbet af natten. En *anden*, som ikke var Olle Rimborg. Stædig havde hun været, mormor, så noget var der i det. Formodentlig. Til trods for at hun var gak.

Tænkte Kristoffer Grundt og sugede kraftigt på cigaretten. Hvad havde hun sagt mere? Ikke at det spillede nogen rolle, men når han nu alligevel ikke havde en film ... når han ikke havde andet at tage sig til end at stå her og smugryge ud gennem vinduet på en regnfuld og håbløs novemberaften, så kunne man vel lige så godt anstrenge tankemaskinen en smule ... jo, der kom det! Olle Rimborg var receptionist på hotellet i Kymlinge. Sådan var det ... i hvert fald hvis man skulle tro mormor ... og det var ham, der havde sagt, at en eller anden vendte tilbage ... og så at der var noget vigtigt ved det ... noget, som mormor havde forsøgt at forklare ham. Men hun havde været alt for forvirret til, at han egentlig havde gidet lytte til hende. Faktisk havde det været lidt pinligt. Ja, sådan var det. Han kunne huske, at han havde ment, at hun havde været en smule pinlig, stakkels mormor.

Og så ... og så dukker det navn op på hans fjernsynsskærm to-tre måneder senere, det var da sært. Som om det havde ligget og ventet. Olle Rimborg havde tilsyneladende ikke bare ét job, han var både receptionist og en slags filmarbejder, det var da ...

Næste sug blev lidt for dybt og fik det til at snurre i hovedet på ham, og så var Henrik hos ham lige i det samme.

Hej, brormand, sagde Henrik.

Hej med dig, sagde Kristoffer.

Det er ikke sundt at ryge.

Tak. Jeg ved det.

Hvordan har du det?

Tak, udmærket.

Er du nu sikker på det?

Mm ...

Henrik brugte lidt tid til at sætte sig til rette i ham uden at sige noget.

Okay lillebror, kom det så til sidst. Jeg skider på, hvordan du behandler dit helbred. Måske er det bare en fase, som de siger. Men jeg ville nu gerne have dig til at interessere dig en smule for ham Olle Rimborg.

Hvad? sagde Kristoffer.

Tjek det, sagde Henrik. Det kan ikke skade.

Hvorfor?

Du ved, at der er visse ting, jeg ikke kan fortælle dig, det har vi snakket om før.

Det ved jeg, men ...

Ingen men'er. Vil du have noget fornuftigt at tage dig til ud over at ryge og drikke øl og at skide på dit skolearbejde, så kontroller det med Olle Rimborg. Du har jo allerede fundet ud af, hvor han befinder sig, ikke?

Jo da, men ... forsøgte Kristoffer.

Så siger vi det, sagde Henrik. Skod den forbandede cigaret nu, du trænger faktisk til at tage dig lidt sammen, bromand.

Kristoffer Grundt sukkede og sugede en sidste gang på cigaretten. Smed skoddet ud i regnen, hvor det var slut med græsslåningen for i år, så hans far ikke ville finde det. Lukkede vinduet og krøb i seng.

Gå lige ud og vask dig og børst dine tænder også, tilføjede Henrik. Bare fordi Linda Granberg er flyttet til Norge, behøver du vel ikke at gå rundt og lugte af bæver?

Kristoffer sukkede en gang mere, sparkede dynen af og rejste sig. Brødre, tænkte han.

33

Gunnar Barbarotti vågnede og vidste ikke, hvor han var.

Mærkede, at der lå en varm hånd på hans mave. Det var ikke hans egen.

Hånden altså. Det var en kvindehånd. I brøkdelen af et sekund fløj alle de kvinder igennem hans morgentrætte bevidsthed, som han var vågnet op sammen med i løbet af sit seksogfyrreårige liv. Standsede ved den rigtige.

Marianne.

Desuden. Vejen frem til Marianne var ikke specielt lang. Foruden sin forhenværende hustru havde han højst elsket med en halv snes kvinder; med halvdelen af dem kun en enkelt eller to gange. Og næsten alle sammen lå mere end tyve år tilbage. Studietiden i Lund.

Men nu lå han her med Marianne. Altså. Hun sov stadigvæk; trak lette, snusende åndedrag ind gennem næsen. Han så på hendes ansigt bare tyve centimeter borte og undrede sig over, hvordan i alverden en så smuk kvinde kunne falde for sådan en klump som ham.

Men det var vel også en del af den feminine mystik naturligvis. Gud ske tak og lov.

Malmø. Han så sig forsigtigt rundt i værelset og indså, at de befandt sig på Hotel Baltzar i Malmø. Et stort hjørneværelse på tredje etage. Studietiden lå faktisk ikke mere end en halv snes kilometer væk. Sådan var det; og da det var blevet fastslået, faldt resten af puslespillets brikker hurtigt på plads.

Det var morgen. Det var lørdag. Det var midt i november. De var ankommet i går aftes og skulle blive til søndag. Det drejede sig om et bryllup.

Ikke deres eget, det havde vel også været lige tidligt nok. Der var endnu ikke gået fire måneder, siden de mødtes i de magiske uger på Thassos, hastværk var det sidste, de havde brug for. Tværtimod, først skal vi smage på hinanden, som man smager på gode karameller, havde hun sagt, og så må vi se. Gunnar Barbarotti havde ikke haft noget at indvende, havde måske lidt svært ved at se sig selv som en god karamel, men skide være med det. Og der var i hvert fald ingen tvivl om, at lysten til de søde sager havde tiltaget kraftigt i løbet af efteråret. De havde været sammen mindst ti gange. Han havde præsenteret Marianne for Sara, og han havde mødt Mariannes børn – en dreng på 14 og en pige på 12 – to gange. Ingen nævneværdige friktioner var opstået. Oh store Gud, havde han tænkt her sent forleden dag, jeg havde ganske vist ikke bedt om hende, men jeg er næsten villig til at uddele ti eksistenspoints, fordi du sendte hende min vej.

Vor Herre havde svaret, at hvis menneskene blot havde forstand til at bede om det, de virkelig behøvede, så ville det være enklere at tilgodese både det ene og det andet – og Gunnar Barbarotti havde forsvaret sig med, at han selv havde haft den opfattelse, at det var den eksisterende Guds ansvar at udruste menneskene med akkurat den forstand.

Hvad det angik, havde Vorherre bedt om betænkningstid med svaret.

Men nu var der altså bryllup. Mariannes søster Clara, 28 år gammel og art director – Gunnar var ikke rigtigt sikker på, at han vidste, hvad det betød – havde endelig fundet sin prins, en dansk arkitekt ved navn Palle. Selv arbejdede Marianne som jordemor, et job med et betydeligt klarere indhold. Hun var også tolv år ældre end sin søster, bruden (der var ikke mindre end fire søstre og tre brødre i familien, de fleste af dem halv-et-eller-andet), og Gunnar Barbarotti var først blevet forskrækket ved tanken om, at han skulle med til en ungdommelig bryllupsfest og møde et hundrede og otteogtredive mennesker, hvoraf han kun kendte et. Men at sige nej tak virkede endnu værre, og da arrangementet blev forlænget på den her måde til en hel weekend i Malmø

– med privat residens på et hotel for bare ham og Marianne – så havde det hele vist sig i et betydeligt mildere skær.

"Selvfølgelig skal du tage med, din gamle ged," havde Sara opmuntret ham. "Du har også brug for at se lidt af det gode i livet."

Min allerkæreste datter, tænkte Gunnar Barbarotti og gabte lykkeligt. Hvis du bare vidste.

Selve brylluppet fandt sted i Sankt Petri Kirke, både brud og brudgom svarede ja, og bagefter var der fest i selskabslokalerne ved Petri, bare et minuts gang fra kirken (og kun tre-fire minutters gang fra Hotel Baltzar, en omstændighed som Marianne ikke havde undladt at påpege).

Festen trak ud. Man gik til bords lige efter klokken seks, og fem timer senere sad man der stadigvæk. Gunnar Barbarotti havde talt fireogtyve taler og optrin, og ifølge toastmasteren – en fyldig yngling i lyseblå smoking, der ikke selv holdt sig tilbage, når det drejede sig om at tale – var der mindst en halv snes endnu, før dansen og sjusserne tog over.

Men uanset det, så led Gunnar Barbarotti ingen større nød, det måtte han indrømme. Han var endt i et livligt og usofistikeret hjørne af det store lokale, hvor der blev drukket og grinet ret meget – og han havde Marianne inden for synsvidde og næsten også hørevidde diagonalt hen over en stor borddekoration af gule blade, lyng og rønnebær. Til bords havde han en kusine til brudgommen. Hun stammede fra en lille landsby i Jylland og talte et svært forståeligt dansk, der ikke blev nemmere at fatte efter syv glas vin. På sin venstre side havde han en tandlæge fra Uddevalla, en veninde af bruden og begavet med en sangstemme, der gav ham gåsehud, da hun sang en selvkomponeret kærlighedssang til det unge par. Aldeles a cappella og lidt til den erotiske side; muligvis blev en del af gåsehuden fremkaldt ved, at han også under hele sangen havde øjenkontakt med Marianne.

Som ventet blev der snakket meget om hans arbejde. En lyslevende vicekriminalkommissær skulle man ikke kimse af, ikke i nogen sammenhæng og mindst af alt til en bryllupsfest. Inden isen kom på bordet var de mest spektakulære kriminalsager i Sverige, fra Palmemordet og fremefter, blev diskuteret, den ene efter den anden. Catrin da Costa. Fadime Sindhari. Åmsele og Knutby. Tomas Quick. En mere og mere beruset sekretær ved EU ved siden af Marianne hævdede med stadigt stigende overbevisning, jo længere aftenen skred frem, at han havde mødt Hörbymorderen på en cykeltur på Österlen i midten af halvfemserne. Og at han aldeles ikke hed Olsson. Kvinden ved siden af ham – de kendte tilsyneladende hinanden fra tidligere – blev efterhånden træt af hans snak og bad ham om at gå udenfor og smide sig i den nærliggende kanal, så han kunne blive lidt mere sober. For at understrege, at hun mente det alvorligt – det skete mellem tale nummer femogtyve og seksogtyve – drak hun i samme sammenhæng hans dessertvin, der lige var blevet skænket op – et initiativ der vakte stor munterhed blandt de omkringsiddende.

Gunnar Barbarotti havde ikke fanget den handlekraftige kvindes navn, hun var i højhalset kjole og havde rødt hår og var kun nogle få år yngre end han selv, så det ud til, men nu opdagede han, at hendes bordkort lå midt imellem dem på bordet, og så kastede han et hurtigt blik på det.

Annica Willnius.

Willnius? Der var en klokke, som ringede langt inde i hans let berusede hoved.

Der måtte yderligere to taler og et glas vin til, før det dukkede op.

Jakob Willnius. Det var det, han hed, Kristina Hermanssons mand. Der var tilsyneladende stadigvæk nogle synapser, der virkede.

Men der var gået ... han var nødt til at tælle efter ... godt og vel ti måneder, siden han sad og talte med ham i det smukke hus i Gamla Enskede. Men navnet Willnius kunne vel ikke være nogen tilfældighed. Nej, det virkede så usædvanligt, at de måtte være i familie på en eller anden måde.

Og på bare nogle få sekunder, mens han lænede sig tilbage og smagte på den søde vin – og holdt op med at koncentrere sig om aftenens syvogtyvende tale – kom hele sagen sejlende ind i hans bevidstheds havn. Eller rettere sagt halvdelen af sagen. Robert Hermanssons dystre historie var nu definitivt lagt i arkivet.

Tilbage stod Henrik Grundt. Tilbage stod at komme ud af stedet i det hele taget. Gunnar Barbarotti sukkede og smagte lidt mere på vinen. Officielt set var efterforskningen stadigvæk i gang, men den eksisterende Gud skulle vide, at den fortsatte på halv kraft. Eller kvart. Eller ottendedel. Siden august måned var der ikke sket det ringeste. Og hvad angik det egentlige politiarbejde, så bestod det vel kun i, at kommissærerne Barbarotti og Backman diskuterede sagen en eller to gange om ugen. Udtrykte deres frustration og konstaterede, at intet nyt var dukket op.

Men, som Eva plejede at sige, hvordan fanden skulle der også ske noget i en efterforskning, hvor ingen gjorde noget? Venter vi på en ny busulykke i Oslo, eller hvad?

Han mærkede, at det, at han var kommet til at tænke på sagen, fik hans humør til at dale. Det var, som det plejede at være. At sidde og gruble over uløselige problemer havde måske tiltalt ham i skoletiden, men det var ikke noget at bruge tiden på for en voksen politimand. Han tømte sit vinglas. Tænkte på den gyldne regel, at beruselsen fungerer positivt, så længe alkoholmængden i blodet øges, negativt når den begynder at falde. Talen var stadigvæk i gang. Taleren var en munter barndomsven af brudgommen, der talte et næsten lige så ubegribeligt dansk som hans borddame – men til sidst udbragte han i det mindste en skål. Gunnar løftede sit tomme glas, så sig til højre og venstre og ligefrem, som han havde lært det ... og akkurat da han simulerede, at han drak af glasset, fik han øjenkontakt med den rødhårede lige overfor. Hun blinkede til ham og smilede.

Jeg må spørge hende, tænkte han. Det er det mindste, jeg kan gøre.

Men jeg tror, at jeg lige skal have hende lidt i enrum først.

"Skønt med en smule frisk luft."

Hendes påstand blev en smule kompromitteret af, at hun i det samme inhalerede kraftigt af sin cigaret. De stod ude på den store altan, klokken var nogle minutter i tolv. Bordet var forladt, og ommøbleringen før dansen var i fuld gang inde i selskabslokalet. Regnen var ophørt, han støttede albuen mod den brysthøje stenbalustrade, stirrede ud over de våde gader, tågebankerne og det gule lys og tænkte, at novembers nætter egentlig kunne være ganske smukke. Vemodige på en eller anden ejendommelig måde. Marianne havde forladt ham for at stå i kø til toilettet, og selv havde han fået fat i en flaske øl ved den nyåbnede bar.

"Uden tvivl. Men det har nu været en dejlig fest."

Hun nikkede.

"Jeg vil godt lige spørge dig om dit navn."

"Mit navn?"

"Ja. Du hedder Annica Willnius, ikke?"

"Er det nu politimanden, som er på banen igen?"

"Nej da. Men jeg stødte på en Jakob Willnius for noget tid siden. Det må vel være en slægtning til dig?"

Hun tog et drag af sin cigaret igen. Så ud til at overveje et eller andet.

"Min forhenværende mand."

"Aha?"

"Hvad har han gjort?"

Gunnar Barbarotti lo. "Ingenting. Han dukkede bare op i en efterforskning. Man træffer en frygtelig masse mennesker i mit job."

"Det kan jeg tænke mig. Men vi blev skilt for fem år siden. Jeg har intet med ham at gøre. Han bor vel stadigvæk i Stockholm med den nye, går jeg ud fra ... og jeg bor med min nye i London. That's life, er du ikke enig?"

"I det enogtyvende århundrede," sagde Gunnar Barbarotti. "Jo. Jeg er nok på vej i samme retning selv."

Det var dristigt sagt. Han forstod, at det var alkoholen, som hjalp ham på vej. Hun nikkede og så eftertænksom ud et øjeblik. "Men jeg beholdt hans efternavn altså. Hed Pettersson som pige, og min nye fyr hedder Czerniewski. Hvad ville du sige til Annica Czerniewski?"

"Selv hedder jeg Gunnar Barbarotti," sagde Gunnar Barbarotti.

Hun lo. Han lo. Hvor er det dejligt, når folk er en smule berusede, tænkte han. At vi ikke skal trækkes med de hæmninger altid. Hun havde taget et vinglas med ud. Nu løftede hun det.

"Skål på dig. Du virker da som en flink strømer efter min mening."

"Du også ... selvom du vel ikke er strømer."

Han tog en slurk af sin ølflaske.

"Ikke helt. Jeg lever af teateret. Men bag kulisserne."

"Jeg forstår."

"Men noget vil jeg nu indrømme."

"Hvad?"

"Det ville ikke forundre mig det mindste, hvis Jakob gik over grænsen. Ikke det mindste."

"Hvad mener du?"

Hun tog et nyt sug af sin cigaret og tøvede. Blæste røgen ud i en tynd, eftertænksom stribe. Hun ligner en donna i en fransk film, slog det ham. Men hun arbejdede jo i branchen, måske smittede det af på virkeligheden en gang imellem.

"Jeg mener bare, at Jakob Willnius er et rigtigt svin. Et modbydeligt, ledt svin. Man ser det ikke på overfladen, men har man været gift med ham i otte år, så ved man det."

"Har du haft det rart?"

Marianne stak armen ind under hans og kyssede ham let på kinden.

"Nå da. Læbestift."

Hun tørrede det væk med en fugtig pegefinger.

"Jo tak. Og du?"

"Hele tiden. Hvem var kvinden i rødt?"

"Det ved jeg ikke. Jeg genkendte bare hendes efternavn. Og sad lige over for hende."

"Okay. Nu er der brudevals, bagefter er du nødt til at danse med din borddame. Men efter det må du kun danse med mig."

"Det ville aldrig falde mig ind at danse med andre," forsikrede Gunnar Barbarotti. "Hm."

"Hvad betyder *hm*?"

"Hvad?"

"Du sagde *hm.* Det lød, som om du tænkte over et eller andet."

"Aner ikke, hvad det skulle være," sagde Gunnar Barbarotti. Lagde armen om livet på sin elskede og førte hende varsomt ind i balsalen.

"Hej," sagde Kristoffer Grundt. "Er det Olle Rimborg, jeg taler med?"

"Den selv samme."

"Hvad?"

"Ja, jeg hedder Olle Rimborg."

"Øh ... godt. Jeg hedder Kristoffer Grundt. Jeg ringer fra Sundsvall. Det er dig, der arbejder på hotellet i Kymlinge, ikke?"

"Jo, jeg arbejder der som receptionist af og til ... hvad er det, du vil?"

"Der var en ting," sagde Kristoffer. "Men jeg ved ikke rigtig ..."

"Ja?"

"Jeg hedder altså Kristoffer Grundt. Min familie var på besøg hos min mormor og morfar i Kymlinge i december sidste år, og så ... ja, så forsvandt min bror Henrik. Min morbror også, og han blev fundet ..."

"Jeg ved godt, hvem du er," afbrød Olle Rimborg med pludselig entusiasme. "Naturligvis. Jeg kender hele historien. Ona ... jeg mener, din morbror blev fundet i parteret tilstand i august. Og du er altså bror til ...?"

"Henrik Grundt, ja. Den anden der forsvandt."

"Han er vel ikke vendt tilbage?"

"Nej ... nej, han er stadigvæk forsvundet."

"Boede du ikke på hotellet i august? Da Robert blev begravet. Med din mor og din ..."

"Jo."

"Tænkte det nok. Dengang arbejdede jeg der også. Måske rendte vi ind i hinanden."

"Måske," sagde Kristoffer.

Der blev stille i røret et par sekunder.

"Øh ... hvad var det så, du ville?"

Kristoffer rømmede sig.

"Det var bare noget, som min mormor sagde ... og jeg tænkte, at jeg ville vende det med dig. Det er sikkert ikke vigtigt, men vi har lidt krise i familien heroppe, og jeg ..."

"Det kan jeg tænke mig," nåede Olle Rimborg at indskyde.

"... og man ville jo gerne have en smule klarhed, selvom det skulle indebære ..."

"Ja?"

"... selvom det skulle indebære, at min bror faktisk er død."

"Jeg forstår," sagde Olle Rimborg. "Men hvad var det så, din mormor sagde?"

"Hun sagde, at hun havde snakket med dig ... og at du havde sagt, at en eller anden var vendt tilbage."

Der blev stille i røret et øjeblik igen, men Kristoffer kunne høre, at Olle Rimborg sugede luft ind.

"Det stemmer," sagde Olle Rimborg så efter at have pustet ud igen. "Nu forstår jeg. Jo, jeg snakkede ganske kort med fru Hermansson, mens de boede her under begravelsen, og jeg har nok nævnt noget ... ja, som jeg har tænkt lidt over."

"Ja så?" sagde Kristoffer Grundt.

"Det er jo sådan, at man begynder at tænke, når der sker sådan noget. Det er jo ikke hver dag, at der forsvinder to personer i Kymlinge. Ikke under ... under den slags omstændigheder i hvert fald."

"Det kan jeg godt forstå." sagde Kristoffer Grundt. "Men hvem var det, der kom tilbage ... jeg fattede ikke ret meget af, hvad mormor snakkede om, hvis jeg skal være helt ærlig. Det var sikkert ikke noget vigtigt, men jeg tænkte nu, at jeg ville ringe og snakke med dig under alle omstændigheder."

"Det var hendes mand," forklarede Olle Rimborg. "Jeg mener Kristina Hermanssons mand. De boede jo her på hotellet dengang i december. Kristina og jeg var faktisk klassekammerater i gymnasiet, så hun er jo så at sige en gammel bekendt ... og hun er jo din moster, ikke?"

"Det stemmer," sagde Kristoffer Grundt.

"Men det, som jeg har tænkt over ... og som jeg forklarede for din mormor ... er altså, at han kom tilbage midt om natten, Kristinas mand. Vi havde fået at vide, at han skulle køre tilbage til Stockholm sent på aftenen, og det gjorde han også. Omkring midnat. Mens hun og barnet skulle sove her. Men så vendte han tilbage lige før klokken tre ..."

"Vent lige lidt," sagde Kristoffer. "Hvilken nat er det, vi taler om? Er det ...?"

"Den nat din bror forsvandt," forklarede Olle Rimborg. "Jeg fulgte ganske godt med i, hvad aviserne skrev, det gør man jo. Din morbror forsvandt natten mellem mandag og tirsdag, og din bror forsvandt natten efter. Mellem tirsdag og onsdag med andre ord. Er det ikke rigtigt? I ugen før jul altså."

"Det er helt rigtigt," svarede Kristoffer, og samtidig mærkede han, hvordan hans hjerte begyndte at slå hårdere. "Det du siger ..." forsøgte han at formulere sig ... "det du siger, er altså, at Jakob ... hvad er det nu ... Jakob Willnius først tog af sted klokken tolv om aftenen ... det må have været lige efter, at festen var slut hjemme hos mormor og morfar ... og han så vendte tilbage klokken tre. Er det korrekt?"

"Det er det," sagde Olle Rimborg.

"Og hvad skete der så?"

"Bagefter? Ja, så kørte de af sted næste morgen hele familien. Kristina og ... hvad var det, du sagde, han hed?"

"Jakob Willnius."

"... Jakob Willnius og deres unge. Ja, de tog af sted næste morgen. Spiste morgenmad klokken syv og checkede ud kvart i otte sådan cirka."

Der blev stille en tid igen.

"Og?" sagde Kristoffer Grundt.

"Ja, det var det hele," sagde Olle Rimborg. "Intet sært ved det, men jeg har tænkt en smule over det. Havde tænkt mig at spørge Kristina ved begravelsen nu i august, men hun så så trist ud, og jeg ville ikke trænge mig på. Vi var ganske vist klassekammerater, men jeg kendte hende ikke rigtigt. Du ved, hvordan det er.

Man går i samme klasse i flere år, men man snakker aldrig med hinanden."

"Ja, det ved jeg," sagde Kristoffer Grundt.

"Så det var altså det, du ringede om?"

"Ja, det går jeg ud fra," sagde Kristoffer.

"Det var jo i virkeligheden slet ingenting. Men der sker jo ikke så meget i Kymlinge ... hvis du forstår, hvad jeg mener."

"Jeg forstår," sagde Kristoffer Grundt. "Og tak skal du have under alle omstændigheder."

Men da han havde lagt røret på, kom han til at spekulere over, om han egentlig gjorde det.

Forstod?

Hvis der da i det hele taget var noget at forstå. Det virkede ikke sådan. Jakob Willnius var kommet tilbage til hotellet den nat. Var taget af sted og var kommet tilbage. So what? Kristoffer kiggede på uret. Klokken var tyve minutter i ti om formiddagen. Tiden var inde til at gå i skole, hvis han ikke ville gå glip af endnu en time. Nå ja, nu har jeg da i det mindste gjort, som min bror ville have.

Han forventede sig næsten, at Henrik skulle dukke op i hovedet på ham og sige mange tak. Det var vel det mindste, man kunne begære.

Men der kom ingen bror.

Der var stille som i graven fra den kant.

34

"Hvem er hun?" spurgte Eva Backman. "Jeg synes efterhånden, at tiden er inde til at afsløre det."

Gunnar Barbarotti bed i en gulerod og forsøgte at se uudgrundelig ud. De sad på Kungsgrillen, et stenkast fra politigården – specialitet: husmandskost; gamle, glemte retter som rodmos og svineskank, sildeboller i hvid sovs med korender, kåldolmere, gedde i peberrod med smeltet smør. Akkurat i dag stod den på stuvede kartofler og medisterpølse både for Barbarotti og Backman – serveret med rødbeder og tomatsalat. Det var onsdag, og de plejede at gå på Kungsgrillen en eller to gange om ugen, og Gunnar Barbarotti indså, at hun havde holdt tilbage med spørgsmålet længere, end han havde haft grund til at forvente. Betydeligt længere, for på Kungsgrillen plejede spørgsmål af den lidt mere følsomme karakter at dukke op meget hurtigt. Han tyggede et stykke medisterpølse i sig.

"Marianne. Hun hedder Marianne."

Eva Backman betragtede ham kritisk.

"Jeg ved, at hun hedder Marianne," konstaterede hun. "Det nævnte du i går. Er det alt, hvad du har at sige om hende? Er dit kvindesyn sådan indrettet, at du kun kan skelne den ene kvinde fra den anden gennem navnet?"

"Hvad skal det nu til for?" sagde Gunnar Barbarotti. "Jeg troede, at vi skulle snakke om jobbet. Ikke om mit beskedne kærlighedsliv. Men all right da, hun er fyrre år gammel. Fraskilt jordemoder med to børn fra Helsingborg. Børnene er teenagere."

Eva Backman sukkede.

"Udmærket. Tak for oplysningen. Du er virkelig romantiker helt ind til marven, min gode hr. kriminalinseminator. Er hun pæn?"

"Har aldrig set noget dejligere."

"Hvide tænder?"

"Yes."

"Violblå øjne?"

"Yes."

"Nydelige bryster?"

"Ja da. Og to af dem."

Eva Backman lo. "Og en sjæl har hun også?"

"En stor, stærk en," sagde Gunnar Barbarotti. "Men jeg tror, at det må være information nok for nu. Hun har jo trods alt ikke friet endnu, og det er vel ikke så sært, at jeg atter er begyndt at træffe en kvinde, vel?"

"Mere sært end du tror," sagde Eva Backman og smilede mystisk.

"Ja så? Ja, men uanset hvad, så skal du nok få lov til at møde hende ... hvis vi ellers kan komme videre her."

"Er det et løfte?"

"Nej, det er en uundgåelighed. Men skide være med det nu. Der var faktisk noget jobrelateret, jeg ville snakke med dig om. Og når jeg byder på medisterpølse, så er du faktisk forpligtet til at lytte til mig."

"Jeg forstår," sagde Eva Backman. "Du har brug for hjælp som sædvanlig. There is no such thing as a free medister sausage. Hvad handler det om?"

"Henrik Grundt."

"Aha?"

"Hvad betyder aha?"

"Det ved jeg ikke. Antagelig er jeg en smule forundret. Du har ikke talt om den sag i to uger nu."

"Det betyder ikke, at jeg ikke går og tænker på den."

"Jeg går også og tænker på den. Nå?"

"Hm. Jo, der var altså den her kvinde ved brylluppet."

"Bruden?"

"Nej, ikke bruden. Der var mindst halvfjerds andre kvinder med."

"Jeg forstår."
"Jeg sad over for hende ved bordet."
"Ja så?"
"Bagefter snakkede vi lidt sammen. Af det fremgik, at hun hed Willnius."
"Willnius?"
"Ja. Annica Willnius."
Eva Backman løftede spørgende det ene øjenbryn.
"Hun er Jakob Willnius' første kone. Jakob Willnius er i dag gift med Kristina Hermansson. Kristina Hermansson er altså ..."
"Tak. Jeg ved, hvem Kristina Hermansson er. Så du mødte altså ekskonen til ... hvad bliver det ... Henrik Grundts mosters mand? Er det det, du siger?"
"Ja."
"Imponerende. Hvordan gør du det?"
"Hold din kæft. Hvis du nu spiser lidt mere medister, så skal jeg forklare imens."
"You have a deal."
"Du ser alt for mange dårlige kriminalserier. Men det er dit problem. *Mit* problem er, at hun nævnte noget om ham Jakob Willnius."
"Mm?"
"Hun sagde, at han var en led fyr. At det ikke skulle forundre hende, hvis han engang slog en eller anden ihjel."
Eva Backman slugte en mundfuld stuvede kartofler og tog en slurk af sin Ramlösa. "Sagde hun sådan?"
"Noget med samme mening i hvert fald."
"Og?"
"Det var bare det. Det betyder måske ingenting, men jeg kan ikke lade være med at spekulere over det."
"Spekulere hvordan nærmere bestemt?"
Gunnar Barbarotti holdt en pause og lænede sig tilbage i stolen.
"Det ved jeg ikke rigtigt. Måske noget med, at vi har udelukket det såkaldte familieaspekt lidt for hurtigt i den her sag for eksempel?"

Eva Backman lagde bestikket fra sig og tørrede omstændeligt mundvigene med en serviet. Betragtede ham endnu mere kritisk end før og sukkede.

"Det du læner dig op ad," sagde hun langsomt – og ikke uden et irriterende drilsk tonefald efter Gunnar Barbarottis mening – "er altså en udtalelse fra en forhenværende hustru i forbindelse med en bryllupsfest. Forhenværende koner plejer ikke at elske deres mænd, det kommer måske som en nyhed for dig, men ..."

"For fanden i helvede da," afbrød han hende med en pludselig vrede, der virkede forbavsende ægte. "Jeg siger jo, at jeg bare tænker over det. Der er snart gået et år, siden Henrik Grundt forsvandt fra Allvädersgatan, og vi ved ikke mere om, hvad der skete, end ... end hvad Asunanders potteplanter ved om kvindefrigørelse. Hvis du har nogle bedre tråde, vi kan trække i, så er du velkommen til at præsentere dem."

"En interessant sammenligning," sagde Eva Backman. "Og sorry, sorry. Jeg glemte, at du havde en ligtorn der. Selvfølgelig er familieaspektet interessant."

"Tak."

"Men helt ærligt, så har vi vel ikke glemt at kigge på det. Eller hvad? Jeg troede bare, at vi var enige om, at det var en blindgyde. Hvilke motiver skulle ligge bag, at en af dem slog Henrik ihjel? Eller at ham Jakob Willnius gjorde det? Havde de overhovedet mødt hinanden før, Henrik og så ham den lede eksmand?"

Gunnar Barbarotti slog ud med hænderne i en opgivende gestus.

"Aner det ikke. Nej, jeg går ud fra, at det er en temmelig optimistisk tanke. Men jeg syntes, at jeg ville nævne det for dig alligevel."

"Tak for tilliden."

"Du er velkommen. Det er dumt at lade alle de vilde ideer blive liggende i ens plagede hoved. Det er du vel i det mindste enig i?"

"Meget dumt," sagde Eva Backman. "Navnlig i det hoved. Jeg lover at overveje sagen. Indgår der en dessert i den her glamourøse frokostinvitation?"

"Der indgår kaffe," sagde Gunnar Barbarotti bestemt. "Ikke andet."

De første dage – ja faktisk de første uger – efter at hun var begyndt at lege med tanken om at slå sin mand ihjel, følte Kristina Hermansson sig grebet af en slags mild eufori. Det var ikke meget, egentlig ikke mere end en tynd stribe håb, men den kløvede mørket, og hun mærkede, at hendes robotagtige liv fik et strejf af... noget menneskeligt. Hendes bevidsthed fandt en retning. Det virkede, som om den krampagtige tilstand, hun var vant til at leve i, disse langsomt roterende knytnæver – en i maven og en i halsen – ikke nødvendigvis var noget, der ville komme til at forfølge hende resten af hendes dage.

Hvis Jakob var skaffet af vejen, ville hun kunne begynde sin egen bodsgang og begynde at håndtere sin sorg. Muligvis.

Men tilstanden gik over. Næverne knyttedes igen. Når hun sad med den to og et halvt år gamle Kelvin på skødet og så ind i hans kolde, fraværende øjne, så føltes det, som om hun blev opfyldt af al tilværelsens mørke og håbløshed. Det var skræmmende og trøstesløst. Livet var en dårlig spøg, et kynisk melodrama, tænkte hun, som en eller anden bitter og mislykket tv-dramatiker havde rodet sammen i en beruset ulvetime for at få hævn over sin egen fiasko. Ja, akkurat sådan en gud kunne hun faktisk tro på. En forgræmmet klovn, der havde ment hele skabelsen som en farce, og som lo hånligt og sort ad den.

Hun havde ikke arbejdet i over et år nu. Måske havde det med Kelvin at gøre. Han var ikke som andre børn; det var en sandhed, som hun havde skudt fra sig længe, men som det snart ikke kunne lade sig gøre at holde væk længere. Han var ikke begyndt at gå før i toårsalderen og nu, omkring et halvt år efter, talte han stadigvæk ikke – ikke ud over nogle enkelte, løsrevne og ubegribelige ord, der kunne vælte ud af ham på de mest uventede tidspunkter. Han legede ikke med andre børn, ikke engang med Emma og Julius og Kasper, som han var sammen med hver dag hos dagplejemoderen, tre huse længere nede af Musseronvägen. Han legede knap nok selv. Kunne bygge lidt med Lego eller male med fingermaling, men han var betydeligt gladere for at ødelægge end for at bygge op – og oftest, næsten hele tiden, sad han bare og stirrede tomt frem for sig, mens hans fingre bevægede sig mekanisk og planløst. Som om han rugede over et eller andet, plejede hun at tænke, som om der var en eller anden sort hemmelighed, som han bar på, men ikke rigtigt kunne få fat i. Lidt ligesom hende selv, slog det hende. Sådan har vi det, jeg og min søn.

Og så sov han. Kelvin kunne sove fjorten-femten timer i døgnet, og det var ikke normalt.

Måske ville hun alligevel have kunnet elske ham. Kelvin gjorde ingen fortræd, og hvis bare ikke alt andet var blevet forvandlet til ruiner og aske, ville hun have været tilfreds med hans stilfærdige væsen. Hvis det bare havde været hende og ham.

Måske.

Men hun var ikke optaget af ham. Det, der optog hende mest i disse mørke dage i midten af november, var muligheden for at gribe fat i den der stribe af eufori igen.

Muligheden for at slå Jakob ihjel.

I det mindste muligheden for at tro det. Tænke på det som en reel mulighed. Indtil videre var det tilstrækkeligt. For et sted hen ad vejen, på et eller andet tidspunkt, en af de tunge novemberformiddage, havde tankerne fået en slags tydelighed. En skarphed, hvor hun kunne overbevise sig selv om, at det faktisk var muligt. Den lysstribe, som kløvede mørket, slukkedes ganske vist, men hun kunne huske den. Og vidste, at det var nøjagtig det skridt, hun var nødt til at tage. Før eller siden, hvis hun ellers kunne klare det.

Slå ihjel.

For der var ingen dokumenter, havde hun besluttet sig for. Jakob havde ikke efterladt noget hos nogen advokat eller noget andet sted. Hvis han døde, ville ingenting dukke frem i lyset og afsløre baggrunden for Henriks tragiske endeligt. Han ville ikke udpege sig selv som morder, end ikke efter sin død. End ikke for at hævne sig på hende.

Hun vidste ikke med sikkerhed, om dette ræsonnement virkelig holdt vand, men hun besluttede sig alligevel for at holde fast i det. Hvis hun skulle kunne orke at bevæge sig fremad på nogen måde, så var hun nødt til at tænke sådan.

Slå ham ihjel.

Men hvordan?

Og hvornår?

Og hvordan slippe for mistanken? Mistanker både mod hende selv og mistanker, der koblede Jakobs død sammen med tildragelserne i Kymlinge? Hvis han døde og alting kom frem, så var slaget jo tabt alligevel.

Jakobs død var den eneste vej, men hvordan skulle hun betræde den uden at snuble?

I dage og nætter grublede hun over dette problem og syntes ikke, at hun kom en centimeter nærmere til en løsning, men så åbnede der sig – indbildte hun sig i det mindste – en mulighed.

Eller måske var det bare indbildning. Måske havde det bare noget med afstand at gøre. Med det at skubbe ting fra sig og tro, at alt var lettere at udføre et andet sted. Glemme, at man altid, uanset hvor man befinder sig, må slæbe omkring på sig selv – på sit eget nærvær og sin egen tvivlrådighed.

Thailand. Det var Jakob, som kom med ideen. To uger i december. Bare ham og hende: Kelvin hos dagplejemoderen, det havde fungeret før; drengen var jo ikke til besvær, og hun havde altid brug for de penge, de betalte.

Hun havde ikke sagt ja, men heller ikke nej, og næste dag havde han bestilt rejsen, to nætter i Bangkok, tolv nætter på øerne ud for Krabi. Der var gået et år siden tsunamien, det kunne blive interessant at se, hvor langt de var kommet med genopbygningen, mente Jakob. Han havde ikke været i Thailand i tolv år, Kristina havde to uger i Phuket i bagagen; i 1996 eller muligvis 1997.

Afrejse den 5. december under alle omstændigheder, hjemkomst den 20. Og allerede samme aften så hun muligheden.

Svenske turister var forsvundet før i Thailand. Ikke bare i forbindelse med flodbølgen. Hun havde læst om det i aviserne, og det var ikke svært at se for sig, hvordan hun grædende sad og fortalte til en lokal politimand med meget dårlige engelskkundskaber, om hvordan hendes mand *had gone missing*. At hun ikke havde set ham i et døgn, og at hun var bange for, at der var sket ham et eller andet.

Hun så – meget tydeligt – for sit indre øje, hvordan de hjælpeløse, men venlige thaier ikke havde held til at bringe klarhed i noget som helst, og hvordan hun grædende steg om bord på en flyver hjem til Sverige fem dage før planlagt. Hvordan sensationspressen derhjemme brugte en overskrift eller to på sagen, ikke mere. Hvordan rystede venner ringede og kondolerede.

Hvad hun havde brug for?

En kniv og en spade, tænkte hun. Begge dele kunne sikkert indkøbes hvor som helst i Thailand, og jorden i junglen var uden tvivl blød og nem at grave i, det var hun overbevist om.

Hun kunne også se selve handlingen. Knivstikket i ryggen under deres natlige vandretur, måske skulle hun lokke ham med et samleje under palmerne ... hans stønnen, hans forundrede (forhåbentlig skrækslagne) blik og blodet, der gurglede ud af ham; endnu et par stik, derefter en times gravearbejde og endelig et rensende bad i havet.

Så enkelt. Så befriende.

Da Leif Grundt arrangerede en erhvervspraktikplads til Kristoffer i en Brugs i Uppsala, syntes han selv, det var en meget god ide. Praktikugen lå omkring månedsskiftet november-december, og hvis der var noget, knægten havde brug for, så var det at slippe hjemmefra for en tid. Det havde både klasselæreren og vejlederen været enige i. Kristoffer også på sin sædvanlige, lidt tilbagelænede måde.

Men da han havde sat drengen på toget, lørdag den 27. november – og selv sat sig ind i bilen for at køre hjem til Stockrosvägen – følte han pludselig en klump i halsen. Det var sent på eftermiddagen. Med en smudsig skumring og en tynd, drivende regn. Huset ville være helt tomt. Ingen Kristoffer. Ingen Henrik. Ikke engang Ebba; hans kone havde – på den skæggede terapeuts opfordring – besluttet sig for ikke at forlade Vassrogga de to sidste weekender af opholdet. Tilsyneladende mente man, at hun fik det dårligere af at være hjemme. Leif Grundt forstod ikke meget af, hvad man lavede på Vassrogga, men på en eller anden dunkel måde følte han alligevel, at man havde ret i det med weekenderne. Ebba havde hidtil ikke vist nogen glæde, når hun vendte tilbage til ham og Kristoffer fredag aften, og når han kørte hende tilbage søndag eftermiddag, tøvede hun ikke det mindste ved at lade dem alene igen. Tværtimod. Selvom hun hverken gav udtryk for det ene eller det andet, så var der tegn på, at hun havde det godt med at skulle tilbage igen.

I hvert fald mente Leif Grundt, at han kunne se den slags tegn.

Måske ville tre ugers total adskillelse få hende på bedre tanker? Måske var tyve dage uden sin plagede familie det, der skulle til for, at et eller andet blev rusket igennem og sat på plads inden i Ebba Hermansson Grundt?

Men antagelig ikke. Leif Grundt gjorde sig ingen illusioner. De seneste dage var det broderi, som hans egen farmor havde haft over sin seng på plejehjemmet – og som han havde siddet og stavet sig igennem, da han var omkring fem – dukket op i hans hoved med stadigt kortere mellemrum.

Enhver dag har nok i sin egen plage.

Kloge ord at hælde sit hoved til i nødens stund, tænkte Leif Grundt. Omend ikke specielt optimistiske.

Men uanset hvad, så var situationen nu, som den var. Han skulle være alene hjemme i en hel uge. Mens han kørte ad de velkendte gader op mod Hemmanshöjd og igennem en tiltagende, grå regn, forsøgte han at erindre, hvornår noget sådant sidst var sket.

Det var i hvert fald længe siden, nåede han frem til. Utroligt længe siden. Og helt alene på Stockrosvägen havde han aldrig været, det vidste han med sikkerhed. Nogle timer måske, en enkelt eftermiddag, men en hel uge? Aldrig.

Derfor klumpen i halsen. Det var naturligvis ikke så sært. Leif Grundt havde altid haft det svært med mennesker, der betragtede sig selv som ofre. Som bebrejdede omstændighederne og gav sig selv ret til at være bitre. Men lige nu følte han, at han selv var snublende nær; det var ikke let at finde en optimistisk indgangsvinkel, når man så nærmere på tingenes tilstand. Han var *ramt.* Ingen tvivl om den sag. Hans familie lå i ruiner; det var begyndt med Henriks forsvinden, og siden var det bare fortsat. Knap et år var gået, og Leif Grundt havde ganske enkelt aldrig kunnet forestille sig, at noget som der her kunne ske – at det havde ligget inden for det muliges rammer. Nogle gange kunne han ikke lade være med at spørge sig selv om, hvordan det ville se ud om yderligere et år, hvis det fortsatte på den her måde. Hvordan ville det stå til med familien Grundt til december næste år? Og året efter?

Samtidig havde han dårlig samvittighed. Han kunne ikke rigtigt forstå hvorfor; det var jo ikke hans skyld, at Henrik var forsvundet, vel? Eller at hans kone var ved at blive tosset. Eller at Kristoffer var ude på et skråplan.

Og alligevel sad den der altså. Tornen i hans samvittighed. Måske var det bare, som biskop Tutu havde sagt, eller hvem det nu var.

De der orker, skylder at blive ved med at orke.

Men hvis man nu ikke orkede mere?

Han parkerede bilen i indkørslen som sædvanlig. Som han havde gjort det tusinde gange før. Steg ud og skyndte sig de få skridt op til fordøren; tænkte, at han i det mindste burde have ladet lyset være tændt for at maskere tomheden. *Maskere tomheden*? Hvor fik han den slags udtryk fra? Der var også noget med hans egne tanker, med de ord, som dukkede op i hovedet på ham. De virkede, som om de stammede fra et hemmeligt forråd inden i ham, som han aldrig før havde skuet ind i. Aldrig før havde behøvet at skue ind i.

Men han havde ikke tændt lyset. Det gjorde han så i stedet nu, gik rundt i overetagen og stueetagen og tændte lys overalt; derefter tog han telefonen og ringede til Berit i Uppsala for at meddele, at Kristoffer var kommet af sted som planlagt.

Det var hos Berit, at knægten skulle bo i sin erhvervspraktik. Leif Grundt havde ingen søskende, men han havde to nærtstående slægtninge – kusine Berit i Uppsala og fætteren, hendes tvillingebror Jörgen i Kristianstad. Henrik havde også tilbragt et par uger hos Berit sidste efterår, før han fik fat i sit kollegieværelse på

Triangeln. Hun var fraskilt, men boede stadigvæk i et alt for stort hus ude i Bergsbrunna sammen med en tiårig datter. Og det var selvindlysende, at Kristoffer blev modtaget på samme måde som Henrik for godt og vel et år siden.

Hvordan har han det egentlig, havde hun spurgt, og Leif Grundt havde ikke vidst, hvad han skulle svare.

Efter samtalen sank han ned ved spisebordet i køkkenet og tænkte over, hvordan han skulle få lørdag aften til at gå. Og hele søndagen.

Og på hvordan han skulle håndtere den der gnavende følelse af forsømmelighed. Af at han forsømte sin kone og sin søn.

Jeg burde ikke have sendt ham væk, tænkte han pludselig. Jeg gjorde det bare for at få fred i en uge. Hvis jeg havde været en god far, havde jeg ikke skubbet problemerne fra mig på den måde.

Men jeg er så træt. Jeg er træt indtil døden.

Han så på uret. Klokken var tyve minutter i fem. Så støttede han hovedet i hænderne og begyndte at græde.

35

Kristina tog tunnelbanen til Fridhemsplan og spadserede det sidste stykke vej tilbage til Inedalsgatan. Det var søndag eftermiddag. Eller domssøndag – den sidste søndag i kirkeåret. Om tre dage ville det være den 1. december, og den 1. december skulle Roberts lejlighed være ryddet. Det var hun blevet enig med udlejeren om – eller rettere sagt med lejlighedens egentlige indehaver. Erik Renstierna.

Hun havde udskudt det to gange. Havde lovet at tømme lejligheden først den 1. oktober og så den 1. november, men det var ikke blevet til noget. Jakob havde vist en vis forståelse – eller i det mindste ligegyldighed – den første gang. Anden gang var han blevet vred.

"Er det meningen, at vi skal betale for ham Afrivnings-Tarzans tilholdssted resten af vores liv?" havde han sagt.

Men nu havde hun i hvert fald ordnet sagen. I morgen mandag kom et flyttefirma og pakkede hendes brors ejendele sammen og opmagasinerede dem hos et firma, der hed Shurgard Opmagasinering. I overmorgen kom to uddannede rengøringsfolk. Hvis det forholdt sig sådan, at hun ville gennemgå noget eller finde sig et minde, så var det sidste chance i dag. Ved boopgørelsen efter Robert var man blevet enige om dette scenario. Datteren Lena-Sofie havde ingen umiddelbare ønsker – hverken fra sig selv eller sin mor – og de andre mulige arvinger, forældrene Rosemarie og Karl-Erik, havde udvist samme mangel på interesse, så advokat Brundin havde nøjedes med at dele Roberts økonomiske efterladenskaber – cirka fire tusind kroner – i to lige store dele (efter først at have taget sit eget honorar på tre tusind seks hundrede) og fordelt dem mellem pligtarvingerne.

Og Kristina havde altså som nævnt påtaget sig at sørge for, at lejligheden blev tømt.

Robert var allerede blevet parteret en gang. På en eller anden måde ville det have føltes svært også at partere hans lejlighed.

Der lå en stor bunke reklamer i entreen. Lejligheden lugtede indelukket. Hun havde aldrig sat sin fod der tidligere, til trods for at Robert havde boet der i halvandet år, og hun selv boede i samme by. Det var uundgåeligt, at en følelse af skam sneg sig ind over hende, da hun tænkte på det, og hun gjorde sit bedste for at bide hovedet af den. Gik rundt en tid og tændte for alle de lamper, hun kunne finde. To små værelser og et lillebitte køkken, det var det hele. Det havde stået urørt – hvis man ellers så bort fra et par besøg af politiet – i elleve måneder; hun besluttede sig for ikke at åbne døren til køleskabet.

Den triste stemning var insisterende, det var, som hun havde forventet sig. Billige møbler, forrevne kunstplakater på væggene, intet af værdi. Der var naturligvis grunde til, at hun ikke havde været på besøg, mens han var i live, tænkte hun. Gode grunde. Hun havde været glad for sin bror, adskilligt mere end de fleste, men det betød jo ikke, at hun havde lyst til at være en del af hans tilværelse. *Havde haft lyst*; hun havde ikke set ham som levende i lang tid, men lige nu gjorde hun det faktisk. Pludselig var det svært at fatte, at han var død. At han havde været det i næsten et år. Robert, den dumme knægt.

Hvad laver jeg her, tænkte hun og bed sig i læben for ikke at begynde at græde. Hvad er det for et meningsløst ritual, jeg gennemfører, ved at trampe rundt i den her elendighed? Pligt? Næppe. Robert havde aldrig været noget pligtmenneske; tværtimod. Hun heller ikke. Brænd lortet, Kristina, ville han formodentlig have sagt, hvis hun havde spurgt ham. Lad være med at rode rundt i den lortedynge, du bliver bare beskidt!

Der var en næsten velordnet bogreol i dagligstuen i det mindste. Robert havde læst en del, måske skulle hun tage nogle bøger med sig? På den anden side – hvorfor? Hvad skulle ideen være i det? Hun vendte blikket mod skrivebordet. Det var stort og fyldt af rod, men længst ude til højre, ved siden af computeren, lå der to bundter papirer, den ene med bagsiden opad. Kunne det være ...? Pludselig kom hun i tanke om, at Robert havde talt om en roman. Det kunne vel ikke forholde sig sådan, at ...? Hun vendte den stak, der lå med bagsiden opad. Lagde de to stakke sammen og kiggede på forsiden.

Menneske uden hund, stod der.

Roman af Robert Hermansson.

Naturligvis, tænkte hun, og noget, der lignede glæde, dukkede op inden i hende. Han sagde jo, at han var i gang med at arbejde med den. Dengang i julen. Dengang havde han faktisk fortalt det.

Her, mumlede hun, mens hun forsigtigt glattede kanten på den tykke papirbunke, her er din sjæl, Robert. Her har du lagt den, så jeg kunne hente den. Tak skal du have, nu ved jeg, hvorfor jeg kom herind.

Hun stoppede manuskriptet ned i den skuldertaske, hun havde haft med, blev stående et øjeblik og overvejede, om hun virkelig ikke behøvede at lede mere. Om der ikke krævedes mere af hende end denne simple handling? *Menneske uden hund*? Hendes brors åndelige testamente; som hun skulle tage sig af og forvalte for eftertiden? Mærkeligt, mildt sagt mærkeligt, sådan føltes det.

Og mens hun stod der, i sin brors rodede, triste dagligstue med hans efterladte roman i tasken, ringede hendes mobiltelefon i jakkelommen ude i entreen. Hun tøvede et sekund og besluttede sig så for at svare.

Det var Kristoffer.

Hendes søstersøn Kristoffer Grundt.

"Hej Kristoffer," sagde hun forundret. "Hvor er det dejligt, at du ringer. Hvad har du på hjerte?"

"Hej," sagde Kristoffer. "Jo, der var en ting, som jeg ville spørge dig om."

"Ja så? Og hvad var så det da?"

"Det der med den nat."

"Hvilken nat?"

"Den nat Henrik forsvandt."

Noget skete inden i hendes hoved. En tone begyndte at klinge, skarpt og stædigt. Som lyden fra en fjern rundsav var det, hun spekulerede over hvorfor. Hun havde sikkert ikke hørt lyden af en sav i tyve år.

"Ja?"

"Der er en, som påstår, at din mand kom tilbage."

"Hvad?"

"Portieren på hotellet i Kymlinge. Han siger, at din mand kom tilbage midt om natten. Jeg tænkte bare, at jeg godt ville snakke med dig om det."

Antagelig mistede hun bevidstheden nogle sekunder, men hun faldt ikke. Følte bare, hvordan synsfeltet skrumpede ind, og hvordan hun hurtigt blev suget ind i en lang, mørk tunnel. Og så ud i lyset i den anden ende. Savklingen forsvandt.

"Hallo?"

"Ja, jeg er her stadig ..."

Er jeg? tænkte hun forvirret. Er jeg her virkelig stadigvæk?

"Det var bare det," fortsatte Kristoffer og hostede lidt nervøst ned i røret. "Jeg tænkte, at jeg da i det mindste kunne spørge."

Blodet kom rullende tilbage i tindingerne, hun kunne faktisk høre det. "Jeg forstår," sagde hun. "Du ringer altså fra Sundsvall?"

"Nej," sagde Kristoffer. "Jeg er i Uppsala. Er på erhvervspraktik hernede i den her uge, så jeg bor hos Berit, min fars kusine ..."

"I Uppsala?"

"Ja."

Hun trak vejret dybt. "Kristoffer, tror du ... tror du, at vi kunne mødes, du og jeg? En gang i løbet af ugen. Du kunne tage toget til Stockholm en aften, eller jeg kunne ..."

"Jeg kommer," sagde Kristoffer.

"Godt. Så kan vi gå ud at spise og snakke lidt. Okay?"

"Okay," sagde Kristoffer. "Hvornår?"

Hun tænkte efter. "Tirsdag?"

"Tirsdag," sagde Kristoffer. "Skal jeg ringe til dig, når jeg kender tidspunktet ... altså hvornår jeg er færdig med arbejdet og sådan?"

"Gør du det. Så tager jeg imod dig på banegården."

"Tak. Jamen, så hej da," sagde Kristoffer.

"Hej."

Hun sank ned på tæppet i sin døde brors entre, og det føltes, som om hun vejede et ton. Et helt minut var hendes bevidsthed lige så tom som en slukket computerskærm. Hvorfor sker det her lige netop nu, tænkte hun så. Syv dage før Thailand.

På dommens søndag?

Som om den hævngerrige og styrende klovnegud pludselig var vågnet op til dåd og havde besluttet sig for at trække i endnu et par tråde.

Der var en gammel regel. Gunnar Barbarotti kunne ikke huske, hvornår han var stødt på den første gang, men det spillede heller ingen rolle.

Det du ikke kan holde op med at spekulere på, må du tage dig af.

Sådan var det naturligvis. Hvis det ikke krævede alt for store anstrengelser, plejede han som regel at tillempe princippet. Om ikke andet så for sin sjælefreds skyld.

Visse ting kostede helt sikkert for meget. Der var masser af foreteelser, som Gunnar Barbarotti gerne gik og grublede over, men virkelig at tage hånd om dem ville have indebåret alt for voldsomme indsatser.

Kærlighedens væsen for eksempel.

Eller Palmemordet.

Eller begrebet demokrati. Var det virkelig rimeligt, at folk, der lod sig trække rundt ved næsen af den ene idiotiske reklamekampagne efter den anden, skulle afgøre et lands skæbne? Folk, der valgte præsidenter efter deres øjenfarve, eller rigsdagsmedlemmer efter, om de kunne komme med et hurtigt svar.

Nej, gode spørgsmål måske, men ikke besværet værd at gruble over. Det kunne hvem som helst regne ud, til og med han. Det drejede sig om at erkende sine begrænsninger.

Men det drejede sig også om at tage vare på sine muligheder. Forvalte sit pund. Det var med det som i den gamle bøn om sindsro. Gunnar Barbarotti havde aldrig været med i AA, men han havde to venner, som havde.

Som stadigvæk var det, så vidt han vidste, men ingen af dem boede i Kymlinge længere, og han havde ingen kontakt med nogen af dem.

Gud, giv mig sindsro til at acceptere de ting jeg ikke kan ændre,
mod til at ændre de ting jeg kan,
og visdom til at se forskellen.

En rigtig tipointsting egentlig, når han tænkte nærmere efter, og da han ikke havde besværet Vorherre med nogen eksistensbønner i snart tre uger, så gjorde han det nu.

Oh Herre, gør mig vis som en tørlagt alkoholiker, bad han. Giv mig forstand til afgøre, om det giver mening at blive ved med at luske rundt om den satans Jakob Willnius eller ej.

Han kunne godt se, at der var en vis uklarhed i begge disse to, simple formuleringer, men det var søndag aften, og han var træt. Rigtigt træt; det skyldtes formodentlig, at han havde løbet syv kilometer om eftermiddagen, og at det ikke var blevet til meget med træningen den seneste tid. For at gøre betingelserne lidt tydeligere tilføjede han derfor:

Hør lige her, gode Gud. Hvis jeg virkelig beslutter mig for at følge op på ekskonens infame påstande – så får Du tre points, hvis det fører til noget, mens Du taber to, hvis det ender i ingenting. Okay?

Vorherre svarede ikke, til trods for at han aktuelt lå ikke mindre end elleve points over grænsen, men selvsikre ledere var før i historien blevet udsat for hybris og havde lukket ned, det var ingen nyhed. Der lå ingen specielt kompliceret psykologi bag den slags fiaskoer.

Tænkte vicekriminalkommissær Barbarotti, slukkede sengelampen og vendte sin pude.

36

Hverken mandag eller tirsdag følte Kristoffer Grundt sig rigtigt virkelig.

Eller også var det alting omkring ham, som var uvirkeligt. Fremmed. Om morgenen vågnede han op i et stort, lyst rum med et klaver, et elsdyrhoved og nogle sære, grønne planter. Efter morgenmaden sammen med Berit og Ingegerd (hvordan pokker kunne nogen finde på at døbe et barn Ingegerd?) tog han bussen ind til Uppsalas centrum. Steg af ved rutebilstationen, tændte en cigaret og krydsede en voldsomt trafikeret gade. Skoddede cigaretten, skråede gennem et indkøbscenter og kom ind i endnu et. Her lå Brugsen, hans arbejdsplads. Han startede med at tage en grøn jakke på og flytte rundt på nogle frysevarer. Derefter drejede det sig om kølevarer. Og endelig tog han sig af konserves frem til frokost. Til frokost gik han ud i centeret og spiste en bøtte thaimad; derefter gik han rundt i byen en tid, røg og kiggede på folk, han ikke genkendte. Klokken et vendte han tilbage til butikken, tog den grønne jakke på og flyttede rundt på varerne frem til klokken fem. Bussen ud til Bergsbrunna gik et kvarter over.

En tanke om, at han lige så godt kunne være et helt andet individ, gnavede i ham. Et andet menneske. Ingen ville have mærket forskel. Formodentlig ikke engang Berit og Ingegerd. De havde ikke set ham i flere år og ville sikkert have accepteret hvem som helst, som kom og påstod, at han hed Kristoffer Grundt.

Men tirsdag eftermiddag tog han ikke bussen tilbage til Bergsbrunna. Han steg på pendultoget til Stockholm i stedet – og det føltes endnu mere uvirkeligt. Mens han sad og gloede ud gennem det beskidte vindue mod det mørke landskab, som fór forbi (bemærkelsesværdigt lidt bebyggelse til trods for at man var på vej til Stockholm, syntes han, der så ud ligesom i Norrland), ønskede han, at Henrik ville dukke op i hovedet på ham. Tale til ham og give ham et eller andet ord med på vejen. Det var der brug for; ikke fordi Henrik havde ret meget med virkeligheden at gøre mere, men alligevel ville det have føltes rart. Der var et eller andet med Henriks stemme - Henriks stemme i hans *indbildning* - som havde en beroligende virkning på ham. Men lige nu kunne det ikke lade sig gøre at fremkalde den. Det hjalp heller ikke, at han lukkede øjnene og koncentrerede sig så meget, som han kunne. Henrik var væk, som han havde været det de to sidste uger. Var han ved at forsvinde for alvor? Det sved inden i Kristoffer, da han tænkte den tanke; han gav op og forsøgte i stedet at koncentrere sig om fremtiden. Den meget konkrete, meget nærliggende fremtid.

At skulle ud for at spise middag med moster Kristina i Stockholm! Hvorfor? Hvorfor havde hun foreslået, at de skulle mødes på den måde? Det var en smule svært at begribe, som den gamle nabo-Månsson på Stockrosvägen ville have sagt. Kristoffer havde aldrig været alene med Kristina før. Hvis hun ville snakke med ham om Henrik og Robert og alt det der - nu da han alligevel opholdt sig i nærheden i Uppsala - havde det vel været mere naturligt, hvis hun havde inviteret ham hjem til sig? Til Musseronvägen ude i Enskede. Han havde været på besøg der sammen med sin far og Henrik for et par år siden og kunne huske, hvordan der så ud. Hans mor var blevet forhindret i sidste øjeblik; det var vel noget med en operation, det plejede det at være. Dengang.

Men nu ville Kristina altså tage imod ham på banegården. Derefter skulle de gå hen til en eller anden restaurant, og bagefter skulle de sidde og snakke.

Hvad i alverden skulle de snakke om?

Hvad kunne Kristina få ud af at sidde på en restaurant sammen med en uplejet, forsagt femtenårig?

Og alt sammen ... alt sammen var sket, fordi han havde fortalt, hvad ham natportieren Olle Rimborg havde sagt. Var det ikke rigtigt?

Jo, det var det faktisk. De havde ikke talt i telefon med hinanden mere end et minut, han og Kristina. Lige så snart han havde nævnt Olle Rimborgs iagttagelse, så havde Kristina foreslået, at de skulle mødes. Hvis han havde ringet og snakket med hende om noget andet (hvad det så ellers skulle være), ville hun sikkert ikke være kommet med sådan et forslag, det var han af en eller anden grund ret sikker på.

Hvad er det, jeg bilder mig ind, tænkte Kristoffer Grundt.

Hvad er det, jeg bilder mig ind?

Og han vidste, at den stemning af uvirkelighed, der lå omkring ham som en mørk sky, måske havde lidt at gøre med både Uppsala og Brugsen og Berit og Ingegerd – men endnu mere med de tænkelige svar på akkurat det spørgsmål.

Han havde glemt, at hun var gravid.

Eller også havde han ikke vidst det. Ved begravelsen i august kunne man endnu ikke se noget, og han kunne ikke mindes, at hverken hans mor eller hans far havde sagt noget om det.

Men antagelig kunne han bare ikke huske det. Uanset hvad så havde hun i hvert fald en ordentlig mave på nu. Først kunne han næsten ikke genkende hende, men det skyldtes nu ikke maven. Hun var iført en rød duffelcoat og en rød baskerhue, og der var noget nyt med hendes hår.

"Kristoffer."

Der var også noget med hendes ansigt. Hun så ... hun så ældre ud. Eller slidt på en eller anden måde.

"Hej," sagde han og rakte hånden frem. Hun ignorerede det og gav ham et knus i stedet for.

"Rart at se dig, Kristoffer."

Det lød ikke, som om hun mente det. Hvis hun mente noget om det her, så var det ikke, at det var rart.

"Jo ... tak ... i lige måde."

Han havde svært ved at få det sagt. Følte, hvordan ordene satte sig på tværs i halsen på ham, og at han var nødt til at brække dem løs et for et. Trist, at man ikke har lært at gå op i røg, tænkte han dystert. For så ville jeg gøre det nu.

Men så indså han, da han forsigtigt betragtede hende, at hun havde det endnu værre end han. Faktisk. Hvis Kristoffer syntes, at den her situation var pinlig, så var det intet imod, hvad Kristina oplevede. Der var en masse små, nervøse bevægelser i hendes ansigt, og hun blinkede med øjnene hele tiden. Skidt tilpas var et mildt udtryk.

Og hun sagde ingenting; efter at hun havde givet ham det knus, stod de som frosset fast på hvert sit sted og gloede på hinanden. Med en meters afstand. Det føltes frygtelig kunstigt, men det var hende, som havde det værst med det, helt sikkert.

"Hvordan går det?" sagde han helt automatisk.

Hun lavede nogle synkebevægelser. Derefter lagde hun hånden på hans arm.

"Kom, jeg ved et sted, hvor vi kan gå hen."

Hun sagde det ikke rigtigt. Stemmen var ikke til det. Det endte ikke som ret meget mere end en hvisken.

Restauranten hed Il Forno, og det tog bare et par minutter at gå derhen. Ingen af dem sagde et ord under den korte tur. Klokken var ikke mere end seks om aftenen, og de fik uden problemer en bås for sig selv længst inde i det store lokale. Kristoffer noterede sig, at det var et italiensk sted – der hang rød-hvid-grønne flag hist og her og en vimpel med Juventus' farver. Men ikke bare pizzaer, stedet virkede ikke specielt billigt.

"Vi bestiller først. Du er vel sulten?"

De bestilte maden, to lasagne, en mineralvand og en Cola; derefter undskyldte Kristina sig og gik på toilettet.

Hun var væk i mindst ti minutter, og i mellemtiden blev maden sat på bordet. "Undskyld," sagde hun, da hun vendte tilbage. "Undskyld mig, Kristoffer."

Han mumlede et eller andet som svar og betragtede hende stjålent. Hendes ansigt var rødt og opsvulmet. Hvad fanden er der galt med hende, tænkte han. Hun har siddet ude på lokumet og flæbet. Hun rømmede sig og trak vejret dybt. Så direkte på ham med blanke øjne.

"Kristoffer, jeg kan ikke klare det her mere."

"Nej ... nææ ...?" sagde han.

"Da du ringede ..."

"Ja?"

"Da du ringede i forgårs, føltes det, som om jeg blev skudt."

"Hvad?"

"Eller som om jeg vågnede op fra en ond drøm."

"Jeg forstår ikke rigtig ..."

"Nej, du forstår ikke. Men jeg har levet i et helvede i elleve måneder, Kristoffer. Jeg lever stadigvæk i det, men i går aftes gik det op for mig, at jeg ikke orker det mere."

Han svarede ikke. Forstod ikke, hvad hun talte om, og samtidig føltes det som om ... ja, han vidste ikke rigtig, hvad det føltes som, men pludselig syntes han, at alting lignede noget andet. Noget meget velkendt, som når ... som når en eller anden langt om længe giver en svaret på en gåde, og man indser, at man burde have været i stand til at finde det svar så let som ingenting.

Men ikke kun det øjeblik. Også øjeblikket lige *før*.

"Hvad taler du egentlig om?" sagde han.

Kristina rystede på hovedet og sad tavs nogle sekunder. Hun så ikke på ham. Stirrede ned på sin urørte lasagne i stedet og havde trukket skuldrene op, som om hun frøs.

Hun sad sådan en tid, helt urørlig, derefter rømmede hun sig og så ud, som om hun fandt nye kræfter. Lidt i hvert fald.

"Hvad var det, du ville spørge om, da du ringede i søndags?"

"Det var ... det sagde jeg jo," sagde Kristoffer.

"Så sig det en gang mere," bad Kristina.

"Okay. Det startede ved begravelsen af Robert ... dengang i august. Da vi kom ud fra kirken, snakkede mormor med mig om en, der hed Olle Rimborg ... og om noget, som han havde sagt til hende."

"Mormor?"

"Ja. Olle Rimborg arbejder på hotellet i Kymlinge, og han havde sagt til mormor, at din mand ... altså Jakob ... at han kom tilbage til hotellet midt om natten ... den nat hvor Henrik forsvandt."

Han holdt en pause, men Kristina gav tegn til ham om at fortsætte.

"Jeg tænkte ikke så meget over det, og jeg ved virkelig ikke, hvorfor mormor snakkede med mig om det. Hun var jo lidt rundt på gulvet ... nej, jeg var ligeglad med det, men så for cirka en uge siden så jeg en film i fjernsynet ..."

"En film?"

"Ja, og så dukkede Olle Rimborgs navn op på ... hvad hedder det ... rulleteksterne, ikke? Og så huskede jeg det. Så ringede jeg til ham Olle Rimborg. Det var ... det var bare et indfald i virkeligheden."

"Og?" sagde Kristina, og til trods for, at det kun var et lille ord, så knækkede hendes stemme over igen.

"Og så sagde han, at det var rigtigt. At din mand kom tilbage til hotellet klokken tre, og at han havde spekuleret over hvorfor ..."

"Ja?" hviskede Kristina.

"Det var bare det. Plus at jeg nu også begyndte at spekulere over det."

"Over hvorfor Jakob vendte tilbage til hotellet klokken tre om natten?"

"Ja."

Kristina skubbede sin tallerken væk og foldede hænderne foran sig på bordet. Der gik fem tavse sekunder.

"Hvorfor?" sagde hun så.

"Hvad?" sagde Kristoffer.

"Hvorfor har du gået og spekuleret over det her, Kristoffer?"

"Jeg ... det ved jeg ikke."

"Jo, Kristoffer, det tror jeg faktisk, at du ved."

Han følte, hvordan blodet skød op i hovedet på ham. Og hvordan det dunkede i tindingerne.

"Jeg har ikke så meget at tænke på for tiden," sagde han. "Og det bed sig ligesom fast. Og det var jo ..."

"Ja?"

"Det var jo den nat, Henrik forsvandt."

"Fortsæt."

"Jeg tænkte, at der måske ... måske var en sammenhæng."

Ved de sidste fire ord var det pludselig hans stemme, som ikke kunne bære. *Måske var en sammenhæng*, hvæsede han frem, og i samme øjeblik han gjorde det, vidste han, at det var sandt. Det var svaret på gåden. Det var den frygtelige løsning, som fra det ene øjeblik til det næste stod og buldrede på døren, og det var Kristina, som stod og holdt fast i dørhåndtaget på indersiden, og nu åbnede hun ... nej, det var et sært billede, det var jo Kristina selv, som kendte sandheden, det kunne han se på hende nu, hvor hun stirrede på ham med et blik, der var totalt fyldt af ... ja, han vidste ikke helt hvad, ikke andet end at det var noget frygtelig modbydeligt og nøgent og ubeskyttet, og nu, lige nu i dette håbløst uigenkaldelige sekund lænede hun sig frem imod ham over bordet, og hendes fortvivlede øjne svævede bare femten-tyve centimeter foran hans, og nu ... nu sagde hun det, som han pludselig forstod, at han allerede vidste. Nej, hun *sagde* det ikke, hun *hviskede*, for der var heller ingen stemme tilbage i hende.

"Kristoffer, det var Jakob, som slog din bror ihjel."

Der gik tid. Lang eller kort, han vidste det ikke. Hun bevægede sig ikke, han bevægede sig ikke. Et selskab med to kvinder og to mænd kom ind i restauranten og satte sig ved et bord i nærheden – men det var et bord i en anden verden, og menneskene tilhørte også en anden og meget fremmed verden. Under glaskuplen var der bare ham og Kristina, hans moster, der havde slået virkeligheden itu med sit hviskende, ubønhørlige skriftemål ... ja, akkurat den slags sære ord og billeder flagrede forbi i hovedet på ham og forsøgte at gøre sig begribelige, som ukendte trækfugle på afveje. *Glaskuppel? Skriftemål?*

Trækfugle?

Og spørgsmål. På samme måde som ordene havde siddet fast i ham for en time siden, satte spørgsmålene sig nu fast – de var som en anden slags fremmede, urolige fugle – og med et kunne han mærke åndenøden og samtidig noget, der tikkede inde i brystet, noget der truede med at sprænge ham i stykker indefra, hvis han ikke slap ud af den lammelse, som hastigt voksede under glaskuglen. Til sidst dukkede det mest naturlige af alle spørgsmål frem.

"Hvorfor?"

Hun stirrede på ham.

"Fordi ..."

Hun stoppede op. Søgte antagelig hans blik for at få en slags bekræftelse. En bekræftelse på, at han var ... gammel nok. Ja, akkurat sådan føltes hendes grønne øjne i ham; hun ledte efter et tegn på, at det var muligt for ham at forstå. Og han forstod, at han var nødt til at leve op til det; hvad andet kunne han gøre? Han måtte svare på hendes uudtalte spørgsmål. Jeg er parat, forsøgte han at sige uden at tale. Fortæl mig nu, hvad der skete, Kristina.

Hun trak vejret dybt, lod luften sive ud i en tynd, langsom strøm og helt hen imod slutningen af den strøm, lige før luften slap op, kom det.

"Fordi han overraskede os, Kristoffer."

"Hvad?"

"Mig og Henrik."

"Dig og ...?"

"Ja. Jakob kom tilbage og fandt mig og din bror i seng sammen."

Da det var sagt, var han ude af stand til at afgøre, om han havde anet det eller ej. Måske havde han båret gådens løsning inden i sig i en slags boble, som bare lå der – som bare havde ligget der – og ventet på at briste. I hvert fald var det ikke forundring, han følte, nej snarere ... bekræftelse? Var det ikke sådan? Havde han egentlig ikke, i et mørkt hjørne af sin håbløse hjerne, vidst det?

Nej, tænkte han. End ikke i min vildeste fantasi kunne jeg vel ...

Men det var bare fremmede ordfugle igen. Kristina afbrød deres ukontrollerede flugt ved at læne sig endnu længere frem imod ham over bordet. Ved at gribe fat i begge hans hænder.

"Jeg føler så stor en skyld, Kristoffer. Jeg er ikke værdig til at leve videre. Alligevel har jeg levet med det i næsten et år. Jeg beder ikke om forladelse eller forståelse, det er min skyld, at Henrik døde, jeg har ... jeg har alle jeres liv på min samvittighed. Det er mig, der er årsagen til al jeres sorg. Hvis du vil vide, hvor fortvivlet et menneske kan blive, så skal du kigge på mig, Kristoffer."

Han kiggede på hende og forstod, at det var sådan, det var.

"Jeg har jo ikke kunnet fortælle om det. Ebba ... din mor ... ville ikke kunne klare det. Jeg ved heller ikke, om du kan, Kristoffer, men da du ringede og spurgte, så ... jeg havde troet, at den bedste løsning ... den eneste løsning ... var, at ingen fik noget at vide om, hvad der skete. Det er ikke fejhed, Kristoffer; tænk efter, det har været af hensyn til ... til jer alle sammen. Jeg har ... jeg har haft det så frygteligt dårligt."

Hun slap hans hænder og faldt sammen over bordet, men næsten med det samme rettede hun sig op igen. "Tilgiv mig, Kristoffer, jeg opfører mig så ynkeligt."

"Nej," sagde Kristoffer. "Du opfører dig ikke ynkeligt."

Han vidste ikke, om han mente det. Lige med ét så han det tydeligt foran sig, et frygtelig stærkt billede: Kristina og Henrik, der boller vildt i en fremmed seng på et hotelværelse, og så døren der åbnes, og der står Jakob, det er akkurat som i en film, hvor det elskende par afsløres af den skinsyge, gale mand, der kommer uventet hjem.

"Hvordan?" spurgte han. "Hvordan slog han Henrik ihjel?"

Hun så på ham igen med det der undersøgende blik. Der gik tre sekunder.

"Med sine bare hænder, Kristoffer. Med sine bare hænder."

Kristoffer stirrede på hende. Følte, hvordan en bølge af kvalme steg op i ham. "Fy for satan," sagde han.

"Ja," sagde Kristina. "Jeg ville ofre mit liv for, at det aldrig var sket. Jeg håber, du forstår det, Kristoffer. Hvis jeg kunne give mit eget liv i bytte for Henriks, så ville jeg gøre det uden at tøve et sekund. Men det føles, som om ... som om jeg er dømt til at leve. Jeg ved ikke, om du kan forstå det."

"Hvorfor lever du stadigvæk sammen med ham? Med Jakob mener jeg ..."

"Fordi han tvinger mig til det."

"Tvinger dig?"

"Ja."

"Det forstår jeg ikke."

"Han dræbte Henrik, men alligevel er det mig, der må bære skylden. Hvis en mand finder sin hustru i seng med en anden mand, har han på en eller anden måde ret til ... ja, at dræbe den anden mand. Forsvare sin ære. Det er noget urgammelt, i visse kulturer er det ikke engang strafbart."

"Et æresdrab?"

Hun nikkede. "Noget i den retning. Og at jeg gjorde det med min egen søstersøn ... nej, hvis jeg forlader min mand, så afslører han mig. Han ved, at hans skyld er lettere end min. Så længe han vil have mig, sidder jeg fast i hans skruestik."

"Men ville du helst ...?" Ufrivilligt kastede han et blik på hendes mave. Følte sig forlegen og tabte tråden.

"Jeg hader ham, Kristoffer. Jakob er et udyr."

Han ventede.

"Et beregnende udyr. Jeg vidste, at noget var galt allerede før dette her. Vores ægteskab var på vej til at falde fra hinanden hele sidste år, men nu ... men nu ..."

Hun tav. Så på ham med sine frygteligt nøgne øjne igen. Der gik nogle sekunder.

"Hvorfor gjorde I det?" spurgte Kristoffer. "Du og Henrik."

Hun rystede på hovedet. "Det var som en leg. En forbudt leg ... vi gik over grænsen."

"Over grænsen? Jeg forstår."

"Undskyld. Men nogle gange i livet overskrider man grænser, man godt ved, at man ikke har lov til at overskride. Nogle klarer det, andre bliver straffet syvfold værre. Det var ikke meningen, men det tjener naturligvis ikke til noget at sidde her og undskylde sig. Det begyndte med, at Henrik fortalte mig noget."

"Ja?"

"Nej, det kan jeg ikke sige her."

En hurtig association dukkede op i hovedet på Kristoffer. "Fortalte han, at han var homoseksuel?"

Hun løftede øjenbrynene i forundring.

"Vidste du det?"

"Nej, egentlig ikke. Men jeg troede, at det måske kunne forholde sig sådan."

"Jeg forstår. Ja, Henrik fortalte mig det i hvert fald, og jeg troede ham ikke. Kan du huske, at vi drak en del den aften?"

"Den første?"

"Aftenen før festen, ja. Det undskylder ingenting, men jeg blev lidt beruset, og ... og så fik jeg den ide, at jeg kunne bevise for Henrik, at han tog fejl. At han i det mindste også kunne have lyst til kvinder ... nej, undskyld mig, Kristoffer, jeg har allerede sagt for meget. Nu må det være nok."

Kristoffer nikkede. Hun havde ret. Det var nok, han følte, at han ikke havde behov for at vide mere.

Og pludselig, mens de atter sad tavse og så på hinanden, sejlede to tanker ind i hans halvt lammede bevidstheds havn.

Jeg forstår ham, sagde den ene. Jeg forstår dig, bror Henrik.

Den anden tanke var sortere end sorg.

Og jeg forstår også dig, Jakob Willnius. Men det hjælper ikke, du må dø alligevel.

Du må dø, blev det tyst gentaget inden i hans hoved.

Derefter var der helt tomt og stille i lang tid, og bagefter følte han, at han havde sindssygt meget brug for en cigaret.

Men at sidde og ryge lige foran Kristina føltes af gode grunde umuligt. Desuden var restauranten vel røgfri ligesom alle andre.

"Skal vi gå?" sagde han. "Jeg vil ikke have min mad."

Hun så forundret på ham.

"Kristoffer ...?"

"Tak, fordi du fortalte det," sagde han, og han mærkede, at det lige pludselig var en voksen mand, som talte ud af hans mund. "Jeg lover, at jeg ikke skal røbe for nogen, hvad du har sagt. Du kan stole på mig."

Hun forsøgte at sige noget, men han kom hende i forkøbet. Det gjaldt antagelig om at udnytte det, så længe den voksne stemme fungerede. "Jeg er nødt til at tage tilbage til Uppsala igen. Kan jeg ringe til dig, når jeg har tænkt mig lidt om?"

"Hvad? Selvfølgelig, Kristoffer, du må ringe, når du vil. Naturligvis må du det."

"Godt. Jeg ... jeg har brug for at tænke lidt som sagt."

"Jeg forstår."

Så forlod de Il Forno og gik ud i novembermørket. Ingen af dem havde rørt maden. Ingen af dem sagde et ord på vej tilbage til banegården.

"Nej, hun er ikke hjemme," sagde Jakob Willnius. "Hun skulle møde en eller anden ude i byen. Dukker vel op om en times tid eller så, hvem skal jeg hilse fra?"

"Bare en kollega. Intet vigtigt. Jeg ringer igen senere."

Samtalen blev afbrudt. Han kiggede på nummerviseren. *Unknown.* Det vil jeg tro, tænkte Jakob Willnius.

En kollega?

Kristina havde ikke arbejdet i mere end et år.

Hvis der var noget, han kunne rose sig af, så var det en ualmindelig god erindring om stemmer.

Han slukkede lyset og stirrede ud mod de sorte, knoklede silhuetter af frugttræerne uden for vinduet. Mærkede, hvordan noget begyndte at blive hårdere inden i ham.

Gunnar Barbarotti blev siddende lidt med telefonen i hånden og så ud i mørket.

Jeg burde slet ikke have talt med ham, tænkte han. Det var dumt.

V

December

37

Ebba Hermansson Grundt drømmer.

Det er tidligt om morgenen, længe før daggry, det er den 1. december, og det sner kraftigt uden for hendes vindue – men om dette ved hun ingenting, for rullegardinerne er omhyggeligt trukket ned, og tiden interesserer hende ikke. Hun ligger i sin seng i det helt hvide værelse på Vassrogga og drømmer om sin søn.

Han dingler inden i hendes krop, han er parteret og pakket ned i to hvide Brugsbæreposer; de hænger i hendes nøgleben og svinger frem og tilbage som kneblerne i en glemt kirkeklokke. Man drømmer, som man drømmer, og ingen kan laste hende for det, men der er noget, der ikke stemmer denne morgen. Et skævt træk af uro drager igennem hendes krop, et isnende vindpust stryger over hendes hud, hun famler med hænderne hen over sit bryst og sin mave, hun er så vant til at bære rundt på sin søn på denne måde gennem den ene nat efter den anden. Måned efter måned har hun gjort det. Men der er noget med Henrik denne morgen, noget nyt og anderledes, som hun ikke kender igen.

Det *er* ikke Henrik. Det er Kristoffer. Det er ham, hendes yngste søn, der har trængt sig ind i hendes tomrum denne morgen, og hvad skal det nu betyde?

På nogle sekunder er hun lysvågen. Svinger benene ud over sengekanten og sætter fødderne på det kolde gulv. Hvad er nu dette? Hvorfor har Kristoffer taget Henriks plads?

Noget må det betyde, for drømme er nøgler. Sådan er det altid, det drejer sig bare om at finde ud af, hvilken lås de passer til.

Låse op eller låse i. Helst vil Ebba Hermansson Grundt låse i, det har hun arbejdet stædigt på hele sommeren og efteråret.

Lukke alting ude, kun holde åbent ind til det lille, inderste rum, hvor tiden ikke findes, men hvor det vigtigste er alligevel. Gamle somre, en sejlbåd, en blå, trehjulet cykel, et sår på knæet, som der bliver puslet om, små klistrede barnefingre, der løber gennem hendes hår, og hans smukke øjne.

Det rum, som terapeuterne bruger meget energi på at lukke, men som hun selv åbner med forsigtige, men sikre hænder hver aften.

Men Kristoffer? Hvordan er han endt herinde? Hvem er det, der har sluppet ham ind, hvorfor er det ham, der er parteret og dingler i en bærepose fra hendes nøgleben? To poser, var det ikke to poser? Hvad er det for noget, han vil sige til hende i denne mørke time længe før daggry?

Hun kommer op at stå, ruller rullegardinet op og ser ud gennem vinduet. Det er kulsort derude, men sneen falder tungt og tæt.

Kristoffer, tænker hun. Ikke dig også.

Kristina Hermansson læser. Læser sig væk fra denne verdens plager og ind til andre, dem hun ikke kender. Det er den 1. december, og sneen falder. Den har faldet hele natten tilsyneladende, og den fortsætter langt hen på formiddagen. Æbletræerne uden for hendes vindue får helt nye former, ribsbuskene ligner uldne moskusokser.

Jakob er kørt til studierne i Värtahamnen, Kelvin er hos sin dagplejemor. Hun venter på, at Kristoffer skal lade høre fra sig, hun venter på, at tilværelsen endegyldigt skal briste, men imens hun gør det, læser hun i Roberts bog.

I skyggerne under mine hænder boede en længsel, skriver han. *I min femtenårige fejhed bevaredes et håb. Hvor er det henne nu?*

Hun forstår ikke altid, hvad han skriver, hendes bror, men hun synes, det er smukt. Fra den anden side af graven taler han til hende, bag ved ordene hører hun hans stemme. Hun er kun nået til side 40 af de 651, alligevel føles det, som om han er hos hende her i rummet. Som om hun kunne tale med ham, stille de spørgsmål til ham, som dukker op under læsningen.

Hvad mener du, Robert, min bror? Hvilken længsel? Hvad var det for et håb, du mistede undervejs?

Han svarer ikke, men måske har han gemt svarene længere fremme i bogen.

Jeg blev født som en taber, men har ikke desto mindre begravet dette faktum i glemsel i hele mit liv, skriver han på side 42. *Men når kundskaben og sandheden stikker deres grimme hoveder frem, kan jeg umiddelbart genkende dem. Man er kun det, man er.*

Endnu er hun ikke sikker på, at det er sig selv, Robert taler om. Måske er det rent faktisk en anden. Bogen er skrevet i jegform, i det mindste til at begynde med; hovedpersonen hedder Mihail Barin, en besynderlig, omkringvandrende eksistens, ikke blot i rummet, men åbenbart også i tiden. Russer efter alt at dømme. Og nogle gange dukker han op i nutiden, andre gange langt nede i 1800-tallet, måske er han ikke noget rigtigt menneske, når alt kommer til alt. Måske er han bare en ide.

Men hun læser fascineret, og Roberts stemme høres stærkere og stærkere i hende, for hvert ark hun vender.

Hvis jeg ender i fængsel, tænker hun, så er det Roberts bog, der skal holde mig i live og beskæftiget.

Men måske behøver livet ikke gå i stykker. Måske er det slet ikke nødvendigt. Flyet til Bangkok og Thailand afgår på søndag, det er der ikke mere end fire dage til. Sølle fire dage. Og hvis bare dette korte tidsrum kan forløbe uden intermezzoer, så ligger sagen bagefter i hendes egne hænder. Når hun først sidder med sin mand i flyvemaskinen, så vil hun vide, hvad hun derefter skal gøre. Så er alle forhindringer overstået, og alle problemer vil løse sig, sådan som hun har planlagt.

Men de føles lange, disse dage. Kristoffer vil ringe, noget vil ske, det føler hun, lige så snart hun løfter øjnene og tankerne fra Roberts bog – men lige netop nu, lige netop i dette udstrakte øjeblik, er det bare sneen, som falder.

Kristoffer Grundt holder løsningen i sin hånd.

Det er onsdag aften. Den 1. december, en dag, hvor sneen er faldet fra morgen til aften; bussen ud til Bergsbrunna brugte en halv time længere end normalt og var ved at skride i grøften flere gange. Brugsuddeler Luthman havde i eftermiddagspausen fortalt, at der er kaos i hele landet, navnlig i Skåne, hvor man snart ikke har en eneste farbar vej tilbage, og i Dalsland hvor mere end fem tusind hjem er isoleret. Hvordan det står til op langs kysten i Roslagen, vover han ikke engang at tænke på. Ikke i mands minde har det sneet så voldsomt, og det er seksten timer, siden snefaldet begyndte.

Men intet af dette bekymrer Kristoffer Grundt, for han står i kælderen til sin fars kusines hus i Bergsbrunna, og han holder løsningen i sin hånd.

Den er glat og kold, og han gætter på, at den vejer omkring et halvt kilo. Fabrikantens navn – Pinchmann – står indgraveret på kolben, hvor den også lades, ved at man skyder et magasin op nedefra. Der er tolv patroner i hvert magasin, han har allerede prøvet det, og han sender en taknemmelig tanke til Ingegerd, for det var Ingegerd, der viste ham både våbnet og gemmestedet, da de var på besøg for fire år siden. Viste det for at imponere Henrik og Kristoffer formodentlig, slægtningene fra Sundsvall. Licensen er sikkert udstedt til Berits mand Knut, som hun blev skilt fra, da Ingegerd ikke var mere end tre. Han plejede at jage både det ene og det andet, men bor to kvinder alene i et hus uden for byen, så har man brug for et våben at forsvare sig med. Bare for alle tilfældes skyld naturligvis.

Men når Kristoffer er færdig, har han tænkt sig at smide denne Pinchmann i en sø eller at grave den ned. Ingen vil nogensinde spore den, ingen vil nogensinde mistænke ham; han tror ikke, at Berit og Ingegerd plejer at tage deres gamle våben frem, for der lå driver af støv på kommoden, da han trak den frem mellem affaldet i kælderen. Han har tænkt over planen hele dagen, lige siden han kom på ideen i bussen ind til byen i morges. Der er ingen huller i den, og i løbet af eftermiddagen har han inden i sig hørt noget, der ligner Henriks latter, uden rigtigt at kunne få fat i det – rigtigt tydeligt har det desværre ikke været – men det føles alligevel som noget varmt og godt og stærkt, og han ved, at den løsning, han har fundet, er den helt rigtige. At han har Henriks fulde opbakning. Ærligt talt virker ingenting vel særlig meget mere virkeligt, end det gjorde før samtalen med Kristina i går, og da han forsigtigt stryger med fingerspidserne hen over det kolde stål, tænker han, at det hele egentlig er en film. Han er en skuespiller, som har pligt til at udføre det, der nu engang står i manuskriptet; sådan er det faktisk, lige netop sådan. Han følger instruktionen. Eller koreografien. Når han betragter tingene fra den synsvinkel, bliver alting tydeligt og forståeligt. Nogle gange er livet så stort, at man bliver nødt til at tage imod den hjælp.

Og han er ikke det mindste urolig. Han pakker pistolen og patronæsken ind i et håndklæde og lægger det i en bærepose fra Brugsen. Går tilbage til sit værelse med den og gemmer løsningen i garderobeskabet. Berit og Ingegerd er til forældremøde og kommer ikke hjem før efter ni – hvis det da overhovedet kan lade sig gøre at komme hjem i dette uvejr, der aldrig ser ud til at slutte. Nej, der rumsterer overhovedet ingen uro i ham; han vil slå sin brors morder ihjel, det er ikke noget at være bange for. For den, der udfører sin pligt, er alting let og enkelt.

Omend ikke rigtig virkeligt. Sneen falder stadigvæk, mens han står i køkkenet og laver te og smører mad. Klokken er ti minutter over ni, og han har intet set til Berit og Ingegerd endnu.

Gunnar Barbarotti sidder fast i en snedrive, og mens han venter på den hjælp, som aldrig synes at komme, bestemmer han sig. Ved siden af sig i bilen har han sin datter Sara, og det er, da hun fortæller, at hun har tænkt sig at tage på tur sammen med nogle venner i weekenden, at sagen afgøres. At det nødvendige bevægelsesrum opstår. Ad helvede til med Backman, tænker han. A man's got to do what a man's got to do. Jeg behøver ikke engang at sige til nogen, at jeg rejser. Ad helvede til med fornuft og logik, jeg er nødt til at snakke med hende en gang mere.

Men ikke et ord til ham. Der er kun brøkdelen af en mistanke, brøkdelen af en brøkdel. Holder den ikke, vil det være katastrofalt.

Holder den, så bliver katastrofen dobbelt så stor.

"Hvad sidder du og tænker på, Far?" spørger Sara. "Er det nu arbejdet igen?"

Han ler. "Overhovedet ikke, min pige. Jeg sidder og tænker på, om det ikke ville være det bedste for dig, hvis du bare gik hjem. Det burde du kunne klare på ti minutter. Det eneste, du får ud af at vente her, er blærebetændelse."

Hun ler også. "Skulle jeg efterlade min far i en bil i en snedrive? Hvad slags datter ville jeg så være?"

Han starter motoren igen og slår vinduesviskerne til. Klokken er kvart i ti om aftenen. Sneen fyger. "Fortæl mig, hvad du skal være, når du bliver stor," beder han.

Leif Grundt er faldet i søvn foran fjernsynet, men vækkes ved at telefonen ringer.

Først tager han fejl og tror, at fjernbetjeningen er den ringende telefon. Men derefter finder han den ude i entreen.

Det er Ebba.

Hans kone Ebba, de har ikke talt sammen i over en uge.

"Jeg vil tale med Kristoffer," siger hun.

"Kristoffer er ikke hjemme," siger Leif Grundt.

"Hvor er han så?" spørger Ebba.

"Han er nede i Uppsala hos Berit," forklarer Leif. "Det har jeg jo fortalt dig. De er i erhvervspraktik i skolen, han arbejder i en butik dernede ..."

"Jeg er urolig for ham."

"Det skal du ikke være."

"Hele dagen har jeg været bekymret for ham, du skal passe på Kristoffer, Leif. Du må ikke glemme ham."

Jeg, tænker Leif Grundt med en pludseligt opflammende vrede. Må *jeg* ikke glemme Kristoffer? Nu går det altså for vidt. Det her ender med ...

"Jeg er ikke glad for, at du har sendt ham til Uppsala."

"Sødeste Ebba ..."

"Du ved jo, hvordan det går, når vi sender vores børn derned."

"Ebba, han bor hos Berit. Han arbejder i en Brugsforening i en uge, der kan ikke ske ham noget."

Der er stille i røret i lang tid. Derefter høres et klik. Hun har lagt på. Leif Grundt hænger røret på plads på telefonen på væggen.

Bliver ubeslutsomt stående et halvt minut, mens irritationen og sorgen veksler i ham.

Derefter går han ud og rydder indkørslen endnu en gang. Klokken er over ti, snefaldet har snart været i gang i et døgn.

"Den der politimand, hvad var det, han hed?"

"Hvem?"

Jakob Willnius kommer ind fra badeværelset. Kristina ligger allerede i sengen. Klokken er halv tolv, og han har været til middag med en dansk producent. Eller en tysk. Eller måske er det bare en svensk? En tynd aura af alkohol omgiver ham, men ikke meget. Han er absolut ikke fuld. Måske er han liderlig. Ja, antagelig. Håndklædet buler ud. Hun tager et dybt åndedrag og stålsætter sig, lader hånden glide hen over den spændte mave. Bagfra, han kommer til at tage hende bagfra, sådan har det været den seneste måned på grund af omstændighederne.

"Fra Kymlinge."

"Hvad ... hvad er det, du snakker om?"

"Barotti? Var det ikke sådan, han hed? Et italiensk navn? Ham, som var her."

Hun ryster uforstående på hovedet.

"Nå, ham? Jo, han hed noget i den stil. Hvorfor taler du om ham?"

Han smider håndklædet og afslører det stive lem. "Det er vel ikke sådan, at du har hørt fra ham?"

"Nej, hvorfor skulle han have ...?"

Han kryber ned under tæppet og lægger en hånd på hendes hofte.

"Der var en fyr, som ringede og spurgte efter dig i går. Jeg fik en fornemmelse af, at det var ham. Du ved jo, hvor god jeg er til at huske stemmer."

"Hvorfor skulle han ringe hertil? Jeg mener, der er jo gået et år ..."

"Det ved jeg ikke," siger Jakob Willnius. "Jeg ved ikke, af hvilke årsager han skulle ringe til os. Men det var dig, han ville tale med, ikke mig."

"Mig?"

"Ja."

"Og han præsenterede sig ikke?"

"Nej, det gjorde han ikke."

"Det forstår jeg ikke. Der er vel ikke sket noget, som ...?"

"Som hvad?"

Han rører ved hendes lår nu. Stryger og ælter dem.

"Som forandrer noget. Skal jeg slukke lyset?"

"Nej, jeg vil se dig, det ved du. Men han har altså ikke ringet igen, den der kommissær Barbotti, eller hvad fanden han nu hedder?"

"Nej."

"Du skal fortælle mig, hvis han gør det."

"Naturligvis."

"Og jeg vil ikke have, at du glemmer det."

"Jeg lover dig ikke at glemme det."

"Godt. Jeg har fortrudt. Sluk lyset."

Og da han trænger ind i hende bagfra, ser hun gennem vinduet, at det endelig er holdt op med at sne.

38

Lige da Kristoffer var steget på bussen ude i Bergsbrunna torsdag morgen, ringede hans mobiltelefon.

Det var hans far.

"Hvordan går det med sneen hos jer?" ville han vide.

"Der er meget af den," sagde Kristoffer.

Derefter snakkede de en tid om jobbet. Hvis Kristoffer skulle have ideer om at gå i sin fars fodspor, kunne han lige så godt begynde helt fra grunden, mente Leif. Så han vidste, hvad han begav sig ind i.

Men der var måske ikke den slags planer?

Kristoffer indrømmede, at der i hvert fald ikke var noget af den slags lige her og nu, og så spurgte hans far, hvornår han havde tænkt sig at komme hjem.

"Lørdag," sagde Kristoffer. "Jeg tager et tog om formiddagen eller deromkring. Jeg ringer og fortæller, hvornår jeg kommer."

"Og du har penge nok til billetten?"

"Ja."

"Og taletidskortet?"

"Der er en smule."

"All right. Hvis du ringer, så kommer jeg og henter dig på stationen. Altså lørdag eftermiddag?"

"Lørdag eftermiddag," bekræftede Kristoffer.

"Hils Berit og Ingegerd."

Det lovede Kristoffer at gøre, og derefter afbrød de samtalen.

Virkelighed, tænkte han. Hvad er virkeligheden egentlig? Det var det første spørgsmål, som meldte sig i hovedet på ham efter telefonsamtalen. Af en eller anden grund. Han forsøgte at se ud gennem den duggede busrude. Snefaldet var tilsyneladende holdt op i løbet af natten, og sneplovene havde lavet meterhøje driver. Det føltes, som om al sneen på en eller anden måde havde med historien at gøre. Med *planen* og *løsningen*. Den hvide verden var en anden slags virkelighed, og det var i en anderledes virkelighed, han skulle udføre sin dåd. Bagefter, når det var overstået, ville det hele blive normalt igen. Indtage sine sædvanlige former. Endelig. Når han først havde hævnet sin bror, ville der komme en tid, hvor man kunne rette blikket fremad. Han havde levet næsten et år i denne sære tilstand, hvor alting så ud til at bestå af uklarheder og spørgsmålstegn. En vedvarende dagdrøm der holdt ham fangen på en eller anden ejendommelig måde. Han havde mistet kontakten med sit gamle liv; det var ingen overdrivelse at påstå det; han var ligeglad med skolen, ingenting var vigtigt, de kammerater han havde haft, da han gik i syvende og ottende, havde han mistet, og hans familie var gået i spåner. Han røg som en skorsten og drak sig fuld mindst en gang om ugen ... men alt dette, hele denne trøstesløshed havde en ende. En afslutning og en ydre grænse, det forstod han nu. Når han dræbte sin brors morder, ville han være fremme ved den grænse. Det var ... det var, tænkte Kristoffer Grundt, som om der var en hånd, der styrede udviklingen ... eller en instruktør; en magt der sørgede for, at det, der skulle ske, også faktisk skete.

Som ordnede det sådan, at mormor fik sagt de ord ved Roberts begravelse for eksempel. Til lige akkurat ham, Kristoffer ... og som siden hen fik ham til at kigge på netop den håbløse tv-film helt til enden, bare fordi han skulle få øje på Olle Rimborgs navn ... og for at han tog mod til sig og fik ringet til sin moster.

Og for at hans far fik den ide at sende ham til Uppsala netop i den her praktikuge.

Når han tænkte sådan, når tankerne fulgte de her nedtrampede stier, så blev han pludselig svimmel. Han sad ganske vist i en bus fyldt af ukendte, morgentrætte, smågnavne mennesker og brummede frem i et fremmed, hvidt vinterlandskab – men samtidig, samtidig indgik han i en anden sammenhæng. I en helt anden historie, der var meget større og meget vigtigere. En lang kæde af hændelser, hvor den ene førte til den anden, og hvor det var umuligt at fortryde og gå baglæns i udviklingen, når man først havde bestemt sig for, hvilket trin man ville tage. For det kunne ikke lade sig gøre at lave om og at rette eventuelle fejl – og han forstod pludselig, mens bussen langsomt manøvrerede sig langs den næsten lukkede Kungsgatan i Uppsala denne vintermorgen i begyndelsen af december, at det var akkurat sådan, livet tog sig ud. Det var det her, der var selve modellen. Det, der sker, det sker, og det drejede sig om at forstå, hvad man skulle gøre.

Og acceptere det.

Og da han endelig, mere end tyve minutter forsinket, var steget af bussen ved stationen og begyndte at gå med sin cigaret over mod det første indkøbscenter, kunne han for første gang i lang tid høre Henriks stemme inden i sig.

Det er godt, brormand, sagde han, og han lød på samme tid lidt svag og usædvanligt alvorlig. *Meget* alvorlig.

Det er godt, du er virkelig ved at lære en del ting, Kristoffer.

"Jeg er i Stockholm i andet ærinde og tænkte, at jeg ville benytte mig af lejligheden."

Han havde besluttet sig for akkurat denne indledning. Det drejede sig om at finde den rigtige balance mellem tyngde og lethed.

Ikke for alvorligt. Og alligevel med en vis vægt.

Han kunne høre, hvordan hun lavede en synkebevægelse. I det mindste bildte han sig det ind. Var der ikke en vis tøven også?

"Jeg forstår ikke. Er I stadigvæk i gang med den sag?"

"Naturligvis. Så længe, vi ikke har fundet ud af, hvad der skete, så holder vi efterforskningen åben."

"Men ..."

"Ja?"

"Men er der sket noget nyt?"

"Det er svært at sige. Men under alle omstændigheder ville jeg sætte pris på at få en lille samtale med dig. Altså fredag eller lørdag, det er rigeligt, hvis du sætter en time af til det."

"Men hvad ... jeg mener, kan vi ikke klare det over telefonen?"

"Helst ikke."

Der er noget, tænkte han og følte, hvordan ophidselsen begyndte at dunke i hovedet på ham. Hun er bange for et eller andet. Fanden tage mig.

Hun sad tavs nogle sekunder. "Jeg tror ... ja, jeg tror, at jeg har tid til at snakke med dig engang i morgen eftermiddag. Hvor skal vi ...?"

Han forstod, at det ikke ville være en god ide at besøge hende ude i Enskede en gang mere, og han følte sig taknemmelig over, at hun ikke havde foreslået det. "Lobbyen på Royal Viking," sagde han. "Ved hovedbanegården. Der kan vi snakke uforstyrret. Hvad siger du til klokken to?"

"Klokken to," gentog hun. "Jo, det er fint, vil jeg tro. Men jeg forstår ikke, hvad det skal tjene til ... I er vel ikke faldet over nye spor eller den slags?"

"Spor er så meget sagt," sagde han. "Lad os bare sige, at det drejer sig om en idé."

"En idé?"

"Ja. Men jeg skal forklare det hele i morgen. Vi siger altså klokken to på Royal Viking?"

"Ja, jeg kommer vel så," sagde hun, og han syntes, at hendes stemme lød sprødere end gammelt porcelæn. Som en skolepige næsten, der var blevet grebet i at ryge eller i at skulke fra gymnastiktimen eller sådan noget, og som nu blev kaldt ind til rektor for at få en skideballe.

Det er noget, jeg bilder mig ind, tænkte han, da han havde lagt røret på og stirret ud over sit rodede skrivebord i ti sekunder. Jeg ønsker, at det her skal være en åbning, og jeg tolker alle tegn sådan, at de passer med hypotesen. Jeg en rigtigt dårlig kriminalpolitimand.

Så løftede han røret igen for at bestille en togbillet og et hotelværelse.

Torsdag aften – efter Berits bravournummer inden for madlavning: kartoffelgratin med strimlet oksefilet og bearnaisesovs – lå Kristoffer i sin seng på værelset med de store, grønne planter og finpudsede planen.

I morgen. Natten mellem fredag og lørdag, det var der, det skulle ske. Der var muligheden der. Han havde sagt til Berit, at han havde tænkt sig at sove hos en kammerat i Uppsala den sidste nat for derefter at tage toget hjem til Sundsvall lørdag morgen. Berit havde spurgt, hvem den ven var. Jo, en rar fyr, der arbejdede i kassen, nitten år gammel, havde han forklaret. De ville gå ind og se en film i Filmstaden, og bagefter hjem til ham og hans forældre ved Vaksala Torg. Han hed Oskar og spillede ishockey i Almtuna.

Han vidste, at Berit ikke ville kontrollere oplysningerne, og med stor sandsynlighed ville hun heller ikke nævne noget for hans far. Ikke fordi det spillede nogen rolle, han ville naturligvis blive nødt til at fortælle den samme historie til sin far selv, hvis det skulle blive nødvendigt. De ville gå fra arbejde sammen, han og Oskar, så det var bedst, at Kristoffer tog sin taske med ude fra Bergsbrunna næste morgen. Han havde allerede pakket, det hele var parat.

Men nu var der altså ingen Oskar. I hvert fald ikke en, der arbejdede i kassen i Brugsen, og som Kristoffer kendte. I stedet ... i stedet ville han sætte sig på toget til Stockholm i morgen aften, finde en boks til sin taske på banegården, han vidste godt, hvor boksene var, vente nogle timer inde i City, måske gå i biografen, hvis han havde lyst til det. Han havde penge nok, både til biografen og et par hamburgere.

Og til en billet med tunnelbanen ud til Enskede lidt senere. Omkring klokken ti eller elleve. Man skulle stå af ved Sandsborg eller Skogskyrkogården, det kunne han huske. Den grønne linje. Han havde været sammen med sin far og Henrik sidste gang. Men han ville få fat på et kort på banegården for en sikkerheds skyld. Adressen var Musseronvägen 5, det havde han kontrolleret.

Det ville være mørkt, når han kom frem. Ikke før midnat, helst lidt senere, ville han nærme sig huset. Gå lidt rundt i kvarteret først og rekognoscere. Sikre sig, at der ingen mennesker var ude, og at Kristina og hendes familie var hjemme. Måske – hvis han vovede det – havde han allerede tidligere på aftenen ringet til Jakob Willnius. Lagt røret på, når han svarede. Eller hvis Kristina svarede, fordrejet stemmen og bedt om at tale med hendes mand.

Men kun hvis han vovede det. Der ville nok være andre måder at forvisse sig om, at ofret var hjemme. Måske ville han kunne se ham gennem et vindue ganske enkelt. Det føltes ikke som noget større problem.

Helt ærligt var der intet, som føltes specielt problematisk, nu hvor han lå her i det store, stille rum og fordøjede maden og forsøgte at se frem for sig. Følelsen af, at han var ved at udføre en opgave, at han fulgte et mønster, som han var nødt til at følge, hang fast i ham. Havde hængt der hele dagen. Der var ingen plads i ham til tvivl eller fejhed. Han ville rent faktisk tage ned til Stockholm, ville fortsætte ud til de rige, gamle træhuse i Gamla Enskede, og der, på Musseronvägen 5, ville han skyde og dræbe Jakob Willnius. Han ville myrde sin broders morder, det var hans simple pligt. En slags æresdrab faktisk.

Og da det drejede sig om en pligt, ville han også gennemføre det. Præcis hvordan det ville gå til, kunne man ikke forudse, ikke i detaljen. Han ville være tvunget til at stole på sin dømmekraft og sin ... hvad hed det ... intuition. Han måtte få det til at se ud som et indbrud, den sag var klar. Måtte antagelig smadre et vindue for at komme ind. Han ville lade tiden gå, efter at der var blevet mørkt i huset, give dem god tid til at falde i søvn, men måske var det uundgåeligt, at han kom til at larme en del, når han skaffede sig adgang. Måske ville han møde Jakob Willnius allerede i stueetagen. Han var nødt til at holde sit våben klar hele tiden. Så snart han var inde i huset, skulle han holde det skudklart. Han vidste, at de havde soveværelse i overetagen, så det var ikke usandsynligt, at Jakob kom løbende eller listende ned ad trappen. Han måtte ikke give ham et sekund. Hvis han dukkede op der, måtte han skyde med det samme. To skud direkte i brystet, så han faldt. Derefter yderligere et par skud i hovedet, så han var sikker på, at Jakob var død.

Og derefter væk. Måske, hvis der var tid til det, kunne han snuppe et eller andet for at få det til at ligne et indbrud. En tyv var blevet overrasket og var stukket af.

Hvis Jakob ikke kom ned ad trappen, ville Kristoffer gå op til soveværelset og skyde ham der. I sengen; det var næsten endnu mere tiltalende, fordi det var i sengen, at Jakob havde dræbt Henrik. Hvis han ellers havde tolket Kristina korrekt.

Men først skulle Kristina skaffes af vejen på en eller anden måde naturligvis. Han ville ikke lade hende forhindre ham i sit forehavende, ikke på vilkår. Men han troede ikke, at hun ville gøre det. Hun ville ikke forsøge at stoppe ham. Hun ville også gerne se Jakob Willnius død, på det område var der nok ingen tvivl. Måske ville hun blive chokeret, når Kristoffer dukkede op, men det spillede ingen rolle. Han ville ikke indlade sig i en diskussion, det var vigtigt at huske, hverken med Kristina eller med Jakob. Ikke begynde at snakke.

Bare skyde ham og dræbe ham. Ingen pardon, ikke et skide sekunds pardon.

Og så til sidst, når det var overstået: hurtigt ud af huset og væk fra Gamla Enskede.

Ikke mere tunnelbane. Langsomt og ad omveje ville han bevæge sig ind mod City igen. Skille sig af med pistolen ved at smide den i vandet et sted. Stockholm var fuld af kanaler og den slags. Det var meget enkelt at smide sit våben ud fra en bro eller en kaj et sted. Det eneste, han behøvede at tænke på, var ikke at rende ind i en politipatrulje. En enlig femtenårig, der gik rundt klokken tre-fire om natten, kunne måske vække deres undren. På den anden side, måske var det dagligdag i Stockholm. Måske myldrede hele byen af unge mennesker på den tid af døgnet; uanset hvad skulle han være forsigtig og bevæge sig ind mod banegården. Den åbnede allerede klokken fem eller seks om morgenen, så vidt han kunne huske. Spise lidt morgenmad måske – og derefter hoppe på det første, det bedste tog til Sundsvall.

Han ville tænde for mobiltelefonen, når han var kommet et stykke vej, i nærheden af Gävle sådan cirka. Ville ringe til sin far og fortælle, at han var på vej. Og hvornår han ville være fremme.

Hvis hans far – mod al forventning – havde hørt noget om et mord i Enskede i løbet af natten, og han nævnte det, ville Kristoffer bare spille uforstående. Hvis hans far påstod, at det var Kristinas mand, der var blevet skudt, ja, så ville han bare spille endnu mere uforstående.

That's it, tænkte Kristoffer Grundt. Du vil snart få fred i din grav, brormand. Det her kommer til at gå så let som ingenting.

Han blev liggende yderligere en tid og forsøgte at finde uro eller tvivl inden i sig selv, men uanset hvor meget han forsøgte, så fandt han intet af den slags.

Det var næsten lidt sært, og en følelse af oprømthed, næsten af glæde, fyldte ham mere og mere. Begyndte at strides med oksefileten og bearnaisesovsen og gratinen om pladsen.

Han kiggede på uret. Kvart i ti. Måske var der trods alt også plads til en smule te og et par pebernødder. Måske havde han brug for en fuld mave.

For der var lige en detalje mere. En lille en. Han måtte ud og prøveskyde i nat. Måtte vide, at hans våben virkede. Men det var ikke noget problem. Han havde sat sin mobiltelefon til at vække klokken tre. Op af sengen, på med tøjet, tonse ud i skoven og brænde et skud af. Måske to lige efter hinanden. Et par hundrede meter fra huset. Ingen ville lægge mærke til et par enkelte skud midt om natten. Det var barnemad.

Men også en nødvendighed. Man må ikke sjuske med detaljerne.

39

Fredag den 3. december begyndte med et nyt snevejr. Det var ikke rigtigt af samme kaliber som det, der havde skabt kaos i hele landet tidligere på ugen, men det anrettede alligevel en vis skade. Blandt andet kom der forsinkelser på den kollektive trafik i Syd- og Vestsverige, og Gunnar Barbarotti takkede sin fremsynethed for at have bestilt billet med et tog, der afgik fra Kymlinge allerede klokken seks om morgenen. Under normale omstændigheder ville han have været fremme i Stockholm ved titiden; men nu nåede klokken at blive lige før tolv i stedet, og med sine tidligere eskapader med indenrigsflyvningen i tydelig erindring kunne han ikke lade være med at tænke over, om han ikke fremover skulle falde til føje og forskrive sig til privatbilen.

På den anden side var fremkommeligheden også temmelig lav på vejene den her formiddag – og der var trods alt to timer til mødet med Kristina Hermansson. Han gik tværs over Centralplan og Vasagatan og checkede ind på Hotel Terminus – værelset var ikke klart endnu, så han var nødt til at efterlade sin taske i receptionen – gik yderligere hundrede meter i den hvirvlende sne og spiste frokost på Jensens Bøfhus. Hakkebøf med løg, men på den danske manér.

Og mens han sad der og spiste, begyndte han at føle en tiltagende spænding forud for det forestående møde. Det kløede oven i købet i hårbunden, og det plejede det kun at gøre, når der var noget helt specielt på færde.

Eller også var han ved at få skæl. Det havde været et tilbagevendende problem i forbindelse med hans skilsmisse, men da det hele var overstået – da han og Helena var flyttet fra hinanden –

da alle papirer var underskrevet, og alle de åbne sår var begyndt at lukke sig – så havde han fået orden også i hårbunden. Hans frisør, en ung dame med otteogfyrre fejlfrie tænder og øjne som brønde, havde påstået, at det var psykosomatisk. Hun kunne ikke rigtigt udtale ordet, men alligevel. Folk som havde det godt, havde simpelthen ikke skæl, det havde to og et halvt år i branchen lært hende.

Men jeg har det jo fint, tænkte Gunnar Barbarotti og bestilte en espresso og et stykke tærte. Det var spændingen. Han så på uret. Stadigvæk tre kvarter endnu. Royal Viking lå skråt ovre på den anden side af gaden. Hvis han havde lyst til det, kunne han blive siddende og kontrollere, hvornår Kristina Hermansson dukkede op. Hvis hun altså kom fra den rigtige retning. Men måske var det bedre at sætte sig og vente på hende inde på hotellet, måske forbedrede det hans situation?

I hvert fald var det på høje tid at få lagt en taktik. Hvad i alverden skulle han sige?

Jo, det forholder sig altså sådan, at jeg har hørt, at din mand er en led fyr. Er det korrekt?

Nej, ikke helt sådan, tænkte han. Formodentlig krævede situationen et lidt mere subtilt angreb. Klamrede man sig til et halmstrå, skete der let det, at halmstrået knækkede, det havde betydeligt mere end to og et halvt år i branchen lært ham.

På den anden side – på den anden side var der dem, der påstod, at Gunnar Barbarotti var en af de bedste forhørsledere her i landet (eller i det mindste i den vestlige del af Sverige) – dette havde han hørt fra flere forskellige, sædvanligvis velunderrettede kilder, men nogle gange kunne han ikke lade være med at spekulere over, om de ikke forvekslede ham med en anden.

O Herre, tænkte Gunnar Barbarotti. Tillad mig at foreslå en lille aftale.

Og Vorherre lyttede, omend en anelse distræt.

"Hvad mener du?" sagde Jakob Willnius. "Hvorfor har du ikke tid?"

"Jeg skal mødes med nogen," sagde Kristina.

"Jeg sagde jo, at Zimmerman var i byen og ville spise frokost med os."

"Jeg er ked af det. Det havde jeg glemt."

"Hvem er det, du skal mødes med?"

"En veninde."

"En veninde? Hvem?"

"Hun hedder Henriette. Du kender hende ikke. Det er fra før, vi mødte hinanden."

"Du ved, hvor vigtig Zimmerman er. Hvornår skal du mødes med hende Henriette?"

"Klokken to."

"Hvorhenne?"

"På ... på Royal Viking."

"Jamen, så klarer vi det. Vi spiser frokost med Zimmerman på Rydbergs klokken halv et. Du kan sagtens nå frem til Viking, det ligger jo bare fem minutter derfra. For resten kan hun vel vente en halv time, hvis det skulle trække en smule ud, ikke?"

"Jeg ved ikke ..."

"Jeg stikker af nu. Sørg for at være der senest halv et. Og tag noget udringet på, du ved jo godt, hvad han er for en type."

"Herregud, jeg er gravid i syvende måned, Jakob."

"Dine bryster er da ikke krympet, vel? Halv et på Rydbergs, Kristina, ikke mere snak."

Da hun så ham stige ind i taxaen, skød ildebefindendet op i hende som en pæl i kødet.

Tilsyneladende havde han gjort et godt indtryk, for da klokken blev to fredag eftermiddag, kom hans vejleder, Greger Flodberg – som han ikke havde set siden i mandags – og sagde, at han godt kunne stoppe for i dag. Desuden gav han ham en plastikpose, en helt almindelig Brugs-pose, og forklarede, at da han nu havde arbejdet en hel uge uden løn, så var han velkommen til at fylde posen op med slik.

Greger Flodberg havde en bror, som var tandlæge oppe i Sundsvall, og det var begyndt at knibe for ham at få nye kunder.

Han lo, så det buldrede, og dunkede Kristoffer på ryggen –

Kristoffer gjorde også sit bedste for at le, så meget han kunne. Derefter fyldte han pligtskyldigst posen med fem kilo slik, sagde farvel til Urban og Lena og Margareta, som havde instrueret ham i løbet af ugen, og afleverede sin grønne jakke.

Tog sin taske, sin pose med slik og forlod stedet.

Han nåede et tog, der afgik klokken tre fra Uppsala (det skulle have gået tyve minutter tidligere, men formiddagens konstante snevejr havde sat sine spor i køreplanen), og knap en time senere havde han fundet en boks til al sin bagage på hovedbanegården i Stockholm – altså ud over sit våben, sin ammunition og et halvt kilo slik, som han havde anbragt i de rummelige lommer i sin jakke. Han følte sig lidt urolig over pistolen. Men kun lidt. Det var ikke gået som planlagt med prøveskydningen; han måtte have lavet en fejl, da han stillede vækkeren på mobiltelefonen. Den havde ikke ringet midt om natten – eller også havde han slukket for den uden at vågne. Den slags var sket før. Men hvordan det nu end hang sammen, så havde han ikke prøvet at skyde med den; han havde bare trykket af nogle gange med tomt magasin, men herregud, tænkte han, naturligvis ville det også virke, når der var ammunition i den. Han troede ikke på muligheden for at prøveskyde den et sted ude i Gamla Enskede, før det blev alvor. Risikoen for at blive opdaget var ganske enkelt for stor; der boede trods alt næsten en million mennesker i den her by.

Han købte en pakke Prince i aviskiosken og gik ud i den råkolde decemberskumring. Det sneede stadigvæk, men ikke så kraftigt.

Nå, tænkte han. Så skal jeg have slået lidt tid ihjel, før jeg skal slå ihjel for alvor.

Da Kristina Hermansson forlod Royal Viking, var klokken nogle minutter over tre, og hun vidste ikke, hvad hun skulle tro.

Men hun følte sig sikker på én ting. Hendes psykiske sammenbrud var ikke langt væk. Hvad var det, den hed, den der Almodóvar-film, som havde gået for nogle år siden? *Kvinder på randen af et nervøst sammenbrud*? Hun havde aldrig set den, men det var i hvert fald sådan, hun havde det nu. *På randen*. Hun krøb ind i en taxa på Centralplan, opgav sin adresse ude i Enskede og begyndte at græde. Chaufføren, en iransk indvandrer omkring de halvtreds, betragtede hende et øjeblik medlidende i bakspejlet, men sagde ingenting. Nikkede bare venligt og koncentrerede sig om sin kørsel.

Det gik over efter et halvt minut. Hun fandt et par små papirlommetørklæder i håndtasken, pudsede næse i det ene og tørrede næsen med det andet. Lænede hovedet tilbage mod den kølige nakkestøtte og forsøgte at tænke tilbage på samtalen – og forstå, hvad der egentlig var blevet sagt.

På og imellem linjerne.

Han var begyndt meget forsigtigt. Havde næsten sagt undskyld.

"Det var ikke min mening at lyde fremfusende i telefonen."

Hun havde sagt, at det ikke gjorde noget. Hun havde alligevel haft et ærinde inde i City. Et svimlende, kort sekund forestillede hun sig, at han i virkeligheden ikke var politimand, men hendes hemmelige elsker. At de nu skulle tage en drink og bagefter gå op på værelset på syvende etage, låse sig ind og elske i to døgn. Eller i det mindste i to timer. Derefter fik hun øje på sin mave og sine nervøse hænder og vendte tilbage til virkeligheden.

"Jeg har svært ved at slippe denne sag," sagde han. "Sådan er det nogle gange i mit job."

Hun tilstod, at det kunne hun godt forstå. En tjener kom forbi, og de bestilte hver sin mineralvand.

"Efter min mening var det ejendommeligt lige fra begyndelsen," forklarede han. "Vi arbejdede temmelig længe ud fra den antagelse, at Robert Hermanssons og Henrik Grundts forsvinden havde med hinanden at gøre."

"Det lyder rimeligt. Altså at I antog det."

"Ja. Men da det så viste sig, at det ikke forholdt sig sådan, så ændredes situationen naturligvis."

Hun rømmede sig forsigtigt.

"Er I sikre på, at det er sådan, det er?"

"Hvordan?"

"At Roberts død og Henriks forsvinden ikke hænger sammen?"

På dette tidspunkt dukkede deres mineralvand op, og han brugte en del tid på det, før han svarede. Hældte op og drak. Stillede glasset fra sig. Foldede hænderne foran sig og betragtede hende med et udtryk, hun ikke helt kunne tolke. Men en elskers blik var det helt sikkert ikke. En bølge af ulyst skyllede igennem hende.

"Ja," sagde han så. "Det er vi temmelig sikre på. Hvorfor spørger du, er du af en anden mening?"

"Jeg?" Hun kunne høre, stemmen landede et par toner for højt. "Jeg mener overhovedet intet om det der."

Han sad tavs et par sekunder og så ud, som om han vejede hendes svar.

"Et andet aspekt, som er kommet og gået," sagde han så, "er det, man kunne kalde familieaspektet."

"Familie ...?"

"Kald det, hvad du vil. Vi har naturligvis diskuteret det mange gange i løbet af efterforskningens forskellige faser, men måske har det fået en ... ja, en slags fornyet aktualitet, efter at mordet på din bror blev opklaret i august."

"Ja så?"

Mere orkede hun ikke at sige. Han drak lidt mere mineralvand og fandt en kuglepen frem fra jakkens brystlomme. Sad og drejede på den en tid, mens han funderede og stirrede lige ud i luften.

"Hvis det forholder sig sådan, at Henriks forsvinden har en ... en så at sige intern forklaring, så får det naturligvis visse konsekvenser for efterforskningen."

"En intern løsning?"

"Ja."

"Jeg forstår ikke rigtig."

"Undskyld mig, jeg udtrykker mig utydeligt. Det jeg ville sige er, at hvis Henrik for eksempel er blevet myrdet, og det har med situationen i din familie at gøre, så kunne det jo godt være, at en eller anden ... eller flere ... ligger inde med oplysninger."

Under den sidste, opspaltede replik talte han overdrevent langsomt; desuden understregede han opdelingen ved at banke let med kuglepennen på bordkanten. Hun kunne ikke lade ved med at spekulere over, om det var noget indøvet.

Og på om det faktisk var meningen, at hun skulle bryde sammen nu. Om han faktisk sad og ventede på, at hun skulle give op og tilstå. Antagelig, tænkte hun, antagelig er det sådan noget, det her handler om. Han tror, at jeg skjuler noget, og han tror, at han kan få mig til at bryde sammen ved at være akkurat så insinuerende.

På en eller anden måde trak hun styrke ud af disse tanker, af at det virkede, som om han undervurderede hende; det fik hende til at tage sig sammen. Hun rettede sig op i stolen og lænede sig lidt frem over bordet.

"Kommissær Barbarotti, der er noget jeg må tilstå."

"Ja?"

"Jeg forstår overhovedet ikke, hvad du snakker om. Og hvorfor du ville mødes med mig i dag. Jeg fik det indtryk, at der var sket noget nyt vedrørende Henrik, det var derfor, jeg kom. Men indtil videre ..."

Han afbrød hende ved at løfte den ene hånd.

"Undskyld igen. Men du må forstå spillets regler."

"Spillets regler?"

"Ja. Glem ikke, at jeg er politimand, og at jeg faktisk efterforsker omstændigheder omkring din søstersøns forsvinden. Jeg kan måske ikke ... eller vil måske ikke ... afsløre alt, hvad der er dukket op under efterforskningen. Min opgave er at få sandheden frem, og det er ikke altid sikkert, at man tjener sandheden bedst ved at lægge alle kort på bordet."

Her mærkede hun, at hun faktisk sad og stirrede på ham. Hvad pokker var det, han sagde? Sad han bare og sludrede, eller vidste han virkelig noget? Bluffede han? Var det årsagen til, at han havde anvendt den kortspilsmetafor?

"Hvad i alverden er det egentlig, du siger?" sagde hun. "Og hvad er det, du vil have mig til at bidrage med?"

"Din mand," sagde han, og nu føltes det pludselig, som om han trykkede hendes hoved ned under vand. Pludselig var al styrke og modstandsvilje som blæst væk.

"Min mand?" Følelsen af at blive kvalt var stærk.

"Hvordan er han egentlig?"

Hvis hun havde haft en løgnedetektors elektroder sat fast på sig, ville hun være blevet afsløret i samme øjeblik. Hun kunne mærke, hvordan pulsen arbejdede, og hvordan det hamrede i tindingerne. Hvorfor var jeg ikke forberedt på det her, tænkte hun. Akkurat dette angreb var jo præcis det eneste, jeg havde kunnet frygte. Hvorfor føler jeg mig pludselig helt igennem forsvarsløs?

"Jeg elsker Jakob," lykkedes det hende at presse frem. "Hvorfor i helvede spørger du om ham?"

Hun kunne ikke afgøre, om vreden maskerede panikken i tilstrækkeligt omfang. Måske, måske ikke. Han betragtede hende vurderende.

"Fordi jeg har fået visse informationer," sagde han. "Informationer som jeg desværre ikke kan komme nærmere ind på."

"Om Jakob?"

"Ja."

"Og det er alt, hvad du vil sige?"

"Ikke helt. Men jeg er nødt til at spørge dig, om du tror, at din mand ville være i stand til at slå et andet menneske ihjel."

"Hvad i hel ..."

"Helt teoretisk. I en tilspidset situation. Hvad mener du?"

Hun havde ikke svaret. Havde bare rystet på hovedet og tømt sit glas. Spurgt, om han havde flere insinuationer at diske op med, eller om hun frit kunne gå nu.

Han havde forklaret, at hun var fri til at gå, men at han var ked af det, hvis hun havde opfattet tingene på den forkerte måde. Hun havde takket for samtalen, rejst sig og forladt ham.

Opfattet tingene på den forkerte måde, tænkte hun, netop da taxaen passerede Johanneshovs isstadion. Hvordan pokker havde han troet, at jeg ville opfatte dem?

Og vigtigst af alt: Hvordan ville hun have reageret, hvis hun virkelig ikke havde forstået, hvad han talte om? Præcis som hun nu havde gjort, eller helt anderledes?

Spørgsmålet var umuligt at besvare, men hun forstod, at det var netop imellem disse linjer, han nu sad tilbage på Royal Viking og søgte efter et svar. Under alle omstændigheder føltes truslen om et sammenbrud lige nu overstået. Det var ganske vist fejet ind under gulvtæppet, men mere kunne hun nok ikke forlange. Hun så på uret og indså, at hun om mindre end to døgn ville sidde på flyet til Bangkok. Det føltes ... det føltes ikke rigtigt virkeligt.

Det var ikke før, hun havde betalt den milde, mørkøjede taxachauffør og var trådt ind i entreen på Musseronvägen, at det andet spørgsmål dukkede op.

Hvor i alverden havde han fået oplysningerne om Jakob fra? Han kunne vel ikke bare have fundet på det?

40

Kristoffer Grundt vandrede planløst rundt i midten af Stockholm. Klokken var halv syv om aftenen. Der var tre kvarter, til filmen på Rigoletto skulle begynde. *The Usual Suspects*, han havde hørt, at den var god. Eller læst. Tiden gik langsomt. Han havde spist en hamburger på McDonald's og havde været inde i forskellige butikker for at ose. Åhléns og PUB og nogle indkøbscentre. Havde også spist slik, til han begyndte at få kvalme. Til sidst havde han smidt resten i en papirkurv. Fik han lyst igen, havde han jo mere end fire kilo tilbage, låst inde i en boks på hovedbanegården.

Det var holdt op med at sne, gaderne og fortovene var fulde af sjap. Masser af mennesker og masser af trafik. Pludselig kom han frem til en plads, som han kunne genkende. *Kreatima*? Havde den ikke heddet noget andet, da det skete? Det havde han en fornemmelse af. Under alle omstændigheder lå der en stor farvehandel, og det passede. Det var her, Olof Palme var blevet skudt. Kristoffer standsede op. Det var sket nogle år før, han selv blev født, men han havde fået pladsen udpeget mindst tre gange tidligere. Praktisk taget hver gang, han havde været i Stockholm.

Og bagefter flygtede morderen ind på Tunnelgatan. Var det ikke sådan? Han stirrede ind i den smalle passage. Op ad trapperne, som var det, der havde udgjort flugtvejen.

Dengang. Og nu stod han selv i begreb med at blive morder. Han tændte en cigaret og så sig omkring. Folk hastede forbi i alle retninger. Alle så ud til at have travlt. Alle så ud til at være på vej til noget vigtigt. Bilerne sprøjtede sjap fra hjulene. Ingen tog sig af noget. Ingen tænkte så meget som et sekund på, at det var lige her, at Sveriges statsminister var blevet myrdet. Men det er klart, det var jo mere end tyve år siden. Kristoffer greb fat om våbnet i sin jakkelomme. Og her står jeg, tænkte han, her står jeg med en pistol i lommen. Hvis Göran Persson spadserer forbi, så kunne jeg også skyde ham. Jeg ville faktisk kunne gøre det. Det ville nok sætte gang i alt muligt.

Det er så helvedes nemt at slå ihjel. Han havde aldrig tænkt på det tidligere. Det er bare at løfte sit våben og trykke af. Han sugede på cigaretten og lo for sig selv. Man behøvede ikke at være syg i hovedet eller terrorist eller bruge stoffer for at gå ud og myrde; alt hvad der krævedes var, at man trak sit våben frem og trykkede af. Det tog ikke mere end et sekund at tage livet af et menneske, det var den barske sandhed. Et eneste, sølle sekund for at sætte en stopper for den lange række af dage og aftener og nætter. Og det spillede ingen rolle, hvem der stod i vejen for kuglen. Om det var en konge eller en tigger. Trykket fra en pegefinger. Så var det slut. Det var lige meget, om man ejede hundrede millioner eller var verdens mest berømte filmstjerne. Eller bare en sølle vagabond.

Det var en smule isnende. Men faktisk også en smule retfærdigt. Hvis jeg trækker pistolen og skyder den der kvinde i den røde jakke og derefter løber væk akkurat som Olof Palmes morder, tænkte Kristoffer, så er der ingen, som vil få fat på mig. Blot løbe som bare fanden tyve-tredive meter, så ned ad trappen, rundt om hjørnet og derefter gå normalt. Han stirrede ind i gyden igen, det ville være så nemt som ingenting.

Kvinden i den røde jakke kom langsomt imod ham, virkede ikke stresset som de fleste andre, tværtimod snakkede hun i mobiltelefon og lo. Hun var ikke specielt køn, tænkte Kristoffer. Sikkert omkring de fyrre, selvom hun forsøgte at se yngre ud. Støvler med høje hæle og sorte, stramme cowboybukser. Afbleget. Måske var hun luder. Hvorfor ikke, det vrimlede med ludere i Stockholm, det vidste enhver. Hun kom imod ham, og han mærkede, at han strammede grebet om pistolen i lommen.

Nu, tænkte han. Nu gør jeg det. Et prøveskud på det sted, hvor Olof Palme blev myrdet, fanden tage mig!

"Hej, Gittan!"

En mand kom løbende over fodgængerovergangen. En bil bremsede og dyttede arrigt. Kvinden standsede op.

"Jörgen? Hvad fanden ...?"

De gav hinanden et knus. Lo så og omfavnede hinanden endnu en gang. Kristoffer trak vejret dybt og begyndte at gå. Herregud, tænkte han. Hvad er det med mig? Hvad har jeg gang i? Jeg var jo lige ved at ...?

Eller også havde det ikke været så tæt på. At tænke på noget var en ting, at gøre den en anden. Måske var der endnu nogle blokeringer i ham. Måske var der flere, ja, det kunne godt tænkes, at der var en række af spærringer, der sørgede for at ... at man ikke gjorde den slags vanvittige ting. At fingrene nægtede at adlyde hjernens ordrer for eksempel. Nægtede at trykke af i det afgørende øjeblik.

Pludselig blev han kold. Tænk hvis det var sådan. Han sugede på cigaretten og kastede den fra sig, til trods for at den kun var halvt røget. Begyndte at gå igen. Tænk hvis han ikke var i stand til at trykke af, når han stod der foran Jakob Willnius! Tænk hvis ... hvis modet svigtede ham? I nogle sekunder følte han, hvordan rædslen for sådan en udvikling var ved at kvæle ham, det næsten sortnede for hans øjne, og slikket og nikotinen omfavnede hinanden i hans mave – men så, lige i det kritiske øjeblik, hørte han Henriks rolige stemme langt inden i sig.

Tag det roligt, Kristoffer, sagde han. Du skal nok klare det her. Jeg er med dig, glem ikke det.

Og det var tilstrækkeligt. Uroen forlod ham på et sekund. Det var Henrik, det drejede sig om, intet andet. Hvis han bare holdt fast i det hele tiden, så ville ingenting gå galt.

Henrik, hans storebror og ledestjerne. Med et kom han til at tænke på Brødrene Løvehjerte, Jonatan og Tvebak, ja i sandhed!

Nu var han desuden nået frem til Rigoletto. Han så på uret. Syv på slaget. *The Usual Suspects* skulle begynde om femten minutter. Han skubbede glasdøren op og smuttede indenfor i varmen.

Gunnar Barbarotti var irriteret.

Han havde ligget på sin hotelseng og stirret op i loftet i over en time. Sådan her føles det, tænkte han. Netop sådan her føles det, det kan jeg huske nu.

Det, han kunne huske, var det problem, som en eller anden havde døbt som detektivens dilemma – *The Detective's Dilemma*, og det stammede helt givet fra den anden side af Atlanterhavet. En af de hårdkogte typer fra fyrrerne antagelig. Gunnar Barbarotti var ikke videre velbevandret i den kriminallitterære underskov, men Hammett og Chandler havde han da læst. Plus en enkelt Crumley.

Den følelse kom, når to ting var til stede. Det var det, der var forudsætningen for dilemmaet.

For det første at man var i besiddelse af den viden, der udgjorde nøglen til den sag, man arbejdede på.

For det andet at der ikke var nogen måder, man kunne anvende denne viden på.

Inkompatibilitet, som det hed nu om dage.

Men måske var viden et lidt for stærkt ord i sammenhængen.I *denne* sammenhæng. Og måske var der ikke tale om noget klart dilemma, når alt kom til alt. For hvis han virkelig var sikker på, at der var noget galt med Kristina Hermansson – noget virkelig galt – så ville han vel også have fundet på en måde at få fat i hende. Ikke?

Hvis bare intuitionen havde lidt mere tyngde.

Der var noget med hende, den sag var klar. Intet fornuftigt menneske med rent mel i posen ville have opført sig, som hun havde gjort under samtalen på Royal Viking. Hun havde set ud som ... ja, som en modstander; samtalen havde været en slags kraftprøve, og det var akkurat dette, som var det afgørende. Hvorfor havde hun været så nervøs? Hvorfor ville hun ikke hjælpe til, hvis det nu faktisk forholdt sig sådan, at der var dukket nye spor op i efterforskningen af hendes søstersøns forsvinden? Ville det ikke have været naturligt, at hun også ønskede at få fat i morderen – hvis knægten nu virkelig var blevet myrdet? Hvorfor holdt hun sig tilbage? *Hvorfor?*

Men her måtte han også lige holde en pause og ransage sig selv. Måske var det hans egen fejl, at det var gået sådan. Han havde omtalt familieaspektet som næsten det første, og et angreb på familien Hermansson Grundt blev måske helt automatisk også et angreb rettet mod hende. Mod Kristina. Og mod hendes mand. Faktisk var det måske den naturligste ting i verden, at hun gik i forsvarsposition?

For hvad var det egentlig, han havde hævdet? Hvad var det for påståede fakta, som skjulte sig bag hans røgslør?

At hendes mand, Jakob Willnius, på en eller anden måde havde med forsvindingssagen at gøre? Var det ikke lige bestemt det, han havde siddet og insinueret? Var der overhovedet plads til andre fortolkninger?

Og var det ikke det, han inderst inde troede – og gjorde alt for at lade, som om han ikke troede?

Fandens også, tænkte Gunnar Barbarotti og rejste sig fra sengen. Hvis jeg ikke engang kan bedømme, hvilke motiver og bevæggrunde jeg selv har, hvordan skal jeg så kunne afgøre, hvad andre tænker og mener?

Og hvad helvede havde Jakob Willnius haft af motiver til at skaffe sig af med knægten? Han kendte ham jo ikke engang.

Et springende punkt, ingen tvivl om det. Barbarotti tog sin frakke på og forlod hotelværelset. Klokken var over syv, en gåtur i snesjappet og en middag på en nogenlunde mennesketom restaurant kunne måske brænde lidt slagger ud af knoppen. Han burde i det mindste forsøge at slippe af med det mentale billede af Klampenberg fra anklagemyndigheden, som grinede ad ham, når han kom og præsenterede fakta i sagen.

Og hvad har du så at anføre vedrørende denne Willnius?

Hans ekskone påstår, at han er gennemført usympatisk, min gode hr. anklager.

Nej, fy for fanden, tænkte Gunnar Barbarotti og stak hænderne i frakkelommerne, da han kom ud på gaden. Det her går slet ikke.

Han kunne mærke, at han ikke var det mindste sulten, og besluttede sig for at gå en halv times tid først. Mindst. Han lagde vejen forbi Åhléns og Sergels Torg og fortsatte mod nord. Da han havde krydset Sveavägen ved Koncerthuset fik han øje på en biografplakat. *The Usual Suspects*. Biografen hed Rigoletto.

Han så på uret. Halv otte. Ærgerligt, tænkte han, den har allerede kørt i et kvarter. Ville gerne have set den igen.

Han trak på skuldrene og fortsatte ad Kungsgatan ned mod Stureplan. Mærkede, at han begyndte at fryse og indså, at han havde efterladt både handsker og halstørklæde på hotelværelset.

Og irritationen gnavede i ham.

"Du er forsinket," sagde hun. "Jeg troede ..."

"Selvfølgelig er jeg forsinket," sagde Jakob Willnius og tog sin frakke af. "Zimmerman kasserede hele oversættelsen. Jeg fatter ikke, hvad vi betaler de forbandede manuskriptsmørere for. Og det var jo temmelig vigtigt, at vi blev færdige i dag, ikke?"

"Hvad mener du?"

"Har du glemt, at vi tager til Thailand på søndag? Du tror vel ikke, at jeg har lyst til at efterlade det her i hænderne på Törnlund eller Wassing?"

"Nej, det kan jeg godt se. Vil du spise med det samme?"

"Nej, jeg vil først have en forbandet stor Laphroaigh. Og jeg foreslår, at du også tager en."

"Jakob, jeg er i syvende måned."

"Det er jeg klar over. Jeg tænkte bare, at du havde brug for en for nervernes skyld."

"Hvad mener du? For nervernes skyld?"

Han gik over til barskabet og fandt en flaske frem. "Jo, du hørte rigtigt. For nerverne. Sådan at ..."

"Ja?"

"Sådan at du kan holde tungen lige i munden."

"Nu er jeg ikke rigtigt med."

"Ikke det? Jo, det tror jeg egentlig, at du er. Det forholder sig nemlig sådan, at jeg kørte forbi Royal Viking her i eftermiddag. Zimmerman bor der, mens han er i byen, og han skulle bare hente et eller andet på sit værelse. Omkring klokken kvart over tre, da du sad og snakkede med din veninde derinde ... hvad var det nu, hun hed igen?"

"Henriette."

Pludselig var hun ikke sikker på, at det var det rigtige navn. Havde hun sagt Henriette eller Josefin? Begge to eksisterede i den virkelige verden, hun var så dårlig til at lyve, at hun var nødt til at bruge gamle veninder selv i en situation som den her.

"Henriette, ja. Det sjove er ... ja, kan du gætte, hvad det sjove er?"

"Nej, jeg forstår ikke ... hvad er det, du taler om, Jakob?"

Han hældte fire centimeter op, før han svarede. Satte omstændeligt proppen på plads og tog en slurk. "Det sjove er," sagde han, "at mens jeg sad der i bilen og ventede på Zimmerman, så jeg en bekendt komme ud fra hotellet. Jeg går heller ikke ud fra, at du kan gætte, hvem det var."

Hun rystede på hovedet. Pressede neglene ind i håndfladerne og ønskede, at det kunne lade sig gøre at begå selvmord på den måde. Eller blive usynlig.

"Den der forbandede politimand. Ham, der ringede hertil forleden. Er det sikkert, at du ikke vil have en lille whisky? Jeg tror, vi har en del at snakke om i aften."

41

Tiden gik så langsomt.

Da Kristoffer var steget på den grønne linje på tunnelbanestationen, kom han i tanke om det der ejendommelige ønske, han havde siddet og tænkt på for snart et år siden. Dengang da hele familien havde været på vej i bilen ned til Kymlinge, og der endnu ikke var sket noget.

Om at få lov til at springe over et stykke af sit liv.

Hvis han huskede ret, havde han den gang villet slippe for tre eller fire dage. Bare for hurtigere at komme hjem til Sundsvall og Linda Granberg. Linda Granberg, som senere hen først havde svigtet ham med en af brødrene Niskanen fra Liden og derefter var flyttet til Drammen.

Så latterligt umoden han havde været dengang. Alligevel var det mindre end et år siden. Men der var jo også sket både det ene og det andet, tænkte Kristoffer Grundt. Unægteligt.

Men lige nu på denne mørke og skæbnesvangre decemberaften, præcis i de her sekunder, da det gav et ryk i toget, og det satte sig i bevægelse igen, havde han altså det samme ønske i hovedet igen. Om at kunne springe over noget tid. Men i aften bad han ikke om så meget. Ikke fire dage. Det ville være nok med ... ja, faktisk to timer.

Så han slap for mørket og kulden.

Og ventetiden. Han ville sikkert være fremme ved Skogskyrkogården engang mellem halv ti og ti. Det var helvedes meget for tidligt. Tænk hvis det havde kunnet lade sig gøre at manipulere med timerne, sådan at det blev kvart i tolv i stedet. Det ville have været godt, tænkte Kristoffer. Men som det var nu, kunne han ikke fortsætte direkte til Musseronvägen, det var for risikabelt. Nogen kunne få øje på ham og lægge mærke til hans udseende. Selve indbruddet kunne han ikke begynde på før tidligst klokken et, det havde han bestemt. Eller måske senere endnu, hvis det viste sig, at Kristina og Jakob blev længe oppe. Mindst en time skulle der gå, fra lyset blev slukket, det havde han også bestemt. Det drejede sig om at holde fast i planen. Hvis man bare huskede at gøre det, behøvede man ikke træffe en masse forkerte beslutninger undervejs.

Men altså mindst to timer at slå ihjel, før tiden var inde. Det føltes som den rene uendelighed. Naturligvis kunne han have tilbragt hele tiden nede i tunnelbanen med at køre frem og tilbage mellem forskellige stationer og stige af og på nogle gange – men han havde det ikke godt med tunnelbanen. Følte sig ikke hjemme. Der var en stemning af rædsel og fjendtlighed hernede, han brød sig ikke om det.

Noget der hang i luften og virkede, som om det kunne eksplodere, hvad øjeblik det skulle være. En gruppe højrøstede, unge mennesker holdt til lidt længere fremme i den vogn, han sad i. Den fyr, som sad lige over for ham, var tilsyneladende påvirket af stoffer; en skeløjet, enormt stor fyr, der tyggede på sin underlæbe hele tiden og kløede sig på håndleddene. Han vejede sikkert hundrede og halvtreds kilo, og hvis de forkerte tanker dukkede op i hans maskinklippede hoved, kunne han sikkert finde på at stikke Kristoffer en. Bare fordi han sad og så hoven ud eller sådan noget. Eller fordi man kunne se på ham, at han kom fra Norrland.

Men så skyder jeg den skiderik, tænkte Kristoffer, og et desperat grin var ved at slippe ud af struben på ham.

Han fik styr på det. Bestemte sig for at lade, som om han sov i stedet, det kunne ingen vel have noget imod? Han lukkede øjnene og lænede hovedet mod vinduesruden. Toget bremsede op. En metallisk stemme meddelte, at man var ankommet til Skanstull. Fem stationer endnu, tænkte Kristoffer. Han havde lært dem udenad. Gullmarsplan. Skärmarbrink. Blåsut. Sandsborg. Og så Skogskyrkogården. Der skulle han stige af. Måske skulle han gå en tur ind over selve kirkegården? Slentre rundt mellem gravene en tid, den var temmelig stor, efter hvad han havde hørt. Måske var det en god måde for en morder at lade op på? Måske skulle han forsøge sig med et prøveskud?

Nej, det var for meget. Man går ikke rundt og skyder med skarpt på en kirkegård. Men traske lidt rundt og samle sig altså, det var vel det, det endte med. Ryge nogle cigaretter, købe en pølse og en kakaomælk et sted, han havde penge nok til det, og koncentrere sig for alvor. Forsøge at holde varmen.

Og så under Nynäsvägen, når klokken var blevet tolv. Ind i Gamla Enskede og videre til Musseronvägen. Synes du ikke, det er en god plan, Henrik, spurgte han inden i sig selv.

Togets bremser begyndte at hvine igen, og Henrik svarede, at det var en skidegod plan.

Der var ingen officielle besøgstider på Vassrogga, og egentlig opfordrede man slet ikke til besøg i det hele taget. Uplanlagte besøg fra yderverdenen mente man forstyrrede behandlingen, men med Benita Ormson gjorde man fredag aften en undtagelse. Benita Ormson var ikke bare en gammel ven af Ebba Hermansson Grundt, hun var også selv aktiv som psykiater. Måske nok en anelse for langt ovre til den kognitive side, men ukendt var hun ingenlunde. Man mente dog ikke, at det ville påvirke patienten negativt i nævneværdigt omfang med en times samvær. Det var trods alt fredag, og fra begyndelsen havde det faktisk været meningen, at fru Hermansson Grundt skulle tilbringe weekenderne sammen med sin familie.

Benita Ormson havde to gaver med til sin gamle veninde og studiekammerat, og da de var blevet alene i rummet, tog hun dem frem. Den ene var en pose Mariannekarameller, den anden var en bibel.

"Jeg er ikke religiøs," forklarede Ebba.

"Heller ikke jeg," sagde Benita Ormson. "Overhovedet ikke. Men Biblen er noget andet, forstår du."

"Hm," sagde Ebba.

"Hvordan har du det?" spurgte Benita Ormson. "Egentlig?"

"Hvad mener du med *egentlig*?"

"Jeg mener, at jeg forstår, at du kan lide at være her, og at du er tilstrækkeligt intelligent til at producere en begrundelse for det."

Ebba sad tavs og tænkte en tid.

"Et skarpt intellekt er i sandhed en overvurderet følgesvend."

"Det er jeg enig i," sagde Benita Ormson. "Hjertet kender veje, som fornuften ikke gør."

"Det har jeg hørt," sagde Ebba. "Men jeg tror, mit problem er, at jeg ikke kan se den mindste grund til, at jeg skulle leve videre."

"Hvorfor gør du det så?"

"Lever videre?"

"Ja."

"Det ved jeg ikke rigtig. Måske synes jeg, at også det er en slags pligt. At man faktisk er nødt til at leve sit liv til ende, når man nu har fået det."

Benita Ormson nikkede. "Og den indsigt har du fået, efter at din søn forsvandt?"

"Ja. Jeg ved godt, at de tanker kan ramme os alle ... i større eller mindre grad ... og at de fleste kan bearbejde dem og komme videre. Men når det drejer sig om mig, så går det altså ikke. Sagen er ... ja, det blev simpelthen lidt for brutalt."

"Du går ud fra, at Henrik er død?"

"Ja. Det vil jeg mene, at jeg gør."

"Og hvorfor betød akkurat Henrik alt for dig?"

"Det er ikke noget, jeg selv har bestemt. Må jeg tage en Marianne?"

"Værsgo."

"Tænk, jeg tror faktisk ikke, at jeg har smagt de karameller, siden vi sad og læste til eksamen."

"Heller ikke jeg. Men hvorfor netop Henrik? Når man får børn, indgår det i vilkårene, at de kan dø før os. Der er ingen garantier, det ved du lige så godt som andre forældre."

"Jeg ... jeg tror, at jeg havde glemt det."

Benita Ormson lo. "Ja, det havde du jo nok, lille Ebba. Der findes sikkert både det ene og det andet, du har glemt undervejs. Men alligevel gælder de betingelser for os alle, og det plejer at hænge sammen, til man bliver omkring de fyrre. Du er i godt selskab."

"Jeg har ikke lyst til at være i det selskab."

"Det ved jeg. Du er ikke noget selskabsmenneske, Ebba, men nogle gange klarer man sig ikke alene. Det var derfor, jeg tog Biblen med til dig."

"Herregud, Benita, du ved jo, at jeg ..."

"Nogen skal man omgås, Ebba. Nogen må man tale med. Du har været sammen med dig selv i fyrre år, og nu er du blevet træt. Nu må du vælge, andre mennesker eller Vorherre."

"Jeg betakker mig for den slags ..."

Benita Ormson løftede den ene hånd, og Ebba afbrød sig selv. Tog en ny karamel og betragtede veninden med øjnene fyldt til randen af skepsis. Der gik nogle sekunder.

"Jeg forstår," sagde Benita Ormson. "Du foretrækker at holde alle døre lukkede. Også for mig. Men det er dit valg, Ebba, og det er dig, det drejer sig om. Jeg er ikke det mindste religiøs, det ved du. Måske er jeg ikke engang troende. Men i den bog er ti tusind års menneskelig erfaring samlet. Det er ikke et propagandaskrift, det er visdom. Det, du har brug for, er trøst. Trøst og kærlighed og en stor dosis nåde, der er intet andet, som kan hjælpe dig. Alle andre spørgsmål har ganske enkelt for lille vægt. Jeg tror, at du er indsigtsfuld nok til at forstå det. Men vis er du ikke. Du er forkrøblet, Ebba, du har valgt at blive siddende sammen med Henrik i et lukket rum, et snævert mørke. Sørg i det mindste for, at det bliver lidt større, slip lidt lys ind. Men som sagt, du gør, som du vil, og jeg ..."

"Og du?"

"Jeg er bare budbringeren. Don't shoot the messenger, Ebba."

"Det ved jeg godt."

"Jamen, så?"

"De er faktisk ret gode, de karameller. Tænk, at det er så lang tid siden ... og at de stadigvæk findes."

"Naturligvis findes de stadigvæk, Ebba."

Tavshed. Lang tids tavshed. En plejer kommer og åbner døren på klem. Lukker den igen, da han får øje på de to kvinder på hver sin sengekant.

"Hvad sidder du og tænker på, Ebba?"

"Jeg tænker ... jeg tænker på Kristoffer. Undskyld mig, Benita, jeg tror, jeg er nødt til lige at ringe til min mand."

"Du ved bedst selv, hvad du er nødt til at gøre, Ebba. I dag som alle andre dage."

"Tak Benita. Tak, fordi du kom, men det her er jeg faktisk nødt til at gøre noget ved med det samme."

"Naturligvis, Ebba. Naturligvis. Jeg lader dig alene med Biblen og karamellerne, og så kommer jeg tilbage en anden dag i stedet for."

På en eller anden måde stod hun imod det.

Det undrede hende, at hun kunne klare det. At hun insisterede, til trods for Jakobs mere eller mindre målbevidste angreb. Måske skyldtes det, at hun var ædru, måske var det så enkelt. Jakob drak Laphroaigh, glas efter glas, hans stemme fik mere og mere luft i sig, men han brusede ikke op. Roen var der stadigvæk i ham, lå der som en kobra i solen og ventede. Det er det, der er hans problem, tænkte hun, hans livs problem. At han kan lagre og lagre og lagre sine følelser, til han pludselig bliver helt fuld af dem og eksploderer.

Men eksplosionerne var også kølige på en eller anden ejendommelig måde, indså hun. Beregnende. Han tabte aldrig besindelsen, ikke helt og holdent. Selv da han slog Henrik ihjel, havde han haft kontrol over, hvad han gjorde.

Selv dengang. Da hun tænkte efter, var det måske lige akkurat det, der var det mest rædselsfulde.

Kontrollen. Den umenneskelige ro.

"Hvad syntes du om ham?"

"Hvem?"

"Ham strømeren. Da han var her i januar?"

Klokken var kvart over elleve. De sad i lænestolene foran det åbne ildsted. Kelvin sov oppe i sin seng og havde gjort det i to timer. Jakob tændte en smal, sort cigar. Barrinque, det var det eneste mærke, han røg. Blev specialimporteret af en lille butik på Hornsgatan bare for hans skyld.

"Jeg kan knap nok huske ham, Jakob, kan vi ikke snakke om noget andet?"

"Om hvad for eksempel?"

"For eksempel om Thailand? Vi er vel nødt til at tage ind til byen for at købe nogle guidebøger i morgen."

"Det har jeg allerede gjort. Smuttede forbi Hedengrens og fandt tre. Så den detalje er klaret. Men hvad syntes du om ham?"

"Jeg kan ikke huske det, Jakob. Herregud, jeg siger jo, at jeg ikke kan huske ham. Hvad er det egentlig, du har mistanke om?"

"Mistanke?"

"Ja."

"Er der da grund til at mistænke noget?"

"Nej, men du lyder, som om du gør det."

"Jeg har bare lidt svært ved at tro på tilfældigheder. I visse sammenhænge."

"Jeg forstår dig ikke."

"Det tror jeg, at du gør."

"Nej, Jakob, det gør jeg ikke. Hvad er det egentlig, du vil have mig til at sige? Jeg har ikke noget at skjule."

Han tog en slurk og et sug på cerutten. Skærpede argumenterne.

"Hør nu her," sagde han. "Ham strømeren ringer hertil i begyndelsen af ugen og spørger efter dig. Han bor nede i Kymlinge, det er fire hundrede kilometer herfra. Tre dage senere ser jeg ham komme ud fra Royal Viking, præcis på det tidspunkt min kone påstår, at hun sidder derinde og snakker med en veninde, jeg aldrig før har hørt om."

"Hvor mange af mine veninder kender du, Jakob?"

"Et par stykker."

"Vel gør du ej. Kan vi ikke gå i seng nu, jeg er faktisk træt ..."

"Jeg vil gerne blive siddende lidt og snakke med dig, Kristina. Men okay, jeg lover at slippe det her emne. Kan vi ikke slukke lyset og sætte os i sofaen. Med lidt Coltrane?"

Han begynder at blive liderlig, tænkte hun. Der var ekstra meget luft i stemmen nu. Men det var måske også det bedste. Hun sukkede. Lydløst og forsigtigt. To dage endnu, måske ville hun kunne klare det.

Kommissær Barbarotti kom tilbage til sit hotel klokken elleve. Til trods for at han havde drukket to glas rødvin og en dobbelt cognac, frøs han. Stockholm var råkold, en nordlig vind hylede gennem gaderne og hvirvlede den sne op, som endnu ikke var smeltet væk i kraft af varmerørene under gadebelægningen. Fy for pokker, tænkte Gunnar Barbarotti. Jeg er glad for, at jeg ikke bor her. Hvordan klarer de hjemløse sig? De må jo fryse ihjel hver eneste nat.

Da han var kommet op på sit værelse, ringede han til Marianne. Vejret i Helsingborg var ikke meget bedre, fortalte hun. Tre plusgrader, regn og stærk vestlig vind.

Hun lod ham også vide, at hun godt kunne have brugt en mand og et glas rødvin til at varme sig på.

Gunnar Barbarotti spurgte, om det ikke tilfældigvis forholdt sig sådan, at der gik et nattog op fra Skåne til Stockholm om sådan cirka en halv time. Han var parat til at tage imod hende på banegården i morgen tidlig, og han havde et hotelværelse, som var reserveret endnu en nat.

"Jeg troede ellers, at du var på arbejde deroppe," sagde Marianne.

"Ikke rigtig hele tiden," forklarede kommissær Barbarotti.

"Jeg er bange for, at mine børn har brug for mig hele weekenden," sagde Marianne. "Måske kunne man få et lidt tidligere varsel næste gang?"

Gunnar Barbarotti lovede, at han ville sørge for det i fremtiden, derefter udvekslede de ligegyldigheder en tid, og så lagde de på.

Arbejde, tænkte han, og gik hen til vinduet og kiggede ud over banegården og rangerterrænet. Jo, det var vel sådan, det havde været tænkt. *Havde været* tænkt. Men det var gået lidt skævt.

Eller var det ikke? Var det bare hans naturlige aftendepression, som spillede ham et puds? Hvad havde han egentlig forventet sig af samtalen med Kristina Hermansson? At hun skulle bryde sammen og tilstå et eller andet – guderne måtte vide hvad?

Næppe. Men egentlig, tænkte han med en lige så pludselig som uventet optimisme, mens han skruede kapslen af en af minibarens små rødvinsflasker ... forholdt det sig ikke sådan, at hans mistanke havde fået vind i sejlene? Faktisk. Hun havde helt sikkert siddet og puttet med en del der i lobbyen på Royal Viking.

Var det ikke rigtigt? Og havde det ikke akkurat været det, han havde været ude efter at få bekræftet? At der var noget galt med parret Hermansson-Willnius ude i idyllen i Gamla Enskede. Noget, der ikke stemte, og som han ikke blot kunne ignorere, nu da han alligevel var taget herop.

Han tog en slurk af plastikflasken og hældte resten ud i håndvasken på badeværelset. Rævepis, tænkte han. Og den slags skal man betale 65 kroner for, når man rejser.

Men hvad med ham Jakob Willnius altså? Var det ikke bedst at tage tyren ved hornene?

Han fik tøjet af og gik ind og stillede sig under bruseren. Skruede op for det varme vand og besluttede sig for at blive stående, til han havde truffet en beslutning.

Det tog tyve minutter, og da han krøb i seng, var han langt fra sikker på, at det var den rigtige beslutning – men nu var den i det mindste truffet, så han følte sig lidt bedre til mode, end da han stred sig igennem snestormen ude på hovedstadens gader og stræder for en time siden. Faktisk.

42

Kristoffer Grundt frøs.

Klokken var tyve minutter over tolv. Endelig. Han passerede langsomt forbi huset på Musseronvägen 5. Det var anden gang; for et kvarter siden var han gået forbi i den anden retning og på det andet fortov. Der var mørkt i alle vinduer, kun en lille gulrød lampe over yderdøren var tændt. Det havde været på samme måde for et kvarter siden. De sov; efter alt at dømme lå Kristina og Jakob og sov, ligesom alle deres naboer. Kristoffer forstod, at det her nok ikke var et område, hvor man festede til langt ud på natten. Faktisk ikke så meget forskelligt fra hans eget kvarter oppe i Sundsvall. Hvis man kom hjem efter tolv en eller anden aften, så plejede der at være bælgmørkt i alle husene. Ikke et øje var der.

Mens han havde vandret omkring på Skogskyrkogården og på gaderne på den anden side af Nynäsvägen, var han blevet slået af tanken om, at han ikke kunne finde det rigtige hus på Musseronvägen – men da han først fik øje på det, genkendte han det med det samme. Han forstod, at det bare havde været den slags fantasier, som mørket og kulden og ensomheden vakte i hovedet på ham. At gå ind og skyde den forkerte fyr, det havde ellers været noget!

Men der var altså ingen tvivl. Han genkendte både det ene og det andet. Gangen op til den lille trappe, hvor han og Henrik havde stået og sparket lidt til en bold for to og et halvt år siden. Det lille lysthus, som nu var helt dækket af sne ude på græsplænen. Terrassen, hvor de havde drukket saftevand og spist boller. Jo, det var helt sikkert her, de boede, moster Kristina og hendes mand, som han ville slå ihjel. Han fortsatte forbi huset og følte, hvordan han næsten blev en smule varm bare ved tanken.

Tanken om at slå ihjel. Det var sært, men det var måske sådan, det var. Måske begyndte blodet at rulle hurtigere gennem årene, når man tænkte på visse ting. Og ikke kun på piger.

Ellers havde han frosset temmelig længe. Havde købt sig en pølse og en kop kaffe ved en kiosk for en time siden sådan cirka, men det var også det eneste, han havde fået i maven. Man satte godt nok temperaturen en smule i vejret bare ved at røre sig, men det virkede ikke i al evighed.

Og endnu var det en smule for tidligt at skride til værket. Han besluttede sig for at tage en runde mere gennem hele området, og hvis alt så roligt ud, når han vendte tilbage til huset, så ville han slå til.

Er det okay, brormand, spurgte han.

Okay, svarede Henrik.

Fem minutter i et. Han havde ikke mødt et eneste menneske. Huset lå hen, lige så mørkt som det havde gjort for en halv time siden. Han frøs ikke lige så meget af en eller anden grund, måske var det på grund af spændingen.

Nå, tænkte han. Så går vi i gang, it's now or never. Han så sig til højre og venstre, maste igennem hækken og fortsatte ind i haven. Han havde besluttet sig for terrassedørene. Det var unødvendigt også at skulle hæve sig op over vindueskarmen, når man kunne gå direkte ind. Måske var det muligt at skubbe dørene op bare ved at lægge skulderen imod og trykke lidt, sådan var det hjemme på Stockrosvägen.

Han maste sig gennem sneen. Der lå næsten en halv meter høj flere steder i haven, ude på gaden var det meste af den smeltet. Eller var blevet fjernet af sneplovene. Kom op på terrassen. Konstaterede, at der var dobbeltdøre, akkurat som han havde forestillet sig, og listede sig frem imod dem. Der var trægulv her og ingen sne, fordi der var tag over. Det knirkede en smule, men kun ubetydeligt. Ingen fare, tænkte Kristoffer. Han kneb øjnene sammen og kiggede ind gennem vinduesglasset, men kunne næsten ingenting se derinde. Der var ingen håndtag på ydersiden, men det virkede, som om dørene åbnede indad. Han stod helt urørlig i fem sekunder, derefter prøvede han forsigtigt at sætte skulderen imod.

Intet skete. Han samlede hænderne, bøjede sig frem og forsøgte at se, hvordan håndtagene så ud på indersiden. Et helt almindeligt håndtag på den ene af dem, så vidt han kunne bedømme. Han trykkede en gang til, lidt hårdere. Mente, at døren gav sig en smule. Men det ville nok kræve et ordentligt stød at få træet til at give efter.

Og det ville kunne høres. Han besluttede sig for at satse på det andet alternativ. Lave et lille hul med kolben på pistolen, for derefter at fjerne så meget glas, som det var nødvendigt. Han var ikke helt sikker på, at det ville virke, men han havde set det gjort meget effektivt på film for et par måneder siden. Det vigtige var, at man ikke fik store stykker glas banket løs, så de faldt ned. Det ville klirre af helvede til.

Men en kort lyd af smadret glas ville man ikke vågne af. Ikke hvis man lå og sov på førstesalen. Og skulle man vågne, ville man undre sig over, hvad det skete, blive enig med sig selv om, at det var en kat, og falde i søvn igen. Det var vigtigt, at der gik lidt tid, før man begyndte at gøre hullet større. Og vigtigt, at det foregik lydløst.

Han tog pistolen op af lommen. Talte til fem og slog til. Det klirrede, da glasstumperne ramlede ned. Han gik ned på knæ helt inde ved husvæggen for ikke at kunne ses, hvis nogen derinde tændte lyset. Holdt sit våben skudklart; hvis Jakob Willnius åbnede dørene og kom ud, så ville han meje ham ned omgående.

Intet kunne høres derindefra. Intet lys blev tændt. Han ventede næsten to minutter, før han atter rejste sig og kiggede ind. Kiggede på hullet i ruden, der var tilstrækkelig stort til, at man kunne stikke hånden ind, men først nu gik det op for ham, at der var dobbeltruder, og at han altså var nødt til at slå et hul mere.

Hvordan fanden kan jeg være så åndssvag, tænkte Kristoffer irriteret. Selvfølgelig har de dobbeltglas. Den film havde nok udspillet sig i et varmere land.

Men der var tavst som i graven derinde, og efter en tid havde han fjernet næsten hele den yderste rude uden at tabe det mindste stykke. Det virkede. Tiden var inde til at slå en gang mere, tænkte han. Løftede sit våben og slog til.

I næsten samme sekund glasstumperne raslede ned på gulvet derinde, blev lyset tændt. Der stod Jakob Willnius i døråbningen ud til entreen, splitternøgen, og stirrede på ham. Kristoffer tøvede et halvt sekund. Derefter kastede han sig ind gennem dørene med venstre skulder forrest. Han hørte træ, som splintredes, og glassplinterne føg omkring ham. Han nåede ind i rummet og stoppede op; Jakob Willnius bevægede sig ikke, Kristoffer kunne se, at han holdt et eller andet i hånden. En ildrager. Mærkede, hvordan en vild triumf boblede op inde i hovedet på ham, samtidig med at han så Kristina komme ned ad trappen bag sin mand. Hun var ikke nøgen, men havde viklet et rødt badelagen omkring sig og holdt også et eller andet i hånden, han kunne ikke se hvad.

Men en ildrager imod en pistol! Det var jo latterligt! Kristoffer løftede sit våben. Kristina skreg, og endelig bevægede Jakob Willnius sig; han løftede armene – stadigvæk med et fast greb om ildrageren – i en tåbelig gestus, som antagelig – ja, antagelig betød, at han gav op. Kristoffer lo. Sigtede direkte på brystet af ham og trykkede af.

Pistolen klikkede.

Han trykkede af igen.

Et nyt klik. Jakob Willnius sænkede armene og tog et skridt fremad.

Tredje gang. Denne gang klikkede den ikke engang. Pistolen var gået i baglås. Kristoffer stirrede på sit våben – og på sin hånd, som holdt våbnet – og på sin moster Kristina, der stod der med sit røde badelagen hen over sin strutmave, hun holdt noget i hånden og virkede helt igennem skrækslagen – og pludselig hørte han også, hvordan en eller anden brølede.

Det var ham selv. Det lød ikke rigtigt menneskeligt. Jakob Willnius var kun en meter fra ham nu.

43

Mobiltelefonen ringede, mens han spiste morgenmad.

Det var Eva Backman.

"Hvor er du?" ville hun vide. "Tog du til Stockholm eller hvad?"

Han tøvede et øjeblik. Derefter indrømmede han, at hendes formodning var korrekt.

"Godt," sagde Eva Backman. "Og du havde måske alligevel ret, når alt kommer til alt."

"Hvad mener du?"

"Jeg snakkede med Sorgsen her til morgen. Han ringede til mig altså. Havde tilsyneladende forsøgt at få fat i dig først, men du svarede ikke."

Gunnar Barbarotti kom i tanker om, at der havde stået *Ny meddelelse* på displayet, da han tog telefonen for at svare. "Jeg må have været i brusebad," sagde han.

"Jeg forstår. Men det forholder sig altså sådan, at en vis Olle Rimborg ringede til politiet i Kymlinge for ... ja, for en times tid siden sådan cirka."

Han så på uret. Klokken var kvart i ti.

"Olle Rimborg?"

"Ja. Og du er ikke klar over, hvem det er?"

"Aner det ikke," sagde Gunnar Barbarotti.

Eva Backman rømmede sig. "Han er ... blandt andet ... natportier på Kymlinge Hotel. Han har tidligere overvejet at ringe til politiet. Har tilsyneladende også gjort det, men er blevet hægtet af. Det er naturligvis ad helvede til, men det må vi kigge på senere."

"Hvad ville han?" sagde Gunnar Barbarotti. "Jeg har et æg stående, som er ved at blive koldt."

"Et kogt æg?"

"Ja, et kogt. Kom nu til sagen, fru Backman."

"Man skal ikke spise kogte æg, mens de er varme. Men også det skal vi måske tage op en anden gang. Ham Olle Rimborg var under alle omstændigheder på vagt den nat, hvor Henrik Grundt forsvandt. Natten mellem den 20. og den 21. december ..."

"Jeg kan godt huske, hvilken nat Henrik Grundt forsvandt."

"Godt. Olle Rimborg stod i receptionen den nat, og det han siger er, at Jakob Willnius vendte tilbage til hotellet klokken tre."

"Hvad?"

"Jeg gentager. Olle Rimborg, natportier på Kymlinge Hotel påstod her til morgen i en samtale med politiassistent Gerald Borgsen, at Jakob Willnius, efter først at have begivet sig på vej til Stockholm lige over midnat, vendte tilbage til hotellet cirka tre timer senere ... den der nat."

"Hvad i helvede er det, du sidder og siger?"

"Lige netop. Hvad i helvede er det, jeg sidder og siger? Eller rettere: Hvad er det, Olle Rimborg siger?"

Gunnar Barbarotti sad tavs i fem sekunder.

"Det behøver jo ikke betyde noget som helst," sagde han så.

"Det er jeg helt med på," svarede Eva Backman. "Men hvis ... *hvis* det betyder noget, hvad er det så, det betyder? Det var det spørgsmål, jeg stillede."

"Tak, det hørte jeg godt," sagde Gunnar Barbarotti. "Og senere ... senere kørte de så tilbage til Stockholm sammen, begge to?"

"Alle tre. Du glemmer lille Kelvin. Men de forlod hotellet omkring klokken kvart i otte, det er korrekt."

Kommissær Barbarotti betragtede sit æg. Jeg ville ønske, at jeg havde tyve centiliter rødvin mindre i blodet lige nu, tænkte han. Hvor fører det her egentlig hen?

"Hvor fører det her egentlig hen?" sagde han. "Hvor lang tid har du haft til at overveje det?"

"Et kvarter," sagde Eva Backman. "Godt og vel. Men analysen er ikke færdig endnu."

"Sagde han mere, ham Olle Rimborg?"

"Ikke meget, så vidt jeg ved."

"Men du har ikke snakket med ham?"

"Nej, kun med Sorgsen."

"Hvorfor ringede han i det hele taget? Optrådte Jakob Willnius ejendommeligt på en eller anden måde den nat?"

Eva Backman tænkte efter et øjeblik, før hun svarede.

"Det tror jeg ikke."

"Det *tror* du ikke?"

"Nej. Men alene det faktum, at han tager af sted klokken tolv, kommer tilbage klokken tre og derefter tager af sted igen før otte ... samme nat hvor hans svigerindes søn forsvinder ... jo, det ville jeg nok have fortalt. Omend lidt tidligere. Uanset hvad, så mente jeg, at det kom meget belejligt, nu da du er i Stockholm og så videre. Men du har måske allerede talt med hr. tv-produceren?"

"Kun med hans kone," sagde Gunnar Barbarotti.

"Ja så? Jamen, så kunne du måske også tage en snak med ham selv? Der er måske alligevel noget om det, som hans ekskone sagde."

"Jeg kaster mig over ham i eftermiddag," sagde Gunnar Barbarotti. "Det kan du være helt sikker på. Har du et telefonnummer til ham Rimborg?"

Han fik det og afsluttede samtalen.

Mærkeligt, tænkte Gunnar Barbarotti og slog toppen af sit halvlunkne æg. Det havde jeg jo allerede besluttet mig for. Men for fanden altså: Hvad betyder det der?

Hvad?

Leif Grundt var oprørt.

"Hvad mener du med, at du ikke ved, hvor han er?" råbte han ned i røret.

"Han sidder vel i toget," sagde Berit Spaak. "Tag det nu roligt. Eller også ligger han måske og sover hos den kammerat. Klokken er jo ikke mere end ti."

"Et kvarter over," sagde Leif Grundt. "I det mindste heroppe i Sundsvall. Har du et nummer til den kammerat?"

"Nej, desværre. Men det var en arbejdskammerat fra butikken. Måske hed han Oskar."

"Måske hed han Oskar! Er du sindssyg, Berit? Du må da for fanden vide, hvem han overnatter hos. Jeg har forsøgt at ringe på hans mobiltelefon i over en time nu ..."

"Batteriet er vel løbet tør for strøm. Og hvad har du egentlig gang i, Leif? Hvis du er så forbandet bekymret for ham, ville det sikkert være bedst, hvis han blev hjemme hos dig i Sundsvall hele tiden. Kristoffer er femten år gammel, og han bad om lov til at tilbringe den sidste aften hernede hos en kammerat inde i Uppsala. Det er vel ikke noget at hidse sig op over."

"Han sagde ikke noget til mig om de planer."

"Gjorde han ikke? Ja, men det er i så fald dit problem. Ikke mit."

"Tak. Men forstår du ikke, hvorfor jeg er urolig? Jeg vil jo ... jeg ville egentlig bare vide, hvornår han kommer i eftermiddag, så jeg kunne hente ham på stationen."

"Han sidder måske allerede i toget. Som sagt. Og du ved vel, hvor svært det er at ringe op fra et tog, ikke? Hvordan har Ebba det for resten?"

Leif Grundt forklarede, at med Ebba var det så nogenlunde ligesom det plejede at være, og lagde røret på. Derefter rejste han sig fra skrivebordet, men blev stående. Forholdt det sig faktisk sådan, tænkte han. Var det med Ebba nogenlunde, som det plejede at være?

Et godt spørgsmål. Endnu et godt spørgsmål.

Var der overhovedet noget, der var, som det plejede at være?

Det var i hvert fald på grund af Ebba, at han havde ringet til Berit og spurgt efter Kristoffer, og han vidste også, at hans irritation hovedsagelig var rettet mod ham selv. Det vidste han meget vel, nøjagtig som Berit havde sagt til ham.

For helt nøjagtigt ... helt nøjagtigt forholdt det sig ikke ganske, som han havde sagt til sin kusine. Det var nærmest helt omvendt. Han havde ikke været urolig for Kristoffer, det var det, der var problemet. Han orkede ikke at bekymre sig mere. Pligten til at blive ved med at orke var begyndt at løbe af ham, som vand af en dybfrossen gås. Hurtigt og effektivt. Alting brød bare sammen, sådan føltes det; pludselig kunne han ikke længere holde sammen på det, få tankerne til at følge de normale baner, få tingene gjort ... leve videre i denne uudholdelige, ramponerede virkelighed ... ikke med en forsvunden søn og en kone, der var på vej ind i mørket.

Men så, i går aftes, havde denne mørke kone ringet og sagt, at hun var bekymret for Kristoffer, og at hun ville tale med ham. Leif havde forklaret, at han aktuelt var i erhvervspraktik nede i Uppsala, og så havde Ebba bedt ham sørge for, at drengen kom hjem omgående. Han havde argumenteret en tid, men havde til sidst givet hende et halvt løfte om at ... ja, han vidste ikke helt hvad. Om at han ville ringe til Kristoffer og snakke lidt med ham i det mindste. Kontrollere, hvordan det gik med ham.

Det havde han også forsøgt at gøre resten af aftenen. Med jævne mellemrum og uden resultat. Han havde desuden ringet adskillige gange til kusine Berits telefon – både derhjemme og på mobilen – men havde heller ikke der fået noget svar.

Dette skyldtes, at hun sammen med Ingegerd havde været til fest hos en nabo. Det havde vist sig her til morgen. De var ikke kommet hjem før klokken tolv.

Mobiltelefonen? Hvad skulle hun med en mobiltelefon, når hun var til fest hos naboen? Ingegerd havde jo siddet ved siden af hende hele aftenen.

Leif Grundts nattesøvn havde ikke været god. Han blev stående i arbejdsrummet en tid, mens han betragtede sit billede i spejlet og tænkte på netop det. Jeg er toogfyrre år gammel, tænkte han. Den der grånede, småfede fyr i spejlet ser ud, som om han er mindst tooghalvtreds.

Han trak på skuldrene og trykkede nummeret til Kristoffers mobiltelefon.

Intet svar.

Gunnar Barbarotti besluttede sig for, at han ikke ville bruge telefonen.

I det mindste ikke hvis han kunne slippe for det. Han besluttede sig også for, at han ikke ville kontakte kollegerne i Stockholm.

De havde sikkert rigeligt at gøre med deres eget, og at komme traskende her som en simpel landbetjent og bede om assistance i sådan en sag føltes af gode grunde ikke specielt tillokkende.

Men han ringede til Backman og forklarede, hvad han havde tænkt sig at gøre.

Tage ud til Gamla Enskede. Finde frem til Musseronvägen 5, ringe på døren og derefter bede om svar på et eller flere spørgsmål. Helt enkelt.

Man kunne jo håbe på, at han var hjemme. Det var trods alt lørdag.

"En fremragende plan," sagde Eva Backman. "Er du sikker på, at hun ikke har fortalt ham om jeres møde?"

"Temmelig sikker," sagde Gunnar Barbarotti. "Vil du sørge for, at man kan komme i kontakt med dig, hvis jeg har brug for et godt råd?"

Det lovede Backman. Hun skulle alligevel ikke noget, det var jo lørdag. Der stod ganske vist tre forskellige hockeykampe på dagsordenen, men hun havde besluttet sig for at blive hjemme. De fire mænd i familien stod allerede nu ude i entreen og trippede.

"Godt," sagde Gunnar Barbarotti. "Jeg har en fornemmelse af, at vi er ret tæt på lige nu."

"Vær forsigtig," sagde Eva Backman.

Han tog tunnelbanen ud til Gamla Enskede. Steg af ved Skogskyrkogården, gik under Nynäsvägen og var fremme ved Musseronvägen 5 lige før klokken halv et. Han blev stående udenfor på fortovet og betragtede det smukke, gamle træhus med det brune tegltag, mens han forsøgte at lægge bånd på den stigende nervøsitet, han var begyndt at føle. Vejret var blevet mildere, gaderne var fulde af sjap, men inde i haven lå der stadigvæk et tykt lag sne både på træerne og på jorden. Det virkede ikke, som om der var noget liv i huset, og der var ingen bil parkeret i indkørslen. Måske var de ude at købe ind? Købe mad og vin og andre ting til om aftenen. I Östermalmcenteret eller sådan et sted. Han kunne huske, at han var blevet ramt af en vis klassebevidsthed sidste gang, han havde været på de her kanter. Men også af en fornemmelse af, at

Kristina Hermansson heller ikke hørte hjemme her.

Han gik ind gennem havelågen, op ad de tre trappetrin til fordøren og ringede på.

Ventede et halvt minut og ringede så på igen.

Ingen reaktion. Jeg er en idiot, tænkte Gunnar Barbarotti. Naturligvis er de ikke hjemme. Alle og enhver ved, at alle mennesker er ude for at købe ind klokken halv et om lørdagen.

Han gik ud på gaden igen. Plan B, besluttede han. Lidt at spise og derefter et nyt forsøg.

Og hvis heller ikke plan B virkede, så kunne man altid forsøge sig med plan C. Bruge telefonen. Trods alt. Han havde nummeret til adressen og Jakob Willnius' nummer på arbejde. Han havde hans mobilnummer, og han havde også konens mobilnummer.

Men som sagt, det var plan C. Der var en klar fordel ved at konfrontere Jakob Willnius ansigt til ansigt. Det var det, der var kongstanken. Så kunne han stille sine spørgsmål og iagttage reaktionen. Uden at give ham mulighed for at forberede sig først.

Jo, det ville helt klart være en fordel. Telefonen kunne anvendes, men den havde sine begrænsninger, tænkte kommissær Barbarotti. Man kunne ikke se den, man talte med. I det mindste var det ikke standard endnu, og det skulle man nok bare være taknemmelig for. De fleste af de samtaler, man gennemførte, var forhåbentlig ikke af den karakter, som han forventede sig, at samtalen med Jakob Willnius ville blive. Forventede og håbede. Han nikkede sammenbidt ved sig selv og begyndte at gå tilbage mod det lille torv ude ved Nynäsvägen, hvor der efter al sædvane og alle vedtagne normer og al normal byplanlægning også burde findes en form for restaurant.

Den hed Den Røde Lygte, og der tilbragte han knap en time i selskab med en portion biksemad, nogle syltede rødbeder og en letøl. Kaffe og en kedelig småkage. Eva Backman ringede en enkelt gang og spurgte til, hvordan det gik. Han svarede, at det bare var et spørgsmål om tid.

Klokken var fem minutter i to, da han for anden gang ringede på døren på Musseronvägen 5, og da han forsøgte for tredje gang, var den blevet halv fire. Nu var skumringen også faldet på, og regnen var også begyndt at piske ind på skrå.

Hvad fanden laver jeg egentlig, tænkte Gunnar Barbarotti, da han mismodigt begav sig på vej tilbage mod tunnelbanestationen. Hvorfor har jeg ikke i det mindste en paraply med?

Tre kvarter senere var han tilbage på sit værelse på Hotel Terminus og gik i gang med plan C.

"Øv da," sagde Eva Backman. "Står det så slemt til?"

Klokken var blevet halv otte om aftenen. Gunnar Barbarotti sad sammensunken i hotelværelsets eneste lænestol og stirrede trist på sine bukser. Der var to tydelige rødbedepletter på dem, en på hvert bukseben. Det eneste resultat af dagens arbejde, kunne man vel sige.

"Ja," sagde han. "Så slemt er det."

"Du lyder træt."

"Det skyldes nok, at jeg er det."

"Shit happens. De er vel ude at sejle eller den slags."

"I december måned? Er du skør?"

"Jeg forsøger bare at trøste en kollega, men det får man jo aldrig tak for. Vi må bare vente med at tage fat i den fyr, til han dukker op. Der er jo trods ikke nogen lov, som siger, at man skal svare på telefonen ... eller være hjemme."

"Tak, det er jeg klar over," sagde Gunnar Barbarotti. "Jeg siger jo også bare, at det er noget lort. Og folk plejer faktisk at svare på deres mobiltelefon. I hvert fald dem, jeg ringer til."

"Har du lagt en besked?"

"Naturligvis ikke. Jeg vil ikke give ham alle fordelene."

"Du lyder, som om du er temmelig sikker på, at han er indblandet på en eller anden måde."

"Gør jeg?"

"Ja, det gør du faktisk."

"Nå? Nej, jeg er overhovedet ikke sikker på, at han er indblandet, men jeg er sikker på, at jeg er meget opsat på at få en samtale med ham. På den anden side er det jo næsten et år siden, så måske haster det ikke så slemt."

“Det er jo netop det, jeg prøver at forklare dig,” sagde Eva Backman. “Tag det roligt. Gå ud og få en øl eller ring til hende Marie eller noget helt tredje.”

“Marianne.”

“Hvad?”

“Marianne. Hun hedder Marianne.”

“All right. Så ring og snak lidt om kærlighed med hende og skid på ham den skumle tv-producer. Han er ikke al den opmærksomhed værd. Vi arbejder videre med det her på mandag, når du er tilbage.”

Gunnar Barbarotti sukkede. “Du er en lise for sjælen, det skal du bare vide, fru Backman.”

“Det siger min mand også,” sagde Eva Backman. “I sine lyse stunder. Du får et knus, og hav det så godt.”

Jeg orker ikke at gå ud, tænkte han, da Eva Backmans stemme var forsvundet. Ikke i det her elendige vejr. Han forsøgte at se ud gennem vinduet, men det var ikke meget, han kunne skelne. Det regnede stadigvæk. Vinden kastede regnen ind mod vinduet i kaskader, det lignede et akvarium i storm derude. Hovedbanegården stod dog nok stadigvæk. Rådhuset også. Ikke fordi det ragede ham. Mismodet hang i ham som en gammel halsbrand. Hvad fanden bildte jeg mig egentlig ind, tænkte han sig. Hvad skulle jeg her?

Et held, at han ikke havde bedt om støtte fra det lokale politi. Det var da altid noget. De ville have grinet røven i laser.

Han besluttede sig for at lytte til de indre stemmer og vejrguderne og blive på værelset. Bladede en tid i informationshæftet, som lå på det diminutive skrivebord, og ringede derefter til receptionen og bad om at få en Caesar salat og en mørk øl sendt op på værelset.

Han havde nået at se nyhederne og to tredjedele af en gammel amerikansk gangsterfilm, da telefonen ringede.

Marianne, tænkte han håbefuldt og skruede ned for lyden på fjernsynet.

Men det var ikke Marianne. Det var Leif Grundt oppe fra Sundsvall.

44

Hun slukkede lyset og lukkede øjnene.

Et dobbelt mørke, tænkte hun. Akkurat hvad jeg har brug for. Hvad jeg fortjener.

Og pludselig føltes det fremmede rum som en omfavnelse. En tryg kokon eller en livmoder, hvor hun kunne hvile uforstyrret, beskyttet mod alle farer. Gemt. Reddet. Sådan var det faktisk; hun lyttede efter. De eneste lyde, hun kunne opfatte, var en meget svag susen fra ventilationsanlægget – og Kelvins næsten endnu svagere vejrtrækning.

Mit stakkels, sovende barn, tænkte hun. Strøg forsigtigt med hænderne over sin spændte mave og lavede så om på formuleringen. *Mine stakkels, sovende børn.*

Hvad skal der blive af jer?

Hvad der skulle blive af hende selv, var mindre vigtigt; herinde i hotellets anonyme kapsel føltes det tydeligt, at det var dem, det drejede sig om. Kelvin og den endnu ufødte. Det var dem, hun måtte føre i sikkerhed. De uskyldige.

Sikkerhed, tænkte hun. Hvilken slags sikkerhed? Hvad er det for nogen løgnagtige løsninger, min bevidsthed disker op med? Hvad er det for hjernespind?

Og så alligevel ... *de uskyldige*? Jo, sådan føltes det i hvert fald. Det var en rigtig tanke, at det var netop dem, hun måtte beskytte. Hvorfor skulle hun ellers leve videre? Hvorfor ellers bekymre sig om at kæmpe så meget som et sekund mere?

Men hvordan skal jeg overkomme det, tænkte hun. Hvordan i alverden skal jeg overkomme det?

Og endnu en gang ønskede hun, at alting bare kunne lukkes

ned. Afsluttes. Måske ville det være det bedste også for de uskyldige. Den endegyldige intethed. Hun blev liggende en tid og lyttede til ventilationen og til Kelvin. Hvis universet skal kollapse, så lad det ske nu, tænkte hun. Nu.

Men der skete ingenting. Hun åbnede øjnene og drejede hovedet. De små, røde tal på fjernsynsapparatet skiftede akkurat nu fra 23:59 til 00:00. Midnat, tænkte hun. Kan der blive mere midnat i livet end det her?

Antagelig ikke. Forhåbentlig ikke.

Alligevel ... alligevel lå hun her. Hun var nået hertil. Det var et faktum, som man ikke kunne se bort fra. De befandt sig *her*. Lige netop *nu*. Når hun tænkte tilbage over det seneste døgn, var det nærmest ufatteligt. Hun lå her med sine børn i nattens illusoriske livmoder, og endnu havde hun skæbnen i sine hænder. Forholdt det sig ikke sådan?

Jo da. Endnu var alting muligt. Taskerne stod færdigpakkede ovre ved døren, hun havde ikke gidet pakke dem ud. Rent undertøj til hende selv og Kelvin havde hun i skuldertasken. Billetter, pas og penge.

En taske med det mest nødvendige og Roberts bog. Det var alt, hvad der var brug for. Foruden modet til at orke lidt endnu. Beskyt denne stund, tænkte hun. Lad os få lov til blive her længe, lad disse timer gå langsomt; jeg har brug for tid til at samle kræfter før i morgen. Søvn og atter søvn.

Alligevel føltes det lige akkurat nu, som om det aldrig ville ske. Hendes krop var en tikkende, nervøs bombe; antagelig var det ren illusion at tro, at hun ville være i stand til at sove i den her tilstand.

Hun satte sig op. Trissede over til skrivebordet og tændte lampen. Kelvin reagerede ikke. Kelvin reagerede næsten aldrig på noget, og lige nu var hun taknemmelig for det.

Hun gravede Roberts manuskript frem fra tasken. Robert, min bror, tænkte hun, jeg ønsker ... jeg ville ønske, at vi var børn igen, og at du var her ved siden af mig. Det hele burde have været anderledes. *Det burde have været* meget anderledes. Det var ikke meningen, at det skulle gå sådan her for os.

Med livet og det hele. Du mistede dit, fordi du svigtede en pige engang i din ungdom, på grund af et ubetænksomt øjeblik ... hun vendte tilbage mange år efter og dræbte dig. Hvis det altså forholdt sig, som politiet havde fortalt.

Men uanset hvad, så var det handling og konsekvens. Årsag og virkning. Sit eget liv havde hun endnu, og hvilke konsekvenser hendes ubetænksomhed engang ville få, var ikke til at regne ud. Men det så mørkt ud, meget mørkt.

Vær med mig i nat, Robert, bad hun. Hjælp mig gennem disse timer, og giv mig et ord med på vejen, Robert, min bror.

Til sin forundring opdagede hun, at hun havde foldet hænderne, og at hun faktisk sad og mumlede.

Men hun hørte intet svar. Hverken inden i sig selv eller ude fra natten. Hun lænede sig frem i den snævre lyskreds, åbnede manuskriptbunken på må og få og begyndte at læse.

Thi det er med livet som med vor tunge, skrev han. *I barndommen elsker vi det søde, men det er det bitre, vi skal lære os at acceptere. Ellers bliver vi aldrig hele mennesker, og vore smagsløg vil forblive uudviklede.*

Hun lænede sig tilbage og overvejede en tid. Hvilke ejendommelige ord, han brugte. Aldrig havde hun hørt ham tale på den måde. Og titlen? Hvorfor hed bogen *Menneske uden hund*? Hun havde læst godt hundrede sider, og endnu var hun ikke stødt på nogen hund. Men måske var det lige netop det, der var hensigten. At der aldrig dukkede en hund op. Hun vendte arket.

Maria og John (de var åbenbart en slags hovedpersoner i bogen, for hun var stødt ind i dem tidligere) *bestemte sig for ikke at tale med hinanden i et helt år, og det var på den måde, at de sprængte skallen til deres håbløshed. Den menneskelige tale er det mest ufuldkomne af alle sjælens instrumenter, den er en hore og en sjakrer og en markedsgøgler, og når John uden ord betragtede sin hustru bagfra, gik der ikke mange måneder, før hun var i stand til at lære at føle dette blik.*

Endnu mærkeligere. Robert, min stakkels bror, tænkte hun. Hvad er det egentlig, du har været med til? Hvis vi atter var børn her i denne nat, ville vi så være i stand til at finde en anden vej?

Hun rystede på hovedet. Hendes egne ord føltes også fremmede. *Horer og markedsgøglere?* Ja, måske. Tankerne bevægede sig som forvildede slanger inden i hende, og nu sparkede barnet.

Jeg bliver tvunget til at opgive dem, slog det hende pludselig. Sådan vil det komme til at gå. Man vil tage mine børn fra mig.

Hvis jeg ikke gemmer dem langt væk i et fremmed land.

Panikken begyndte at danse i hende igen. Hvordan skal jeg nå igennem denne nat, tænkte hun. Er det meningen, at jeg skal sidde vågen her, til det bliver daggry? Hvorfor har jeg ikke i det mindste en sovetablet i min taske?

Hvilket daggry for resten? Der ville ikke blive tale om noget daggry. Maskinen skulle lette klokken halv otte. Den kulsorte midvinternat ville blive ved, til de kom op over skyerne. Indcheckning senest klokken seks. Hun fortsatte læsningen.

Da John var barn, troede han længe, at han var endt det forkerte sted. At han var blevet forbyttet på en eller anden måde, at hans mor ikke var hans rigtige mor, og hans far ikke var hans far. Der var sket en fejl på sygehuset, og en dag ville denne fejl blive opdaget, og så ville John blive sendt tilbage til det sted, hvor han egentlig hørte hjemme. Det var et mørkt og fugtigt sted uden rigtige mennesker; området var befolket af en slags væsener med lang pels og horn, men alligevel med temmelig menneskeagtige ansigter. Og de kunne tale menneskenes sprog. John drømte tit om dem, og han elskede dem. En dag spurgte han sin mor, hvor lang tid det ville tage, før de endelig kom og hentede ham. Ja, han stillede dette spørgsmål til sin mor, men hans far var også til stede på det tidspunkt, og det var ham, der gav John en ørefigen. Den sved længe. Selv da han var blevet voksen, kunne han af og til mærke svage erindringer i kinden efter den, navnlig på mørke og fugtige dage.

Hun skubbede papirerne væk, følte, at det også blev for meget med det her. Roberts ord støttede hende ikke. Tværtimod syntes de at fremkalde en slags åndenød hos hende. Noget klaustrofobisk, som en ... ja, som en livmoder inden i en livmoder. Et mørke i mørket.

Hun kastede et blik på fjernsynsapparatet. De digitale cifre oplyste hende om, at virkeligheden nu var nået frem til 00:32. Og nu sved det i det mindste bag øjnene. Hun kontrollerede, at hun havde stillet vækningen på sin mobiltelefon til klokken 05:00, derefter slukkede hun lyset og vendte tilbage til sengen. Lagde forsigtigt en hånd på Kelvins bryst.

Gode Gud, skænk mig lidt søvn, bad hun. Lad mig drømme om min bror. Lad mig bare ligge i min kokon med mine børn og drømme om Robert i hundrede år. Men ikke om hans ord.

Måske også om Henrik. En god drøm om Henrik.

Hun havde ingen forhåbninger om at blive bønhørt, men ti minutter senere var hun alligevel faldet i søvn.

Gunnar Barbarotti slugte endnu en mundfuld lunken kaffe og stirrede på sin kollega.

Kollegaen hed Hellgren eller muligvis Hellberg, han havde glemt det; men han havde et blåt og et brunt øje, hvilket gjorde, at Barbarotti ville være i stand til at genkende ham imellem halvtreds tusind politifolk. Hvis det af en eller anden grund skulle blive nødvendigt.

Lige nu føltes det slet ikke nødvendigt. Klokken var fem minutter i tre om natten, stedet var Stockholms Politigård på Kungsholmen, og nu drejede det sig om at skille klinten fra hveden.

"Hvad pokker mener du?" sagde han.

"Det jeg siger," sagde Hellgrenberg. "Hun har en billet til Bangkok i morgen."

"Bangkok? Det var fandens. Så du mener altså ...?"

"Hvad mener du selv?" sagde Hellgrenberg og gabte.

"Hende selv og barnet altså?"

"Niks. Hende og manden."

"Nå da. Hvornår?"

"Elleve om aftenen."

"Fra Arlanda?"

"Ja, hvor ellers? Hvor stammer du i det hele taget fra?"

"Det må du undskylde," sagde Gunnar Barbarotti. "Men jeg voksede op på Manhattan og i Rio de Janeiro. Var det Hökarängen, du sagde, at du boede i?"

Hellgrenberg svarede ikke. Kløede sig bare i nakken og gloede på ham.

"Nå," sagde Gunnar Barbarotti, "men uanset hvad, så må det vel betegnes som et brandvarmt spor."

"Det er jo det, jeg siger," sagde Hellgrenberg. "Du kan antagelig bare tage derud og så samle hende op."

"Barnet," sagde Barbarotti. "Hun er nødt til at tage barnet med."

"Det kan vel rejse på mandens billet, går jeg ud fra," sagde Hellgrenberg. "For du tror vel ikke, at han har tænkt sig at følge med hende?"

"Antagelig ikke," sagde Barbarotti. "Men kan man bare bytte billetter på den måde?"

Kollegaen gned sig med en knyttet næve i sit brune øje. "Det ved jeg ikke," indrømmede han. "Men hvis det bare er et lille barn, så burde det vel kunne fungere."

"Det må vi finde ud af," sagde Barbarotti.

"Hvilke vi?" spurgte Hellgrenberg.

"All right, det klarer jeg," sagde Gunnar Barbarotti. "Har du et flightnummer og sådan noget?"

Kollegaen rakte et stykke papir frem. "Thai Air," sagde han. "Klokken 23:10. Og så kan jeg måske smutte og få lidt søvn."

"Gør du det," sagde kommissær Barbarotti. "Men du må gerne sørge for en bil, der kan køre mig tilbage til hotellet først."

"Hvis det ikke kan være anderledes," sagde Hellgrenberg.

Klokken var næsten halv fem, da han lagde røret på efter samtalen med Arlanda. Han var så træt, at han havde det helt dårligt. Det susede i tindingerne, og otte kopper elendig kaffe brændte i maven og struben – men i samme øjeblik han lagde hovedet på puden, dukkede der en forfløjen tanke op i hovedet på ham.

En idé, som til at begynde med ikke vejede mere end vingespidsen af en sommerfugl. Men dens flagrende bevægelse igennem hans overophedede hoved fik alligevel vindfløjen til at skifte stilling og holdt ham vågen.

Eller hvordan man nu skulle formulere det.

Fandens også, mumlede han og satte sig op i sengen. Sådan ville jeg aldrig finde på at opføre mig. Aldrig i livet.

Han fik fat i telefonrøret igen. Kunne stadigvæk huske nummeret.

45

Et billede fór gennem hovedet på hende, da hun kom ud i afgangshallen.

Hvis hotelværelset havde været en livmoder, så var det her en hønsefarm. Ja, lige netop sådan måtte det føles at komme ud af et æg.

Hun skubbede Kelvins klapvogn foran sig med den ene hånd og trak af sted med sin taske med den anden. Det var næsten umuligt at finde en sti imellem de mange mennesker og al bagagen. Klokken er seks om morgenen, tænkte hun. Afgår alle maskinerne på det her tidspunkt?

Efter ti minutter var det lykkedes for hende at finde den rigtige skranke og den rigtige kø. Der var mindst en halv snes rejsende foran hende, men nu stod hun i det mindste det rigtige sted. Kelvin var vågen, men sad roligt i sin klapvogn og gjorde intet væsen af sig som sædvanlig. Det virkede, som om barnet i hendes mave sov. Det skal nok gå alt sammen, tænkte hun.

Jeg vil få held til at slippe væk herfra.

Omgående blev hun angst over sit overmod. Man skal ikke råbe hurra, tænkte hun. For Guds skyld, råb ikke hurra for tidligt.

Men da hun nu stod her og langsomt bevægede sig frem mod skranken og de nydelige, uniformerede kvinder, faldt der alligevel en ro over hende. Hvad skulle vel kunne gå skævt, tænkte hun. Egentlig. Hvorfor skulle nogen have opdaget, hvad der var sket?

Der var ingen grund til at frygte det. Faktisk ikke. Og ingen ville se noget mærkeligt i, at hun ikke lod høre fra sig de næste to uger. De skulle rejse til Thailand, det vidste alle. At hun rent faktisk rejste til Malaga et halvt døgn tidligere, hvem ville få nys om det? Til og med samtalen med dagplejemoderen havde hun klaret. Hun havde forklaret, at de havde besluttet sig for at tage Kelvin med. I sidste øjeblik ja, men der havde været plads på maskinen.

Så fjorten dages frist kunne hun under alle omstændigheder forvente sig. Og tiden bagefter ... ja, når hun var nået så langt, så skulle hun nok finde ud af det også.

Kommer tid, kommer råd.

Hvis det altså skulle vise sig nødvendigt at fortsætte med at leve. Hovedsagen var, at børnene kom væk. Nattens tanker sad stadigvæk i hende. Og det var selvfølgelig nødvendigt, at hun kunne føde det nye barn også; der var mindst seks uger endnu til det tidspunkt, så de fjorten dage måtte naturligvis strækkes en del, nu da hun tænkte nærmere over det ... hvordan kunne hun have glemt at regne med det? Hvorfor glemte hun faktisk af og til sit endnu ufødte barn? Hvordan kunne man ignorere den slags?

På den anden side havde hun lige netop ikke haft tid til at regne med noget i det hele taget, og igen dukkede rædslen for overmodet op og viftede med sin røde klud. Det var så nemt at bilde sig ind, at hele tunnelen var oplyst, blot fordi man kunne skimte en smule lys for enden af den. Det var som sagt så let at råbe hurra.

Ikke flere planer før vi er i luften, besluttede hun. Og heller ikke til den tid for resten. At tænke et par timer frem, maksimalt en dag, det burde være tilstrækkeligt ... det var helt givet tilstrækkeligt.

Foran hende stod et par ældre mennesker hånd i hånd. Dejligt solbrændte midt i december. Det var sikkert udlandssvenskere, tænkte hun. De har nok været hjemme en uges tid for at hilse på familien, nu er de på vej tilbage til deres paradis på Solkysten. Manden var iført et lettere krøllet, gulhvidt jakkesæt, kvinden lange bukser og en havgrøn tunika. Hun følte et stik af misundelse. Tænk at være så gamle – nok i nærheden af de firs – og alligevel stå der kærlighedsfuldt, hånd i hånd i en lufthavn. Det kommer jeg aldrig til at opleve, tænkte hun. Og så kan jeg ikke lade være med at se dem uden at blive misundelig. End ikke det har jeg lært.

Tankerne begyndte at vride sig inden i hende igen, og pludselig huskede hun, hvad hun havde drømt. Det havde overhovedet ikke handlet om Robert, som hun havde ønsket sig, men om Henrik. Det havde heller ikke været den gode drøm, hun havde bedt om, men en drøm om den der nat, de der første timer - nej, den der ene time, mere havde det faktisk ikke været - hvor de trods alt nåede at være sammen, før alting blev slået i stykker.

Om hans reserverthed havde hun drømt. Om hans kejtethed og hans unge, ubrugte krop. Drømmen havde udspillet sig i det virkelige hotelværelse, men hun selv havde ikke været Kristina. Det var det, der var det ejendommelige. I stedet havde hun været en anden, der havde stået uden for vinduet og iagttaget dem derinde på sengen, havde set på, mens de elskede – og ikke før efter lang tid var det gået op for hende, at hun var Jakob. Hun stod der og stirrede på sig selv og Henrik med Jakobs øjne, og da hun endelig indså det, forstod, hvem hun var, og hvad hun stod og betragtede, havde hun brølet og kastet sig ind gennem vinduet for at trække de elskende fra hinanden, og ... men før hun var nået frem, var hun vågnet.

Hun var vågnet og havde ikke kunnet huske det mindste af drømmen. Ikke før nu, halvanden time senere. Det var mærkeligt. Kunne forsvundne drømme dukke op igen på den måde? Hvorfor? Hvad betød det? Hun følte, hvordan en sveddråbe forlod armhulen og krøb ned langs siden af hendes krop – og hvordan der i det samme begyndte at klinge en tone inden i hendes hoved. En svag, næppe hørbar tone, der mere var en vibration. Hvad er der med dig, tænkte hun forfærdet. Hvad er det, der sker med dig? Er jeg ved helt at miste grebet?

Det var det gamle pars tur til at checke ind. Hun flyttede sig frem til den gule linje. Trak vejret dybt og knyttede hænderne.

Det gik. Endnu en gang gik det. Ti minutter senere var klapvogn og taske checket ind. Sikkerhedskontrol og derefter en times ventetid ved gate 15, det var alt, hvad der manglede. Hun tog Kelvin under armen og gik over til indslusningen. Viste sit boardingpas til en kortklippet fyr i hvid skjorte og mørkt slips. Han nikkede imødekommende til hende, men gav hende ikke kortet tilbage.

"Et øjeblik," sagde han i stedet og nikkede til en kollega.

Kollegaen trådte frem fra skyggerne og kiggede på hendes boardingpas – både på hendes eget og Kelvins. Derefter smilede han til dem begge to og bad dem om at følge med ind gennem en anden dør.

"Hvorfor dog det?" spurgte hun.

"Det har med din graviditet at gøre," forklarede han venligt og lukkede hende ind i et lille rum med to små borde med to stole ved hvert. "Som du sikkert ved, er det forbundet med en vis risiko at flyve, når man er gravid, og vi er nødt til at bede dig om at udfylde nogle blanketter. Det er bare en formalitet. Værsgo at tage plads."

Hun satte sig ved det ene bord og placerede Kelvin på skødet.

"Hvorfor sagde de ikke noget, da jeg checkede ind?" sagde hun. "Eller da jeg købte billetten."

Han svarede ikke. I stedet blev en anden dør åbnet.

Til at begynde med kunne hun ikke se, hvem det var. Og hun kunne – de første brøkdele af nogle sekunder – heller ikke forstå, hvad han gjorde her.

Men så forstod hun. Alting.

Han rømmede sig.

"Kristina Hermansson," sagde han. "Din mand blev i går aftes fundet død på Musseronvägen i Gamla Enskede. Jeg skal hermed meddele dig, at du er anholdt, mistænkt for at have myrdet ham."

Hun lukkede øjnene et øjeblik. Åbnede dem så igen.

"Jeg forstår," sagde hun. "Og ja, det har du helt igennem ret i. Jeg er ked af, at jeg har været nødt til at lyve for dig."

"Det skal du ikke tænke på," sagde han.

46

Ebba Hermansson Grundt lænede sig frem over spisebordet i køkkenet. Betragtede alvorligt sin søn og sin mand, den ene efter den anden.

"Der er noget, som er gået op for mig de seneste dage," sagde hun.

"Det har været svært," sagde Leif Grundt. "For os alle."

"Det, jeg har forstået, er, at vi er nødt til at betragte Henrik som død. Han *er* død. Vi vil ikke være i stand til at leve videre, hvis vi bilder os noget andet ind."

"Det har jeg også tænkt," sagde Leif. "Jeg tror, at du har helt igennem ret."

"Det synes jeg også," sagde Kristoffer.

Ebba Hermansson Grundt foldede hænderne foran sig, rundt om tekoppen, og iagttog dem endnu en tid. "Det har været et rædselsfuldt år. Men fra og med nu skal vi prøve blot at huske det gode om Henrik."

"Det skal nok gå," sagde Leif Grundt. "Eller hvad siger du, Kristoffer?"

"Jo, det skal nok gå," sagde Kristoffer og skubbede sin pandelok til side, så han kunne se på både sin mor og sin far. Der gik nogle tavse sekunder. Leif Grundt sukkede.

"Så siger vi det," sagde Ebba. "Du trænger til at blive klippet, Kristoffer. Men havde du det godt i din erhvervspraktik nede i Uppsala trods alt?"

Kristoffer kastede et blik på sin far. "Jo tak. Men det føles faktisk ret godt at komme hjem igen."

"Det synes jeg også," sagde Ebba. "Vi er nok nødt til at forsøge at se lidt fremad fra nu af."

"Det ville nok ikke skade," sagde Leif Grundt.

"Du må gerne gå lidt mere i detaljer," foreslog Eva Backman.

"Det kan jeg godt forstå, at du beder om," sagde Gunnar Barbarotti. "Men jeg har ikke sovet i et døgn, så hvis du ikke har noget ..."

"En kniv, sagde du?"

"Ja, en kniv. Ni stik i ryggen, de seks sidste efter at han allerede var faldet om."

"Og hun tilstod med det samme?"

"Jeg behøvede ikke engang at udspørge hende."

"Og han ...?"

"Han slog Henrik Grundt ihjel, ja."

"Fortalte hun hvorfor?"

"Det er jeg nødt til at tænke lidt over."

"Hvad?"

"Jeg sagde, at det er jeg nødt til at tænke over."

"Jeg hørte det godt. Men hvad fanden mener du med det? At du er nødt til at tænke over, om han ...?"

"Det er lidt specielt. Jeg har fået tilstrækkeligt med oplysninger både om Henrik Grundts død og hvad angår Jakob Willnius. Men der er en smule overinformation her også. Af den slags, som det ikke tjener noget formål at offentliggøre. Eller tage med i den endelige rapport ... det må jeg lige overveje. Som sagt."

"Det forstår jeg ikke."

"Nej, det gør du ikke. Men lad mig sige det på denne måde: Sandheden er nogle gange en overvurderet skat."

"Det der har du læst i ... i Anders And, eller hvad det nu er for noget litteratur, du plejer at stikke næsen i."

"For fanden, Backman, hvorfor er du nødt til at være sådan? Du kunne jo bare nøjes med at lykønske mig med, at sagen er opklaret i stedet."

"Ja, det kunne du lide," sagde Eva Backman og lagde røret på.

Før han faldt i søvn, blev han liggende og tænkte efter en tid.

Det havde været nok med den smule, tænkte han. Et minut – mere havde han ikke haft brug for til at grave sandhedens overvurderede skat frem.

Men forstår du ikke, havde han spurgt, forstår du ikke, at jeg ikke kan nøjes med det her? Hvis du ikke fortæller mig årsagen til, at din mand slog Henrik Grundt ihjel, så kunne jeg jo få den mistanke, at det var dig, der dræbte ham. At I gjorde det sammen. Du må give mig en begrundelse.

Hun havde tøvet et øjeblik.

Det var mig, der var årsagen, havde hun så svaret.

Et tomt sekund havde han ikke forstået. Derefter havde han forstået hinsides al mulig tvivl.

Nej, det havde ikke engang taget et minut.

Alligevel havde han spurgt, hvordan de fik liget ud.

Der var en altan ud mod brandtrappen. Og brandtrappen selv. Det var nemt nok.

Han havde besluttet sig for ikke at finde ud af, hvor de havde begravet liget. Ikke lige nu. Det havde ikke føltes vigtigt.

Vigtigere var det at beslutte sig for, hvordan han skulle håndtere den overinformation, han havde talt med Backman om. Den mørke viden om, hvad der havde ligget bag hele historien. Kristina og Henrik. Mosteren og søstersønnen, der var gået over grænsen og ind i et forbudent land.

Hvis man altså ville udtrykke det smukt. Beruselse og liderlighed, hvis man ville sige det med prosa. Meget var blevet slået i stykker gennem deres handling, men var det virkelig nødvendigt også at smadre den smule, som trods alt havde overlevet?

Et godt spørgsmål. Hemmeligheden var kendt af fire personer nu: ham selv og Kristina. Kristoffer Grundt og hans far. Kunne man ikke lade det blive ved det? Havde Gunnar Barbarotti – som vicekriminalkommissær og som menneske – nogen form for pligt til at sørge for, at det hele kom frem, så alle og enhver ubarmhjertigt kunne se det?

En vigtig afgørelse, det var helt sikkert, men i sin aktuelle tilstand var han ikke parat til at tage den. Nøjagtig som han havde forklaret til kommissær Backman. Liggende på ryggen i den bløde hotelseng med gardinerne trukket for og alt afklaret forekom det ham derimod en smule påtrængende at tage kontakt med den måske eksisterende Gud.

For at afstemme balancen og den slags – men heller ikke dette blev der tid til at klare, før søvnen sænkede sig over ham som en varm og lun sommerdag.

Rosemarie Wunderlich Hermansson sad i en af barerne i lufthavnen i Malaga.

Der var gået to timer, siden den maskine, som Kristina og Kelvin skulle være kommet med, var landet. Hun havde drukket tre glas sød vin og ringet dobbelt så mange gange for at forsøge at finde ud af, hvad der var sket. Hun havde ikke fået noget svar nogen steder. Det var ufatteligt. Uopdragne unge, tænkte hun. Hun kunne vel have ladet høre fra sig for i det mindste at fortælle, om hun kom med den næste maskine. Det var vel ikke for meget at begære.

Først havde hun ringet med så kort varsel for at sige, at hun havde forladt sin mand og var nødt til at komme herned. Og derefter kom hun så ikke. Hun havde vel fortrudt. Havde taget ham tilbage. Og derefter havde hun helt glemt en ventende mor, der gik og bekymrede sig.

Hun ville gerne have forsøgt at få noget information om passagerlister og den slags fra flypersonalet, men hun vidste, hvor dårligt hendes engelsk var. Det endte altid med misforståelser. Desuden føltes det lidt pinligt også af en eller anden årsag. En datter, der ikke dukkede op, som hun havde lovet. De ville synes, at hun var mærkelig, når hun kom ud for den slags. Rosemarie Wunderlich Hermansson var træt af at blive udsat for ting.

Og der ville lande en maskine om halvanden time, det havde hun fundet ud af. Via København ganske vist, men alligevel. Karl-Erik var ude for at spille golf. Det tog mellem tre kvarter og en time med taxa fra lufthavnen til deres urbanización. Lidt afhængigt af trafikken. Hun havde intet andet vigtigt at tage sig for. Og kunne lige så godt blive siddende her og vente på den maskine også – hvis det nu virkelig forholdt sig sådan, at Kristina var om bord, så kunne hun jo faktisk ikke ringe.

Sådan var det altså, og hun havde aldrig brudt sig specielt meget om ham Jakob. Der var noget upålideligt ved ham. Da hun havde lagt røret på efter samtalen i går aftes, havde hun følt sig helt oplivet ved tanken om at have sin datter og sit barnebarn boende hos sig en tid.

Rosemarie Wunderlich Hermansson sukkede og bestilte endnu et glas vin. Hun kunne godt lide at bruge den smule spansk, hun trods alt havde lært sig.